エジプト人 シヌへ 下巻

ミカ・ヴァルタリ 著
セルボ 貴子 訳
菊川 匡 監修

みずいろブックス

This work has been published with the financial support of FILI-Finnish Literature Exchange.

本書の出版にあたり、
FILI（フィンランド文学振興センター）の助成を受けています。

FILI FINNISH LITERATURE EXCHANGE

目次　下巻

〔目　次　上巻〕

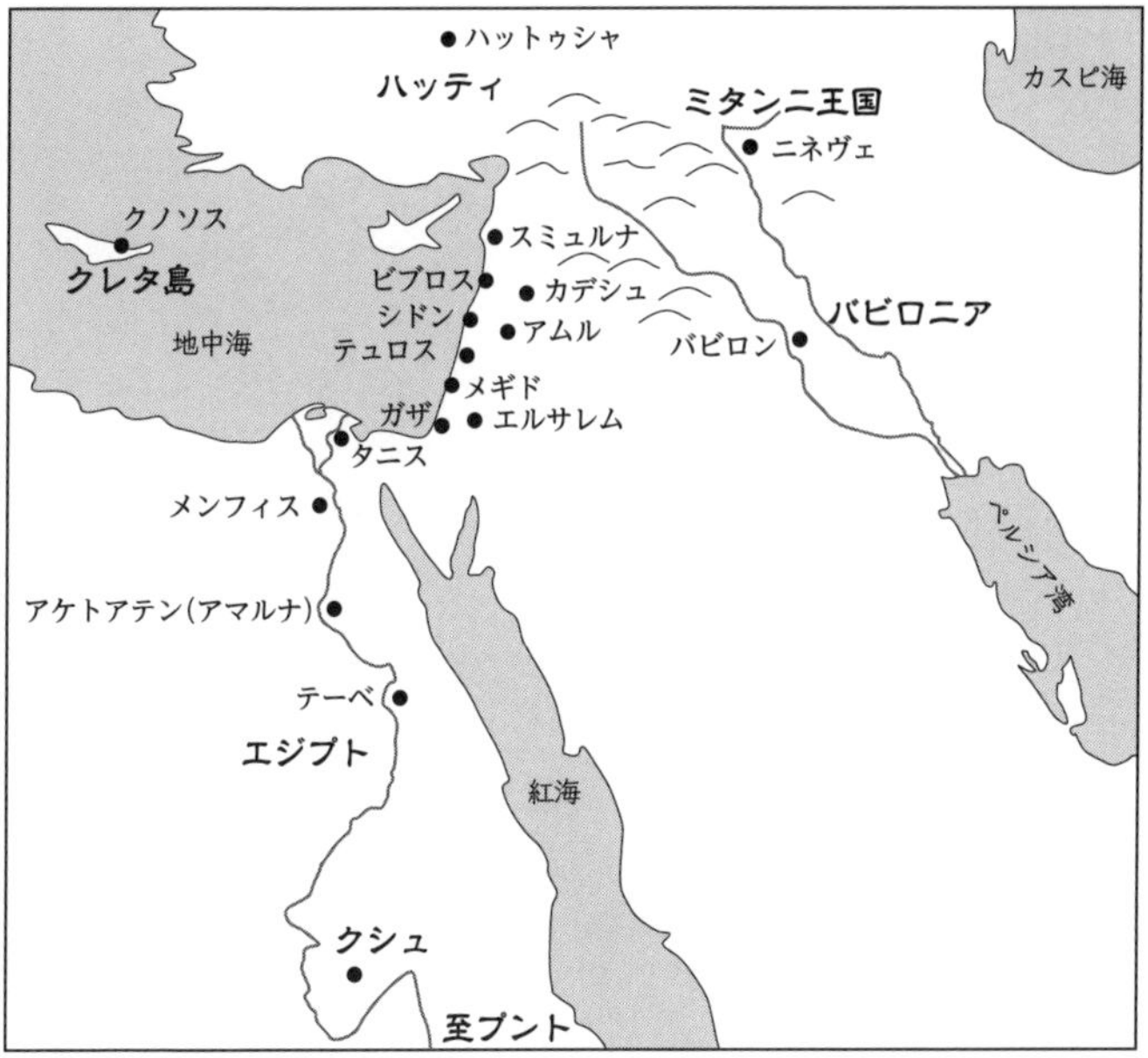
ハットゥシャ
ハッティ
ミタンニ王国
カスピ海
ニネヴェ
クノソス
クレタ島
スミュルナ
ビブロス
カデシュ
シドン
アムル
テュロス
地中海
バビロニア
バビロン
メギド
ガザ
エルサレム
タニス
メンフィス
ペルシア湾
アケトアテン(アマルナ)
テーベ
エジプト
紅海
クシュ
至プント

第十の書　天空の都

1

ホルエムヘブがクシュの地からテーベに戻ったのは最も暑い夏の日だった。燕はとっくに泥のなかに姿を消し、町じゅうの池の水は腐り、作物はバッタや蚤の被害を受けていた。貧民街ではきれいな水が手に入らず、シカモアやアカシアの木の葉には土埃がかぶり、食料までもが土埃にまみれていたというのに、金持ちの庭では青々と木々が茂り、石造りの牡羊参道の両側には色とりどりの花が美しく咲き乱れていた。川の向こう岸は日中の暑さのせいで靄《もや》がかかり、赤い壁と青く茂る庭園に囲まれたファラオの黄金の宮殿が、夢幻のようにそびえ立っていた。夏の最盛期だったが、ファラオは下エジプトにある夏の宮殿には行かずにテーベに留まっていたので、民は何かが起こると察し、砂嵐の前に暗くなっていく空のように不穏な空気が人々の間に漂っていた。

そのため、夜明けに南方から黒人部隊が道いっぱいに行進してきたときも、誰も驚かなかった。黒人兵の盾には土埃がかぶり、銅製の槍の穂先は太陽に反射していた。彼らはぴんと弦《つる》を張った弓を携え、汗だくの顔に白目をぎらりと光らせ、物珍しそうに辺りを見回しながら行進してきた。そして、辺境の国の軍旗に続いて、誰もいない兵舎に入ると、すぐに煮炊き用の火を熾《おこ》し、素焼きの大鍋に入れる調理石を熱した。同じ頃、船着場には船団が到着し、隊長たちの戦車と羽根飾りをつけた馬とともに、南方から来た黒人や北西の砂漠から来たシャルダナ人が運搬船から降りてきたが、そのなかにエジプト人は一人もいなかった。彼らが町に配備されると、街角にかがり火が灯り、川は封鎖され、工房や製粉所、店、倉庫などの仕事は翌日まで停止させられた。店主は店先から売り物を引きあげて窓に板を打ちつけ、酒場や娼館の店主は店を守るためにこん棒を持った屈強な男を急いで雇った。身分に関係なく、町じゅうの民が白い服を着てアメン神殿に押しかけ、中庭や周壁の外側に人だかりができた。

アテン神殿が辱《はずかし》められ、穢《けが》されたという話が広がったのは、この日の夜のことだった。生贄の祭壇に腐った犬の死骸が投げつけられ、喉元を真一文字に掻き切られた番人の死体が見つかったのだ。これを聞いた民は恐ろしいことが起こったと口にしながらも、辺りを見回しては密かにほくそ笑んでいた。

カプタは真剣な顔で言った。「ご主人様、手術道具を清めてください。見たところ、夕方にはどっと仕事が増えて、頭蓋切開をすることになるかもしれません」

しかし、夜になっても特に何も起こらなかった。酔っ払った黒人兵がいくつかの店で盗みを働き、何人かの女を暴行したかどで捕らえられ、大勢の前で打ち据えられたが、被害に遭った店主や女にとっては何の慰めにもならなかった。司令官が乗る旗艦《きかん》にホルエムヘブがいると聞きつけた私は、彼に会うために港に向かった。直接話すのは難しいかもしれないと思っていたが、番人は特に警戒することもなく私の来訪を伝え、しばらくして戻ってくると、総司令官室へと通してくれた。初めて旗艦に乗り込んだ私は、物珍しさからあちこちに目を走らせたが、金メッキの船首や色彩豊かな帆は商船でも使われているので、違いは武器と乗員が多いことくらいだった。

私はホルエムヘブに再会した。彼はまた背が伸び、肩幅は広く、腕の筋肉はたくましく、雲の上の人のように感じられたが、顔にはしわが刻まれ、目は疲労で血走り、鬱屈とした様子だった。彼の前に進み出て両手を膝まで下げて深々とお辞儀をすると、彼は笑みを浮かべ、辺りに響き渡るような大声で言った。

「おお、我が友シヌヘ、荒くれロバの男よ！　お前はいいときにやってきたな」

ホルエムヘブは立場を気にしてか、私を抱擁せず、暑さのせいで目を剥いて息苦しそうに立っている太った上級将校のほうを向き、彼に黄金の笏を渡して言った。

「これを持ってしっかり責務を果たせよ！」

そして首から金の刺繡が施された総司令官の襟飾りを外し、腹の出た男の首にかけ、「総司令官らしくあれ。お前の汚らわしい手に民の血が流れんことを」と言うと、ようやく私のほうを向いて言った。

「シヌヘよ、これで俺は自由の身だから、どこへでも一緒に行けるぞ。疲れ切っているから、お前の家に足を伸ばせる寝床があるといいのだがな。セトとすべての悪魔の名にかけて、頭のおかしい奴らと言い争うのはもうごめんだ」

そして、ホルエムヘブの肩くらいの背丈しかない小さな上級将校の肩に腕を乗せて言った。

「シヌヘ、今夜のテーベの運命を、ひいてはエジプト全土の運命を握っているこの男の顔をよく覚えておけ。俺がファラオに向かって『頭がおかしいのではないか』と言ったら、ファラオは俺の代わりにこの男を任命したのだ。だが、こいつを見たら、すぐにまた俺が必要となることが、お前にも分かるだろう」

こう言うと、彼は少しの間膝を叩いて大笑いしたので、私は不安に駆られた。小柄な上級将校はあまりの暑さに目がぎょろりと飛び出し、顔や首から太った胸に汗を垂らし、気まずそうにホルエムヘブを見つめて言った。

「ホルエムヘブ殿、どうか怒らないでください」彼は甲高い声で言った。「ご存知のように、私は戦場の混乱よりも、自宅の庭で猫とのんびり過ごすほうが遥かに好きで、あなたから総司令官の笏を取り上げるつもりなどないのです。ですが、偽りの神が倒されるだけで、暴動は起きず、血は流れないと断言なさるファラオに逆らうことなんてできません」

「ファラオは、鳥がカタツムリを追い越すように感情が理性を追い越して、思うままに話される。そんなお言葉に意味などないのだから、お前は自分の頭でよく考え、うまく立ちまわるのだ。たとえエジプト人の血であっても、それなりの流血は必要だろう。ファラオはこの嫌な役回りを、先代のファラオの時代に優秀な兵士だったお前に任せたいのだろうが、飼い猫の檻のなかに分別を置き忘れてこようものなら、隼にかけて、この手でお前を叩きのめしてやる」

小柄な新総司令官はホルエムヘブに背中を強く叩かれたので、息が詰まり、言葉が胸につかえた。ホルエムヘブが大股で甲板に躍り出ると、兵士たちは姿勢を正し、槍を掲げて笑顔で彼に敬礼した。ホルエムヘブは手を振りかざしながら大声で言った。

「さらば、愛するくそまみれの豚っ鼻野郎どもよ！　ファラオのお望みによって黄金の笏を持つことになったあのちびで太った奴の言うことをよく聞けよ。聞き分けのない子どもだと思ってあいつに従い、戦車から落ちないか、自分の剣で怪我をしないかをよく見てやってくれ」

兵士たちは大笑いしながらホルエムヘブを称えたが、ホルエムヘブはふと真顔になって拳を掲げて叫んだ。

「お前らの目が昂っているのが分かるぞ。すぐにまた会うだろうから別れの言葉は言わずにおこう。俺が戻ったときに背中の皮を焼かれないように、指示を守って悪さはするな」

　そしてホルエムヘブは私の家の場所を尋ねると、私物は旗艦に置いておくほうが安全だと判断し、私の家には運ばないよう警備隊長に命じた。そして、かつてのように私の首に手をまわし、ため息をついて言った。「さて、シヌへ、今夜は死ぬほど酔っ払っていいはずだ」

　私はふと「鰐の尻尾」のことを思い出してその話をすると、ホルエムヘブは興味を示したので、暴動が起きた場合に備えて酒場の護衛を頼むことにした。ホルエムヘブはすぐに警備隊長に命じてくれた。隊長はホルエムヘブが総司令官の笏を持っているときと同じように従い、信頼できる熟練の兵士を護衛につけると約束してくれたので、カプタの役に立つことができた。

「鰐の尻尾」には、盗品を扱う商人や墓泥棒が取引したり、貴族の女が港の屈強な荷運び人と逢引きをするための隠し部屋がいくつかあった。その一室にホルエムヘブを連れていくと、メリトが貝殻の形の杯《さかずき》に鰐の尻尾を注いで持ってきた。彼は一気に飲み干し、少し咳き込んで「これはこれは」と言った。二杯目を頼み、メリトが酒を取りに行っている間に、彼女のことを美しい女だと言って私との関係を尋ねてきた。メリトとは何もないと答えたものの、彼女がまだ新しい服を手に入れておらず、下腹部を隠していたのは幸いだと思った。ホルエムヘブはそれ以上メリトに関心を示すこともなく、丁寧に礼を言って杯を受け取ると、今度は深いため息をつきながらじっくりと味わい、こう言った。

「シヌヘよ、明日はテーベに血が流れるだろうが、俺にはどうすることもできん。たとえファラオの頭がおかしいとはいえ、かつてあの方を肩衣で覆い、隼が俺たちの運命を結びつけたときから、俺は友であるあの方を慕っている。そうはいっても、自分の将来を思えば、民に恨まれたくはないから、今回のことには関与しないことにした。ああ、シヌヘよ、シリアで顔を合わせてからこれまでの間、ナイル川は何度も洪水を起こしたな。俺はファラオの命令ですべての駐屯地を解体し、クシュの地から黒人部隊を連れ帰ってきたから、南はまったくの無防備で、すべての大都市の兵舎は長いこと空っぽだ。大鍋には鳥が巣をかけ、兵士たちは田舎の農民を打ち据え、ファラオへの租税である牛の皮を奪う有り様だ。かつてファラオに肩衣を掛けて、あの方の弱さを覆ったことから俺たちの運命は結びついてしまったが、誰もファラオの狂気からファラオ自身を守ることができず、俺にも手の打ちようがないし、我がエジプトのことを思うとぞっとする」

私はホルエムヘブに、ファラオの命令でプント国に船を出せなくなったこと、そしてシリアで私が見てきたことを伝えた。彼は驚くこともなく、ただ暗い目をしてうなずき、鰐の尻尾を口に含んで言った。

「このままではシリアで反乱が起こるのも時間の問題だ。そうなればファラオは正気に戻るかもしれんが、プント国との交易がなくなっているんじゃ、反乱が起こるよりも前にエジプトは貧困に陥るだろう。ファラオが即位して以来、鉱山は人手不足なうえに、怠け者を杖で打つことも許されなくなり、食事を減らすしかなくて、効率は悪くなってしまった。まったく、兵士の俺には、神のことなんか何も分からんし、分かりたくもないが、ファラオやエジプト、ファラオの神のことを思うと身ぶるいがするよ。神は民に不安を植えつけるのではなく慰めるはずなのに、ファラオの神のために多くの民が命を落とすことになるなんておかしいだろう」ホルエムヘブはさらに続けた。

「アメン神はファラオを凌駕するほどの権力を持ってしまったから、明日までにアメン神が倒されなければならないのは当然だ。アメン神が倒れれば、ファラオがアメン神の膨大な富を受け継ぐことになるから、国家にとっても賢明な判断だろう。うまくすれば、これまで密かにアメン神を妬んでいたほかの神々の神官たちを味方につけ、いずれはエジプトにいる多くの小さな神々をも支配下に置けるかもしれん。だが、神官のなかで特に民の心をつかんでいるのはアメン神官だし、どんな神官であろうと誰もファラオのアテン神を敬っていないから、すべてがおかしくなってしまうのだ」

「アメン神官は長い間民を闇に閉じ込め、一人ひとりの自由な思いを抑圧し、何かを言うにもアメン神の許しが必要なのだから、アメン神は民から憎まれるべき神じゃないのか。その一方で、アテン神には束縛も恐れもない生活が約束されている。ホルエムヘブ、これは信じられないほど素晴らしく、偉大なことだぞ」

「お前のいう恐れが何を意味しているのか分からんな。もしその恐れというのが、民が神を恐れることによって、為政者は武器に頼る必要がなくなるという意味なら、その点でアメン神はうまくやってきたぞ。ファラオの僕《しもべ》で満足するならその地位を享受できたし、世の中というのはこれまでも恐怖で民を支配してきたし、これからも恐怖なくして民を抑えることはできないのだから、慈悲と愛の十字で支配しようというアテン神はかなり危険な神だ」

私は「アテン神は君が思うよりも偉大な神だ」と静かに言ったが、なぜそんなことを言ったのかは分からなかった。「自分では気づいていないだけで、アテン神は君や私の心のなかにも、私たちの意識の外にもいるのかもしれない。もし民がアテン神を理解できれば、アテン神はすべての民を恐怖と暗黒の支配から解き放つことができるだろう。しかし、君が言うように民を強制的に従わせるほかないというなら、アテン神が永遠なるものを与えようとしたときに、多くの者が犠牲になるのかもしれない」

ホルエムヘブは苛立ちながら、聞き分けのない子どもを見る親のような目で私を見た。すでに鰐の尻尾が効き始めていたため、顔色は濃く、総司令官の笏で脛《すね》を打とうと辺りを探ったが、空っぽの手を見て決まり悪そうに言った。

「人が人である限り、所有欲や願望、恐れや憎しみがあり、そして肌の色、言葉、民族が異なる限り、富める者は富み、貧しい者は貧しくなり、強き者が弱き者を従え、狡猾な者が強き者を思いのままにするのだ。だが、アテン神はすべての民が平等であることを望み、奴隷は富める者と同じだという。これは明らかに常軌を逸しているし、俺の思考を乱すからお前とそんな話はしたくない」

「バビロンの人々は、星の動きを見て新しい世界が始まると言っていた」私は遠慮がちに言った。「アテン神官がアテン神殿で歌ったように、オオガラスが白くなり、川の水が上流に向かって流れるようになれば、アテン神が権力を握ることになるのかもしれないな」

そう言いながらも、自分の言葉に確信を持てずにいた。

ホルエムヘブは杯を空にして哀れむように私を見たが、鰐の尻尾で気分がよくなったのか、明るい声で言った。

「少なくともアメン神は倒れるべきだという点で俺たちは意見が一致したが、まずは夜のうちに一気に攻撃を仕掛け、上級神官を処刑し、ほかの神官は鉱山や石切り場へ送り込むべきだった。しかし、以前から太陽神を崇めるファラオは、何事も民と神々の前で白昼堂々とやりたがる。いずれにしても俺は事前に計画を知らされていなかったし、多くの血が犠牲になるこの失策には賛成できない。あらかじめ知っていたら、綿密に計画を立て、セトとすべての悪魔の名にかけて、ファラオでさえ何が起こったのか気づく間もなくアメン神を倒していただろう。今じゃテーベの浮浪児にまで知れ渡り、神殿の庭では神官が民を扇動し、男は木の枝を、女は洗濯棒を服に忍ばせて神殿に向かっている始末だ。隼にかけて、ファラオのことを思うと泣けてくるよ」

ホルエムヘブは私の膝にもたれて両手で頭を抱え、これから起こるテーベの災厄を思って涙した。そこへメリトが三杯目の鰐の尻尾を持ってきて、ホルエムヘブのたくましい背中と隆々とした筋肉に見とれていたので、私は苛立って「二人きりにしてくれ」と言って彼女を追い返した。私は命令通りバビロンやハッティの地、クレタ島で見聞きしたことをホルエムヘブに話そうとしたが、彼は鰐の尻尾に酔いつぶれて、両手で頭を抱えながら眠り込んでしまったので、彼を見守るしかなかった。暴動が起きたときに備えて、店主とカプタが兵士をもてなしていたので、酒場からは夜通し兵士の騒ぐ声が聞こえてきた。盲目の楽師や踊り子が招かれ、兵士は一晩じゅう楽しんだのだろうが、私はテーベの至るところで短刀や斧、金梃子《かなてこ》が研がれ、台所ののし棒でさえも銅で補強されていることを思うと、不安でたまらなかった。おそらく多くの民は眠れず、ファラオも寝ずにアテン神を思い続けたのだろうが、生まれながらの兵士、ホルエムヘブはぐっすりと眠っていた。

2

その夜、大勢の人々がアメン神殿の前庭で過ごし、貧乏人は花壇の横の涼しい芝の上で休み、神官はすべての祭壇に多くの生贄を捧げ、供えられた肉やパン、ワインを民に配った。彼らは声高にアメン神の名を叫び、命をかけてアメン神を信じる者に永遠の命を約束した。ファラオの神、アテンは迫害を望んでいなかったから、アメン神官がおとなしく服従していれば、流血沙汰にはならず、拘束されることもなかっただろう。しかし、権力と富に目が眩み、この夜アメン神に助けを求めて再び信仰心を取り戻したアメン神官たちを止めるのは、死をもってしても不可能だった。洪水が乾いた藁をなぎ倒すように、戦慣れした軍隊が民や数少ない番人を倒すことは分かりきっていたが、アメン神官はアメン神とアテン神の間に流血を望み、うす汚れた黒人兵を使って聖なるエジプト人の血を流そうとするファラオに、人殺しの罪を着せようとしていた。彼らはたとえ神像が倒され、神殿が閉鎖されようと、犠牲者の血を生贄として捧げ、アメン神が永遠に生きることを望んだのだ。

長い夜が明け、東の三つの丘の向こうから太陽が昇り、燃えるような日差しが夜の冷気を消し去った。すべての街角と市場でラッパが吹き鳴らされ、ファラオの役人が「アメンは偽りの神なり。よってアメンは永遠に呪われん。皆の者はアメン神像を倒し、すべての石碑や壁、墓からその名を削り取るべし」というファラオのお触れを読み上げた。そして、上下エジプトにあるアメン神殿と、アメン神殿が所有していた土地、家畜、奴隷、建物、金銀や銅はすべてファラオとアテン神殿の所有とし、ファラオは自らの神殿や庭園を開放して自由な出入りを許し、暑い日には聖なる湖で貧しい者たちを泳がせ、好きなだけ水を汲めるようにした。アメン神殿が所有していたすべての土地は、これまで土地を持っていなかった者に分け与え、アテン神の名のもとに農耕を行わせることになった。

最初、民はファラオのお触れを儀礼通り無言で聞いていたが、やがて街角や市場、神殿の前から低い叫び声があがった。

「アメン、アメン！」

この叫び声が波のように大きくうねり、道の敷石や家の壁までもが叫んでいるように感じた。すさまじい轟音に白と赤の戦化粧をした黒人兵の顔はこわばり、初めて目にした大都市の民の数に対して、自軍の規模は到底及ばないと気づき、白目を剥いて怖気づいた。このときファラオは、自らの名から呪われた名のアメンを消し、今日からアテンに望まれし者、アクエンアテンと名乗ると宣言した。しかし、騒音にかき消されて、ほとんどの人々の耳には届かなかった。

この騒ぎで「鰐の尻尾」の小部屋にいたホルエムヘブも目を覚まし、伸びをすると目を細めて私に微笑みかけた。「ああ、バケト、あなたか。アメン神が愛する私の姫よ、あなたが俺を呼んだのか」

私が脇腹をつつくと、彼は目を見開き、古着を脱ぎ捨てるかのように一瞬で笑みを消し、頭を掻いた。

「シヌヘ、どうやら夢を見ていたようだ。セトとすべての悪魔の名にかけて、この酒はとんでもないぞ」

「民がアメンの名を叫んでいる」

するとホルエムヘブはすっかり事態を思い出し、寝転がっている兵士や手足をあらわにした娘たちにつまずきながら、慌てて酒場の戸口へと向かった。ホルエムヘブは壁際にあったパンをつかみ、壺一杯のビールを飲み干して私と外へ出ると、いつになく閑散とした道を脇目もふらずに神殿に向かって走った。ホルエムヘブは、途中で牡羊参道の噴水に入って体を洗い、鰐の尻尾のせいで疼く頭を水に突っ込むと、顔をあげて勢いよく息を吐き出した。

部隊を指揮し、神殿の前に戦車を整列させていた総司令官は、純血種の猫を愛する、小柄で太ったあのペピトアメンだった。全員が配置につくと、彼は黄金の輿の上に立ち上がり、甲高い声で叫んだ。

「エジプトの兵士よ、クシュの怖いもの知らずの男たちよ、勇猛なシャルダナ人たちよ！　さあ行くのだ。ファラオの命令に従って呪われたアメン神像を倒せば、多くの褒美が与えられるだろう」

そう言うと、やるべきことはやったとばかりに、満足そうに柔らかい椅子に腰かけ、暑さを和らげるために奴隷に扇であおがせた。

アメン神殿の前は老若男女問わず白い服を着たおびただしい数の民で白一色に埋めつくされ、そこに向かって部隊と戦車が進んでも、誰も後退しようとしなかった。黒人兵が槍の柄で民を押しのけ、槌で何人かを殴ったが、民の数はあまりにも多く、なかなか前進できなかった。突然、民が大きな声でアメン神の名を叫んで戦車の前に身を投げ出してきたので、民は馬の蹄に踏みつぶされ、戦車の下敷きになった。ファラオに流血を禁じられている将校たちは血を流さずに前進するのは不可能だと判断し、新たな命令を待とうと隊列を後退させた。しかし、すでに広場の石畳には血が流れ、轢かれた者たちは苦痛にうめいていた。兵士の後退を目にした民は、勝利したのだと思い込んだ。

ペピトアメンは、アクエンアテンと改名したファラオに倣《なら》ってすぐに改名することにし、将校たちが次の指示を仰ぐために冷や汗を浮かべてやってきたというのに、「ペピトアメンなど知らぬ。我が名はペピトアテン、アテンが祝福するペピである」と目を見開いて宣言した。金糸で編んだ笏を持ち、千人の部下を率いる将校たちは、これを聞いてひどく気を挫かれ、戦車部隊の隊長は「何の茶番ですか。アテンなど地獄の裂け目に落ちればいい。それよりも、神殿への道をあけるために民をどうすべきか指示を出してください」と懇願した。するとペピトアテンは彼らをばかにして言った。「なんて女々しい奴らだ。それでも兵士か。民を蹴散らせ。ただし、ファラオのお達し通り、血を流してはならん」

これを聞いた将校たちは顔を見合わせて地面に唾を吐いたが、為す術もなく各々の部隊に戻っていった。将校たちがこんな話をしている間に、黒人兵は民に押しやられて徐々に後退し、混乱は広がろうとしていた。民は調理用の槌や木の枝を振りまわして叫び、地面から敷石を掘り起こして黒人兵に投げつけた。民は互いの大きな声に勇気づけられ、多くの黒人兵は血だらけになって倒れていった。戦車を引く馬は暴れ出し、御者は精一杯手綱を引いて馬を抑えようとしていた。戦車部隊のもとへ戻ってきた隊長は、特に可愛がっていた馬が目を潰され、敷石が当たって脚を引きずっている姿を見て、感情を抑えきれずに涙をこぼして大声で叫んだ。

「我が黄金の矢よ、俊足の小鹿よ、我が陽光よ、奴らがお前の目を潰し、脚を折ったのか。あいつら全員とすべての神を合わせたよりも、お前のほうが大切だというのに。敵《かたき》はとってやるが、ファラオに禁じられているから血を流してはならない」

戦車部隊の隊長が先陣をきって民のなかに突っ込んでいき、そのあとに戦車部隊が続いた。戦車部隊は率先して仲間を鼓舞している民に狙いをつけ、戦車の上に引っ張り上げて馬の手綱で首を絞めた。たしかに血は流れなかったが、民への見せしめに遺体は戦車で引きずりまわされた。さらに、老人や子どもが馬の脚で踏みつぶされ、民の叫び声は悲鳴へと変わった。黒人兵も盾で攻撃を防ぎながら、弓から外した弦で民の首を絞め、子どもさえも絞め殺した。しかし、部隊からはぐれて民に囲まれた黒人兵は、踏みつけられ、切り刻まれた。あるところでは、民が戦車から御者を引きずりおろし、けたたましい叫び声をあげながら御者の頭を地面に打ちつけた。

私とホルエムヘブはこの様子を牡羊参道から見ていたが、神殿前の混乱や騒音があまりに激しかったので、詳しいことまでは把握できず、私たちが全容を知ったのは、あとになってからだった。ホルエムヘブは「俺はこれに手を出せないが、学べることは多いな」と言って、牡羊の頭をしたスフィンクス像の背にのぼり、酒場から持ってきたパンをほおばりながら一部始終を眺めていた。

民の叫び声は荒れ狂った洪水のように鳴り止まず、ペピトアテンは、そばにある水時計が無駄に時を告げていることに苛立っていた。そこでもう一度将校たちを集め、遅々として進まない状況に不満をぶつけた。

「スーダン猫のミモは今日子猫を産むというのに、そばで取り上げてやれんのが心配でたまらない。アテン神の名のもとに、皆が帰れるようさっさと呪われた像を倒してこんか。さもなければ、セトとすべての悪魔の名にかけて、お前らの首から金の鎖を引きちぎって笏をへし折ってやるぞ」

これを聞いた将校たちは、自分たちは所詮使い捨ての駒にすぎないのだと思い知り、将校同士で相談し、すべての地獄の神を頼りに、せめて兵士としての尊厳を守ろうと決めた。そこで隊列を整えて民のなかに突撃し、洪水が葦を倒すように民をなぎ倒していった。黒人兵の槍は真っ赤に染まり、広場に血が流れた。その日の朝、アメン神殿の前には百に百を掛けた数の民の遺体がアテンのせいで積み重なることとなった。黒人兵が死に物狂いで突撃してくるのを見たアメン神官たちは、銅の塔門を閉めたので、民は恐れをなして羊の群れのように四方八方に散った。血を見て獰猛になった黒人兵は逃げ惑う民を追いかけて矢を放ち、槍で串刺しにした。アテン神殿に逃げ込んだ民は祭壇を倒して捕まえた神官を殺し、彼らを追ってきた戦車が神殿になだれ込み、石畳は血に染まり、死者であふれた。

黒人兵は周壁の攻略に慣れておらず、彼らの破城槌《はじょうつい》ではキリンがいる密林のなかにある村の草屋根の門は壊せても、銅の塔門には歯が立たなかったので、ペピトアテンの軍隊はアメン神殿の前で立ち往生していた。アメン神官は神殿を取り囲むことしかできない彼らを周壁の上から罵《ののし》り、神殿の番人が矢を射ったり槍を投げたりしたので、多くの黒人兵が命を落とした。神殿前の広場に血のにおいが充満すると、町じゅうのハエが沸き上がる雲のように集まってきた。黄金の輿に乗って広場に移動したペピトアテンは、奴隷に香を焚かせなければならないほどの悪臭で顔色が悪くなり、無数の死体を目にして涙を流し、服を引き裂いた。それでも心のなかはスーダンの身重の猫ミモのことでいっぱいだったので、将校たちにこう言った。

「アメン神像を倒せないばかりか、広場が血の海になるとは、ファラオの怒りはさぞ恐ろしい形でお前たちに降りかかるだろう。だが、起こったことは仕方がない。私は現状を報告するために急いでファラオのもとへ行き、お前たちのために言葉を尽くしてみよう。このひどいにおいといったら肌に焼けつくようだから、家に寄って着替えをして、ついでに猫の様子を見てこよう。今日のところは神殿の壁をどうにかできるとは思えんから、その間に黒人兵をなだめ、食い物とビールを与えておけ。私の豊富な経験から壁を破る方法がないのは分かっているが、ファラオは神殿を包囲せよとはひと言もおっしゃっていないのだから、これは私のせいではないぞ。では、私は次のご指示を仰ぐために、ファラオのもとへ行くことにしよう」

　将校たちは、壁や積み上がる死体の山から離れたところに部隊を退却させ、兵站の馬車を出し、黒人兵に食事を取らせて夜を迎えた。黒人よりも頭がまわり、照りつける太陽を嫌うシャルダナ人は、富裕層や貴族の家、神殿近くの家から住民を追い出し、酒蔵を荒らした。放置された死体は膨れあがり、オオガラスや、これまでテーベで見かけなかったハゲワシまでが飛んできた。

　ホルエムヘブと別れてしばらく経った頃、鼻血を出した少年が、苦しそうな父親に手を貸しながら目の前を通り過ぎた。父親は戦車に轢かれて足を失っていた。私は父親を助け、負傷者の治療に専念した。耳のそばで矢の飛び交う音が聞こえても、恐ろしいとは思わなかった。アテン神が権力を手にする瞬間に居合わせた私は、民がファラオの差し出した善意に背を向けたことや、これからのことを思うと寒気がして、いっそ死んでしまいたくなったが、矢は私を避けていった。その日貧民街では、負傷者があとを絶たず、私は服を裂いて傷口に巻き、夜も患者を受け入れ、傷を縫合しながら彼らに問いかけた。

「ファラオはお前たちのことを思い、土地を持っていないすべての者にアメン神殿の土地を分け与え、今日からアメン神殿の庭園もお前たちのものとなり、聖なる湖から丸々太った魚を釣ってもいいと言っているのに、なぜ受け入れないのだ」

「偽りのファラオは、土臭い生まれでもない俺たちを、貧しいとはいえ大切な家から追い出して畑仕事を強制し、土地に縛りつけようとしているじゃないか。それに、聖なる湖の魚は、食べると尖った骨が喉に刺さって窒息してしまうことをお前も知っているだろう」

　彼らは疑い深そうに私を見て言った。

「シヌヘ、俺たちが敬っているお前は、もしやアテン側の人間なのか？　もしそうなら、お前の刃は俺たちの傷に毒となるし、包帯は皮膚に張りついて火傷してしまうかもしれないから、お前の助けは要らない」

　それを聞いた私は、民がアメン神を狂信している今、何も言わずに治療するのがいいと気づいた。

　その後、高価な香油を塗った艶やかな髪をした若い男が運び込まれた。この若者は喉に穴が開き、水を飲ませると傷口から水が噴き出すような状態だった。しかし、私が治療する前に、ほかの患者たちが埃と血に汚れた若者の襟飾りに生命の十字の刺繍があることに気づき、集団で襲いかかって殺してしまった。

く理解しなかった。

彼らはすべての元凶であるアテン神を排除することしか頭になく、なぜ私が泣き、文句を言うのかまった
「アテン神が現れる前は、アメン神のご加護があり、アメン神のお力で西方の地が約束されていたから、貧しくて空腹でも幸せだった。アメン神はすべての神のなかの王なのに、ファラオが呪われたアテンを信仰するせいでアメン神のご加護を奪われ、アメン神に見捨てられ、黒人どもに殴られ、これから先は疫病や飢餓に苦しむことになり、俺たちは貧しいだけではなく不幸になるのだろう」

そう言って若者の遺体を路上に放り出すと、犬が血と髪の香油を舐めに来た。

この夜、黒人兵は広場や神殿付近の路上でビールを飲んで騒ぎ、シャルダナ人は侵入した家でワインを飲んで酔っ払っていた。下級将校たちはそれを止めるどころか自分たちも大酒を飲んでいた。夜になっても大通りにランプが灯ることはなく、テーベの空は暗かったので、野営地から抜け出した黒人兵やシャルダナ人は松明に明かりをつけ、娼館の戸をこじ開けて次々に侵入し、辺りをうろついては行き交う者に「アメンか、アテンか」と尋ね、答えない者を殴り倒して財布を奪った。恐怖心から「アテン神に祝福あれ」と答えた者には、「この嘘つきめ。俺たちはだまされないぞ。テーベの犬め！」と叫んで喉を掻き切り、腹に槍を突き刺して服や持ち物を奪い取った。そして、暗がりがよく見えるように道沿いの家々に火を放ったので、空は夜半になっても真っ赤に染まった。

この日のテーベは、貴族であっても命の保証はなく、アメン神の黄金や宝が町から持ち出されないように街道や水路は封鎖され、番人が厳重に見張っていたので、誰も町から逃げることはできなかった。

ペピトアテンは総司令官の地位を失うどころか、ファラオに倣って今は口にしてはならない呪われたアメンの名を真っ先に改名したので、ファラオから猫の模様が彫られた金の鎖を下賜された。真っ赤に染まるテーベの夜空を見て、ファラオが何を思ったかは分からないが、アメン神の神聖な都市テーベで起こることに関心がないファラオには、おそらく多くのことが伝えられなかったのだろう。ファラオは、アメン神官が飢えて降参するか、正気を取り戻して殺戮をやめるまでは神殿を包囲するように、ただし今回の件で彼らを罰してはならないと命じた。しかし、これはあらゆる命令のなかで最もばかげたものだといっていい。アメン神殿の倉庫には大量の穀物があり、家畜小屋には牛がいて、庭園には草が茂り、放牧もできるので、たとえ神殿の庭園に百掛ける百のアメン信者がいても空腹で苦しむことはなかったが、街道と水路が封鎖されていたので、テーベの民は苦しむことになった。

ファラオの怒りを買うことを恐れて、ファラオには死者は数人だと伝えられ、誰もが見て見ぬふりをしたため、最悪なことに、神殿前の広場に膨大な数の遺体が放置されてしまった。遺族は愛する者の遺体を広場から持ち帰ることもできず、最初の日はシャルダナ人がいくつかの遺体を金持ちに売り渡していたが、やがて彼らも腐臭に耐えきれなくなり逃げ出した。そのため、町には甘ったるい死臭が漂い、川の水が汚染され、数日と経たぬうちに町じゅうで疫病が流行り始めたが、生命の家も薬品庫も神殿の壁の内側にあったので、疫病の拡大を防ぎきれなかった。

毎晩、町のどこかで火の手があがり、家は略奪され、戦化粧をした黒人兵は黄金の杯でワインを飲み、シャルダナ人は天蓋付きの柔らかな寝床で休んでいた。一方、アメン神殿の周壁では、神官たちが夜も昼も偽りのファラオと、アメン神を禁じたすべての者に対して、呪いの言葉を叫び続けた。そして暗くなると、神を畏れない盗人、墓泥棒、追いはぎが出没し始めた。彼らはアテン神を崇拝するふりをして我先にとアテン神殿へ行き、生き残った神官から授けられた生命の十字を護符として首にかけ、暗闇に紛れて好き放題に盗みや人殺し、暴行を働いた。このような状態が数日間続いた。この暴動のあと、テーベは何年も元の姿に戻ることはなく、太った遺体の傷口から大量の血が流れ出るように、権力も富も失われることになる。

3

私の家に滞在することにしたホルエムヘブは、夜も眠れず日に日にやつれ、目はどんよりとし、食事にも興味を示さなくなったが、ムティはほかの女と同様、博識であっても貧弱な私よりもホルエムヘブのことを気に入っていたので、熱心に彼の食事の世話を焼いていた。ホルエムヘブは私に言った。

「アメンだかアテンだか知らないが、兵士を好き勝手にさせたもんだから、皆野獣と化してしまい、正気に戻すために何人もの背中を鞭打ちして、首を切らねばならん。俺はあいつらの名前も過去の功績も覚えているし、ちゃんと訓練して規律を守らせれば、いい兵士だったのに、とんでもない損失だ」

その一方で、カプタは日に日に富を蓄えて、顔を香油で艶々と光らせ、夜は「鰐の尻尾」で過ごしていた。酒蔵の隠し部屋には、シャルダナ人の将校や百人隊長たちが値段も聞かずに大量の酒を買ったときの黄金や、盗品の宝物、装飾品、小箱や絨毯がうず高く積まれていた。酒場はホルエムヘブの兵士に護衛され、入口には盗人が見せしめに逆さ吊りにされていたので、酒場が荒らされることはなく、カプタは四六時中兵士に酒を勧め、兵士は神の名を唱えてカプタの名を称えていた。

貧民街に疫病が蔓延してから三日目に薬の在庫が底をつき、黄金を出しても手に入らなくなると、私にできることはなくなった。それまで一睡もせずに働いたので目は血走り、心身ともに疲れ切っていた。貧困やあらゆる傷、アテン神といったすべてのものに嫌気が差していた私は、「鰐の尻尾」に出向いて混合酒をあおり、メリトの寝床で眠った。翌朝、私の隣で横になっていた彼女に起こされると、私は大いに自分を恥じて言った。「人生は寒い夜のようなものだが、孤独な二人が寒い夜にお互いを温め合うなら、たとえ友情のために君の瞳や手が嘘をついていても、美しいものだと思うんだ」

メリトは眠たそうにあくびをして言った。「私の瞳や手が嘘つきだなんてどうして分かるの。言い寄ってくる兵士の手をつねったり、向こう脛を蹴りつけたりすることに飽き飽きしている私にとって、たしかにあなたの隣はこの町でたった一つの安らげる場所よ。でも、あなたは私を嘘つき呼ばわりして傷つけるのね。これでも私は美しい女と言われてきたし、あなたは見ようともしないけどお腹だって醜くはないのよ」

私は何も言えず、頭をすっきりさせようとメリトが注いでくれたビールを飲んだ。彼女の鳶色の瞳には、深い井戸の底にある暗い水のような悲哀が漂っていたが、彼女は微笑んで私の目をのぞき込んだ。

「シヌへ、もしできるならあなたを助けてあげたい。この町にあなたに大きな借りがある女が住んでいるのを知っているの。今は天地がひっくり返って、戸が外側に開くようなご時世だから、過去だって清算できるわ。過去の傷を消し去ってしまえば、すべての女は燃えあがる砂漠のようだということも、女に疑心暗鬼になることもなくなって、あなたも救われるのではないかしら」

メリトのことは砂漠だなんて思っていないと伝えて、その場をあとにしたが、彼女の言葉が頭に残り、心のなかで燻《くすぶ》り始めた。血や傷を見ても何も感じなくなっていた私だが、憎しみに酔いしれるような感覚を抱く恐ろしい自分がいた。砂が積もるほどの時が経ったというのに、私はバステト神殿のそばにある館をありありと思い出すことができた。すべての死者が墓から蘇ったかのような恐怖の日々がテーベで続くなか、優しい父センムトとよき母キパのことを思い出し、口のなかに血の味を感じた。今のテーベは治安が悪く、どんな貴族や金持ちも安全とはいえなかったが、兵士を数人雇えば自分の望みを果たすことは可能だった。しかし、自分がどうしたいのかはまだ分からず、私は家に戻り、薬がなくても患者にできることをしようと、貧民街に住む人々に、川のそばに井戸を掘ってきれいな水を手に入れてはどうかと勧めた。

五日目になると、兵士たちはラッパが鳴っても命令に従わなくなり、道端で隊長を罵り、黄金の笏を奪って膝で真っ二つに折る有り様で、隊長たちは恐怖を感じ始めた。そこで、彼らは不便な兵士の生活に嫌気が差してひたすら猫を懐かしんでいるペピトアテンに、今度こそファラオに真実を告げて総司令官の襟飾りを外すことを誓わせた。同じ日にファラオの従者たちが私の家に来て、ホルエムヘブにファラオの御前に出向くようにと伝えた。ホルエムヘブは眠れる獅子が起き上がるように立ち上がり、身を清めて身なりを整えると、今やファラオの権力が揺らぎ、明日も分からぬ状況であることをファラオにどう伝えようかと思案しながら、咆哮をあげて出ていった。ホルエムヘブはファラオの御前に進み出て言った。

「アクエンアテンよ、ことは急を要するから、何度も要望を言いはしない。元通りにしたいなら、ファラオの権限を三日間俺に預けてくれ。三日後には権限を返すし、その間に起こったことを知る必要もない」

「アメンを倒すのか」

「まったく、月に取り憑かれたとしか思えない有り様だな。ファラオの権力を維持するためにも、アメンを倒さなければならない。だが、その方法は聞かないでくれ」

「アメン神官たちは自分が何をしているのか分かっていないのだから、彼らを傷つけてはならない」

「まだそんなことを言うのか。治る見込みがないなら、頭蓋切開をするしかなさそうだな。だが、俺はかつて肩衣で王を覆ったのだから、命令には従おう」

するとファラオは涙を流しながらも、ヘカとネケクを三日間ホルエムヘブに差し出した。しかし、これはホルエムヘブから聞いた話で、彼は兵士によくあるように自分の話を誇張するのが常だったから、実際のところは分からない。いずれにしても、ホルエムヘブはファラオの黄金の馬車に乗って町に戻り、道から道を走らせて信頼のおける兵士の名前を呼んで周囲に呼び寄せると、ラッパを吹き鳴らせて、「隼」と「獅子の尾」の旗のもとに兵士たちを集めた。ホルエムヘブは最も優れた兵士を町の見回りに行かせ、ラッパに従わなかった者を全員捕らえ、自分の前に引きずり出して杖で打たせ、なかでも手や服を血で汚した者はほかの兵士の前で首を切った。ホルエムヘブは夜通し懲罰を与え続けたので、兵士の悲鳴やうめき声が野営地に響き、彼の部下は葦の杖がばらばらになるまで打ち続けて疲労困憊し、しまいには、かつてこれほどの処罰はやったことがないと音《ね》をあげた。盗みや人の家に侵入した者は即座に槍で突かれ、磔《はりつけ》にされたので、ならず者は朝が来ると、見つかっても咎《とが》められないように首や服からアテン神の十字を剥ぎ取ってふるえあがり、ドブネズミが巣穴に逃げ込むように隠れ家に潜り込んだ。

ホルエムヘブは町じゅうの大工を集めて、金持ちの家を取り壊し、船を解体し、木材を集め、破城槌や梯子《はしご》、攻城塔《こうじょうとう》を作らせたので、夜のテーベに槌を打つ音や木材のぶつかる音が響いた。しかし、それ以上に響いたのは黒人兵やシャルダナ人の悲鳴で、テーベの民は胸のすくような思いで聞いていた。破壊された町を目にした良識のある民は、アメン神に愛想を尽かし、早く町から兵士がいなくなればいいと願っていたので、ホルエムヘブの行いを咎めるどころか、彼を称えて慕った。

ホルエムヘブは神官たちとの交渉に時間をかけず、夜が明けるとすぐ将校たちに命令を下し、百人隊長を召集してそれぞれに指示を出した。兵士は盾で頭を守っていたので誰も負傷することはなく、周壁の五か所に攻城塔を運び、同時に破城槌を門へ突撃させた。アメン神官や番人たちは今まで通り防御できると高をくくり、熱湯や溶かしたタールを用意しなかったため、四方八方から押し寄せる攻撃を防ぐことができず、周壁を右往左往したので戦力は分散し、前庭では民の悲鳴があがった。門が破られ、黒人兵が周壁を乗り越えてくるのを見た上級神官たちは、十分すぎるほどの犠牲者が出た今、将来のためにアメン信者を生かしておいたほうがいいと判断し、民の命を救うために戦いを止めようとラッパを吹き鳴らした。兵士たちは開かれた門から前庭に入り込み、ホルエムヘブの命令通り、前庭にいた民を逃がした。民は暑いなか、狭い神殿の前庭に押し込められて疲れ切り、熱に浮かされたような気分もとっくに失せていたので、アメン神の名を叫びながら逃げ出し、喜んで家に戻っていった。

こうして、ホルエムヘブは大した犠牲を出すこともなく、神殿の前庭、倉庫、厩舎、工房を占拠した。生命の家と死者の家も彼の手中に収まり、生命の家の医師たちは負傷者を治す薬とともに町に送り込まれたが、死者の家は元々「生」とは無関係な存在で、世の中の出来事から切り離された場所だったから、ホルエムヘブも手を出そうとはしなかった。

神官は番人に術をかけて、薬を飲ませ、死ぬまで痛みを感じずに戦えるようにしたうえで、ともに至聖所を守ろうと大神殿に立てこもっていた。大神殿での抵抗は夜まで続いたが、術をかけられた番人と武器で抗《あらが》う神官たちは夕方までには全滅し、残ったのは至聖所の神像のそばに身を寄せあっていた上級神官だけだった。ホルエムヘブはラッパを吹かせて攻撃をやめ、兵士たちにすべての死体を集めて川に投げ込むよう命じると、アメン神官のもとへ向かった。

「隼の子である俺が崇めるのはホルス神で、アメン神に異論があるわけではないが、ファラオに従うと誓いを立てているから、命令に従ってアメン神を倒さなければならない。しかし、神を辱めるのは本意ではないから、至聖所に神像がなくなれば、双方にとって好都合だと思うが、どうだ。水時計が落ちきるまで待ってやるからよく考えろ。その後、黙ってここを去るがいい。俺はお前たちの命が欲しいわけではないから、誰にも邪魔はさせないと約束しよう」

ホルエムヘブの提案は、アメン神のために死を覚悟していた神官たちにとって、ありがたいものだった。神官たちは水時計が落ちきるまで至聖所の垂れ幕のうしろに留まっていたが、ホルエムヘブが幕を引きはがして神官たちを追い出したときには、アメン神像の姿はなかった。神官たちはいつの日かアメン神が復活することを願って、神像を素早く砕き、その破片を服の下に隠して持ち去ったのだ。ホルエムヘブは黄金や銀の保管庫など、すべての蔵をファラオの印で封印し、広場に放置されていた死体を片づけさせ、町の至るところで燃えあがっていた炎を鎮火させた。その夜、石工たちは松明の明かりを頼りに、すべての像や壁画からアメン神の名を削り取る作業に取りかかった。

アメン神が倒れ、平和と秩序が戻ったと聞いた金持ちや貴族は、上等な服に身を包み、館の前にランプを灯し、通りでアテン神の勝利を祝った。ファラオの黄金の宮殿に逃げ込んでいた家臣も船に乗って川を渡り、町に戻ってきた。テーベの空は再び松明やランプの明かりで赤く照らされ、民は大声で笑いながら抱擁し合った。シャルダナ人にワインを飲ませようが、神官の頭を槍に刺して運ぶような黒人兵を女たちが抱擁しようが、ホルエムヘブが口出しできるような雰囲気ではなかった。この夜、テーベはアテン神の名に酔いしれ、アテン神の名のもとにすべてが赦され、エジプト人と黒人の間に違いはないということを示そうとしていたので、私はさまざまな光景を目にすることになった。宮廷の女たちは黒人兵を家に誘って流行りの夏服の前を開き、刺すような血のにおいが染みついた力強い黒人たちの体を愉しんでいたし、負傷した神殿の番人が周壁の陰から這い出てきて、熱に浮かされてアメン神の名を叫ぼうものなら、敷石に頭を打ちつけられ、その死体の周りで貴族の女たちが狂喜乱舞していた。

どんな神であろうと、狂気に溺れた人間を治すことはできないのだと思い至り、無力感に襲われ、両手で頭を抱えた。自暴自棄になっていた私の心に、メリトの言葉が思い起こされ、「鰐の尻尾」へ急ぎ、護衛をしていた数人の兵士に声をかけた。彼らはホルエムヘブの信頼を得ていた私のあとに従ってくれ、ともに享楽に浮かれる夜の町を駆け抜けた。路上で跳びまわる人々の横を通り過ぎ、バステト神殿のそばにあるネフェルネフェルネフェルゥの館の前に着いた。ランプと松明が灯っている館は、盗みに入られた形跡もなく、酔っ払った人々の騒々しい声と楽しそうな様子が道端にまで伝わってきた。急に膝がふるえ始め、胃が締めつけられる思いがしながらも、兵士に言った。

「これは王の総司令官である我が友、ホルエムヘブの命令だ。この館のなかにいる、緑色の石のような目をした高慢そうな女を連れてくるのだ。もし抵抗するようなら、槍の柄で頭を打ってもいいが、それ以上は傷つけないでくれ」

兵士たちが勇んでなかに入ると、客たちは怯えて、慌てふためきながら外へ逃げ出し、使用人たちは番人を呼ぼうとしたが、兵士たちは果物や蜂蜜菓子、ワインの壺を手に、ネフェルネフェルネフェルゥを連れて戻ってきた。彼女は抵抗したようで、槍の柄で頭を殴られ、かつらが取れ、血を流していた。彼女の胸に手を当てると、その肌はガラスのようになめらかで温かかったが、私は蛇の皮に触れたような心地がした。彼女の心臓の鼓動を感じ、ほかに怪我がないことも分かったので、彼女の体に遺体を包むための黒い布を巻いて輿に乗せた。兵士がいたおかげで番人に止められずに済み、死者の家に着くまでの間、私は揺れる輿のなかでネフェルネフェルネフェルゥの体を抱えていた。失神した彼女はいまだに美しかったが、彼女を抱えるのは蛇を抱くよりも気分が悪かった。享楽に浮かれるテーベの夜を横切って死者の家に着くと、私は兵士たちに報酬を渡して解放し、輿も返した。そしてネフェルネフェルネフェルゥを抱えて死者の家に入り、やってきた遺体洗浄人たちに言った。

「道端で見つけた女の遺体を持ってきた。名前も知らないし、身内のことも分からないが、宝石をつけているから、遺体処理をすればいくらか足しにはなるだろう」

遺体洗浄人たちは私に毒づいた。

「おかしな奴め、ここ最近、遺体が多すぎるっていうのに、誰がこの労をねぎらってくれるっていうんだ」

しかし、彼らが黒い布を剥がして服を脱がせ、装飾品を外すと、その体がまだ温かく、これまで死者の家で見てきたどんな女よりも美しいことに気づいた。彼らは何も言わずに女の胸に手を当てて、まだ心臓が脈打っていることを確認すると、急いで体に布を巻き直し、互いに目配せをしてにやりと笑い、喜んで言った。「よそ者よ、この遺体が永遠に残るようにせいぜい尽くしてやるから、さっさと去れ。お前の行いに祝福を。俺たちに任せてくれれば、この遺体は七十日に七十を掛ける間、俺たちとともに過ごし、永遠の命を得るだろう」

こうして私は父と母のために、ネフェルネフェルネフェルゥに復讐を果たした。彼女のせいで知ることになった死者の家に彼女を送り込むというのが私の復讐だった。私が知っている彼らの習性からすれば、彼女が太陽の下に戻ることは二度とないだろう。目を覚ました彼女が、富と自尊心を奪われ、死者の家の洞窟に遺体洗浄人や処理人とともにいると知ったら、どう感じるだろうか。のちにこの復讐は幼稚なものだったと判明するが、今はまだその話をするときではない。復讐を果たしたときはいい気味だと思っても、この世のすべての花のなかで復讐の花ほど早く散るものはなく、その下からは死者の骸骨が現れるのだ。復讐を果たした瞬間に感じた、全身が痺れるような陶酔は、死者の家から出るときにはすっかり冷め、その代わりに凍るような寒さに襲われ、頭のなかは中身が流れ出たあとの卵の殻のように空っぽだった。破滅や恥、死をまとったネフェルネフェルネフェルゥが狙いを定めた罪のない若者を、恥や若死にから救ったのだという満足感も持てなかった。もしすべてのことに意味があるなら、彼女の存在にも意味があることになるから、彼女のような女は人々の心を試すためにこの世に存在するのかもしれない。しかし、もし何事にも意味がないならば、人々の行いも私の行いも無意味なものでしかなく、私が得た喜びもその瞬間に霧と散るのだ。それならば、自らを川に沈め、川の流れに身を任せたほうがいいだろう。

私はメリトに会うために「鰐の尻尾」に行き、彼女に言った。

「復讐を果たしてきた。これまで誰も思いつかなかったようなひどい復讐だが、ちっとも嬉しくないし、むしろ以前よりも虚しくて、こんなに暑い夜なのに手足が冷えるんだ」

そう言ってワインを飲むと、土埃のような味がした。

「女のことを考えれば考えるほど恐ろしい。女の心は人を死に追いやる罠そのものだ。それでも女に触れようとするなら、我が身なんか砂漠のように干乾びてしまえ」

メリトは私の手に触れ、鳶色の瞳で私の目をのぞき込んで言った。

「シヌへ、あなたはこれまで、ただあなたに尽くしたいと思う女《ひと》を知らなかったのよ」

「ファラオも民に善かれと思うことをしているだけなのに、川は死体だらけになった。エジプトのすべての神々よ、私に善かれと思う女から私を守りたまえ」私は酒を飲んで泣いた。「メリト、君の頬はガラスのようになめらかで、君の手は温かい。今夜、夢を見ずに寝られるように、君の頬に口づけさせてくれ。そしてこの冷えた手を君の手で温めてくれたら、欲しいものを何でもあげるよ」

彼女は寂しそうに微笑んで言った。「あなたの舌を通じて、鰐の尻尾が話しているのではないかと思うけれど、それには慣れているから気にしないわ。私はこれまでどんな男の人にも何かを望んだことはないし、誰からも高価な贈り物を受け取ったことはないの。だからシヌへ、あなたにも何も求めないし、私はあなたと同じくらい孤独な人間だから、何かをあげるとしたら、それは心から差し出すものなのよ。だから、あなたの望みなら喜んで叶えてあげるわ」

彼女は私のふるえる手からワインの杯を取りあげ、寝床を広げ、私の隣に横たわり、私の手を両手で包んで温めてくれた。私は彼女のなめらかな頬に口づけをし、杉の香りがする彼女の肌の匂いを吸い込み、彼女と歓びを交わした。私にとって彼女は父や母のようであり、冬の夜に凍える者を暖める火鉢や、嵐の夜に船乗りを家まで導く灯台のようだった。そして、私が眠りにつく頃には、彼女は私のもとを永遠に去ったミネアでもあった。メリトは母親が暗闇を恐れる幼な子に語りかけるように私にささやき続けてくれたので、海底に沈んだミネアの横にいるような安らかな気持ちで彼女の隣で休み、悪夢も見ずにぐっすりと眠った。彼女の腕のなかにいたおかげで、私の心のなかに、そして私が意識しないところにも、何か大きなものがあって、そのために生きる価値があると思え、その夜から彼女は私の心の友となった。

翌朝、私は彼女に伝えた。「メリト、私は昔ある女と壺を割ったことがあり、彼女はもう死んでしまったけれど、髪を結んでいた金糸の紐をまだ取ってあるんだ。だけど、メリト、私たちの友情のために、君が望むなら壺を割るつもりでいるんだ」

しかし、メリトは手の甲を口元に当ててあくびをして言った。

「シヌへ、明日もそんなことを言うようなら、もう鰐の尻尾を飲んではだめよ。私は酒場育ちで、そんな言葉をいちいち真に受けて、あとで傷つくほど初心《うぶ》じゃないってことを忘れないでちょうだい」

「メリト、君の目を見ていると、この世には優しい女もいると思えるんだ」

私は彼女のなめらかな頬に口づけた。

「私にとって君の存在がどれほど大きいかを分かってほしいから、こんなことは君にしか言わないよ」

メリトは微笑んで言った。「好きになった男に女が最初にすることは、何かを禁じて自分の存在の大きさを確かめることだから、鰐の尻尾を飲まないでと言ったことで、もう分かるでしょう。でもシヌへ、壺の話はやめておきましょう。あなたを束縛しない代わりに、私の隣はあなたが寂しいときのためにいつでも空けておくわ。でも、あなたのほかにも孤独で寂しがりやの男の人がいて、私が彼らを受け入れたとしても傷つかないで。そのときのために、私から鰐の尻尾をもう一杯だけあげるわ」

自分の胸の内は自分でもよく分からないものだが、私の心はなぜか鳥のように自由に軽くなり、最近の悪い出来事も頭の片隅に押しやられたので、私はそれ以上鰐の尻尾を飲むことはなく、このあと気分がいいまま、再びファラオ、アクエンアテンと会うことになった。

4

この日、ホルエムヘブは、ヘカとネケクを返すためにファラオ、アクエンアテンに謁見し、アメン神を倒して町に秩序が戻ったことを報告した。ファラオはホルエムヘブの首に王の総司令官の襟飾りをかけ、ペピトアテンの猫のにおいがこびりついている総司令官の黄金の笏を渡した。ファラオは、「明日はアテン神の勝利を祝い、牡羊参道からアテン神殿まで供物を捧げる祝賀の行進をするが、今夜は黄金の宮殿で内輪の祝宴を行いたい」と言った。ホルエムヘブはファラオに、テーベの貧民街の腕のいい医師として今まで不幸な患者の傷口を縫合し、孤児の涙を拭いてきたと私のことを大げさに話したので、私もファラオの黄金の宮殿に招待された。

私は高級な亜麻布の服を着て、ホルエムヘブとともに黄金の宮殿へ向かった。船の上でホルエムヘブは黄金の笏を振りまわしながら言った。

「そういえばシヌヘ、昨晩、お前がどこかの女をさらったらしいと貴族の間では大変な騒ぎになっているぞ。その女は金持ちの愛人が何人もいて、そいつらが病んだ猫みたいにさんざん泣きわめいているそうだ。ああ、この棒切れのにおいといったらむかつくな。それでそいつらが女を探しまわっているらしいが、俺の兵士は口が堅いから、その女をしっかり隠して好きなだけ愉しめ。ただし、今後は兵士たちをお前の女関係に巻き込まないでくれよ。それにしてもお前が女のためにそんな大それたことをするとはな。大きな魚は水底に隠れているものだが、かつて戦でお前の勇敢さを見た俺の兵士たちが、荒くれロバの男と呼んだのはあながち間違いではなかったな」

宮殿内では、町じゅうで話題になっていた流行りの夏服を初めて目にした。たしかに涼しそうで美しいが、それを見た男は想像を巡らせる余地もないほどあらわな装いだった。女たちはまるで彩色された像のように目の周りを孔雀石《くじゃくいし》のような緑色に縁どり、頬と唇を紅く染めていた。テーベの町で狂宴を楽しんだあとだったので、あくびを噛み殺し、動きものろく、ワインの飲み過ぎで膝に力が入らない者は壁にもたれて、男が持っている長い杖にすがっていた。

ホルエムヘブにファラオの自室まで案内してもらい、私はファラオと再会した。ファラオは私がいない間に成人へと成長し、青白い顔には狂おしさがあふれ、眠れていないのか、目は腫れていた。装飾品は何も身に着けていなかったが、簡素な白い亜麻布の服は最高級のもので、女のようにほっそりとした体型を隠しきれていなかった。

「孤独な者、医師シヌヘよ、そなたのことは覚えている」とファラオが言ったその瞬間、彼は誰からも憎まれるか、愛されるかのどちらかしかないのだと感じた。人の心を持つ人間であれば、彼の前で冷静でいられるはずがない。

「毎夜、頭痛に悩まされるのだ」ファラオは額に手を当てて言った。「私の意に反することが起こると、ひどい頭痛に襲われるが、侍医は痛みを和らげることはできても治すことはできない。私は神のために水のように明晰であらねばならず、感覚を鈍らせたくはないし、呪われた神の医師など見たくもない。ホルエムヘブがそなたの腕について教えてくれた。そなたなら私を救ってくれるかもしれない。そなたはアテン神を知る者か」

　これは難しい問いだったので、私は慎重に言葉を選んで答えた。

「もしアテン神が私の中にある何かでありながら、私の意識の外にある未知のもので、すべての人智を超えるものであるなら、私はアテン神を知っています。ですが、ほかの形でのアテン神は知りません」

　ファラオは昂り、顔を輝かせて言った。

「アテン神は理性ではなく、心を通じてのみ知ることができる。そなたはアテン神について私の一番の教え子よりもよく分かっているようだ。アテン神の子である私は、輝く情景のなかで、御姿はなくともアテン神と対面したのだから、アテン神を正しく識《し》るのはただ一人、私だけだ。アテン神のほかに神はなく、人の手から生まれた神はまやかしでしかない。アテン神を前に、ほかのすべての神は我が民への光を妨げる影にすぎず、ゆえに呪われた神を倒したのだ。シヌへ、望むならそなたにも生命の十字を授けよう」

「昨夜、私は男たちが生命の十字のために男の頭を砕き、その周りで女たちがアテン神の名を叫び、跳びまわるのを目にしました。また、女たちがアテン神を祝福しながら黒人と交わるのも目にしました」

　ファラオの痩せ細った顔が曇り、額にしわをよせ、頬骨が赤く浮き出た。ファラオは疼く頭に手を触れ、目を曇らせて大声で言った。

「シヌへ、お前も私の意に反することを言うとは、頭痛が悪化するではないか」

「ファラオ、アクエンアテン、あなた様は真実に生きるとおっしゃいました。ですから、たとえ宮廷人やアテン神を慕う者があなた様の病に配慮して真実を覆い隠したとしても、私は真実を話します。真実は人の手にあっては、むき出しの刃《やいば》と同じく、持つ者にも刃を向けるのです。ですから、真実はあなた様にも刃を向け、痛みとなるのです。もし真実に耳を傾けたくないとお考えでしたら、私がすぐにその痛みを治してみせましょう」

ファラオは私のほうに踏み出し、私の腕をきつく握りしめて言った。

「だめだ、シヌへ。アテン神の名のもとに、アクエンアテンは真実に生きる。それこそが私が存在する意義なのだ。たとえ、どんな肌の色であっても、アテン神の前ではすべての民が平等であるから、エジプトの女が黒人に惹かれたとしても罪ではない」

ホルエムヘブは床に唾を吐き、足でこすりつけると、黄金の笏のにおいを嗅いで顔をしかめた。ファラオが心を痛めたような目でホルエムヘブを眺める様子を見て、ファラオは真面目だが、微笑んだり、笑ったりすることができず、そのために不幸であり、周囲をも不幸にするのだと思った。

「真実が人を幸せにするとは限りません。先日、自分のことをハトシェプスト女王だと信じ込んでいる老女の頭蓋を切開しました。回復して、ただの貧しい女でしかないと気づいてからは、老女は以前ほど幸せではありませんでした」

「頭蓋切開をして私を治してくれるか」

私はよく考えてから言った。

「ファラオ、アクエンアテンよ、ご存じのように私は王を煩わせる聖なる病のことを知っていますし、若かりし頃に起こされた発作も見ています。こうした発作は頭蓋切開をすれば治ることもありますが、再発することもあります。病が外傷によるものか、生まれつきによるものかによって治るか治らないかは決まりますが、後者であれば頭蓋切開で治すことはできません。ですが、頭痛が頻発するのは頭に何か原因がある証拠ですし、お話しされるときにも頬と手が痙攣しているようですから、頭蓋切開をすれば痛みは楽になるでしょう。医師として言えることは、アテン神は病んだ脳が生み出したものですから、もし手術が成功した場合、幻影を見ることはなくなり、真実を見抜くお力が失われるだろう、ということです。ただし、アテン神を生み出したのが病んだ脳だったとしても、人としてその価値を過少評価する必要はないと思います」

ファラオは信じられないという顔で私を見て尋ねた。

「頭蓋切開をしたら、本当に私の心からアテン神が消えると思うのか」

「王の頭蓋切開をするつもりはありません」私は間髪入れずに言った。

「たとえご命令があっても、この程度の症状でしたら手術をする必要はありませんし、まともな医師なら、ほかに手段がない場合を除いて、頭蓋切開を行うべきではありません」

そこへホルエムヘブが会話に入ってきた。

「アクエンアテンよ、俺の笏が猫くさいのと同じく、シヌヘが腕のいい医師なのは事実だ。こいつはプタホルの弟子で、多くの国で腕を磨いてきたのだから、シヌヘの腕なら聖なるその頭を任せても問題ないだろう。早めに手術をすれば、エジプトはシリアやクシュの地を失わずに済み、正気を失った王の行いによって生じる多くの死も防ぐことができるだろう。俺は医術のことは何も分からんから医師として言っているわけではないし、兵士として言っているわけでもない。ただ黒い大地を愛するエジプト人として、民が痩せ細り、病んで死んでいく姿よりも、丸々と太った子どもや笑顔の女たちを見たいから進言するのだ」

私たちの話よりも自らの真実を強く信じているファラオは、ホルエムヘブの言葉に動じることなく、哀れむような目で私たちを見ただけだった。しかし、突然思いついたように言った。

「プタホル亡きあと、生命の家には誰も後継者がいない。だからシヌヘよ、そなたを王立頭蓋切開医師に任じよう。大犬座の星の日から、その地位にふさわしいすべての報酬と手当てを享受するものとする。詳しいことは生命の家で聞くがよい。あそこの医師はアメ――、いや、呪われた神の火で刃や鉗子を消毒していたが、その火が消えてからというもの、手術をしようとしないのだ。アテン神の聖なる火も同様に、いや、それ以上に刃を清めるはずだろう？」

「どんな火も、火に変わりはありません。私は多くの国を旅し、バアルやマルドゥク神の祭壇から火を借りて手術してきましたが、これまでそのせいで傷が膿んだと言ってきた患者はおりません。しかし、今は最も化膿しやすい時期ですから、アメ――、いえ、呪われた神を信じる神官たちは、それを理由に民をむやみに怖がらせたのかもしれません。私はただの貧乏人の医師で、失うものなどありませんし、たとえ生命の家の記録から私の名が抹消されようと、私の知識が減るわけではありませんから、私でよければ生命の家に行って、そのことを学生たちに講義しましょう」

「そうしてくれ」ファラオは満足したように言い、細長い指先で私の肩に触れると、その指先から炎のように何かが流れ込んだのを感じ、たとえファラオがどれほど正気を失っていたとしても、彼の命が尽きるその日まで彼を慕わずにはいられないのだろうと思った。

「シヌへよ、彼らに伝えてくれれば多くの褒美を与えよう。そして、我が右に控えるのだ」

このとき、報酬よりもただファラオに機嫌よくいてほしいと願っていた私は、なぜファラオを愛する取り巻きが、真実に生きたいと願う彼から真実を隠してきたのかをようやく理解した。

その後、ホルエムヘブは来客が集う宴の席へ私を連れていった。そこでは宮廷人たちができる限りファラオのテーブルのそばに座ろうと競い合っていた。私はファラオの右側に座り、王家の一員に神官アイがいるのを見て、ミタンニ王国の幼い王女がエジプトに到着してまもなく亡くなったあと、彼の娘ネフェルトイティが偉大なる王の正妻となっていたことを思い出した。王家のテーブルを見回していると、アクエンアテンがこの世のものならぬ真実の光を放っているように見え、このテーブルにいる者たちのなめらかな額の奥に、どれほど恐ろしい秘密が隠されているのだろうかと考えた。偉大なる王母ティイは年齢を重ねたことで以前よりもふくよかになり、目鼻立ちがより黒人らしくなっていたので、肌の色にかかわらず、すべての民が平等だというファラオの真実は、ファラオの母の心から生まれたのではないかと思った。王女バケトアメンはファラオと同じくバケトアテンと改名し、その顔は彫刻のように美しかった。しかし、ファラオの隣にいる王妃ネフェルトイティの姿を見て、ファラオが王女を蔑《ないがし》ろにしてまでネフェルトイティを偉大な伴侶にした理由がよく分かった。王妃はファラオのために二人の娘を産んでいたが、出産を経ても体は少しも衰えず、成熟した女性らしく凛としていて、ほかの宮廷女性と同様、ためらうことなく腹をあらわにしていた。顔についてはこれまで多くの詩人がさまざまな比喩で称えてきたから、ここでは次のことだけを記しておく。王妃は宝石を一つも身に着けていなかったが、これまで見てきたどんな女性よりも品があって美しく、うなじも顔もほっそりとしていて、長い王冠で頭が傾くこともなく、むしろ姿勢のよさが際立っていた。一方で、目はとても冷徹で、薄く美しい唇にうっすらと浮かぶ微笑みには警戒心が見て取れた。ネフェルネフェルネフェルゥに似た硬い視線は、誰に対しても心を閉ざしているように見えた。

ファラオはレイヨウの頭の絵が彫られた繊細な金の匙《さじ》で、黄金の皿から牛乳で煮た粥を食べていた。粥を食べ終わると、ファラオは乾パンを割って食べたが、ワインは口にせず、黄金の杯にはただの水が注がれていた。すべて食べ終わるとファラオは顔を輝かせ、大声で言った。

「民に伝えよ。真実に生きるファラオ、アクエンアテンが口にするものは、水とパンと粥であり、この国の貧しい者の食事と変わらぬと」

そしてファラオは、アテン神が祝福したパンとひき割り麦、そして澄んだ水を称えた。宴には実に十二種類もの肉料理と八種類もの焼き菓子、そして何種類もの氷菓が供されたが、延々と続く祝賀の間、ファラオのご機嫌を取りたいがために、ファラオと同じように鳩の肉やテーベ風に調理したガチョウや蜂蜜菓子を控え、パンと水だけを口にしていた者は、空腹を我慢していた。招待客の日に焼けた顔や手足を見ると、元々は卑しい身分で、ファラオがさまざまな仕事を任せるために抜擢した者たちであることが伺えたが、彼らの目は知性を湛《たた》え、賢そうに見えたので、彼らの能力や知識は確かなのだろう。ほかの宮廷人は遠慮するどころか、出されたものはすべて平らげ、ワインをあおり、楽しげに大きな声で話していたから、彼らがファラオに合わせて食事を我慢する必要はなかっただろうと思った。

あとになって、ファラオはワインを本当に控えていたわけではないことが分かった。万事が思い通りに進んで機嫌がいいときは、ワインを嗜み、脂ぎったガチョウやレイヨウといった動物の肉も口にして、幻影を見るために身を清める必要があるときに控えていただけだった。ファラオは偏食で、飲食にそれほど重きを置いていなかったので、さまざまな考えがあふれ出し、書記に書き取らせるようなときは、何を口にしても同じだった。

ファラオが質素な食事を好んだのは、この国の貧しい者と同じようになろうとしたからだろう。しかし、夜が更けるとファラオは席から立ち上がり、招いた客を順に巡って、長い指を客の肩に置いて話しかけ、ときどき来客の皿から鳥の足や果物、蜂蜜菓子をつまんでいた。ファラオがわざとそんなことをするとは思えないから、本当に無意識だったのだろうが、粥とパンだけで我慢していた者は、細長い喉を通る食べ物をひもじそうに眺めていた。ファラオは気に入った相手と話し続けて喉が渇くと、好意を示すために相手の杯から直にワインを飲んだ。どの杯も美しく高価なもので、来客はファラオが口をつけた杯を大切な思い出の品として大喜びで家に持ち帰り、子どもに語り聞かせるのが常だった。そこで私も側面にぶどうの房が浮き彫りにされた重さ二デベンはある平たい黄金の杯を持ち帰った。

客も思い思いに歩きまわって知人と喋り、宮廷の噂話をしていた。やがて私のもとに、高級な亜麻布を着て腕や首を黄金で飾った小柄で顔幅の広い男がやってきた。いたずらっぽい茶色の目から、その男がトトメスだと気づき、私は喜びのあまり声をあげて抱擁した。「シリアの壺」まで探しに行ったことを告げると、トトメスは言った。

「今の僕には町の酒場へ出入りするのはふさわしくないし、貴族の友人や後援者が家でもてなしてくれる酒を飲むだけでも骨が折れるんだ。この首飾りに刻まれているように、輝きを与えられし者、ファラオ、アクエンアテンが僕を王立彫刻家に任命したんだよ。ファラオのために、アテン神の太陽と、それに向かって生命の十字を授ける無数の手を彫ったのは僕なんだ」

「アテンの大神殿にある列柱の像を彫ったのは君だったのか。あんな像はこれまで見たことがなかったよ」

「ファラオに仕える彫刻家は何人もいて、僕たちは一緒に仕事をするんだが、僕らの決まり事は『自分の目で見たものを表現する』、ただそれだけだ。僕たちがファラオを辱めるはずがないし、むしろファラオをお慕いし、正しい御姿を残したいと思っている。シヌへ、僕たちは偽りの神の時代には虐《しいた》げられ、嘲《あざけ》られ、酸っぱいビールで喉の渇きを癒していたが、今は黄金の宮殿に座り、高価な杯でワインを飲んでいる。僕たちはクレタ島の自由な芸術を見て、自分たちの自由を見つけたんだ。まだ学ぶことは多いだろうが、僕たちの手で石に命を吹き込めば、これからも驚くようなものを次々と見ることになるだろう」

「君の服には生命の十字があるな」と言うと、彼は微笑んで言った。

「それがどうした？　これは偽りの神からの解放と、光と真実に包まれた人生を意味している」

「かつて金持ちの子どもに、ネズミに囲まれてふるえる猫の絵を描いて生計を立てていた君にとって、十字はほかにどんな意味を持つんだ」と尋ねると、トトメスは貧しい日々を思い出して笑い、杯を掲げてこうっとりと眺めた。

「この色といい、信じがたいほどの美しい造形といい、僕にとって今の生活は十分だ。僕の人生はまるで決して空になることのないワインの壺のようで、見飽きることのない絵画のようだ。ファラオは真実にかかるベールをどんどん剥がし、そのベールは尽きることを知らない。僕は不思議には思わないが、ファラオの見た幻影によって、真実は毎日変化し、昨日正しかったものが今日は偽りとなることもある。僕は神について君と話したくないし、ファラオは夢中になると、素面《しらふ》でも始末に負えないというのに、宴の席でアテン神のことを話題にするとは君も気の利かない奴だ。シヌへ、ファラオは気に入った者には黄金の杯や高い身分をお与えになり、喜びをもたらしてくれる。さあ、ワインで僕らの心を慰めようではないか。僕が混合酒を飲むと頭が痛くなるように、ファラオもひどい頭痛に悩まされているようだが、神々にまつわることはファラオが一番よくお分かりだから、神々のことはあの方に任せておけばいい」

　私はトトメスと再会できてとても嬉しかったし、立場上あまり感情を表に出さないホルエムヘブも私がトトメスと会えたことを喜んだ。トトメスはホルエムヘブをじっと眺めると、彼の姿形が彫像にふさわしいことから、もしファラオが黄金と適当な石を与えてくれたら、偽りの神の支配からテーベを解放した功績を残すために、彼の像をアテン神殿に彫ろうと言った。これまで像を彫られたことがないホルエムヘブはこれを聞いてかなり気分をよくしたが、こう言った。

「永遠に残る像を彫って俺に恩を売るつもりかもしれないが、像がなくたって俺の名は俺が残す功績で語り継がれる。それに、兵士の俺にくだらんことは分からんから、アテン神殿の祭壇でまぬけな格好をして、血の通わない像となって供物を眺めているのはごめんだ。俺の像を建てるなら、アテン神殿ではなく、生まれ故郷のヘラクレオポリスにあるホルス神殿にしてくれないか。ホルスとアテンは仲違《なかたが》いしていないはずだし、子どもの頃に俺と槍を笑いやがった町の奴らを見返してやりたいのだ」

そこへ王妃ネフェルトイティがほっそりとした手を胸に当てて私たちに話しかけてきたので、ホルエムヘブは立ち上がって深くお辞儀をし、トトメスと私もそれに倣った。指輪や黄金の腕輪がなくても、王妃の指の美しさと手首の細さは際立っていた。彼女は私に話しかけてきた。

「周知のことをわざわざ隠し立てする必要はないから伝えるが、偽りの神はまだ暗闇から隙を窺《うかが》っていて、ファラオの血を引く者が隣に並んで立つまでは安心ならないから、私は世継ぎの息子を待ち望んでいる。私に再び大麦が芽吹いたのだ。シヌへ、そなたは多くの国で知識を得てきて、医師としての腕も素晴らしいとか。この腹の子は男児か」

王妃はあふれるほどの美しさで周囲を圧倒し、視線を向けられた者なら誰もが経験するように、王妃の内側から何かを訴えているように感じたので、私はそれに惑わされないように医師の目で王妃を眺めた。

「偉大なる王の伴侶、ネフェルトイティ様、あなた様の腰は男児を産むには細すぎて、娘を産むよりも苦しむことになり、命に危険が及びますから、お体のためにも男児を望まれないほうがいいでしょう」

彼女は冷たい視線で私を見つめ、苛立って言った。

「そんなことはとうに知っている。娘たちが無事に生まれるようにと、生命の家の腕のいい産科医が、出産前に娘たちの頭を細長くしてくれたのだ。偉大なる王母が、この秘術に詳しい藁小屋住まいのクシュの魔術師たちを連れてきてくれなければ、医師たちにそんな勇気はなかっただろう。私の命や赤子の頭の大きさは心配いらぬから、どうすれば男児を産めるかを教えるがよい」

　黒人の血を引いていなければ、黒人の秘術を使いこなせるわけがないから、これを聞いて王妃の血には黒人の血が流れているのだと確信し、同時にファラオ、アクエンアテンはどんな偏見にも捉われていないのだと思った。しかし、医師として、エジプト人として、この出産方法には抵抗があった。そこで言葉を選んでこう言った。

「お腹の子の性別を決められるのはアテン神のみで、人間にその力はありません。女たちはさまざまな国で語られている逸話《いつわ》や護符のおかげで男児を産んだと信じていますが、どのみち可能性は半々で、ほとんどが誤りなのです。もちろん、あなた様はこれまで二人の女児をお産みになっているので、今回は男児である可能性は高いですが、私はいい加減な医師のように黄金目当てにおかしな術を勧めようとは思っておりませんし、正直でありたいので、確実なことは申せません」

　王妃は私の話が気に入らなかったようで、表情を硬くして私を見つめた。

「我が夫、アクエンアテンが太陽から生まれたことは知っているだろう。あの方が生まれたのは、偉大なる王母がヘリオポリスで祈ったおかげで、これが神の為せる業《わざ》であることは否定できないであろう」

　私は冷淡で隙のない王妃の様子が気になり、王妃の横にいる神官アイをじっと見つめてから、ワインの力を借りて言った。

「あなた様の館にも同じ力が宿っていますし、真実に生きるファラオや民のことを思うと、あなた様がへリオポリスを訪れるのは罪深く、望ましいことではないでしょう。お世継ぎは重要な問題ですから、何年も子宝に恵まれていないのであれば話は別ですが、ファラオもあなた様もお体に問題があるわけではありません。医師の私に神の力などありませんが、いずれにしても可能性は半々ですから、思い悩む必要はないでしょう」

王妃はほっそりしたうなじに手を当て、深く息を吸い込み、殺意を込めた目で私を睨むと、やがて冷ややかに言った。

「何を言いたいのか見当もつかぬが、おそらく思慮深さを示して私に取り入ろうとでもいうのだろう。無駄なことだが、正直に答えてくれたことには礼を言う」

トトメスは勇敢にも王妃の目を見て、話に入ってきた。

「美女のなかの美女、ネフェルトイティ様、どうかあなた様の美しさが受け継がれ、この世をより豊かにしてくれる王女だけをお産みくださいませ。メリトアテン様はすでに美しい女性に成長し、宮廷の女たちは王女様の美しさを羨み、頭の形を真似してかつらに細工をしております。私はあなた様の像を彫り、その美しさを永遠に残したく存じます」

王妃の呪縛から逃れた私は落ち着きを取り戻し、医師にできる唯一の助言として、特定の食べ物を避けて熟した小麦をよく噛めば、自然の摂理に迷いが生じ、男児が誕生する可能性が高まると伝えた。さらに私はこう言った。

「子を授かることは、この世で唯一の、神の手による不思議な業で、誰もがそれを当然と捉えていますが、それを説明できる者はいないのです」すると王妃は私に微笑んで、私の杯からワインを口にした。

「私もただの愚かな女であり、母にすぎぬゆえ、ときにほかの女と同じく迷信を信じてしまうのかもしれない。どうか心許ない私を守り、この子が女児であれ男児であれ、健やかな子を産めるようにこれからも助けておくれ」

　杯の縁に王妃の煉瓦色の口紅の跡が残り、私はそれを消してしまわないように細心の注意を払った。私の黄金の杯の縁には今もネフェルトイティの口紅の跡が残っている。このとき芽吹いた大麦は娘であったが、ものごとの決定権を握る何かが働いたのか、この娘はのちに上下エジプトのファラオの座につくことになる無邪気な少年の妃となるのだった。だが、当時の私はそんなことは露知らず、たとえ王妃が冷淡な目をしていても、手の届かない憧れの存在とされていることに変わりはなく、ファラオが口をつけた杯の縁に王妃の口紅の跡が残ったことが大いに嬉しく、その日の夜にメリトに見せに行った。しかし、メリトは杯を持ってきた私を軽蔑し、黄金の宮殿のワインで酔っ払ってきたと文句を言い、なめらかな頬を触らせてもくれなかった。それでも翌朝、一緒に祝賀の行進を見るためにメリトを迎えに行くと、彼女は噂の夏服を身に着けていて、とてもよく似合っていた。メリトは酒場の生まれだったが、牡羊参道で王の側近のために用意された席のそばに彼女と立っていても、まったく恥ずかしいとは思わなかった。

5

ファラオの掲げる真実に酔いしれ、人の気持ちに無頓着になっていた私は、じりじりと照りつける太陽やいまだに立ちのぼる廃墟のくすぶり、ナイル川から漂う死臭に囲まれていても、悪い兆しにはまったく気づいていなかった。牡羊参道には色とりどりの小旗がはためき、ファラオをひと目見ようと多くの民が詰めかけ、街路樹には子どもたちがよじ登っていた。慣習に従って民がファラオの輿に花を投げられるように、ペピトアテンはたくさんの花かごを手配した。私は自由と光に満ちたエジプトに思いを馳せ、自分が宮殿に呼ばれて黄金の杯を持ち帰り、王の頭蓋切開医師に任命されたことを思い、気分が高揚していた。私の隣には成熟した美しい女性がいて、友である彼女は幸せそうな顔で私の腕に手を添えていたので、私は民がどんな表情をしているかを見ていなかった。民は静まり返ったまま立ち尽くしていたので、神殿の屋根に舞い降りたオオガラスやハゲワシの鳴き声が参道にまでよく聞こえた。死骸をつつくこれらの鳥たちは、テーベの暴動以降、ここにいれば常に腹が満ち足りるので、いまさら山へ戻るつもりはなさそうだった。

民はファラオの黄金の輿のうしろに続く戦化粧をした黒人兵の行列を見るなり、燃えるような憎悪に駆られたので、ファラオが彼らを連れてきたのは間違いだったかもしれない。多くの民は、今回の暴動による火事で家を失い、妻の涙は乾くこともなく、男たちの傷は包帯の下で疼き、唇は青あざで腫れあがっていた。この数日間で何も被害を受けていない民はいなかったので、微笑を浮かべられるはずもなかった。

ファラオの輿が到着すると、高い位置に掲げられて運ばれるファラオの姿を誰もがよく見ることができた。ファラオは上エジプトと下エジプトを象徴する百合とパピルスを模した二重冠を頭に戴き、胸で交差した両手にはヘカとネケクを握りしめていた。代々の王と同じく、ファラオは像のように微動だにせず、ファラオの姿を見た民は声を失ったのかと思うほど静まり返った。参道を警備する兵士たちが頭上に槍を掲げてファラオを称え始めると、貴族や富裕層も歓声をあげて輿の前に花を撒いた。しかし、恐ろしいほど沈黙している民を前に、その歓声はすぐに真冬の蚊の音のようにか細くなり、彼らは黙って顔を見合わせた。

そのとき、昔からのしきたりに反してファラオが立ち上がり、ヘカとネケクを天に掲げた。それを見た民は堰《せき》を切って、嵐の夜の恐ろしい海鳴りのように叫んだ。

「アメン、アメン、神々の王、アメンを返せ」

そして民の声は大波のようにうねり、さらに力強さを増し、その声を聞いたオオガラスとハゲワシは神殿の屋根や石壁から飛び立ち、黒い翼を広げて輿の頭上を旋回し始めた。覆いかぶさるように民が叫んだ。

「去れ！　偽りのファラオよ、立ち去れ！」

輿の担ぎ手たちは彼らの叫びに怯え、参道の中央で立ち尽くしていた。苛立った将校の命令で、おそるおそる前進しようとしたが、民が兵士の列を崩して牡羊参道になだれ込み、輿の前に身を投げ出してきたので、行列の前進は阻まれ、混乱状態に陥った。兵士は道をあけようと杖やこん棒で民を打ち始めたが、石や杖を投げつけられて身の危険を感じたため、すかさず槍や短剣で攻撃したので、参道の石畳には血が流れ、民の断末魔の叫びが響き渡った。太陽神の子であるファラオは、歴代のファラオと同様、聖なる存在であったから、ファラオに向けて石を投げる者はいなかった。どれほど心から憎んでいたとしても、これまでファラオに手をあげた者はいないし、おそらくアメン神官ですらそんなことはしないだろう。そのため、ファラオは見通しのいい輿の上から一部始終を目撃することになった。自分の立場を忘れ、思わず立ち上がったファラオは、兵士を落ち着かせようと叫んだが、ファラオの声は民の怒号にかき消され、誰にも届かなかった。

兵士は民が投げつけてくる石や杖から身を守ろうとして、多くの民の命を奪った。民は「アメン、アメン、我々にアメン神を返せ！」と叫び続けた。そしてさらに「偽りのファラオよ、立ち去れ、立ち去るのだ！　テーベはお前に用はない！」と叫んだ。民は貴族にも石を投げつけて彼らの席になだれ込んだので、女たちは手にしていた花かごと香油壺を放り出し、悲鳴をあげて逃げまわった。

そのとき、ホルエムヘブの命令でラッパが鳴り響き、民を刺激しないように庭園や裏通りにこっそり待機させていた戦車が前進してきた。戦車が前へ進むと、多くの民が馬の蹄や車輪に巻き込まれたが、ホルエムヘブが外輪の鎌を取り外すよう指示していたので、民が血を流すことはなかった。祝賀の行列と王族たちが無事に前進できるように、戦車はゆっくりと着実にファラオの輿の周囲を取り囲んで、民から守った。ファラオが船に乗り込み、対岸へ漕ぎ出すまで、民はじっとその様子を見つめていた。船が岸から離れたときに民があげた歓喜の雄叫びは、怒号よりも恐ろしかった。この騒ぎに乗じて盗人が貴族の邸宅に忍び込み、あらん限りの狼藉を働いた。兵士が槍を持ち出して事態を収拾すると、ようやく民は家路につき、オオガラスが参道の石畳に横たわる死体をつつきに舞い下りた。

こうして、ファラオ、アクエンアテンは、怒り狂う民の姿と、自らの神の名のもとに血が流れるのを目の当たりにした。それからというもの、この光景が彼の記憶から消えることはなく、彼の信じる「愛」に毒がじわりと染み込み、彼のなかで何かが崩れてますます狂信的になり、アメン神の名を口にした者や、絵や器にアメン神の文字を記している者をすべて鉱山に送り込んだ。当然、知人や仲間を告発するような者はいなかったが、盗人や奴隷による嘘の証言から身を守ることは難しく、善良で誠実な民が奴隷として鉱山や石切り場へ送られた。厚顔無恥な輩《やから》は至るところで主《あるじ》がいなくなった家や工房や店を乗っ取った。

私がここまでのことを記してきたのは、ファラオがテーベを捨てた経緯を明らかにしたかったからだ。

この日の夜、ファラオが発作を起こし、私の名を呼んだというので、侍医は慌てて私のもとに使いを寄こした。ファラオは死んだように横たわっており、手足は冷たく、脈もかすかにしか感じられず、意識が戻るまでに何度も水時計が落ちきった。しばらくして意識が戻ると、錯乱して舌と唇を噛み、口から血を流した。その後ファラオは生命の家の医師など顔も見たくないと言って追い払い、私だけを残した。体調が回復してくるとファラオは言った。

「漕ぎ手を集めてくれ。幻影が照らす道に従い、どの神々のものでも、どの民のものでもない地を目指して旅に出よう。その地をアテン神に捧げて都を建造するのだ。二度とテーベには戻らぬから、私を慕う者はついてくるがよい」

ファラオは続けた。「テーベの民の振る舞いのなんと無礼なことか。近隣諸国の民ですら、かつて我が先祖にこれほどひどい仕打ちをしたことはない。私はテーベを深い闇へと追いやり、二度とテーベには足を踏み入れない」

興奮したファラオは、横になったまま自分を船へと運ばせた。医師の私も宰相も病人には逆らえなかった。そこへホルエムヘブが言った。

「そういうことなら、テーベの民もアクエンアテンも望みが叶い、お互い満足して平和が戻るから一番いいではないか」

視線が定まらず落ち着かないファラオを見て、医師としても、ファラオは新しい環境に身を置き、ファラオを憎んでいない新しい民と触れるほうがいいだろうと思ったので、私はファラオの決定に従った。ファラオは早く出立したいからと王族を置いていくことにし、私は先を急ぐファラオとホルエムヘブがつけてくれた護衛艦とともに川を下ることになった。

ファラオを乗せた船は、テーベと周壁、神殿の屋根、黄金に輝くオベリスク、そしてテーベの永遠の守護神である三つの丘をあとにした。しかし、川に流れる百に百を掛けた数の水膨れした死体、葦の茂みや砂州の至るところに絡みついた服や髪の毛、死臭が漂う澱んだ川に太い尾を叩きつけるワニの群れといった、ファラオの神が引き起こしたテーベの記憶は、その後何日も薄れることはなかった。ファラオは周囲の状況から目を背け、自分の船室の柔らかな寝床に横になり、召使いたちは、ファラオが自らの神がもたらした悪臭に悩まされないよう、ファラオに聖油を塗って香を焚きしめた。

十日も経つと、ようやく川が澄んできたので、ファラオも船首に出て景色を眺めるようになった。夏場の陸地は金色に輝き、農夫たちが作物を収穫し、夕刻には川沿いで家畜に水を飲ませ、牧夫たちが二管笛を吹き始めた。村の人々はファラオの船を見るなり、よそ行きの白い服を身に着けて岸に駆けつけ、ファラオに向けてヤシの葉を振った。船が岸に着くと、ファラオは民に話しかけ、彼らに手を触れ、女や子どもたちに祝福を与えたので、彼らにとって忘れられない思い出となった。羊もファラオのそばにおずおずと近寄ってきてにおいを嗅ぎ、服の裾をかじったので、ファラオも思わず笑った。満ち足りている民を目にしたことは、ファラオにとって何よりもいい薬となり、ファラオの目は情熱的に輝き始めた。真夏の日差しで命を落とす者もいるのに、ファラオは自らの神である太陽を恐れず、船旅の間、照りつける日差しを直接顔に浴びて赤く日焼けし、高揚する気持ちも相まって発熱した。

夜空の下、ファラオは船首に立ち、燃えるように輝く星々を眺めながら私に言った。

「土地を持たずに日々重労働をこなす者たちが満ち足りるように、偽りの神の土地はすべてアテン神の名のもとに彼らに分け与えるのだ。そうすれば憎み合うことも恐れることもなく、日々アテン神を称えて働き、丸々と太った子どもやよく笑う妻や男たちを目にして、私の心は満たされるだろう。自分の目で見なければとても信じられなかっただろうが、人々の心はあまりに暗い。私が見る光は彼らの心の闇を打ち消すほど明るく照らすから、私はその光で何も見えなくなるのだ。しかし、生まれてこのかた闇に生きてきた多くの者は、たとえその目で見て慈悲を感じても光に気づかず、むしろ光を目に刺さる悪しきものと捉えるから、アテン神を理解できないのだろう。彼らが私や私の愛する者たちに干渉しないなら、私も放っておくが、これ以上、アテン神にとって厭《いと》わしく、私の気分を害するものを見て頭を痛めたくはない。これからはあの者たちのそばではなく、愛する者とともに暮らし、二度と私の民を置き去りにはしない」

ファラオは夜闇に浮かぶ星を見つめて言った。

「夜になるとジャッカルが忍び寄り、獅子が血を求めて星に向かって吠えるから、暗闇は恐ろしく、星さえも疎ましい。私にとって夜に等しいテーベを捨て、昔からの偽りはすべて捨て去ろう。子どもの頃からアテン神の学びに親しめば、新たな春が芽吹き、世界の悪は清められるのだから、若者や子どもに希望を託すのだ。そのために学校を改革し、旧来の教師を追い払い、子どもたちのために新たな手習いを用意してやらねばならないだろう。絵を必要としない分かりやすい文字を広めれば、誰もが簡単に学べて、すべての民が読み書きできるようになり、平等になるだろう。すべての村で読み書きできる者が増え、書かれていることを読み上げることができるように、従来よりも簡単な文字を教えようではないか。私は民が知るべきことを記して、民に手紙を送ろうと思う」

ファラオが使おうとしている文字は、読むのも学ぶのも簡単だが、従来の文字に比べて中身に乏しく、とても神聖とはいえないし、美しくもなく、自尊心のある書記はこの文字を蔑み、それを使う者を軽蔑していたので、私はこの話を聞いて恐ろしくなった。そこで私は言った。

「新たな民の文字は美しくなく、神聖な文字とはいえません。かつて皆が読み書きできたことはありませんし、もしそうなったら肉体労働をする者がいなくなり、畑は耕されず、空腹に苦しむことになりますから、皆が読み書きできることに何の喜びがあるのでしょうか。皆に文字を学ばせたらエジプトはいったいどうなるのでしょう」

ところが、これを聞いたファラオは興奮し、声を荒げたので、こんなことは言うべきではなかった。

「これほど近くに闇が潜んでいたとは！　そなたが私の隣に立つだけで私の横には闇が広がり、いつまでも闇があり続ける。私のなかでは真実が燃えあがる炎となってすべての妨げを退け、この目は澄んだ水を見るように我が歩みを見通しているというのに、そなたは私を疑い、行く手を阻もうとする。私が思い描く世には憎しみも恐怖もなく、人々は兄弟となって働き、パンを分け合い、貧富の差もなく、皆が文字を知り、私が書いたものを読むのだ。戦がないのはいうまでもなく、うす汚れたシリア人や情けない黒人と呼ぶこともない。この目ですべてを見通しているからこそ、心臓が破裂するかと思うほど、我が力と歓びが体内で膨れあがるのだ」

　私は再びファラオが正気を失っていると思ったので、そのまま寝床へ連れていき、興奮を抑えるための薬を飲ませた。ファラオの言葉は私の胸に刺さり、ファラオの言葉を受け入れようとしている自分に戸惑った。これまで多くの国の民を見てきたが、どこの民も本質的には同じで、町にも同じことがいえた。公明正大な医師は、貧乏人と金持ち、あるいはシリア人とエジプト人を分け隔てなく助けるものだ。そこで私は自分に語りかけた。

「ファラオの狂気が病によるものなのは間違いないし、ファラオのいう世界は西方の地にしかないと理性では分かっていても、その狂気は愛おしく、共感を呼び、あの方が見ている幻影が実現すればいいのにと思ってしまう。たとえファラオが歩んだあとには血と破壊が残り、ファラオが長生きすれば偉大な王国が滅んでしまうとしても、ファラオの真実はいまだかつて語られたどんな真実よりも偉大で、誰からもこれ以上の真実が語られることはないと、私の心は強く訴えている」

　そして、夜空の星を見ながら思った。

「私ことシヌヘは、この世の異邦人であり、親が誰かも知らない。たしかに乾いたパンよりも脂ぎったガチョウ、水よりもワインのほうが好ましいが、捨てても惜しくないものばかりだし、黄金だって私には重要なものではないから、自ら望んでテーベの貧しい者たちを診る医師になったのだろう。私には命以外に失うものはないのだし、あの方は世界で最も豊かなこの国の権力を手にしたファラオであり、エジプトはこの試練も乗り越えられるだろうから、迷うことなくファラオであるあの方を横で支え、励ませばいいではないか。そうすれば、貧富の差がなくなり、人々は互いに兄弟となり、新たな世界が始まるだろう。かつてこのような世界が実現されたことはなく、今こそファラオとして生まれたあの方の真実が実を結ぶときなのかもしれない」

夜風に乗って脱穀所からの穀物のにおいが漂い、私は川に浮かぶ王の船の上でこんなことを夢想していた。しかし、夜風が私の手足を冷やすにつれ、この夢想は私の心から立ち消え、私は落胆して自分に語りかけた。

「ここにカプタがいたら、なんて言っただろう。私は医師としては優秀で、さまざまな病を治すことはできても、世界中の病と苦難はあまりに多く、世界中の医師をもってしてもすべての病を治すことはできないし、手の施しようのない病だってある。同じように、アクエンアテンは人々の心の医師であるが、世界中をまわることはできないし、ファラオが心の医師を育成したとしても、彼らはファラオの言葉を半分も理解せず、不用意に過ちを伝えてしまうだろう。それにいくらファラオとはいえ、生きている間に全人類を癒せるほど心の医師を育成できるわけがないし、心が麻痺した邪悪な者は、ファラオの真実をもってしても治すことはできない。カプタはきっとこう言うだろう。『もしこの世に金持ちや貧乏人がいなくなっても、賢い者、愚か者、ずる賢い者、おめでたい者は常にいるものです。これまでもそうでしたし、これからも変わりません。人間は不誠実な生き物であって、強き者は弱き者の頭を踏みつけ、ずる賢い者は愚かな者の財布をかすめ取っておめでたい者に自分の仕事をさせるでしょう。善意なんて半分もあればいいほうで、倒れて起き上がらなくなって初めて善人になるのです。それに、善意が為したことというのは、あとになってから分かるのです。おそらく最もありがたがるのは、いつも満腹でいられる川のワニと寺院の屋根にいるオオガラスでしょうよ』と」

このようにファラオ、アクエンアテンが語る言葉に耳を傾け、弱く無力な自分の心に語りかけているうちに十五日が経ち、ようやく私たちの前に誰のものでもない土地が現れた。岸の向こう側には黄褐色の山々がぼんやりと見え、土地は手つかずで、岸の葦小屋に住む何人かの羊飼いが家畜を放牧していた。ファラオは陸にあがり、この地をアテン神に捧げて新たな都を建造し、「天空の都、アケトアテン」と名づける、と宣言した。

ファラオに続く船が次々に到着すると、ファラオは大工と建築士を集めて、大通りと黄金の宮殿とアテン神殿の場所を指示し、大通り沿いにファラオを慕う者たちの家を建てるように言った。そして、大工たちの家は町の外側に建てるよう指示したので、大工たちは羊飼いを追い払って葦小屋を取り壊し、岸に船着場を作って、南北に五本、東西に五本の道を整えると、自分たちの家づくりに取りかかった。ファラオは大工たちの幸せを願い、よかれと思って彼らを公平に扱うために、どの家も同じ構造にするよう命じたので、かまどの穴や壺、寝床の位置が決められ、部屋が二つある同じ高さの家がいくつも造られた。

大工たちはアテンを称えただろうか？　いや、ファラオの命令によって自分たちの町から、道も酒場もない焼け野原と砂地だけの砂漠に移された彼らは、アテン神を称えるどころか罵り、ファラオの意図も正しく理解しないまま、ファラオに対しても不平を言っていた。一緒についてきた妻たちも誰一人かまどに満足せず、禁じられているにもかかわらず、家の外で煮炊き用の火を熾し、寝床や壺もあちこちに動かし、子だくさんの者は家が狭いので、子がいない者を羨んだ。土間に慣れていた者は泥煉瓦の床が埃っぽくて不健康だと不平を言い、泥煉瓦の床に慣れていた者は、アケトアテンの粘土は呪われていて床を洗うとすぐに割れてしまうと文句を言った。

また、ファラオが町の外に定めた畑は水が届かず、そんなに遠くまで堆肥を持っていくのは面倒だと不満を言い、これまでのように家の前に野菜を植えたがった。さらに、洗濯物を干す葦縄を路上に張りめぐらせ、衛生上の理由と子どものために禁止されていたというのに、妻たちは屋内でこっそりヤギを飼い続け、ファラオにはそれをやめさせることができなかった。アケトアテンを建造する大工が住む町ほど不平不満にあふれ、争いが絶えない町は見たことがなかった。時が経つにつれ、彼らも徐々に落ち着き、ファラオを悪く言うことはなくなったが、ときおりため息をつきながら、もはや帰るつもりもない昔の家を懐かしんでいた。

やがて洪水の季節が過ぎ、冬が訪れたが、ファラオは頑《かたく》なに船で暮らしながら政《まつりごと》を行っていた。テーベのことで心を蝕《むしば》まれていたファラオは、石が一つ、柱が一本立つごとに元気づけられ、道端に木造の美しい家々が建つさまを眺めては満足そうにしていた。ファラオはアメン神殿から得た莫大な富をすべてアケトアテンの建造に注ぎ込んでいたが、土地については農耕を希望する貧しい者たちにすべて分け与えた。そして、テーベに積み荷が届かないように、川を上る船はすべて停泊させ、積み荷はすべてアケトアテンで買い取った。また、建設を急がせたために木や石の価格が高騰したので、川の上流にある滝からアケトアテンまで筏《いかだ》で木材を運ぶ者は大金持ちになれた。アケトアテンには、王宮の大工以外にも多くの労働者がやってきて、川岸に作られた粗末な寝床や葦小屋で寝泊まりし、泥煉瓦を作ったり粘土を捏ねたりした。彼らは道をならし、灌漑用の水路を掘り、ファラオの庭園に聖なる湖も掘った。洪水が引いたあと、船で運ばれた生垣や木々が天空の町に植えられ、果樹も庭園に植えられたので、翌夏にはファラオは自分の町で実った最初のデーツやイチジク、ザクロの実を嬉しそうにもいだのだった。

ファラオは、この町に次々と建てられていく柱や色鮮やかな花が開くのを見ては喜び、回復していった。しかし、水路が掘られて土が改良されるまで、大工の間では感染症が蔓延し、建設現場では工事を焦るあまり多くの事故が発生したので、医師の私はかなり忙しかった。また、船着場ができるまで、荷役人は積み荷を下ろす際に川のなかに入らなければならなかったので、ワニに悩まされていた。男たちがワニに捕まり、水中に引きずり込まれ、もがき苦しんで悲痛な叫びをあげるさまは、見るに堪えない光景だった。船員たちが銅を出し合って下エジプトの漁師を雇い、ワニを捕まえたので、ワニは徐々に川から減っていったが、自らの真実で頭がいっぱいだったファラオは、こうした出来事を目にすることはなかった。

ワニが恐ろしくてずる賢い生き物であることは否めないが、多くの者がワニはテーベからアケトアテンまでファラオのあとをついてきたのだと言い張った。さすがに王の船と流れていく死体を関連づけられるとは思えないが、もしそうだとしたらワニはたしかに賢い生き物なのだろう。そして、その賢さをもってしても下エジプトの漁師が仕掛ける罠には勝てず、アケトアテンの川岸を去ったほうが賢明だと悟ったのであれば、やはりこの恐ろしい生き物は利口なのだ。ワニはホルエムヘブが行政の町として選んだメンフィスまで群れとなって下っていった。

洪水が引いた頃に、ホルエムヘブが軍の解散を翻心《ほんしん》させるために、宮殿の貴族たちとともにアケトアテンにやってきたことを記しておこう。ファラオは黒人やシャルダナ人を軍務から解放し、母国へ返すよう命じていたが、いずれシリアで反乱が起こると確信していたホルエムヘブは、部隊を移動させるつもりでいたので、あれこれ口実をつけては時間を稼いでいた。テーベの暴動のあと、黒人やシャルダナ人はエジプト全土で毛嫌いされ、彼らの姿を見た者は誰もが彼らの前で唾を吐き、足で土埃になすりつけていた。アクエンアテンは自分の主張を覆さず、ホルエムヘブはアケトアテンで無為に時間を過ごしていた。二人は毎日同じような問答をしていたので、それを記しておこう。まずホルエムヘブが言った。

「エジプトの駐屯地は弱体化し、シリアには不穏な空気が漂っている。アジルはエジプトへの憎しみを焚きつけていて、いつ大きな反乱が起こってもおかしくない状況だ」

ファラオ、アクエンアテンは言った。

「シリアの王たちには生命の十字を送ってあるから、シリアで反乱が起こるとは思えぬ。とくに我が友であるアジル王は生命の十字を受け取ったあと、アムルの地にアテン神殿を建てている。そういえば、そなたは芸術家たちが葦やカモの飛ぶ姿をクレタ風に描いた我が宮殿の床を見たか。それから、宮殿のそばに建てられたアテンの柱も見てくるといい。奴隷がアテンのために石切り場で石を切り出すのは耐えがたいし、時間がかかるから、煉瓦を積み上げただけではあるが、一見の価値があるぞ。さて、アジルの話だったな。そなたは彼を疑うが、私はアテンに関する質問が書かれた粘土板を数えきれないほど受け取っているから、まずは順番に整理したうえで、そなたが望むなら、我が書記にその粘土板を持ってこさせよう」

「奴の粘土板など、アジル同様、狡猾でくそも同然だから、そんな粘土板なんか小便をかけてやる。すでにクシュの地では南方の部族が境界石を越えて家畜の放牧地へと迫り、同盟国の黒人の藁小屋の村を焼き払っているから、軍隊の解散について意見が変わらないなら、せめて国境警備隊を強化させてもらえないか」

「南方の部族が我が国の放牧地にやってくるのは、貧困に陥ったからで、悪気があるわけではないだろう。彼らに生命の十字を送り、我が同盟国の放牧地を分け与えるよう計らおう。わざと村を燃やしているわけではないだろうし、藁小屋はすぐに燃えてしまうから、数軒の小屋が燃えたからといって部族全体を断罪するのはどうかと思うぞ。だが、そなたの仕事は国の安全を保つことだから、望むならクシュの地とシリアの国境警備隊を強化するといい。ただし、それはあくまで国境警備隊であって常備軍にしてはならない」

「王よ、いずれにしても貧した兵士どもがあちこちで好き勝手に略奪をし、農民から租税のための毛皮を盗んだり、杖で打ったりしているから、俺に国全体の警備部隊を立て直させてほしい」

「私の話を聞かねばどうなるか伝えたであろう。アテン神についてそなたが兵士たちにもっと諭していれば、こんなことにはならなかったはずだ。今、彼らの心は闇のなかにあり、そなたに笏で打たれた傷が痛み、自分でも何をしているのか分かっていないのであろう。そういえば、我が娘たちは二人とも歩けるようになり、メリトアテンが妹の手を取っていることや、遊び相手の可愛らしいガゼルがいることに気づいたか。ホルエムヘブよ、全国の解放された兵士をそなたが再雇用する場合、戦に備える軍隊としてではなく、警備部隊として雇うなら何も問題はない。エジプトは何が起こっても戦はしないとすべての隣国に分かってもらうために、そして疑惑を払拭するためにも、戦車はすべて解体するのがいいだろう」

「戦車や馬ならアジルかヒッタイト人がいい値段で買ってくれるだろうから、戦車はすべて奴らに売りつければいいさ。エジプトのすべての富を沼や泥煉瓦に注ぎ込んでいるのを見れば、まともな軍隊を維持するつもりがないのは分かる」ホルエムヘブは辛辣に言った。

このように二人は毎日飽きることなく議論を交わした。ホルエムヘブは粘り強く交渉し、国境と全都市の警備隊の総司令官になったが、警備隊の人数こそホルエムヘブに一任されたものの、ファラオが許した装備は、木製の槍だけだった。

ホルエムヘブは、地方の警備隊長たちを上下エジプトの境に位置するメンフィスに呼び寄せ、自分もメンフィスに向かう戦艦に乗り込もうとした。そこへ急ぎの伝令船がシリアからの警告通信文や粘土板を持ってきて、テーベの動乱を耳にしたアジル王が高地にあるいくつかのアムルの近隣都市を占領したことが知らされたので、ホルエムヘブの心に希望の光が灯った。また、シリアの鍵となるメギドでも反乱が起こり、アジル軍が周壁を取り囲み、そのなかにエジプトの駐屯軍が閉じ込められ、ファラオに速やかな救援を求めていたことも分かった。ファラオ、アクエンアテンは言った。

「アジル王は短気だから、使節が怒らせてしまったのかもしれないし、きっと何か理由があるのだろう。アジルが自分で弁明するまでは断罪できない。だが、できることはあるだろうし、それを考えてこなかったのは間違いだった。黒い大地にはアテンの町ができつつあるし、赤い大地シリア、クシュの地にもアテンの都を建てなければならない。そうだ、シリアやクシュの地にもアテンの都を建造し、それらをすべての行政の中心地にしよう。メギドは隊商の行き交う都市だからアテンの都にふさわしいが、今の不穏な情勢では、建設作業を始めないほうがいいだろう。たしかそなたが私の命令に背いてカブール人の血を流して戦ったときに、エルサレムにアテン神殿を建てたという話をしていたな。あの戦は悔やみきれぬことではあったが、エルサレムはメギドのようにシリアの中心にはないし、今は掘っ立て小屋しかない村だとしても、あの町にアテンの都ができれば、シリアの中心都市となるだろうから、すぐにでも都の建設に向けて準備に取りかかろう」

これを聞いたホルエムヘブは笏を真っ二つに折ってファラオの足元に投げ捨て、戦艦に乗り込むと、国境警備隊を再び組織するためにメンフィスへ向かった。その前に、私は彼にバビロン、ミタンニ王国、ハッティの地、クレタ島で見聞きしたものをしっかりと報告することができた。彼は黙って、ときには先刻承知といったようにうなずきながら私の話を聞き、ヒッタイトの港湾長からもらった短刀を手にしてじっくりと眺めた。そして子どもがするような質問を投げかけてきた。たとえば、「バビロンの兵士は行進の命令が出されると、エジプト人のように左足から踏み出すのか、それともヒッタイト人のように右足から踏み出すのか」、「ヒッタイト人は重戦車を走らせるときに控えの馬を並走させるのか、それともうしろに走らせるのか」、「ヒッタイトの戦車の車輪には何本の輻《や》があるのか、それは金属で補強されているのか」といったことだ。

兵士というのは、子どもが百足《むかで》の足が何本あるかに興味を持つように、さほど重要ではないことに関心を持つものだから、兵士である彼は無邪気にこんな質問をしてきたのだろう。私が伝えた道や橋、川についてはすべて記録させ、私が教えた名称もすべて書き取らせていたのを見て、カプタのほうがそういったことをよく覚えているから聞いてみるといいと言った。その一方で、肝の表面にある模様を人体の部位になぞらえて診断する方法や体液の流れを読み取る話をしてもまったく関心を示さず、それらの名を書き取らせることもしなかった。

ファラオはホルエムヘブとの会話にひどく煩わされ、彼の姿を見るだけで頭が痛くなるほどだったので、彼がアケトアテンを去ったことを大いに喜んだ。ファラオは私に言った。

「アテン神はエジプトがシリアを失うことをお望みなのかもしれない。もし神の望みならエジプトにとってよいことなのだから、私は神の望みに従おう。贅沢、頽廃、堕落、悪習といったものはすべてシリアからやってきたもので、シリアの豊かさはエジプトの心を蝕んだのだ。もしシリアを失えば、エジプトは本来の質素な生活に戻るだろうし、そうなれば真実に基づいた暮らしが始まり、かつてなかったほど素晴らしい国となり、それがエジプトからほかの国へと広がるのだ」

これを聞いて反発心を覚えた私は言った。

「スミュルナの駐屯地の隊長には、色石で遊ぶのが大好きな、大きな茶色い瞳のラムセスという名の活発な息子がいました。私が彼の水疱瘡を治すと、私の評判を聞いたメギド在住の女が、膨れあがった腹を治してくれと訪ねてきたので、切開して助けてやりました。たとえ腹が膨れあがり、熱で目が潤んでいたとはいえ、彼女の肌は毛織布のように柔らかく、歩き方はほかのエジプト人の女と同様、とても美しいものでした」

「そんな話をして何が言いたいのか」

アクエンアテンはそう言うと、心に浮かぶ神殿の絵を紙に描き始めた。ファラオはこうした絵で、建築物に詳しい建築士や大工の棟梁たちを混乱させるような指示をしょっちゅう出していたのだ。

「私が伝えたいのは、幼いラムセスが口元を殴られ、額の巻き毛が血だらけになっている姿や、メギドの女がアムルの男どもに辱められ、周壁内の庭で血だらけになって裸で横たわっている姿が目に浮かぶということです。ですが、偉大なお考えに比べれば、私の考えなど取るに足らないものですし、支配者はラムセスやメギドの女のような一人ひとりの民のことなど考えていられないということも承知しています」

するとファラオは拳をきつく握って宙に突きあげ、頭の痛みで目を曇らせて叫んだ。

「シヌヘよ、私が千人のシリア人と百人のエジプト人のどちらかの死を選ばねばならないとしたら、百人のエジプト人の死を選ぶということが分からないのか。シリア人もエジプト人と同じ人間であり、その胸には心臓が脈打ち、彼らにも妻がいて、目を輝かせた息子がいるというのに、もし一人のエジプト人を救

うために シリアで戦を始めれば、多くのエジプト人とシリア人が命を落とすであろう。悪に悪で立ち向かえば、悪しか生まれない。しかし、悪に善で立ち向かえば、生じる悪はわずかだろう。一人の命のために大勢の死を選びたくはないのだよ。我が願いのために死なねばならぬ者たちのことを思うと、心が痛む。人はあまりに多くの苦難を抱えては長く生きられないというから、そなたが私を愛し、私の命が尊いならば、これ以上シリアの話はしないでくれ。アテン神のために、我が真実のために、そっとしておいてくれぬか」

ファラオは頭を垂れ、目は痛みで腫れて血走り、分厚い唇もふるえていたが、私はファラオを一人にした。私の耳にはメギドで破城槌を振るう轟音や、毛織りの天幕《てんまく》でアムルの男たちに暴行される女たちの悲鳴が聞こえてくるようだった。しかし、どんなにおかしくなってもファラオを慕っていた私は、このような音に耳をふさいだ。ファラオの狂気はほかの者の理性よりも美しく思え、その純粋な狂気ゆえに私は彼を慕っていたのかもしれない。

6

ファラオとともに天空の都、アケトアテンにやってきた宮廷の貴族や臣下たちの行く末についても記しておこう。彼らは黄金の宮殿で生まれてからずっとファラオのそばで過ごし、ファラオが微笑めば彼らも微笑み、ファラオが顔をしかめれば顔をしかめ、彼らの人生にそれ以上の意味はなかった。宮殿での職は代々受け継がれ、彼らは互いにその職の優劣をつけたがっていた。なかには、自分で靴を履いたことがない履物運び係や、一度もぶどうを潰したことがない飲み物係、粉を混ぜて生地を作るのを見たことがないパン焼き係、軟膏を塗るためのへら運び係や、割礼係といった職もあり、彼らは与えられた役割だけをこなしていた。彼らからすれば、王の頭蓋切開医師の私が、実際に王の頭蓋を切開し、さらに王の命を救えるかもしれないとは思いもしなかっただろう。

彼らは花が飾られた船で遊覧でもしているかのように、アテン神の讃歌を歌いながら、宮廷の女たちやいくつものワインの壺とともに、喜び勇んでアケトアテンにやってきた。すでに洪水は引き、春が訪れ、空気は若いワインのように清々しく、植えられた木には鳥がさえずり、鳩がクークーと鳴いていたため、岸辺の天幕や日除けの下で飲食を楽しめた。宮廷の貴族たちはやっと歩き始めた幼な子同然で、自分で手を洗うことも、顔に軟膏を塗ることも人に任せており、彼らの世話をするために数多くの使用人や奴隷が必要だったため、宿は多くの人でにぎわい、町のような様相を示していた。

ファラオが道や貴族たちの家の場所を指示すると、彼らは勇んでそこに向かったので、奴隷は高貴な彼らの頭に日傘をかざした。ときにファラオが自ら煉瓦を手に取って積み上げることもあったので、彼らも大工たちとともに家づくりに励んだ。宮廷の貴族たちは息を切らしながら煉瓦を積み上げて、壁をつくり、手にかすり傷を負っては笑い合い、貴族の女たちは地面に膝をついて粘土を捏ねた。若く美しい女たちは町の女が穀物を挽くときのように服を脱ぎ捨て、腰巻だけの姿となった。

女たちが粘土を捏ねる間、入念に手入れをした手足が浅黒く日焼けしないように、奴隷が女たちの頭上に日傘をかざす必要があったし、彼女たちは飽きるとすべてを放り出してしまうので、大工たちは不機嫌になって貴族たちが積んだ煉瓦を積み直すのが常だった。しかし、若い貴族の女は例外で、大工は女たちを嬉しそうに眺め、ふざけたふりをして粘土だらけの手で肌に触れたりしたので、女たちは驚いて悲鳴をあげた。その一方で、貴族であっても年老いた醜い女がやってきたときは、仕事を急かせたり、大工の筋肉をつついたり、汚れた頬で泥煉瓦をなでたり、アテン神の名を唱えながら大工の汗を嗅いだりしてくるものだから、大工たちは悪態をついて女の足元にわざと泥煉瓦を落として追い払った。

宮廷の貴族たちは自分たちの大工仕事を大いに誇り、何をやったか、どこにいくつ煉瓦を積んだかということを自慢し合い、ファラオに腕のかすり傷を見せて、関心を惹こうとした。

しばらくすると、彼らは大工仕事に飽き、今度は子どものように庭の手入れや、土いじりをし始めた。庭師たちは、貴族から絶えず木や灌木の植え替えを命じられるので、貴族たちに不満を持ち、水路を掘る者たちは、毎日のように魚の池を掘れと言われるので、陰で貴族たちをセトの子と呼んだ。貴族たちに悪気はなく、自分たちの思いつきが彼らの邪魔になっているとは夢にも思わず、毎晩のようにワインを飲んでは手伝っていることを自慢していた。

ところが、庭遊びにも飽きると、今度は日中の暑さや天幕の寝床に入り込んでくる蚤に文句を言い、一晩じゅううめき声をあげ、朝になると私のところにやってきて、蚤に噛まれた傷に効く軟膏を欲しがった。しまいには、アケトアテンそのものをけなし、多くの者が田舎に去り、一部の者は息抜きにテーベに帰っていった。しかし、忠義な者は町に留まり、冷やしたワインを飲みながらサイコロを振り、持っている黄金で衣服や宝石を賭けて勝ったり負けたりしながら、代わり映えのしない毎日を送っていた。それでも日ごとに家々の壁は高くなり、砂漠は素晴らしい庭園となり、アケトアテンの町はおとぎ話のように数か月で完成した。かかった費用は分からないが、アメン神殿の黄金だけでは足りなかったということは明らかだった。アメン神官は嵐が来るのを察知して、事前に信頼のおける者たちに黄金を分配し、アメン神殿の保管庫を空っぽにしていたのだ。

また、アケトアテンが完成したことによって、王家が分断されたことも記さなければならない。テーベの川岸にある、青々とした庭園と周壁の間に建つ赤みを帯びた金色に輝く黄金の宮殿は、ファラオ、アメンヘテプが、下エジプトの葦の茂みにいた貧しい鳥刺しの娘だった王母ティィのために建造したもので、ティイは自分の町であるテーベを去る気がなく、砂漠に向かった息子のあとを追うのを拒んだのだ。王女バケトアテンもテーベに残り、神官アイがファラオの右側に座する者としてネケクを持って行政を執り行い、正義の羊皮紙を前に玉座で裁判を行っていた。そのため、テーベは偽りのファラオがいなくなったことを除き、すべてにおいて以前と変わらず、ファラオを惜しむ声も出なかった。

王妃ネフェルトイティは出産のときにテーベの医師や黒人魔術師の手助けを願って、出産までの間テーベに戻り、のちに王妃となるアンクセンアテンと名づけられた三人目の娘を産んだ。出産しやすくなるように娘の頭も魔術師の助けを借りて細長く伸ばされたので、王女たちが成長するにつれ、宮廷の女だけではなくエジプト全土の女たちが、かつらを使って頭を細長く見せ、王女や宮廷の服装を真似し始めた。王女たちは頭の形のよさを自慢にし、頭をそり上げていた。黒人の魔術師の力によるものとは知らない芸術家たちは彼女たちを賛美し、王女たちの像を彫り、さまざまな絵を描いた。

　三人目の王女を産んだあと、王妃ネフェルトイティはアケトアテンに戻り、不在の間に完成していた宮殿に住んだが、ファラオがほかの妻の褥で男の精を無駄にすることがないように、ファラオの後宮はテーベに残してきた。アクエンアテンはすでに後宮での務めに飽きていたので、ほかの女を懐かしむこともなかったし、王妃の美しさを見れば、誰もがファラオの心情に納得した。ネフェルトイティの美しさは、三人目を出産しても損なわれるどころか、咲き誇る花のようにますます若々しくなっていた。その美しさは、アケトアテンから離れていたためなのか、黒人の魔術師によるものなのかは分からない。

　こうして一年も経たずに砂漠にアケトアテンの都が完成し、街道にはヤシの木の葉が揺れ、庭のザクロの実は赤く熟し、魚が泳ぐ湖では色づいた蓮の花が開いた。この都には花で彩られた庭だけではなく、至るところにすっきりとした東屋のような木造の家々と、ヤシの木や葦の形を彫ったさまざまな色の柱があった。庭に敷かれた煉瓦の床は家のなかまで続き、家の壁には春風に揺れるヤシの木やシカモアの木が描かれ、床には葦の茂みやさまざまな色の魚が泳ぐ姿、カモが鮮やかな翼で葦の茂みから飛び立とうとする様子が描かれ、人々の心を和ませていた。飼い慣らされたガゼルが庭や道を行き交い、路上では雄々しい馬が頭にダチョウの羽根を揺らしながら馬車を引き、町中の台所には世界中の香辛料の香りが漂い、この都に足りないものは何一つなかった。

　再び秋が訪れ、日に日に増水する川の上を燕が飛び交う頃、ファラオ、アクエンアテンはこの地とこの町をアテン神に捧げた。ファラオはこの地の四方に、ファラオとその家族がアテンの光線に祝福される姿を刻ませた境界石を設置し、すべての境界石にアテンの地の外には出ないという誓いを刻んだ。この儀式のために、宮廷の者たちは花を撒き、笛や弦楽器を鳴らしてアテン神を称え、ファラオとその家族は黄金の馬車や輿に乗り、大工が舗装した四方の道を通って境界石を見に行った。

ファラオは死後もアケトアテンの町から出ないつもりで、町が完成すると、墓を掘るために大工をアテンの地にある東の山に送り込んだので、大工たちは家に帰ることが叶わず、墓掘りで一生を終えることになった。しかし、報酬の穀物は器にあふれるほど与えられ、壺の油にも困らず、妻たちも健やかな子どもに恵まれたので、大工たちは昔の町を恋しがることもなく、淡々と命令に従い、ファラオの庇護のもと、この町に暮らし続けた。

ファラオは、自分とともにアテン神を信じて天空の都に住むことを望む貴族に墓を贈ると決め、自分と貴族たちの墓をアケトアテンの町に造らせ、遺体を永遠に保存するために町の外に死者の家を建てさせた。このため、ファラオはテーベの死者の家から腕のいい遺体洗浄人とミイラ職人を呼び寄せた。重要なのは彼らの技術のみで、仕事柄、彼らに信仰があるはずもなかったから、彼らの信仰を問うことはしなかった。彼らは黒い船で川を下って到着し、風が彼らのにおいをまき散らしたので、人々は家のなかに閉じこもって香を焚き、アテン神に祈りを捧げた。しかし、遺体洗浄人のにおいは、昔からの神を彷彿とさせたので、多くの者が昔の神に祈りを捧げ、アメン神の聖なる印を切ったのだった。

遺体洗浄人とミイラ職人はすべての道具を持って岸に上がると、死者の家の暗さに慣れた目を瞬《しばた》いて、目を刺す光に悪態をついた。彼らはさっさと新しい死者の家に入ると、においとともにそこに閉じこもった。彼らのなかには脳を頭蓋骨から取り出して洗浄する鉗子《かんし》使いの名人、老いたラモセもいた。アテン神官が死者の家を恐れたことから、ファラオが私に監督を任じたため、私は再びラモセに会うことになった。ラモセは少しの間私を見てようやく思い出し、大いに驚いた。私は、テーベの死者の家に置いてきた女への復讐がどう花開いたかを知りたくてたまらず、あえて自分の正体を明かしてラモセの信頼を得ようとした。そして、ラモセの役割と仕事について話し終えてから尋ねた。

「我が友、ラモセよ、テーベの動乱の夜に死者の家に連れてこられたネフェルネフェルネフェルゥという名の美しい女を処理した覚えはあるか」

ラモセは亀のように首を縮めると、瞬きして私を見て言った。

「まったく、シヌへ、お前は遺体洗浄人を友と呼んだ最初の上流階級の人間だろうよ。わしはかなり心を動かされたし、お前が知りたいことはわしを友と呼ぶほど重要なことなのだろう。だが、もしお前が夜闇に紛れてその女を黒い布に包んで持ち込んだ男だとしたら、それを知った遺体洗浄人たちはお前の体に毒の刃を突き刺し、恐ろしい死を与えるだろうから、あいつらの友にはなれんよ」

私はラモセの言葉を聞いてふるえた。

「あの女を連れてきたのが誰であろうと、あの女はふさわしい報いを受けたにすぎないが、お前の話によると、女は死なずに遺体洗浄人の手で蘇ったということか」

「あの恐ろしい女は死者の家で蘇ったが、なぜお前がそれを知っているのかは考えたくもない。あのような女は決して死なないものだ。万が一あの女が死んだら、二度と蘇らないように遺体を炎で焼き尽くさねばならんだろう。我々はあの女を悪魔の美女、セトネフェルと名づけた」

私は恐ろしい予感に襲われ、ラモセに尋ねた。

「遺体洗浄人は七十日に七十を掛ける間、女を死者の家に留めておくと言っていたが、なぜその女を過去のことのように話すのだ。まさかもう死者の家にはいないのか」

ラモセは刃と鉗子を憎々しげに振りまわしたので、もし私がファラオの酒蔵から最高のワインの壺を持参していなければ刺されていたことだろう。ワインのおかげで、ラモセは埃っぽい壺の封に指を触れるに留まった。

「シヌへ、お前は息子も同然で、お前によかれと思って死者の家におけるすべての技術を教えようと思っていた。お前の両親の遺体も貴族の遺体と同様に、最高の香油とナトロンを使って保存してやった。それなのに、なぜあんな恐ろしい女を死者の家に連れてきたのだ。あの女が来る前、我々は金持ちの遺体の地位や性別に関係なく、宝石を盗んで富を蓄え、魔術師には魔術に使う遺体の部位を売りさばき、ビールで心を慰め、質素で勤勉な暮らしをしていたことはお前も知っているだろう。だが、女がやってきてからは、男どもは女を勝ち取ろうと狂犬のように争っては刃で傷つけ合い、死者の家は地獄そのものになった。女はわしらがこれまで密かに貯めてきた黄金も銀もすべて取り上げたのだ。銅さえも見逃さず、わしらの服も巻きあげ、女に逆上《のぼ》せて一文無しになった者をそそのかし、わしのように女に関心のない老人からも略奪させた。女がわしら全員の財産を奪い尽くすまでに、三十日に三を掛けるほどの日数もかからなかっただろう。これ以上は何も出てこないと分かると、女はわしらをあざ笑い、女に惚れてしまった二人の洗浄人は女に辱められ、ばかにされ、帯で首をくくって死んでしまった。女は、奪い取った財産を持って出ていったが、もし誰かが止めようとしても、ほかの者が女の微笑や指先のひとなでを求めて阻止しただろうから、誰にも止められなかった。あの女は、わしらが長年節度をわきまえながら死者から盗んで貯めてきた、少なくとも三百デベンの黄金と、銀と銅、細布や軟膏を持ち去り、富だけではなく、わしらの平穏さえも奪ったのだ。そのうえ、一年後にわしらがどれほどため込んだかを見にくると言いおった。テーベの死者の家では過去にないほど盗みが横行し、遺体洗浄人たちは遺体だけではなく、互いの持ち物からも盗むようになり、もう心安らぐ場所ではなくなったのだ。その美しさはセトから授かったものとはいえ、美しいことには変わりないから、わしらがセトネフェルと名づけたのもうなずけるだろう」

私は自分の復讐がどれほど浅はかであったかを思い知った。ネフェルネフェルネフェルゥは無傷で、以前よりもさらに豊かになって死者の家から生還し、被《こうむ》ったものといえば、悪臭が体に染みつき、しばらく仕事に支障をきたしたことくらいだろう。しかし、彼女も休息が必要だっただろうから、それさえも困ることではなかったのかもしれない。私が復讐の蜜を味わったのは一瞬で、その後は自分にはね返り、復讐を果たすどころか、かえって自分の心を抉《えぐ》り、安らぎもなく、心をすり減らしただけだった。

ファラオ、アクエンアテンがアケトアテンの町でどう過ごし、シリアで何が起こったかを記すために新しい書を始める。ホルエムヘブとカプタ、友であるトトメス、そしてもちろん、メリトについても忘れてはならない。

第十一の書　メリト

1

誰もが水時計の器から水が流れ落ちるのを見たことがある。人の時間も同じように流れていくものだが、その流れは水時計で計れるものではなく、起こった出来事を通して計られる。この先も色々なことが起こるだろうと思っていても、結局は何も起こらず、時は砂に沁み込むように無為に過ぎ、老いて何も起こらなくなってようやく、時が崇高で深遠なものだという真実に気づくのだ。人の心はさまざまな出来事で移ろい、変容していくものだから、その変容を感じながら過ごす一日のほうが、日々働いて淡々と生きる代わり映えのしない一年や二年よりも、長く感じるのだ。アケトアテンの町で過ごした私の時間は川の流れのように過ぎ、私の人生が短い夢か美しい歌がこだまして消えようとする頃になって、ようやくこの真実を学んだ。アケトアテンの黄金の宮殿で、ファラオ、アクエンアテンのもとで生きた十年間は、若い頃の一年よりもずっと短く感じたが、それでも、旅をして、多くの出来事に遭遇した日々のおかげで、一年よりは長く感じられたときもあった。アケトアテンにいる間、私は知識や技術を蓄えたわけではなく、むしろミツバチが花咲く頃に巣に蓄えた蜂蜜を冬の間に使うように、若い頃に蓄積した知識や技量をすり減らしていった。ゆっくりと流れる水が石を削るように、時が私の心を摩耗させたのかもしれないし、その間に私の心が移り変わったのかもしれないが、昔ほど孤独ではなかったので、その自覚はなかった。私は資産管理をカプタに任せたので、カプタはテーベに留まり、自分の酒場「鰐の尻尾」を切り盛りしていた。

カプタと離れて暮らしていたので、私は以前にも増して口数が減り、自分の腕前を昔ほど鼻にかけることもなくなっていた。

もう一つ記さなければならないのは、アケトアテンの町もファラオが作り上げた夢や幻の世界に引きこもり、町の境界石の外側で起こることを、まるで月光が水面に反射するのと同じように、どこか遠くの非現実的な出来事と受け止め、境界石の内側で起こることだけを現実と捉えていた、ということだ。真実は境界石の外側にある飢えと苦しみ、そして死で、アケトアテンの町とそこで起こる出来事は表面が美しいだけの影法師《かげぼうし》のようなものだったから、今考えると、すべてが間違っていたことが分かる。ファラオ、アクエンアテンにとって望ましくないことはすべて隠され、どうしても伝えなければならないときは、ファラオが頭痛を引き起こさないように、真実は、蜂蜜と香り高いひきわり麦で味つけし、柔らかいもので幾重にも包んで、おそるおそる差し出された。

ものごとがこのように伝えられたのは、ファラオを愛する者たちが、ファラオの機嫌を損ねて嫌われるのを恐れたからだった。彼らはファラオに苦痛や心配事をもたらさないように配慮するのは愛ゆえなのだと信じていたが、それは人間の弱さゆえだったのかもしれない。ファラオは些細なことですぐに動揺し、平静を失って発作を起こすので、多くの者は、ファラオがこの町の外側で起こっている真実を知ったら命を失うのではないかと恐れていた。ファラオはたとえ愛のためであろうと隠し事をした者を責めただろうが、ひたすら真実に生きることを望み、永遠を見つめるばかりで、それ以外のことには関心がなかったから、たとえ町の外で起こる真実を目にしたとしても影よりもぼんやりとしか映らなかっただろう。また、真実はさまざまな言い方で曖昧に伝えられていたから、そもそも真実に気づくことはなかっただろう。

ファラオは国の統治に必要な徴税や通商、司法といった退屈で面倒なものをすべて放棄し、人の話にも耳を傾けなかった。ネフェルトイティの父で、ファラオの義父である神官アイを全面的に信用していたから、権力欲に捉われたアイにヘカを預け、王の右側に座する者として上下エジプトの首都であるテーベを統治させていた。これはすなわち、ファラオの持つ権力のすべてがアイの手にあることを意味し、すべての民はアイの支配下にあり、事実上、彼が上下エジプトの統治者となっていた。ファラオに対抗するアメンが倒れた今、アイは国がアメンの騒ぎから徐々に落ち着きを取り戻しつつある現状に満足していた。そのため、アイにとってファラオをテーベから遠ざけてくれるアケトアテンの町ほど好都合なものはなく、できる限りのことをして町の建設や装飾のための資金を集め、途切れることなく貴重な品を贈り、ファラオにとってアケトアテンがさらに心地よい場所になるよう努めた。たしかにこの国は落ち着きを取り戻し、アメンの力がなくなったこと以外は、以前と同じように見えたが、ファラオはアイにとって車輪に差し込まれた棒切れ、あるいは荷車をひっくり返す石ころとなっていた。

ファラオ、アクエンアテンは、すべての碑文からアメンの名を抹消させており、それは父の王墓にも及んでいた。ファラオは民のことよりも神々に気を取られていたが、アイはそんなファラオを歓迎し、ファラオが子どもじみたことに時間を費やして満たされていることに異議を唱えることはなかった。アイとともに、メンフィスで上下エジプトの国境を治め、国の秩序と治安を守っていたのはホルエムヘブだった。彼の影響力は鞭を持つ徴税人や、アメンの名を碑文や像、墓地から削り取るために槌を振るう石工にまで及んでいた。

テーベの動乱のあと、エジプトは嵐に見舞われることもなく、水紋も立たぬような日々が続いた。アイは自分の手間を省こうと、税の取り立てを地方の領主に任せた。領主たちは町や村の徴税人に徴税権を与えて莫大な富を得て、徴税人たちはさらに多くの補佐人や準徴税人に仕事を任せて富を蓄え、準徴税人も杖を振りまわして税を徴収し、財を蓄えていた。徴税人が去ったあと、貧乏人が嘆いて頭に灰をかぶっても、いつの世とも変わらない光景だったから、傍《はた》から見ればすべてが元通りになったかに見えた。

アケトアテンでは、シリアでのスミュルナの敗北よりも、四人目の王女誕生のほうが大きな不幸だとされた。王妃ネフェルトイティは、娘しか生まれない呪いがかけられているのかもしれないと思い、義母のところにいる黒人魔術師の助言を求めにテーベに出向いた。たしかに四人続けて娘を産み、息子が一人も生まれないというのは珍しいことで、それがファラオ、アクエンアテンの宿命でもあった。

荒ぶるアムルの男たちはヒッタイト将校の助言を受けながら戦っていて、シリアのどの駐屯地も敗北は時間の問題と思われた。やがてシリアからは矢継ぎ早に便りが届くようになり、通信船が着くたびに私は王立保管庫に新たな粘土板を確かめに行った。それらを読んでいると、慇懃《いんぎん》な言葉の端々から瀕死の男たちが発する悲鳴と傷ついた子どもたちの助けを求める声が聞こえてくるようで、辺りを飛び交う弓矢や、立ち昇る炎や煙のにおいさえ感じられた。ビブロス王とエルサレムの領主の粘土板には、忠誠を誓ってきた年月のことやファラオの父との思い出のあとに、親交を口実に助けを乞う旨が記されていた。この便りを疎《うと》ましく思ったファラオは、書簡が届いても読まずに保管庫に送るよう指示するようになったので、しまいには便りに目を通すのは書記と私だけになったが、書記の関心は到着した順に正しく番号を振って目録を作ることだけだった。

エルサレムが陥落すると、最後までエジプトに忠実だったシリアの町々は、ヨッパを含め、アジル王と手を組んだ。ホルエムヘブにとって、軍隊なしでシリアに行くなどあり得ないことだったから、シリアと戦う軍隊を求めてメンフィスからアケトアテンにやってきた。ファラオはこれまで書簡と黄金で外交を試みるばかりだったので、ホルエムヘブはせめてシリアの地にあるエジプトの駐屯地を維持したいと考えていた。

ホルエムヘブはファラオに言った。

「ヨッパまで陥落したら、シリアでのエジプトの力は失われる。だから、せめて俺に百掛ける百の槍隊と弓矢隊、百台の戦車を用意してくれ。それがあれば、シリア全土を奪い返してみせよう」

エルサレムをアテンの町にしてシリアを抑えようとしていたファラオは、エルサレムの陥落を聞いて大いに失望していた。そこでファラオはこう答えた。

「名前は思い出せないが、エルサレムのひげの長い老人は私の父の友人で、子どもの頃にテーベの宮殿で会ったことがある。シリアとの交易がなくなり、エルサレムからの納税は激減しているが、エジプトからは今もその老人に金銀を送っているのだ」

「金銀やエジプトの首飾りをもらっても嬉しくはないだろう。俺の密偵が間違っていなければ、アジル王はその老人の頭蓋骨に黄金を貼って美しい杯を作り、ハットゥシャのシュッピルリウマ王へ贈ったそうだ」

　ホルエムヘブがこう言うと、ファラオは顔色を変え、目を血走らせたが、穏やかに言った。

「アジル王は私の友人で、喜んで生命の十字を受け取った男だから、そんなことをするとは信じられない。もしそれが本当なら、彼は私が思うよりも腹黒く、彼を見誤ったのかもしれない。いずれにせよ、ホルエムヘブ、民はすでに重税に苦しみ、収穫も期待するほどではなかったようだし、私に槍や戦車を求められても、できることは何もない」

「アテン神のためにも、せめて十台の戦車と、十掛ける十の槍隊を与えてくれたら、まだ救えるものがあるかもしれない」

　しかし、ファラオは答えた。

「アテン神にとって流血はおぞましいことだから、アテン神の名において戦はできぬし、血を流すくらいならシリアを諦めるほうがいいだろう。エジプトの穀物がなければシリアは立ちゆかないだろうから、シリアを解放して、彼らと同盟を結び、以前と同じように交易をすればよいではないか」

　ホルエムヘブは訝しげに尋ねた。「アクエンアテンよ、本当にあいつらがそれで満足すると思っているのか？　エジプト人を一人倒すたび、壁を一つ壊すたび、町を一つ降伏させるたびに、奴らは自分たちの力に自信を持ち、さらに欲深くなる。次の標的となるのはシナイの銅山で、エジプトがそれも失えば、俺たちは槍や矢尻を作ることすらできなくなる」

「警備をするには木の槍で十分だと言ったではないか。アテン神への讃歌を紡ごうとしているのに、そなたはなぜ槍だの矢尻だのと喋り続け、私の耳を穢して混乱させるのだ」

「シナイの次は下エジプトだ。たしかに今シリアはバビロンから穀物を得ているが、王の言う通りエジプトの穀物なしでは立ちゆかないだろう。シリアのことを恐れないのであれば、せめて権力欲に際限のないヒッタイトのことは恐れてほしいものだ」

するとファラオ、アクエンアテンは、常識あるエジプト人が同じことを聞いたときに浮かべるような憐憫の表情をして笑い出した。

「エジプトは世界で最も豊かで強大な国で、我らの記憶にある限り、敵が我が黒い大地に踏み込んできたことはなく、誰にもそんな勇気はない。悪夢を見ているそなたの心が安らぐように教えてやるが、ヒッタイト人は貧しい山地で家畜を追っているただの牧羊の民だし、もしヒッタイトが攻め込んできたら、同盟国であるミタンニ王国が我らの盾となるのだ。それにシュッピルリウマ王には生命の十字と黄金を送ってあるから、バビロンの神殿には私の等身大の像が建つことだろう。民が税に苦しむのは本意ではないが、シュッピルリウマ王に頼まれれば私は黄金を送るのだから、バビロンがエジプトを混乱させることはないだろう」

ホルエムヘブは顔を引きつらせたが、私が医師としてこれ以上ファラオを悩ませることはできないと言うと、何も言わずに私のあとについてきた。そして、私の家に足を踏み入れると、怒りを抑えきれずに黄金の笏で自分の足を叩いた。

「セトとすべての悪魔の名にかけて、生命の十字よりも牛が道端に落としていく糞のほうが役に立つってもんだ。一番ばかげているのは、正しいのは俺で、ファラオが間違っていることは確かなのに、ファラオに見つめられ、あの手で肩に触れられると、逆らえなくなるってことだ。派手に塗りたくった売春婦のようなにおいが漂うこの町で、あの方は力に満ちあふれている。もしあの方の御前にこの世のすべての生ある人間を連れてきて、あの方が一人ひとりに話しかけ、あの柔らかな指で触れたら世界は変わるのだろうが、そんなことは不可能だ」

彼の気持ちを軽くしようと、案外可能かもしれないと言うと、ホルエムヘブは愉快そうに言った。

「大きな戦をすれば、世界中のすべての男、女、子どもをあの方の御前に連れてくることができるかもしれないな。それができたら、あの方の力を発揮できるんじゃないか。いやはや、もし俺がここに長く留まれば、宮廷女どもみたいに乳房が膨れてきて、そのうち赤子に乳がやれるんじゃないかと思うぞ」

ホルエムヘブは世界中の人間をファラオの御前に連れてくるのにどれくらいの時間がかかるかを書記に計算するよう命じた。そして、トトメスが自分の像を作ると約束したことを思い出し、私もトトメスの地下蔵にいいワインがあるのを知っていたから、書記が計算している間にトトメスのいる芸術家の館に向かった。館の庭にはまるで石切り場のようにさまざまな大きさの石が置かれ、トトメスの部屋には北側の窓から十分な光が入り、乾いた絵具のにおいが立ち込め、削った石の粉塵が靄《もや》のように舞い散っていて、奴隷や学生がトトメスの作業を手伝うために大勢集まっていた。トトメスは髪も顔も汗だくだった。私たちに気づくと、燃えるような目をして、今は王妃ネフェルトイティの像の制作中で、王妃本人が来ているから邪魔をしないでくれと言いに来た。しかし、王妃は自分の美しさを崇める男が多ければ多いほど喜ばしいと思う性質《たち》なのか、中に入って見てもかまわないと言った。トトメスの使用人がワインを持ってきたので、私たちはネフェルトイティとワインを飲んだ。彼女は美しい手をそっと胸に当て、きらきらと光る目でホルエムヘブを見た。

「ホルエムヘブよ、ずっと不思議に思っていたのだが、多くの宮廷女がそなたを見てため息をついているというのに、なぜそなたは妻を娶《めと》らないのか。ずっと同じ姿勢でいるのも辛いし、トトメスときたら冷めた目で私を見ては頰が痩せただのなんだのと言ってきて、どんどん自分が醜くなっていくようで不愉快だから、退屈しのぎに妻を娶らない理由を聞かせよ」

ホルエムヘブは動揺し、顔を真っ赤にしたが、疲れ切ったトトメスがノミと槌を床に放り出して泣き出したので、なんとかその場をやり過ごすことができた。トトメスは言った。

「まったく、この美しさを目にしたら、ほかの美など霞《かす》んでしまうことはよくご存じだろうに、高貴な御猫様の口にする言葉で心臓は毎日引っかかれて、もう発狂しそうだ。恐ろしい人よ、王妃様のお顔、お体、その細い首をいくら眺めても、手にする石に生命を吹き込むことができない。もう五回は違う色の石に王妃様の像を彫ろうとしているのに、僕は熱に浮かされるだけで疲れ切ってしまった。アテン神の名にかけて、休息を取らなくては。王妃様は石よりも木のほうが生き生きとするかもしれませんから、次は彩色できる硬い木に王冠をかぶった王妃様を彫りましょう。頰が引きしまってからは、これまで以上に美しい輝きを放っていますし、いかなる時代のどんな女性よりも王妃の冠にふさわしいでしょう」

ホルエムヘブは落ち着きを取り戻しながらじっくりと考えて、トトメスを真似て言った。

「気高い方、ネフェルトイティよ、俺はこれまで宮廷女たちとさんざん愉しんできたから、女たちの手足が卵の殻のようになめらかで、羽毛のように柔らかいことは知っている。だが、肝心の頭のなかは、からでごまかさないといけないほど空っぽのようだから、あなたを見ると、ほかのどんな宮廷女も霞んでしまうのだ。ネフェルトイティよ、あなたは非常に賢明な方で、知性をたたえた目は、やり方は古くさいとはいえ政《まつりごと》に長けている父上譲りだ。それなのに、なぜファラオに理性を取り戻すよう進言しないのか。俺たちはもう逆立ちしているのかそうでないのかも分からず、白が黒に見えるほどだというのに、ファラオが常軌を逸していくままにするのはなぜなのだ」

ネフェルトイティは周囲を見渡し、ほかに聞いている者がいないかを確かめると答えた。

「元々あの方の精は弱々しいゆえ、私が少しでも気分を害するようなことを話せば、たちどころに萎えてしまう。だから、たとえこの国が地獄に落ちようとも、国の政には口を出さないほうがよいのだ。私にとって何よりも重要なことは男児を産むことだから、あの方がほかの女のところに通うのを許すわけにはいかぬ。しかし、時が経つほど私の笑顔は凍りつき、あの方の狂気を思うほどにこめかみは引きつり、あの手で触れられるたびにぞっとし、あの方を傷つける棘のある言葉を飲み込むたびに、私の腹も石のように硬くなる。シヌへ、おまえも医師なら私よりもうまく説明できるだろう。私は偉大なる王の妃として、もっとまともな運命が待ち受けていると思っていたが、あの方は私を牝牛のように扱う。この年齢ならまだ花咲く時間は残されているのだろうが、毎年出産するせいで頬はこけ、目の輝きは失せ、体は醜くなるばかりだ」

王妃の体はいまだにほっそりとし、若い娘と変わらず美しかったし、王妃が無造作に服の前を開いたときは、なめらかな下腹部にすっかり目を奪われるほどだったので、私たちは口々に出産による衰えを誇張しすぎだと言った。そしてトトメスは少し考え込んでから言った。

「私の知る限り、ほかに比べようがないはずなのに、どうしてファラオの精が弱々しいとおっしゃることができるのですか」

今度はネフェルトイティが動揺し、顔を真っ赤にして視線をはずした。不貞を働いていないのは明らかだったので、私はほっとした。少し考えてから王妃は言った。

「トトメスは無礼だが、卑しい生まれの者に何を期待できようか。私は詩を嗜《たしな》むし、川で泳ごうとする大工たちが、汗まみれの腰布を脱ぎ捨てるのを見たことだってある。だが、目で見た光景より詩のほうが色々と教えてくれるものだ」

王妃はもの思いにふけり、低い声で読み上げた。

「あなたの腰にまとう布であったなら、あなたの髪の香油の香りであったなら、あなたの口に含まれるワインであったなら、どれほどよかったことか」王妃はふっと息を吐いて言った。「詩人はこのように語るが、あの方は寝床でもアテンのことをお話しになるのだから、女としてこれ以上苦しい運命《さだめ》はないだろう。見た目が美しくても春風が頬に口づけることがないなら、何の喜びがあるというのか」

トトメスは王妃の詩に感動して茶色の瞳を潤ませて王妃に言った。

「王妃様、たとえこの手が石に命を吹き込む手だといわれていても、兵士の家に生まれた私の血には兵士の血が流れているのですから、どうか私の出自をからかわないでください。王妃様が手をあげさえすれば、春風が頬に口づけ、熱い血潮がそのお体に口づけるでしょう」

ネフェルトイティは微笑み、硬い視線で遠くを見つめると、手にしている杯をゆっくりと傾けて、残っているワインを地面に垂らし、土埃に沁み込むのを眺めた。そして、杯を押しやると立ち上がってトトメスのそばに行き、汗で濡れた彼の髪の毛を額に撫でつけ、ため息をついて静かに彼の額に口づけた。王妃はトトメスの言葉に気分を害するどころかむしろうっとりとして、立ち去るときも交わした会話を思い出して体をふるわせていた。王妃がいなくなると、私はトトメスに言った。

「君の目は熱病に浮かされたみたいに潤んでいるし、汗もかきすぎだ。アテン神のためにも、ホルエムヘブと一緒にメンフィスに行ったら気分も変わるだろうし、そこで約束通り彼の像を彫れば、彼の故郷、ヘラクレオポリスに彼の像を建てることができる。メンフィスにも美しい娘はたくさんいるし、ワインは格別だといわれているぞ」

しかし、トトメスは言った。「シヌへ、僕はここで山ほど仕事があって、僕のなかには創造したいという気持ちが樹液のようにあふれ出しているというのに、年寄りの婆さんみたいなつまらないことを言わないでくれ。ホルエムヘブの像は、まず絵姿を描いて体の支点を知り、石膏で顔の型を取れば、ここでも十分に制作できるぞ」

そこへホルエムヘブが言った。「シヌへ、旅といえば、お前はこんな目の見えない者や白昼夢を見るような奴らの町にいるよりも、テーベに行って様子を見てくるべきだ。俺がファラオにエジプトで起こっていることや、民が何を話しているかを伝えたって信じないだろうからな。俺は本気で言っているんだぞ。シヌへ、ファラオはお前の言葉なら信じるし、耳を傾けるから、お前はテーベに行って、見てきたことをファラオに伝えるのだ」

彼は地面に唾を吐き、足でこすりつけた。

「ネフェルトイティは眺める分にはいいが、頭は刃のように切れるし、口には毒蜂がつまっている。俺が知る限り、ほかの男と愉しみ始めるのは時間の問題で、一緒にいても愉しい相手ではなさそうだな」

その言葉にトトメスは激怒したが、私は彼を落ち着かせて言った。

「ここの寝床は心地よいし、料理人の食事にも慣れて、体もすっかり鈍ってしまったから、船の揺れには耐えられそうにないが、私もそろそろカプタに会いにテーベに行こうと思っていたところだ。ファラオは丸々とした子どもや笑顔の妻の話しか聞きたくないだろうが、君の話した通りなら、アテン神の名を罵る男の話をしてファラオの機嫌を損ねることになりそうだな。自分の目で見たものをファラオに伝える勇気を持ち合わせているかどうかは分からない。ホルエムヘブ、聞いた話によると、犠牲者はテーベほど多くはないが、ワニはメンフィスでも治安兵や番人たちから定期的に餌をもらっていて、まったく食べ物に困らないようだから、ワニがメンフィスについていったのは、賢明な判断だ」

ホルエムヘブは杯を空にして再び満たすと、勢いよく飲み干して言った。

「まったく、エジプトの将来を考えると自分がワニだったらよかったのにと思うぞ。どうにでもなれだ。シヌへすら俺を助ける気がないなら、俺はこれまで通り、ファラオ、アクエンアテンが統《す》べるエジプトの将来を思うたびに酔い潰れるまでだ」

2

ホルエムヘブがメンフィスに戻ったあと、私はファラオの助言者として、また、友として、ホルエムヘブが残した言葉にどう応えるべきか悩んだ。しかし、夜は屋根のある心地よい寝床で眠れたし、家の料理人は小鳥の蜂蜜漬けやレイヨウの肉を欠かさず食卓に出してくれたので、水時計の水はあっという間に流れ落ちていった。ファラオの二番目の娘、メケトアテンは重病にかかり、熱と咳に苦しみ、その子どもらしい頬には熱による紅斑が現れ、やつれて鎖骨が浮き出ていた。私は王女に体力をつけるために、液体の薬に黄金を混ぜて飲ませていたが、ファラオの発作が治まったかと思えば、今度は王女の体調が悪くなり、夜も昼も落ち着く暇がなかった。ファラオは、民の前で黄金のテラスから勲章や首飾りを授与する日に同席させるほど、上の二人の娘、メリトアテンとメケトアテンを深く愛していたので、心穏やかではいられなかった。

病を不憫に思うのは人の常なのか、四人の娘のうち、ファラオ、アクエンアテンが最も愛していたのは病に苦しむ娘だった。娘に銀と象牙製の玉や子犬を与え、子犬は王女のあとをついてまわり、王女が寝ているときは寝床の足元に寄りそった。ファラオは夜中に王女の咳が聞こえるたびに起き出しては心を痛め、よく眠れずに、焦燥感に駆られて痩せ細っていった。

人とはおかしなもので、当時の私は、テーベにある資産やカプタ、エジプトの飢饉、シリアの地で空腹に苦しみ、アテン神のために死んでいく人々よりも、病にかかった幼い少女のことを気にかけていた。飽食の貴族や、ファラオと同じような頭痛持ちの患者を放置し、すべての知識と技能を王女に注ぎ込んだ。彼らの頭痛を診ていればたくさんの黄金を得られただろうが、黄金や人にへつらうことに飽き飽きしていた私は、患者にもぞんざいな態度を取るようになり、周囲からは「シヌへは王の医師という地位にうぬぼれ、王が自分の言葉に耳を傾けるからといって、ほかの者の言葉には耳を貸さない」と言われるようになった。

それでもテーベやカプタ、「鰐の尻尾」のことを思うと、懐かしさがこみ上げ、ここにいる限り心の飢えや渇きを満たせないような気がしていた。徐々に髪が抜け、かつらの下では頭皮があらわになり、ときにやるべきことを忘れ、ぼんやりして、バビロンの道を旅して藁敷きの床の渇いた穀物の香りを思い出す日もあった。昔は長い距離を歩いても息があがることはなかったが、太った今はちょっとした距離でも息があがり、輿《こし》が欠かせなくなり、夜も寝苦しくなっていた。

私の心臓はゆっくりと鼓動しながら、語りかけてきた。

「シヌへ、お前は王の頭蓋切開医師として、このまま過ごせばよい。寝床は心地よく、パンの心配をすることもない。お前には、喜んでワインをおごり、お前の言葉に耳を傾け、お前を賢いと崇めてくれる友人がいるではないか。多くの芸術家がワインの飲み過ぎでふるえる手を治してくれた礼にと、お前の家の壁に生き生きとした面白い絵を描いてくれたから、新たな芸術の美を愛でることもできる。さらにファラオは、東の丘にお前の墓を掘ってくださり、墓の壁画のなかでお前はファラオと王女たちの祝福を永遠に受けられる。明日もその先も、今日と同じような日が続くだけだというのに、なぜ明日のことを心配する必要があるのだ。たとえ同じような明日が来なくても、ただの人間であるお前にどうにかできるわけではないし、お前はこれまで人の喜びを台無しにするようなことをさんざん言い、アテンの喜びの杯にニガヨモギを混ぜてきたではないか。これ以上の真実はなく、知れば知るほど不安になるというのに、何をいまさら面倒なことを引き受けて、不安をもたらすのか」

心のなかでこの語りかけを反芻したが、代わり映えのしない毎日を過ごし、この人生に今日以上の出来事が起こらないことが急に疎ましくなった。人の心とは実に勝手なもので、身の程をわきまえずに平和を掻き乱し、不安な気持ちを植えつけるものだから、そんな自分の心に対して嫌気が差した。

再び秋になり、洪水の時期が訪れ、燕が川の泥のなかから這い出て、忙しなく翼を広げて飛びまわる頃になると、ファラオの娘に回復の兆しが見え、胸の痛みが取れ、笑顔が見られるようになった。そこで私は燕を追って船で上流に向かい、再びテーベを見ようと心に決めた。ファラオに出発の許しを得に行くと、旅の途中で偽りの神が所有していた土地を耕す新住民たちをねぎらってくるようにと命じられた。ファラオは設立した学校にも立ち寄るよう命じ、私が戻ったときに多くの実りある話が聞けることを期待していた。

船のマストにはファラオの旗がはためき、船室の寝床は快適で、洪水後の川にはハエも少なく、出発前に心配したような面倒はなかった。料理人の乗る厨房船も同行し、行く先々の村で料理人のもとに貢ぎ物が届けられたので、新鮮な食材に困ることはなかった。新住民の村が見えると船を停め、話を聞こうと村の長老を船に呼び寄せたが、私のもとにやってきたのは、骸骨のように痩せ細った男や、物音がするたびに不安そうに辺りを見回す女、病で足がいびつに曲がっている子どもたちだった。彼らは私に穀物倉庫を見せてくれたが、穀物の在庫は半分もなく、収穫された穀物は血が降りそそいだかのように赤い斑点だらけだった。彼らは言った。

「最初は私たちに農業の経験がないから、収穫が少ないのだと思っていました。家畜が死んだのも自分たちのやり方が悪いせいだと思っていたのです。ですが、ファラオに与えられた土地も、その土地を耕す者も呪われているということが分かりました。でなければ、夜な夜な見えざる足が畑を荒らし、見えざる手が果樹を切り落とし、わけもなく家畜が死に、畑の水路が詰まり、井戸から動物の死骸が見つかって、飲み水さえなくなるという事態に陥るはずがありません。私たちは以前よりも落ちぶれたあげく、すでに大勢の人々が土地を捨て、ファラオの名とアテン神を呪いながら町へ戻っていったのです。これまで私たちは希望を持ち、ファラオが送ってくださった護符の十字やお手紙を信じ、バッタ除けのために畑の真ん中にお手紙を杭に刺して耐えてきました。しかし、ファラオの呪術よりもアメン神の呪術のほうが強力でしたし、どれほどファラオの神に助けを求めても救われません。そうなると、私たちの信仰心は揺らぎますし、あとどれだけ耐えられるかも分かりません。すでに多くの妻や子どもが死んでいったので、全員が死んでしまう前にこの呪われた土地を捨てるつもりでいます」

彼らの学校も見に行ってみると、私の服にアテンの十字があるのを目にした教師たちは、慌てて杖を隠してアテンの十字を切り、子どもたちは藁敷きの床にきちんと並んであぐらをかいて座り、鼻水を垂らしながらじっと私を見てきた。教師は言った。

「子どもたち全員が読み書きできるのは素晴らしいことですし、我々はファラオを慕い、我が父であり母であるファラオを神の子として敬っておりますから、力を尽くすのは当然と思っています。ですが、新しい文字ではこれまで大変な努力をして学んできた知識を表現できません。それに、この学校には書き取り板や葦ペンがないので、我々は藁敷きの床に座って土埃まみれの子どもの鼻を拭いながら、砂に不格好な文字を書かざるを得ませんが、学のある我々にはふさわしくないと思うのです。報酬も不安定ですし、親たちが持ってくる穀物では器が満たされず、ビールは水っぽくて酸っぱいし、油は壺のなかで悪臭を放っています。それでもファラオのために力を尽くしているのは、読み書きができるのは優秀で頭の柔らかい子どもたちだけで、すべての子どもに読み書きを学ばせるのは不可能だと示すためなのです。また、我々からすると、女児が文字を学ぶなんて過去に例を見ないことで、これはファラオの書記が書き間違えたのでしょうから、そこにも新しい文字が不完全であることを示しているのではないでしょうか」

　ここで教師をしているのは、元々雇い先が見つからないような落ちこぼれの書記だった。私は彼らの話にがっかりし、彼らのむくんだ顔や目を合わせようとしない様子にさらに落胆した。彼らの能力はたいしたことがなく、日々のパンにありつけるという理由だけで生命の十字を受け取ったにすぎず、もしこのなかに例外として優れた者がいたとしても、一匹のハエで季節を冬から夏に変えるのは無理な話だ。村の新住民や子どもの親は苦々しくアテン神の名を唱えて言った。

「シヌヘ様、どうかファラオにお伝えください。私たちの息子は杖で打たれ、背中に青あざをこしらえ、前髪を短く刈られてきますし、あの恐ろしい教師たちはワニのように私たちを食いつくし、どんなにパンやビールを持っていっても私たちを蔑み、銅の粒や牛の皮を根こそぎ脅し取ってワインを買っています。そのうえ、私たちが畑に行っている間に家に潜り込んで妻を寝取ったあげく、誰の夫や妻であろうが関係なく、すべてはアテン神の思し召しだと言い張るのです。せめて学校という負担だけでも取り除いてくださらないと、私たちは生きていけそうにもありません」

しかし、ファラオが私に命じた任務は彼らをねぎらうことだけだったので、彼らの苦しみを救うことはできなかった。そこで私は言った。

「ファラオはお前たちのために何もかもを行うことはできないし、アテン神の祝福がお前たちやお前たちの畑に届かないということは、何か落ち度があるに違いない。欲張りなお前たちのことだから、子どもが学校に行くと、畑仕事や溝を掘る手が不足し、自分が怠けられないから、子どもを学校に行かせたくないのだろう。妻の貞操についても、誰と寝たいかは女たちが決めることだからどうすることもできない。ファラオは世界を大きく変えようと、お前たちに偉大な仕事を与え、支援してくださったというのに、お前たちはエジプトの最も豊かな畑をだめにしてしまい、神官たちが心血注いで育てた家畜を屠《ほふ》って売り払ってしまうなんて、大いに情けない」

すると彼らは声を張りあげて言った。

「町での暮らしは貧しくとも幸せで、毎日何かしら目新しいものを楽しめていた。生活に変化を求めていたわけではなかったのに、ここで目にするものといえば、泥だらけの溝と鳴くばかりの牛だけだ。『世界が移り変わるとき、貧乏人の穀物や壺の油は減るのがお決まりで、わずかな変化でも割を食うのは貧乏人だから、変化には気をつけろ』という忠告は正しかった」

たしかにそうなのかもしれないと思ったが、これ以上言い争いをしたくなかったので、船旅を続けることにした。ファラオを思うと心は重くなり、アクエンアテンの手が触れた者はすべて呪われ、勤勉な者はファラオの贈り物のせいで怠惰になり、役に立たない者ばかりが死骸にたかるハエのようにアテン神の周りに集まってくるのはなぜだろうと訝しんだ。それでも、私には失うものが何もないのだからアテン神についていけばいいと思ったのではなかったか、とアケトアテンへ川を下ったときの心情を思い起こした。そして、同じように失うものがないからとアテン神に従った者が、怠け者になり、役立たずになり、強欲になったことを、私は非難できるのだろうかと思った。ただ黄金にまみれ、腹を満たして過ごしたアケトアテンでの数年間よりも、貧乏人のための医師として過ごしたテーベでのわずか一か月のほうがずっと人の役に立っていた。私はこの数年間、ファラオの黄金の宮殿に寄生するだけで、何をしてきたというのだろう。

私の心に恐ろしい考えがよぎった。ファラオはすべての人々が平等で、貧乏人や金持ちがいない時代が来ることを願っている。だが、その先にあるのは、薄い金色の殻に覆われた、肉体労働者である民が中心となる世界なのだ。殻のなかで無為に過ごすファラオと黄金の宮殿の人々、金持ちと貴族、そして私は、犬の毛にたかる蚤や寄生虫と同様に、民の肩に乗っているだけの存在となるのではないか。犬の毛にたかる蚤は、自分が世界の中心で、犬は自分を丸々と太らせるためだけに存在すると思っているのかもしれないが、犬は蚤がいないほうがずっと健康に生きられる。ファラオとアテン神は犬の毛にたかる蚤でしかなく、犬にとってわずらわしいだけの存在なのかもしれない。

天空の都だけがアメン神の力の及ばない場所だったが、アメン神の呪いは密かにエジプト全土を覆っていて、その呪いが私の見方を変えたようだった。アテン神の長い夢から覚め、改めてアケトアテンの町を見渡してみると、何一ついいことはなかったことに気づいた。考え方が変わらず、何か新しいことを目にすると、亀のように首を引っ込める者がいる一方で、私は新しいものを見聞きするたびに自分の考えが変わったし、これまで見聞きしてきた多くのものごとは、たとえすべてを理解できなくても私の考え方に影響を及ぼしてきたから、結局どれが真実なのか私には分からない。

やがてテーベの地平線にある永遠の番人である三つの丘と、神殿の屋根や周壁が見えてきたが、オベリスクの先端の黄金は張り直されておらず、かつてのように陽光に照らされても光り輝いてはいなかった。それでも私はこの景色に魅了され、長旅から戻ってきた船員のように、杯からナイル川にワインを垂らした。ワインを買う銅を持っていない船員ならビールを川に垂らすことだろう。しばらくぶりにテーベの石造りの船着場を目にすると、テーベの港のにおいを感じた。発酵した穀物や澱んだ水、薬草や香料、タールのにおいは、どれもが私にとって甘美なものだった。

ところが、久しぶりに港近くの貧民街にあるかつて銅鋳物職人が住んでいた私の家を目にすると、家の前の小道は汚く、悪臭を放ち、ハエがたかっていて、家はあまりにも小さく感じられた。私が庭に植えたシカモアの木は、私がいない間にかなり大きく育っていたが、それを見ても心が弾むことはなかった。自分の家を見ても喜べないことが心から悲しく、アケトアテンの富と贅《ぜい》に浸り、堕落していた自分を恥じた。

　カプタはいなかったが、料理人のムティが出てきて、私を見るなり苦々しげに言った。

「ご主人様が戻られた日に祝福を。ですが、ご主人様がお戻りになっても面倒が増えるだけですよ。どのみち人生に楽しみなんて期待しちゃいませんがね。お部屋は掃除していませんし、寝床の敷布も洗ったままです。突然戻ってくるなんて、いかにも男がやりそうなことですから、少しも驚いちゃいませんし、男がいてもいいことなんて一つもありゃしませんよ」

　私は船に寝泊まりすると言ってムティをなだめ、カプタのことを尋ねたが、ムティは年のせいもあって私の帰宅にひどく機嫌を損ね、門や庭の茂み、かまどに当たり散らして、まったく相手にしてくれなかった。ムティは放っておくことにし、輿に乗って「鰐の尻尾」まで行くと、戸口にメリトが出てきた。彼女は豪華な装いの私に気づかず、こう言ってきた。

「迎えの輿がなければ、中に入っていただくわけにはいきませんから、帰りの輿を手配してくださいな」

　彼女は少し肉がつき、頬骨は以前ほど目立たなくなり、目の周りには細かなしわが刻まれていたが、瞳は以前と変わらなかった。私の心は温かくなり、彼女の腰に手を当てて言った。

「孤独で寂しい男を何人も温めてきたのだろうから、私を覚えていないのも無理はない。君の寝床のことを考える勇気なんてないが、私にも座る場所と一杯の冷えたワインは用意してくれるだろうね」

「シヌヘ、あなたなの？　あなたが戻ってきた日に祝福を」

メリトは驚きのあまり大声を出して言った。そして、彼女は美しい手を力強く私の肩に置き、私を見定めるように眺めて続けた。

「シヌへ、シヌへ、以前のあなたは獅子の孤独を漂わせていたけれど、今は首に紐をつけられた孤独な愛玩犬みたいよ。いったい何があったの」

彼女は私のかつらを取り、禿げた頭を優しく撫でて言った。「座って、シヌへ。旅をしてきて汗びっしょりだし、息もあがっているようだから、冷えたワインを持ってくるわ」

「鰐の尻尾はやめておくよ。胃が耐えられそうにないし、頭も痛くなりそうだ」

私が慌てて言うと、彼女は私の頬に触れて言った。

「何年も会っていないのに、最初に胃のことを心配するほど、私は年を取って醜くなってしまったのかしら。以前は頭痛なんて気にせずに鰐の尻尾を飲み過ぎて、あなたを止めなくちゃいけなかったのに」

年を取って酒に弱くなったのは真実で、真実はしばしば人を失望させるものだから、私は彼女の言葉に落ち込んだ。だから彼女に言った。

「やれやれ、メリト、私はもう年だし、ただの役立たずになってしまったんだよ」

「自分では年を取ったと思っているかもしれないけど、私を見つめるあなたの目は年寄りからは程遠いわ」

「メリト、王の頭蓋切開医師として、テーベで、しかも港の酒場でそんなことをしてはいけないと分かっているのに、君に無茶なことをしてしまいそうだから、私たちの友情のためにやはり鰐の尻尾を一杯持ってきてくれないか」

彼女に貝の形をした杯を持ってきてもらい、高く掲げてから口に含むと、口当たりのよいワインに慣れていた喉は焼けるようだったが、懐かしい感覚が蘇った。メリトの腰に片手を置いたまま、彼女に言った。「メリト、以前私にこう言ったね。最初の春が散った孤独な人間にとっては、真実よりも嘘のほうが優しいこともあると。君を見ていると、私の心は若々しくなって今にも花開きそうだ。離れていた年月は長かったが、その間、一日だって君の名を風にささやかなかった日はなかったし、空を飛ぶすべての燕に君への言づてを頼み、毎朝夢から覚めると君の名を呼んでいたんだよ」

彼女は以前と変わらず、今もほっそりとして美しく、微笑みを浮かべる瞳には、深い井戸の底にある黒い水面のような悲しみが湛えられていた。彼女は私を見つめ、私の頬に手を触れて言った。

「シヌへ、素敵なことを言うのね。それなら私もお返しするわ。私の心はずっとあなたが恋しくて、夜一人で横になると、私の手はあなたの手を探していたし、鰐の尻尾で酔っ払った男がばかなことを言うたびに、あなたを思い出して悲しくなったのよ。でも、ファラオの黄金の宮殿には美しい女《ひと》がたくさんいたでしょうし、暇さえあれば宮廷医師としてその女たちを優しく治療していたのでしょうね」

宮廷の女たちの肌は果物の皮のようになめらかで、羽毛のように柔らかく、特に冬は一人よりも二人のほうが温かく過ごせたから、医師の助言を求めてきた何人かの女と夜をともにしたことがあったのは事実だった。しかし、そんなことは私にとって無意味なことで、この書に記す気にもならなかった。そこで私は彼女に言った。「メリト、たしかに私は一人で寝なかったこともあるが、友と呼ぶのは君だけだ」

鰐の尻尾が効き始めて、甘い炎が血管を駆け巡り、私の体は心と同じように若返ってきた。

「おそらく多くの男が君と寝床をともにしたのだろうが、私を怒らせると怖いし、カブール人と戦ったときにはホルエムヘブの兵士に『荒くれロバの男』と呼ばれたくらいだから、そいつらに私がテーベにいる間は気をつけろと言っておいてくれ」

するとと彼女は、さも恐ろしそうに手をあげて言った。

「カプタの言っていた通りだわ。あなたの激しい気性のせいで、多くの国でたびたび口論や争いごとに巻き込まれてしまい、冷静で忠実なカプタがいなければ、あなたは無事ではなかったと言っていたのよ。でも、私の父は酒場での騒ぎを許さないし、椅子の下にこん棒を隠し持っていることを忘れないで」

カプタの名を聞いて、カプタが諸国での私のことや私の人生について嘘を交えながらメリトに語っている姿が思い浮かび、感動のあまり気が緩んで涙があふれ、思わず大声を出した。

「かつての私の奴隷、使用人のカプタはどこにいるんだい。元奴隷を抱擁するなんて私の立場にはふさわしくないが、そうしたいほどカプタが懐かしい」

メリトは私をなだめて言った。

「カプタは大きな商売があると言って、一日じゅう穀物取引所や酒場で取引をしているから、夜にならないと会えないわ。それに、カプタはあなたのサンダルを棒に吊るして運んでいた奴隷だったことなんても う覚えていないでしょうから、今のカプタを見たらきっとびっくりすると思うわ。あなたが飲み慣れない鰐の尻尾を飲んで大きな声を出すと、父が怒り出して椅子の下を探り始めるから、カプタが来る前に、外に出て酔いを覚ましましょう。あなたがいない間にテーベがどう変わったかを知りたいでしょうし、二人きりになれるわ」

メリトほど澄んだ目をし、凛とした口元をした女は、貴族にもめったにいなかったので、服を着替えて顔に高価な香油を塗り、金銀で飾り立てたメリトは、手足を見なければ貴族の女と見分けがつかなかった。

奴隷が担ぐ輿に揺られて牡羊参道をまっすぐ進むと、花の植え込みは踏みにじられ、木々の枝は折れていて、いくつかの道沿いには火事で焼け落ちた家の跡に新しい家を建てている最中で、テーベはいまだに以前の姿を取り戻していなかった。しかし、輿のなかで隣に座るメリトの香油はテーベの香りで、アケトアテンのどんな高価な香油よりも刺激的で心を奪われた。私の心に嫌なことは何もよぎらず、メリトの手を握ると、長い旅を経てようやく家に帰ってきたと思えた。

民は呪われた場所となった神殿を気味悪がって避けていたので、神殿には人影がなかった。そして、山に戻らず、追い払われることもなかった鳥たちはテーベに住みつき、私たちが神殿に到着したときには、上空に黒い鳥が飛びまわり、周辺には鳴き声が響き渡っていた。輿から降りて荒れ果てた前庭を通り抜けると、移転に膨大な手間と費用がかかるために残された、生命の家と死者の家の前にだけ人の姿があった。メリトによると、民は生命の家さえも避け始めたので、多くの医師は町に移り住み、患者を奪い合っているそうだ。神殿の庭園も歩いたが、通路には草が生え、木々は切り倒され、めぼしいものは略奪され、聖なる湖にいた魚は銛《もり》で獲り尽くされていた。ファラオが民の出入りを許し、子どもの遊び場として定めた庭園だったが、実際に歩きまわっているのは、ぼろを着たうす汚れた民だけで、怯えた目でこちらを伺っていた。

寂《さび》れた神殿を歩いていると、偽りの神の権力は像とともに倒れたのではなく、いまだ人々の心を恐怖で支配していることがひしひしと感じられ、私の気持ちは荒《すさ》み、偽りの神の影が重くのしかかってきた。大神殿のほうにも行ってみたが、至聖所に番人の姿はなく、敷石の間には草が茂り、聖なる碑文に刻まれた偽りの神の名は石工の手でぞんざいに削り取られていた。メリトは言った。

「こんな不吉な場所にいると心臓が凍えるようだわ。あなたはアテンの十字に守られているのかもしれないけど、それを身に着けていると石を投げられ、ひと気のない場所では刺されるかもしれないから、外したほうがいいと思うの。テーベでの憎しみはまだまだ大きいのよ」

私の首にアテンの十字がかかっているのを見た人々が地面に唾を吐いたので、彼女の言ったことは本当だった。さらに驚いたことに、ファラオが禁じたにもかかわらず、頭を剃り上げたアメン神官が白い服に身を包み、図々しく民に紛れて歩いていた。彼らの顔は聖油で艶めき、最高級の亜麻布の服を身に着け、満たされた様子で、民はうやうやしく神官に道を譲っていた。私はファラオと違って自由な信仰を願っていたから、誰かの気分を害したくなかったし、私と手を取り合って歩いているメリトのためにも面倒なことには巻き込まれたくなかったので、胸にあるアテンの十字を慎重に手で隠した。

周壁のそばには人だかりができていて、貧しい民が服の汚れも気にせずに地べたに座り込んでいた。その中心には語り部が敷物の上に空の壺を置いて座っていたので、私たちも語り部の話に耳を傾けた。それは初めて耳にするおとぎ話で、大昔にセト神が黒人魔女の腹に宿した、偽りのファラオの話だった。黒人魔女が魔術を使って、善人だったファラオの寵愛を勝ち取り、のちに偽りのファラオとなる御子が誕生するところからおとぎ話は始まった。御子はセトのためにエジプトを滅ぼし、民を黒人や野蛮人の奴隷にするためにラー神像を倒したので、ラーはエジプトの地に呪いをかけ、果物は実らず、民は洪水に飲み込まれ、バッタが畑の作物を食い尽くし、池は血の池となって悪臭を放ち、カエルが人の寝床やパン生地の壺に飛び込むようになった。しかし、たとえ偽りのファラオがセトの名を呼ぼうとも、ラーの力はセトよりも強く、やがて偽りのファラオの治世は終焉を迎え、偽りのファラオと、彼を生み出した魔女は無残な死を遂げた。ラーは、ラーを見捨てたすべての者を罰し、取り返した家や財産や土地を、試練のときもラーの復活を信じ続けた者に分け与えた。

　このおとぎ話は非常に長く、緊張感があったので、聞いていた者は足を踏み鳴らし、話が終わりに近づくにつれ、いてもたってもいられずに両手をあげたが、私は終始唖然としていた。話が終盤を迎え、偽りのファラオが罰を受け、地獄の穴に落ち、その名が呪われ、ラーを信じる者たちに家や土地や家畜や資産が分け与えられる段階になると、民は興奮して飛び跳ねながら叫び、語り部の壺に銅を投げ入れ、なかには銀を投げ込む者もいた。私はひどく驚いてメリトに言った。

「母キパは台所で語り部に食べ物を与えて、父センムトから杖で脅されるほど、おとぎ話と語り部が大好きで、私はそのおかげで子どもの頃にこの世にある物語はすべて聞き尽くしたと思っていた。でもこれは、今まで一度も聞いたことがない話だ。たしかに新しい物語だが、あろうことかファラオ、アクエンアテンと、口にしてはならない偽りの神を彷彿とさせるから危険だ。こんな物語は禁止しなくては」

「この話はとても人気があって、上下エジプトのあらゆる門や周壁、小さな村の脱穀場でも語られているし、物語を禁じることができる人なんているのかしら。神官たちは、この話が数百年前の書物にあった古い物語だと証明できるそうだから、たとえ番人が杖で語り部を脅してもどうにもならないわ。ホルエムヘブはおとぎ話や証拠なんて気にしていないから、冷酷にもメンフィスで何人かの語り部を周壁に吊るし、遺体をワニの餌にしたと聞いたけど、それはおとぎ話を語ったからではなく、別の罪だったみたいよ」

メリトは私の手を握ったまま、微笑んで続けた。

「あなたも知っているように穀物はどんどん値上がりし、貧乏人は飢え、租税は貧しい者にも富める者にも重くのしかかっているから、テーベでは色々な予言が語られていて、人が二人集まれば、お互いに悪い予兆の話を教え合うのよ。予言によると、今後状況はもっと悪くなるといわれているから、エジプトの未来を思うと恐ろしいわ。だから、『鰐の尻尾』の壁洗いから聞いた話を一つ教えてあげる。壁洗いは市場の野菜売りからこの話を聞いて、野菜売りはとても信頼がおける友人から聞いたそうよ。この友人があるとき裕福なパピルス職人の未亡人と出会い、彼女が実際に体験したことを聞いたらしいの。お話はこうよ。洪水が起こる前の祭日に、パピルス職人の未亡人は、死者の町に埋葬されている夫のお墓参りに行くために渡し船に乗ったの。船に乗ると彼女の向かいに女が座っていた。ぼろぼろの服を着て、髪に香油もつけていなかったから、最初は何者なのか、まったく気づかなかったそうよ。女は未亡人に向かって『あなたが亡くした方は、木の実の焼き菓子がお好きだったのですね。お供えに持っていかれるのですから』と言ったの。未亡人は、足元に置いたかごの蓋はしっかり閉まっているのに、なぜ中身が分かったのだろうとたいそう驚いたそうよ。そこで女が言ったの。『これまで、亡き人に木の実の焼き菓子を供える方にお会いしたことがなかったので、驚きました。そちらの壺にはミルク粥、こちらのかごには焼いたカモ、あちらの壺にはシリア風の濁ったビールが入っていますね』こんなふうに乗客が持っている蓋つきのかごや壺に入っている中身を一つひとつ当て、さらに亡き人の名まで当てたので、その場にいた人たちはとても驚き、ようやく女が聖女だと気づいたの。最後にこう言ったそうよ。『すでに分かっているように、今エジプトの民は呪いのせいで大きな試練のときを迎えている。いずれ黄金があってもパンを買えなくなる日が来るが、エジプトの神々は偽りの神を崇める者でなければ見捨てることはないゆえ、勇気をもって信じよ。お前たちの知る魔女は、畑で麦が実る前に恐ろしい死を迎えるから、それを神の合図と思うがいい』聖女が言い終わると、皆は番人を恐れてふるえたけど、渡し船が死者の町の船着場に着くと聖女の姿は消え、二度と姿を現すことはなかったそうよ」

私は辟易《へきえき》してメリトに言った。「どう考えてもこんな予言をするのは神官しかいないのに、君や壁洗いや野菜売りや噂好きの未亡人たちは、こんなばかばかしい話を信じるのかい。民の不安をあおりたいからこういう話をすることくらい私にも分かる」

「私は何を信じたらいいのか分からないけど、その名を口にしてはいけない神のおかげで、テーベではおかしなことがいくつも起こっているから、あなたもここで一か月、一年と過ごしたらきっと分かるはずよ。もし穀物が実る前に魔女が死んだら、私も信じてしまうと思うわ。魔女が病気だなんて聞いたことがないもの」

「誰が魔女だって？」私が怒って尋ねると、メリトは悲しそうな目で反抗的に私を見て言った。

「おとぎ話でも言っていたけど、黒人たちは苦しみ以外に何をエジプトにもたらしたっていうの。あなたも分かっているはずよ」

それを聞いた瞬間、私の心はメリトから離れ、私はメリトの手を放した。鰐の尻尾の酔いもすっかり覚めて頭が痛くなり、メリトの愚かさと頑固さも相まって、気分が晴れることはなかった。互いに腹を立てながら酒場「鰐の尻尾」に戻ったとき、ファラオ、アクエンアテンが「この地に王国が満ちるまで、アテン神は母から子を遠ざけ、男から心の妹を遠ざけねばならない」と言っていたことが、本当だということに気づいた。たとえアテンのためでも、メリトから離れたくはなかったが、夕方カプタに会うまで私の機嫌は直らなかった。

3

酒場の入り口から入ってきたカプタは、横向きにならないと中に入れないほど、母豚のように太っていて、そんな彼を見たら不機嫌でいられる人はいなかった。月のような丸い顔は高価な香油で艶めき、頭には精巧に作られた青いかつらをかぶり、見えないほうの目は金の眼帯で覆っていた。シリアにいた頃の面影はなく、テーベの縫子が縫製した最高級の服を身に着け、首や手、太い足首には重そうな黄金の輪がじゃらじゃらと鳴っていて、すっかりエジプト風に装っていた。

カプタは私を見るなり大声を出し、手をあげて驚きと喜びを表し、出っ張った腹で苦しそうにしながらも深くお辞儀をして「ご主人様が戻られた日に祝福を」と言った。そして、床に膝をつくと、私の足を抱いて感動のあまり大声で泣き出したので、高級な亜麻布や腕輪、高価な香油や青いかつらの下に、昔と変わらぬカプタを感じ取ることができた。私はカプタの腕をつかみ、立ち上がらせて抱擁すると、まるで太った雄牛に抱きついているようで、そのうえカプタの肩や頬は温かいパンのような穀物のにおいがした。カプタも私の肩のにおいを嗅いで涙を拭き、大笑いして言った。

「今日はとても喜ばしい日だから、今酒場の椅子に座っている者に一杯ずつ鰐の尻尾をおごろう。だが、もう一杯欲しい奴は自分で払ってくれ」

こう言うと、カプタは私の手を取って店の奥に連れていき、柔らかい絨毯の上に私を座らせ、横にメリトを座らせると、奴隷や使用人に酒場のなかで一番自慢の料理を給仕させた。出されたワインはファラオのワインに匹敵するほどで、ガチョウは発酵した魚を餌として与えられたテーベのガチョウで、エジプトじゅうを探してもなかなか手に入らないものだった。信じられないほど美味しい食事を堪能し、酒を飲み終わると、カプタは言った。

「ご主人様、シヌへ様、私が何年間もアケトアテンのお住まいにお送りしている書類と会計報告を、どうかちゃんとお読みくださっていますように。それから、今お出ししたガチョウやワイン、つい舞いあがって酒場にいた奴らにおごってしまった鰐の尻尾の勘定を、経費に計上することをお許しくださるでしょうな。私はファラオの徴税人と駆け引きをしなければならず、奴らからもくすねることができますから、経費にしておけば損をするどころか、むしろご主人様の得になるでしょう」

「野蛮人の戯言《たわごと》を聞いているようで、何を言っているのかよく分からないが、お前のことは心から信用しているから、好きにするといい。会計報告も請求書も目は通しているが、そこに並ぶ数字はあまりに膨大で、実を言うと、あまり理解できていないのだよ。ホルエムヘブが世界中の人間をファラオの御前に連れてきて、ファラオが一人ひとりに話をする場合にかかる時間を書記に計算させたのだが、それと同じくらい冗長だし、結局その時間は計算できなかった。世界中から人々がやってきても、ファラオの御前にたどり着く前に年老いて、その間にも次々に子どもが生まれるから、たとえ一人に対してファラオの脈が一回打つ間だけ会って、それを朝から晩まで休むことなく続けたとしても、世界中の人間に説く時間は果てしないんだよ。カプタ、私だって同じだ。お前から送られてきた書類や数字を確認しようとしても、会計報告を見るだけで頭が痛くなり、最後まで読みきれなかったんだ」

カプタが楽しそうに笑うと、柔らかい枕のような腹に笑い声が響いた。一緒にワインを飲んでいたメリトも笑い出し、首のうしろで両手を組んで服の下にある美しい胸を際立たせるように体をうしろに倒した。

カプタは笑いながら言った。

「ああ、ご主人様、シヌヘ様、豚に真珠の価値が分からないのと同じように、いえ、ご主人様を豚に例えたいわけではございませんが、ご主人様が相変わらず子どもっぽくて、いまだに日々の理《ことわり》を理解されていないことに、心から感動いたします。エジプトの神々はご主人様に盗人《ぬすっと》やごく潰しの召使いを遣わして、ご主人様を貧乏にすることだってできたのに、私を与えて金持ちになるようにしてくださったので、私はご主人様に代わって神々に感謝しているところですよ」

　酒場で片目のカプタを奴隷市場で安く買い取ったのは私の判断だったから、神ではなく、ひとえに私に感謝すべきだと言ったあと、当時のことを懐かしく思い出して言った。

「足枷に繋がれて、行き交う女に汚い言葉を投げつけ、男にビールをねだっていたお前に初めて会った日のことは決して忘れないだろう。最初は怪しい奴だと思ったが、お前を買ったのは賢明な判断だった。いずれにしても、当時まだ若い医師だった私はそれ以上の銀を持っていなかったし、お前の片目がなくてもこと足りると思ったんだ」

　カプタは真顔になり、眉間にしわを寄せて言った。

「今の私の地位にふさわしくありませんから、そんな古くさい話は思い出されないほうがいいでしょう」

　そう言うと、カプタは大いに私たちのスカラベを称えて言った。

「それにしても、ご主人様が私にスカラベを託して資産管理をお任せくださったのは大変賢明なご判断でした。ファラオの徴税人がハエのように私の首にまとわりつき、税金対策にシリア人の書記を二人も雇って二重帳簿を作らなければなりませんでしたが、セトでさえもシリア式の帳簿まですっかり調べあげるのは不可能でしょうから、ご主人様はスカラベのおかげで想像を超えるほど裕福になったわけです。セトといえばご存じとは思いますが、我らの旧友ホルエムヘブにもご主人様の名義で黄金を貸しております。ですが、今は彼についてお話しするべきときではありません。私の心はご主人様の人畜無害なお顔を拝見して、鳥のように自由に空を飛びまわっていますよ。それにファラオの蔵にもめったに入らないこの極上のワインは、ご主人様の経費として計上しますし、ご主人様からはそれほどくすねておりませんから、どうぞ好きなだけお飲みください。そうでした、そうでした、ほとんどお分かりにならないでしょうが、ご主人様の財産についてお話しなくてはなりませんね。私が思いますに、黄金を持っているだけでは本当の資産家とはいえず、家や倉庫、船、船着場、家畜、土地、果樹、牛、奴隷を所有して初めて本当の資産家といえるのです。ご主人様は私が努力したおかげで、これらすべてをお持ちなので、エジプトで有数の貴族よりも豊かな資産家になったのですよ。徴税人の目をごまかすために、ご主人様の資産は使用人や書記、奴隷の名義にしておりますから、ご自分では気づいておられないでしょうがね。ファラオへの税は、貧乏人が器に五分の一の穀物を支払えばいいところ、金持ちは三分の一、ときには半分もあの忌々しい徴税人たちに支払わなくてはならず、税の負担は貧乏人よりも金持ちに重くのしかかり、まるで腐肉を貪る鳥のように奴らは金持ちにたかるのです。これはおかしな話で、かつてこんなことはありませんでしたし、偽りのファラオの所業のなかでも最悪なことです。ファラオへの税とシリアを失ったことで国は貧しておりますが、不思議なのはこれが神の思し召しだということで、国が貧しくなり、貧乏人がさらに窮していても、金持ちはますます富を得て大金持ちになるということは、たとえファラオであっても、どうすることもできないのです。ご主人様は本物の資産家になったのですから、喜んでいただきたいと思います。どうしてこうなったかという話は、ご主人様も知っておく必要がありますからお伝えしますと、実はご主人様の富の源は穀物なのですよ」

カプタはそう言ってワインを飲んだ。口の端からワインが垂れて服に染みができたが、まったく気にする様子もなく、服は経費として計上するか穀物仲買人への贈り物にすれば、元値よりもさらに価値を生むのだと言った。そして穀物商売の自慢話をし始めた。

「ご主人様、私たちのスカラベは驚くべきものでございますよ。私たちが長旅から戻った最初の日に、スカラベは大きな取引を終えた穀物商人が集まる酒場に私を導いてくれたのですから。おかげで私はご主人様のツケで穀物の売買をするようになり、ご存じのようにアメ――、いえ、ある広大な畑が耕されず、種も蒔かれずに放置されていた最初の年に、大きな利益をあげたのですよ。それにしても穀物は洪水が来る前の種すら蒔いていない時期に売買できるという点が素晴らしいですし、もっと素晴らしいのは、年々価格が途方もなく高騰しているため、穀物を買う者は損をすることがなく、常に利益を得られることです。売らなければ何倍もの利益を生み出したというのに、昔からの穀物取引所の売買人は判断を誤って穀物を売ってしまい、売り払った穀物を思って服を引き裂いて泣いているのです。この調子でいけば、穀物を黄金で引き換えるときが間違いなくやってきますから、そのときまで私は穀物をできるだけ買い集め、倉庫に保管しておくつもりでおります」

カプタはしげしげと私を見て、またワインを飲み、私とメリトにワインを注ぐと、真剣な面持ちで言った。

「それでも一つのサイコロにすべての黄金を賭けるべきではありませんから、定期的にご主人様の利益をほかにも投資してきました。敬愛するご主人様の黄金でいくつものサイコロを振ってきたといっていいでしょう。今はかなりの金持ちでなければ破産し、家や持ち物を破格の値段で売らざるを得ない状況ですが、それもこれもファラオの政《まつりごと》や命令、そして呪われた徴税人のおかげですから、私はファラオの名を称えなければならないでしょうな。シリアと商売をし、黄金を量り、服や装飾品を見せびらかしていた者は、今では船を売り払い、家財道具を質に入れなくてはならない状況です。さきほどお話ししたように、税を逃れるためにご自分の名義にはなっていなくても、ご主人様は数えきれないほどの邸宅をテーベにお持ちなのです。今ご主人様は非常に裕福になりましたが、私はご主人様から昔ほどはくすねていませんよ。私の才覚で稼いだ利益の半分どころか、三分の一もいただいていないのですから、ときに自分の情の厚さや心の広さを責めることすらあるのですよ。ご主人様ほどくすねる相手としてありがたい相手はいませんし、私には妻子はおらず、必要以上にくすねなくてもうるさく責め立てられることはありませんから、その点も神々に感謝していますよ」

絨毯の上でうしろに寄りかかり、微笑んでいたメリトは、カプタの言ったことを何とか理解しようと目を白黒させている私を見て笑った。カプタはさらに続けた。

「ご主人様、この利益というのはすべての税を引かれたあとの純粋な利益であることをご理解ください。酒に強く、ずる賢い徴税人が帳簿の数字を見るときには、視線が定まらなくなるまで結構な量のワインを飲ませなくてはなりませんし、二重帳簿をつけるためにシリア人の書記へ渡さなければならない謝礼も利益から引いてあります。今は徴税人にとって最もいい時代で、これほどおいしい時代は今までありませんでしたから、私が穀物の父や貧乏人の友でなければ、徴税人になりたかったとしみじみ思います。不穏な時代が来たときには貧乏人とうまくやったほうがいいですから、私は万全を期すために貧乏人にも穀物を分け与えているのですよ。もちろんこの分もご主人様の利益から差し引いてありますが、これまでの経験から、暴動が起きた際は、真っ先にあくどい金持ちや貴族の住む家、穀物用の倉庫から火の手が上がりますから、これはある意味ご主人様の持ち家に対する備えといえるでしょうな。ファラオのおかしな思いつきのおかげで、貧乏人に与える穀物は課税対象になりませんから、実のところ貧乏人に穀物を分け与えるのが最も見返りが大きいのです。つまりどういうことかと言いますと、貧乏人たちは文字が読めませんから、私が一杯分の穀物しか与えていなくても、五杯分受け取ったと記された証明書に拇印を押しますし、たとえ読めたとしても、一杯分の穀物をありがたく思って私の名を称えますから、私の差し出す証明書に泥まみれの指をいくらでも押すことでしょう」

ここまで言い終わるとカプタは誇らしげに頭のうしろで両手を組み、自分の手腕が賞賛されるのを待った。しかし、私はカプタの言葉からあることを思いつき、興奮して尋ねた。

「つまり、私たちの倉庫には山ほど穀物があるんだな？」

カプタは熱心にうなずき、感謝の言葉を待ったが、私はこう言った。

「それなら、急いで呪われた土地を耕している新住民のところへ行って、彼らに穀物を配ってくれ。彼らには種籾がなく、彼らの穀物は血が降り注いだかのように赤い斑点が出るんだ。私が間違っていなければ、すでに洪水は引き、そろそろ土を耕して種蒔きをする時期だから、急いでくれ」

カプタは私を哀れむように見つめ、首を横に振りながら言った。

「ご主人様、どのみち理解できないようなことにご主人様の優秀な頭脳を使う必要はありませんから、代わりに私が考えましょう。なるほど、こういうことですね。新住民は貧しくても一杯の穀物に二杯分、もしくはそれ以上の支払いをしなければなりませんから、まず我々穀物商人は新住民に穀物を与え、もし彼らが支払いをできない場合は彼らに牛を屠らせ、支払いの代わりに牛の革を受け取ります。しかし、穀物の値がさらに高騰すると、これでは利益が少なく、条件が悪いですし、畑に種が蒔かれると穀物価格の下落に結びつきますから、我々にとってはこの春、種が蒔かれないほどありがたいことになります。ですから、新住民に種籾を与えれば、我々は損をし、すべての穀物商人を敵にまわすことになりますから、そんなことをするほど私の頭はおかしくありませんよ」

私は心を鬼にしてきっぱりとカプタに言った。

「カプタ、私は自分の利益よりも、鉱山奴隷のようにあばら骨が浮き出ている男や、乳房が干からびた革袋のようになっている女、目の周りにハエがたかって足を引きずりながら川のそばを歩いている子どものことを考えて言っているのだ。穀物は私のものなんだから、言う通りにするんだ。私の望みは、種籾となるすべての穀物を新住民に配り、きちんと種を蒔けるようにあらゆる手を尽くして手助けしてやることだ。これはすべてアテン神のため、私が敬愛するファラオ、アクエンアテンのためだ。ただし、今の新住民は土地や家畜など何から何まで与えてもらったというのに、無償で何かを手にすると怠け始めて無気力になり、欲深くなるのを見てきたから、無償で穀物を与えるのはだめだ。カプタ、彼らが種籾を蒔いて穀物を刈り取るために必要だと思うなら杖を使うがいい。ただし、彼らから支払いを受け取るときは、利益を取らず、渡した分に相当する分だけを受け取るようにするのだ」

　これを聞いたカプタは声を荒げ、すでにワインの染みがついて価値が下がった服を引き裂いて言った。

「一杯に対して一杯ですって？　ご主人様、これまで私の働きによってご主人様の利益を生み出し、そこからくすねてきたというのに、そんなことをしたらご主人様の穀物の利益からくすねることができなくなり、いったい私はどこで儲ければいいのですか。それこそおかしな話です。ここの部屋の戸は閉まってい て、誰も告げ口などできませんから、その名をはっきりと声に出しますが、ご主人様のお話は穀物商人だけでなくアメン神官も敵にまわすことになり、非常識としかいいようがありません。ご主人様、私はもう一度その名を言いますが、アメン神は生きており、その力は以前に増して恐ろしく、私たちの家や船、倉庫、売り場、そしてこの酒場を呪うに決まっています。ご主人様の資産は別人の名義になっていますから、神官たちが呪おうとしても調べられないでしょうが、念のためメリトが承知するならすぐにでも酒場の名義をメリトに変更したいくらいですよ。また、徴税人の緻密な仕事ぶりといったら、禿げ頭と同じくあとに何も残らないほど徹底していますが、私たちのことを調べ尽くすことはできません。いえ、ご主人様、かつらをお取りになった際にご主人様の頭が少々薄くなっているのに気づいていましたから、禿げ頭といってご主人様を傷つけるつもりはないのですが、もしお望みでしたら、以前より髪の毛が長く伸び、巻き毛が生えるという素晴らしい秘術がかかった毛髪用の軟膏を取り寄せましょう。軟膏は私の店で手に入りますし、帳簿にも記帳しませんから、私からの贈り物としてお受け取りください。効き目についてはいくつもの証言がありまして、禿げ頭が毛むくじゃらになり、剃らなくてはならないほどだと裁判官の前で証言した者もいるくらいです。まあ、そいつは酔っ払っていたので、その証言への謝礼はほかの者より少なくて済んだのですがね」

カプタは延々と喋り続けて時間を稼いでは私を諦めさせようとしたが、私の決意が固いことを見て取ると、苦々しげな顔をして、二人で旅をしていた間に覚えたありとあらゆる神の名を唱えて言った。

「ご主人様がそんなことをおっしゃるなんて、悪い冗談か、狂った犬に嚙まれたか、サソリにでも刺されたに違いありません。そのご決心によって私たちは貧乏になりますが、私たちのスカラベがまた助けてくれるかもしれませんし、貧乏人に穀物を与えれば自分の気も済み、さらにファラオのおかしな税制の恩恵も受けられますね。本音を言えば、私も痩せこけた民なんて見たくありませんから、知らなくていいものからは目をそらすようにしていますし、ご主人様もそうなさるといいですよ。しかし、ご主人様のお話のなかで最も不快だったのは、非情にも私に旅に出ろとおっしゃったことです。心地よい寝床やムティの作るスープや炙り肉が懐かしくなるに違いありませんし、疲れ果てた老いぼれの私が、疲れ切った手足で旅をすれば途中で息切れして、泥に足を取られてつまずいて水路に落下してしまう恐れもありますので、私の命はひとえにご主人様の良心にかかっているのですよ」

私は容赦なく言った。

「まったく、カプタ、お前はワインの飲み過ぎで目は赤いが、手はふるえていないし、老いぼれどころかこの数年でずっと若返っているうえに、以前にも増して大嘘つきになったようだな。苦労すると分かっていてもお前に旅に出ろと言ったのは、あまりに太りすぎて心臓に負担がかかり、呼吸するのも辛そうなお前を医師として心配しているからだ。この旅に出て贅肉を落とせば、私も召使いの肥満を恥じなくて済む。

カプタ、バビロンの埃っぽい道を歩き、ロバの背にまたがってレバノンの山々を旅したことをどれほど喜び、それ以上にカデシュでロバの背から降りたことがどれほど嬉しかったかを覚えているか。この旅が終わったら多くの民がお前の名を称えるはずだから、もし私がもっと若ければ、というより、今のようにファラオから重要な任務を託されていなければ、自分の喜びのために私もお前とともに旅に出たいくらいだ」

カプタは私が話している間、ずっと厳しい顔をして、ロバの話を持ち出したときは眉をひそめ、指を折って複雑な計算をしていた。やがてカプタは言った。

「これをすべて種蒔きの時期に終わらせるなら急がなければなりませんし、私の使用人を総動員しても、さらに穀物を分配する人間を雇う必要がございます。アテンの使用人はひねくれ者が多く、種籾が芽吹かずに刈り取りができないとなれば、私は彼らの背中の皮膚でその分を量ることになりますから、合法的に行うためには書記も連れていかなくてはなりません。幸いなことに私どもには船がありますから、それほど困難な旅ではありませんし、さきほど非難された私の胃はすっかり弱ってしまい、ご馳走でなければ消化できませんから、厨房船も同行させましょう。私をご覧くだされればお分かりでしょうが、年老いて凝り固まったこの足で水路を飛び越えるなんて無理でしょうし、ましてそんなことは今の私の地位にふさわしいとはいえませんから、水路を越えるときは輿を使うつもりでいますよ。テーベで十分な黄金を持っている私は、気に入った女を選び放題だというのに、このように腹が出ていては女と愉しもうとしてもすぐに息があがってしまって残念に思っていましたし、娼館の娘たちは私を見て笑うので、ご主人様のご意見には賢明な点もございますな。とはいえ、香油を塗って鼻に黄金の輪をつけた娼婦とのお愉しみは、奴隷娘からも得られることは私も知っていますから、私が女に黄金を無駄遣いするほど愚かな者だという誤解はしないでいただきたいですな。どちらにしても、ご主人様は女のことや人生の楽しみをちっともご存じない方で、今も酸っぱいものを召しあがったときのようなお顔をしておいでですから、こんなことはお話しすべきではありませんでした。スカラベにかけて、このおかしなご決心が私たちにとって呪いではなく加護となるよう祈っております。私も色々と備えておかなくてはなりませんが、お話ししたところで分かっていただけないでしょうから、お伝えするつもりはありません。ただ、誰かが同じくらい無謀な理由でご主人様を旅に送り出してくれれば、ご主人様もこの苦労を体験できるのにと思うことだけはお伝えしておきますよ」

のちに記すようにカプタのこの願いは意外と早く実現することになる。カプタが私の意見に従ったので、それ以上言い争うのはやめて、夜遅くまでワインを飲み交わし、バビロンの道や脱穀場での思い出を話したが、もしカプタの話がすべて事実だとしたら、私はミネアしか見えておらず、何も耳に入ってこなかったのだろう。私はそばにいたメリトのあらわになった褐色の膝にそっと口づけをした。その夜はメリトとともに過ごしたので、私の心は温かくなり、孤独も感じなかったが、ミネアのことを忘れたわけではなく、メリトのことを「妹」と呼んだわけでもなかった。彼女は私の心の友で、女が友として男にできる最も優しいことを私にしてくれたのだ。私は彼女と壺を割るつもりもあったが、酒場生まれのメリトは、私が裕福すぎる上流階級の人間だから釣り合わないといって首を縦に振らなかった。実際は、ずっと友人でいられるようにお互いを縛りたくなかったのだろう。

4

翌日、私は王母ティイを訪ねるために、黄金の宮殿に行かなくてはならなかった。王母はテーベの民から魔女あるいは黒い魔女と呼ばれていて、魔女と聞けば誰のことを指しているかは暗黙の了解となっていた。聡明で優れた能力がある王母にこんなあだ名がついたのは、老練な王母の残酷で油断ならない権力の行使が、彼女の善い部分を帳消しにしたからだろう。船のなかで高級な亜麻布の服に着替えて、私の地位を示す、すべての印を身に着けていると、かつて銅鋳物職人が住んでいた私の家から料理人のムティがやってきて、不服そうに言った。

「ご主人様が戻られた日に祝福を。ですがご主人様、私が手間ひまかけてご主人様のお口に合うような食事を用意したというのに、夜も娼館に潜り込んで、朝食すら食べに来ないとは。本当に男ときたらどうしようもない生き物です。徹夜でパンや肉を焼き、怠け者の奴隷に掃除をさせようと杖で打ったので、右腕が痛くてたまりません。私は疲れ切った年寄りですから、男に期待なんてしませんし、夕べから今朝までのご主人様の様子を見ても、男に対する考えはやっぱり変わりませんでしたよ。せっかく作ったんですから、さっさと朝食を召し上がってください。それからご主人様は、あの酒場女がいないと一日だって穏やかに過ごせないんでしょうから、あの女も連れてきてくださいよ」

ムティがメリトのことを気に入っているのは知っていたし、ムティの棘のある話し方は、私が貧しい民の医師としてかつての銅鋳物職人の家で暮らしていたときによく聞いていたので懐かしさを覚え、家に戻ってきたのだと実感した。そこで喜んでムティの言う通りにし、「鰐の尻尾」にいるメリトにも家に来るように伝言した。私と一緒に家に向かうムティは、輿の横で足を引きずりながらずっと喋っていた。

「昨日お会いしたときに、穏やかなお顔をしているように見えたので、王族と過ごして少しは落ち着いた生活をされているのかと思いましたが、以前と変わらず勝手気ままで、まったく学んじゃおられませんね。男は太ると落ち着くものだといいますから、ご主人様の丸くなったお顔を見て内心喜んでいたのですが、どうせ男なんてたいして変わりはしませんよ。世の中の悪いことはすべて、男の前覆いの下に隠している小さなものから始まっているんですから、それを恥じて隠すのも無理はありませんね。テーべにいらっしゃる間にお痩せになっても私のせいではなく、ご主人様の激しい性格のせいですからね」

このようにムティは喋り続けるものだから、母キパのことが思い出されて思わず涙が出そうになり、とうとうムティをきつく叱った。

「単なる召使い女のおまえのお喋りはハエの羽音でしかなく、私の思考を邪魔するだけだから、黙ってくれ」

するとムティはすぐに黙り、私の大きな声で主人が帰ってきたことを実感したのか、満足そうにしていた。そして、私を迎えるために家をきれいに整え、テラスの柱に花輪を飾り、庭と通りを掃き、家の前にあった猫の死骸を近所の家の前に投げ捨てた。

ムティは通りにいる子どもたちに「ご主人様が戻られた日に祝福を」と唱和させた。私に妻がいないことはさておき、子どもがいないことについてはとても残念に思い、子どもたちを雇っていたのだ。妻がいないのに子どもがいるのは不自然だったが、それはともあれムティの考えを尊重し、私は銅の粒を、ムティは蜂蜜菓子を子どもたちに与えると、彼らは大いに喜んで帰っていった。メリトは髪に花を飾り、香油を塗り込み、美しく着飾ってきたので、ムティは感激のあまり私たちの手に水をかけながら泣きじゃくって鼻を拭った。アケトアテンにいた間、テーベの料理が何よりも美味しいということをすっかり忘れていた私にとって、ムティが作ってくれたテーベの料理は舌にとろけるようだった。メリトのおかげで心も体も若返っていたので、私の食欲もメリトのおかげかもしれない。食事中ムティはひっきりなしに私たちに話しかけてきた。

「ご主人様、この鶏肉は焼きすぎてしまったので、お口に合わなくてご不満なのでしょうね。メリト、腎臓と一緒に煮込んだヤシの木の新芽は食べたかい。これまで何度もうまく作ったのに、今日は煮詰めすぎてしまったんだよ。それからご主人様、実は私はこのしっかり者の美しい女と何度も会っていまして、私がご主人様の優柔不断さや、愚かでおかしな性分のことを何度も話して聞かせているのですが、この女は信じようとしないんですよ。まったく、禿げ頭のご主人様のどこがいいんだか、さっぱり分かりません。若い女なんてどうせ男と同じくらいおかしなもので、男の小さなあれに気を取られがちで、まあそんな話はよしますが、私が言わんとすることはお分かりでしょうし、メリトだって小娘というわけじゃないんだから分かっているはずですよ。とにかく男も女も経験は大事ですが、女にとって特に大事なのは、男の言葉は当てにならず、用心すべきだと学ぶことです。ところでこの小魚は私がクレタ風に油漬けにしたもので、今回は焦がしてしまいましたが、クレタ人が作ってもこれほど美味しくはできないでしょう」

私とメリトが料理の腕を褒めてムティに礼を言うと、ムティは額にしわを寄せ、鼻をすすりながらたいそう喜んだ。この日の食事が特別だったわけでも、記憶に残るものだったわけでもなかったが、私は心の底から幸せを感じたので、このときあふれ出た言葉を自分のために記しておく。

「この素晴らしき瞬間がついえぬよう、このひとときが過ぎ去らぬよう、時よ、水時計よ、流れを止めたまえ」

食事をしていると、庭に祭日用のよそ行きの服を着て顔に香油を塗った貧しい民が集まり始め、私に挨拶をしてから、体の不調や痛みを訴え始めた。

「シヌヘ様、あなたがこの町にいたときはありがたみが分からず、去ってしまってから、愚かな俺たちにどれほどよくしてくれたか、どれほどの方を失ったかをやっと理解したので、あなたが戻ってくるのを心からお待ちしていたのですよ」

彼らはファラオ、アクエンアテンの神のせいで以前よりも貧しくなり、わずかばかりの謝礼を持参していた。ある者は一杯の麦を、ある者は自分で仕留めた鳥を、またある者はデーツを持ってきたが、ある者は何もないからと花を持ってきたので、自分の庭に持ち込まれた大量の花を見て、なぜ牡羊参道の植え込みが荒らされていたかが腑に落ちた。また、驚くことに彼らのなかには、かつて私が治療した、首に頭を傾けるほどの腫瘍ができていた老書記がいた。指を治した奴隷もいて、彼は嬉しそうに治った指を動かしてみせ、仕事場の粉挽き場から盗んだ麦を持ってきた。また、たくましく成長した息子を見せに来た母親もいた。息子の目には殴られた痣、足には擦り傷があったが、この辺りにいる奴なら誰にも負けないと豪語していた。さらに、かつて目を治した娼婦の娘もいた。娘は醜い痣やイボを切除してほしいと娼館の仲間を次々と送り込んできたので、私は忙殺される毎日を送ることになったのだった。娘は仕事で得た報酬で市場の横にある便所を買い取り、そのそばで香料を売りながら市場の商人に若い娘たちをあっせんする商売をしていた。彼らは皆、何かしら謝礼の品を持ってきて言った。

「シヌへ様、たとえ王立医師として黄金の宮殿に住んでいるとしても、あなたがアテン神の話をしない限り、俺たちはあなたに会えて嬉しいのだから、どうか俺たちの贈り物を蔑ろにしないでくれ」

私はアテン神の話には触れずに、彼らを一人ずつ診察し、体の不調や愚痴を聞いて、症状に合った薬の処方箋を書いた。メリトはせっかくの装いが汚れないよう服を脱いで、患者の化膿した傷口を洗ったり、刃を炎で消毒したり、抜歯が必要な者に感覚を麻痺させる薬を飲ませたりして、私を手伝ってくれた。メリトは、働くときに服を脱ぐ町の女と同じように、ためらわずに半裸になった。患者は自分の不調のことで頭がいっぱいで誰も気に留めていなかったが、私は豊満でありながらすらりとして美しいメリトの凛とした佇まいを見るたびに嬉しくて、事あるごとに彼女を眺めた。

以前のように患者の話を聞き、自分の知識と技能で人助けできることに喜びを感じ、その合間に愛しいメリトを眺めて時間が過ぎるなか、私は深く息を吸って何度も唱えた。

「これほど素晴らしい時が長く続くはずがない。どうか水時計よ、水の流れを止めてくれ」

そうこうしているうちに私は、偉大なる王母に私の来訪が伝えられているにもかかわらず、黄金の宮殿に行かなければならないことをすっかり忘れてしまった。自分が幸せな時を過ごしているときにそんなことを思い出したくなかったのだろう。

影が伸びる頃になってようやく庭が閑散とした。メリトは私の手に水をかけて身を清める手伝いをしてくれたので、私も喜んでメリトの清めを手伝い、私たちは服を着替えた。彼女の頬に触れ、口づけをしたかったが、彼女は私を押しやって言った。

「シヌへ、私の寝床がうずうずしながらあなたを待っているから、さっさと魔女のところに行って、夜になる前に戻ってきてちょうだい。私の寝床が今か今かとあなたを待っているのが分かるわ。シヌへ、あなたの手足は筋肉がなくて体もたるんでいるし、愛撫だってそれほど上手なわけではないのに、それでもなぜか私にとってあなたはほかの男と違うから、私には寝床の気持ちがよく分かるのよ」

私は王母のことを思い出して身ぶるいしたが、彼女が地位を示す印を私の首にかけ、私の頭に医師のかつらをかぶせて頬を愛撫したので、ますますメリトのそばを離れがたくなった。しかし、気を取り直して奴隷と船の漕ぎ手に杖と銀を見せ、急いで黄金の宮殿に向かった。船着場に着く頃には太陽が西の丘の向こうに沈もうとしていたが、何とか中に入り込み、体面を保つことができた。

王母との会話を記す前に、記しておかなければならないことがある。近頃、神官アイと王母ティィは人目をはばかることなく生活をともにし、互いを見張るかのように歩調を合わせ、二人そろって姿を現し、喜びをあらわにしていた。二人の関係はもはや誰の目にも明らかだったが、私が知る限り、今まで王家の不名誉がこれほど公になったことはない。仮に過去にあったとしても、こうした事実は当事者が亡くなれば目撃者とともに忘れ去られるので、記録にも残っていなかった。これまで王母はたった二度しかアケトアテンに赴いていなかったが、そのたびに息子の異様な振る舞いを責めたので、ファラオは母を愛してはいても、母に対して機嫌を損ねていた。多くの息子は母に対して盲目であるが、結婚すれば妻によって目が覚めるのが常である。しかし、王妃ネフェルトイティは王母と実父アイのこともあって、ファラオの目を覚まそうとはしなかった。ファラオ、アクエンアテンの出自については何も言いたくないが、噂されているように、その体に王の血が流れていないとしたら、母親にも王家の血は流れていないのだから、彼の体には王家の血がまったく流れていないことになる。それはつまり、神官たちの言うように、彼は文字通り偽のファラオということになり、これまで起こったことは何もかもが間違いで、無意味だったということになるが、それはあまりにもばかげたことだから、彼が生まれたことは神の御業《みわざ》だったと思うほかない。私は神官ではなく、自分の理性と心を信じたかった。

　王母は別室の広間に私を迎え入れた。そこにあった鳥かごには、翼を切られたたくさんの小鳥がさえずり、飛び跳ねていた。どうやら王母は若い頃の仕事を忘れたわけではなく、今も木の枝に鳥もちを塗って、宮殿の庭園に網を仕掛けて、小鳥を捕まえては楽しんでいるようだった。私が王母の御前に進み出ると、染めた葦で敷物を編んでいた彼女は、棘のある口調で遅れてきたことを咎めてから話し始めた。

「偽りの神は倒され、もはや我が息子に歯向かう者などいないのだから、アテンのことなど話さずともよいというのに、あの子はアテンのことばかりで民に不信感を与えている。あの子の病は少しでもよくなったのか。それともそろそろ頭蓋切開をしたほうがいいのか」

そこで私は、ファラオの健康状態や王女たちのこと、そして、彼女たちの遊びやガゼルや犬のこと、アケトアテンの聖なる湖で行われた船遊びの話などをした。すると、王母は気持ちが和んだのか、私を足元に座らせ、ビールを振る舞ってくれた。王母がビールを出したのはけちだからではなく、ただ若い頃からワインよりもビールを好んでいたからだった。王母は強くて甘みのあるビールの壺を一日にいくつも空にしていたので、顔も体もむくんでいた。顔はそれほど黒くないにせよ、やはり黒人らしい顔つきをしていた。老いて太った今の彼女を見て、かつてその美しさで偉大なるファラオの愛を勝ち取ったとは誰も思わないだろう。偉大なるファラオが川のほとりの鳥刺しの娘を伴侶にするのは珍しいことだったから、民は彼女が黒人の魔術を使ってファラオの寵愛を勝ち得たのだと噂していた。

女はあまり人に話さないようなことも医師が相手だと包み隠さず話すものだから、王母が医師の私を警戒せず、ビールを飲みながらさまざまな話を打ち明け始めても不思議には思わなかった。また、死期を目前にした人が身内よりも他人に心を開くというのはよくあることで、これは当の本人が気づかないうちに死期が近づいていることの表れでもあった。王母が恐ろしいほどあけすけに話をするので、悪い予感がして、どこか調子が悪いのかと尋ねると、王母は笑いながら、ビールによる不調や、腹に空気が溜まる以外は何も悪いところはないと答えた。夢のなかにカバが出てくることもなく、ビールの飲み過ぎが悪いとも思っていないようだったので、医師として飲酒を控えるように注意しても無駄だっただろう。

王母ティイは酔いに任せて言った。

「シヌへ、我が息子の愚かな思いつきから、お前に『孤独な者』という名を与えたが、私はアケトアテンの女をよく知っているし、お前はどうせあの町で毎晩違う女と愉しんでいるのだろうから、まったくの孤独ではないだろう。お前は私の知っているなかで最も穏やかな人間に見えるが、なぜかその穏やかさは、お前を銅針で刺して悲鳴をあげながら飛び跳ねるところを見たくなるほどに私を苛つかせる。何もできない愚か者に優しさがあることは知っているし、お前も根は優しいのだろうが、私にはそれが何の得になるのか理解できない。いずれにせよ、お前がいるとなぜか落ち着く。私と息子の権力を強めるために、ただアメンを倒そうとしただけなのに、事態がここまで悪くなるとは思わず、アテンがこのように広がってしまったことに非常に苛立っている。何を隠そう、アテンを考え出したのは我が夫、アイなのだ。まさか知らないとは言わせないが、私たちは一緒に壺を割ることは叶わなくても、夫婦なのだよ。今では牝牛の乳首ほどの力も残ってはいないが、あの呪われしアイがヘリオポリスからアテンを持ち込み、息子に吹き込んだのさ。まったく、我が息子が何を見ているのか理解に苦しむが、あの子は子どもの頃から目を開けたまま夢を見るような子だったから、頭がおかしいのだと思うしかなく、いずれは頭蓋切開をしなければならないだろう。それより、我が愛する魔術師たちが力を尽くしているというのに、息子の妻であるアイの美しい娘、ネフェルトイティが女児ばかり産み続けるのはいったいどうしたことか。我が黒人の魔術師たちは、象牙を鼻に通して、唇や子どもの頭を変形させるが、なぜ民がそこまで彼らを憎むのかまったく分からない。民が彼らを憎んでいるのは知っているが、彼らのように私の足の裏をくすぐれる者はほかにいないし、私が女の悦びを得られるのも彼らが調合する薬のおかげで、彼らを手放すことができないから、民に狙われないように黄金の宮殿の洞穴に匿っているのだよ。私がアイと愉しんでいると思うなら、大きな勘違いだ。私もそろそろ手を切るべきだと分かっているのに、なぜアイに執着するのか分からないが、いざ手放すとなると不安になるから、きっとアイを捨てることはできず、私のためにはこのままでいるほうがいいのだろう。だから私の愉しみは愛する黒人どもだけなのだよ」

偉大なる王母ティイは、港の洗濯女たちがビールを飲みながら何か面白いことで笑うときのように静かに笑い、さらに続けた。

「シヌヘ、無知な民がどれだけ彼らを黒い魔術師と呼ぼうが、彼らが能力のある偉大な医師であることは事実だ。彼らは魔術が外に漏れるのを非常に嫌うから難しいと思うが、お前が彼らの肌の色や体臭に偏見を持たず、彼らもお前のことを受け入れるなら色々と学べるものがあるだろう。彼らの肌の色は温かみのある黒で、彼らの体臭は快楽や刺激のにおいだから、不快どころか、馴染んだ者にはそれなしではいられなくなる。シヌヘよ、お前は医師で、私を裏切ることはないだろうから教えてやろう。私が彼らと愉しむのは、彼らが医師として私に勧めるからだし、私のような老女にもそれくらいの愉しみがあってもいいだろう。だが、私は目新しいことを求めているわけではない。すべてを味わい尽くした者が、最も美味しいのは適度に腐った肉だと言って、黒人たちと愉しむあの堕落した宮廷女たちとは違うのだ。そう、私の血は若く、赤々として、奇をてらった刺激なんか必要ないのだよ。私が彼らを愛しているのはそんな理由ではなく、黒人たちが温かい生命の源である大地と太陽、そして動物たちのもとに連れていってくれるからなのだ。このことは誰にも言わないほうがいいだろうが、お前が民に何を言おうがかまわないよ。どうせ民は私に関する話は何でも鵜呑みにするだろうが、たとえお前が誰かに喋ったとしても嘘つきだと思われるだけだし、これ以上私の評判が悪くなることもないから、私に害はない。だが、お前は私と違って優しい人間だから、あれこれ吹聴することもないだろう」

王母は目に見えて深刻になり、ビールを飲むのもやめ、再び鮮やかに染められた葦で敷物を編み始めた。私は王母の目を見る勇気がなく、葦を編んでいる王母の黒い指を眺めた。私が何も誓わず黙っていたので、王母は再び話し始めた。

「この世で唯一意味があるのは権力で、善意では何も勝ち取れない。しかし、権力を手にして生まれてくる者はその価値を分かっていないし、それを知っているのは、卑しい生まれの私のような者さ。シヌヘ、まさしく権力の価値を知っている私は、権力を得るためなら手段を選ばなかったし、私がこれまでやってきたことはすべて権力を得るためであって、私の血がファラオの黄金の玉座で生き続け、息子が、そしてそのまた息子が権力を維持できるようにやったことさ。おそらく私の行いは神をも畏れぬ所業と見なされるだろうが、成功すれば善きこと、失敗すれば悪しきことだし、ファラオは神よりも上の存在だから、実は神なんて取るに足らないものなのさ。私だって迷信に迷わされやすいすべての女と同じように、これまでの行いを思うと心はふるえ、心臓が凍りつくこともあるが、黒人どもが私を助けてくれるはずだ。何よりも私が不安に思っているのは、ネフェルトイティが娘を四人続けて産んでいることだ。うまく説明できないが、まるで道端で自分のうしろに投げたはずの石を、毎回足元で見つけたような気がして、私の行いが呪いとなって私に忍び寄っているのではないかと恐ろしいのだよ」

王母は分厚い唇の隙間からいくつか呪文を唱え、落ち着かない様子で幅広い足を床の上で動かした。指先は止まることなく、鮮やかな葦を巧みに編み続けていた。私はその黒い指を見て、凍りついた。王母が編んでいる葦の敷物の結び目は、鳥刺しの結び目だったのだ。私はこの結び目を知っている。知らないはずがない。これは下エジプトの珍しい結び目で、少年の頃によく眺めていた母の寝床の天井に吊り下げられた煤《すす》に汚れた葦舟の結び目だった。その葦舟は洪水の季節に、赤子の私を乗せてナイル川を下り、柔らかな西風に運ばれて父の家へとたどり着いた。この結び目に気づいたとき、私の舌は凍りつき、手足はふるえた。王母の指を見ながら私のなかに生まれた考えは、あまりに恐ろしく、常軌を逸していたので、考えまいとした。そして、葦舟を作る際に鳥刺しの結び目を使うことなんて誰にでもあると言い聞かせた。しかし、鳥刺しは下エジプトで仕事をするもので、テーベで同じような結び目を作っているところは見たことがなかった。少年時代に、崩れかけた茎を支え、形を保っている葦舟の結び目をよく眺めていたが、当時はその葦舟が自分の運命とどう結びついているかなど考えもしなかった。

偉大なる王母ティィは私が動揺していることには気づかず、私の返事を求めないまま、ただ自分の過去と向き合っていた。

「シヌへよ、お前からしたら、こんな話をする私を、さも悪人でひどい女だと思うかもしれないが、私を厳しく否定しないでおくれ。ファラオの後宮で生きていくのは容易なことではなく、皆が寄ってたかって黒い肌と幅広の足をした貧しい鳥刺しの娘を見下し、千本の針で刺されるような境遇にあったのだ。支えとなったのはファラオの気まぐれとあの頃の若く美しい体しかなかったのだから、ファラオの御心を繋ぎとめるために、私が手段を選ばなかったのも不思議ではないだろう。ファラオが私の愛撫なしではいられなくなるように、毎晩ファラオを黒人ならではの手管で愉しませ、私はファラオを通じてエジプトを支配したのさ。黄金の宮殿のすべての陰謀に打ち勝ち、あらゆる罠を退け、私の歩む先に編まれた網を破り捨て、必要ならば復讐だって厭わなかった。周囲の者の舌を恐怖で縛りつけ、黄金の宮殿を望み通りに支配した。私の望みは、私が男児を産むまでは、誰であろうとほかの女にファラオの男児を産ませないことだった。望み通り、ファラオの後宮で男児は生まれず、女児が生まれたときは、生後間もないうちに貴族に嫁がせた。男児が生まれないという願いは叶っていたが、私の体でファラオを繋ぎとめていた頃は、醜い自分をさらしたくなくて、ファラオの御心をしっかりと絡めとるまでは自分の子を産む気にならなかった。しかし、ファラオはだんだん老いていき、ファラオを虜にした私の愛撫はファラオを弱らせていったから、私は不安に駆られて、機会を逃すまいと、ファラオの娘を産んだのだよ。賢い者は一本の矢に頼らず、矢筒に何本もの矢を仕込むというから、この娘、バケトアテンは今も私の矢筒に納め、誰にも嫁がせてはいない。数年後に、苦労の末にようやく男児を産んだが、頭のおかしな子だったから、思っていたほどの喜びは得られなかった。だから、これから生まれるであろう孫に望みをつないでいるのさ。この長い年月の間、ファラオの後宮で男児を産んだ妻は一人もおらず、娘だけが産まれ続けるほど私の力は偉大だった。シヌヘよ、医師として、私の力と魔術は素晴らしいものだと思わないかい」

私はふるえながら王母の目を見て言った。

「偉大なる王母よ、染めた葦にご自身の指で編み込んでいるその魔術は、稚拙で卑しく、それは誰が見ても一目瞭然でしょう」

王母は火傷でもしたかのように葦を床に落とし、ビールで血走った目を大きく見開いて言った。

「シヌへ、そんなことを言うとは、お前も魔術師なのか。それとも民はこれについてもすでに知っているというのか」

「民に隠しごとはできないものですし、時が経てば、黙っていても民はすべてを知ることになるでしょう。偉大なる王母よ、あなた様のなさったことを目撃した者はいなかったかもしれませんが、人の舌を縛りつけることはできても、夜はあなた様を見つめ、夜風はあなた様のなさったことを多くの耳にささやき、それを止めることはできません。ところで、今あなた様が編んでいる美しい敷物ですが、私はとても素晴らしいと思いますし、それを受け取るのに私ほどふさわしい人物はいないと思いますので、もしそれを私に下さるなら大変ありがたく思います」

私が話している間に王母は落ち着きを取り戻し、ふるえる指で葦の結び目を編み続け、ビールを飲んだ。私が話し終わると、王母は窺うように私を眺めて言った。

「シヌへ、編み終えたら贈り物としてお前に与えてもよい。これは私が編んだもので、つまりは王家の敷物であるのだから、高価で美しい敷物だよ。だが、贈り物には返礼を期待するもの。シヌへ、お前の返礼はなんだい」

私は冷淡に微笑むと言った。

「王母よ、あなた様への返礼として私の舌を捧げましょう。私の舌があなた様の意に反することを言っても何の得もありませんから、あなた様に捧げるのです。ですが、できることなら私が死を迎える日まで、私の口のなかに収めておくことをお許しいただきたいものです」

王母は何か呟き、私のほうをちらりと見て言った。

「すでに私の所有物であるものをなぜ贈り物として受け取らねばならぬのか。私がお前の舌を抜こうとしても誰も止めはしないし、お前の手を奪うことだってできるのだから、私次第でお前は話すことも書くこともできなくなる。それに、お前を私の愛すべき黒人たちの住む洞穴へ連れていくことだってできるのだ。彼らは人間の生贄を好むから、お前は戻ってこられないかもしれないよ」

「王母よ、どうやらビールを飲み過ぎているようです。これ以上は夢にカバが現れるかもしれませんから、今晩は控えたほうがよいでしょう。私の舌はあなた様のものですから、敷物ができあがったらいただけるものと期待しておりますよ」

私が去ろうとして立ち上がると、王母は私を引き留めずに、酔っ払った老女がよくやるように声を殺して笑った。

「シヌへよ、大いに楽しませてもらった。いや、実に楽しかったよ」

こうして私はすみやかに王母ティイのもとを去った。町に戻り、メリトとともに夜を過ごしたが、かつて母の寝床の天井に吊るされていた煤だらけの葦舟や、鳥刺しの結び目で敷物を仕上げていく黒い指を思い出し、黄金の宮殿の周壁からナイル川に流された漕ぎ手のいない葦舟を岸に送り届けた夜風を思い、色々と思いを巡らせていると、もう幸せではいられなかった。ものごとを知れば知るほど悩みは増えるものだから、もはや若くない私はできればこのことを知らないままでいたかった。

5

王の頭蓋切開医師には生命の家を訪れる義務があったが、私は何年も訪れていなかったし、アケトアテンにいる間に一度も頭蓋切開をしていなかったので、腕が落ちていないか不安だった。今回私は、公の任務としてテーベにある生命の家を訪れ、何度か講義をし、頭蓋切開を専攻している学生たちを指導した。しかし、生命の家は変わり果て、貧乏人も行きたがらず、優れた医師は町で開業していたので、その意義は大きく失われていた。生命の家を目指す学生は下級神官の資格を取る必要がなくなり、「なぜ」と聞くことを止める者もおらず、存分に知識を求めることができるようになっていたから、以前よりも進歩したのではないかと思った。しかし、学生たちは若く未熟で、なぜと尋ねる意欲もなく、彼らの望みといえば、教師から教わることをそっくりそのまま取り込み、生命の家の書に名を刻み、得た知識で開業して金銀を稼ぐことだったから、私は大いに失望した。

患者はわずかしかいなかったので、自分でこなすと決めた頭蓋切開に必要な三つの遺体を用意するまでに、数週間を要した。この頭蓋切開で私の評判は上がり、医師も学生も私の技術の正確さと手際のよさを褒めた。しかし、手術のあと、私は自分の腕が最盛期ほどではないことに気づき、落胆した。目も霞んでいたので、以前ほど患者の不調を理解できず、多くの問診をして、長い時間をかけて診察しないと、確信が持てなかった。そこで毎日自宅でも無報酬で患者を診て、以前の腕を取り戻そうとした。

生命の家で三人の頭蓋切開を行ったが、そのうちの一人は治る見込みがなく、大きな苦しみに苛まれていたので、慈悲の気持ちから切開した。ほかの二人の症例は興味深く、持てる技術をすべて駆使することになった。一人は二年ほど前の暑い夏の日に、女とふざけているところを女の夫に見つかり、逃げようとして屋根から落下して頭を打った男だった。男は大きな怪我もなく意識を取り戻したが、しばらくすると聖なる病に罹《かか》り、何度も発作を起こすようになり、今でもワインを飲むたびに発作を起こしていた。幻影は見ないが、恐ろしい声で叫び、もだえ苦しみ、失禁していた。この男を選んだのは、男が発作を恐れるあまり、自ら手術を希望したからだった。これまでは自分の腕を信じていたから、止血師を使うことはなかったのだが、このときは生命の家の医師の勧めもあり、止血師の助けを借りた。この止血師はかつて私が記したファラオの黄金の宮殿で死んだ止血師よりもさらにぼんやりしている男で、手術の間ことあるごとに、役割を忘れないように押したりつついたりして意識を保ってやらなければならなかったが、それでもときどき傷口から血が滴った。開頭すると、古い血液であちこちが黒ずんでいた。時間をかけて洗浄したが、脳の表面を傷つけたくなかったので、完全にきれいにすることはできなかった。手術後、発作は起こらなかったが、それはこの手術でよくあるように、この男が手術から三日後に死んだからだった。しかし、手術は成功したと絶賛され、私の腕は大いに称えられ、学生たちは私が行った手順をすべて書き取っていた。

もう一人の患者は幼い男の子だった。路上で倒れて意識を失い、死にかけているところを番人が運び込んできたのだ。持ち物は盗まれ、頭蓋骨は打撲で陥没していたが、簡単な症例だった。番人がその子を連れてきたとき、ほかの医師は助かる見込みはないと判断し、誰も診たがらなかった。私はちょうど生命の家にいて、失うものは何もなさそうだったから、骨折した頭蓋骨を素早く切開し、脳から骨片を取り除き、消毒した銀片で切開した部分を覆った。子どもは回復し、二週間後、私がテーベを去るときもまだ生きていたが、手を動かすのは難しく、手のひらや足の裏を羽でくすぐっても反応はなかった。それでも時間が経てば回復するだろうと信じていた。しかし、この頭蓋切開は、聖なる病を患っていた男の手術ほど大きな関心を集めず、皆は私が成功するのは当然のものとして、私の手際のよさだけを褒めた。この症例の特筆すべきことは、緊急を要していたため、髪の毛を剃らずに頭皮を切開し、銀片の上で縫い合わせたため、子どもの頭にはこれまで通り髪の毛が生えていて、誰も頭の傷を見ることがなかったことだ。

私は生命の家で丁重な扱いを受けたものの、古くからいる医師は、いまだに偽りの神に感化されており、アケトアテンから戻った私に心を開く気はないようで、私を避けていた。私はアテン神については触れずに、医師の仕事にかかわることだけを話した。毎日のように彼らは私のことを探ろうとし、犬が地面から何かを探すときのように私を嗅ぎまわったので、彼らを煩わしく思うようになった。三人目の頭蓋切開が終わる頃になって、優秀な外科医が私のところにやってきて言った。

「王に仕える者、シヌヘよ、テーベには相変わらず病人が多く、むしろ以前よりも増えているというのに、生命の家は以前より閑散とし、私たちの腕は以前ほど求められていないことがはっきりと分かったでしょう。シヌヘ、あなたは多くの国を旅し、多くの治療法を見てきたのでしょうが、今のテーベではあなたも見たことがないと思われる、刃や炎、薬や包帯を使わない治療が密かに行われているのです。私はあなたにこの治療法の証人となる意志があるかを尋ねる役目を仰せつかっています。ですが、もしこの治療を見るのなら、目にしたことを誰にも漏らさないと約束しなくてはなりません。また、聖なる診療所にお連れする際は、その場所を知られたくないので、目隠しをしていただきます」

彼の話を聞いて、ファラオに仕える者として面倒に巻き込まれるのではないかと、嫌な予感がした。しかし、好奇心のほうが勝ったので、こう答えた。

「たしかにテーベでは男がおとぎ話をし、女が幻を見るなど、不思議なことがたくさん起こっていると聞いている。だが、治療については聞いたことがない。医師としては刃や炎を使わず、薬も包帯も要らない治療というのは大いに怪しいと言わざるを得ないから、まやかしにかかわって、私の名が嘘の証明に使われるのは困る」

すると彼は熱心に主張した。

「王に仕える者、シヌヘよ、多くの国を旅し、エジプトでは得られない未知の知識を蓄えてきたあなたに、偏見はないと思っていました。鉗子《かんし》や赤く焼いた鉄がなくても血は止められるというのに、なぜ刃と炎を使わない治療をしてはならないのでしょう。わけあってどうしてもあなたにこの治療を見てもらいたいのですが、まやかしではないことを知ってほしいだけですから、あなたが巻き込まれることはないとお約束します。孤独な者、シヌヘよ、私たちには中立な証人となれるあなたが必要なのです」

彼の言葉に困惑したが、医師としての知識が増えるのは喜ばしいことだし、知りたい気持ちもあったので、提案を受け入れた。彼は暗くなってから私の家を訪ねてきて、私が迎えの輿に乗り込むと、行き先が分からないように目隠しをした。輿が止まると、私の腕を取り、数えきれないほどの回廊と階段を上へ下へと連れまわすので、私は悪ふざけが過ぎると文句を言った。彼は私をなだめて目隠しを外すと、いくつものランプが燃える石壁の広間へと連れていった。広間の床には三人の病人が担架に横たわっていた。私のもとに、頭を剃り上げ、顔を聖油で艶々と光らせた上級神官が近寄ってきた。彼は聡明な目で私の名前を呼び、横たわっている患者をよく見てまやかしがないことを確かめてくれと、力強く穏やかな声で言った。私は言われた通り、生命の家の外科医に手伝ってもらいながら患者を診察した。

三人の患者は非常に重い病で、自力では立ち上がることもできなかった。一人は痩せこけて手足は干からび、生気がなく、怯えたように黒い目を動かしている若い女だった。もう一人は体じゅうがひどい湿疹と水疱に覆われている少年だった。三人目は両足が麻痺している老人で、私は男の足に針を刺してみたが、まったく反応がなく、嘘ではないことを確認した。診察が終わると、私は神官に言った。

「三人の病人を注意深く診察したが、私が主治医であれば、生命の家に送り込むしかないだろう。女と老人は生命の家でも治せないだろうが、少年の苦しみは毎日硫黄の入った湯で沐浴をすれば、和らげることはできるかもしれない」

神官は微笑むと、私たち医師に向かって、広間の奥の薄暗いところにある椅子に座ってしばらく待つように言った。そして奴隷を連れてきて、担架ごと患者たちを祭壇に持ち上げ、香炉に香を入れて焚き始めて患者たちの感覚を麻痺させた。廊下からは歌が聞こえ始め、神官たちがアメン神の聖歌を歌いながら広間に入ってきた。彼らは病人たちを取り囲んで祈り、汗が飛び散るほど激しく飛び跳ねながら叫び、肩衣を脱ぎ捨て、鈴を鳴らすと、尖った石で胸に傷をつけ、血を流した。同じような儀式はシリアでも見たことがあったから、私は興奮する彼らを医師として冷静に眺めていた。やがて叫び声はいっそう大きくなり、彼らが拳で石壁を叩くと、石壁が開き、ランプの明かりの下に偉大なるアメン神像が厳かに現れた。その瞬間、神官たちは沈黙し、それまでの喧騒が嘘のように、深閑とした空気に包まれた。アメン神像の顔は暗い祠から神々しい光を放っていた。突然、最高位の神官が病人の前に進み出て、それぞれの患者の名を呼んだ。

「お前たちの信心により、偉大なるアメン神が祝福をお与えくださった。起き上がって歩くがよい」

すると驚いたことに、三人の患者がよろよろと担架から立ち上がり、アメン神像を見つめた。ふるえる手足で立ち上がり、信じられないというふうに手足を見て、しまいに泣き出し、アメン神の名を祝福して祈り始めた。石壁が閉じられると、神官たちは退室し、奴隷たちは香を片づけ、いくつものランプを灯し、私たちはもう一度医師として患者を診察した。若い女は手足を動かし、支えてやれば何歩か歩くこともでき、老人は自力で歩き、少年の肌からは湿疹が消え、きれいな肌になっていた。このすべては水時計の水が何度か落ちきる間に起こったことで、自分の目で見なければ、とても信じられない出来事だった。

私たちを迎え入れた神官がやってきて、勝ち誇ったように笑みを浮かべて尋ねた。

「どうだね、王の頭蓋切開医師シヌヘよ」

私は彼の目をまっすぐ見つめて言った。

「女と老人には彼らの意志を縛りつける呪術がかけられていたことが分かる。呪術には呪術で対処するものだから、呪術師の力が三人にかけられていた術よりも強力だったのだろう。だが、湿疹は呪術で治るものではなく、何か月もの間薬湯に浸かる必要がある。だから、こんな治療法は見たことがないと認めよう」

彼は燃えるように目を輝かせて尋ねた。

「シヌへよ、お前はアメン神がいまだすべての神々の王であることを認めるか」

「それはファラオが禁じていることだし、私は王に仕える者だから、偽りの神の名は口にしないほうがいいと思っている」

私の答えに内心激昂しているのが分かったが、彼は自分の感情を抑え、自分を律して笑顔で言った。

「私の名はフリホル。これで番人に私の名を明かすことができるだろうが、私は偽りのファラオの番人も、彼らの鞭も、鉱山でさえも恐れていないし、アメン神の名のもとに私のところへ来る者は皆治してやるつもりだ。口論はやめて、知性ある人間らしく話し合おうではないか。水時計の水が何度も落ちる間、硬い椅子に座り続けて疲れただろうから、私の居室でワインを飲もう」

彼は石造りの廊下を通って私を居室へ招き入れたが、廊下に漂う重苦しい空気から地下にいることが分かり、聖別を受けた者しか見たことがないと噂されているアメン神の洞窟にいるのだろうと思った。フリホルが生命の家の医師を帰すと、私たちは居室へ入った。そこは居心地よく過ごすためのあらゆるものが揃っていた。天蓋つきの寝床、象牙と黒檀でできた収納箱や蓋つきの箱、柔らかい絨毯があり、部屋のなかは高価な聖油の香りが漂っていた。彼は香りのついた水を私の手に丁寧にかけると、座るように促した。私が腰かけると、蜂蜜菓子や果物、古くからあるアメンのぶどう棚でできた没薬入りの深みがあるワインを振る舞った。ワインを一口飲むと、私に話し始めた。

「シヌへよ、我々はお前の歩みをずっと見てきているから、我らが思うよりもお前が偽りのファラオを深く慕っていることも、偽りの神を知らないわけではないことも知っているのだ。ファラオによる迫害と憎悪がアメン神をより洗練させ、強化させたのだから、もはやファラオの神はアメン神に到底及ばないだろう。私はここで神について議論したいのではなく、貧乏人から報酬を取らずに治療をする医師として、赤い大地よりも黒い大地を愛するエジプト人として、お前に話をしているのだ。貧しい民にとってファラオ、アクエンアテンは呪い以外の何ものでもなく、エジプト全土を破壊する存在で、ファラオの引き起こした悪がこれ以上大きくなれば、たとえ血が流されたとしても元に戻すことはできなくなる。そうなる前にファラオを倒さねばならないのだ」

私はワインを一口飲んで言った。

「私は神に飽き飽きしているから神のことなどどうでもいいが、ファラオ、アクエンアテンの神には像がなく、その前ではすべての人間が平等で、貧乏人、奴隷、よそ者も皆等しく価値があるとし、この点ではこれまで存在したほかのどの神とも異なるのだ。だから私は今のファラオのおかげでこれまでの世界は終わり、新たな時代が始まると信じている。もしそうだとしたら、信じられないことや、人間の理性に反することだって起こるだろう。かつてどの時代にも、世の中が大きく変わり、人々が互いに兄弟となったことは一度だってなかったのだから」

　フリホルは私をなだめるように手をあげ、微笑んで言った。

「シヌへ、お前は理性的な人間だと思っていたが、どうやらお前は目を開けたまま、ただ夢を見ているようだな。私の目指すものはもっと小さなことで、すべてが以前と同じように、貧乏人の器が満たされ、法が機能することを願っているだけだ。誰もが安心して働き、好きに信心すればいい。奴隷と主人、使用人と雇用主の違いはあっても、生活に必要なものがすべて維持されていればいいのだ。エジプトの権力と尊厳が誰にも邪魔されることなく保たれ、生まれてくる子どもは、いるべきところも、やるべき仕事も最初から決まっていて、無駄な不安で心を乱されることがないようにと願っているのだ。だからこそ、ファラオ、アクエンアテンは倒されるべきなのだ」

　彼は私の腕に手を置き、頭を下げて言った。

「シヌへ、お前は従順で穏やかな男だから、誰も傷つけたくないのだろう。しかし、私たちが生きているのは、誰もが選択を迫られ、誰もこの選択を避けて通ることはできない時代なのだ。我々とともに歩まぬ者は、その報いを受けるだろう。お前もファラオの力が長く続くと思うほど愚かではないはずだ。アメン神はお前の信仰心など必要としていないし、お前がどの神を信じようが、何も信じていなかろうが、どうでもいいことだ。シヌへよ、エジプトの頭上を覆う呪いを解くことができるか否かは、お前にかかっている。空腹と貧困と不穏を黒い大地から取り除くことができるかどうかは、お前次第なのだ。エジプトが変わらず偉大であり続けるかどうかは、お前の手にゆだねられているのだよ」

私は彼の言葉に心を掻き乱され、思わずワインを口に含み、没薬の甘い香りに包まれて、笑おうとした。「狂った犬に噛まれたか、サソリに刺されたとしか思えない。病人ですらあなたのようにうまく治すこともできない私に、何かを動かせるほどの力なんてない」

すると彼は立ち上がって「お前に見せたいものがある」と言った。そしてランプを持ち、私を連れて廊下を進み、多くの鍵がかけられた戸を開けた。その小部屋をランプで照らすと、人の大きさほどの大きな黄金の櫃《ひつ》に、あふれんばかりの黄金と銀、宝石が輝いていた。

「恐れることはない。たしかにアメン神がファラオよりも裕福であることを知っておくのは役立つかもしれんが、お前を黄金で誘惑しようと思うほど愚かではない。お前に見せたいものがあるのだ」

彼がさらに重い銅の扉を開けてランプで小部屋を照らすと、石の寝床に蝋でつくられた像が横たわっているのが見えた。頭には二重冠をかぶり、胸とこめかみには骨でできた鋭い針が貫かれていた。私は無意識に手をあげ、下級神官の聖別を受ける前に覚えた魔除けの呪文を唱えた。フリホルは微笑みながら私を見たが、彼の手にあるランプはまったく揺らめかなかった。

「これで信じるか。我々はアメン神の名において、この像を通してファラオ、アクエンアテンを呪い、その頭と心臓をアメン神の聖なる針で貫いたのだ。ゆえにファラオの時代はもうすぐ終わる。しかし、呪いが届くまでには時間がかかるし、あの神もファラオを守るだろうから、まだまだ災いは起こるだろう。だからこれを見せてお前と話をしたかったのだ」

フリホルは用心深くすべての戸に錠をかけ、私を居室へと連れ帰り、私の杯にワインを注ぎ足した。この目で見たものは、すべての呪術のなかで最も強力な呪いで、かつてその呪いを跳ね返した者はいなかったから、私の歯は杯に当たってかちかちと鳴り、ワインがあごを伝った。蝋像を使った呪いは恐ろしく、アメン神官ですら口に出す勇気がある者はいなかった。この呪いをかけるには古文書を読まなければならず、多くの者がそんな呪術をかけるのは不可能だと信じていたし、ピラミッド建造の頃から二千年が経過した今は、呪術にあふれていた昔の世界とは違うのだと思われていた。フリホルは言った。

「これでアメン神の力がアケトアテンにまで及んでいることは分かっただろう。像に塗り込めたファラオの毛髪や爪のかけらをどのようにして手に入れたかは聞かずともよい。ただ、黄金で買ったのではなく、アメン神だからこそ手に入ったことは教えてやろう」

彼は私を探るように見つめ、やがて言った。「アメン神の名において私が病人を治癒できたことからも分かるように、アメン神の力は日に日に増している。アメン神の呪いは確実にエジプトを覆いつくすだろうが、呪いはゆっくりとしか効かない。ファラオが長生きすればするほど、ファラオのせいで民は苦しむことになるだろう。いずれにせよ、偽りのファラオが最期まで頭痛に苦しむことは間違いない。シヌへよ、ファラオが二度と頭痛に苦しまずに済む薬をお前に渡そうと思うが、どうだ」

「人は常に痛みにさらされるものだ。痛みを感じなくて済むのは死者だけだ」と私が言うと、彼は目を燃えあがらせて私を見つめた。すると私は金縛りにあい、手をあげることができなくなった。彼は続けた。

「その通りだが、この薬は痕跡を残さないし、遺体処理人がファラオの内臓を見ても不審な点は見つからないから、誰もお前を責めることはない。お前はすべてを知る必要はなく、ただファラオに頭痛を治す薬を与えるだけだ。薬を飲めば、ファラオは眠りに落ち、二度と痛みや不安を感じることはない」

　彼は私を押し留めるように手をあげて付け加えた。

「私はお前を黄金でそそのかすようなことはしないが、もし私に従うなら、お前は日々見えざる手に守られ、望みはすべて叶うだろう。お前の名は永遠に祝福され、お前の遺体は朽ちることなく、永久《とわ》に生き続ける。私にはその力があり、今伝えたことはすべてここで約束しよう」

　彼が両手をあげて燃えるような目で私を見つめ続けるので、私は金縛りにあったまま、目を逸らすことも、手をあげることも、身動きすることもできず、椅子から立ち上がることもできなかった。彼は言った。

「私が立てと命じればお前は立つ。手をあげろといえば手をあげるのだ。しかし私は、お前が自分で望まない限り、アメン神に頭を下げろと命じることはできないし、お前の意志に反する行動をとらせることもできない。これが私の力の限界だ。シヌへよ、エジプトのため、この薬を受け取り、ファラオを頭痛から解放し、永遠の癒しをもたらすことを誓うのだ」

　彼が手を下げたので、私は再び動けるようになり、ワインの杯を持ちあげてみると、もう手はふるえていなかった。没薬の香りがワインから私の口内へ、そして鼻腔へと流れ込み、私は彼に言った。

「フリホル、私は何も約束はしないが、その薬を受け取ろう。もしかしたら芥子の汁よりもましかもしれないし、あの方が二度と目覚めたくないときがやってくるかもしれないから、そのときのためにその慈悲深い薬をもらっておこう」

　彼は色つきのガラス瓶に入った薬を渡して言った。

「シヌへよ、エジプトの将来はお前の手にかかっている。民の困窮と苛立ちは大きく、ファラオの命にも限りがあり、槍か刃で切り裂けば血が流れるのだと、いつ誰が気づいてもおかしくない状況だ。ファラオに抗えば、ファラオの権力そのものが揺らぐことになるから、決してあってはならない。だからこそ、エジプトの運命をシヌへ、お前に託すのだ」

私は薬を帯に差し込んで言った。「もしかしたらエジプトの運命は私が生まれた日に、葦を編んだ黒い指によって定められたのかもしれない。フリホル、お前はすべてを知っていると思っているのだろうが、知らないこともある。薬は預かったが、何も約束していないことは覚えておいてくれ」

彼は微笑んで別れの印に手をあげ、慣習に従ってこう言った。「褒美ははずもう」

人の心を読むことができる彼には、私が彼を告発することはないと分かったのか、帰りは何も隠すことなく出口まで送ってくれた。そういうわけでアメン神の洞穴が大神殿の地下にあったことは言えるが、その入り口がどこにあるかは彼らの秘密なので記さないことにする。

6

その数日後、黄金の宮殿で、偉大なる王母ティィが亡くなった。宮殿の庭園で鳥刺しをしているときに小さな砂蛇に噛まれたのだ。多くの場合、医師というのは一番必要とされているときに見つからないものだが、そのときも王母の侍医はいなかった。そこで私がテーベの家から呼ばれたのだが、黄金の宮殿に着いたときに私にできたことは、王母の死を告げることだけだった。しかし、小さな砂蛇に噛まれた場合、動脈が百回脈を打つ間に切開して、血管を縛らなければ必ず死に至るから、侍医を責めることはできないだろう。

私は慣習に従い、死者の家の遺体搬送人に遺体を引き渡すまでは、黄金の宮殿に留まらなくてはならなかった。そのとき、遺体のそばで深刻な面持ちの神官アイに会うことになった。彼は王母のむくんだ頬に手を触れて言った。

「この女はわしと色々企んできたし、うんざりするほどの老女だったから、幕引きの頃合いではあった。自分の行いに罰が下ったのだろう。この死によって民が落ち着けばいいがな」

それでも、私にはアイに王母を殺すことができるとは思えなかった。暗い秘密や共犯者というものは、愛情よりも密接な結びつきを生むものだし、長年ともに過ごし、親しんだ仲であったから、アイは冷たい言葉とは裏腹に王母の死を悼んでいたのだろう。

王母の死がテーベに広まると、民は大いに喜び、よそ行きの服を身に着けて路上や市場に集まった。民の間に何人もの聖女が現れ、口々に禍々《まがまが》しい予言を触れまわった。アイは黄金の宮殿の周壁の外側に集まった民の支持を得るために、宮殿の洞窟に匿われていた黒い魔術師たちを鞭で追い出した。五人のうちの一人はカバのように太った醜い女だった。番人たちが鞭でパピルスの門から追い立てるや否や、民が彼らに飛びかかって体を切り刻んだので、彼らの魔術は自分たちの身を守る役には立たなかった。私は彼らの薬や魔術を調べてみたいと思っていたが、アイは洞窟にあった魔術に使う道具や薬、聖なる切り株をすべて焼き捨ててしまった。

宮殿には王母ティイと魔術師を悼む者は誰もいなかった。王女バケトアテンだけが母の遺体のそばに来て、美しい手で母の黒い手に触れて言った。

「母上、あなたの夫はひどいことをしたわ。黒い魔術師たちを民のなすがままにしたのよ」

そして私にはこう言った。「あの魔術師たちは悪い人たちではなかったし、喜んでここに留まっていたわけではなく、密林や藁小屋の家を恋しがっていた。母の行いのために彼らを罰するべきではなかったわ」

誇り高い容姿に美しい頭をした王女バケトアテンは、私を見るなり話しかけてきたので、私はこの再会に大いに好感を抱いた。王女は私にホルエムヘブのことを尋ねてきた。

「ホルエムヘブは卑しい生まれだし、喋り方も下品だけれど、貴族の妻を娶れば貴族の血縁になることができるのに、なぜ彼は妻を娶らないのかしら」

「王女バケトアテン、それについて尋ねてこられたのはあなたが初めてではありませんが、これまで誰にも言えなかったことを、あなたの美しさに免じてお話ししましょう。ホルエムヘブは少年の頃、最初に宮殿にやってきたときに月を見てしまったのです。それからというもの、彼はほかのどんな女とも壺を割る気になれないのですよ。ですが、バケトアテン、あなたはいかがですか。どんな樹木であろうと、ずっと花が咲き続けるわけではありませんし、木も果実をつけるものです。医師としてはあなたの腹に生命が宿り、豊かに膨らむことをお勧めしたいものです」

彼女は誇り高い頭を振って答えた。

「シヌヘよ、私の血はあまりに高貴で、エジプトで最高位の貴族の血であっても、混ざるわけにはいかないということをよく知っているでしょう。弟が慣習に従って私を妻にしていれば、とっくに男児が生まれていたでしょうに。それにホルエムヘブのような者が月を眺めようとするなんて、考えるだけで恥ずべきことだから、私に力があれば、あの者の目を見えなくしてやるところだわ。シヌヘ、あなたにもはっきり言っておくけれど、男の硬い手足で荒々しく触れられたら、か弱い女は押しつぶされてしまうだろうから、私は男のことを考えるだけでぞっとするのよ。男が女にもたらす悦びなんて、大げさに言われているだけだと思うわ」

しかし、こう言いながらも、王女の目は興奮で輝き、息遣いも荒くなったので、こういう話を楽しんでいるのが分かった。そこで、さらに王女にこう言ってみた。

「私は、我が友人であるホルエムヘブの腕にあった銅の輪が、盛り上がった筋肉で切れてしまったのを見たことがあります。彼の長い手足は猛々しく、怒り狂って拳で胸を叩けば、太鼓のように轟くのです。貴族の女たちもホルエムヘブのあとを追って猫のように鳴いていますから、彼は相手に困らないでしょう」

王女バケトアテンは紅く塗った唇をふるわせ、目を燃え上がらせながら私を見て言った。

「シヌヘ、私にホルエムヘブのことをしつこく話すなんて、不快極まりないわ。卑しい生まれの者の名を聞くだけで胸が悪くなりそうよ。なぜ母の亡骸のそばでこんな話をするの」

私はどちらがホルエムヘブの話を始めたのかは持ち出さず、申し訳なさそうに言った。

「ああ、王女バケトアテンよ、花咲く木でいてくだされば、あなた様のお体は衰えることなく、何年も咲き続けることでしょう。それにしても、死者の家に雇われた泣き女たちが髪を掻きむしりに来る前に、遺体のそばで悲しみに沈み、王母のために泣いてくれる宮廷女はいないのですか。もし私にできるなら泣いてみせますが、医師として、死を前にして出る涙はとっくに乾いてしまいました。王女バケトアテンよ、生は熱い土埃のようなもので、低い入り江に足を取られているのと変わりなく、そして死は涼やかな夜で、深く澄んだ水のように穏やかなものなのかもしれません」

「違うわ。私にとって、生はいまだ甘く味わいあるもの。死のことなんて話さないでちょうだい。でも、たしかに母のそばで泣く者がいないのは恥ずべきことね。私は立場上泣くわけにはいかないし、化粧が落ちて頬紅もくずれてしまうから、宮廷にいる者を泣き女として連れてきましょう」

「神々しいバケトアテンよ、あなた様の美しさが私を昂らせ、そのお言葉が私の炎に油を注いだようでございます。私がおかしな気を起こして泣き女を誘惑し、悲しみにくれる館を辱めることのないように、どうか年老いた醜い女をお選びください」

彼女は咎めるように首を横に振って言った。「シヌへ、そのようなことを口にするとは恥知らずね。いくらあなたが神を畏れないとしても、死は尊重すべきものよ」

しかし、王女は私の言葉に気を悪くしたわけではなかった。そして、死者の家の迎えが到着するまでの間、王母に付き添う泣き女を呼ぶために、その場を立ち去った。

当然のことながら、死者のそばで神を冒涜するようなことを言ったのには理由があった。王母の後宮にはいまだに先王の妻やファラオ、アクエンアテンの妻たち、乳母たちが宮廷のお付きの女として住んでいた。じっと泣き女を待っていると、私が望んでいたよりもさらに年寄りで醜い女がやってきた。女の名はメフネフェルといい、その顔からたいそうな男好きで、ワイン好きであることが分かった。女は儀礼に従って偉大なる王母の遺体のそばで泣き出し、鼻をすすって髪を掻きむしった。この間に私はワインを持ってきて、医師として大きな心配事があるときに酒を飲むのは悪いことではないと言って、ワインを勧めた。ワインを飲み始めると女をからかい、女の若い頃の美しさを話題にした。そして子どものこと、ファラオ、アクエンアテンの娘たちの話をし、素知らぬふりをして尋ねた。

「そういえば、先王の妻のなかで男児を産んだのが、偉大なる王母ただ一人だというのは本当なのか」

メフネフェルは恐ろしさのあまり遺体のほうを見て、これ以上私が喋らないように首を横に振った。そこで私はさらに女に甘い言葉をささやき、髪や服、装飾品を褒めた。そして瞳や唇も褒めちぎると、女は泣くことなどすっかり忘れて私の話をうっとりと聞き始めた。女というのはたとえ嘘でも、褒められると信じたいものだし、老いて醜い女であればあるほど、言われたことを信じるものだ。やがて私たちは打ち解けて、死者の家の迎えが来て遺体を運び出すと、女は色目を使いながら私をファラオの後宮の部屋に誘い込み、ともにワインを飲んだ。酔っ払うと女は饒舌になり、私の頰を撫でて美しい少年と言い、私を奮い立たせようと宮殿内でささやかれているとんでもない噂を次々と喋り出した。そして、偉大なる王母はしばしば人目をはばからず黒い魔術師たちと愉しんでいたという話をしてけらけらと笑った。

「王母ティイ様はとても怖くて恐ろしい方だったから、お亡くなりになられてようやく楽に息ができるようになったのよ。若いエジプト人の男のほうが美形で、柔らかい褐色の肌はいい香りがするというのに、なぜあんな趣味だったのか理解に苦しむわ」

そして私の肩や耳のにおいを嗅いできたが、私は女を押しやって言った。

「偉大なる王母ティイは熟練した葦の編み手だろう。葦で小舟を編み、夜な夜な川に流していたのではないのか」

私の話に恐れをなした彼女は「なぜそれを知っているの」と尋ねた。しかし、ワインで理性が働かなくなり、自分の知っていることをひけらかしたくなったのか、こう言った。

「あなたよりも私のほうがよく知っているわよ。あの老いた魔女は神官アイに毒を盛ることを教えられたけど、アイが来る前は神を畏れ、自分の手を血で汚したがらなかったの。だから少なくとも生まれたばかりの男児が三人、小さな舟で貧乏人の子のように川に流されたのを知っているわ。ミタンニの王女タドゥキパ様は息子を思って泣き叫び、息子を探しに行こうと宮殿から逃げ出そうとして死んだのよ」

「なんだって」そう言って、私は厚塗りの頬に触れた。「そんな明らかに真実ではないことを話すなんて、私が若くて経験もないからといってからかっているんだろう。ミタンニの王女は息子なんて産んでいないはずだが、もし産んでいるとしたら、それはいつ頃のことなんだい」

「あなたはそれほど若くないし、経験がないわけでもないでしょう、医師シヌへ」

女はそう言ってからかうように笑った。

「それどころか、あなたの手や目は油断ならないし、なにより一番信用できないのはあなたの舌だわ。私に平気で嘘を言い続けるんだもの。シヌへ、もしティィ様のご存命中、偉大なる王の妃となるはずだったミタンニの王女様のことを口にしたら、それだけで私の喉に細い糸が巻きつけられたでしょうけど、あなたの嘘は老いた女の耳には心地よくて、自分を抑えられずに何でも話してしまいそうよ。王女タドゥキパ様は遠い国からファラオの後宮に到着したときにはまだ幼かったから、ファラオ、アクエンアテンに嫁いですぐに死んでしまった幼い王女様と同じように、人形遊びをしながら後宮で育ったのよ。ファラオ、アメンヘテプは王女様に触れようとはせず、自分の子どものように人形で遊んでやり、黄金のおもちゃを贈っていた。やがてタドゥキパ様も成長して、十四歳になった頃にはすっかり美しくなり、手足はほっそりとして、遠くの国を見つめる目は濃く、肌はミタンニの女らしい淡い灰色をしていたわ。男の根っこが枯れたのでもなければ、欲望を抑えるなんて無理な話よ。当然ファラオも、ティィ様の目を気にせず、多くの女にするように喜んで自分の義務を果たし、やがてタドゥキパ様に大麦が芽吹いたの。それからしばらくしてティィ様にも大麦が芽吹いたから、たいそう喜んでいらしたわ。まだファラオには、あの気位が高くて自意識過剰なバケトアメン、ではなく、バケトアテンという娘しかいなかったからね。それにしても私はただの年寄りのお婆さんだから舌がもつれるわね」

ワインで湿らせた彼女の舌は、もつれるどころかさらになめらかになった。

「少しでも事情を知っている者は、ティィ様の大麦の種はヘリオポリスのものだと気づいていたけれど、それについては口にしないのが一番だった。いずれにしても、タドゥキパ様の妊娠中、ティィ様はかなり気を揉んでいて、ファラオの後宮にいる何人もの女に黒い魔術を使ってきたように、タドゥキパ様の出産を何とか阻止しようとしたの。その前に生まれた二人の赤ん坊の母親は身分の低い愛妾だったし、彼女たちはティイ様を心底恐れていて、ティイ様から息子の代わりにあてがわれた娘と贈り物に納得したから、赤子を川に流しても騒ぎにはならなかった。だけど、偉大なる王の妃にと望まれているミタンニの王女様が男児を産むなら話は別よ。王女様は数々の友人に守られているし、ティイ様にとっては危険な存在だった。ティイ様が身ごもってからは、その地位に加え、激しい気性にも拍車がかかったものだから、誰も逆らえなかったし、ヘリオポリスから連れてきたアイ様もティイ様をそばで支えていた。ミタンニの王女様が出産するときには、友人たちは引き離され、産みの苦しみを楽にするからと言い含めて黒い魔術師たちが王女様を取り囲んだの。王女様が男児を見たいと言うと、彼らは死んだ女児の死体を見せたけれど、王女様は信じなかった。タドゥキパ様が産んだ男児は、その日の夜に生きたまま葦舟で川に流されたことは、この私、メフネフェルも知っているわ」

私は大声で笑って尋ねた。「美しいメフネフェルよ、いったいなぜそれを知っているんだ」

女は私の聞き方に気を悪くしてこう言い返した。

「すべての神の名にかけて、身ごもっていたティイ様は自分では水に入らず、代わりに私がこの手で葦をかき集めたからよ」そして勢いよくワインを飲み、あごにこぼした。

この話を聞いて恐ろしくなった私は思わず立ち上がり、その拍子に杯からワインが床にこぼれたので、嫌悪感をあらわにして足で絨毯にこすりつけた。メフネフェルは私の手を取り、無理やり横に座らせて言った。

「こんなことを話すつもりではなかったし、話したことで自分の立場を悪くしてしまったけれど、シヌへ、なぜかあなたのことが気になって、あなたの前では何一つ隠し事ができないような気がするの。だから話してしまったのかしらね。若い頃、私は鞭打ちの刑を受けて、黄金の宮殿から追い出されるところだったのよ。ティィ様は使用人のことを信用していなかったから、弱みがあって従わざるを得ない私に、葦を刈り取らせ、ティィ様が自ら編んで舟にしたの。あなたに若い頃の話をしようとは思わないけれど、黄金の宮殿で少しも弱みがない人なんているのかしら。ティィ様は私に葦を刈り取らせると、暗闇のなかで舟を編みながら神をも畏れないようなことを呟いていたし、ミタンニの王女様に勝てると確信していたのか、一人ほくそ笑んでいたわ。葦舟で流される子は日中の照りつける太陽で死んでしまうか、ワニや猛禽に食べられてしまうから、無駄だとは分かっていたけれど、私は心のなかで誰かがこの子を見つけてくれるようにと願っていた。ミタンニの女の肌は果物の皮のようになめらかで、煙のような淡い灰色をしていて、頭は小さくて可愛らしいけれど、魔術師たちがミタンニの王女様に見せた女児の死体は、肌の色や頭の形が王女様とまるで違っていたから、王女様は自分が産んだ子だとは信じなかった。王女様は失望して悲しみ、髪を掻きむしって魔術師たちとティィ様を非難したから、ティィ様の命令で医師に薬を飲まされ、死産のせいでおかしくなったと言いふらされたのよ。ファラオは男の常で、タドゥキパ様よりもティィ様の言うことを信じた。その後、タドゥキパ様はすっかり弱ってしまい、自分が死ぬ前に息子を探そうと、何度も黄金の宮殿から逃げ出そうとしたものだから、誰もが正気を失ったと信じてしまったのよ」

メフネフェルのオナガザルのような指と比べると、私の手は色白で、腕は淡い灰色をしていた。動揺して怖気づいた私は静かに尋ねた。

「美しいメフネフェルよ、それはいつ頃のことだったのか教えてくれるかい」

女は濃い色の指で私の首を撫でて、媚びるように言った。

「ああ、愛しい人、どうしてこんな昔話に時間を費やすのかしら。でもどうもあなたの頼みは断れないから教えてあげる。これは、偉大なるファラオの治世二十二年目、洪水の水位が最も高い秋のことだったわ。どうしてそんなに詳しく覚えているのかというと、翌年の春、大犬座が空に現れる種蒔きの時期にファラオ、アクエンアテンが生まれたからよ」

メフネフェルの言葉に凍りついた私は、女にされるがまま、ワインで濡れた唇を頬に押しつけられ、私の頬が煉瓦色に染まったことにも気づかなかった。女はさらに昂って私の体に抱きつき、小さな雄牛だの雄の鳩だのと呼びかけてきたので、私はうわの空で押しのけた。もしこの話が本当であれば、私の血には偉大なるファラオの血が流れているのかもしれない。つまり私は、ファラオ、アクエンアテンの継兄弟で、死んだ母タドゥキパの愛がティイに勝っていたら、アクエンアテンがファラオになる前に私がファラオになっていたのかもしれないのだ。考えるだけで恐ろしく、あらゆる感情が激しくわきあがり、私の心は海のように荒れ狂い、この話を信じまいとした。呆然としながらも、なぜいつも孤独で、どこにいてもよそ者だと感じていたのかが分かった。王の血を引く者が民のなかにただ一人混じっていたからだ。それから、なぜミタンニ王国で私の気持ちがざわついたのか、なぜ私にはあの美しい国の上に死の影がかかっていると感じられたのかも分かった気がした。

しかし、メフネフェルが私の体をまさぐってきたので我に返り、精いっぱい平静を保って女の愛撫に耐えなければならなかった。この女に対してだけではなく、黄金の宮殿のすべてに嫌悪感を覚えた。なんとかこの状況に耐え、今話したことをすっかり忘れさせようと、さらにワインを飲ませてこれまで以上に酔わせた。しかし、女は酔うとさらに手に負えなくなり、ついに私は女から逃れるためにワインに芥子の汁を混ぜて眠らせることにした。

部屋を出て、ようやく後宮から抜け出した頃には、すっかり夜になっていた。黄金の宮殿の使用人や番人が私を指さしてくすくす笑っていたが、自分の足がふらついて目の焦点が合わず、服がしわだらけになっているせいだろうと思った。家に着くと、遅い時間にもかかわらず、メリトが王母の死について聞こうと寝ずに私を待っていた。メリトは私を見るなり手を口に当て、ムティも同じように口に手を当て、互いに目配せをした。やがて、ムティがメリトに苦々しい口調で言った。

「もう千回も言ったじゃないか。男は皆同じようなもので、信用できないってことだよ」

疲れ切っていた私は、考えごとをするために一人になりたかったので、思わずこう言い放った。

「今日はへとへとに疲れ切っていて、お前たちの薄笑いなんか見たくないんだ」

するとメリトは厳しい目つきになり、怒りで顔を曇らせ、銀の手鏡を私の前に差し出して言った。

「シヌへ、自分の顔を見てごらんなさい！　ほかの女と愉しむなとは言わないけど、私を傷つけないようにせめて隠れてやってほしいものだわ。今日は家を出てから一人で寂しかったなんて言うんじゃないでしょうね」

私は鏡を見てぎょっとした。顔じゅうにメフネフェルの化粧がこびりつき、頬にも首にもこめかみにも口紅がついていたのだ。あの女は醜さとしわを隠すために漆喰《しっくい》のように厚化粧をしていたらしい。たしかに、ワインを飲むたびにあのみすぼらしい唇に口紅を塗りたくっていた。私の顔は疫病患者さながらで、心底自分を恥じ、メリトが私の前で手鏡を掲げている間に急いで顔を拭いた。油できれいに顔を拭きとると、誤解を解こうとした。

「可愛い人、メリト、全部勘違いだ。どうか説明させてほしい」

しかし、メリトは私を冷たい目で見て言った。

「シヌへ、そんな化粧べったりの顔を見たら誰も誤解しようがないし、私のためにその口を嘘で汚してほしくないから、言い訳なんて聞きたくない。お愉しみの跡を消そうともしないなんて、私があなたを待っているとは思ってもいなかったのね。それとも黄金の宮殿の女たちがあなたの前に葦のように倒れてきた証拠を私に見せびらかしたかったのかしら。それか、豚のように飲み過ぎて、どれほど思い上がった振舞いをしているのか分からないくらい、酔っ払っているのかしら」

ムティはメリトが気の毒なあまり、顔を覆って泣き出し、すべての男を蔑みながら台所へ駆け込んでいった。私はメリトをなだめようと精一杯の努力をし、メフネフェルのもとから逃げ出すよりもさらに大変な思いをしてメリトを慰めたが、しまいに女というものに疲れてしまい、こう言った。

「メリト、君は誰よりも私のことを知っているから、信じてほしい。もしできるなら、なぜこんなことになったのかをすべて説明できるんだが、この秘密は私だけのものではなく、黄金の宮殿の秘密でもあるから、君は知らないほうがいいんだよ」

「シヌヘ、あなたのことを知っていると思っていたけど、あなたの心には私には想像もできないほど深い闇があるということが分かったわ。その女の立場を守ることであなたは正しいことをしているつもりなんでしょうから、あなたの秘密なんか聞こうとは思わない。そんなことよりも、あなたと壺を割らずに自由を守ったことをすべての神々に感謝するわ。あなたがどれほど本気だったのか分からないけど、どうせ同じことを誰かの美しい耳にも一晩じゅうささやいてきたんでしょう。シヌヘ、あなたの嘘を信じていたなんて、もう私ったらなんてばかなのかしら。こんなの恥さらしだわ」

嫌味たっぷりのメリトの言葉はスズメバチの針よりも鋭かった。メリトをなだめようと手を伸ばしたが、彼女は身を翻《ひるがえ》して言った。

「どうせ宮殿の寝床で一晩じゅうもつれあって疲れ切っているんでしょうから、私に触らないで。宮殿の寝床は私の寝床よりも柔らかくて、私よりも若くて美しい遊び相手がいるに決まっているわ」

メリトの言葉は私の心に棘を刺し続け、私はその痛みで気が狂いそうだった。やっと口を閉じたかと思うと、「鰐の尻尾」に送っていくことすら拒否し、私を残して去っていった。もし渦巻く感情が海のように荒れ狂うこともなく、一人でじっくり考えたいという状態でなかったら、メリトが去ってしまったことはもっと辛く感じられただろう。私が彼女のあとを追わずにそのまま帰らせたことに、メリトも戸惑ったのではないかと思う。

その夜、私は寝床でまんじりともせず思いを巡らせた。夜が深まるとともにワインの酔いは覚めたが、思考は滞り、隣で温めてくれる人もなく、手足が冷えた。途切れることのない水時計のかすかな音を聞き、時が押し寄せるように過ぎていくなかで、自分がどこか遠くにいるように感じられて、自分の心に語りかけた。

「これまで行ってきたことで今の自分があるのであり、それ以外のことはすべて関係ない。私は、残酷な女のために育ての親を死に追いやった。私は、いまだにミネアの髪をまとめていた金糸の紐を手元に置いている。私は、海に浮かぶ海神の死体と、愛する人の顔がカニに食われ、海中に揺れるのを見た。私は、この世において孤独であれと定められ、すべては私が生まれる前から星に記されているのだから、私の血筋などどうでもいいではないか。アクトアテンの平和は黄金に包まれた嘘でしかなく、私は常にたった一人なのだと思い知るために、この恐ろしい真実を知る必要があったのだ」

それでも人の心というのは移ろうもので、東の丘から黄金色の太陽が昇り、一瞬にして夜の暗黒の影が消え去ると、くよくよ思い悩んだ自分を笑い飛ばした。たとえ私が同じ夜に葦舟で川を下ってきたとしても、煤けた葦が鳥刺しの結び目で編まれていたとしても、捨て子など毎晩のように流されていた時代だし、下エジプトの海の男がテーベの女を口説いて下エジプトの結び目を教えたのかもしれず、たとえ私の肌がほかの民に比べて煙のような灰色をしていても、そもそも医師はほとんど屋根の下や日陰で過ごすもので、どうしたって色白になるものだから、何の証拠にもならない。太陽の光の下《もと》で、自分の出生を証明できるものは何も見つからなかった。

それに、死の床にある偉大なるファラオ、アメンヘテプを見たときも、私の心は何も感じなかったし、プタホルがファラオの頭蓋骨に穴を開けたときも、私は生命の家の学生として技能を習得できることが嬉しく、プタホルに喜んで消毒した道具を手渡していただけだった。もし私が、ミタンニ王女の腹に宿った子で、ファラオが私の父であるなら、彼に初めて会ったときに何かを感じたに違いない。しかし、あの夜は何の感情もわき起こらず、権力の頂点にあった老人が死にゆく姿を見ていただけだった。また、私が生まれた夜にティイの黒い手が私を抱きあげ、死を願って葦舟に乗せて川に流したのなら、ティイと会ったときに何かを感じただろうが、そんなことはなく、単に好奇心を感じただけで、ティイが死ぬ直前に会話をしたときも、何の感情もわかなかった。こう考えると、目にしたことや証拠よりも、そういった感覚のほうが重要だと思われたので、ただ夢を見たのだと思うことにし、自分の出生にまつわるわだかまりを心から押しやった。

私が身を清めて服を着ると、泣きはらして真っ赤な目をしたムティが、男である私を深く軽蔑しながらも、ビールと塩漬けの魚を持ってきてくれた。私は輿で生命の家に行き、患者を診察したが、頭蓋切開に適した症例を見つけることはできなかった。生命の家から荒れ果てた神殿を通り、列柱から外に出ると、太ったワタリガラスが石造りの神殿の窓や屋根の端の梁にとまって鳴いているのが聞こえた。

そこへ燕が私の横を通って軽やかにアテン神殿のほうへ飛んでいったので、私は燕のあとを追ってアテン神殿に向かった。アテン神殿には香が焚かれ、果物や穀物が供えられ、多くの民が集い、神官が歌う讃歌や神官が説くファラオの真実に耳を傾け、両手を掲げてアテン神を称えていた。テーベは大都市で、民は何かにつけて集まってくるので、これは特別なことではない。燕についていくと、数十体におよぶ石像群が並んだ神殿の壁に行きついた。新芸術の様式で彫られたアクエンアテンの石像が、狂気に満ちた冷酷な目線で私を見下ろしていた。さらに、老いて病んだ姿の偉大なるファラオ、アメンヘテプが王冠の重みで頭を傾《かし》げ、前屈みに玉座に座り、その横に王妃ティイが座っている石像を見つけた。王家全員の石像もあったので、ゆっくりと眺めていくと、ミタンニの王女タドゥキパがエジプトの神に供物を捧げている石像があった。元々の碑文は削り取られ、王女の生前にはテーベでアテン神は祀られていなかったはずなのに、王女がアテン神に供物を捧げていると記されていた。王女の石像は古い芸術様式に従って彫られていて、少女といってもいいほど若く、手足はほっそりとしてしなやかで、王族の冠をかぶった頭は美しく優美だった。

しばらくこの石像を見つめ、異国からやってきた孤独な少女の運命を思っていると、燕が私の頭上を嬉しそうにさえずりながら飛びまわり、それを見た私は不意に色々な感情がこみ上げ、疲れ切った心が満たされ、深く頭を垂れて泣いた。彼女のためにも、彼女と同じように美しくありたかったが、私の手足は太くて軟弱で、医師のかつらをかぶった頭は禿げあがり、額には悩みによってしわが深く刻まれ、顔はアケトアテンでの堕落した生活のせいでたるんでいた。彼女と自分を比べても、自分がこの人の息子だとはとても思えなかったが、それでもあふれる思いが私を満たし、燕が嬉しそうに私の頭上を飛ぶなかで、ファラオの黄金の宮殿での彼女の孤独を思って泣いた。私はミタンニ王国の美しい家々と、悲しそうな人々、そしてバビロンの埃っぽい道と泥煉瓦の脱穀場を思い出し、私の若さは永遠に手の届かないところに去ってしまい、私の男らしさもアケトアテンで水に沈んで泥になったのだと感じた。

こうして一日が過ぎ、夕方に港へ戻ると、メリトと仲直りをしようと思い、「鰐の尻尾」に食事をしに行った。メリトは不機嫌そうに私を迎え入れ、他人行儀に振る舞い、私の席の横に立つと、冷たい目で給仕をした。私が食べ終わると彼女は尋ねた。「愛人には会えたのかしら」

私は頭にきて、「女のところではなく、生命の家で仕事をしてアテン神殿に行ってきたのだ」と言った。そして皮肉を込めて今日一日の足どりをこと細かに伝えたが、メリトは薄笑いを浮かべて聞いていただけだった。私の話が終わると彼女は言った。

「禿げて太っているあなたが、昨日あんなにげっそりして帰ってきたのに、今日も続けてなんて無理でしょうから、あの女を探しに行ったとは思っていないわ。私が言いたかったのは、あなたの愛人があなたを探しにここに来たから、生命の家に行くように伝えたってことだけよ」

「なんだって？」と言って、縮みあがって立ち上がった拍子に、椅子がうしろに倒れた。

メリトは手で髪を撫でつけながら、からかうように言った。

「言った通りよ。あなたの愛人だという猿のような女が、まるで花嫁のような格好をして、きらきら光る宝石で飾り立て、厚化粧をして、香油を塗りたくって、そのにおいを川のほうまでまき散らしながら、あなたを探しに来たのよ。あなたによろしくと言って、手紙を置いていったわ。ここはちゃんとした酒場だというのに、あの女ときたら娼館の女主人のような振る舞いだったから、ここには近寄らないように伝えてちょうだい」

彼女は封印のない手紙を差し出し、私は手をふるわせながらその手紙を開いた。読みながら頭に血がのぼり、心臓が激しく鼓動を打った。メフネフェルはこう書いていた。

「ファラオの黄金の宮殿の針入れ係、医師シヌヘへの心の妹、メフネフェルがご挨拶を。私の小さな雄牛、可愛らしい雄鳩、シヌヘ様。私は今朝、寝床で一人頭痛に悩まされて目を覚ましたけれど、寝床は空っぽで、隣にあなたの姿はなく、あなたの香油の香りだけが私の手に残っていたものだから、心は頭よりも痛かったわ。シヌヘ、あなたの腰布であったなら、あなたの髪の香油であったなら、あなたの口に含まれるワインであったなら、どんなによかったでしょう。あなたのことを思うだけで、私の体はアリが這いずるようにむずむずしてしまうから、どんなに大変でもあなたを見つけるまで私は輿に乗って家から家を尋ねて探しましょう。私の目に映るあなたの目の可愛らしいこと。あなたが奥手なことは知っているけれど、黄金の宮殿の使用人たちは私たちの秘密をすっかり知っているから、あなたが来ても見て見ぬふりをするだけよ。だから遠慮なさらず私のところに来てちょうだい。私の心はあなたが恋しいから、この手紙を見たら鳥のように翼を羽ばたかせてすぐに私のもとにいらして。さもないと、私が鳥よりも早くあなたのもとへ飛んでいくわ。心の妹、メフネフェルより」

メリトのほうを見られないまま、このくだらない長い手紙を何度も読んでいると、メリトは私の手から手紙を取り上げ、手紙を巻いていた棒を真っ二つに折って手紙を破り捨て、足で踏みつけ、きつい口調で言った。

「シヌヘ、あの女が若くて美しければまだ分かるけど、しわだらけの年寄りで、塗り壁みたいに厚化粧をしても、ずだ袋みたいに不細工な女だなんて。シヌヘ、いったい何を考えているの。それとも黄金の宮殿の輝きに目が眩んで、すべてが真逆に見えているのかしら。あなたがしたことはテーベじゅうの笑いものだし、私だって笑われるのよ」

　私は服を引き裂き、胸を掻きむしって大声で言った。

「メリト、私はひどく愚かなことをしてしまったが、これには理由があるんだ。本当なんだ、メリト。これほど恐ろしい罰があるとは思わなかったんだ。頼むから私を逃がすために船の漕ぎ手を集めてくれないか。鳥よりも早く私のもとにやってくると書いてあるから、あの恐ろしい老女が私を見つけたら、きっと強引に寝床に引っぱり込むに違いない」

　メリトは私の狼狽ぶりを見て、ようやく私のことを信じてくれたようで、突然笑い出し、美しい体をよじって大声で笑い、ようやく笑い止むと、苦しそうに言った。

「シヌへ、これはいい教訓ね。女っていうのは壊れやすい食器みたいなものだし、あなたがどれだけ魅力を振りまいているのかを少しは自覚して、今後は気をつけることね」

　メリトは容赦なく私をからかい、そして自尊心を傷つけられたように言った。

「あの魅力的な女は少なくとも私の二倍は年を重ねているから、恋愛についても経験豊富で、きっと私よりもあなたを愉しませることができるに違いないわ。私では歯が立たないし、私はあの女のために冷酷に捨てられるのね」

　私はひどく狼狽していたので、メリトを私の家に連れていき、すべてを話した。どうやってメフネフェルを誘い込んで自分の出生の秘密を告白させたのか、そして私の出自に黄金の宮殿とミタンニの王女がかかわっていることは信じたくなかったと話した。彼女は私の話を聞くと、深刻な面持ちになった。そして遠くを眺め、瞳の奥にある悲しみがさらに深みを増し、やがてメリトは私の肩に手を触れて言った。

「シヌヘ、以前は理解できなかったことが、ようやく分かった気がするわ。初めてあなたを見たときになぜあなたの孤独が伝わってきたのか、なぜあなたに見られるとどうしようもなくなるのかも分かったわ。私にもあなたに打ち明けたかった秘密があって、ここ数日迷っていたのだけど、今は言わなかったことを神に感謝している。秘密を抱えるのは重荷だし、危険なことでもあるから、二人で抱えるより一人で抱えるほうがいいのよ。だけど、すべてを話してくれたことはとても嬉しい。あなたが言ったように、不確かなことを色々と考えて心をすり減らすのはよくないし、これはただの夢だったと忘れてしまうことよ。私も忘れるわ」

私はメリトの秘密を知りたくて聞き出そうとしたが、彼女は話そうとせず、私の頬に口づけて、両手を私の首にまわし、少しだけ泣いた。しばらくして彼女は言った。

「私はこれまで似たような女を見てきたし、そういう女がどれほど恐ろしいかも知っているから、メフネフェルはあなたの人生が耐えがたくなるほど狂ったようにあなたを追いかけまわすはずよ。もしあなたがテーベに残ったら、あの女からは逃げられないでしょうけど、女にうまいこと吹き込んでこんなに上手にやってのけたあなたにも落ち度があるわ。頭蓋切開も十分したことだし、テーベでやるべきことはないはずだから、アケトアテンへ戻るのが一番いいでしょうね。あの女はあなたを追って無理やり壺を割りかねないし、あなたにそんな運命をたどってほしくないのよ。だから出発する前に、もう放っておいてくれとあの女に手紙を書いたほうがいいわ」

メリトの意見はもっともだったので、私はムティに頼んで荷物を絨毯に巻いてもらい、奴隷に港の酒場や娼館にいる漕ぎ手を集めさせた。その間に手紙を書いたのだが、メフネフェルを傷つけたくなかったので、丁重な文面で次のように書き記した。

「王の頭蓋切開医師シヌヘが、テーベの黄金の宮殿に住む王の針入れ係、メフネフェルに挨拶を送る。私はすでに心を縛られているし、もし私たちが再会したら、罪を犯すことになってしまうだろうから、もう私たちが会うことはない。もし私の気の迷いが誤解を生んでしまったなら、心から反省する。私は二度とあなたに会わないように遠くへ行くが、私は世に疲れたただの老いたまぬけな男で、あなたのような女性に何の喜びももたらしはしないのだから、私のことで悲しまずに、どうか私のことはただの友として思い出にしてもらいたい。この手紙とともに、鰐の尻尾という飲み物を壺一杯分送るので、慰めにならんことを。私たちが二度と会うことなく、罪に陥らないことを喜ぼう。親愛なる友、王の医師、シヌヘより」

メリトは私の書いた手紙を読むと首を横に振り、言い方が遠回しすぎると言った。彼女によると、もっと率直に、メフネフェルは私の目には老いた醜い婆《ばばあ》でしかなく、追われたくないから逃げるのだ、と書くべきだという。女に対してそんなことを書けるはずもなく、押し問答の末、私が書いた手紙に封をして送ることになったが、メリトは悪い予兆であるかのようにしきりに首を横に振っていた。少なくともその夜は追いかけてこないように、すぐに手紙と酒の壺を黄金の宮殿へ届けさせた。こうして私はメフネフェルと縁を切ることができたと思ったが、思っただけでは事実にはならない。

私はあまりに慌てていたせいで、メリトへの恋慕のことを考える余裕がなかったが、手紙を出し終えて、ムティが私の荷物を絨毯に巻いて旅支度をしている間、メリトを眺めながら、私の愚かさのせいでメリトに会えなくなることや、もう少しテーベに残りたかったことを思うと、言葉にできない慕情が心に流れ込んできた。メリトも物思いにふけり、突然私に尋ねた。「シヌへ、あなた、子どもは好き？」

その質問に不意をつかれて戸惑っていると、メリトは私の目をのぞき込んで控えめに微笑んで言った。

「まあ、シヌへ、そんなに怖がらないで。あなたの子どもを産もうというわけじゃないの。女友達に四歳の男の子がいて、その子を船に乗せて川を下り、テーベの埃っぽい石畳や緑の草地、波打つ畑、水鳥や牛を見ながら旅ができたらいいのにとよく言っているのよ」

「まさか船にその子を乗せて、旅の間じゅう、水に落ちないかとか、ワニの口に手を突っ込むんじゃないかと、はらはらしながら見張っていろと言うんじゃないだろうね」

メリトは微笑んで私を見たが、悲しそうな目をしていた。

「あなたの邪魔をしたいわけじゃないけど、旅はあの子のためになると思うし、私はあの子を抱いて割礼にも連れていったほどだから、世話をする義理があるのよ。もちろん私もあの子が水に落ちたりしないようにしっかりと見ているつもりだし、あの子を連れていけば私もあなたの旅についていく理由ができると思ったのだけど、あなたの意志を尊重したいから、今の話は忘れてちょうだい」

これを聞いた私は、喜びのあまり頭の上で両手を叩いて叫んだ。

「そういうことなら、神殿に預けられている子どもを全員連れてきたってかまわないよ。今日は大いに嬉しい日だ。君がアケトアテンまで一緒に来てくれるなんて思いもしなかったよ。私はなんてまぬけなんだろう。たしかに子どもと一緒に旅をするなら、私のせいで君の評判が傷つくことはない」

「その通りよ、シヌヘ」メリトは、女たちが物分かりの悪い男に向けるときのような、癪《しゃく》に障る微笑を浮かべた。「あなたが言ったように、子どもを連れていけば私の体面に傷がつくことはないし、あなたが守ってくれるでしょう。ああ、男ったらどうしてこう抜けているのかしら。でも許してあげる」

私たちはメフネフェルを恐れるあまり、太陽が昇る前の空が白む頃に慌ただしく出発することにした。メリトが抱いて連れてきた子どもは毛布のなかで眠っていた。名前はトトという珍しい名で、自分の息子に神々の名をつける神経をした母親にも会ってみたかったが、母親は見送りに来なかったのでそれは叶わなかった。トト神は読み書きの能力に加え、すべての人と神々にかかわる知恵の神だから、母親の図々しさは計り知れない。しかし、男の子はその名の持つ重みを知らず、無邪気にメリトの胸に抱かれて眠っていた。川を下り始めてテーベの番人が遥か遠くに過ぎ去り、やがて太陽が黄金の光線を放ち、熱く照り始めたときに男の子は目を覚ました。褐色の肌をした丸々とした美しい男の子で、額の黒い巻き毛は絹のようで、私のことを怖がりもせず、すぐに私の膝の上に乗ってきて、私の腕のなかに落ち着き、小さな頭のなかで一生懸命謎解きをしているかのように考え深い目で私を眺めてきた。私はおとなしいトトをとても気に入り、喜んで膝に抱いた。そして、葦で小さな舟を作ったり、医師の道具で遊ばせたりしてみると、薬のにおいに興味を示し、それぞれの壺に喜んで鼻を突っ込むので、色々な薬のにおいを嗅がせてやった。

トトは船旅の邪魔をすることもなく、水に落ちることも、ワニの口に小さな手を伸ばすことも、私の葦ペンを折ることもしなかった。旅の間、毎晩メリトは私の横で休み、トトは私たちのそばですやすやと寝息を立てた。私たちの旅は一点の曇りもなく幸せなものだった。風にそよぐ葦や、水を飲むために川岸に追われる牛の風景を、私は死ぬまで覚えているだろう。果汁ではちきれんばかりに熟している果実と同じように、私の心は幸せではじけそうで、メリトに言った。

「可愛い人、メリト、この先も一緒に生きていけるように壺を割ろう。君ならこの子のような褐色の肌をした優しくておとなしい子を産むことができるだろうから、いつかトトのような男の子が生まれるかもしれない。私は今まで子どもを欲しいと思ったことはないんだが、若くもなく、血が騒ぐこともない今、トトを眺めていると、メリト、君との子どもが欲しくなるんだ」

しかし、彼女は私の口に手を当てると、顔を背けて低い声で言った。

「シヌヘ、無理なことを言わないで。私は酒場育ちの女だし、子どもを産むことはできないかもしれないことは知っているでしょう。それに、あなたは運命に導かれるまま、自由に人生を歩めるように、妻や子に縛られずに一人でいたほうがいいのよ。最初に出逢った日にあなたの目にそう書いてあったわ。だめよ、シヌヘ、あなたの言葉は私の意志を弱くする。せっかくの幸せなときに泣きたくないのに涙が出てきてしまうから、そんなことを言わないで。ほかの人は自ら運命を築き、自分を千もの結びつきで縛っていくけれど、あなたの運命はあなたの心にあり、私の運命よりも大きいものだわ。だけど私もこの子が大好きで、私たちにはまだ眩しくて暑い日が何日も残されている。だから、私たちは壺を割った夫婦で、トトは私たちの息子なのだと想像してみましょう。あの子はまだ小さくてすぐに忘れてしまうから、あなたを父、私を母と呼ぶように教えても大丈夫。悲しみや将来の不安で私たちの喜びが霞むことのないように、この数日間、神々から彼のささやかな人生を横取りしましょう」
船旅の間、私はすべての不吉な考えを心から消し去り、エジプトの貧困、村や川岸の飢えた人々から目を背けて過ごした。トトは私の首に両手をまわし、私の頬に顔をすり寄せて「お父さん」と言い、私は腕のなかにいるほっそりとした幼い男の子を愛おしく思った。毎晩、大切な友であるメリトの髪を首筋に感じ、彼女は私の手を両手で包み込み、私の頬に寝息をかけてくれたから、私は悪夢に悩まされずに済んだ。この夢のような数日は、あっという間に過ぎ去ってしまった。この日々について記そうとすると、もみ殻が喉に引っかかったように心がチクチクと痛み、目が潤んで字がにじむから、これ以上は記したくない。幸せほど逃げやすく、消えやすいものはないから、人間は幸せすぎてはいけないのだ。

7

こうして私は黄金の陽光と深い青空の下にある天空の都、アケトアテンへ戻ったが、出発したときとは異なる気持ちで眺めてみると、すっきりとした鮮やかな色彩の家々が、壊れやすい泡か消えゆく蜃気楼のように見えた。メリトとトトは私の心とともにテーベに帰っていった。残された私は、改めて先入観のない冷静な目で町を見ると、目にするものすべてが邪悪に見えた。真実はアケトアテンではなく、町の外にあり、その真実とは、エジプトにもたらされた飢えと苦痛、惨状、そして飢餓に伴う犯罪だった。

しかし、私の帰着から何日も経たずに、これらの真実がアケトアテンに届き、ファラオ、アクエンアテンは黄金の宮殿のバルコニーで真実と向き合わざるを得なくなった。メンフィスやシリアの悲惨な状態を直接ファラオに訴えたいという避難民が、「旅費を出してやるから惨状を強調してファラオに伝えてこい」とホルエムヘブに言われ、おぞましい姿で天空の都にやってきたのだ。その姿を目にした宮廷の貴族は気分が悪くなって家に閉じこもり、番人は黄金の宮殿の門を閉じたが、門の外から大声で叫んで石を投げつけてくるので、ファラオは彼らの声を聞くべく、中庭へ招き入れざるを得なくなった。

彼らはファラオに向かって叫んだ。

「ケメトの大地の偉大さなどもはや幻で、ふらつく亡霊も同然だ。シリアの町では火の手があがり、破城槌が破壊し続けている。ファラオを信じ、すべての希望をファラオに託した者は皆血を流したのだから、俺たちの切り刻まれた口から民の苦しみの叫びを聞くがいい」

彼らは切り落とされて失った腕の傷口をファラオの黄金のバルコニーに向けて叫んだ。

「ファラオ、アクエンアテンよ、俺たちの腕を見ろ。俺たちの腕はどこにある？」

そして、目を潰された男たちや、舌を抜かれ口を開けても濁音しか発せない男たちを前に押しやって見せつけると、再びファラオに向かって叫んだ。

「アムルの男やヒッタイト人の手に落ちた女の運命は、死よりも恐ろしいものだから、妻や娘のことは聞かないでくれ。俺たちがファラオを信じたせいで、目は潰され、腕は切り落とされたのだ」

しかし、ファラオは手で顔を覆い、弱々しくふるえながらアテン神について語った。すると彼らは恐ろしい声でファラオをあざ笑って言った。

「ファラオが敵に生命の十字を送ったことはもちろん知っているさ。奴らは生命の十字を馬の首にかけ、エルサレムでアテン神官の足を切断して、アテン神の名において歓喜の跳躍をしろとけしかけたんだ」

　すると聖なる病がファラオ、アクエンアテンを襲い、恐ろしい叫び声をあげてバルコニーの椅子から倒れ、痙攣しながら意識を失った。その様子を見た番人は恐れ慄き、シリアからの避難民を取り押さえようとしたが、避難民たちは自暴自棄になって抵抗し、多くの血が黄金の宮殿の床に流れ、遺体は川に投げ込まれた。ネフェルトイティとメリトアテン、病に伏せるメケトアテンと一番末のアンクセンアテンは、この一部始終を宮殿のバルコニーから眺めていた。戦の爪痕や悲惨な様子、死を初めて目にしたので、この光景は彼女たちの脳裏に焼きついただろう。

　ファラオの発作はあまりに激しく、命にかかわるのではないかと思ったので、ファラオの頭に濡らした布巾を巻き、容体を落ち着かせるために薬を飲ませた。ファラオは眠りについたが、目を覚ましたときには顔色が悪く、頭痛のせいで目は血走っていた。

「シヌへ、我が友よ、もう終わらせなくてはならぬ。ホルエムヘブからそなたはアジルと知り合いだと聞いた。アジルのもとへ行き、和平を交渉して私に平和をもたらすのだ。たとえ黄金をすべて費やすことになり、その後エジプトが貧しくなろうとも、エジプトに平和をもたらすのだ」

　私は激しく抵抗した。「ファラオ、アクエンアテンよ、ホルエムヘブに黄金を送ってくだされば、槍と戦車ですぐに平穏を取り戻し、エジプトが恥に苦しむことはありません」

ファラオは手で頭を押さえて言った。

「シヌへ、アテン神にかけて、我らが血にまみれれば、憎しみが生まれる。憎しみは憎しみを呼び、復讐は復讐を生み、さらなる血を流すことになるということが分からないのか。恥など思い込みにすぎないし、すでに苦しんでいる者がいるというのに、さらに復讐でほかの者を苦しめてどんな利があるというのだ。よってそなたに、アジルのもとへ行き、和平を結び、平和をもたらすよう命じる」

私はその突拍子もない思いつきに恐れ慄き、必死で断った。

「ファラオ、アクエンアテンよ、奴らは私がアジルに会う前に目を潰し、舌を引き抜くでしょうし、アジルはすでに私との友情などとうに忘れているかもしれませんから、何のお役にも立てそうにありません。シリアへの旅は楽ではないでしょうし、戦の重圧にも耐えられず、ふるえあがって手足は硬直してしまうでしょう。あなた様のもとで子どもの頃から巧みに話ができるように訓練され、諸国の王とのやり取りに長けている者と違って、私は望む言葉を思い通りに口にすることができません。和平を結びたいのでしたら、どうか私ではなく、ほかの者を送り込んでください」

しかし、彼は頑なに言った。「命令通りにするのだ。話は以上だ」

私は宮殿の庭で、口を削がれ、目を潰され、手を切り落とされた避難民を見たばかりだったから、シリアへは行きたくなかった。そこで家に帰り、ファラオがこの思いつきを忘れるまで寝床に臥せって病気のふりをしようと思った。しかし、家に向かう途中で困惑している私の使用人と行き会った。

「ああ、ご主人様、シヌへ様、ここでお会いできてよかった。実はテーベから到着したばかりの船にご主人様の友人だと言い張るメフネフェルという女が乗っているのです。女はご主人様のご自宅で帰りを待っておりますが、まるで花嫁のような格好をしており、香油の強烈な香りが家じゅうにまき散らされております」

私は急いで黄金の宮殿へ戻り、ファラオに言った。

「ご命令のままに。私はシリアへ参ります。私の血があなた様の頭上に降りかからんことを。ですが、行くのであれば、今すぐに出立《しゅったつ》したく、アジルは粘土板に重きを置いていますから、急いで書記に私の立場と権限を刻んだ粘土板を用意するよう命じてください」

書記が粘土板を書いている間に、私は友人であるトトメスの工房に逃げ込んだ。彼は困っている私を受け入れてくれた。彼は以前言っていたように、ホルエムヘブがアケトアテンに立ち寄った際に石膏で彼の顔の型を取り、茶色い砂岩に彫ったホルエムヘブの像をちょうど完成させたところだった。私には、ホルエムヘブの腕の筋肉や胸板の厚みが誇張されていて、王の警護隊長で行政を司る者というよりは、強靭な格闘家のように見えたが、新たな芸術の傾向に従って塑像されたこの像は、非常に生き生きとしていて、ホルエムヘブらしいものだった。旧来の芸術は、長所を強調して人間の弱点や醜さを隠していたが、新芸術では、目に見えるものなら、人間の醜い部分であってもはっきりと表現するので、真実が忘れ去られることはない。強調された醜さを真実といえるのかは分からないが、トトメスはそう信じており、私は友人である彼にたてつくつもりはなかった。ホルエムヘブの筋肉が美しく彫られた砂岩の色が、彼の肌の色といかに似ているかを見せようと、トトメスは濡れた布で像を拭き、像の地色を見せて言った。

「この像を持って一緒にヘラクレオポリスに行き、ホルエムヘブの地位と彫刻家にふさわしい神殿に像が建てられるのを見届けよう。シヌへ、一緒に行くぞ。僕の手はノミや槌の重さでふるえる始末だし、熱狂が心をすり減らすから、川の風でアケトアテンのワインの酔いを覚ましたいんだ」

書記がファラオ、アクエンアテンの祝福とともに、旅に必要な粘土板と黄金をトトメスの工房に持ってきたので、私たちはホルエムヘブの像をファラオの船に運び、すぐに川を下り始めた。使用人には、私がシリアで戦死したとメフネフェルに伝えるよう頼んだが、この旅では恐ろしい死が待ち受けているだろうと覚悟していたから、あながち嘘ではないと思った。さらに使用人には、メフネフェルに敬意を示しつつも、多少強引でもかまわないからテーベ行きの船に乗せるように命じた。この命令にもかかわらず、戻ってきたときに家にメフネフェルがいたら、使用人と奴隷を一人残らず鞭で打ち、耳と鼻をそぎ落として鉱山に送り込み、一生そこから出られないようにしてやると言った。使用人は私の目をのぞき込んで、私が本気であることを理解し、恐れをなして命令通りにすると誓った。そこで私はようやく気分が軽くなり、ファラオの船でトトメスとともに川を下った。アムルの兵士とヒッタイト人の手にかかって死ぬことになるだろうと思っていたから、旅の間にワインをちびちび飲むような真似はしなかった。トトメスはこれから戦に出ようというときにワインをけちるべきではないと言っていたし、兵士の家に生まれた彼にはおそらく分かっていたのだろう。

シリアへの旅とその後の出来事を記すには、新たな書を始めなくてはならない。

第十二の書　水時計がはかる時

1

新住民に穀物を配るための壮大な旅にカプタを送り出したときに、カプタが願ったことは、こうして現実のものとなった。しかし、私はカプタのように家と柔らかな寝床を手放しただけではなく、恐ろしい戦の矢面にも立たされることになり、想像以上に大変な旅となった。一度口にした願いというのは、相手にとってよいことよりも、悪いことのほうが簡単に叶ってしまうものだから、何かを口に出して願うならよく考えたほうがいい、ということを学んだ。

こんなことを思いながら、ファラオの船で川を下り、トトメスとワインを飲んで語り合った。やがてトトメスは私と話すのをやめて、空を飛ぶ鳥の絵を描いた。私のことも描いてくれたが、見栄えなどそっちのけに描くので、本当の友ならそんな絵は描かないだろうと文句を言った。すると彼は、「芸術家は自分の目だけを信じるべきだから、絵を描くときに友情に邪魔をされてはいけないのだ」と言うので、私は思わずこう言った。

「すべてのものが滑稽で、醜く下品に映り、私の姿もまぬけに描くなんて、君の目にも呪いがかけられているに違いない。たとえ頬がこけ、首は細長くて、出産してから日に日に衰えていたとしても、君の目にはネフェルトイティだけがいまだに美しく映るんだろう」

「ネフェルトイティ様のことをそんなふうに言うな」

トトメスは私にワインをぶちまけて大声で言った。しかし、少し経つと落ち着きを取り戻し、自分の振る舞いを悔いて、私の顔に飛び散ったワインを拭き取り、静かに言った。

「こんなことをするつもりじゃなかったんだが、君が言うように、もう王妃以外の人を美しいと思えないんだ。それにファラオ、アクエンアテンが僕にしてくださったことを思えば、何があってもファラオを慕わなくてはならないのに、どんどん醜く見えてきて胸が悪くなるんだ。君が言った通り、僕の目には呪いがかけられているのかもしれない」

「奴隷娘が与えてくれる以上のものを、王妃が与えるわけがないし、君の見ている夢はかなり性質《たち》が悪いぞ」

　私は友として言ったのだが、私の言葉は彼を慰めるどころか、再び怒らせてしまった。たしかに酒は口論の元になることもあるが、酒で解決できないほど激しい口論になることはないし、ときに友情を深めることもあるから、私たちはそのあともワインを飲み交わした。

　やがて、船は川沿いの小さな町、ヘラクレオポリスに到着した。羊や牛が放牧され、泥煉瓦で造られた神殿が建っていた。以前はホルスを祀っていたその神殿は、アクエンアテンの命令で今はアテン神を祀っていたため、ホルス像は撤去されていたが、住民は変わらず隼の頭をしたホルスに祈りを捧げていた。町の代表者にうやうやしく出迎えられたあと、トトメスは神殿にホルエムヘブの石像を据えた。多くの住民は、何もなかった神殿にホルエムヘブの石像が立ったのを見て、大いに喜んでいた。読み書きができない彼らは、すぐにホルスとホルエムヘブを同一視し、ホルエムヘブをホルスとして祀り、供物を捧げ始めることだろう。

私たちは神殿で、かつて牛を飼ってチーズを作り、貧しい暮らしをしていたというホルエムヘブの両親にも会った。彼らは息子の推薦によってファラオから官位を授けられて貴族となり、多くの贈り物を得て、今では木造の家に住んでいた。二人とも読み書きができないにもかかわらず、ホルエムヘブの父は印章の管理と、複数の町や村の建物の監視を任され、母親は宮廷女としてファラオの牛の飼育人となっていた。もちろんこれは名ばかりの官位で、彼らの生活はなんら変わらなかったが、このおかげでホルエムヘブは両親を貴族として記すことができ、この町以外では高貴な生まれの者として知られることになった。このことからもホルエムヘブの虚栄心の強さがうかがえる。

素朴で信心深い両親は高級な服を着心地悪そうに身に着けており、住民が彼らの息子の石像に花輪を飾っている間も、裸足の爪先で泥煉瓦の床をいじっていた。祝典が終わると、トトメスと私を自宅に呼び、着慣れない服を脱ぎ捨て、牛のにおいが沁みついた灰色の服に着替え、私たちに手作りのチーズや酸っぱいワインを振る舞った。そして深々とお辞儀をして、ホルエムヘブの父が息子の話をしてほしいと言った。

「息子はわしらがどれだけ分をわきまえろと言っても聞く耳を持たず、家畜を追う棒切れに鋭くとがらせた銅の刃を括《くく》りつけていたものですから、わしらは愚かな子だと思っていたのです」

すると母親も口を開いた。

「子どもの頃から、向こう見ずな子でしたから、あの子を思うと不安で仕方がありませんでした。家を出ていってからも頭を割られるんじゃないか、足を引きずって帰ってくるんじゃないかと心配していたのです。あの子は像を彫ってもらえるほど立派になって帰ってきましたが、腹を下しやすいのに肉を食べ過ぎているんじゃないかとか、あれほどやめておけと言ったのに泳ぎを覚えたものだから、川で溺れるんじゃないかと、毎晩あの子のことを思うと心配でたまらないのです」

彼らは訥々《とつとつ》と喋り、私たちの服や宝石を触り、ファラオや王妃ネフェルトイティ、そして四人の王女について尋ねてきた。彼らは偉大なる王妃に跡継ぎの王子が生まれるように毎日神に祈り、特にホルエムヘブの守り神であるホルスに祈りを捧げていた。私たちはホルエムヘブの両親と和やかに別れ、ホルエムヘブの石像を据えたヘラクレオポリスのホルス神殿にも別れを告げた。

トトメスは硬い木材にネフェルトイティの像を彫ることしか頭になく、私が行くなと懇願したにもかかわらずメンフィスには同行せず、アケトアテンに戻っていった。あまりに美しい女というのは、呪いのような危うさがあるものだが、トトメスも例にもれず王妃ネフェルトイティの美に絡めとられ、健康を損ねているように見えた。

メンフィスへの道のりは長かったが、どうせ命を落とすと決まっているなら悪あがきをしても無駄だと思い、漕ぎ手を急がせた。船の甲板にある柔らかな椅子に座り、頭上ではためくファラオの旗や、葦、川、飛んでいるカモを眺めながら、「そもそも、こんな風景を眺めながら生きるのは、価値があることなのだろうか？」と自分に問いかけた。そして続けた。

「太陽はじりじりと照りつけ、ハエは鬱陶《うっとう》しくたかってくるし、喜びなどさまざまな面倒ごとに比べればわずかでしかない。そのうえ、さまざまな音や無駄なお喋りに耳を煩わされ、見るものに目が疲れると、心は幸せを求めて多くを望んでしまう」

川を下る間にワインを飲んで心を慰め、王宮に仕える調理人が作ってくれた美味しい料理を食べた。腹が満たされて酔いもまわる頃になると、多くのことに翻弄される生は死よりも困難ばかりで、まるで熱い土埃のように思えた。一方で、死は涼やかな水のようで古くからの友人のようなものだから、何も恐れることはないのだと思えた。

しかし、船がメンフィスの港に入ると、投石器の石で船腹の装甲が壊れ、船首が割れ、マストが折れている戦艦が目に入り、不安に駆られた。戦車は軸が折れ、車輪が外れ、その周りには血がこびりつき、ハエがたかっていた。船着場には、怪我や病に苦しむ多くの避難民が、しわだらけの痩せた顔に恐怖の色を浮かべ、身を寄せ合っていた。エジプト人もいれば、鮮やかなシリア風の服を身に着けたシリア人もいた。彼らはファラオの旗をはためかせた私の船に向かって汚れた拳を突き上げ、さまざまな言葉で罵ってきたが、しまいには番人が彼らを杖で打ち、私たちのために道をあけさせた。

ホルエムヘブの執務館には、シリアから逃げてきた支配者やシリアの都市に住んでいたエジプトの貴族、戦とは無関係の諸外国の使節団が滞在していた手前、ホルエムヘブはファラオへの敬意を示さなければならず、私をファラオの使節として丁重に迎え、深くお辞儀をした。しかし、二人きりになると、彼は黄金の笏で足をぴしゃりと叩き、苛立って尋ねた。

「まったく、お前がファラオの使節としてここに送り込まれてくるなんて。あの狂ったおつむから今度はいったいどんな考えをひねり出したっていうんだ」

そこで、私の使命はシリアに行き、どれほど黄金を積もうとアジルから和平を買い取ることだと伝えた。これを聞くと、ホルエムヘブは苦々しく罵り、隼をありとあらゆる名で呼んでから言った。

「そんなことだろうとは思ったが、シリアとの戦で重要な拠点となるガザがまだエジプトの支配下にあるのは、俺のおかげだということは承知しているはずだ。それなのに、相当な黄金をつぎ込み、大変な苦労をしてようやくここまで築き上げた計画を、すべて台無しにする気なのか。俺はクレタ島に、シリアが独立して強大になれば、海の覇権を奪われるだろうと伝えて、クレタ島の艦隊にガザへの海路を守るように仕向けたのだ。そして、ガザからタニスまでの砂漠では、家や家財道具、妻子を失った男たちが自由部隊となってアジル軍と戦っているから、そいつらにエジプトの武器を与えたのだ。それに加えて、エジプトを守るために、エジプトの元兵士や盗賊、鉱山から逃げ出した命知らずの荒くれ男を何人も送り込んだんだぞ。自由部隊の奴らは戦場で生きる糧を得て、あらゆるものを敵と見なして破壊するが、そのおかげで好都合なことにエジプトよりもシリアのほうが被害が大きくなっている。だから奴らに武器や穀物を供給し続けているのだ。今までシリアの治安を守ってきたエジプト人を追い出したら、ほぼ確実に多くの町が内乱状態に陥るだろう。そうなれば、アジルは自分たちの連合軍を維持するのに手一杯になるだろうな。そして忘れてはならないのは、ヒッタイトがミタンニ王国に攻撃を仕掛けて民を皆殺しにし、ミタンニ王国が陽炎《かげろう》のように消え去ってしまったことだ。これを受けてバビロンは自国を守ろうと大急ぎで軍を整え出したし、ヒッタイトの槍や戦車はまだミタンニの地にあるから、今のヒッタイトにアジルを支える余裕はないだろう。ヒッタイトはいつ裏切るか分からないから、アジルに理性があれば、ヒッタイトとシリアの間にあったミタンニという楯がなくなったことに不安を感じているはずだ。今アジルがエジプトと和平を結べば、シリア内の勢力維持に専念できるから、アジルにとってまたとない贈り物になるはずだ。だが、その前にせめて半年、いや、もっと短くていいから俺に時間をくれ。その間に俺が矢や戦車でエジプトに名誉ある和平をもたらし、ファラオが戦を禁じているし、アジルにエジプトの神々を畏れさせてやる」

「ホルエムヘブ、ファラオが戦を禁じているし、そのための黄金も支給されないのだから、戦はだめだ」

しかし、ホルエムヘブは言った。

「ファラオの黄金なんか小便をひっかけてやる。どのみちタニス軍を整えるために、あちこちに借金をしてすっからかんだ。軍隊とはいっても、戦車はがたつき、馬は脚を引きずり、兵士もたいしたことはないが、自由部隊とともに俺が率いれば、シリアの中心部やエルサレム、メギドに攻め込む際の先兵にはなるだろう。シヌヘ、分かるか、民が物不足に苦しみ、重税に喘いでいるなか、金持ちは私腹を肥やしてカエルのように膨れあがってやがる。だから俺はエジプトじゅうの金持ちから黄金を借りたんだ。一年につき二割の利子を約束し、必要な額を言ったら、奴らは喜んで黄金を貸してくれたが、俺がここまでやるのはすべてエジプトのため、シリアを救うためだ。略奪した戦利品にしても何にしても、最終的に戦で得をするのは常に金持ちだし、一番おかしいのは、たとえ俺が戦に負けたとしても金持ちは儲けるってことだ。だから奴らの黄金がどうなろうが知ったことか。俺に利子と黄金を要求してくるときの奴らの顔を見てみたいものだな」

ホルエムヘブは楽しそうに笑って黄金の笏で脛を叩き、私の肩に手を置いて友と呼んだが、すぐに深刻な顔になって言った。

「シヌヘ、隼にかけて、すべてを台無しにしてシリアに和平の使者として行くつもりじゃないだろうな」

そこで私は、ファラオが決意表明をしたことと、和平に必要な粘土板をすべて用意してきたことを伝えた。ホルエムヘブの言うことが本当なら、アジルも和平を求めていて、きっと安い値で和平に応じるだろう。これを聞いたホルエムヘブは怒り出し、椅子を蹴り倒して叫んだ。

「なんてことだ、アジルから和平を買い取るなんてエジプトの恥だ。そんなことをしたら、いくら友だろうが、生きたままお前の皮を剥いでワニに食わせてやる。アジルはずる賢い奴だから、ファラオの神が愛ゆえに赦すと言っていると伝えても信じないだろうし、お前を帰す前にあらん限りの知恵を働かせてシリア人らしい駆け引きでお前がへとへとになるまで交渉し、お前の命を脅して嘘を並べ立てるだろう。だが、何があってもガザを渡してはならん。俺は自由部隊の奴らが武器を下ろすことはないと保証するが、奴らはファラオの粘土版なんか気にも留めていないから、いつエジプトに反旗を翻《ひるがえ》すか分からん。このことはアジルに絶対言うなよ。言っていいのは、自由部隊は穏やかで我慢強く、今は悲しみに暮れているが、和平となれば進んで槍を牛飼いの棒に持ち換えるだろうということだけだ。決してガザを渡してはならないし、もしそんなことをしたらこの手でお前の皮を剥いでやる。ガザの門をエジプトに開けさせるまでに、どれほどの黄金を無駄にし、多大な苦痛を味わい、優秀な密偵が何人犠牲になったことか」

私はメンフィスに何日か滞在し、ホルエムヘブと和平の条件について話をした。また、クレタ島とバビロンの使節団長や、ミタンニ王国から逃げてきた貴族とも会った。彼らの話からここに至るまでの経緯を理解し、それぞれに渦巻く思惑や野心を知ると、自分が渦中の人物であり、町や民の運命が私の手にかかっていることを初めて実感し、身ぶるいがした。

現時点で和平はエジプトよりもアジルにとって大きな意味を持つようだったが、ホルエムヘブの読み通り、世の動きを見ると、この和平は一時的なものであり、シリアの状況が安定すれば、アジルは再びエジプトへ矛先を向けるに違いないだろう。ミタンニ王国を滅ぼしたヒッタイトは、いずれバビロンかシリアを経由してエジプトを攻撃してくるはずだから、エジプトは自国を守らなければならない。アジルの連合軍は黄金に左右され、憎しみが渦巻いているし、世界の行く末を握るシリアをヒッタイトに渡すわけにはいかないだろう。まともに考えれば、ヒッタイトが向かう先は戦力の弱い国だ。バビロンはすでに戦に備えているが、今のエジプトは丸腰だ。アジルは、どの国にとっても望ましくないヒッタイトと同盟を組んで強力な後ろ盾を得たつもりだろうが、もしアジルがファラオ、アクエンアテンが治めるエジプトと和平を結べば、ヒッタイトに敵対することになり、アジルは後ろ盾をなくして破滅に追い込まれることになる。

冷静に情勢を見極めているうちに、戦に対する恐怖心が薄れ、燃えさかる町の煙や戦場に転がる白骨化した遺体、メンフィスの路上でパンを乞う避難民、そしてワインを手に入れるために宝石を売り、美しい指先でナハリンのしっとりした土を懐かしそうに布に包んで持ってきたミタンニ王国の貴族を思い浮かべることもなくなった。

ホルエムヘブは「お前がアジルと会うのは、アジルが自由部隊と戦をしているタニスとガザの中間辺りだろう」と言っていた。そして、スミュルナでの戦のときに、包囲攻撃の最中に燃えた家の数や、殺された貴族の名を挙げ連ねたので、私は驚いて、なぜそこまで知っているのかと尋ねた。すると、彼はシリアの町に、剣を呑む芸人や予言者、ビールや奴隷の商人を装った密偵を忍ばせていて、アジル軍とともに行動させているのだと教えてくれた。しかし、聞くところによると、同じようにアジルの密偵も、自由部隊や国境部隊に芸を披露し、ビールを売り、略奪品の買い取りをしながら、メンフィスに潜んでいるそうだ。アジルはアスタルト神殿の乙女たちも密偵として雇い、エジプトの将校と過ごす間に重要な情報を仕入れるという役目を負わせていたが、幸い女たちは戦について大して詳しくないので、エジプトにとってそれほど危険な存在ではなかった。

さらにホルエムヘブとアジルの両方に仕える者もいた。彼らはどちらにも尻尾を出さず、命を危険にさらすこともなく双方から膨大な黄金を得ていたので、ホルエムヘブもその抜け目のなさを認めざるを得なかった。

避難民とホルエムヘブの将校たちは、私にアムルの男や自由部隊がどれほど恐ろしいかをさんざん話して聞かせるので、出発が近づくにつれて怖くなり、膝の力も抜けてしまった。そこへホルエムヘブが話しかけてきた。

「どうやって行くかは自分で選べばいい。海路で行くなら、クレタ島の戦艦がガザまで護送してくれるだろうが、ガザの入り口周辺にいるシドンとテュロスの戦艦を見て一目散に逃げ出す可能性もあるから、保証はできない。そうなった場合、勇敢に戦えば船は沈められてお前は溺れるだろう。だが、戦わなければ船は奪われ、お前は漕ぎ手としてシリアの戦艦に乗せられ、鞭で打たれて太陽にさらされ、数日と経たぬうちに死ぬだろう。お前はエジプト人の高官だから、奴らはお前の皮を剥ぎ、盾に干して乾燥させ、市場で使う皮袋か財布にするかもしれない。お前を怖がらせたいわけじゃないぞ。穀物船は沈没させられたが、武器船はちゃんとたどり着いたから、無事にガザまでたどり着ける可能性もある。だが正直なところ、包囲されているガザをどう抜け出したらアジルに会えるのかは俺にも分からんのだ」

「陸路のほうがいいんじゃないか」

私は怖気づきながらホルエムヘブに言うと、彼はうなずいてから説明した。

「タニスにいる小隊と二、三人の槍兵、それと戦車に護送させよう。もしアジル軍と接触したら、奴らはお前を砂漠に置いてすかさず退散するだろうが、そうでなくてもアジルの部下はお前がエジプト人の高官だと分かったら、ヒッタイト人のように杭に刺し、お前の粘土板に小便をかけるくらいのことはするだろう。たとえ護衛がついていても、自由部隊の手に落ちれば、お前は素っ裸にされ、俺がお前を黄金で買い戻すまで石臼を挽くことになるかもしれん。お前の煙のような肌の色では太陽に耐えられるとは思えんし、奴らの鞭はカバの皮でできているから、長くは生きられないだろうな。お前の腹を槍で突いて死体をオオガラスの餌にすることもあり得るが、それほど苦しまないで済むから、悪くない死に方だぞ」

こんな話をさんざん聞かされた私は、以前にも増してふるえあがり、暑い夏だというのに手足は冷え切ってしまった。そこで私は言った。

「その話が本当なら、神々のいないこの土地にはアテン神のご加護は届かないようだな。スカラベは役に立ったかもしれないが、残念なことにスカラベも私の財産もカプタに預けてあるんだ。話を聞く限り、どのみちアジルか死が待ち受けているなら、護衛隊とともに陸路を進んだほうがよさそうだ。だが、ホルエムヘブ、私たちの友情にかけて誓ってほしい。私は自分の財産をいちいち把握していないが、君が思うよりもずっと金持ちのようだから、私が捕虜になってどこかで石臼を挽かされていると耳にしたら、けちることなく急いで助け出してくれ」

「俺は公平な男だから、ほかの金持ちと同じように、カプタを通じてお前からも多くの黄金を借りている。お前が金持ちなのはよく知っているから、お前を見捨てることはないさ。ただし、俺たちの友情に免じて、黄金を返せなんて言うなよ。そんなことをしたら俺たちの友情にひびが入り、最悪の場合は縁が切れることもあるからな。行け、シヌへ。タニスへ行き、護衛隊とともに砂漠に向かえ。俺の力は砂漠まで届かず、お前を守ってやれないが、隼がお前を守らんことを。もしお前が囚われの身となったら、黄金で買い戻してやるし、死んだとしても仇《かたき》を取ってやる。こう言えば、お前が槍で腹を引き裂かれたとしても、少しは慰めになるだろう」

「私が死んでも仇なんか取らなくていい。オオガラスにつつかれた私の頭蓋骨を哀れな奴らの血で洗おうと、もはや慰めにはならないからな。それよりも、王女バケトアテンによろしく伝えておいてくれ。たしかに頑なな部分はあるが、美しくて魅力的な女性だ。王女は母親が死んだ夜にお前のことを色々聞いてきたぞ」

こう捨て台詞を吐いて彼のもとを去った。そして、財産をカプタ、メリト、ホルエムヘブに残すために、必要な事項をすべて書記に書き取らせて印を押した。この書類をメンフィスの王立文書保管庫に収めると、タニスに向けて出航した。

そして、砂漠に照りつける太陽の下で、周壁のそばにいたホルエムヘブの国境警備隊と合流した。彼らはビールを飲み、この世に生まれてきた日を呪いながら、砂漠でレイヨウを狩ってはまたビールを飲んでいた。薄汚くて小便くさい泥小屋に住み、港の海の男にすら見向きもされないようなみすぼらしい女たちに慰めを求め、国境に配置された兵士によくある生活を送っていた。普段よりもいいビールと若い女を手に入れたいと願っていた彼らにとっては、じりじりと照りつける太陽の下で砂蚤に噛まれながら恐ろしいほど退屈な日々を送ることに比べれば、たとえ死が待ち受けていようと戦のほうがずっとましだったから、ホルエムヘブが早く到着してシリアとの戦に率いてくれるのを心待ちにしていた。戦に出たくてたまらなかった彼らは、自由部隊の先兵となってエルサレムやメギドに襲いかかり、洪水が渇いた葦をなぎ倒すように、忌々しいシリアの軍隊をなぎ倒してやると意気込んでいた。しかし、彼らがアジルやアムルの男、そしてヒッタイトの隊長に何をすると言ったかは、神をも畏れぬ内容だったので、ここに記すのは控えておく。

彼らは平和なときにはエジプトにやってきた隊商から税を徴収し、気晴らしに羊飼いの妻と愉しんでいたが、ファラオ、アクエンアテンが戦をするでもなく平和でもないという状況を作り出したせいで、すでに何年も隊商がタニスからエジプトにやってくることはなく、羊飼いたちは下エジプトに逃げてしまっていたから、ファラオに不満を持ち、エジプトの名誉にかけて闘志を燃やしていた。たとえ隊商がシリアからエジプトに来たとしても、ファラオの国境部隊よりも先に自由部隊が略奪してしまうから、国境部隊は自由部隊を疎ましく思っていたのだ。

護衛してくれる小隊が旅路に備えて水袋に水を入れ、放牧していた馬を集め、鍛冶屋が戦車の車輪を補強している間、私は辺りを見回し、兵士育成の秘訣や、男を獅子よりも勇敢にさせるものが何かを観察した。優れた隊長は、兵士を過剰なほど厳格な規律で抑え込み、演習で疲弊させ、逃げ場のない生活に追い込み、どんな運命が待ち受けていようと、たとえそれが戦場や死であろうと、兵舎での暮らしよりもいいと兵士に思い込ませるのだ。しかし、そんな扱いを受けても兵士が隊長を憎むことはなく、むしろ称賛し、これまで耐えてきた数々の苦難や背中の鞭打ちの跡を誇りにするのだ。人間の性質とは不思議なもので驚かされるが、兵士たちの生活を目の当たりにして、アケトアテンの町がますます遠い夢か幻のように思われた。

ホルエムヘブの命令に従い、タニスで私の護衛隊が組織された。兵士と槍兵を乗せた十台の戦車はそれぞれ二頭の馬が引き、そのうしろには予備の馬と御者がいた。護衛隊の隊長が私の前で手を膝まで下げて深くお辞儀をし、準備が整ったことを告げたので、私は自分の命を預ける男をしげしげと眺めた。銀が編み込まれた笏を持っていること以外は、ほかの兵士と同じように、顔と体は砂漠の太陽で真っ黒に日焼けし、薄汚れてぼろぼろの腰布を身に着けていたが、高級な服に身を包んで頭上に日傘を掲げさせる男よりも、この男のほうがよほど信頼できた。私が輿の話を持ち出すと、男は思わず礼儀を忘れて笑い出した。彼によると、唯一の安全策は素早く移動することだから、輿の快適さなど忘れて戦車に乗っていくしかないそうで、私はその言葉を信じるほかなかった。そして彼は「望むなら荷台の飼い葉袋の上に座ってもいいが、息が詰まるような熱い砂漠を走るときに振動で戦車から放り出され、死んでしまうのがおちだから、座るよりも立ったまま戦車の動きに合わせたほうがいいだろう」と言った。

私は、初めて戦車に乗るわけではないこと、かつてスミュルナからアムルを前代未聞の速さで走り抜け、アジルの男たちも大いに驚いていたことを伝えたうえで、当時は確実に今よりも若かったし、今の地位を考えると、あまりに激しい体力の消耗は避けるべきだという考えを控えめに述べた。

ユユという名のその将校は、私の話にきちんと耳を傾けてくれ、自らの運命をすべてのエジプトの神々に委ねて前方の戦車に乗り込むと、旗をはためかせて馬に叫んだ。砂漠へ向けて隊商が通る道を走り始めると、私の体は飼い葉袋の上で跳ね上がったので、戦車の端につかまったが、情けないことに鼻をぶつけて悲鳴をあげた。私の悲鳴は車輪の轟音にかき消されたが、あの世のような灼熱の泥小屋から砂漠へ出ることができた乗り手たちは、うしろで歓喜の雄叫びをあげていた。

私たちは一日じゅう戦車を走らせ、夜になると私は飼い葉袋の上に死んだように横たわり、自分がこの世に生まれた日を呪いながらやり過ごした。翌日はユユの腰につかまっていたが、しばらくすると戦車が石につまずき、私は戦車から放り出され、棘のある薮に頭から突っ込み、顔に引っかき傷ができた。しかし、そんなことはもはや大したことではなかった。再び野営をするときに、私を心配したユユが、大事な水を頭にかけてくれた。ユユは私の手を取り、「旅は順調で、明日も自由部隊に奇襲されなければ、四日目にはアジルの偵察隊に会えるだろう」と話してくれた。そして、私を慰めようと、戦の体験も話してくれた。

「実を言うと、戦とは待ち続けるのが常で、これほどつまらないものはありません。いつだって敵は遅れてやってくるし、目星をつけた場所にはまず現れません。戦とはすなわち辛抱強く敵を待つことなのです。食事や物資の到着が遅れることほど呪いたくなるものはありません。戦場を行ったり来たりし、行軍を開始した場所へ戻ったりと無駄な移動を繰り返し、しまいには舌が喉に張りつき、足は死んだように動かなくなる。これが戦というものなのです。将校になるには学校で戦術と読み書きを学ばなければなりませんが、敵は予想外のときに襲いかかってくるもので、学校で習った兵法と同じように敵が攻撃を仕掛けてくることはありません。隊長は戦の最中に部下のことを把握できず、その逆もまたしかりです。誰もがあらん限りの声を振り絞り、目に入るものをひたすら倒し、もし敵が逃げ出せば、隊長は大いに名誉なことになり、能力を褒め称えられ、ファラオのバルコニーから黄金の鎖が下賜されます。ですが、もし自分たちが逃げ出せば、隊長は周壁に逆さ吊りにされるのです。死を免れた者は運に感謝し、何枚もの報告書を記したあげく、鞭で打たれます。しかし、地位の高い隊長であれば、負けたとしてもファラオから鎖が下賜され、戦に勝利した者として石に刻まれ、その名は永遠に残されるのです。王立医師シヌへ様、戦とはそういうものですから、どうか少しばかりの痛みに不満を言わず、戦をせずに済む幸運に感謝することです」

彼は私が眠るまで励ましてくれた。

しかし、夜中に恐ろしい叫び声と蹄が踏み鳴らされる音、そして戦車が動く音で目を覚ました。松明を灯すと、二人の見張り番が喉を掻き切られ、地面は血の海になっていた。一台の戦車が馬ごと盗まれ、ほかの戦車と馬は棒や縄に絡まり、混乱していた。襲撃してきた者の姿はすでになかったが、仲間を連れて再び戦車、馬、水を奪われるといけないので、私たちは暗いうちに出発した。ユユによると、自由部隊にとって戦車、馬、水は黄金よりも貴重だから、エジプト人に襲いかかって馬や戦車を奪ったのだという。

日が昇ると、太陽に照りつけられて私の頭は疼き始め、目に砂が入って痛み、口のなかが乾いて舌が上あごに張りついた。砂漠の熱風が煙と血のにおいを運んできて、馬はしきりと鼻を鳴らし、御者は馬車に鎌を取りつけた。いくつかの赤茶けた丘を越えると、砂漠のオアシスの周りに燃え尽きた小屋があり、身ぐるみを剥がされた死体が転がっていた。流れ出た血は砂に染み込み、オオガラスが目をつついていた。

私たちのほうに槍を持った男たちが走ってきて、槍を何本か投げてきたが、アジルの手下なのか牛飼いなのか、それともほかの自由部隊なのかは分からなかった。彼らは私たちの人数や戦車の数を見て、退却したほうがいいと判断したのか、すぐに退いていった。逃げながらも槍を空に突き上げて、捨て台詞や脅し文句を言ってきたので、ユユの部下は肩慣らしに戦車で彼らを全滅させたがったが、私たちはそれを制止して先を急いだ。

夜になると、地平線の向こうに焚火や燃える家々がおぼろげに見えてきた。ユユは砂漠を越え、シリアの国境に近づいていると教えてくれた。私たちは月明かりの下で馬に餌をやり、慎重に進んだが、やがて私は疲れ切り、荷台の飼い葉袋の上で眠った。夜明けに戦車から乱暴に振り落とされ、砂の上で目を覚ました。ユユは粘土板と旅荷を私の横に投げ落として馬の向きを変えると、私を勇気づけようとエジプトの神々に守護を願う言葉を叫んだ。そして、車輪が石に当たって火花を散らすほど全速力で戦車を走らせ、ほかの者もあとに続いた。

砂が入った目をこすると、山々の間からシリアの戦車群が私に向かって扇形の陣形で向かってくるのが見えた。私は自分の立場を思い出して立ち上がり、すでに干からびていたものの、平和の象徴であるヤシの木の枝を頭上で振りまわした。しかし、戦車はお構いなしに私の横を走り抜け、一本の矢がスズメバチのように私の耳元をかすめ、背後の砂に突き刺さった。シリアの戦車はユユたちを追いかけたが、ユユたちは戦車から飼い葉袋も水袋も投げ捨てて身軽になって走り去った。私はユユたちが逃げきったのを見届けたが、一台の戦車だけは馬が石につまずいて遅れをとり、その隙を襲われて馬ごとひっくり返り、乗っていた男たちは、全速力で駆けてきたアジルの兵に投げ飛ばされて息絶えた。

アジルの戦車軍は追跡が無駄だと分かると、私のところへ戻ってきた。御者が戦車から降りてきたので、私はファラオの粘土版を掲げて、自分の地位を伝えた。しかし、彼らは私の話にまったく耳を貸さず、何人かが返り血を浴びている自分の帯に手を突っ込んだまま私のほうに近づいてきた。彼らは私の木箱を開けて黄金を奪うと、私の服を剥いで手首を縛り、戦車のうしろにくくりつけた。私は戦車のあとをついて走るはめになり、膝の皮が砂で擦れ、息をするのもやっとだった。アジルの怒りを買うことになると脅しても、彼らはびくともしなかった。こんな目に遭ったのも、すべてファラオ、アクエンアテンのせいだった。

もしアジルの野営地が峠を越えてすぐのところになければ、私はこの行軍で死んでいただろう。霞む目で数多くある天幕のほうを見ると、馬は戦車から外され、天幕の周りには塀の代わりに戦車が並び、牛が引く犂《すき》が積み上げてあった。私は急に目の前が真っ暗になり、気づいたときには顔に水をかけられ、手足に油をすり込まれていた。読み書きができる将校が私の粘土板を見たようで、そのあとはできる限り丁重な扱いを受け、服も返してもらえた。

ようやく歩けるようになると、毛皮と羊毛と香木のにおいがするアジルの天幕に連れていかれた。アジルは黄金の首飾りをじゃらじゃらと鳴らし、あごひげを銀の網で覆い、獅子のように咆哮をあげて私を出迎えた。そして、そばに来ると私を抱擁して言った。

「俺の部下が手荒な真似をしたようで悪かったな。だが、俺の友人で、ファラオの使節であることを伝え、決まり通り、平和の象徴であるヤシの葉を振ればよかったのだ。部下どもによると、おまえは雄叫びをあげ、剣を振りまわして襲いかかったというから、奴らは自分の身を守るためにおまえを押さえつけたんだ」

膝は焼けるようで、手首も折れたかと思うほど痛んだが、痛みに耐えながらアジルに言った。

「私を見ろ。私のどこがお前の部下にとって危険だというんだ。奴らはヤシの葉を折って、身ぐるみを剥がしたうえに私をさんざん見下し、ファラオの粘土板も足で踏みつけたんだぞ。ファラオの使節に対する礼儀を教えるために、奴らを鞭打ちの刑に処すべきだ。少なくとも何人かは鞭で打ってもらいたい」

しかし、アジルは何をおかしなことを言うのだというように服の前を開けて手をあげた。

「シヌへ、きっと悪い夢でも見たのだろう。おまえが大変な旅路で膝を痛めたとしても俺にはどうすることもできんし、惨めなエジプト人のために有能な部下を鞭で打つわけがないだろう。それに、ファラオの使節の話なんか俺の耳にはハエの羽音にすぎん」

「アジル、お前は王のなかの王だから、せめて私が戦車のあとを走らされているときに、槍で何度も私の尻を突いてきた男だけでも鞭で打ってくれ。私はシリアに和平という贈り物を持ってきたのだから、そいつを鞭で打ってくれれば、それ以上は何も言わない」

アジルは声をあげて笑い、拳で胸を叩くと言った。

「あの情けないファラオが塵にまみれ、俺に和平を乞う姿に感動するとでも思ったか。しかし、おまえの言うことも一理ある。おまえは俺の友であり、妻と子の友でもあるし、縄で引いて槍で尻を突くのは礼を欠いた行為だ。おまえが知っているように俺は志高く、穢れなき武器で戦うことをよしとするのだから、そいつに鞭を打とうじゃないか」

憎き相手がアジルの天幕の前で皆に囲まれて打ちのめされる姿を見て、私の気は晴れたが、兵士というのは、どんなものであれ目先の気晴らしに喜ぶもので、仲間たちは手加減をするどころかさんざん冷やかし、男が悲鳴をあげるたびに指をさして大声で笑った。放っておいたらアジルは男が死ぬまで鞭を打ち続けさせただろうが、男の脇腹が裂け、あちこちから血が流れるのを見た私は、この男の背は私の尻や膝と同じくらい十分痛んだだろうと思い、手をあげて止めさせ、用意されていた私の天幕に男を運ばせた。そこにいた将校たちは一瞬不満そうな顔をしたが、私が何か面白い方法で拷問するのだろうと考えたようで、すぐに大喜びした。しかし、私は自分の膝や尻に塗ったのと同じ軟膏を男の傷口に塗り込んで包帯を巻き、ビールも与えた。すると男は私をばかにし、頭がおかしい奴だと決めつけた。

夜になると、アジルのいる天幕で、あぶった羊と油で炒めた麦が振る舞われたので、私は彼や高官、そして野営地にいる「両刃の斧」と「有翼日輪」の絵が装飾された肩衣や胴着を身に着けたヒッタイトの将校たちと食事をした。彼らはワインを飲みながら、私と友好的に接したが、緊迫した状況のなかで和平を差し出す私を愚か者と見なしていた。そして、エジプトから解放されたあとのシリアの自由と将来の勢力についてとうとうと語っていた。ところが、ワインをたっぷり飲んでからは、互いにいさかいを始め、しまいにはヨッパの男が短刀を抜いてアムルの男の喉を突き刺し、血が流れた。動脈は外れたので、大事には至らず、私が治療してやるとたっぷりと褒美をくれたが、これによって私はほかの者からもまぬけだと見なされた。

しかし、その後、刺されたアムルの男は復讐をしようと、使用人に命じてヨッパの男の命を奪ってしまった。アジルは見せしめに喉の傷が癒えていないこの男を城壁に吊るしたから、私の治療は無駄なものになった。アジルの部下たちはシリアの人間よりも厳しく扱われることに不満を持ち、アジルに対してさまざまな陰謀を企てていたから、アジルの権力は常にアリの巣の上に座っているようなものだった。

2

食事が終わると、アジルは口論を続ける高官やヒッタイトの将校たちを天幕から追い払い、たった七歳ながら戦についてきた息子に私を会わせた。息子の頬は産毛が生えた桃のようで、目は黒く輝き、美しい少年に成長していた。髪は波打ち、父のあごひげと同じく真っ黒で、肌のなめらかさは母親ゆずりだった。アジルは息子の頭をなでながら私に言った。

「これほど雄々しい子を見たことがあるか？　息子はいずれ偉大な王になるが、すでに支配者らしく読み書きをこなし、小さな短刀で無礼な奴隷の腹を切り裂いたのだ。俺は息子のためにいくつもの王冠を手中にするつもりだ。この小さな命が失われずに済むように、反抗した村を罰するときくらいではあるが、息子を同行させているから戦を怖がることもなく、いずれ息子の権力がどこまで及ぶかは想像もできない」

アジルは、将来統合されたシリアの王冠を頭に戴くであろう息子を、アムルに置いてくる気にはなれなかったようだ。また、アジルが戦に出ている間はケフティウにアムルの統治を任せていたので、ケフティウのことを大いに恋しがっていた。捕虜の女や野営地についてくる神殿の乙女たちで慰めようとしたらしいが、一度でもケフティウの愛を味わってしまうと彼女を忘れられないという。ケフティウの豊満な女らしさは年を経るごとにますます磨きがかかり、もし私が彼女を見たら自分の目が信じられないだろうとのろけていた。

私たちが話をしていると、野営地から切り裂くような女の悲鳴が聞こえ、アジルは大いに気分を害して言った。

「俺が禁止したというのに、ヒッタイトの将校どもがまた捕虜をいたぶっているな。だが、あいつらの力が必要だからどうすることもできない。どうも奴らは女を痛めつけるのが楽しいようだが、痛みを与えるよりも歓喜の吐息をつかせるほうがよっぽど楽しいだろうに。どの国にもそれぞれ慣習があるし、我々シリアと異なるからといって文句を言うつもりはないが、それでなくても俺の部下は戦のせいで獰猛な狼や獅子のようになってしまったのだから、これ以上悪い癖をつけられちゃ困るんだ」

　この話を聞いて、すでにヒッタイト人を知っていた私ですら、彼らが垣間見せる恐ろしい姿にふるえあがった。そこでこの機を逃さずに言った。

「王のなかの王、アジルよ、ヒッタイト人が信頼できないことは分かっただろうから、お前の王冠が潰され、首をはねられる前に、早く奴らと手を切るんだ。ヒッタイトがまだミタンニでの略奪に気を取られている間に、ファラオと和平を結ぶといい。もう知っているだろうが、バビロンはヒッタイトの襲撃に備えているから、お前がヒッタイトと友好関係にあるうちはバビロンの穀物は手に入らない。このまま冬になれば痩せこけた狼のようにシリアに飢餓が忍び寄るが、ファラオと和平を結べば、以前のようにバビロンから穀物が送られてくるぞ」

「ヒッタイトは友好関係にあるうちはいいが、敵にまわすと恐ろしい奴らだから、おまえの話はばかげている。奴らは俺に無断でカデシュを落とし、ビブロスの港を我が物顔で使っているが、俺だって奴らから船一隻分の新しい金属製の武器を得たおかげで部下は強くなった。だが、奴らがどんなに美しい貢ぎ物や素晴らしい胸当てや城壁に飾る紋章を送ってこようが、俺は同盟に縛られているわけじゃないから、エジプトとの和平を検討するのは悪い話じゃない。いずれにしても俺は平和を愛しているし、戦よりも平和のほうがいいに決まっている。俺が戦を仕掛けるのは、栄えある自由を達成するためだけだ。おまえだってよく知っているように、この戦の原因はエジプトにあるのだから、図々しく占拠しているガザをおとなしく俺たちに渡し、砂漠の略奪者たちの武器を取り上げ、シリアの町々が戦で受けた被害を穀物や油、黄金で弁償するというなら、喜んで和平を結ぼうじゃないか」

アジルは試すように私を見つめ、自分の拳で口元を隠してほくそ笑んだが、私は激昂して言った。

「この盗人、家畜泥棒、無実の者を吊るす絞首刑人め。アジルよ、今、下エジプトではどこの工房でも槍を鍛え、ホルエムヘブの戦車はお前の野営地にいる蚤の数よりも多く、エジプトの蚤は収穫の時期を迎えたら、しっかりとお前に噛みつくぞ。ホルエムヘブの評判は耳にしているだろう。私が和平の話をしたときに、彼は私の足元に唾を吐いたが、ファラオは神のために和平を望んでいて、流血は望んでいない。だからアジル、これは最後の機会だ。シリアの男たちが砂漠に逃亡し、お前に反旗を翻《ひるがえ》すようになったのは、お前が冷酷なためであり、シリア側の問題で、エジプトは無関係だから、自分で蹴散らせばいいだろう。ガザはエジプトのものだ。お前はエジプト人の捕虜を全員解放し、シリアの町でエジプトの商人が受けた被害を補償し、彼らの財産を返すんだ」

するとアジルは、服を引き裂いてあごひげを掻きむしり、苦々しく叫んだ。

「シヌヘ、そんな戯れ言を言うとは、狂犬にでも噛まれたのか。ガザはシリアに渡すべきだし、エジプトの商人が被る損害なんか自分でなんとかすればいい。捕虜は慣習に従って奴隷として売り飛ばすから、ファラオが黄金を持っているなら、好きに買い戻せばいいじゃないか」

「和平が実現すれば、自分の町にもっと高い城壁と塔を建てることができる。そうすればヒッタイトを恐れる必要はないし、エジプトがお前を支えるだろう。そして、町の商人は税を納めずにエジプトと商売をして富を蓄えることになるし、戦艦を持っていないヒッタイトに通商を邪魔することはできない。アジル、ファラオの条件はこれ以上ないほど寛大なもので、和平さえ結べば、すべてがお前に有利だ」

私たちは毎日のように和平に向けて交渉し、アジルは何度も服を引き裂き、頭に灰をかぶり、私のことを恥知らずの盗人と罵り、エジプトのせいで息子は将来物乞いに身を落とし、水路に落ちて死ぬに違いないと嘆いた。私が一度アジルの天幕から立ち去ろうとして、大声で輿を呼んで見送りを集め、ガザに戻ろうと輿に乗り込んだときは、アジルが呼び止めに来た。思うに、アジルはシリア人らしく交渉の駆け引きそのものを楽しんでいて、日々さまざまな条件を突きつけ、私がだまされたふりをして譲歩すると、有利にことが運んでいると喜んでいた。しかし、たとえエジプトがどれだけ貧しくなろうとも、言い値で和平を買い取れとファラオが私に命じたことを、彼は知らなかった。

そのため、私は余裕を持って交渉を進め、ファラオにとっていい条件を引き出していった。一方で、アジルの陣営では日に日に意見の食い違いが大きくなり、自分の町に戻っていく男たちがあとを絶たず、アジルの力では彼らを引き留めることができなかった。私たちは長い間交渉をし、最後にアジルは、ガザの壁を取り壊すこと、ガザにアジルが決めた国王を据え、その横にファラオが擁立する摂政を置くこと、そしてガザでシリアとエジプトの帆船を自由に行き来させ、税金を納めずに商売をできるようにすること、という条件を提示してきた。だが、エジプトにとって壁のないガザなど価値はなく、アジル側の王を据えることはすなわちアジルの支配下に置かれることを意味するから、そんな条件を受け入れるわけにはいかなかった。

私が一歩も譲らず、ガザへ戻るから見送りをつけてくれと頼むと、アジルは激怒して天幕から私を追い出し、すべての粘土板を投げつけてきた。かといって、私がガザへ戻ることも許さなかったので、私は病人を治療したり、荷役人や、荷台を押す重労働に苦しんでいるエジプト人捕虜を買い取って自由の身にしたりしながら日々を過ごした。何人かの女も自由にしたが、ヒッタイト人に虐待され、生きているよりも死んだほうが救いになるという女には、薬を与えて楽にしてやった。時が経てば経つほど、失うものが何もない私のほうに有利に働いたので、アジルはあごひげから銀の網をひきちぎり、黒々とした髪を掻きむしり、私の強情さを呪い、色々な醜い名で私を呼んだ。

アジルは、私が彼を裏切ろうとする高官や将校と共謀しているのではないかと思い込み、私の行動を四六時中監視していた。実際に共謀できたかもしれないが、アジルは友であり、羊のような心臓を持つ私にそんな発想はなかった。ある夜のこと、アジルの天幕に二人の暗殺者が忍び込み、アジルは刃で切りつけられたが、うまくかわして一人を殺し、もう一人は目を覚ましたアジルの息子が小さな短刀で背中を刺して殺した。

その翌日、アジルは私を天幕に呼びつけて口汚く罵ったが、ガザはエジプトに、自由部隊は解散させてアジルの手に、エジプト人捕虜と奴隷はファラオが優先的に買い戻す権利を有することを条件に、和平に応じた。アジルとシリアのすべての町がエジプトと和平を結び、エジプトとシリアの間に永遠の友好条約が結ばれたことを、私はファラオの名のもとに粘土板に記し、エジプトの千もの神々とシリアの千もの神々、そしてアテン神の名も記した。アジルはさんざん憎まれ口を叩き、すべての神に助けを乞いながら粘土板に押印した。私も服を引き裂き、悔し涙を流しながらエジプトの印を粘土版に押したが、しまいに私たちは双方が納得した。アジルは私に数々の贈り物をしてくれたので、私も平和が戻って最初にエジプトからシリアの町に航海する船で、アジルと家族に多くの贈り物を届けると約束した。

アジルは私を抱擁して友と呼び、私は彼の美しい息子を抱き上げて勇敢さを称え、薔薇色の頬に口づけをし、私たちは円満に別れた。アジルが和平に応じたのは、そうせざるを得なかったからだし、エジプトが和平を結んだのはファラオ、アクエンアテンが望んだからで、永遠に続くものとして結んだこの条約は、それを記した粘土版ほどの価値すらないことを、アジルも私も心のなかでは分かっていた。これから先のことは、ミタンニ王国を征服したあと、ヒッタイトがどこを目指すのか、バビロンがどのくらい勇猛であるか、クレタ島の戦艦がどこまで海運の安全を支えられるかにかかっていたので、和平は風に流されてふわふわと漂っているようなものだった。

いずれにしても、アジルは軍をシリアに帰し、私をガザまで送り、ガザ周辺の無駄な包囲を解くように指示を出した。私はガザへの到着を目前にして、この旅のなかで最も危険で、命を失うかと思うほど恐ろしい目に遭った。私の護衛兵がヤシの葉を振りまわしながらガザの門に近づき、平和がもたらされたと大声で伝えているのに、エジプト人の護衛兵たちは私たちが近づくと矢を射込み、槍を投げ、投石器から大きな石を頭上に飛ばしてきたのだ。盾しか持っていなかったアジルの兵は私の目の前で首に矢が刺さり、血だらけになって地面に倒れたので、今度こそ最期かと本気で思った。ほかの兵は逃亡したが、私は恐怖で膝がふるえ、甲羅に閉じこもった亀のように丸くなり、情けない声で泣き叫んだ。エジプト兵はアジルの兵に盾で防がれて思うように矢を当てられないことが分かると、大鍋で沸騰させた樹脂を私のほうに流してきた。運よくいくつかの石が守ってくれたので、私はすでに負傷している手と膝に火傷を負っただけで済んだ。

私の一部始終を見ていたアジルの兵はおかしさのあまり地面に転がって大笑いした。たしかに滑稽だっただろうが、私にとっては笑いごとではない。私の情けない泣き声がエジプト人の警戒心を緩めたのか、ようやくガザの隊長がラッパを吹き鳴らして、私たちを町に迎え入れる合図を出した。ところが、門は開けずに、壁から葦縄に結わえつけたかごを降ろしてきた。私は粘土版とヤシの葉とともにそのかごに乗り込み、かごで引きあげられるはめになった。ただでさえあまりに高い壁に怯えていたうえに、かごが大きく揺れたことで、すっかり気が動転してしまった。これを見たアジルの兵は、嵐の海鳴りが岸壁にぶつかるときのような大声で爆笑した。

このような扱いをしたガザの駐屯地隊長に強く抗議したが、厳格で頑固な彼は、これまでシリアの背信行為や裏切りがあまりに多かったため、ホルエムヘブから命令があるまでは開門するつもりはないと答えた。私がすべての粘土版を見せて、いくらファラオの名のもとに誓っても、和平が結ばれたことを信じようとしないほど頑固な男だったが、この頑なさがなければエジプトはとっくにガザを失っていただろう。葦縄つきのかごで引きあげられ、大いに面目を失ったとはいえ、シリア人捕虜の皮が壁に吊るされているのを見て、これ以上隊長に抗議するのはやめることにした。

ガザからは海路でエジプトに戻ることにしたが、敵の船と遭遇した場合に備えて、船のマストにファラオの旗とすべての和平の旗を掲げさせた。すると、船員たちは私を見下し、船が厚化粧の娼婦のようになったせいで荒波にもまれてしまうと責めてきた。しかし、川を上り始めると、岸に集まった人々がヤシの枝を振り、ファラオの使節として和平を持ち帰った私を大いに称えたので、しまいには船員たちも私がガザの壁をかごで引きあげられたことを忘れて、私を敬うようになった。メンフィスに着くと、彼らがかごの一件を確実に忘れるように、私は船員たちに多くのワインやビールの壺を贈った。

ホルエムヘブは粘土板を読むと、私の交渉人としての腕を大いに褒めたが、これまでホルエムヘブが私をそこまで褒めたことはなかったので不思議に思った。しかし、クレタ島の戦艦がクレタ島へ帰還せよという命令を受けたことを聞いて納得した。そうなる前に、ホルエムヘブは海路を活用して大急ぎでガザに何隻もの船や部隊、物資や武器を送り込むことができたから、私を褒めたのだ。ホルエムヘブの兵士は、海路が断たれれば陸路でガザに進軍しなければならず、そうなれば秋の砂漠で喉が渇き、消耗して役に立たなかっただろうから、もしまだ戦が続いていたら、ガザはアジルの手に落ちていただろう。

ホルエムヘブのもとに滞在している間に、バビロンから海路経由でブルナブリアシュ王の大使が高価な贈り物を携えてメンフィスに到着した。そこで私は、ファラオの船で大使とともに川を上った。大使は絹糸のような真っ白なあごひげを胸まで垂らした老人で、彼の持つ膨大な知識は尊敬に値した。私たちは大いなる星や羊の肝について尽きることなく話し、双方にとって楽しい旅となった。

しかし、諸国について意見を交わしてみると、彼はヒッタイトの勢力をひどく恐れているのが分かった。彼がマルドゥク神官から聞いた予言によると、ヒッタイトの勢力も永遠ではなく、百年後には西から荒々しい白い民がやってきてヒッタイトを踏みにじり、ヒッタイト王国は跡形もなく滅ぶという。百年後にヒッタイトが滅んだとしても、私が生きている間にヒッタイトがなくなるわけではないため、たいして慰めにはならなかった。それに、西には海と島しかないのに、なぜ西から民がやってくるのかも謎だった。とはいえ、星が予言したのであれば信じるしかないし、私はバビロンで十分に奇跡を目にしていたから、自分の知識よりも星を信じることにした。

私たちは彼が持参したバビロンの山間部の素晴らしいワインを飲んで、互いの心を慰め合った。彼は、多くの予兆やマルドゥク神官の予言を踏まえると、この世界は確実に終わりに近づいていると断言した。そして、私たちは世界の夕暮れのときを生きていて、夜が間近に迫り、多くの動乱が起こり、ミタンニの民が地上から消し去られたように、民は地上から消え去り、古い神々は死に絶え、やがて新たな神々や都市が生まれるのだということを話し合った。彼はアテン神についても興味津々に尋ねてきた。そこで、アテン神には像がなく、生贄ではなく人々の愛によって満たされること、そして、アテン神の前では肌の色や話す言葉にかかわらず、すべての人が平等で、金持ちや貧乏人、貴族や奴隷もなく、皆が兄弟であることを教えると、彼は白いあごひげを触りながら首を横に振った。

バビロンの大使は、かつてこれほど危険で恐ろしい教えを説く神は現れたことがないため、アテン神の出現こそがこの世の終わりを意味しているのかもしれないと言った。また、アテン神の教えは天地をひっくり返すようなもので、それを信仰する者は逆立ちしてうしろ向きに歩くことになるだろう、とも言った。バビロンからやってきた彼の知識と叡智を前に、バビロンがこの世のすべての叡智の源のように感じ、彼のことを大いに敬っていた私は、彼に見下されたくなかったから、アテン神の出現とファラオ、アクエンアテンの信仰はすべての民にとって二度とない絶好の機会なのではないか、と思っていたことは話さなかった。手と膝を火傷して戦から戻ってきた私は、拷問を受けた死体や色々なものを目撃し、人間は兄弟どころか、互いに争い合う獰猛な獅子のようなものだと分かっていたから、自分の考えが矛盾していて筋が通っていないことにも薄々気づいていた。

快適な旅を経てアケトアテンに到着したとき、私は旅に出たときよりも戻ってからのほうが賢くなったように感じていた。

3

私がいない間にファラオ、アクエンアテンの頭痛が再発していた。ファラオは自分のやることなすことすべてが失敗したと感じ、不安で心を掻き乱し、幻影のせいで体は熱を帯び、痩せ細って青ざめていた。神官アイはファラオをなだめようと、秋の収穫後の洪水が始まる頃に、在位三十周年の祝祭を催すと決めた。実際にはファラオの治世は三十年も経っていなかったが、在位三十周年の祝祭は昔から好きなときに行うことになっていたから問題なかった。現にファラオの父親は何度も三十周年を祝っていたし、祝ったからといってファラオ、アクエンアテンの真実が汚されることはなかった。

この年に収穫された穀物は斑点が出たとはいえ、それなりの量が収穫できたので、貧乏人の器は満たされ、すべての兆しは好ましく見えた。私が和平の知らせを持ち帰ると、商人はシリアとの交易が再開されたことを大いに喜んだ。しかし、将来のために最も重要だったのは、バビロンの大使がファラオの妻としてて、バビロン王の大勢いる腹違いの妹の一人を連れてきたこと、そして、その代わりにファラオの娘をバビロン王の妻にと望んだことだった。これは、バビロンがヒッタイトを非常に恐れていて、エジプトと確固たる同盟関係を築きたがっていることの表れだった。

ファラオの聖なる血は異国の血と混じってはならないため、多くの者はたとえ王の後宮であってもファラオの娘をバビロンに送るのはエジプトへの冒涜だと捉えた。ファラオ、アクエンアテンは冒涜だとは感じていなかったが、まだ幼い娘が大勢いる妻の一人として異国の地に赴くことを思うと、テーベの黄金の宮殿で亡くなったミタンニの王女のことが思い起こされ、悲しみに打ちひしがれていた。それでもブルナブリアシュ王との友情はファラオにとって得がたいもので、ファラオは一番下の娘をブルナブリアシュ王の妻として差し出すことにした。しかし、この娘はようやく二歳になったばかりだったので、娘が適齢になったら嫁がせることを大使に約束した。大使は喜んでこの提案を受け入れた。おそらく大使は、エジプトの貴族の娘を王女として差し出したとしても満足しただろうが、私がファラオにこう進言しても、それは真実ではないからと、私の言葉に耳を貸さなかった。

こうしたいくつかのいい知らせを受けて、ファラオは頭痛を忘れ、三十周年の祝いを心待ちにし、アイは祝祭の準備に力を尽くした。祝祭では、クシュ国から来た使節団がファラオの前で縞模様のロバや斑点のあるキリンを披露し、小さな猿と色鮮やかなオウムを腕に掲げて見せた。クシュ国の奴隷たちはファラオへの贈り物として象牙や編みかごに納められた砂金、ダチョウの羽根や黒檀の箱を捧げ、かつてエジプトに租税として納められたものがすべて網羅されていた。しかし、砂金が入っている編みかごの中身は空っぽだった。これらの贈り物はアイがファラオの蔵から密かに持ち出してきたものだったのだ。ファラオはこれらの貢ぎ物を見てたいそう喜び、クシュ国の忠義を称えていたから、きっとファラオはこの事実を知らなかったのだろう。それからバビロン王の贈り物もファラオの前に運ばれ、クレタ島からは素晴らしい杯や最高級の油が入った数々の壺が送られてきた。アジルもファラオに贈り物を送ってきたが、それは多くの返礼が約束されていたことに加え、使節を送ってエジプトとファラオの内情を探るためでもあった。

収穫を終えた秋の日々に、天空の都アケトアテンに古《いにしえ》からのエジプトの富と栄光が集結し、町全体が色鮮やかな輝きと富に包まれ、まさに天空の都となっていた。この頃、エジプトの上流階級の者は皆、ファラオ、アクエンアテンを称え、そのための新しい言葉を編み出そうと競い合っていた。町の警備隊が列を組み、赤い穂先と青い柄が光る槍を持ち、足並みを揃えて行進する姿は壮大で力強かった。槍の穂先は遠くから見る分には青銅にしか見えず、単に木に色を塗っているだけだとは誰も気づかなかったので、招かれた客は皆、ファラオの権力に感銘を受けていた。

行進と祝祭のあと、ファラオは二歳にもならない娘の手を引いて、アテン神殿に連れてきた。ファラオは神殿で王女とバビロン大使を並んで立たせ、二人の間に神官が立ち、慣習に従って壺を割った。これはバビロンとエジプトの同盟を堅固にし、先々の暗雲を取り去った歴史的な出来事だった。少なくとも、私たちのように各国の情勢に通じる者はそう信じていた。たとえ疑念を抱いたとしても、アジルの使節やヒッタイトの代表者の苦々しい表情を見れば、その疑いは晴れ、喜びに浸ることができただろう。この日は皆、何の疑念も抱くことなく、希望を信じていた。今はまだ幼いとはいえ、王女がブルナブリアシュ王の妻となったので、バビロンの大使は深くお辞儀をし、王女の前で手を掲げた。最初にエジプト風に王女にお辞儀をし、それから額と胸に手を触れてバビロン風にお辞儀をした。ここで記しておきたいのは、この儀式の間、王女は立派に振る舞い、儀式が終わると、割れた壺の破片を小さな手に乗せて不思議そうに見つめていたことで、これをそばで見ていた者はよい前兆だと受け止めた。

聖なる儀式のあと、ファラオ、アクエンアテンは末の娘を愛するあまり、感情が昂り、自らの威光と富におのれを見失い、より激しく自らの幻影にのめり込んだ。そのため、祝祭の進行にかまわず、アテン神殿で異国の使節やエジプトの高官、気の毒な護衛兵の前で心の赴くままに話し続け、やがてファラオからは弱々しさと体の痛みが消え、生気を取り戻していった。ファラオは甲高い声でアテン神を称え、幻影の最中《さなか》で予見したというこの日のことや、無知、迷信、恐怖、憎しみ、そして長い戦のあとに始まる夜明けについて語った。エジプトのすべての力と富をアテン神に捧げると誓ったファラオは、異国の使節たちに向かって、このことを自国の王に伝え、彼らの心のなかにある暗闇を消し去るよう勧めよ、と美しい言葉で語り続けた。その場に居合わせた者はファラオの地位にあるまじき振る舞いと感情の昂りを目にし、際限なく続く常軌を逸した言葉を耳にしたので、誰もがファラオを狂人だと思い、エジプトの貴族は居心地悪そうにし、異国の使節たちは互いの目を合わせることもできなかった。

アテン神殿でファラオが話すにつれ、私の心は苦々しさでいっぱいになり、思わず手と膝を触ると、ガザの城壁の前で樹脂に焼かれた傷はまだ治っていなかった。ファラオはガザの城壁に漂う死臭を嗅いでいないし、毛織りの天幕の下でアムルの男に暴行される女の悲鳴も聞いていないから、簡単に言えるのだと思った。民や子どもが痩せ衰え、赤い斑点のある穀物を食べて熱病や腹痛で死んでいく間にも、ファラオは幻影のなかに生き、アケトアテンのよい香りしか知らず、一日じゅうアテン神官の唱える讃歌に聴き入り、ファラオの前にはかごに入った砂金が運ばれ、ダチョウの羽根が揺れているのだ。ファラオが話すたびにアケトアテンの幻想が私の前から薄れていき、もはやファラオに善かれと望むことはなかった。この地を照らす太陽が西の丘に沈む瞬間は、夜明けの光よりも強く揺らいで輝くが、ファラオの栄光と富はまさにこの日没の輝きであり、その恐ろしい揺らめきは火事で燃え広がる炎よりも激しく、血と死の気配に満ちていた。

ファラオが話している間、私は冷静に彼の忠実な取り巻きを眺めていたが、ファラオの言葉を信じる彼らは気持ちが昂ぶり、口を開けたままファラオを凝視していた。一方で、ファラオを見つめる王妃ネフェルトイティの視線は鋭利な刃物のようで、そこには死よりも冷たい不快感が込められていた。王妃は三十周年の祝賀を受けて今度こそ男児を授かると信じていたが、五人目も娘が生まれたので、ファラオ、アクエンアテンに対する気持ちがすっかり冷めてしまい、愛情よりも憎しみが募り、すべてをファラオのせいにした。

それ以来、彼らは言い争いをするようになり、しばしば激しくぶつかり合ったので、真実をありのままに描く新芸術の芸術家たちは、二人の間に矢が飛び交う様子を面白おかしく表現して場を和ませようとしたものの、ネフェルトイティの苦渋がどれほど深いかは理解していなかった。

そんな苦渋を抱えた王妃ネフェルトイティは、アクエンアテンがファラオの立場にあるまじき振る舞いをすることによって、どれほど自らの地位を辱めているかを、誰よりも強く感じていた。ファラオは宮殿に戻っても興奮が冷めず、部屋のなかを歩きまわり、両手を握りしめて天井に描かれた絵を眺めては、絵の向こうにアテン神が存在しているかのように振る舞った。その様子を見た王妃は感情を隠そうともせずに、毒虫に刺されたような鋭い言葉を投げつけたが、アクエンアテンはそれに耳を貸すどころか、幻影のもたらす至福のなかによりいっそう自らを埋没させ、強い感情の渦に身を任せようとするので、私は医師としてファラオを思うと、いてもたってもいられなかった。

ファラオは、自分の手にこの世界を恐怖と暗闇の呪いから解放する力があると強く信じ、アテン神や幻影がどれほど眩しいかということばかりを話し、眠気も失せて、気持ちを落ち着けるために横になろうともせず、正気を失ったかのように手を掲げては部屋のなかを行ったり来たりしていた。私は気持ちを落ち着かせる薬と睡眠を促す薬を飲ませたが、効果はなく、ファラオは私に言った。

「シヌヘ、シヌヘよ、今日は最も幸福な日で、自らの力に身ぶるいするのだ。アテン神よ、貴方は数多《あまた》の姿を創り出され、ただ一つの場所から町、村、野原、道、そして川を生み出された。国々を越えて誰もが太陽たる光り輝く貴方を見るのだ。しかし、貴方が西に沈む間、生み出された人々は目を閉じ、深い眠りにつく。その間人々が貴方を見ることはなくとも、すべての光とともに私の心のなかで光り輝く」

幻影が目を眩ませ、心を焼きつくそうとするので、ファラオは心臓が張り裂けんばかりに激しく息をした。彼は恍惚として、涙をこぼしながら手を掲げて一心に歌った。

ほかに誰ひとりとして、真に貴方を知らず
知るは貴方の息子、ファラオ、アクエンアテンただ一人
貴方は我が心に永遠に輝かん
夜も昼も、昼も夜も
貴方は我一人にその計と強さを示されん
世界はあまねく御手の中に
貴方が生み出されたままにあり
貴方が昇れば人の命は芽吹き
西に沈めば人は死す
彼らの人生は貴方そのもの
貴方の中で人は生く

ファラオの狂気はあまりにも大きく、ファラオの主治医という立場でなければ、彼の影響力がまたしても私の心を惑わしていたことだろう。医師として私はできるだけファラオを落ち着かせたが、そっと痩せた手首を握って脈を測ってみると、水時計の水滴よりも早く脈打っていて、頭には血が逆上《のぼ》ったままだっ

た。夜は更け、星がゆっくりと位置を変え、死のような沈黙が黄金の宮殿を支配したが、ファラオだけは起きていたので、私も付き添った。

突然、遠くの部屋から壁を突き抜けて小犬の唸り声が聞こえ始めた。やがて遠吠えに変わり、しまいにはジャッカルが発するような死の咆哮となった。これは夜明け前の暗闇で死が近づいたときに聞こえるもので、人間にとっては恐ろしい鳴き声だった。これを聞いたファラオは幻影から目が覚め、頭から血の気が引き、顔は青ざめ、目を血走らせた。彼のなかから神が去り、人間の感情が彼を支配し、彼の心は父親としての不安と愛情に満ちた。病を患う王女メケトアテンの部屋に向かうため、ファラオはいくつもの部屋を走り抜け、私は彼に遅れまいと、ファラオの足元を明かりで照らしながらあとを追った。使用人たちは、祝祭の豪勢な食事とワインのせいで疲れ切り、王女を一人残してぐっすりと眠り込んでいた。寝床の足元で子犬だけが王女の眠りを見守っていたが、王女は夜中に咳の発作を起こしたのか、寝床に血を吐いていて、消耗しきった体は耐えられなかったようだ。子犬は王女の手と顔を熱心に優しく舐め続けたが、王女を助けることはできなかった。犬は人間よりも先に死の気配を嗅ぎ取るので、いち早く王女の死を察知した子犬は王女の死を知らせるために吠えていたのだ。こうして上から二番目の十歳になったばかりの王女は、夜明け前に父であるファラオ、アクエンアテンの腕のなかで息を引き取った。私は王女を助けることができなかった。

子どもの死は大人の死よりも悲しいものだから、私も王女の死に涙を流したが、喜びも悲しみも人一倍強く感じるファラオ、アクエンアテンの父としての嘆きは恐ろしいほど深く、ファラオまで死んでしまうのではないかと思うほどだった。私はファラオを慰めようとして、こう言った。

「ファラオ、アクエンアテンよ、この悲しみから守ることができるなら、私はこの命を差し出したでしょう。ですが、花はつぼみが開く前が最も美しいように、無垢な者の死は罪人《つみびと》の死よりも美しいものです。もしかすると神はあなた様の娘を愛するあまり、照りつける太陽や夜の寒さを感じずに済むように、予定よりも早く御船に乗せたのかもしれません。生きることは熱い土埃のようですが、死は涼やかな水のようでありますから、人生の痛みや悲しみからお守りになったのかもしれません。ファラオ、アクエンアテンよ、鮮やかに回り続ける独楽《こま》が倒れることを知らないように、王女の黄金の玉は止まることなく永遠に転がり続けるでしょう。熟練した死者の家の職人が王女の小さな指を金箔で包み、小さなお顔を上質な亜麻布で包めば、痛みや悲しみを感じることなく、王女の肉体も永遠に生き続けるのです」

ファラオがアテン神の幻影にのめり込んでいたときは慕えずにいたのに、私はファラオの悲しみを目の当たりにして、再びファラオを慕わずにはいられなくなり、この言葉はすべてファラオ、アクエンアテンを心から慰めようとして伝えたものだった。使用人たちが慌てて少女の顔から血を拭き取ると、その弱々しい死に顔に笑みが浮かんでいたので、私は慰められ、王女の主治医ではなかったとはいえ、王女から目を離していた自分をあまり責めないことにした。子犬は部屋から連れ出され、犬小屋で吠え続けていた。

誰一人ファラオに声をかける勇気はなく、明け方になってようやく処方した薬が効き、ファラオは眠りについた。死者の家の運び手はファラオが目覚める前に王女を運び出したので、ファラオを苦しませずに済んだ。王女の遺体はミイラ職人の最高の技術で保存され、顔は黄金の仮面で覆われ、王族の葬儀で見送られ、すべてのおもちゃとともに埋葬された。子犬は女主人が旅立ったあと、悲しみのあまり餌を食べなくなって死んでしまい、死者の家に運ばれ、ミイラ職人によって保存された。こうして子犬は未来永劫、王女の足元で休むことになった。

遺体洗浄人やミイラ職人が死者の家で仕事をしている間、ファラオは悲嘆に暮れて眠れず、在位三十周年を祝うために多くの人々がアケトアテンを訪れていたなか、夜になるとお付きや番人をつけずに一人で宮殿内や庭園を歩きまわっていた。ある朝、ファラオが聖なる湖の周りを歩いていると、短刀を持った二人の暗殺者がファラオに襲いかかってきた。ちょうどそのとき、一人の若い少年が湖の岸でカモの絵を描いていていた。少年はトトメスの弟子で、決まった形や習ったものだけを描くのではなく、自分の目で見たものをありのままに描かなくてはならないと教えられて、その練習をしていたのだ。番人が助けに来るまでの間、この少年が暗殺者の短刀をペンで防いだので、ファラオは肩にかすり傷を負っただけで済み、命を救われた。しかし、少年は死んでしまい、彼の血がファラオの手を伝って流れた。これまで死を味わったことがなかったファラオは、輝く秋の庭園で手にこびりついた血や、若い少年の目から光が奪われて息絶える姿を目にしてからというもの、死にまとわりつかれるようになった。

傷の手当てをするために私は急いで呼ばれたが、傷はたいしたことはなかった。私は二人の暗殺者を目撃した。一人は頭を剃っていて、顔は聖油で艶があり、もう一人は耳が切り落とされた罪人で、まっすぐに人の目を見ることができないようだった。彼らは番人に葦縄で縛られても抵抗し、槍の柄で口を殴られて血が流れても、アメン神の名において恐ろしい言葉で罵り続けた。明らかに彼らは神官に術をかけられていて痛みを感じていなかった。

民がファラオに公然と手をあげるなど前代未聞のことで、由々しき事態だった。もちろん、過去にファラオが黄金の宮殿で不審死を遂げたことはあったが、おそらく毒や細い紐、または寝床で窒息させるという方法が取られたため、疑わしい証拠はなく、表沙汰になることはなかった。長い間黄金の宮殿で過ごしてきた私は、過去にこういうことが密かに行われていたという噂は耳にしていたし、ときに本人の意志に反してファラオの頭蓋切開が行われたこともあったかもしれない。しかし、今まで表立ってファラオに手をあげた者はいなかった。今回の事件は目撃者や証言者があまりに多かったにもかかわらず、ファラオは彼らの口を封じるために処刑や鉱山送りにすることを望まなかったから、内密にすることはできなかった。

この事件のあと、アメン神官たちは、偽りのファラオに背くことはアメン神への正しい行いであり、ファラオを亡き者にする者は遺体が保存されなくても永遠の命を得られるであろうと、民や信者たちに説いた。正しいファラオを亡き者にすれば、地獄の底に落ちてアメミットに食われ、永遠の苦しみが待っていると信じられていたが、アメン神官によってファラオ、アクエンアテンが偽りのファラオであると宣言されたことで、誰もが畏れることなくファラオに刃向かい、手を下せる状態になったのだ。

二人の暗殺者はファラオ、アクエンアテンの御前で尋問されたが、ひと言も口を割らなかった。それでも、彼らがテーベからやってきて、前日の晩に庭園に身を隠していたということは分かった。テーベという場所柄、誰が送り込んだのかは明らかだったが、彼らは口を開ければ声高にアメン神の慈悲を乞い、ファラオを呪い、番人が槍の柄で彼らの顔を殴っても黙ろうとしなかった。禁じられた神の名を聞いて逆上したファラオは、彼らの顔が腫れ、歯が抜けるまで番人に殴らせた。それでも彼らはアメン神に救いを求めるばかりで何も白状しなかったので、ファラオはそれ以上の拷問をためらった。すると彼らはファラオを挑発するように叫んだ。

「偽りのファラオよ、俺たちを痛めつけるがいい。俺たちは痛みなど感じないのだから、俺たちの手足を傷つけ、肉を切り、肌を焼くがいい」

ファラオは異常なほど感覚が麻痺している彼らの姿に顔を背け、気持ちを落ち着かせようとしていた。少しして平静を取り戻すと、番人に彼らの顔を殴らせたことを後悔して言った。

「この者たちは自分で何をしたのか分かっていないのだ。彼らを釈放せよ」

そこで番人が彼らの葦縄を緩めると、二人は口から泡を吹きながら、さらに暴言を吐き、声を合わせて叫んだ。

「呪われたファラオよ、どうか死なせてくれ。アメン神のために。偽りのファラオよ、俺たちは死によって永遠の命を得るのだ」

ファラオが自分たちを解放しようとしていることに気づいた二人は、番人の手をすり抜けて、ためらうことなく庭園の壁に頭から突っ込んだので、頭蓋骨が砕け、しばらくして二人とも息を引き取った。これにより、アメン神がどれほど強く人の心を操るのかが示された。

それからというもの、多くの者が、黄金の宮殿のなかにいてもファラオの命は安全ではないことを知った。いまだ悲しみに沈むファラオが、付き人もつけずに一人で庭園や川岸を散策するときは、ファラオから目を離さないように護衛が強化された。ファラオは一人で歩いているつもりだろうが、一瞬たりとも目を離すまいと影から見守られていた。アテン神を信じる者はますます信仰心を燃やし、権力と富と官位のためにアテン神に与《くみ》した者は自分の立場を憂い、ますます用心深くなった。国じゅうで、人々はアテンやアメンに翻弄されて平常心を失い、ますます混乱していき、夫と妻が、息子と父が、妹と兄が引き離されていった。

実のところ、この状況はテーベで先に露呈していた。アケトアテンで行ったように、テーベでもファラオの権力と成功を祝う在位三十周年の祝祭が行われ、ファラオの偉大さと富を民に見せつけるために、砂金でいっぱいのかごやダチョウの羽根、アケトアテンからテーベに檻に入れて運ばれてきたヒョウとキリン、小さな猿、美しい羽根のオウムが披露されたのだが、テーベの民はファラオを称えるどころか、少しの喜びもなくその行列を無言で見つめていた。路上では喧嘩が勃発し、人々の服や首からアテン神の十字が引きちぎられ、護衛もつけずに民に紛れていた何人かのアテン神官は殴られて死んでしまった。

最悪なことに、このすべてを行列に連なっていた諸外国の使節たちに目撃されたうえに、ファラオの暗殺未遂事件についても知られてしまい、アジルの使節はファラオからアジルへの多くの高価な返礼品とともに、主君が喜ぶ土産話をシリアに持ち帰ることになった。

私はアジル一家への贈り物を使節に預けることにした。アジルの息子には、美しく彩色された軍隊の木彫りのおもちゃを送った。槍兵、弓矢兵、馬、戦車があって、戦ごっこをして遊べるように、半分はヒッタイト軍、残りの半分はシリア軍に似せて彫らせた。木彫りの品は、アメン神殿や工房が閉鎖されたために金持ちを埋葬するときに入れるウシャブティや船に乗せる呪術用の木彫りを作れなくなった木工職人から安く手に入った。この贈り物はとても精巧に作られた高価なもので、兵士の目には黒い石、将校の目には宝石がはめ込まれ、隊長の戦車には金が貼ってあり、小さな笏は金銀でできていて、私からの贈り物としてふさわしかった。アジルの息子にアジルよりも高価な贈り物を選んだのは、アジルが自分よりも息子を大事にしていたからだ。

ファラオはこのところ大いに思い悩み、自らの心と葛藤していた。さまざまな疑念が彼の信仰を揺るがしていたので、夜に幻影が見えなくなると、アテン神は自分を見放したのだと苦しそうに言うこともあった。しかし、しまいには暗殺未遂事件を逆手に取り、エジプトにこれほどの暗黒と恐怖があるのだから、自分に課された使命は大きく、自分の行動は重要なのだと自らの信念を深めていった。ファラオは憎悪が込められた苦いパンを味わうも空腹は満たされず、憎しみに染まる塩辛い水を飲むも喉の渇きは癒されなかったが、自分が執り行うことはすべて民に善かれと思い、愛のために行っているのだと信じ、以前よりもさらに厳しくアメン神官を迫害し、口に出してアメン神を唱える者を処罰し、鉱山へと送り込んだ。一番苦しんだのは貧しく純粋な者たちだったが、ファラオの番人はアメン神官に秘められた強大な力を恐れ、神官に手を出す勇気がなく、見て見ぬふりをした。やがて憎しみが憎しみを生み、エジプトは殺伐とした雰囲気に包まれていった。

息子がいないファラオは自らの地位を強固にするために、二人の娘、メリトアテンとアンクセンアテンを、信頼できる貴族の息子に嫁がせた。メリトアテンは、黄金の宮殿で生まれ育ち、王の飲み物係を担っていたセケンレという名のアテン神を信仰している少年と壺を割った。ファラオと同様、起きたまま夢を見るような十五歳のこの少年は、自らの意志がなく、ファラオに頼っているばかりだった。そのため、息子を諦めたファラオ、アクエンアテンは、この扱いやすい若い少年を跡継ぎに定め、王の頭巾をかぶることを許した。

アンクセンアテンは、王の馬の世話係と、王の建物や石切り場の番人役を担うトゥトという名の十歳の少年と壺を割った。この少年は痩せて病気がちで、人形遊びと甘いものを好み、すべてにおいて柔順でよく学んだ。特に目立った長所も欠点もなく、教えられたことを素直に信じ、聞いた話をそのまま繰り返すような少年だった。

二人ともエジプトの貴族だったので、彼らに娘を嫁がせたことで、ファラオ、アクエンアテンはアテン神の名のもとに、力のある貴族との結びつきを強めたと信じていた。ファラオは自分を諌《いさ》めようとする者を厭い、摂政の言葉にも耳を貸さなくなっていたので、素直に従う少年たちを好ましく思っていた。

一見するとファラオの周囲は落ち着きを取り戻したかのようだったが、小さな王女と子犬の死、ファラオの暗殺未遂事件、そして地上のすべての声に耳をふさぎ、自分の声しか聞こうとしないファラオの存在は、悪い予兆を思わせ、よりいっそう不穏な空気が漂うようになった。天空の都アケトアテンの民は以前ほど笑わなくなり、声をひそめて話すものだから、道端は静まり返り、まるで忌まわしいものに覆われているかのように、重苦しい雰囲気に包まれた。私が仕事中に考え事をしているときに、ふと外を見ると、死の静寂に包まれたアケトアテンが見え、車輪の音も鳥のさえずりも使用人の叫び声も聞こえず、ただ永遠に止まることのない時間を知らせる水時計の音だけが耳に響いた。こんなときでも時が止まることはないし、水時計の水はなくならないと自分に言い聞かせたが、私にはその音が刻々と終焉に向かう足音のような、不吉な音に思えた。やがて私の家の前を馬車が軽やかに走っていく音がして、馬の頭に色鮮やかな羽が揺れているのが見え、庭の調理場で鳥をむしる使用人の声が聞こえてくると、ようやく私は落ち着きを取り戻し、悪い夢を見たのだと思えた。

肌寒い時期になると、アケトアテンの町は美しくも、幼虫に中身を貪りつくされ殻だけが残っているように感じられた。時間は殻の中身を貪ってしまい、楽しげだった生活からは喜びも笑いも死に絶えていった。そのため、ファラオ、アクエンアテンを慕っていたはずの取り巻きの多くが、農場の様子を見に行くためや、親戚の結婚式のためと称してアケトアテンを離れ、メンフィスやテーベに行くようになった。多くはアケトアテンに戻ってきたが、ファラオの不興を買うこともかまわずに、アメン神の秘められた力を信じて戻ってこない者もいた。私もテーベに戻りたいと思うようになった。テーベに行く理由はいくらでもあったが、ファラオが反対できないような重要な用事をあれこれ考えた。結局、カプタが作成した資産状況を記した書類を確認するためにテーベに行く必要があると伝えると、ファラオは私を引き留めなかった。

4

船に乗り込み、帆を張って川を上っていくにつれ、私の心は呪縛から解放されていった。再び春が訪れ、洪水は去り、黄土色の川面《かわも》の上を燕が忙しく飛び交っていた。豊かな土壌が畑を覆い、果樹は花咲き、私の心は春の甘い情熱に満たされ、新婦のもとへ急ぐ新郎のように旅を急いだ。人は誰もが自分の心の僕《しもべ》であり、見たくないものには目をつむり、見たいものだけを信じようとする。誰かの意志に縛られて生きるのは重苦しく、アケトアテンでは、誰もがファラオの強い意志と手に負えない感情に縛られて生きていたから、アケトアテンの呪縛から自由になった私は、かごから解き放たれた鳥のように歓喜していた。医師の私にとって、ファラオは人にすぎなかったから、ファラオに仕える者や、ファラオを神と同一視している者に比べたら、支配されているという感覚はかなり重苦しいものだったと思う。だから、再び自分の目で見て、耳で聞き、口で話し、自分の意志で生きられることを大いに喜んだ。

このような自由が人の害になることはなく、川を上っていくにつれ、私は慎ましくなり、心に溜まった辛辣さが消えて、ファラオのことも冷静に見ることができるようになった。ファラオから遠ざかれば遠ざかるほど、よりはっきりとファラオのありのままの姿が見え、離れれば離れるほど私はファラオを慕い、ファラオに善かれと願うようになった。テーベが近づくにつれ、今までの思い出が鮮明に蘇り、ファラオ、アクエンアテンとアテン神の存在がほかのすべての神々やアメン神よりも大きくなった。

アメン神が人々の心を縛り、好奇心を押し殺し、誰も「なぜ?」と聞けなかった恐ろしい状況を思い出した。クレタ島の神の生贄となり、海神の慰みとして雄牛の前で踊ることを教え込まれた犠牲者と、腐った水に浮かぶ死んだ神のことも思い出した。私はこれまで神々に対する憎しみに支配されていたが、今はアテン神の光と輝きが心を照らし始め、人を畏れから解放するアテン神は、自然と同じく生きた神であり、光り輝く太陽が土を温め、そこから花が開くように、私の内と外、そして私の意識の外側を照らし、息づくのを感じた。しかし、医師の私はファラオを人として見ているため、アテン神が私の心で輝くのはファラオから遠く離れているときに限られた。隷属を嫌い、心の自由を大切にする者にとって、すべての人間にアテン神を強要するファラオのそばで生きるのは耐えがたく、最後には離れてゆくのだ。人がアテン神に仕えるのは畏れからであり、アメン神よりもましだからというわけではなかった。青く輝く大空のもと、太陽の暖かい光に包まれ、一斉に芽吹く大地を眺めながら、こんなことを考えていた。

アケトアテンでの孤独な生活から離れたあと、さほど重要な用事がない長旅ほど、気持ちを解き放ち、自由に思いを巡らせることができるものはなかった。アケトアテンでの黄金に囲まれた生活は私を堕落させ、そのうえシリアへの旅では国を動かし、同盟を結ぶことができた自分にうぬぼれていたことに気づき、そんな自分を恥じた。また、私はバビロンの大使と一緒に過ごして叡智を手にしたと思っていたが、彼やバビロンの叡智はあくまで地上のものであり、その目指すところも地上のものにすぎないのだということに気づき、目の前が開かれるような思いがした。

バビロンの神官は羊の肝から人の行動や成功、婚姻や子の数、人の罪は読み取るが、人の心を読み取ることはない。星々は計算通り正確に天空を一周し、彼らは計算通りの場所に現れる星を好き勝手に解釈し、収穫量や洪水、王の在位期間や王国の崩壊を読み取りはするが、人の奥底にある神性を読み取れるわけではなく、彼らの力は神に及ぶものではない。色々と考えているうちに、私はますます謙虚な気持ちになり、私を含めたすべての人の内に生きるという、アクエンアテンがアテンと名づけた唯一神の神性を前に深く頭を垂れた。私にはファラオの意志と勇気はなかったが、自分の心さえ把握しきれていないのに、神は世界中の人の心に存在するのだと気づき、敬意を込めて頭を垂れたのだ。しかし、なかには生まれてから墓に入るまで一度も神を感じない人もいるだろう。ここでいう神は単なる知識や理解の範疇にあるものではなく、それらを超えた存在のことだ。

自分の思うままに考えられたことで、自分が多くの人に比べてよりよい人間であると感じられ、安堵した。私は誰かに故意に悪いことをしたことも、自分の信仰を強要したこともなく、若い頃は無償で貧乏人を治していた。自分に正直に記すならば、川を上り、夜になって岸にあがって、アクエンアテンの神の爪痕を目にするたびに、アクエンアテンよりも自分のほうが優れていると思っていたことを認めなくてはならない。

今は種蒔きの最盛期のはずなのに、エジプトの畑の半分は耕されないまま種も蒔かれず、草やアザミが生い茂り、水路は洪水が運んできた泥で埋まっているというのに、放置されたままだった。アメン神は新住民を追い出すために、以前のアメン神の領地とファラオの畑に呪いをかけたので、奴隷や耕作人はアメン神の呪いを恐れて逃げ出し、町に身を潜めていた。しかし、怯えながらも、悔しさを募らせる少数の新住民はまだ小屋に暮らしていたので、私は彼らに話しかけた。

「畑を耕して種を蒔かなければ、冬には飢えて死んでしまうというのに何をやっているんだ？」

彼らは最上級の亜麻布を着ていた私を、敵意に満ちた目で見て答えた。

「子どもたちが斑点のある麦を食べて死んだように、俺たちの畑で育つパンは呪われていて、口にすれば死んでしまうのに、なんで種なんか蒔く必要があるんだ」

斑点のある麦が子どもを死に追いやったという事実はアケトアテンにまったく届いておらず、このとき初めて知った。このような感染症は聞いたことがなかったが、子どもから子どもに移り、腹が膨れあがって苦しみながら死んでいく子どもを、医師は助けることができず、魔術師に頼る慣習がある地方でも、為す術はなかったそうだ。これは麦のせいではなく、多くの冬の感染症のように洪水の水が原因ではないかと考えたが、大人には影響がなく、子どもだけが感染するというのは聞いたことがなかった。畑に種を蒔かずに飢え死にしようとしている民を見て、病が彼らの心を殺してしまったのが分かった。この状況を目にしても、私はファラオ、アクエンアテンを咎める気にはならず、むしろ畑と民の生活を脅かし、生きるより死ぬほうがましだと思わせているアメン神を責めた。

テーベへ向かう途中、すべてをよく知ろうと目を見開いた。よく肥えたアメンの土地では畑が耕され、種が蒔かれ、背中に鞭の痕が残っている奴隷や使用人が額に汗を流しながら主人の不平を言っていた。この光景は私に言わせれば、アテンの豊穣な土地を耕さずにアザミが生えるままに放置しているのと何ら変わらない過ちだと思えた。私はじれったくなって先を急がせると、漕ぎ手たちは額に汗を流し、旅を急がせたせいで腫れあがり水ぶくれだらけになった手のひらを恨めしそうに私に見せてきた。そこで彼らのために善きことをしようと、傷の治療代として銀を追加で支払い、喉を潤すためのビールを与えた。しかし、彼らは腰を曲げて漕ぎながら、仲間同士でこう話しているのが聞こえた。

「もしすべての人間が神の前に平等なら、なんで俺たちはこの太った豚を運んでやらなきゃならないんだ。あいつも自分で漕いでみて、喉の渇きを感じ、手のひらが腫れて初めて、船を漕ぐってことがどんなものか分かるだろうよ。銀で手のひらを治せるなら、治してみろってんだ」

そばに置いてある鞭を使ってやろうかと思ったが、テーベに向かう私の心は善意にあふれていた。そこで彼らの言葉をよく考えて、たしかにその通りだと思ったので、彼らの横に並んで言った。

「漕ぎ手たちよ、私に櫂を」

そして立ち上がって彼らとともに船を漕ぐと、すぐに硬い木の櫂で手のひらが腫れあがり、水ぶくれができてつぶれた。腰が曲がり、すべての関節が燃えるように痛く、息をするにも背骨が折れたかと思うほど痛かった。しかし、私は自分に言い聞かせた。

「自分で選んだことを途中で投げ出して、奴隷たちに笑われ、さんざんばかにされてもいいのか。彼らはこれ以上のことを毎日耐えているんだ。漕ぎ手の生活がどんなものかを知るために、彼らの汗と腫れた手のひらを最後まで味わうのだ。シヌへ、お前はかつて器が満たされることを望んだではないか」

私は逆上《のぼ》せるまで漕ぎ続け、使用人に寝床へ運ばれた。

翌日、皮が剝けた手で再び漕ぎ始めると、漕ぎ手たちは私をあざ笑うどころか、むしろやめさせようとした。

「あんたは俺たちのご主人様であって、俺たちは奴隷ですよ。もうやめてもらわないと、床が天井になって、逆立ちして歩くようなことになっちまう。ご主人様、また逆上せてしまいますから、どうかやめてくださいよ。この世には秩序ってもんが必要で、誰にだって神に定められたふさわしい場所があるんだ。漕ぎ手の足置き場はあんたの場所じゃない」

しかし私は、テーベまで彼らと並んで船を漕ぎ、彼らのパンと粥、奴隷の酸っぱいビールを口にした。だんだん長く漕げるようになり、手足はしなやかになり、逆上せることもなく、生きていると実感できるようになった。しかし、使用人たちは私を心配して言い合った。

「アケトアテンでは首に護符をかけていないと誰もがおかしくなってしまうように、ご主人様もサソリに刺されて気が狂ってしまったに違いない。だが、俺たちは服の下にアメン神の角を隠しているから大丈夫だろうさ」

私はテーベまで漕ごうと思っていただけで、残りの人生を重労働の漕ぎ手として暮らそうとは思っていなかったから、決して狂っていたわけではない。

ようやくテーベに到着すると、遠くから町のにおいが漂ってきた。テーベで生まれ育った者にとってこれ以上のものはなく、没薬よりも鼻腔に甘く感じられた。私は使用人に手のひらの傷に効く軟膏を塗ってもらい、体を洗い、上等な服を着せてもらったが、船を漕いでいる間に腹の肉が少し落ちたため、腰布がゆるくなり、針で腰回りを縫い縮めなくてはならず、さんざん文句を言われた。

「貴族の証《あかし》である贅肉を失ってしまうなんて、ご主人様は病んでいるに違いありませんし、ほかの貴族の使用人の手前、恥ずかしくて仕方ありません」

私は彼らを笑った。そして何も知らせずに自分の家に入る勇気がなかったから、使用人にかつて銅鋳物職人の家だった私の家にいるムティに、私の到着を知らせてもらった。漕ぎ手には銀に加えて黄金の粒も与えて言った。

「アテン神は喜びを分け与え、質素な娯楽を愛し、金持ちよりも貧乏人を愛するのだから、アテン神のために腹が膨れるほど食べて、甘いビールで心を癒し、テーべの美しい娘と愉しむといい」

これを聞いた漕ぎ手たちは真顔になり、爪先で船の甲板を掻き、受け取った金銀を指でいじりながら言った。

「失礼なことは言いたくないが、アテン神について語られるとは、この金銀は呪われたものではありませんか。我々の手が焼かれるのなら、呪われた金銀を受け取るわけにはいきませんし、アテン神の金銀が手の内で粘土に変わってしまうという話は誰だって知っていますからね」

私が一緒に船を漕いでいなければ、彼らは決してこんなことは言わなかっただろうから、私のことを信頼してくれたのだろう。私は彼らをなだめて言った。

「そんなことを恐れているなら、さっさと金銀をビールに変えてしまうことだな。この金銀は呪われていないうえに、刻印からも分かるように、銅を混ぜていない本物の金銀だから心配するな。アテン神を畏れる必要はないのだから、無意味に畏れておのれの利を無駄にするのは、愚かなことだぞ」

すると彼らはこう答えた。「誰が無力なアテン神など畏れるものですか。誰を畏れているかはご主人様もご存じでしょう。その名を口にする気はありませんがね」

私は早く船を降りたかったので、彼らとこれ以上言い合うことはせず、漕ぎ手たちを解放した。すると、彼らは飛び跳ねて笑い、漕ぎ手の歌を歌いながら港へ向かった。私こそ飛び跳ねて笑いながら歌いたい気分だったが、それは私の地位にふさわしくないし、歌うのは苦手だった。そこで輿を待たずに「鰐の尻尾」にまっすぐ歩いていった。長い別離を経てメリトと再会すると、恋慕の情は消えるどころか、私の目には彼女がこれまで以上に美しく見えた。もちろん、愛や情熱はあらゆる人間を盲目にしてしまうことは分かっていたし、メリトはそこまで若いわけではなかったが、真夏の最も熟した果実のような美しさを湛えていて、私にとって彼女ほど近しい存在はほかにいなかった。メリトは私を見ると、両手をあげて深くお辞儀をし、私のところにやってきて、私の肩に、そして頬に触れて微笑みながら言った。

「シヌへ、シヌへ、そんなに目を輝かせているなんて何があったの。お腹の肉はどこに忘れてきたのかしら」

「メリト、私の可愛い人、恋に焦がれるあまり、私の目は情熱で輝き、懐かしくて君のところへ急ぐあまり腹の肉はどこかに落としてきてしまったんだよ」

メリトは目を拭いながら言った。「ああ、シヌへ、一人きりで春を過ごすと、どうして嘘がこんなにも甘く感じるのかしら。でも、あなたがやってきたら春はまた花開くし、おとぎ話だって信じられるわ」

カプタについても記さなければならないので、メリトとの再会についてはこの辺にしておこう。カプタの腹はなくなるどころか、以前に増して丸くなり、そのうえ多くの宝石や腕輪、首飾りに埋もれていて、足輪の数も増え、片方の目を覆っている黄金の眼帯には宝石までついていた。私を見るとカプタは泣き出し、喜びのあまり大声で言った。

「ご主人様がお戻りになった日に祝福を」

そして私を酒場の奥の部屋に連れていき、柔らかい敷物に座らせ、メリトが「鰐の尻尾」での一番美味しい食事を運んできたので、ともに食事を楽しんだ。カプタは私の巨額の資産を勘定して言った。

「ご主人様、シヌへ様、今まで穀物商人が欺かれたことはほとんどなかったのですが、この春、ご主人様は彼らを出し抜いたのですから、スカラベが一役買ったとはいえ、ご主人様は誰よりも賢く、穀物商人よりも抜け目がないということになります。覚えていらっしゃるでしょうが、ご主人様は私にすべての穀物を種籾として新住民に配るよう命じ、貸したものをそのまま返納させろと要求なさったので、私はご主人様がおかしくなったと申しましたし、冷静に考えたら愚か者の所業でしかありません。ですが、この抜け目のなさのおかげで、ご主人様は今まで以上に富を得て、以前の倍は豊かになったので、もう私の頭ではすべての資産を覚えきれなくなり、ファラオの徴税人の強欲ぶりや厚かましさは以前に増して際限がなく、彼らと頻繁にやり合わなければならなくなりましたよ。新住民が種籾を得たことはすぐに商人の耳に入り、すぐさま穀物の価格は下落しました。和平の噂が広がると、誰もが契約から逃れようと穀物を売り出し、穀物商人は大損をしまして、彼らの大半が貧乏になりましたから、価格はさらに下がったのです。そこで私はまだ熟しておらず、刈り取られてもいない捨て値の穀物を買い漁りました。仰せの通り、配った分の穀物は秋には回収しましたから、倉庫には以前の在庫分もすべて戻ってきました。ご主人様、ここだけの話ですが、新住民の麦はほかの麦とまったく変わらずきれいなもので、誰にも害を及ぼしていませんから、彼らの麦に斑点があるというのは嘘っぱちでございますよ。麦に斑点が出て、においも悪くなったのは、アメン神官やその取り巻き連中が新住民の麦にこっそり血を混ぜたせいだと思うのです。ですが、新住民の麦は呪われ、パンも呪われていると皆が固く信じ込んでいるので、この話はご主人様以外に誰も信じないでしょう。いずれにしても危険な話ですから誰にも言ってはなりませんよ。それに、ご主人様にとっては皆がそう思い込んでいるほうが得なのです。冬が来たら穀物の価格はまた上がりますし、平和が戻ってからというもの、アイはシリアの市場からバビロンの穀物を締め出そうと、ファラオの名のもとにシリアに穀物を輸送しています。奴隷はファラオの畑から逃亡し、農民はシリアに持っていかれないようにと穀物を隠し、新住民の畑は耕されず種も蒔かれないので、来年の秋には確実にエジプトに飢餓が忍び寄ってきますから、穀物の価格はこれまで以上に高騰し、我々は無限に利益を得られます。倉庫に穀物をため込んでおけばおくほど利益は膨れあがるでしょう。私はご主人様をまぬけだと思っていましたが、こと穀物相場においては私よりも抜け目がありませんから、これらを考えても私はご主人様の賢さに感嘆するばかりです」

カプタは大いに興奮しながら話を続けた。

「いやはや、富める者はますます富み、望まなくても金持ちにならざるを得ないのですから、この時代を称えなくてはなりません。穀物をため込んでおく者は寝ている間に金持ちになりますから、穀物商人も喜んで毎日朝から晩まで、晩から朝まで価格を調べ、彼らが集まると浴びるようにワインを飲んでおります。何もないところから箱に金銀がじゃらじゃらと溜まっていくのですから、本当に素晴らしい時代です。そういえば、ご主人様、私は穀物と同じくらい、空の壺で儲けたのですよ。信じられないようなおかしな話ですが、これはまったくの事実なのです。エジプトじゅうで使用済みの空っぽの壺を買い集めている者がいて、しかもどんな壺でもかまわないそうで、ビールやワインの醸造所では壺が手に入らなくなり、頭を掻きむしって嘆いているそうです。空っぽでも富を築けるなんて、本当に素晴らしい時代ですが、私はこの話を耳にしてすぐにテーベじゅうの空の壺を買い集めようと、奴隷を百人雇って壺を買いに走らせ、あちこちから集めさせたところ、人々は庭に転がっているくさい壺が片づくと言って、ただでくれたのですよ。この冬の間、千に千を掛けた空の壺を売りさばいたと言ったら、やや誇張しすぎかもしれませんが、大ぼらを吹いているわけではありません。この話は疑う余地もないほど本当の話なのですし、どうしてわざわざ嘘を加える必要があるでしょう」

「いったいどんな奴が空の壺を買うというんだ」

私が尋ねると、カプタは見えるほうの目を細めてずる賢そうに言った。

「買い手が言うには、下エジプトで魚を塩水で保存する新しい方法が編み出されたそうですが、調べてみると、空の壺はシリアに運ばれておりました。タニスやガザで降ろされた壺は隊商がシリアに運び込んでいますが、何人もの知恵者に尋ねてみても、シリア人が空の壺で何をするのかまでは分かりませんでした。わざわざ新品と同じ値段で使い古しの空の壺まで買うなんて、誰にも合点がいかないのですよ」

壺の話には驚いたが、私にとっては穀物のほうが大事な話だったので、壺のことで頭を悩ませるのはやめた。そしてカプタの勘定を最後まで聞いてから話をした。

「カプタ、必要だったら売れる資産は全部売り、値段に糸目をつけずに穀物をできる限り買い込むんだ。

ただし、実物をその目で確かめて、まだ芽吹いていない穀物ではなく、指の間からこぼれる実がつまった穀物だけを買うんだ。それから、和平条約によるとファラオはシリアに穀物を送らなければならないが、シリアにはバビロンからも穀物が入ってくるし、エジプトのすべての穀物を必要としているわけじゃないから、シリアに輸送された穀物を買い戻せるか検討してくれ。来年の秋にケメトの大地が飢餓に襲われるのは避けられないだろう。バビロンと競おうとしてファラオの倉庫にある穀物をシリアに売る奴なんか呪われてしまえ」

こう言い終わると、カプタはまた私を褒めて言った。

「ご主人様、おっしゃる通りでございます。この取引が成功に終われば、ご主人様はエジプトで最も富める方となるでしょう。高利貸し並みの値段でしょうが、まだ穀物は買い込めると思います。さきほどご主人様が罵られたのは、和平が結ばれたあと、まだ安価だったファラオの穀物をシリアに売ったあの阿呆の神官アイのことですね。まぬけなことにシリアに大量の穀物を売ったので、シリアには数年分の穀物があふれていることでしょう。そんな取引をしたのは、アイがファラオの在位三十周年の祝祭のために黄金を必要としていたからで、シリアは穀物の代金をその場ですぐに、しかも黄金で支払ったのですよ。穀物商人たちが問い合わせたところ、ご存じのようにシリア人はずる賢い商人ですから、穀物を売りたがらないそうで、おそらく冬の間に買い込んだものは一粒たりとも売らないでしょう。きっとエジプトで穀物一粒が黄金で量られるようになる日を虎視眈々と待っているのです。そして高値になったところでエジプトにあるすべての黄金と引き換えに穀物を売りつけるのでしょう。私が言っているのは、私とご主人様では集めきれない黄金で、という意味ですが」

日没とともに、私は穀物のことも将来の飢饉のことも、最後の血の一滴が輝きながらアケトアテンの頭上に落ちたあとの暗闇に沈んだエジプトのことも忘れ、ただメリトの目を見つめ、メリトの美しさを存分に楽しんだ。メリトは私が口に含むワインであり、髪に滴る香油だった。カプタと別れると、メリトは私と寝るために寝床を用意した。かつてはどんな女でも妹と呼ぶことはないだろうと思ったが、今はためらうことなく彼女を妹と呼んだ。若い頃の情熱と失望を経たあと、メリトの友情は私にとって飢えを満たすパンであり、喉の渇きを癒すワインであり、メリトの口づけはどんな山あいや港のワインよりも私を酔わせた。飢えを満たし、喉の渇きを癒すと、メリトは暗闇のなかで私の手を取った。首に彼女の息がかかるのを感じながら、私たちは色々な話をした。彼女への嘘や隠し事は何もなかったので、すべてをありのままに話した。彼女には思いも寄らない隠し事があったが、だからといってメリトに対して腹を立てることはないし、おそらくこれも私が生まれる前から星に記されていたのだろう。

若い頃の愛はあちこち迷走し、無知ゆえに苦しみが多く、力にあふれているのが当然で、いつか老いてその力が失われることには気づかないものだが、愛に酔っている私は、若いときよりも男らしさにあふれている気がしていた。長年生きてきて、満腹よりも飢えが、ワインで満たされるよりも喉の渇きが人の思考に炎を灯すと知ってしまった今は、若さは男らしさと同じくらい素晴らしいものだと思う。テーベに逗留している間は、昔より精力に満ちている気がしたが、ただそう思い込んでいただけかもしれない。この思い込みによって私の目にはすべてが美しく映り、誰にも害を為そうとは思わず、すべての人に善いことが起こるようにと望んでいた。メリトの抱擁は私の帰るところであり、彼女のそばで休んでいると、自分がこの世の異邦人だと感じることはなく、彼女の口づけは孤独を消し去ってくれた。しかし、すべては幻のように消え去り、器を満たすために手放さなければならないものだった。

「鰐の尻尾」でトトと再会すると、トトは私の首に腕をまわし、父さんと呼びかけてきたので、心が温かくなり、彼の記憶力のよさに感心した。メリトによると、トトの母が亡くなったため、かつて彼に割礼を受けさせた縁から、トトを引き取って一緒に暮らしているそうだ。トトは「鰐の尻尾」にすっかり馴染み、酒場の客に可愛がられ、メリトに気に入られようとする客から贈り物やおもちゃをもらっていた。私もトトを気に入っていたので、テーベにいる間に彼を私の家に招くと、ムティはたいそう喜んだ。トトがシカモアの木の下で近所の子どもたちと遊んだり、喧嘩をしたりする声を聞いていると、自分の子どもの頃を思い出し、トトが羨ましくなった。トトは私の家にも慣れ、寝泊まりするようになったので、まだ学校に行く年齢ではなかったが、トトに色々と教えてみた。すると非常に賢い子だということが分かり、文字や絵も難なく覚えたので、貴族の子どもが通うテーベで最高の学校に入れようと決め、これを聞いたメリトはとても喜んだ。ムティはといえば、私に妻がいないため、夫婦喧嘩のあとで足に熱湯をかけられたり邪険にされたりすることもなく、息子を持つという願いが叶ったので、トトに蜂蜜菓子を焼いては、飽きもせずにおとぎ話を聞かせていた。

このまま幸せに過ごしていたかったが、昨今のテーベの混乱は著しく、目を背けられる状況ではなかった。路上や市場では喧嘩が絶えず、民はアメンとアテンについて激しく言い争い、殴り合い、傷つけ合い、互いの頭をぶつけ合っては争っていた。ファラオの番人の仕事はあまりに多く、裁判官も忙しく、港では毎週のように大勢の民が家を奪われ、葦縄で縛られてファラオの畑や石切り場へと強制労働に送られ、アメン神のために鉱山に送られる者もいた。しかし、彼らは奴隷や流刑者のように出航したわけではなく、彼らの見送りに多くの民が船着場に集まり、辺りは白い服を着た民で埋め尽くされ、番人がいるにもかかわらず見送りの言葉や花が手向けられた。一人の男が縛られた両手をあげて「すぐに戻ってくるぞ」と叫んだ。すると別の男が縛られた両手を激しく振りまわして「本当だ、すぐに帰ってきて、アテンの血を味わわせてやる」と叫んだ。しかし、番人は民の目を気にしてその場では何もせず、船が川を下り始めてから杖で打つにとどめた。

テーベの民は分断され、アテン神のために息子と父が、妻と夫が引き離された。アテン神に仕える者は生命の十字を首に下げるか、服に着け、アメン神に仕える者はアメン神の角を首にかけるかして、ひと目で分かるようにしていた。なぜアメン神が角を選んだのかは分からないが、昔から角は服や宝石に使える装飾の一種だったので、咎める者はいなかった。角は雄羊の角だと思うが、ほかのアメン神に関する名前も角で表されていたから、アメン神官は民が理解しやすいように忘れられていた記録のなかから羊の角を選んだのかもしれない。いずれにしても、角を身に着けている者は魚売りのかごを倒し、家の窓を壊し、通りすがりの通行人に傷を負わせながら叫んだ。

「角で突撃するぞ。角でアテンを突き破ってやる」

するとアテン神に仕える者は服の下に生命の十字の形に研いだ短刀を隠し持つようになり、襲われると短刀で身を守りながら、こう言い返した。

「角よりも鋭いこの十字で、永遠の十字を打ち込んでやろう」

そして本当に十字を打ち込み、何人もの人々を死者の家に送り込んだ。そして角を持つ者が一人で歩いているのを見かけると、飛びかかって殺し、死体を丸裸にして路上に放り出したが、番人は彼らを捕らえて拷問するどころか、逆に保護する始末だった。

テーベでのアテン神の力は一年間で驚くほど拡大したが、最初はその理由が分からなかった。アテン神のためにすべてを失い、以前より貧しくなってテーベに戻った新住民は、その苦難にもかかわらずアテン神を崇拝し続け、彼らの穀物を毒したアメン神官や、畑の水路を詰まらせ、家畜で畑を荒らした貴族を非難していた。また、アテン神の学校に通って新たな文字を覚えた多くの若者も憤慨し、よく若者が年寄りに反発するようにアテン神を擁護した。奴隷や港の荷役人は集まってこう言い合った。

「俺たちの器は以前に比べて半分になっちまい、これ以上失うものは何もない。アテン神の前では金持ちと貧乏人、主人と使用人の違いはないが、アメン神は何をするにも代償が必要だ」

実はアテン神の擁護に最も熱心だったのは、密告によって大きな富を築いた者や、復讐を恐れる盗人や墓泥棒、詐欺師だった。また、アテン神によって何らかの形で日々の糧を得ている者は皆、ファラオのご機嫌を取ろうとアテン側についた。テーベの民は二つに分かれ、やがて昔から穏やかで静かに暮らしていた者たちはこの状況に閉口し、信仰することすらやめ、こう訴えるようになった。

「アメンだろうが、アテンだろうが、どっちでもいい。私たちは穏やかに暮らし、働き、器を満たされたいだけなのに、四方に引き裂かれ、もはや立っているんだか、逆立ちしているんだか分からなくなってしまった」

この頃には、信仰は自由であるべきだと主張する者の立場は悪くなっていた。彼らは双方から、煮え切らないだの、無関心だの、まぬけだの、はたまた無感覚だの、頑固だの、反逆者だのとさんざん責め立てられたので、すべてに嫌気が差して服を引き裂き、仕方なく目を閉じて十字か角を選ぶか、自分にとってより害の少ないほうを手にすることになった。

家や酒場、娼館はどこも印がつけられ、町の区画ごとに印が掲げられたので、十字を掲げる者は十字の印のある酒場で飲み、周壁の近くで体を売る娼婦は客に合わせて十字と角を持ち替えていた。十字や角を掲げる者が毎晩酔っ払って道をさまよい歩き、ランプを割り、松明を消し、家の窓を叩き破り、互いに傷つけ合い、もはや十字と角のどちらが悪いのかも定かではなくなり、私にとってはどちらも恐ろしい存在になった。

カプタは儲けを考えて「鰐の尻尾」の印をどちらにするかさんざん渋っていたが、毎晩のように酒場の壁に生命の十字の絵や、みだらな絵が落書きされるようになり、とうとう印を選ばなければならなくなった。もはやこれはカプタにどうにかできる状況ではなかったのだ。穀物商人は、新住民に穀物を配って自分たちを貧乏に陥れたカプタを恨んでいて、酒場の名義をメリトにしていても何の助けにもならなかった。さらにカプタの酒場でアメン神官たちが襲われたという噂が流れた。ここの常連客は、富を得るためには手段を選ばない港のうさんくさい金持ちばかりで、墓泥棒の長《おさ》たちはここで鰐の尻尾を楽しみ、奥の部屋で盗掘品を商人に売りさばいていた。彼らのように、アテン神のおかげで富を蓄えた者やそれにあやかろうとする者たちはアテン神に転向し、裁判官の前では目障りな相手を偽りの証言で鉱山へと送り込んでいた。墓泥棒は、墓穴に忍び込んだのは、アテン神のために呪われた神の名を墓の壁から削り取るためだと豪語した。

テーベに滞在中、私のところに治療を頼みに来る患者はほとんどいなかった。民は私を避け、私から視線を逸らし、ひと気のない場所で会うとこう言ってきた。

「シヌへ、俺たちもどうしたらいいか困り果てているんだ。妻も子どもも具合が悪く、あんたのような医師はいないし、悪く思っているわけじゃないんだが、あんたのところの呪われた庭に行くのが恐ろしいのだ。俺たちの器はほとんど空っぽで、神々には嫌気が差しているし、生きようが死のうがかまわないから、実のところ呪いだってそれほど怖くないんだ。だが、角の奴らは俺たちが働きに出ている間に、小屋の戸口を壊して子どもを殴るような恐ろしい奴らだ。あんただって首に嫌な印をかけてアテンのことばかり喋っているんだから、その辺りのことはよく知っているだろう」

「お前たちが迷うのも無理はない。アメンには素晴らしい治療法があると聞いているから、アメンのところへ行くといい」

私がこう言うと、彼らは言った。

「シヌへ、番人も恐れずにアメンの名を口にするなんて、あんたは勇敢な男だ。たしかにアメンは信じられないような治療をいくつもやってみせたが、回復したのは短い間だけで、その後は以前よりいっそう具合が悪くなるんだ。その治療を受けると一生角に縛られることになるから、アメンの聖なる治療を受けるのは恐ろしい。俺たちは自由に穏やかな生活を送りたいだけなのに、それは許されないのだ。だからシヌへ、もし俺たちが公の場であんたに挨拶をせず、ふさわしいお辞儀をしなかったとしても許してくれ」

奴隷や港の荷役人たちは私を避けながらも、臼で指を潰したり、膝を怪我したり、滑車から積み荷が落ちてきて腕を骨折したりすると、変わらず私のところにやってきた。彼らは私の機嫌を伺うようにおずおずと尋ねてきた。

「アテンってのは像がないもんだから、俺たちにはよく分からないが、金持ちも貧乏人も同じ扱いで、奴隷の縄も緩めてくれるってのは本当なのかい？　俺たちだって日除けの屋根の下で寝転がり、黄金の杯でワインを飲んで、仕事だってほかの奴らに代わってもらいたい。その昔、金持ちが鉱山で働いて、そいつらの妻が街角で物乞いをし、かつて一文なしだった奴がワインにパンを浸して、夜は黄金の天蓋の下で休んだってことを知っているんだ。一度そういうことがあったなら、再びそういう時代がやってきてもおかしくないはずだし、ひょっとしたらアテンがそういう時代にしてくれるのかもしれないな」

私は彼らの指を治し、折れた手足を固定し、膝に包帯を巻きながら言った。

「私もあまりよく分かっていないんだ。アテン神はファラオだけにお考えを伝えていて、アテンの叡智を理解しているのはファラオだけだから、私にそんなことは聞かないでくれ。だが、アテン神はそれぞれの人間にふさわしい場を作り、それぞれの人間に肌の色や言葉を与えているということは知っている。いつの時代にも奴隷はいて、誰かが肉体労働をしなければならないのは変わらないのだから、誰もが自分の能力を活かして働けばいい。お前たちの考え方は恐ろしく危険だから、番人の耳に入らないように気をつけろ」

「シヌヘ、あんたは頑固だがまっすぐな人間で、報酬を取らずに俺たちを治してくれるし、ハエですら傷つけようとしない奴だから、番人に告げ口することはないだろうと思って率直に話しているんだ。俺たちの話を誤解しないでくれ。俺たちだって肉体労働が必要なのは分かっているが、なぜ俺たちが奴隷や使用人として生まれ、ほかの奴らが日除けの屋根の下で黄金の杯から飲み物を口にする身分に生まれてきたのか、その理由を知りたいだけなんだ。さもないと、この世はすべてが間違っていて、この世にはジャッカルが潜んでいると信じてしまいそうだ。そのうち俺たちはジャッカルを掘り起こして、金持ちや貴族、杖で打ってくる奴らをジャッカルの餌にしてしまうかもしれん」

　彼らの言い分には呆れたが、そこには真実がある気がして、私は真剣に考えて答えようとした。しかし、私の知識では彼らの疑問に答えられず、「人間は自ら奴隷だと感じれば奴隷だが、心は誰もが自由だ」と言うにとどまった。彼らはこれを聞くと、私をあざ笑って言った。

「その背に一度でも鞭の痛みを感じてみれば、そんなことは言っていられないさ。シヌヘ、さっき言ったように、あんたは頑固だがまっすぐで、無償で治してくれるから、俺たちはあんたを気に入っている。だから大がかりなジャッカル狩りが始まったときは、俺たちの港に来れば葦かごに隠してやるよ。俺たちの器はどんどん空になり、油もくさくてたまらないし、失うものは何もないから、じきに狩りが始まるだろう」

私はファラオの医師だったし、港の貧民街では誰もが私のことや私のこれまでの行いを知っていたから、私に手を出す勇気がある者はいなかった。そのため、私の家の壁には十字や人を辱める絵が落書きされることはなく、動物の死骸が庭に投げ込まれることもなく、酔っ払いの乱暴者が夜中に大騒ぎをして番人への嫌がらせにアメンの名を声高に叫びながら道を練り歩くときも、私の家を避けて通った。神官たちはあらゆる手段を使って民にアクエンアテンは偽りのファラオだと信じ込ませようとしていたが、ファラオから授けられた印を身に着ける者への敬意は、いまだ民の血中に深く沁みついていた。

ある暑い日のこと、トトが顔を殴られて鼻血を出し、生え変わったばかりの歯が折れ、ひどい有り様で家に帰ってきた。トトは勇敢に振る舞おうとしていたが、泣きじゃくっていたので、ムティはひどく驚き、トトの顔を洗ってやりながら怒りのあまり泣き出した。そして感情を抑えきれず、骨ばった手で洗濯棒を持って叫んだ。

「アメンだかアテンだか知らないが、かまうもんか。葦編みの子犬どもにきっちりと仕返ししてやる!」

そして、引き留める間もなく飛び出していき、しばらくすると路上から子どもたちの泣き声や男の悲鳴が聞こえてきた。私とトトはふるえながら家の外へ出て、ムティの行く先を目で追うと、ムティはアテンの名を唱えながら葦の編み手とその妻、そして五人の息子を順番に打ち据えていて、編み手は鼻血を出して両手で頭を庇《かば》っていた。

家に戻ってからもムティは怒りが収まらない様子だったので、憎しみは憎しみを生み、復讐は復讐を生むだけだと言うと、私も危うく洗濯棒で殴られそうになった。しかし、時が経つにつれてムティも感情的になったことに気が咎めたのか、葦の編み手の家族と仲直りをしようと、かごに蜂蜜菓子を詰め、壺一杯のビールと、使っていない服を持っていき、こう言った。

「うちの子と同じように、あんたのとこの犬ころもちゃんとしつけておくことだね。うちの子っていうのはつまりご主人様の息子のことだがね。もしうちの子を傷つけるなら、私が黙っちゃいないし、ご近所同士で角だの十字だのと争うのはよくないよ」

この出来事のあと、葦の編み手はムティを大いに敬い、贈られた服はよそ行きの服にして、彼の息子たちはトトと友達になり、我が家の調理場から蜂蜜菓子をつまみ食いし、迷い込んでくる角や十字の近所の子どもたちとも正々堂々と喧嘩をするようになった。トトも彼らと対等に喧嘩をするものだから、セトでさえトトが十字なのか角なのか判断がつかないだろう。トトが外に遊びに出かけるたびに、トトを心配したが、自分で自分の身を守り、器を満たすことを学んでいくために、彼を止めるのはよくないと思った。それでも毎日トトに言い聞かせた。

「トト、言葉は拳よりも強く、知識は無知よりも強いってことを忘れないでおくれ」

5

このほかにテーベでの滞在について記すことはあまりなく、あとは悪い話しか残っていない。その話にうつる前にファラオの命令で黄金の宮殿に行ったことについて記そうと思う。メフネフェルのことがあったから、黄金の宮殿へ行くことにはためらいがあったのだが、ファラオの命令で仕方なく宮殿に赴き、ワシに狙われた兎が藪をかけ抜けるときのように、番人や廷臣に見つからないように宮殿内を歩いた。待ち構えていた笏持ちのアイは深刻に悩んでいる様子で、私に打ち明けてきた。

「シヌへ、明日が今日よりもひどくなり、すべてがわしの手からこぼれ落ちていくのが恐ろしい。できることならファラオを正気に戻してくれ。ファラオの命令はどれも以前に増して常軌を逸しており、もはやどういう事態を招いているかも分かっておらんだろう。もし正気に戻せないなら、せめて幻影を見ないように眠り続ける薬を飲ませてくれ。まったく、権力の味はほろ苦いとしかいいようがない。あの呪われたホルエムヘブは何を企んでいるのか、わしが黄金を得るために和平条約に従ってシリアに送った穀物の積荷をメンフィスで止めおった。ファラオの本当の代理はここにいるわしだということをよく知っているはずなのに、ホルエムヘブは日ごとに図々しくなり、わしの命令に従おうともせず、まるで自分がファラオの代理であるかのようにメンフィスを支配しているではないか。そのうえ、ファラオは死刑を禁じてしまい、罪を犯した者であっても杖で打ってはならんから、もうじきわしの手にあるヘカもネケクも無力になるだろう。見せしめに盗人の手を切り落とすことも、鼻や耳をそぎ落とすことも禁じられるとは理解できん。これまでもずっとそうしてきたし、法を尊び、秩序を維持するためには、これからもそうすべきだというのに、いったいファラオはどうやって民に法を遵守させようと考えているのか。ファラオの気まぐれで毎日のように法が変わるというのに、どうやってその法を尊べというのか。わしの前に置かれた巻紙は、あまりに頻繁に文字を書いては修正されるものだから、どんどん薄くなってしまう」

アイは渋面で不平を言い続けた。

「アメン神官は首筋にたかる蜂も同然だが、昔からの慣習を大切にしていて、それなりに分別があるし、条件が合えば和解するつもりもあって、アメン神とアテン神が並んでともに支配するのもかまわんとまで言っている。彼らも民がこの世の終わりといわんばかりに『飲めや食え。明日には死ぬ身で、死後には何もない』と神を畏れなくなってしまった事態を憂えているからな。シヌヘ、信じてくれ、もしファラオが正気を取り戻さなければ、エジプトは大混乱に陥るだろう。ファラオが正気に戻るのを拒むなら、頭蓋切開をするためにおぬしが必要だ。生命の家の頭蓋切開医師と刃の使い手から、ファラオの頭痛はかなりひどく、頭蓋切開が適切な治療方法であるという証明書を複数入手してあるから、医師の責任を恐れる必要はないし、責任は皆で分かち合えばいい。それに、おぬしも知っているように、ファラオの太ももはむくみはひどく、腫れあがって変形しているから、動けなくなる日は近いだろう。多くの優秀な医師が、むくみの原因となる水分が頭にものぼっているから、それを頭から取り除かねばならんと診断している」

アイと医術について話す気にはなれなかったので、皮肉を込めて「ところで神官アイ、ファラオの後継者は角の者が選ぶのですか、それともあなたが選ぶのですか」と尋ねた。

アイはため息をつき、両手をあげて言った。

「かつてのように今もヘリオポリスで神官として蜂蜜を集め、顔に聖油を塗って穏やかな暮らしを送っていればよかったのにと思う。しかし、あの呪われた王母ティイがわしを連れ出し、権力欲をわしの血にも注いだせいで、わしは自由の身どころか、あの女が死んでからも夢のなかで責め立てられるのだ。あの女のカーが庭園の東屋や玉座の間に何度も現れた。シヌヘ、権力欲というのは人間の欲のなかで最も浅ましいものだというのに、満たされたときの快感を知ると手放すことができず、さらにその欲が増していくのだ。孤独な者、シヌヘ、おぬしがそれを知らずにいられることを幸運に思え。もしわしが父なるエジプトの大地を治める立場であれば、民をなだめ、すべての秩序を元通りにする方法を選ぶことだろう。そして、アメン神とアテン神が並び、互いの力を競い合い、ファラオの力もかつてないほど強固な時代にするだろう。アテン神がほかの神々がなんら変わらないということを民が理解するためには、アテンに像が必要だ。アクエンアテンが幼い頃にわしが正しい教義を教えたというのに、ファラオとなってからすっかり歪めてしまったのは、彼の過ちなのだ。シヌヘ、おぬしは患者が激昂し、暴力的になり、どうにも抑えようがないときに、医師がどうすべきか知っているだろう。医師が刃を使い、刃先を患者の首筋に刺し、おとなしくなるまで血を流すのではなかったか。まったく、もしわしにその力があるなら、血を流して民を静めるだろうに」

アイと医術について話したところで、アイの無知を訂正できないだろうから、これ以上話すつもりはなかった。そこで再び尋ねた。

「神官アイ、あの方の後継者はもう選んだのですか」

アイはひどく気分を害し、拒否するように両手を掲げて言った。

「わしは国を売り渡すような真似はしないし、知っての通り、ファラオの権力を維持するために忠実に仕えておるから、そんなことは知るものか。必要に応じて神官と交渉はするが、それもファラオのためを思えばこそだ。しかしながら、賢者というのはたった一本の矢に頼ることはなく、常に何本もの矢を矢筒に備えるものだ。そこでおぬしに少し教えてやろう。偉大なる王の妻である王妃は、これまでにも王のあごひげをつけてファラオの玉座に就いたことがある。おぬしも知っているように、セケンレはまだ少年だ。わしは王妃ネフェルトイティの父であるから、わしは王家の親族ということになる。ファラオの血筋こそが聖なる血として数百年かけて黄金の宮殿に流れ、また次の数百年に向けて脈々と王冠を伝え続ける。もしファラオに息子がいなければ、女が支配することもできる。これ以上は言わなくてもおぬしにとって何が得なのか、おのずと分かるであろう。どうやらおぬしは、ふんぞり返ったあの鼻持ちならんホルエムヘブと親しいようだが、玉座というものはファラオの血筋のみが受け継ぐもので、あいつは不安定な槍の穂先に腰かけているにすぎんから、思わぬことで簡単に転がり落ち、石に頭をぶつけないとも限らん」

アイの言葉にふるえあがり、私は言った。

「ホルエムヘブが欲を出し、赤と白の二重冠を欲しているとでもいうのですか？　正気とは思えない話ですし、そんなことを口にするなんて狂犬に噛みつかれたに違いありません。彼が卑しい生まれで、貧乏人の灰色の肩衣を身に着けて黄金の宮殿にやってきたことは、あなたもよく知っているではありませんか」

アイはむくんだ浅黒い顔を曇らせ、太い眉毛の下にある猜疑心に満ちた窪んだ目で私を見つめた。

「人の心を読むのは誰だ？　権力欲は人間の欲のなかで最も大きな欲だが、もしホルエムヘブがそれを望んでいると分かったら、すぐさまわしが奴を椅子から転げ落としてやる」

アイから解放された私は、彼が話していた王家の血筋に関する話が頭のなかで蜂の羽音のようにぐるぐると巡り、感情が昂ぶり、すっかり気を取られて壁際を歩くのも忘れてしまった。王妃ネフェルトイティは王家の血筋ではないが、もしファラオ、アクエンアテンが死んだら、セケンレはメリトアテン王女の夫として代理で国を治め、メリトアテン王女が成人に達するまでは王妃ネフェルトイティが国を治めるだろう。メリトアテンのほかに王家の血筋であるのは、アクエンアテンのほかの娘たちと、アクエンアテンの姉バケトアテンだけで、男系の王家の血筋はアクエンアテンのほかにいなかったから、その点、悪事に手を染めた王母ティイは抜かりなかった。私の体には王家の血筋、偉大なるファラオとミタンニの王女の血が流れているかもしれないということは誰も知らない。しかし、聖なる血筋のみがファラオの玉座への権利を約束するのだとしたら、私にも玉座に座り、赤と白の二重冠をかぶる権利があるのかもしれない。

権力の中枢がどんなものかを目にした今は、権力が恐ろしく、羊のような私の心は玉座や王冠の重責を考えただけで恐怖にふるえた。なぜ好き好んでそんな責務を欲するのか理解できなかったし、アイが口にしたホルエムヘブの隠された欲望については、とんでもない勘違いだ。私は自分が生まれた夜に葦舟で川を流され、対岸の貧民街にたどり着いた運命と、葦を編んで私を王冠の重みとすべての責任から解放してくれた王母ティイの黒い指に感謝した。しかし、人間の心とは矛盾しているもので、理性では自分は支配者の器ではないのだし、平穏に人の心を保てるのは天の恵みであると思うのに、心の奥底では自分の身に起こったことを不公平だと恨めしく思うのだった。

頭に血がのぼり、苦い思いに支配されていた私は、前もよく見ずに宮殿の回廊を歩いていたので、あれほど避けなければならないと思っていた王の針入れ係、メフネフェルと鉢合わせしてしまった。人というのは自分でもよく分からない行動をするものだとはいえ、私の気持ちとは裏腹に、何かが私をこの女のもとに導いたのかもしれない。

私は女の厚化粧された顔と小さな黒い目を見て怯え、彼女の首飾りや手首の宝石がぶつかり合う音を聞いて、砂漠でアジルの部下に両手を戦車に結びつけられて引っ張られたときの轟音を思い出した。しかし、私の姿を見たメフネフェルは私と同じくかなり怯えた様子で辺りを見回し、私が抵抗したにもかかわらず、私の腕を引っ張って柱の影に隠れた。そして彼女は私の頬を愛撫し、辺りを伺いながら言った。

「シヌヘ、シヌヘ、私の小さな雄鳩、忠実な雄牛よ、やっと迎えに来てくれたのね。言っておくけれど、私たちが友であっても罪ではないわ。だからアケトアテンまであなたを追っていったのに、あなたの使用人にひどい仕打ちをされたのよ。私を船に押し込もうとするから、水に飛び込んで岸まで泳いだのに、川に突き落とされ杭で突かれて、危うく溺れるところだったわ。それで仕方なく船に戻って、漕ぎ手たちに櫂で救いあげてもらったのだけれど、どれほど恥ずかしかったことか。シヌヘ、これはきっと分からずやの使用人がやったことで、あなたのせいではないから、あなたを恨んではいないわ。そのあとであなたが危険な任務を担ってアケトアテンからシリアに行ってお手柄を立てたと聞いたのよ。だけど、シヌヘ、あなたを傷つけてしまうのではないかと恐ろしくて、なんと言ったらいいのか」

メフネフェルは両手を揉みながらひどくうろたえて、目を合わせようともしないので、あり得ないことはいえ、頭がおかしくなって私との間に子どもができたと言い出すのではないかと思い、私はさらに恐怖に駆られた。しかし、メフネフェルは泣き出し、私の腕にすがってこう言った。

「シヌへ、シヌへ、愛する友よ、私はただのか弱い女だから、一人きりにしないでほしかった。あなたはとても誠実で恥ずかしがりやだから、理解してもらえるかは分からないけれど、どうか分かってほしいの。つまり、あなたがいない間に、ある男の人が私を熱っぽい目で見つめてきたものだから、ついそれにほだされてしまったのよ」

彼女は苦しそうに泣きながら、慰めるように私の頬に手を触れて続けた。

「その人はあなたとは違うけれど、なかなか魅力的な人で、私も彼のことが気に入ってしまったの。彼は雄牛のように強くて、私のことを殴ったり耳を引っ張ったりするのよ。あの人がくれる痛みはときに心地よくもあるのだけれど、あの人にあなたと一緒にいるところを見られたら、今まで以上に殴られてしまうから、どうかお願い、ここを去ってちょうだい。シヌへ、これ以上あなたと一緒にはいられないけれど、こんな形であなたの心を傷つけたことをどうか許してちょうだい」

メフネフェルは私にも殴られると思ったのか、怯えながら私を見た。私は殴るどころか大いに心が軽くなり、喜びのあまりその場で大笑いして飛び跳ねそうになったが、なんとか悲しそうなふりをして答えた。

「美しいメフネフェルよ、あなたの幸せは私の幸せでもあるから、どうか幸せになってくれ。あなたの姿はこれからも私の心に残り、決して忘れはしない」

この恐ろしい女のことは忘れないだろうと思ったからこれは本音だったが、彼女は感動してしわだらけの手で私の頬を撫でてきた。恋人に見られてもかまわなければ口づけをしてきたことだろう。最後にメフネフェルは言った。

「シヌヘ、ワインと悲しみのせいで、偉大なる王母様についてあなたにおかしなことを口走ったようだけれど、何を話したかよく覚えていないし、あなたも忘れてくれることを願うわ。偉大なる王母様のカーが夜な夜な庭園に現れて、王のあごひげをつけて玉座に座るようになってからは、毎日欠かさず王母様に供物を捧げているの。王母様は尊敬すべき素晴らしい方だったから、王母様のいいところだけを話すことにしているのよ。だから、もし覚えているなら、私が言ったことはすべて偽りで、私ではなくワインが語ったことだと思ってちょうだい」

これはつまりメフネフェルがワインに酔って嘘をついていた可能性があるということで、私はさらに混乱してしまった。しかし、この話はメフネフェルの叫び声で遮られた。彼女は突然飛び上がると大慌てで私のもとから離れ、さも嬉しそうに、こちらに向かってくるシャルダナ人の下級将校のもとへ走り寄った。このシャルダナ人は大きくてでっぷりと肉がつき、酒の飲み過ぎで目は血走り、雄牛のように飛び出していて、鋤のような手をしていた。彼は銅の装飾が施された笏をメフネフェルの背に突き立て、首根っこを捕まえて揺すりながら言った。

「セトとすべての悪魔の名にかけて、お前はまたしてもほかの男とこそこそしていやがったのか、この老いぼれた牝牛め！」

この発言から、この下級将校がメフネフェルの愛人だと分かった。たしかに大きくて恐ろしい男だったので、私はこっそりその場を離れた。

その後、バビロンの王女の様子を見に、後宮に向かった。バビロンの王女はファラオ、アクエンアテンと壺を割ったにもかかわらず、王妃ネフェルトイティによって、アケトアテンの地からファラオの妻たちが住むテーベの後宮へと送り込まれたのだ。王女は若く、美しい女性だった。バビロンの言葉を話す私にも好意的に話してくれたし、エジプトの言葉も学んでいて、拙《つたな》くも可愛らしい話し方をしていた。ファラオが王女に対する義務を果たしていないことにはやや不満げであったが、テーベでの暮らしを楽しみ、バビロンでの不自由な宮廷生活よりもエジプトに馴染んでいるようだった。王女はテーベの様子に大いに驚き、憧れてもいるようで、私にこう言った。

「エジプトでは女がこんなに自由だということをまったく知らなかったわ。男に顔を隠す必要もなく、誰に話しかけてもいいし、私が命じさえすれば、船でテーベまで行って貴族の祝宴にも参加できるし、美しい男に首すじを触らせようが、頬に接吻されようが、誰も気分を害することがないなんて。どうやらエジプトでは、人に知られなければ誰と床をともにしてもかまわないみたいだから、ファラオが私への義務を果たしてさえくれれば、もっと自由に好きな相手と愉しむことができそうね。周りは自由に愉しんで私に色々な話をしてくるし、壺を割ってから随分経つというのに自分だけが純潔なのはつまらない。ファラオはもうすぐ私を呼んで義務を果たしてくださるかしら」

王女は色白でとても美しく、瞳はエジプトの女よりもきらめいていたから、男たちが王女に触れたがるのも無理はないと思った。王女は茶目っ気たっぷりの目で話すものだから、私はどう答えていいか分からず、うろたえてしまった。すると王女は服の前を少し開けて見せた。

「きっとファラオは私の健康状態を心配して、あなたを寄こしたのでしょう。でもエジプトの気候は私の体調にはぴったりだと断言するわ。ただ一つ気になっているのは、エジプトの男の好みからすると、私は少し肉がつきすぎているんじゃないかということよ。痩せるべきなのか、正直に言ってちょうだい。バビロンの男は肉づきがいい女を好むから、私は肉をつけようと一生懸命甘いものやクリームを食べていたけれど、エジプトの男として、正直に言ってくれれば痩せようと思うわ」

私は医師としてではなく、言われたようにエジプトの男として、友として王女を眺めたが、王女にはまったく欠点が見当たらず、バビロンでもエジプトでも、硬い寝床よりも柔らかい寝床を好む男が多いのは変わらないと言った。ただ、ファラオとその妻である王妃は痩せていて首が長いため、宮廷の貴族たちもやせ型で首が長いほうがよいとされ、女性の服もそれに従って作られているから、甘いものとクリームは控えるよう助言した。私が熱心に言ったのでどうやら王女は誤解したようで、私をすっかり信じてこう言った。

「左胸の下に小さな痣があるのが見えるかしら。かなり小さくて分かりにくいかもしれないから、もっと近くで見てちょうだい。小さくても、この痣がすごく気になっているから、あなたに取ってほしいの。アケトアテンの宮廷女たちはあなたがとても上手に切除してくれるから、患者にとってもあなたにとっても心地よいものだと言っていたのよ」

王女の薔薇色の乳房はたしかに豊かで見応えがあったし、王女の言葉と振る舞いから、すでにテーベの狂乱に染まっている様子がうかがえた。しかし、私はファラオの壺の封を最初に開けるつもりなどまったくなかったし、相手がたとえバビロンの王女であっても、私にとってはメリトのほうがよかった。用心するに越したことはないから、今日は医療箱を持っていないからと丁重に断り、足早にその場を去った。

異国から嫁いできた王女を通じて、テーベや黄金の宮殿の様子が分かり、王女が無邪気にエジプトの悪い慣習に染まるほど、この宮殿が堕落していたことを記しておくことにしよう。王女のもとを去ったときに心残りのようなものを感じたが、それは王女を思ってなのか、頭に巡っていたさまざまな思いのためだったのかは分からない。いずれにしても、王女と面会したあとは、アイの言葉に心が乱されていたことも忘れ、穏やかな気持ちで黄金の宮殿を去ることができた。

私がテーベにいる間に、神官フリホルが夜中に輿に乗って私の家まで会いに来たことも記さなければならない。彼は私たちの会話を思い出させてこう言った。

「シヌヘ、約束を忘れるな！　船はもう流れに乗って航行しているが、望むならまだ船に乗り込めるぞ」

「何も約束をした覚えはない」

私は王の右に立つ頭蓋切開医師として自分の立場を考えながら言った。すると彼は聖油で艶々させた顔に賢者らしい微笑みを浮かべ、親指にはめているアメンの聖なる指輪を回しながら言った。

「お前は約束したつもりはなかったかもしれんが、知らず知らずにお前の心が約束していたのだ。いずれにせよ、次の冬にはケメトの大地は飢餓に襲われ、飢餓とともに疫病が広がり、血が流れるだろう。その後何が起こるかは賢者であっても予想できないから、無事でいたいなら急ぐがよい」

「洪水は簡単に起こせるかもしれないが、一度洪水が起こったらすべての堤防が流されてしまうぞ。フリホル、お前が引き起こす洪水にお前自身も流されてしまうかもしれないし、お前だけではなくほかの神官にも影響があるかもしれない。だが、それを私が気の毒だと思えるかは分からない。大きな洪水はあちこちに損害を出すものだが、落ち着けばこれまで以上に豊かな土を残し、収穫も百倍になるだろう」

私はそう言ったが、フリホルは怒ることもなく、おおらかに言った。

「シヌへ、お前はわざと込み入った話をして、さぞ自分が賢いと思っているのだろうが、その例えは間違っている。暗闇でファラオの狂気と十字が鍛える剣の刃先から飛び散る火花が見えるはずだ。剣は飢餓と病気、そして血で鍛えられ、いずれエジプトの心臓を貫く。心臓を貫かれたら、もう起き上がることもなく倒れたまま虫どもに食われ、虫が肥えていくだけだ。シヌへ、お前はエジプトを虫どもに食われるままにしたいのか？　洪水だろうが剣だろうが同じことだ。船は前進し速度は増すばかりだが、シヌへ、お前が望むなら、まだ間に合うぞ。手遅れになれば水に落ちて溺れるだろう。私は人の心を知っているから、お前が船に飛び乗るだろうと断言する」

私は「明日のことは誰にも分からない」と答えるにとどめた。彼は私を臆病者だと思っただろうが、私に王家の血が流れている可能性があることは知らないのだ。この秘密が自分でもうまく説明できない多くの行動を解き明かすのかもしれない。だが、それがただの嘘や妄想だとしたら、自分の考えがどこから来るのか分からないということになり、それゆえに良くも悪くも不可解な行動をしてしまうのかもしれない。

フリホルとはこんなふうに別れたが、喧嘩別れでも、友として別れたわけでもなかった。私は春の間テーベに滞在し続け、やがて貧民街に暑さやハエとともに夏が訪れたが、それでもテーベを去りがたく、ぐずぐずと過ごしていた。そうこうしているうちにファラオの頭痛がひどくなってきたようで、ファラオから何をしているのかと知らせが届いたため、これ以上出発を引き延ばせなくなった。「鰐の尻尾」に行ってカプタに別れを告げると、カプタは言った。

「ご主人様、私は手に入る穀物をすべて買い漁り、複数の町の倉庫に保管しているほかに、隠している分もあるのです。賢い者は過去を振り返るのではなく、前を見据えるものですし、絶えず新しい指示や法律ができるのですから、まともな商売人は苦労しますよ。実際に飢饉になったら、穀物が接収されることもあるかもしれませんが、それを民に売るとなれば、徴税人の懐はさらに潤うでしょうね。これまでそんなことが起こったことはありませんし、他人の財産や穀物に手を出すなんて礼に適《かな》った行いとはいえません。シリアへの穀物の輸出を禁じた法律は当然のことで理解できますが、シリアに送るにもエジプトにはもはや穀物は一粒だって残っていませんから遅すぎましたね。こういう法律や規制なら民だっておとなしくなりますし、持ちつ持たれつで商人が利益をあげるまで規制してくれれば損はしませんから、私も反対はしませんよ。ですが、空の壺をシリアに運んではならないというお達しまで出たので、おかげで余分な費用をかけて運ばなければならず、私の利益はだいぶ目減りしていますし、もう何が起きてもおかしくありません。まったく、こんなお達しを出すなんてシリア人が空の壺を買いたがるのと同じくらい奇妙なことですし、自分が立っているのか逆立ちしているのかも分かりませんよ。ですが、ばかばかしいことに空の壺に関するこの規制は、壺に水を入れさえすれば空の壺ではなくなるのです。ファラオの徴税人はあらゆる課税方法を考えているとはいえ、水はほかのものと違って持ち出しに税はかかりませんから、法には触れないということになるわけです」さらにカプタは言った。

「ご主人様、次の冬が終わって、不測の事態が起こらなければ、穀物のおかげでご主人様はエジプトで最も裕福な方となり、それを超えるのはファラオただ一人でしょうからどうかご安心を。たしかにはファラオは支配者としては先進的で、私もあのファラオの治世で富を蓄えたわけですが、そろそろ終わってほしいというのが正直なところですよ。すべてがもとに戻ったら、法の保護のもとで安心してゆったりと稼いだ富を楽しめるというものです。正直、角と十字がぶつかり合うこの不穏な時代にはかなり不安を抱いているのですよ。奴隷は日に日に偉そうに振る舞い、傷んだ穀物やくさい油を食おうとしません。それどころか食器を主人に投げつける有り様で、町では奴隷が主人に襲いかかり、杖を真っ二つに折って主人を殴り、逃亡したという事件も起こったと聞いたので、私も彼らを厳しくしつけるのを躊躇しなくてはなりません。こんなことは今まで起こったためしがありませんし、奴隷たちのことも理解できませんから、見せしめに数人の奴隷を周壁に吊り下げたほうがいいでしょう。うちの奴隷がそうされても嘆く気にはなりませんな」

　私はカプタにかつて奴隷の生活を送っていたことを思い出させたが、カプタは気分を害して言った。

「それはそうです。奴隷は奴隷で、主人は主人、この仕組みは世の中で最も優れたものですし、これまでもこれからもそれは変わりません。うまくいかないからといって、この仕組みが悪いわけではありませんよ。頭脳と能力を持つかつての奴隷である私がいい例です。私はうまいこと嘘と盗みの能力を活かし、今は大金持ちとなり、自分の才覚ででっぷりと肥えています。これはどんな奴隷にも同じことが起こり得るという証拠です。誰にでも平等に可能性がある、これが一番いい仕組みではありませんか。奴隷の栄養は昔から腐った穀物にくさい油、酸っぱいビールと決まっています。同じように、奴隷は頻繁に杖で打ってやらなければ、主人を敬って命令に従うことも、他人に自分の主人の腕っぷしの強さを吹聴することもしないで、すぐにつけあがって主人を見下すものです。奴隷であった私はこのことをよく知っています。尻や足は言葉にならないほどの痛みで何度も腫れあがりましたが、だからといって体がだめになったわけではありませんし、それどころか以前に増してずる賢く立ちまわり、上手に嘘をつけるようになりました。ですから、ほかの奴隷にも同じことを教えてやりたいのですよ」

これについてはカプタと言い争っても無駄だった。

ファラオが急いで帰還するようにと命じてきたので、カプタに別れを告げたあとは、残念なことにメリトとトトにも別れを告げなければならなかった。一緒に連れていきたかったが、川を下っても忙しなくて楽しくないだろう。だから、私はメリトにこう言った。

「あとから来てくれ。君とトトと一緒にアケトアテンの家で幸せに暮らそう」

「砂漠に咲く花を栄養たっぷりの土に植え替えて、毎日水をあげたら、きっと枯れて死んでしまうわ。私は女や男のことを十分分かっているから、もしアケトアテンに行ったら、ほかの宮廷女と比べられ、宮廷女との違いをとやかく言われて、私も枯れて死んでしまうでしょう。それに、何年も色んな男に腰を触られてきたような酒場育ちの女を家に置くのは、王の医師という身分にふさわしくないわ」

「僕の可愛い人、メリト、君がそばにいないときはいつも空腹と渇きに悩まされるから、できるだけ早く君のもとに戻ってくるよ。多くの人間がアケトアテンを捨てて戻っていないし、僕だって君のもとに残って、アケトアテンには戻らないかもしれないよ」

「シヌヘ、あなたは自分の心をごまかしているわ。私はあなたのことを知っているし、たとえほかの人がファラオを捨てたとしても、あなたの立場上、ファラオを見捨てるなんてできるわけがない。平穏な時代であれば離れることもできたかもしれないけど、状況が悪くなった今、あなたにそんなことはできないわ。シヌへ、あなたはそういう人だし、だからこそ私の友人なのよ」

　彼女の言葉を聞いて、彼女を失ってしまうかもしれないと思い、私は思わず言った。

「メリト、この世界にはエジプト以外に多くの国があるし、私はもう神々の仲違いやファラオの狂気には嫌気が差している。だから、君と私、そしてトトと三人でどこか遠くへ逃げて、明日のことなんか気にせずに一緒に暮らそう」

　メリトは悲しみをたたえた目で微笑みながら言った。

「あなたの言葉は無意味だし、あなただって現実的ではないってことは分かっているんでしょうけど、あなたの愛が表れているから嘘でも嬉しいわ。でも、エジプト以外の国であなたが幸せに暮らせるなんて信じられない。だってあなたはここに戻ってきたんだもの。それに私もテーベ以外の場所で幸せに過ごせるとは思えない。一度でもナイル川の水を飲んだ者は、という言葉を知っているでしょう。そうなのよ、シヌへ、誰も自分の心からは逃げられないし、あなたは自分の器を満たさなくてはならない。時が経ち、私が老いて肥えて醜くなってしまったら、あなたは私に飽きて、人生でやり残したことを思い、私を憎み始めるんだわ。そんなの嫌だし、そうなるくらいならあなたのことを諦めたほうがましよ」

「メリト、君は私にとって帰るべき家であり、場所なんだ。君は両手に抱えたパンであり、口に含んだワインだ。世界中で君だけが一緒にいて孤独を感じずに済む人で、私が君を愛しているってことは君だってよく分かっているだろう」

「そうね」メリトは少し恨めしそうに言った。

「あなたの使い古した寝床でないときは、あなたの孤独を覆い隠すだけ。でもそうであるべきだし、それ以上は望んでいない。だから、気弱なときに話してしまいそうになったこともあったけど、あなたが知っておくべきかもしれない私の秘密はあなたに教えないつもりよ。シヌへ、それは私だけの秘密にするけど、あなたのためにそうするんだわ」

当時の私は自分のことしか考えていなかったから気づけなかったが、おそらく秘密を話そうとしなかった彼女は私よりも孤独で誇り高かったのだろう。自分を弁護するわけではないが、きっと男は愛する人のことを考えていると口では言いつつも、それは上辺の言葉にすぎず、実際にはさほど考えていないのかもしれない。

こうして私はまたもテーベを去り、アケトアテンに向かったが、ここから先は悪い話しか残っていない。テーベでの話をここまで長く記す必要はなかったかもしれないが、自分のために記したかったのだ。

第十三の書　地上のアテン王国

1

アケトアテンに戻ると、ファラオ、アクエンアテンの病は重く、私の助けを必要としていた。頬骨が浮き出るほど頬はこけ、首は以前にも増して長くなり、頭は祝祭用の二重冠の重みに耐えきれず、うしろに傾いていた。太ももはむくみ、脛《すね》は棒のように細く、頭痛が続いているせいで目の周りは腫れ、紫色の隈ができていた。ファラオは心ここにあらずで、人の目をまともに見ようとせず、神を思うあまり、ときに話している相手がいることも忘れた。神の祝福である太陽が照りつける日中に、王の頭巾もかぶらず、日傘もささずに、外をさまよい歩き、頭痛を悪化させていた。アテン神の光に守られるどころか蝕まれ、うわごとを言ったり、悪い幻を見たりするようになっていた。ファラオの愛がエジプトに破壊の種を蒔いたように、アテン神がファラオの体を破壊しつつあった。ファラオが善かれと願った善と愛は、あまりにも性急で暴力的だったため、結果として悪しきことになったのだから、ファラオはアテン神そのものなのかもしれない。

濡らした布巾で頭を冷やし、効き目が穏やかな薬を飲んで次第に痛みが和らぐと、ファラオはまるで言葉にならない失望に苛まれているかのように、暗い目で私を見つめてきた。その様子に心を痛めた私は、気弱になっているファラオを再び慕い、失望から救おうと献身的に仕えた。ファラオは私に言った。

「シヌヘ、私が見ている幻影は、病んだ頭が見せる偽物なのか？　もし偽物であるなら、世界を支配するのは善ではなく、想像を超える悪だということになる。そのなかで人が生きていくのは恐ろしいことだから、そうであってはならず、私が見る幻影は真実であるはずだ。聞いているか、シヌヘ、頑なな者よ。たとえ我が寝床に友が唾を吐こうとも、あの方の光が私の心に届かずとも、私の幻影は真実なのだ。私は何も見ていないわけではなく、人の心の奥底を見ているのだ。シヌヘ、そなたの心も見えるぞ。そなたの弱い心のなかで、私がおかしくなったと思っているのも知っているが、一度はあの方の光がそなたの心を照らしたのだから、それも許そう」

痛みに襲われると、ファラオは呻き、悲痛な様子で言った。

「シヌヘ、病んだ動物はこん棒で、傷ついた獅子は槍で楽にしてやるのに、人は情けをかけてもらえない。私の失望は死よりも苦いが、あの方のまぶしき光が我が心を照らしているのだから、この体が滅びようとも、私の魂は永遠に生き続ける。あの方の光がこの世をあまねく照らす限り、死など恐れるものか。シヌヘ、私は太陽から生まれ、そして太陽のもとへと還るが、あらゆるものに失望した今は、そのときが待ちきれぬ」

病んだファラオが自分の話をはっきりと理解していたのかどうかは定かではない。そのまま死を迎えられるように看病をしないほうがよかったのかもしれないが、私は治療を続け、秋になるとファラオは回復した。医師は、善人も悪人も、信心深い者も過ちを犯した者も、分け隔てなく治療しなければならないし、救える限りは死にゆく患者も放っておくことはできない。それは医師にかけられた呪いであり、それに対してどうすることもできないのだ。

ファラオは回復したものの表情は硬く、自分の殻に閉じこもり、誰とも口を利かずに、多くの時間を一人で過ごすようになった。

ファラオの友人が彼の寝床に唾を吐くというのは本当の話だったし、王妃ネフェルトイティは五人目の娘を産んでからというもの、ファラオに対する憎しみを募らせ、あらゆる方法でファラオを傷つけるようになった。王妃は一度ほかの男と一線を越えると、なりふりかまわず気に入った相手と愉しむようになり、私の友トトメスとも床をともにしていたほどだったから、六人目の子どもについては、ファラオは名ばかりの父であった。すでに花の盛りは過ぎたとはいえ、王妃はいまだに高貴な美しさを誇り、からかうように微笑みを浮かべれば、魔術をかけたかのように男を吸い寄せ、相手に困ることはなかった。ファラオへの失望と憎悪を胸に、王妃はあえてファラオが信頼する近しい者たちと床をともにし、彼らにあることないことを吹き込んでファラオから遠ざかるように仕向けたので、ファラオの取り巻きの結束は次第に弱くなっていった。頭脳と美貌をそなえた女の悪しき願望は危険でしかないのだが、王妃は意志が強くて賢く、そのうえ王妃としての地位も相まって、危険の度合いは増すばかりだった。

王妃は何年もの間、自らを「王の正妻」という強固な鎖に縛りつけて生まれ持った美貌で微笑み続け、宝石とワイン、詩と戯れに甘んじてきた。しかし、五人目の娘を産んだときに、もう息子を授かることはなく、その原因はファラオにあると確信し、彼女のなかで何かが壊れた。たしかに、これはいかなる自然の法則にも反しているし、さぞ王妃の心を掻き乱したことだろう。ネフェルトイティの血には、嘘と裏切りの権力欲にまみれた神官アイの黒い血が流れていることを思えば、彼女がこうなったのも不思議ではない。

王妃の名誉のために記しておくが、以前の王妃は誰からも称賛され、悪い噂は何一つなく、ただ誠実に、愛と優しさでファラオを包み、ファラオの見る幻影をずっと支えてきた。そのため、多くの者がこの突然の変わり様と悪意に驚き、それさえもアケトアテンの頭上に広がる死の影による呪いではないかと思った。ネフェルトイティの堕落はあまりに激しく、使用人やシャルダナ人、墓掘り人とすら愉しんでいるとささやかれたが、人はものごとを誇張して話すものだし、私はこの話を信じたくなかった。ただ、王妃の行為は十分悪意に満ちていたから、誇張する必要もなかったかもしれない。

それでも、当世一代の美女として生まれ、王妃という地位につき、頭もよく、品があり、誰もが憧れる存在であったのに、嫁いだ男は幻影を見て狂ってしまい、寝床でもアテン神のことしか話さず、毎年牝牛のように孕まされても生まれてくるのは娘ばかりとなれば、おかしくなるのも無理はないから、王妃のことをあまり咎めたくはない。一度目が覚めて、優しさが憎しみに変わってしまえば、頭のいいネフェルトイティのことだから、ファラオが周囲に呪いをまき散らすだけではなく、国を揺るがし、自ら破滅へ向かっていることをすぐに理解しただろう。

ネフェルトイティが男に溺れているように見えたのは、単に情欲の花が遅く開いたのではなく、ファラオの信頼を得ている者やこの国の貴族を味方につけるために、美しい女にとって最も確実な方法を冷静に選び取っただけなのかもしれない。ただこれは、すべて私の想像にすぎず、真実はまったく異なるということもある。

ファラオ、アクエンアテンは相変わらず自分の殻に閉じこもっていた。肉とワインで幻影が霞むと信じ込み、貧乏人のパンとナイル川の水を口にすることで体を清め、輝きを取り戻そうとしていた。

アケトアテンに入ってくる知らせに、いい話はなかった。アジルはシリアからファラオ宛にさまざまな不満を書いた粘土板を送ってきた。アジルによると、自分の部下は平和を愛するおとなしい男たちばかりで、羊の放牧や牛の世話をしたり、畑を耕したり、妻と愉しんだりするために国に戻りたがっているが、シナイ砂漠では、エジプト将校が率いる盗賊が、エジプトの武器や戦車を携えて定められた境界石を越えてくるので、争いが絶えず、シリアは常に危機的な状況にあるため、部下たちを家に返すことができないでいるそうだ。そして、無礼なことにガザの司令官も和平条約の内容に反して、いつもの商人や隊商をガザの門から締め出し、自分が選んだ商人だけを中に通しているという。ほかにも、自分は平和を愛し、忍耐強さでは負けないが、もしほかの人間が自分の立場だったら、とうに堪忍袋の緒が切れているだろうから、早く問題を解決してもらわないとこの先どうなるかは責任が持てない、と書いてきた。

また、バビロンのブルナブリアシュ王は、エジプトがシリアの穀物市場をバビロンと競っていることで自尊心を傷つけられ、ファラオから贈られてくる娘の持参金の品々が少ないと不満をあらわにし、最低でもここに挙げるものを送るようにと、足りないものを羅列して、それができないならファラオへの友情は保証できないと言ってきた。バビロンからアケトアテンに駐在している大使は肩をすくめ、両手を広げ、あごひげをしごいて言った。

「我が王は獅子のようなお方で、不穏な空気を感じ取ると立ち上がり、風が吹く方向に鼻を向け、自ら風向きを確かめます。王はエジプトに望みをかけていましたが、エジプトが貧しくなり、十分な黄金を送ることができないのであれば、我が国は周辺の国から兵士を雇うことも戦車を建造することもできなくなります。王がどんなご決断をされるかは分かりかねますが、強く豊かなエジプトとは友好な関係が築けますし、エジプトとバビロンが同盟を組めば、双方豊かになり、互いにその富を維持したいと願って戦をすることもないので、世界は平和に保たれるでしょう。しかし、エジプトが弱く貧しければ、この同盟は我が王にとって無意味で重荷となるだけです。器の縁は自分の口元から離すものではないというのに、弱きエジプトがシリアを手放したときには、我が王は大いに驚き、恐れたものです。たとえ心からエジプトを愛しており、どれほどエジプトに善かれと願っていても、私は自国の利益を優先せねばならず、バビロンは バビロンのことを考えねばならないのです。ですから、残念ではありますが、近いうちに私がエジプトを離れ、バビロンに戻らねばならなくなったとしても驚きはしませんな」

少しでも知恵がある者なら、大使の話を否定することはできないだろう。ブルナブリアシュ王はこれまで、ファラオの聖なる血が流れる三歳になったばかりの妻のために、アケトアテンにおもちゃや色鮮やかな卵を贈ってきていたが、これ以降何も贈ってこなくなった。

その代わりというべきか、ヒッタイトの使節団がアケトアテンにやってきた。そのなかにいた多くの貴族や将校は、エジプトとハッティの地との長年の友情を強固にするため、また、世界に名だたるエジプトの慣習や、エジプト軍の秩序と武装から多くを学ぶためにやってきたという。彼らは感じがよく、振る舞いも凛々しく、宮廷の貴族に多くの贈り物を持参していた。

王女アンクセンアテンの夫で、ファラオ、アクエンアテンの義理の息子である若いトゥトは、どんな短刀よりも鋭利で丈夫な、青く光る金属の短刀を受け取ったので、返礼品を迷うほど喜んだ。アケトアテンで同じような短刀を持っていたのは、かつて治療したヒッタイト人の港湾長から譲り受けていた私だけだった。そのため、私はトゥトに、昔スミュルナで私がしたようにシリア風に金銀でメッキするといいと助言した。すると短刀は素晴らしい装飾刀となり、トゥトは、墓に持っていきたいと言うほど気に入った。彼は弱々しく病気がちな少年だったので、同年齢の少年よりも死を身近に感じていたのだ。

ヒッタイトの将校たちはたしかに知的で感じがよく、胸当てとマントには有翼日輪と両刃の斧の印が輝いていた。男らしい大きな鼻、意志の強そうなあご、荒々しい野生動物のような目は、新しいものに目がない宮廷女を魅了した。彼らはアケトアテンで多くの友を得て、宮殿では朝から晩まで祝宴が開かれ、しまいに苦笑いして頭痛を訴える始末だった。彼らは言った。

「我が国についてどんな噂が流れているかは知っているが、それは妬みによる作り話だ。だから、皆さんの目で実際に我々を見てもらい、我々の文明がいかに発達していて、多くの者が読み書きできる知的な民だと示す機会があることを光栄に思う。我々は生肉を食べ、子どもの生き血をすすると噂されているようだが、我々の食事はシリア人やエジプト人とさして変わらない。加えて我々は穏やかな民で、わざわざ争いを起こすこともない。あなた方に多くの贈り物をしたが、返礼は情報だけで十分だ。その情報によって我が民の知識と文明をさらに高めることができると考えているからな。特に貴国にいるシャルダナ人の武器の使い方には非常に興味があるし、黄金の軽戦車にも興味がある。我々の武骨な戦車は小回りが利かないし、そちらのものとは比べようがないほど飾り気がない。ミタンニからの避難民が広めている我々についてのばかばかしい噂は、自国を捨てて逃げた臆病な奴らが悔し紛れに言っているだけだから、耳を貸さないほうがいいだろう。彼らが国に残っていれば、何も悪いことは起こらなかっただろうが、彼らの気持ちは理解できるから、愚かな噂を流したことは恨んでいないし、いまだに彼らには、国に戻って我々と和して暮らせばいいと助言しているくらいなのだ。あなた方にも理解してもらいたいのは、シュッピルリウマ王は大いに子どもを愛しておられ、子どもがたくさんいる我々にとって、ハッティの地は手狭で、子どもたちや家畜の放牧のために土地が必要だったということだ。ミタンニの女は一人、多くて二人しか子どもを産まないから、ミタンニには土地が余っていた。それに加えて、ミタンニ王国で行われていた圧政や不公平を見ていられなかったのだ。実は我々がミタンニ王国に入ったのは、ミタンニの民が我々に助けを求めてきたからで、我々は解放者であり、征服者ではないのだ。今ミタンニには我々と子どもたち、そして家畜のための十分な土地がある。我々は穏やかな民で、土地が十分にあるならそれで満足だから、新たな土地を征服しようなどとは夢にも思わない」

彼らは腕を伸ばして杯を掲げてエジプトを称え、女たちはうっとりと彼らのうなじと野獣のような目を眺めた。彼らは言った。

「エジプトは素晴らしい国だ。我々はエジプトを敬愛している。我々の国にも学べる点はあるだろうし、もし我々を同志とし、我々のやり方を学びたいというエジプトの貴族がいれば、我が王は喜んで旅費を負担するだろう。我が王はエジプトを大いに気に入っているから、素晴らしい贈り物もあるかもしれない。

子どもが大好きな我が王は、妻たちが多くの子どもに恵まれることを願っているが、食事と同じく、エジプト流のやり方を愉しみたいのだし、我々は洗練された方法を知っていて女たちを孕ませることはないから、エジプトの美しい女たちは我々を恐れる必要はないだろう」

このようにヒッタイト人はアケトアテンの貴族に甘い話をするものだから、貴族たちはすっかり彼らに気を許した。しかし、私はヒッタイトの荒々しい土地や道端で串刺しにされた魔術師を思い出し、ヒッタイト人がアケトアテンに死を引き連れてきたように感じていた。だから、彼らがアケトアテンを去るときは安堵した。

アケトアテンの町がこれほど宴や悦楽、戯れに溺れたことはなく、もはやかつての面影はなくなり、狂乱が民を支配していた。その狂乱は使用人や奴隷にも伝染し、貴族の館の前は夜通し松明が灯り、音楽や笑いが絶えず、路上には真っ昼間から酒に酔った使用人や奴隷がうろつき、いくら杖で打っても治安は戻らなかった。誰もが将来から目を背け、一時の狂乱で民の心が満たされることはなく、熱病のように心が蝕まれるばかりだった。宴の間に歌を歌い、ワインで酔いながらも、ふと死の沈黙が町に舞い下りると、笑いは喉元で凍りつき、民は怯えて互いの顔を見合わせ、言おうとしていた言葉を呑み込むのだった。そのうえ、なぜかアケトアテンにはむかむかするような甘ったるいにおいが漂い、香を焚いても消えることはなかった。このにおいは特に朝と晩にはっきりと感じられたが、川のにおいでも、魚のいる池のにおいでも、アテン神殿の聖なる湖のにおいでもなく、水路を掃除しても消えることはなく、多くの人がアメン神の呪いのせいだと言った。

さらに芸術家にも狂乱が広がり、まるで指の間から砂がこぼれ落ちるように時が過ぎ去る前に、持てる力を出し尽くそうとして、かつてないほど熱心に絵を描き、彩色し、像を彫るようになった。彼らは真実を誇張し、ノミや筆で真実が捻じ曲げられた戯画を完成させた。どうすればより奇怪で大げさな形を生み出せるかを競うようになり、しまいには数本の線や点だけで表情や動きを表せると主張するようになった。たった一本の線で目の表情や眠っている様子を描いたと悦に入り、ファラオ、アクエンアテンについては細長い首、むくんだ太ももをこれ以上ないほど大げさに描き、年寄りは度肝を抜かれた。彼らは完成した絵や像を自慢し合い、「いやはや、これまでこんな表現方法は見たことがない。これこそが真実だ」と言っていたが、彼らが描くファラオの絵は、ファラオへの憎しみがなければ描けないものだと感じた。

私はトトメスに言った。「ファラオ、アクエンアテンは君を土埃から救い上げ、君を友とした。それなのになぜファラオを憎んでいるようにしか見えない像を彫るんだ。しかもファラオの寝床に唾を吐いて、友情を汚すような真似までしているじゃないか」

トトメスは答えた。「シヌへ、よく分かっていないくせに余計な口出しをするもんじゃないぞ。僕はあの方を憎んでいるのかもしれないが、それ以上に自分を憎んでいるんだ。自分のなかには創造の熱が高まっていて、いまだかつてこれほどうまく描けたことはない。ひょっとしたら芸術家は腹が満ちて愛にあふれていているよりも、飢えて憎しみに満ちているほうが、偉大な創造ができるのかもしれない。自分ですべての色、形を生み出し、自分のなかから多様な表現を生み出す。そして、すべての像のなかに自分の姿を刻み込み、永遠の命を与えるのだ。だからこそ、どんな奴も僕には敵わないし、僕は誰よりも上の存在で、芸術においてすべての法を超越し、人間よりも神に近いところにいる。色や形を創造しているとき、僕はアテン神と競い、アテン神に勝つのさ。なぜなら、アテン神が作り出すものはすべて消えていくが、僕が生み出すものは永遠に残るからだ」

トトメスは朝からワインを飲んでいたし、彼の表情は苦しみに満ちていたから、私は何も言わなかった。

やがて作物を収穫する時期を迎え、洪水の季節が過ぎ去り、冬になると、エジプトの地に飢餓が訪れた。飢饉の次にどんな不幸がやってくるのかは誰にも予測できなかった。その冬、アジルがヒッタイトに複数のシリアの町を解放し、ヒッタイトの戦車がシナイ砂漠を走り抜け、タニスを攻撃し、タニス周辺の低地を破壊したという知らせが入った。

2

この知らせを聞くや否や、テーベからはアイ、メンフィスからはホルエムヘブがアケトアテンにやってきて、打開策についての話し合いをファラオ、アクエンアテンと行った。この話し合いの最中にファラオにとって不本意な話があれば、再び症状を悪化させるかもしれないと思ったので、私は医師として同席した。しかし、ファラオは殻に閉じこもり、振る舞いもよそよそしく、冷ややかにアイとホルエムヘブの話を聞いていた。

神官アイは言った。「すべての望みをかけていたクシュの地は、以前のように税を納めなくなり、ファラオの蔵は空っぽですぞ。国じゅうに大飢饉が襲い、民は泥から水草の根を掘り起こし、果樹の樹皮をはがし、バッタ、甲虫、カエルさえも口にしております。多くの者が命を落とし、今後も死者はさらに増えるでしょう。厳しい管理のもとでファラオの穀物を配給しても、すべての民には行き渡らず、商人の穀物は高すぎて貧しい民には手が出ません。民は非常に不安定な状況に陥り、地方から都市へ、都市から地方へと人が流れ、皆が『これはアメン神の呪いだ。我々はファラオの新しい神のせいで苦しんでいるんだ』と言っています。ですから、ファラオよ、どうかアメン神官たちと和解なさってください。アメン神官に権力の一部を戻してやれば、民はアメン神に祈り、供物を捧げて落ち着くことでしょう。アメン神殿に土地を返してやれば、アメンのもとで土地が耕されます。このままではファラオの土地は呪われた土地だと言われ続けて放置され、耕されることはありません。どうか至急アメン神官と和解なさいませ。ほかに手はありませんし、和解されないのであれば、この先どうなっても責任は持てませんぞ」

一方で、ホルエムヘブはこう言った。「ブルナブリアシュがヒッタイトから和平を買ったようだ。そして、アジルはヒッタイトに与《くみ》して、奴らに町を解放した。シリアにおけるヒッタイトの兵士は星の数ほどいるそうだ。これはすなわちエジプトの終焉を意味するが、なぜか分かるか。奴らには船団がないから、小賢しいことに壺に水を入れて砂漠に運んだんだ。大量の水を砂漠に運び込んだから、春が来たらヒッタイトの大軍は喉の渇きにやられることなく砂漠を横断し、進軍してくる。しかも奴らはほとんどの壺をエジプトから買い上げたそうだから、奴らに壺を売った商人どもは欲をかいて自ら墓穴を掘ったことになる。すでにアジルとヒッタイトの戦車がタニスとエジプトの領土内に偵察しに来たから、もう和平は破られたのだ。この侵入の被害はたいしたことはないが、和平条約を蔑ろにしたことには違いないし、民の間にはヒッタイトの冷酷非道ぶりが広まって、もうすぐ戦だとわき立っている。ファラオよ、まだ間に合う。ラッパを鳴らし、旗揚げをして宣戦布告をしてくれないか。そうすれば、ファラオの権力は維持できる。武器を持てる男を演習場に集め、国じゅうの銅で矢尻や刃を作るんだ。俺がヒッタイトを叩きのめして戦果をあげ、シリアの地を奪い返してやろう。もしエジプトの蓄えと穀物をすべて軍隊に渡してくれれば、すべてを成し遂げると約束する。空腹は臆病者を兵士にする。アメンだろうがアテンだろうがかまうものか。戦になれば、民の不満の矛先は外敵に向かうから、民がアメン神を忘れるためにも戦が必要だし、勝利はファラオの権力をいっそう強固なものにする。ファラオ、アクエンアテンよ、勝利を約束しよう。俺は隼の子、ホルエムヘブだ。偉大なことを成し遂げるために生まれ、このときをずっと待ち続けていた」

これを聞いたアイは、間髪入れずに言った。

「親愛なる息子殿、アクエンアテンよ、アメン神官どもと和解し、宣戦布告をするのです。ですが、ホルエムヘブは王の座を狙っておりますから、裏切り者の舌を信じてはなりませんぞ。総司令官はホルエムヘブではなく、経験豊かで、偉大なるファラオの時代から書物で戦の仕方を学んできた、信頼できる人物に任せるのがいいでしょう」

ホルエムヘブが言った。

「神官アイ、ファラオの御前でなければ、くそまみれの口に平手打ちを食らわせているところだ。自分の物差しで決めつけるのはやめてもらおう。ファラオに隠れて、すでにアメン神官とこっそり話をつけて和解を進めたのだから、お前の舌こそ裏切りに満ちているじゃないか。俺はファラオを見捨てはしないぞ。かつてテーベの山の麓の砂漠で、弱っている少年のファラオを肩衣で覆ってやったんだ。俺が望むの偉大なエジプトであり、エジプトを救えるのは俺だけだ」

ファラオは「話は終わりか」と尋ねた。二人が口をそろえて、終わったことを伝えると、ファラオはこう告げた。

「私は決定を下す前に、夜を徹して祈らねばならぬ。そして明日、私を愛するすべての民を集めるのだ。彼らに直接私の決定を伝えたいから、貴族から貧しい者まで、主人や使用人、石切り場の労働者も皆呼び集めよ」

ファラオは寝ずに祈り、ひっきりなしに部屋のなかを歩きまわり、食事も取らず、誰とも口を利かなかったので、私は医者としてファラオを心配し、落ち着かない夜を過ごした。翌日、二人は言われた通りに民を集めた。アイはファラオがアメン神官と和解するものと思い、ホルエムヘブはファラオがアジルとヒッタイトに宣戦布告をするものと思っていた。民の前に運ばれたファラオは、太陽のように顔を輝かせて玉座に座り、手をあげて民に語りかけた。

「私の弱さのせいで、エジプトは飢餓に苦しみ、敵国が国境を脅かしている。ヒッタイトはシリアからエジプトへ攻め込もうと備えており、もうすぐ黒い大地を踏みにじるであろう。すべては私の弱さのせいであり、私が神の声をしかと理解せず、その望みを叶えられなかったからにほかならない。しかし今、私の前に神が現れた。アテン神が現れたことで、我が心のなかに真実が燃え、もはや弱き私は消え去り、迷いもない。偽りの神は倒したが、私の弱さゆえに、唯一神アテンとともにほかのエジプトの神々にエジプトの支配を許したために、エジプトは闇に覆われてしまった。よって、アテン神以外の古い神々はすべて廃し、今日よりアテン神のみがケメトの大地を照らす唯一の光となる。すべての古い神々を倒し、今日この日から　エジプトはアテン王国となるのだ」

ファラオの言葉を聞いた民は恐怖でざわつき、腕を掲げる者もいれば、地面に崩れ落ちる者もいた。しかし、ファラオはさらに大声で続けた。

「私を愛する者は、ケメトの大地のすべての古い神々を倒すのだ。神殿を壊し、像を砕き、聖水を地に撒き、すべての碑文や墓穴からその名を消すのだ。貴族よ、エジプトを救うために槌を持て。芸術家よ、ノミを斧に持ち換えよ。大工よ、大木槌を持て。そして、古来の神々を倒し、碑文からその名を消し去るために、すべての都市と村へ行け。アテン神以外の神を滅ぼし、悪の力からエジプトを守るのだ」

この時点で恐れ慄き、ファラオの前から逃げ出した者もいた。ファラオは深く息を吸い込み、顔を狂気に輝かせて叫んだ。

「アテン王国がやってくるのだ。今日この日から、奴隷も主人もなく、主人と使用人もなく、すべての人間が平等で、アテン神の前で自由になるのだ。誰にも他人の土地を耕す義務はなく、誰も他人の臼を回さなくてよい。誰もが好きに仕事を選び、好きなように過ごすがよい。話は以上だ」

民は茫然と立ちつくしたままファラオを見つめ、沈黙がアケトアテンを支配し、私は死の気配を感じた。ファラオを見つめる民の目には、ファラオ、アクエンアテンがひときわ大きく、まばゆい輝きを放っているように映り、やがてファラオに感化された民は、興奮して互いに言い合った。

「こんなことは初めてだが、ファラオを通して神が語ったのだから、我々はそれに従わなければならない」

そして民は言い争い、殴り合いながら散り散りになり、ファラオを狂信する者はアケトアテンの路上で口答えした老人を殴り殺した。民が解散したあと、神官アイはファラオに言った。

「アクエンアテンよ、王冠を脱ぐのだ。ヘカも折ればよい。さきほどの言葉がお前の権力を腐敗させたのだからな」

ファラオは言い返した。

「私の言葉は、我が権力を永遠のものにし、我が名は人々の心のなかに永遠に生き続けるのだ」

するとアイは手をこすり合わせ、ファラオの前に唾を吐き、地面になすりつけて言った。

「それならば、わしはすべてから手を引き、好きにさせてもらう。狂人の行為にわしが責任を取る必要はないからな」

アイは立ち去ろうとしたが、ホルエムヘブが力強い大男のアイの手首と首根っこをつかんで言った。

「アイよ、この方はお前のファラオだから、お前は命令に従わねばならん。この方を裏切るような真似をするなら、剣でお前の腹を貫いてやる。いいか、脅しじゃないぞ。たしかにこの方は狂っているし、何一つよいことはもたらさんだろうが、それでも俺はかつてこの方が弱っているときに肩衣で覆い、自ら誓いを立てたのだから、たとえ俺が自腹で兵士を集めなければならないとしても、この方を慕い、忠実に仕えるつもりだ。もし古くからの神々をすべて倒したら、この国は内乱に陥るだろうが、臼を引く奴隷や畑を耕す奴隷を解放すれば、民が味方になり、アメン神官の思惑を妨害できるだろうから、このお考えにも一抹の真実があるってわけだ。いずれにせよ、これから先はかつてないほどの混乱が待ち受けている。ファラオ、アクエンアテンよ、ヒッタイトはどうするのだ?」

ファラオは手を膝にだらりと垂らして座り、答えようとしなかった。ホルエムヘブは言った。

「黄金と穀物、武器と戦車を集め、馬と兵士を雇い、すべての町の番人を下エジプトに呼び集める許可を与えてくれ。そうすれば、俺はヒッタイトの攻撃を止めることができるだろう」

するとファラオは、興奮から覚めたものの、血走った目でホルエムヘブを見つめ、静かに言った。

「ホルエムヘブ、宣戦布告はならん。だが、もし民が黒い大地を守りたいと望むなら、それを止めはしない。言うまでもなく、私は穀物、黄金、武器を持たないし、あったとしても悪しき抵抗は望まないからそなたに与えることはない。タニスの守備はそなたに任せるが、血を流してはならない。攻め込まれたときに自衛するだけにせよ」

「仰せのままに」ホルエムヘブは答えた。「穀物や黄金がなかったら、どんなに勇猛で優れた軍隊でも長くは戦えないから、王の命令に従えば、俺はタニスで死ぬことになるだろう。だが、もはやどうなろうとかまうものか。ファラオ、アクエンアテンよ、すべての血迷った選択に小便をかけてやろうじゃないか。俺は自分の勘を信じよう、どうか健やかに!」

ホルエムヘブが去ると、アイもファラオのもとを去り、私はファラオと二人きりになった。彼は心底疲れ切った目で私を見て言った。

「シヌへ、すっかり力が抜けてしまった。しかし、弱っていても私は幸せだ。そなたはこれからどうするつもりだ？」

私はファラオの言葉に頭を殴られたかのように驚いてファラオを見た。ファラオはぐったりとしながらも微笑んで尋ねた。

「シヌへよ、私を愛しているか？」

その狂気にもかかわらずファラオを慕っていることを認めると、ファラオは言った。

「シヌへ、もし私を愛するなら、そなたのやるべきことは分かっているだろうな」

心のなかではファラオが私に何を望んでいるかはよく分かっていたが、私はファラオの意志に抗った。

「私は医師としてあなた様に必要とされていると思っていましたが、おそばにいなくてよいのでしたらここを去りましょう。私は腕っぷしが弱く、槌を持つのも一苦労で、神像を倒すのは得意ではありませんが、仰せの通りテーベに行くことにします。あの地には多くの神殿があり、私のことを知っている民はきっと私を刺し、石で頭を割り、逆さ吊りにするでしょうが、そうなってもあなた様は何も感じないのでしょう」

ファラオが何も答えなかったので、すべてが愚かしい狂気の沙汰だと思った。私は腹が立ち、椅子に座るファラオを一人残してその場を去った。そして、込みあげる感情を吐き出そうと、トトメスのところに行った。トトメスの工房では、ホルエムヘブが酒好きの老いた芸術家ベクとともにワインを飲んでいて、トトメスの使用人は旅支度をしていた。

「アテン神の名にかけて」とトトメスが黄金の杯を掲げた。「もう貴族も平民も、奴隷も主人もない。この手で石に命を吹き込む僕は、醜い神像を倒しに行くのだ。どうか我が友人たちよ、僕たちの命はあと数日もないのだから、それを祝して一緒に飲んでくれ」

ともに酒を酌み交わしていると、ベクが言った。

「ファラオは泥のなかから俺を救いあげてくださったし、俺のことを友と呼び、俺が酔って服を汚せば、新しい服を与えてくださった。だから今回くらいはあの方のお気に召すようにするべきじゃないか。俺の村の農民は荒っぽくて、怒ると気に入らない奴の腹を鎌で裂くというから、あまり痛みを感じずに死ねるといいがな」

ホルエムヘブは言った。「もちろんヒッタイト人のほうがもっと残虐なやり方をするが、お前たちを羨ましいとはいえないな。いずれにしても、ヒッタイトとの戦は避けられないだろうが、俺が奴らを撃退してやるし、運も味方すると信じている。かつてシナイ砂漠で、生きているかのように燃え続ける藪だか木を見たときに、俺は偉大なことを成し遂げるために生まれてきたと分かったんだ。さすがに俺一人では成し遂げられないが、俺の兵士どもだって家畜の糞を投げて奴らを驚かせるくらいのことはできるだろう」

私は言った。「セトとすべての悪魔の名にかけて、なぜ私たちはファラオが狂人だと知っているのに、あの方を慕い、意のままになるのだろう。誰か知っているなら教えてくれ」

「俺はまったく影響を受けていないぞ」ベクは言った。「俺みたいな年寄りの酔っ払いが死んだところで、誰かが損をするわけではないし、ファラオのそばで長年酔いつぶれて過ごすことができた礼に、ファラオの望み通りにするのさ」

「俺はファラオを慕うどころか、憎んでいる」トトメスは激しく言った。「だから命令に従って、憎んでいるあの方の最期を早めてやりたい。何もかもが嫌なんだ。早くすべてが終わってほしい」

するとホルエムヘブが言った。「この豚どもめ、お前らは嘘つきだな。ファラオがお前らの目をのぞき込んだら、お前らの惨めな背骨がふるえ、できることなら子どもの頃に戻って干し草のなかで子ヤギと遊んでいたいと思うだろう。あの方の視線に動じないのは俺だけだ。俺の運命はあの方と結びついているから、あんなふうに女々しくて甲高い声をしていても、俺はあの方を慕っていると認めねばならんのだ」

こんな話をしながら酒を飲んでいる間にも、船が川を行き来し、多くの民がアケトアテンを去っていった。一部の貴族はめぼしい財産を持って逃げたが、多くはファラオの命令に従ってすべてのエジプトの神々の神像を倒しに行こうと、アテン神の讃歌を歌いながらテーベに向かった。神殿で怒り狂う民と出くわせば、歌は喉元で止まり、長くは歌えなかっただろう。私たちは一日じゅうワインを飲んだが、谷底のように黒い未来が私たちの前で口を開いて待っているようで、私たちの話はどんどん辛辣になり、ワインを飲んでも癒されなかった。

翌日、ホルエムヘブはメンフィス経由でタニスに行く船に乗り込んだ。私は彼にテーベにある資産からできる限り黄金を貸し、穀物を送ると約束した。穀物は私が持っている量のうち半分はホルエムヘブに送ったが、残りの半分は自分のためにアクエンアテンに取っておき、どちらかにすべてを差し出すことはしなかった。これも優柔不断な私の弱さの表れで、私の人生を運命づけるものだったのかもしれない。

3

トトメスと私はテーベに向かったが、到着する前から川面にはたくさんの死体が浮かんでいた。剃りあげた頭や服装、髪の毛や肌の様子から生前の身分が分かり、神官や貴族、平民や番人、奴隷といったさまざま人間の死体がテーベから流されてきた。やがて死体は膨れあがって黒ずみ、そのまま沈むか、ワニの餌になっていた。同じことが川沿いの町や村の至るところで起こっていて、ワニは餌を求めてテーベまで川を上る必要がなく、舌が肥えて餌を選ぶようになっていた。ワニは賢い生き物で、荷役人や奴隷の硬い肉よりも、女や子どもの柔らかい肉や貴族の太った肉を好んだ。もしワニが言葉を話せたら、アテン神を大いに称えただろう。

川は死臭に満ち、夜になるとテーベからの煙が漂って目に沁みた。トトメスは自嘲気味に「本当にアテン王国が地上にやってきたようじゃないか」と言ったので、私は自分を抑えて言った。

「穀物を挽かないとパンを焼くことはできず、今、アテンの臼は穀物を挽いている最中だ。私たちがファラオ、アクエンアテンのために粉からパンを焼けば、本当に今の世は変わり、すべての人々がアテン神の前で兄弟になれる。トトメス、こんなことはいまだかつてなかったし、こんな機会は二度と訪れないだろう」

トトメスは鼻につく死臭を紛らわそうと、ワインを飲みながら言った。

「正直なところ、僕は本当に恐ろしいんだ。これから起こることを思うだけで膝がふるえるから、悪いが、酒で自分の弱さをごまかすしかない。酔ってしまえば余計なことを考えないし、生も死も、人も神も同じように見えるから、ぐでんぐでんに酔うのが一番手っ取り早いだろう」

テーベの町は至るところで火の手があがっていて、死者の町では墓が暴かれ、埋葬されていた神官たちの死体が燃やされていた。周壁からは私たちの目的も確かめずに矢が放たれ、岸では十字をつけた者たちが、角をつけた者を乱暴に水中に突き落とし、溺れるまで杭で突き続けていたので、私はすでに古い神々は倒され、アテン神が勝ったのだろうと思った。

まっすぐ「鰐の尻尾」に向かうと、カプタがいた。彼は高価な服ではなく、貧乏人が着る灰色の服を着ていて、見えないほうの目につけていた黄金の眼帯もなく、髪に泥をなすりつけていた。カプタは、ぼろをまとった奴隷や武装した港の荷役人にたっぷりと酒を飲ませながら、こう言っていた。

「さあ、兄弟よ、今日は大いに喜ばしい日だからたっぷり楽しんでくれ。もう主人や奴隷、貴族や平民もなく、すべての人間が好きにしていいのだ。今日は私のおごりで好きなだけワインを飲んでくれ。そして、運よく偽りの神の神殿や悪い主人の屋敷から金銀を盗めたら、この酒場を思い出してくれ。お前たちが見ての通り、私は奴隷として生まれ育った。ほれ、この目がその証拠だ。私の主人はひどい奴で、私が空になったビールの壺に小便を満たしておいたら、怒って私の目をペンで潰したんだ。だが、これからはそんなことは起こらないし、奴隷だからといって杖に耐える必要も、肉体労働をする必要もない。この状態が続く限り、楽しみ、騒ぎ、飛び跳ねていればいいのだ」

　ここまで言うと、カプタはようやく私とトトメスに気づいた。話を聞かれて少し恥ずかしそうにしながら、私たちを奥の部屋へと連れていき、言った。

「奴隷や荷役人はアテン神を称えながら路上を練り歩き、太った奴や肉体労働をしていない奴を見かけたら、アテン神の名のもとに好きなだけ杖で打ちのめしていますから、もっとみすぼらしい格好をしないと大変な目に遭いますよ。手や顔を泥で汚してください。私は元奴隷だったので太っていても杖は免れましたが、その代わりに奴らに穀物を分け、ただで酒を飲ませることになりました。近頃のテーベは貴族にとって危険な町だというのに、なんだってこんなときに帰ってきたのですか」

　私たちはカプタに斧と槌を見せ、偽りの神像を倒し、すべての碑文から名を削りに来たことを伝えた。カプタは賢しそうにうなずいて言った。

「それはいいお考えですな。民も喜ぶでしょう。ですが、これから情勢がどう変わるかは分かりませんから、立場がばれないように気をつけてくださいよ。今の状態は長くは続きませんし、もし角が復活すれば、お二人にも復讐するでしょう。この状況が続いたら、奴隷は生きていくための穀物をどこから手に入れればいいのですか。近頃の騒ぎで、十字の奴らは多くが混乱し、昔の秩序を取り戻したくなって角に転向する者もいるのです。ですが、ファラオ、アクエンアテンによる奴隷解放の命令は、長い目で見れば非常に賢明なご判断でした。そのおかげで私は奴隷を家に住まわせる必要がなくなり、彼らに高い穀物や油を与えずに済み、使い物にならない年寄りを追い出せるのですからね。よく働く使用人を自分で選ぶことができ、そいつの報酬も私が決めて、必要なときだけ雇い、いらなくなったら放り出せばいいのです。穀物が高騰しているせいで、奴らは酔いが覚めたら私のところに仕事をくれと殺到し、パンさえもらえればどんな条件でも呑むでしょうから、昔のように奴隷を雇うよりずっと安上がりというわけです。奴隷が盗みを働いても、昔からの慣習ですから主人は文句を言えず、杖で打つくらいしかできませんでしたが、これからは使用人が盗んだら、盗んだ分を労働で弁償することになります。昔の盗人は耳や鼻を削がれることもありましたね。そういうわけで私は賢明なファラオを大いに称えているわけですが、ほかの連中もじっくり考えて自分にどれだけ利点があるかが分かれば、きっと敬うようになるでしょう」

「穀物のことだが」私は言った。「私たちの穀物の半分はヒッタイトとの戦のためにホルエムヘブに渡すと約束したから、その分を至急、船でタニスに送ってくれ、いいな。残りの半分は蔵がある町や村の臼で挽き、パンにして飢餓に苦しむ者に配るんだ。使用人はパンを配る際に彼らから金をもらってはならない。ただこう言うのだ。『これはアテンのパンだ。どうかアテン神の名のもとに受け取って食べてくれ。そしてファラオ、アクエンアテンとその神を称えるのだ』とな」

これを聞いたカプタは服を引き裂いたが、奴隷の服だったからたいした損害ではなかった。そして髪を掻きむしり、カプタは悲痛な叫び声をあげて言った。

「そんなことをしたら一文無しになります。私はどこで儲ければよろしいのですか？　ファラオの狂気がうつって、逆立ちしてうしろ向きに歩いておいでですよ。哀れな私よ、こんな日が来るなんて、なんてことだ。スカラベですら私たちを助けてはくれないでしょう。パンを配ったところで誰もご主人様に感謝なんかしませんよ。それにあの呪われたホルエムヘブときたら、ご主人様の名義で貸した黄金の督促状を送ったら、自分で取り返しに来いと、とんでもなく無礼な返事を寄こしてきたのです。盗人はものを盗むだけですが、ホルエムヘブは利子をつけて返すと言って、借りるだけ借りて、無駄に希望を抱かせるのですから、盗人なんかよりずっと性質《たち》が悪いですし、最後は無念のあまり私の肝がはじけることになるでしょう。しかし、ご主人様の目を見たところ、どうやら本気のようですし、私がいくら文句を言っても無駄ですね。こんなことをしたら貧しくなるだけだというのに、従うほかなさそうです」

カプタは酒場に戻って奴隷の機嫌を取り、荷役人には奥の部屋で神殿から盗み出した聖杯や器、貴重品を好きに売買させた。人々は皆、戸に板を打ちつけて家に閉じこもっていたので、路上に人の姿はなく、いくつかの神殿は古くからの神の神官が中にいるまま放火されて燃え続けていた。

その後、碑文から神の名を削るために荒らされた神殿へ行くと、ほかにもファラオに忠実な者がすでに槌を振るっていたので、私たちも競うように火花が散るほど激しく槌を振るった。手首が硬直し、手のひらは痛んだが、槌がエジプトの新たな時代の始まりを後押しするのだ、と言い聞かせながら削り続けた。神の名を削る場所は数えきれないほどあり、私は同じことを何日も続け、飲まず食わずで休みもせず、睡眠もろくに取らなかった。ときどき信仰心の厚い神官に率いられた古い神を信奉する一団に石を投げられ、杖で脅されて邪魔をされ、逆上したトトメスが追い払おうとして、老いた神官の頭を槌で叩き割ったこともあった。私たちはより大きな狂気に呑まれつつあり、周囲の出来事を見まいと手を動かし続けた。

自由と解放に浮かれたあと、民には飢餓と物不足の苦しみが訪れた。奴隷と荷役人は港に青と赤の棒を立て、そこに集まって自警団を名乗り、角の者の家や貴族の家を荒らして、穀物や油、高級品を皆で分け合ったが、ファラオの番人はそれを止めることもしなかった。カプタは使用人を雇い、穀物を挽いてパンを焼き、飢餓に苦しむ者に配ったが、彼らは使用人の手からパンを奪い取ると「このパンは貧乏人から搾取したパンだ。だから貧乏人に配るのは当然だ」と言った。私はパンを配ったのに誰からも祝福されず、ひと月も経たぬうちに貧乏になった。

そして四十日が経った。四十回目の夜が過ぎても、テーベの動乱は勢いを増すばかりで、以前黄金を量っていた男は物乞いに身を落とし、その妻は子どもにパンを買うために、奴隷に宝石を売る始末だった。

ある日、夜暗くなってからカプタが私の家にやってきた。

「ご主人様、アテン王国の権力はもうすぐひっくり返るはずですから、どうかお逃げください。悪事に手を染めなかった市井の人々は王国が倒れても何とも思わないでしょう。法と秩序が戻り、旧来の神々も復活しますが、その前に神官たちが悪い血を粛清するつもりでいますから、ワニの餌はかつてないほどの量になるでしょう」

「どうしてそんなことを知っているんだ」

私がそう尋ねると、カプタはとぼけて言った。

「私はずっと熱心な角側の人間でしたし、こっそりアメン神を拝んできたのですよ。ですから、神官にも多くの黄金を貸してきました。彼らは二割五分、または五割の利子を払ってくれますし、アメン神殿の土地を担保にしてくれたのです。アイは自分の命が惜しくて神官たちと手を組み、神官はファラオの番人を味方につけ、エジプトの金持ちと貴族は皆アメン神の庇護に入りました。神官はクシュの地から黒人どもを呼び集め、地方を略奪していたシャルダナ人を雇い入れました。ご主人様、いずれ臼は回り始め、新たな穀物を挽くことになりますが、ありがたいことにその粉で焼かれるパンはアメンのものです。だいぶ儲けさせてもらいましたが、この混乱では胸がつぶれそうな思いもしましたよ」

「ファラオ、アクエンアテンがアメンにひれ伏すはずがない」

カプタの言葉に驚愕した私は大声で言った。すると、カプタは狡猾そうな笑みを浮かべ、人差し指で見えない目をなぞって言った。

「アメン神官が権力を取り戻せば、誰もファラオにお伺いなど立てないでしょうし、アケトアテンの町はすでに呪われており、そこへ続く道と川は封鎖され、あの地に残る者は皆餓死することになります。彼らはファラオがテーベに戻り、アメン神にひれ伏すことを要求するでしょう」

ファラオ、アクエンアテンが死よりも苦しい失望の表情を浮かべる姿がはっきりと目に浮かび、私は言った。

「カプタ、こんなことが起こっていいはずがない。私たちは二人でいくつもの道をともに歩んできた。だから、カプタ、この道のりも最後まで一緒に行こうじゃないか。私は穀物を配って、貧しくなってしまったが、お前はまだ黄金を持っているから、その黄金で武器を買ってくれ。槍、矢、槌を買えるだけ買うんだ。それから黄金を使って番人を味方につけ、買った武器を港の奴隷や荷役人に配り、彼らもファラオの味方にするのだ。これから先はどうなるか分からないが、今みたいに世の中の仕組みががらりと変わるような機会はかつてなかった。与えられた土地に貧乏人が住むようになり、庭が奴隷の子どもたちの遊び場になれば、きっと民は落ち着きを取り戻すだろうし、誰もが自分のものを守り、自由に仕事を選ぶことができたら、すべてがよくなるだろう」

カプタはふるえながら言った。

「ご主人様、私は老いてからも肉体労働なんかしたくありません。それに奴らはすでに貴族を杖で打って石臼を挽かせ、貴族や金持ちの妻や娘は娼館で奴隷や荷役人の相手をさせられています。これがいいことだとはとても思えませんし、むしろ悪ではありませんか。ご主人様、どうか私をこの道に誘い込まないでください。考えるだけで、かつてともに踏み込んだ暗黒の館を思い出すのです。もう二度とその話はしないと誓いましたが、今は言わせてもらいますよ。ご主人様は何が待ち受けているかをご存じないまま、再び暗黒の館に足を踏み入れようとしています。そこには腐りかけた怪物と悪臭を放つ死が待っているでしょう。私にとってファラオの神はクレタの神と同じくらい恐ろしいのです。ファラオは、優れたエジプトの男たちを雄牛の前で踊らせ、二度と戻ってくることができない暗黒の館へと誘い込んでいます。館に入る前は喜び勇んで踊り、自らの力を過信し、中に入れば西方の地の至福が待ち受けていると思っているのです。ご主人様、再びミノタウロスの館に入るなんてまっぴらです」

カプタは泣きわめくこともなく、真剣な顔で私を説得し、最後にこう言った。

「私やご自分のことをお考えにならないのでしたら、せめてご主人様のことを愛しているメリトとトトのことをお考えください。彼らをここから連れ出し、安全なところに匿《かくま》ってやるのです。アメンの臼が穀物を挽き始めたら、ここは安全とはいえません」

　しかし、私は興奮のあまり周りがまったく見えておらず、カプタの警告はただの戯れ言にしか聞こえず、横柄な態度で言い放った。

「女や幼い男の子を誰が追いまわすというんだ？　私の家にいれば安全だ。アテン神は勝利するし、アテン神が勝たねば生きる価値などない。ファラオが民に善かれと思っていることは民にも分かるだろうし、再び恐怖と暗闇の時代に戻りたいなんて誰が思うものか。お前のいう暗黒の館はアテン神ではなく、アメン神の館だ。アテン神には民がついているのだから、賄賂を受け取ったわずかな番人と臆病な貴族だけでアテン神を倒すことなんてできるものか」

「言うべきことは伝えましたから、これ以上は申しません。ご主人様に一つ秘密を教えたくて腹わたが煮えくり返る思いですが、これは私の秘密ではありませんからお教えすることはできませんし、狂気に捉われた今のご主人様にお伝えしても無意味でしょう。ですからご主人様、あとで絶望して膝や顔を石に擦りつけたとしても、たとえ怪物がご主人様を飲み込んだとしても、私を責めるのはお門違いです。私はただの奴隷ですし、私の死を悲しむような子どももいませんから、どうなろうとかまいません。ですから、たとえすべてが無駄なことだと分かっていても、この最後の道のりもご主人様にお伴しましょう。かつてのように暗黒の館に入ろうではありませんか。もしお許しくださるなら、ワインの壺を持っていくことにいたします」

　この日を境にカプタは酒を飲み始めた。朝から晩まで一日じゅう飲み続けたが、酔っ払いながらも私の命令をこなし、港の青と赤の棒の付近で使用人に武器を配らせ、密かに番人の長を「鰐の尻尾」に呼び寄せ、貧乏人の味方をするように賄賂を渡した。カプタは酒を飲んでも、いつもとたいして変わらなかった。トトメスも奴隷も、誰もが酒を飲み続け、金持ちは最後の宝石を売ってワインを買い、誰もが「飲めや食え。明日がどうなるかなんて誰にも分かりやしないんだから」と言った。

ある日、「鰐の尻尾」にカプタのツケでさんざん飲んでいた詩人が来た。カプタはツケを回収するために、さらに飲ませるはめになった。この男は髪を掻きながら目を輝かせて言った。

「すごいことを思いついたぞ。本当に偉大で重大で、誰も考えついたことはないだろう。ファラオだってここまで不思議な幻を見てはいないはずだ。いいか、今俺たちの周りで起こっていることはすべて邪悪で間違ったことなのだ。不正が正義に勝り、非情が温情に勝り、邪念が無垢を凌駕している。だが、これはすべてただの夢だから、悲しむ必要はない。死後に目覚めたとき、夢はどこかに消え失せ、俺たちが夢に煩わされることはない。前みたいにいい夢を見られるなら文句は言わないが、俺たちは今皆で悪夢を見ているんだ。ぞっとするような邪悪な夢をね。悪夢を見るより目覚めるほうがずっといい。分かるか、テーベなんて存在ないし、川も、エジプトも、畑も、町も、金持ちも貧乏人も、主人も奴隷もすべてまやかしで、悪い夢を見ているだけなんだ。ファラオもファラオが見る幻影も、俺たちが見ている夢にすぎない。俺は二日酔いが治らないときよりも気分が悪いし、いい加減うんざりだから、夢から覚めることにした。目を覚ませばエジプトもファラオもいない」

こう言うと、ひげを剃るために使っていた黒曜石の刃を取り出して、喉を真一文字に掻き切った。あまりのすばやさに誰も止めることができず、椅子や絨毯に血が飛び散り、カプタの出費はさらにかさんだ。

男の言葉はテーベじゅうに広がり、調和を求める穏やかな民の多くはこの動乱に辟易していたので、「俺たちの人生はただの悪夢で、死は甘い目覚めだ。穏やかな気持ちで、この暗い回廊から死の夜明けへと踏み出そうじゃないか」と言って、多くの人々が自ら命を絶った。なかには、アテン神が引き起こしたテーベでの動乱を目の当たりにして、この恐ろしい光景を見ないで済むようにと、妻子を殺した者もいた。

アテン王国が現れてから、飢餓と狂乱がテーベを席捲し、人々の心は乱れ、もはやワインの力を借りなくても酔いしれていた。十字だろうが角だろうが、意味を持っていたのは武器と拳、そして大きな声だけで、人々は声の大きい者に耳を傾けた。誰かがパンを手にしていたら、人々はそのパンを奪い取って「お前のパンをよこせ。俺たちは皆アテンの前で兄弟だろう。弟のお前がパンで腹を満たし、俺が飢えるなんておかしいじゃないか」と言った。そして、すれ違う者が高価な亜麻布の服を着ていれば、彼らに向かって「お前の服をよこせ。アテンの名において俺たちは兄弟だ。弟が兄よりもいい格好をしているなんておかしいだろう」と言った。首や服に角の印があれば、石臼を引かせるか、地面に生えた根を掘り起こさせ、燃えた家を取り壊させたが、なかには命を奪われて川に投げ込まれ、ワニの餌になった者もいた。ワニがテーベの港にある船着場にたどり着いても誰も追い払わず、青と赤の棒の辺りで言い争う民の声に紛れて、ワニが歯を噛み鳴らす音や尻尾で水面を叩く音がした。

秩序は乱れ、声の大きい者は言った。「俺たちはアテン神の名において秩序を維持しなくてはならない。だからすべての穀物を集め、皆で分け合おうじゃないか。勝手に略奪するのは許されないし、俺たちのような強い奴らが集まって一緒に奪い、皆で分け合うんだ」

　そして彼らは結託し、勝手に盗みを働く者を杖で打ち、これまで以上にひどい略奪を行い、反抗する者を皆殺しにし、満たされるまで食べ、最高級の亜麻布を身に着け、首や手足を金銀で飾った。なかには罪人もいて、鉱山や石切り場から解放された彼らは、耳や鼻を削がれた顔や足首の枷の痕、背中の鞭打ちの傷跡を民に見せびらかして、「こんな目に遭ったのは、アテンのせいだ。今こそ埋め合わせをしたっていいじゃないか」と言っていた。鉱山や石切り場に送り込まれた角の者のなかには、十字になった者が紛れていた可能性があった。テーベの町の狂乱をよそに、岸の向こう側のファラオの黄金の宮殿には誰も手を出さなかった。宮殿ではアメン神官と手を結んだアイがヘカとネケクを手にしているだろう。

　やがてふた月が経つ頃、クシュ国から船で連れてこられた黒人兵とアイが雇ったシャルダナ人が町を包囲し、すべての道と船の往来を封鎖したので、誰も逃げ出せなくなった。角の者が町のあちこちで蜂起し、神官たちはアメン神殿の蔵にあった武器を配った。武器がない者は杖の先端を炎で鍛え、調理用の槌や生地の伸ばし棒を銅で補強し、女の装飾品を溶かして矢尻を作った。角の者に加え、柔順で忍耐強く平和を愛する民もエジプトを思い、「昔の秩序が戻らんことを。新しい仕組みやただ奪うだけのアテンはもうたくさんだ」と言って立ち上がった。その後アテン王国は持ちこたえられずに、崩壊への道をたどることになる。

4

私は民に訴えた。「多くの過ちが起こったかもしれないし、不正によって正義が踏みにじられたかもしれない。そのために多くの無実な者が苦しんだだろうが、それでも民の無知を利用して支配するアメン神が、恐怖と暗黒の神であることに変わりはない。唯一の神であるアテン神は、私たちの心の内にも、心の外にも存在し、アテン神以外の神はいない。だから奴隷や貧乏人、荷役人や使用人よ、アテン神のために戦ってくれ。これ以上失うものはないし、もしアメン神が勝てば、隷属と死を味わうことになる。かつてファラオ、アクエンアテンのような方がこの世に現れたことはなく、アテン神があの方の口を通じて語りかけ、世界を新しくする機会は今しかないのだから、ファラオのために戦うのだ」

しかし、奴隷や荷役人は声に出して笑った。

「シヌヘ、アテンのことで戯言を言うな。どんな神も同じだし、ファラオだって同じようなものだ。お前はかなりおめでたい奴だが、俺たちのつぶれた手に包帯を巻き、傷だらけの足を無償で治してくれた。お前がそんな槌を持っていても、振り下ろすのは無理だろうし、お前は兵士には向いていないのだからやめておけ。角の者がお前の手に槌があるのを見たらお前を殺すだろうが、そんなことにはなってほしくない。俺たちの手は血で汚れているし、日除けの下で寝転がり、黄金の杯で酒を飲んで、いい思いもしたから、どうなろうがかまいやしない。それほどの価値があったのかと聞かれたら分からないがね。いずれにしても宴は終わり、俺たちはこれから武器を手に死に向かうんだよ。自由を味わい、いい思いをしてしまった今、奴隷になんて戻れるものか。お前が俺たちの傷や痛みを治したいなら何も言わないが、俺たちと一緒に槌を振りまわすのは、あまりにも滑稽だからやめてくれ。黒人やシャルダナ人、角の奴らの格好の餌食《えじき》になるだけだろう」

私は恥ずかしくなって槌を手放し、家から医療箱を持って「鰐の尻尾」に行き、怪我人の傷を治療した。テーベでは三日三晩、動乱が続き、多くの者が十字を角に持ち替えて、角の軍に加わった。それ以上に多くの者が武器を手放し、家や酒蔵、穀物蔵や港の空のかごに隠れた。奴隷や荷役人は戦い続け、なかでも最も勇猛だったのはこれまでほとんど声をあげなかった者たちと、鼻や耳をそぎ落とされ、身元がばれると分かっていた者たちだった。奴隷と荷役人は家に火を放ち、夜も炎の明かりを頼りに戦った。黒人やシャルダナ人も家に放火し、略奪し、目の前に誰かが現れれば、十字の者だろうが角の者だろうが誰彼かまわず倒した。彼らを取りまとめ、町を包囲したのは、アメン神殿の前で民を殺したペピトアテンだったが、彼の名は再びペピトアメンになっていた。アイは最高位で最も学がある彼を司令官として選んだのだ。

一方で私は、「鰐の尻尾」で奴隷の傷口に包帯を巻き、荷役人の陥没した頭を治していた。メリトは私とカプタと自分の服を裂いて包帯にし、トトは痛みを訴える者にワインを運んだ。まだ動ける者は傷を負ったまま再び戦に戻った。最後の戦は港と貧民街で行われた。戦に慣れた黒人兵とシャルダナ人が武器を持ち、まるで穀物を刈るように民をなぎ倒していった。民の血が狭い裏道から石造りの船着場を伝って川へと流れ落ちた。かつてケメトの大地にこれほど多くの死がもたらされたことはなかっただろう。倒れて立ち上がる力もなく横たわっている者は、黒人兵や角の者に槍で貫かれ、奴隷や荷役人の手に落ちた角の者も同じ目に遭った。私はこうした状況をほとんど知らずに、「鰐の尻尾」でずっと怪我人の手当てをしていた。すべてはファラオ、アクエンアテンのためだと思っていたが、人は自分の心を知らないものだから、もはや確信はなかった。

そして、荷役人や奴隷は自分たちのなかで最も屈強で声の大きい男をかしらに据えた。すでに血と戦の興奮に酔っていたかしらたちが戦の合間に「鰐の尻尾」にワインを飲みに立ち寄り、硬い手のひらで私の肩を叩きながら笑って言った。

「シヌへ、お前の隠れ場所として港に居心地のいいかごを用意してやったぞ。お前だって今晩我々と一緒に逆さ吊りにはされたくないだろう。シヌへ、今さら傷を治療したって、どうせまたやられて傷が開くんだから、もう隠れるときが来たんじゃないか」

「王の医師である私に手を出そうとする者などいるものか」

私がそう答えると、彼らはさらに私をあざ笑い、たっぷりワインをあおって戦へと戻っていった。

そこへカプタがやってきて言った。

「ご主人様の家が燃えていますよ。ムティは洗濯棒で抵抗しようとして、角の奴らに刺されてしまいました。今こそ一番上等な亜麻布の服を着て、すべての位を示す印をつけてください。そうすれば助かりますから。この傷ついた奴隷や盗人なんて放って、私と一緒に奥の部屋で着替え、神官アイの隊長たちを迎えましょう。私はこのまっとうな酒場の仕事を続けられるように、神官や将校を抱きこむためのワインの壺をいくつか隠しておいたのですよ」

メリトも私の首に手をまわして祈るように言った。

「シヌへ、どうか自分を守って。自分のためと思えないなら、私とトトのために」

しかし、不眠、失望、死、そして戦の騒音でおかしくなっていた私は、判断力を失い、こう言ってしまった。

「家がなんだ、自分がなんだ、君やトトがなんだ！　この血はアテン神の前で兄弟の血なんだ。アテン王国が滅びてしまうなら、生きていたって意味がない」

いったいなぜこんな信じられないことを口走ったのかは分からないが、私のなかの何かがこう言わせた。それは、私の臆病な心から出た言葉ではなかった。

このとき逃げ出そうと言っていたとしても、次の瞬間には、頭を剃り上げて顔を聖油で光らせた神官に率いられたシャルダナ人と黒人兵が酒場の戸を破って中に飛び込んできたから、逃げ出せたかどうかは分からない。彼らは床に寝ている血だらけの負傷者から殺し始めた。神官は聖なる角で負傷者の目を突き刺し、顔に縞模様の戦化粧を施した黒人兵は負傷者の上で飛び跳ね、傷口から血が吹き出した。アメン神官は叫んだ。

「ここはアテンの巣窟だ。火で清めねばならん」

そして彼らは私の目の前で、トトの頭を叩き割り、トトを守ろうとしたメリトを槍で刺した。私は神官に角で頭を殴られ、声は喉に詰まり、二人を守れなかった。このあとのことは何も覚えていない。

意識を取り戻したときは「鰐の尻尾」の店先にいたが、どこにいるのかすぐに思い出せず、夢を見たのか、死んだのかと思った。アメン神官の姿はなく、兵士が槍を下ろしてカプタが供したワインを飲んでいた。将校は銀の笏で兵士たちを次の戦場へと追い立てていた。木造の「鰐の尻尾」は岸辺の乾いた葦のように、目の前で炎をあげて燃えていた。私はすべてを思い出し、立ち上がろうとしたが、力なく倒れた。四つん這いで燃えている戸口まで行き、火中のメリトとトトのもとへ行こうとした。炎のなかに入ると、少し残っていた頭髪はすべて燃え尽き、服にも火が燃え移り、手と膝を火傷した。カプタが悲鳴をあげながらやってきて、私を炎のなかから引きずり出し、服に燃え移った炎が消えるまで私を土埃に転がした。この様子をそばで見ていた兵士たちは膝を叩きながらげらげらと笑ったので、カプタは彼らに言った。

「この方は神官に角で頭を叩かれて、少し気がおかしくなっただけだ。みすぼらしい身なりをしていても、王の医師で下級神官でもあるから、あとであの神官は報いを受けるだろう。民の怒りに触れぬよう、地位を示す印を隠していたのだ」

私は地面に座り込み、火傷した手で頭を抱えた。煙が目に沁み、とめどなく涙が流れた。

「メリト、メリト、メリト！」

するとカプタが私をぐいと押し、早口で私に言った。

「静かに。あんたは正気を失い、もう十分私たちに損害を与えたではないか」

それでも私がメリトの名を言い続けたので、カプタは私のそばに顔を寄せて顔をゆがめてささやいた。

「ご主人様、どうかこれで正気に戻ってください。今こそご自身が思う以上に器が満たされたのではありませんか。ですから、もう遅すぎるとはいえ、お伝えしましょう。トトはご主人様の息子だったのですよ。ご主人様が最初にメリトを抱擁し、メリトの横でお休みになったときに命を授かったのです。メリトは誇り高く、孤独な女で、このことをご主人様に伝えようとしませんでしたが、正気を取り戻してほしいのでお話しします。トトはご主人様の血筋の子だったのですよ。ご主人様はアケトアテンとファラオのためにメリトを棄てました。ここまでご主人様が正気を失っていなければ、トトの目や口元がご自身に似ていると気づいたはずです。あの子を救えるなら、私は命を投げ出したことでしょう。しかし、私はご主人様を説得できなかったためにあの子を救えず、メリトはご主人様のもとを離れたがらなかった。ご主人様がおかしくなったせいで二人とも死んだのです。ですからご主人様、いい加減、正気に戻ってください」

それを聞いて、私は言葉が出なかった。カプタをじっと見て「本当なのか」と尋ねた。しかし、色々と思いを巡らせれば、カプタが答えるまでもなく、それは真実だった。私は土埃だらけの道端に座り込んだ。涙も出ず、痛みも感じず、心が閉ざされ、すべてが私のなかで凍りついた。

「鰐の尻尾」は私の前で煙をあげてごうごうと燃え、灰が降り注ぎ、酒場とともにトトの小さな体と、メリトの美しい体も一緒に燃えてしまった。彼らの遺体は殺された奴隷や荷役人とともに失われてしまったので、永遠の命を与えることすらできなかった。彼には私と同様、ファラオの聖なる血が流れていた。トトは私の息子だった。そして私の思っている通りなら、たかもしれないから、もし私が真実を知っていたら、すべてが違っていたかもしれない。しかし、今となってはすべてが遅すぎた。彼の聖なる血筋は奴隷と荷役人の血とともに燃えてしまい、もうどこにも存在しない。メリトは自らの誇りと孤独のためだけではなく、この恐ろしい秘密のためにトトのことを隠していたのかもしれない。土埃や煙や火花が舞い散るなか、道端に座り込む私の顔に、二人の遺体を焼く炎の煙が容赦なく降りそそいだ。

それからはすべてが混沌としていた。動乱が終わりを告げ、私はカプタに連れられるまま、アイとペピトアメンのもとに赴いた。貧民街が燃え続けるなか、港に設置された黄金の玉座に座る二人の前には、兵士と角の者に連行された囚人が並び、審判が開かれていた。武器を手にしていた者は全員逆さ吊りにされ、略奪した者は川に投げ込まれてワニの餌になった。首や服にアテンの十字を身に着けていた者は杖で打たれ、強制労働に送り込まれた。女は兵士や黒人の慰み者として当てがわれ、子どもはアメン神殿に送り込まれ、そこで育てられることになった。テーベの川岸は死体にあふれていた。アメン神官たちの信頼を得たかったアイは慈悲のかけらもなく、「エジプトの地から悪の血を粛清する」と言った。

ペピトアメンは、奴隷と荷役人に家を略奪され、猫の檻から餌や子猫たちのためのミルクとクリームを盗まれ、猫が飢えて野良猫になってしまったことに怒り狂っていた。彼は容赦なく男たちを逆さ吊りにしたので、二日後には町じゅうの壁が逆さ吊りにされた男でいっぱいになった。

神官たちは喜び勇んで再びアメン神像を立て、膨大な供物を捧げた。ほかのすべての神々の像も元の場所に戻され、神官は民に宣言した。

「信じる者をすべて守護してくださるアメン神がお戻りになった。もはやケメトの大地には飢えも涙も存在しない。アメンの畑を耕し、千倍もの穀物が収穫され、腹は満ち、再びエジプトに富が戻るだろう」

しかし、テーベの飢餓はかつてないほど深刻だった。シャルダナ人と黒人兵は無節操に略奪を行い、十字の者や角の者の区別なく女に暴力を振るい、子どもは奴隷として売り飛ばされた。ペピトアメンは彼らを統率できず、アイも彼らを抑え込めなかったので、民は涙に暮れるばかりだった。シャルダナ人や黒人兵は「力は我らの槍とこん棒にある。だから口出しも邪魔もするな」と言った。神官がアクエンアテンを偽りのファラオと宣言し、彼の町を呪ったので、実質エジプトからファラオはいなくなった。新たなファラオを後継者として認めさせるには、後継者自身がテーベに戻り、アメン神に頭を下げて供物を捧げ、神官にファラオだと認められなければならなかった。

動乱後の大混乱を目にしたアイは、ペピトアメンをテーベの司令官に任命したあと、ファラオ、アクエンアテンに王の座を放棄させ、自分の権力を強固にするために後継者の補佐となるべく、アケトアテンに急ぐ必要があった。アイは私に言った。

「シヌへ、お前も来るのだ。偽りのファラオを従わせるには医師の助言が必要かもしれん」

「もちろんです、アイ。私は器を満たさねばなりませんから」

しかし、彼は私がどういう意味でこう言ったのかを理解していなかっただろう。

5

こうして私は、神官アイとともにアケトアテンにいる呪われたファラオのもとへ戻った。タニスにいるホルエムヘブも、テーベと川沿いの地域で起こったことを耳にして、強引に戦艦を出航させ、川を上ってアケトアテンに急いだ。ホルエムヘブは急ぎながらも町や村に立ち寄り、閉鎖された神殿を再び開き、倒された神像を元に戻し、機嫌がいいときには供物を捧げることもあったので、行く先々の町で神官に称えられ、彼の戦艦が帆をあげて川を上るにつれて町や村は落ち着きを取り戻していった。また、自ら武器を手放してアテンの十字をアメンの角に持ち替えた者を罰することなく、すべての奴隷を放免したため、民からも彼の慈悲深さを称えられたが、実際は慈悲心からそうしたわけではなく、単に戦のために兵力を温存しておきたかっただけだった。ホルエムヘブはアイと争うかのように、アイとほぼ同時にアケトアテンに到着した。

アケトアテンの町は呪われた地となっていた。誰も逃げ出せないように、アメン神官と角の者が町へ続く道を監視し、川は銅の鎖で閉ざされ、十字を角に持ち替えようとしない者や、アメン神に供物を捧げずに逃げ出そうとする者は、すべて処刑されていた。多くの者はすでにアテン神を放棄していたから、喜んでアメン神に供え、アテン神を呪った。船から眺めると、アケトアテンは死のような静けさに覆われていて、かつてと同じ町とはとても思えなかった。庭園の花はしおれ、緑の草地は枯れ、太陽に照りつけられた木も立ち枯れ、鳥が歌うこともなく、町じゅうに恐ろしく甘ったるいにおいが漂っていた。貴族は家を捨て、使用人は真っ先に逃げ出し、大工や山の石切り職人は呪われた町のものを持ち出す勇気もなく、家財道具を置いたまま出ていった。犬は檻のなかで吠え続けたあげく力尽き、馬は召使いが腱を切って逃亡したため、囲いのなかで衰弱していた。あの美しかったアケトアテンの町は死の町となり、私は緩やかに迫りくる死に迎えられた。

ファラオ、アクエンアテンはまだアケトアテンの黄金の宮殿にいた。そばには忠実な使用人と家族、生涯を黄金の宮殿で過ごし、ファラオのそばにいるほかに能がない年老いた貴族が残っていた。ふた月の間、一度もアケトアテンには使いが来なかったので、彼らは町の外で起こったことを知らなかった。そのうえ、黄金の宮殿の食べ物は底を尽き、ファラオ、アクエンアテンの望み通り、彼らは乾いたパンと貧乏人が口にする粥でしのいでいた。しかし、目端の利く者は隠れて川で魚を捕り、鳥を打ち落として空腹を紛らわせていた。

神官アイは、友としてファラオに信頼されている私にこれまでの出来事を報告させるために、私を先に行かせた。私は再びファラオと対面したが、私の心は凍りつき、悲しみも喜びも感じず、ファラオから心を閉ざしていた。ファラオは血の気が失せてやつれた顔をあげ、力なく手を膝におき、光を失った目で私に尋ねた。

「シヌへ、私のもとに戻ってきたのはそなただけか？　私に忠実な者はどこにいるのだ？　私を愛した者は、私が愛した者はどこにいる？」

「古くからの神々が再びエジプトを支配し、テーベでは神官がアメン神に供物を捧げ、民は喜びにひたっています。ファラオ、アクエンアテン、民はあなたを呪っています。あなたの町も呪い、あなたの名は永遠に呪われ、すべての碑文からあなたの名は削られました」

ファラオは苛立たしげに手を動かし、顔に怒りを浮かべた。

「テーベで起こったことなど尋ねておらぬ。私の忠実な僕《しもべ》はどこだ。私が愛した者はどこにいるのかと尋ねているのだ」

「おそばにはいまだ美しい王妃ネフェルトイティがいるではありませんか。王女たちもおられます。若いセケンレは川で魚を捕り、トゥトも相変わらず人形で葬式ごっこをしています。ほかの者が何だというのです？」

「我が友トトメスはどこだ。そなたの友であり、私が愛した者だ。石に永遠の命を与える芸術家はどこにいるのだ？」

「ファラオ、アクエンアテン、彼はあなたのために死にました。あなたに忠実だった彼は、黒人に刺し殺され、遺体は川に投げ込まれてワニの餌になりました。彼はファラオの寝床に唾を吐いたかもしれませんが、彼の弟子が彼の道具や永遠の命を吹き込んだ彫像を放り出して逃げ出し、さびれた工房でジャッカルが吠えている今、思い出すのはやめましょう」

アクエンアテンは、顔から蜘蛛の巣を払うように手を動かした。そして、愛する者たちの名を挙げ連ねたので、私はそのうち何人かについて答えた。

「彼らはあなたのために死にました」

しかし、残りの者についてはこう答えた。

「彼らは上等な服を身に着け、アメン神に供物を捧げ、あなたの名を呪っています」

そして最後にこう言った。

「アテン王国は敗北し、もうこの世に存在しません。再びアメン神が支配しているのです」

ファラオは輝きを失った目で前を見つめ、苛立たしげに血の気のない手を動かして言った。

「そうだな、幻影が伝えてくれたから、すべて知っている。永遠の王国は現実の世界に入り込む余地がなく、以前のように、恐怖、憎しみ、過ちが世界を統《す》べるのだ。生きていなければよかった。そもそも生まれてこなければ、私はこんな世界を見ずに済んだのだ」

あまりに周りが見えていない様子に、私は思わず腹が立って言った。

「ファラオ、アクエンアテン、すべての発端はあなただというのに、あなたは自分の息子の血がその腕に流れたわけでもなく、愛する女の断末魔の悲鳴を聞いたわけでもない。この悪夢を少しも目にしていないあなたの言葉など、戯れ言にすぎません」

彼は疲れた様子で言った。

「シヌヘよ、私が諸悪の根源であるなら、私の前から立ち去るがよい。そうすれば、これ以上私のために苦しまなくて済む。立ち去るのだ。皆の顔の裏に野獣の顔が透けて見えるから、そなたの顔も、ほかの者の顔も見たくない」

私はファラオの前に座り込んで言った。

「あなたのもとを離れはしません。私は器を満たさなくてはならず、そのためにこの世に生まれたのであり、すべては私が生まれる前から星に記されていたのでしょう。神官アイがもうすぐあなたのところにやってきますし、町の北からはホルエムヘブもラッパを吹かせ、川を閉鎖している銅の鎖を切ってあなたのもとへ駆けつけてくるでしょう」

ファラオはかすかに微笑んで手を広げた。

「アイとホルエムヘブ。罪と槍か。つまり彼らだけが忠実に私のもとに戻ってくるというわけか」

こう言うとファラオは口を閉ざした。私も話すのをやめて、水時計の水が滴《したた》り落ちる静かな音を聞いていた。まもなく、神官アイとホルエムヘブがファラオの前にやってきた。彼らは激しく言い争っていたようで、二人とも憎しみに満ちた顔で重苦しいため息を吐き、ファラオを敬うことも忘れていた。まずアイが言った。

「ファラオ、アクエンアテンよ、命が惜しければ退位なさるのだ。テーベに戻ってアメン神に供物を捧げ、セケンレに王位を譲れば、神官たちがセケンレの頭《こうべ》に赤と白の冠をかぶせ、ファラオとするだろう」

一方でホルエムヘブはこう言った。

「ファラオ、アクエンアテンよ、俺が槍で救おう。テーベに戻り、アメン神に供物を捧げるのだ。神官はうるさいだろうが、俺が奴らを笏で抑え込めばいい。なに、王がシリアを取り戻すための聖戦を布告すれば、奴らも文句なんかないさ」

ファラオは疲れ切った顔で二人を眺め、死んだような微笑みを浮かべた。

「私はファラオとして生き、死ぬのだ。決して偽りの神などに供物など捧げないし、権力を維持するために民の血が流れる戦などするものか。話は以上だ」

そう言うと、ファラオは服の袖で顔を隠し、私たちを死臭に満ちた広間に残して去っていった。

アイは力なく手を広げ、ホルエムヘブを見ると、ホルエムヘブも両手を広げてアイを見た。私は膝に力が入らず、床に座り込んだまま彼らを見た。突然アイがずるそうににやりと笑って言った。

「ホルエムヘブ、お前は槍を持っている。玉座はお前のものだ。ほれ、二重冠が欲しいなら受け取るがいい」

ホルエムヘブも嘲笑いながら言い返した。

「俺はそこまでばかじゃない。お前こそ、その汚らしい冠が欲しいなら受け取ればいい。俺には王家の血が流れていないから、俺が玉座に座ろうとすれば、槍で尻を突かれるだろう。お前もよく分かっているように、これまでの経緯を踏まえても、すべてが元通りになることはない。それどころかエジプトが飢餓と戦に脅かされているときに俺が冠を手に取れば、民はすべて俺のせいにするに決まっている。そうなったときにお前は簡単に俺を倒すだろう」

アイは言った。「後継者はセケンレかトゥトだ。彼らの妻は聖なる血筋だからな。トゥトならテーベに戻ることを承知するだろう。ときが来るまで、どちらかに民の憎しみを引き受けてもらおう」

「彼らの背後でお前が支配するつもりだな」ホルエムヘブは言った。しかし、アイはこう返した。

「我々がヒッタイトを退けねばならんのを忘れているのか。それができるのは、ケメトの大地で誰よりも強く、軍隊を持っているお前しかいない」

彼らはさんざんなじり合ったあげく、すでに互いの運命が絡み合い、協力しないとどうにもならないことに気づいた。そこでアイが口を開いた。

「ホルエムヘブ、腹を割って話そう。わしはこれまでお前を倒そうとしてきた。しかし、今じゃお前はわしより強くなって、お前なしではどうにもならん。もしヒッタイトが攻めてきたら、たとえこの手に権力があっても太刀打ちできず、ヒッタイトを相手にペピトアメンごときにどうにかできるとも思えん。あいつに務まるのは死刑執行人ぐらいだ。だから、今日この日を我々の同盟の日としようじゃないか。わしがいなければお前の軍隊は何もできないし、お前の軍隊がなければエジプトは終わりだ。このままでは共倒れになるのがおちだが、手を組めばともにエジプトを支配できる。だから、すべてのエジプトの神々の名にかけて、我々は今日から力を合わせるのだ。わしはもう老いているから、権力のうまみを早く味わいたいのだよ。お前はまだ若く、時間は十分にある」

「俺は王冠が欲しいわけではなく、兵士どもに戦をさせてやりたいだけだ。それに、アイ、今の話については何か保証してほしい。さもないと、お前は機会を見計らって俺を裏切るだろうからな。俺はお前をよく知っているから、そんなことはないと言っても無駄だぞ」

アイは両手を広げて言った。「どうすれば納得するのだ。軍では十分な保証にならないというのか？」

ホルエムヘブの顔は色濃くなり、決まり悪そうに視線を壁に向け、爪先で砂を掘るようにサンダルで石の床を掻いた。そしてこう言った。

「俺は王女バケトアテンを妻にしたい。本気だ。たとえ天と地が裂けようともあの方と壺を割るつもりだ。お前に邪魔はさせない」

「そういうことか。お前がどこを目指しているのか分かったぞ。思っていたよりもずる賢い奴だな。それに敬意を表してやろう。あの方には偉大なるファラオの神聖な血が流れている。実際、あの方と婚姻を結べば、お前は王冠への合法な権利を手にするのだし、偽りのファラオの血しか流れていないアクエンアテンの娘を妻とするよりもずっといいだろう。あの方は名前をバケトアメンに戻されたから、神官にも異論はないはずだ。いや、ホルエムヘブ、お前は実に計算高い奴だ。しかし、同意はできんな。少なくとも今はだめだ。許してしまったら、わしの力がお前に及ばなくなるではないか」

「アイ、汚《けが》らわしい王冠なんかお前が受け取れ。王冠より何より俺はずっとあの方が欲しかったんだ。黄金の宮殿であの方の美しさを一目見たときからずっとだ。俺の腰からエジプトの王を生み出し、自分の血が偉大なるファラオの血脈となるのを見たいのだ。アイ、お前は王冠が欲しいだけなんだから、王冠を取れ。そのときが来たら、俺の槍がお前の玉座を支えよう。だが、王女は俺に渡せ。そうすれば俺はお前のあとに統治しよう。お前が言ったように、お前がどれだけ長生きしようと俺には待つ時間がある」

アイは口を撫で、しばらく考え込み、やがてホルエムヘブを好きに操れることに気づき、徐々に満足気な顔つきになった。まだファラオが隣の部屋で息をしているというのに、不遜にも二人が王位に就く相談をしているのを聞いて、私は人の心とは何たるものかと思った。しまいにアイが言った。

「お前は十分王女のことを待ったのだから、もうしばらく待ってもよかろう。すぐにでも戦を始めねばならないときに、結婚の準備はできない。それに王女はお前が卑しい生まれであることをたいそう見下しておられるから、王女の承諾を得るのにも多少の時間が必要だ。しかし、わしには王女を説得する方法がある。ホルエムヘブ、すべてのエジプトの神々の名にかけて、赤と白の二重冠を我が頭に戴く日、わしがお前たちの壺を割ると誓おう。その日まで待てば王女はお前のものだ。これ以上は譲れない。自分をお前の手に預けることになるからな」

ホルエムヘブはそれ以上何も要求せずに言った。

「いいだろう。この忌々しい計画をともに最後まで進めようじゃないか。それほど王冠を欲しているお前がぐずぐずするとは思わない。王冠などただの子どものおもちゃにすぎないというのにな」

彼は興奮のあまり私のことをすっかり忘れていたが、辺りを見渡して私に気づくと、気分を害して言った。

「シヌへ、まだここにいたのか？　なんてことだ。お前が耳にしたことは、お前のような者が聞いていい話ではない。お前は友人だからできれば避けたいが、お前を始末しなければならない」

ホルエムヘブの言葉を聞いて私は笑いそうになった。考えてみれば、床に座り込んでいる私には聖なる血が流れていて、偉大なるファラオの唯一の男系の王位継承者であるかもしれないというのに、アイもホルエムヘブも、本来資格などないくせに王冠の話をしているのだ。私は笑いを堪えきれず、口に手を当てて老女のようにひいひいと甲高い声で笑ってしまった。アイは私に笑われてひどく気分を害して言った。

「シヌへ、笑うなんて無礼な奴だ。これは重大な話であって笑っている場合ではない。お前は殺されてしかるべきだが、殺しはしない。それよりももっといい方法がある。お前は話をすべて聞いていたのだから、わしらの証人になるのだ。今日聞いた話は誰にも言ってはならんぞ。わしらにはお前が必要だから、どんな誓いよりも強固にお前を縛りつけることにしよう。お前だってファラオ、アクエンアテンはもう死ぬべきだということは分かっているだろう。だからお前は王の侍医として、今日のうちに彼の頭蓋切開をし、頭の深いところに刃を刺し込め。そうすれば、しかるべき慣習にのっとって二度と目覚めることはないだろう」

ホルエムヘブは言った。「俺はこれには関与しないぞ。どのみちアイの計画に加わったことで俺の手は十分汚れてしまったがな。だが、アイが言ったことは本当だ。エジプトを救うためにはファラオ、アクエンアテンは死なねばならない。ただし、これ以上俺に言えることはない」

私はまだ口に手を当てて笑っていたが、ようやく落ち着きを取り戻して言った。

「医師としては、十分な理由もないのにファラオの頭蓋切開をすることはできないし、やってはならないことだ。その代わり、友人として、ファラオにいい薬を調合しよう。それを飲めばあの方は眠りにつき、二度と目覚めることはない。そうなれば、お前たちは計画を暴露される心配をせずに済み、安心できるだろう」

そして、以前フリホルにもらった鮮やかなガラスの瓶を取り出し、ワインにその薬を混ぜたが、特に嫌な香りはしなかった。私は黄金の杯を手にし、三人でファラオ、アクエンアテンの部屋に向かった。ファラオは冠を脱ぎ、その横にヘカとネケクを置き、寝床で横になっていた。顔色が悪く、目は赤くなっていた。アイが興味津々で冠に手を触れ、黄金の笏の重さを確かめながら言った。

「ファラオ、アクエンアテンよ、ご友人のシヌヘがあなた様のためにいい薬を調合しましたぞ。お飲みくださいませ。そうすれば具合もよくなるでしょう。明日にはまた嫌な話の続きをしましょう」

ファラオは起き上がって杯を受け取り、私たちを順に見つめた。ファラオの疲れ切った目が私を貫き、その視線の強さに背筋がふるえる思いがした。ファラオは私に言った。

「病んだ動物は槌によって救済されるという。シヌヘよ、そなたが私を救ってくれるのか？　もしそうであれば礼を言おう。死よりも失望のほうが苦いものだ。今日の私にとって死は没薬よりもかぐわしい」

私は言った。「ファラオ、アクエンアテン、お飲みください。アテンのために」

ホルエムヘブも言った。「飲むのだ、我が友、アクエンアテンよ。エジプトを救うために飲んでくれ。かつてテーベの山の麓の砂漠でしたように、俺が弱っているあなたを肩衣で覆うだろう」

ファラオはワインを飲んだが、手がひどくふるえ、ワインがあごを伝った。そこでファラオは両手で杯をつかんで飲み干すと、再び横になり、頭を木製の枕に乗せた。私たち三人はしばらく彼を見つめた。ファラオは私たちに話しかけることもなく、血走った目で幻影を見ているようだった。しばらくすると、体が凍えているかのように痙攣し始め、ホルエムヘブが肩衣を脱いでファラオを覆った。

アイは冠を手に取り、自分の頭に乗せた。

こうしてファラオ、アクエンアテンは西方の地に旅立った。私は死の薬を入れたワインをこの手でファラオに渡し、ファラオは私から受け取った死の杯を飲み干したのだ。なぜそんなことをしたのかは分からなかった。やはり人は自分の心を知ることはできないものなのだろう。おそらくエジプトのためというより、メリトと私の息子トトのためにそうしたのだと思う。または、ファラオへの愛情というより、ファラオに対する憎悪と反発、そしてファラオが引き起こしたすべての悪のためにしたのかもしれない。なにより、器を満たさなければならないと、星に記されていたからそうしたのだろう。死にゆくファラオを目にして、器は満たされたと思ったが、人は自分の心の内を計れず、ワニのように決して満たされることはないのかもしれない。

ファラオの死を見届けた私たちは、使用人に「ファラオは眠っているから邪魔をしてはならない」と伝えて黄金の宮殿をあとにした。翌朝になって、使用人はようやくこと切れたファラオに気づき、大いに嘆いた。その嘆きは宮殿じゅうに響いたが、おそらく多くの人々はファラオの死に安堵しただろう。私がファラオの遺体を死者の家へ運ぶために黄金の宮殿に到着すると、ファラオの亡骸のそばに王妃ネフェルトイティが立ち、美しい手でファラオの痩せた指や頬に触れていたが、涙一つこぼさず、その表情からは何も読み取れなかった。死者の家と黄金の宮殿だけがアケトアテンの町で唯一機能していた場所だった。私はファラオの遺体を保存するために、遺体を死者の家に運び、遺体処理人とミイラ職人の手に委ねた。

その後、法と慣習に則り、若いセケンレがファラオとなったが、彼はこれまでファラオ、アクエンアテンの考えを踏襲していたにすぎず、悲しみに打ちひしがれて辺りを見回すばかりで、はっきりと話すこともできなかった。アイとホルエムヘブはセケンレに、もし冠をかぶりたければ、急いでテーベに向かい、アメン神に供物を捧げなくてはならないと言ったが、セケンレは目を開けたまま白昼夢を見るような少年だったから、二人の言葉を信じようとしなかった。そしてセケンレは「私はすべての民にアテン神の輝きと、義父、アクエンアテンがほかの王とは異なる存在だったことを知らしめるべく、義父のために神殿を建造してそこに仕え、義父を神と崇める」と告げた。また、呪われた町から逃亡する警備部隊のあとを追い、「こんなふうに家や妻子を見捨ててはだめだ」と言って、泣きながらファラオのために戻ってくれと追いすがったそうだ。シャルダナ人とシリア人は彼をあざ笑い、あるシャルダナ人の下級将校は下半身をさらして「こいつがあるところが俺の家、つまり妻子がいるところなんだ」とからかった。未熟なセケンレは、傭兵に懇願するような真似をして、王家の立場を辱めた。

セケンレの愚かさを痛感したアイとホルエムヘブは彼のもとから去った。翌日、空腹に耐えかねたファラオは、魚を釣るために川に行き、乗っていた葦舟が転覆して、ワニに食われて死んだ。そう伝えられているが、実際の経緯は分からない。しかし、ホルエムヘブがセケンレを殺したとは思えないし、可能性があるとすれば権力を得るために急いでテーベに戻りたがっていたアイが手を下したのだろう。

その後、アイとホルエムヘブが若いトゥトのところに行くと、彼は宮殿の部屋で妻のアンクセンアテンと一緒に人形で葬式ごっこをしていた。ホルエムヘブが言った。

「やあ、トゥト。そろそろ、そのくだらん床から立ち上がるときだ。あなたはファラオなのだから」

トゥトは言われた通り、素直に立ち上がり、黄金の玉座に座って言った。

「僕はファラオなんだな？　それは当然だ。僕はいつもほかの者より優れていると思っていたし、僕がファラオになるのは正しい。ネケクで間違ったことをする者を罰して、ヘカで善人と信心深い者を導くんだ」

アイは言った。「トゥト様、ばかなことを言ってはなりません。あなた様はわしの指南に従えばよろしい。何も話す必要はないのです。まずわしらは祝賀行列にてテーベに行き、大神殿でアメン神に頭を下げ、供物を捧げなければなりません。そうすればアメン神官たちがあなた様に聖油を塗り、頭に赤と白の二重冠をかぶせることでしょう。お分かりですかな」

トゥトは少し考えて尋ねた。「もし僕がテーベに行けば、ほかの偉大なるファラオのように僕にも墓を作ってくれるのか。神官たちは僕の墓におもちゃや黄金の椅子、立派な寝台を埋葬してくれるんだろうな。アケトアテンの墓は狭くて陰気だし、自分の墓に壁画しかないのはつまらない。おもちゃとヒッタイト人からもらった素晴らしい青い短刀も墓に持っていきたい」

「きっとアメン神官があなた様に素晴らしい墓を建造することでしょう」アイは言った。「トゥト様、まず墓のことを考えるとは、あなた様は賢い方です。ご自分で思うよりも聡明なファラオになられるでしょうな。しかし、トゥト・アンク・アテンではアメン神官に通用しませんから、最初にお名前を変えなくてはなりません。ですから、今日からトゥト・アンク・アメン[1]としましょう」

トゥトはそれも素直に受け入れ、新しい名前の書き方を知りたがった。こうして、アケトアテンの地で初めてアメンの名が記され、トゥト・アンク・アメンがファラオになった。ネフェルトイティは自分が蔑ろにされていたことを知り、未亡人になったばかりだというのに、美しい服を身に着け、髪と体を聖油でかぐわしく香らせ、ホルエムヘブが乗っている船にやってきて言った。

「私こそが偉大なるファラオの妻であったのに、年端もいかぬ愚かな少年がファラオとなり、偉大なる王の妻で新しいファラオの義母でもある私から少年の監督権を奪い、呪われた父アイがエジプトを支配するなんて。悲しみで瞳はくすみ、背中を丸めているとはいえ、世の男は私をエジプトで最も美しい女だとい

1　通称ツタンカーメンとして知られる

ってもの欲しそうに眺めているのだ。だからホルエムヘブ、私を見なさい。時は待ってくれぬ。そなたには槍があり、私とともにエジプトに大きな利益をもたらすことができるだろう。あの呪われたアイは、我が父ながら欲深く愚かな男で、エジプトに大いなる損害をもたらすに違いないのだから、私はエジプトのために最もよいことを考えて、そなたのところに来たのだ」

ホルエムヘブがネフェルトイティを眺めると、彼女は船室が暑いからと、蠱惑的に振る舞い、服の前を開けすらした。彼女はホルエムヘブとアイの密約を知らないはずだが、女の勘でホルエムヘブがバケトアメンを望んでいるのを感じ取っていたのかもしれない。黄金の宮殿では、ファラオを裏切りながら自らの美貌で男たちを意のままにしていた王妃なだけあって、ホルエムヘブの心にいる未経験で傲慢な王女に勝つのは造作ないと踏んでいたのだろう。

だが、彼女の美しさはホルエムヘブには通じず、彼は冷たくネフェルトイティを見て言った。

「美しいネフェルトイティよ、俺はすでにこの呪われた町で十分自分を穢《けが》してきたから、このうえさらにあなた様にかかわって穢れようとは思わない。それに、戦に関する文書を書記に書き取らせなければならないから、あなた様と戯れている暇はないのです」

ホルエムヘブはのちにこの話を私に語った。大げさに話したところもあるのだろうが、ネフェルトイティはこの日を境に激しくホルエムヘブを憎むようになり、彼を傷つけ、評判を貶《おとし》めるためにあらゆる手を尽くし、テーベでは王女バケトアメンと結託し、私があとに述べる通り、ホルエムヘブは相当な痛手を負うことになったから、大筋は正しいのだろう。今思えば、ホルエムヘブはネフェルトイティを傷つけずにどうにか友情を維持し、ネフェルトイティが悲しみのうちにある間に優しさを示しておいたほうが賢明だった。しかし、アクエンアテンを思うと、ホルエムヘブは彼の遺体にまで唾棄したくなかったようだ。実に奇妙ではあるが、すべての像や碑文から彼の名を削らせ、テーベのアテン神殿を破壊しておきながら、ホルエムヘブはいまだアクエンアテンを慕っていたのだ。アクエンアテンの遺体がアメン神官の手に渡らないように、信頼できる者にアケトアテンの墓から無名の遺体としてテーベにある彼の母の墓に移させたことからも、それをうかがい知ることができる。神官たちはアクエンアテンの遺体を燃やし、灰を川に撒き、彼のカーを呪い、永遠にあの世の谷底をさまよわせたかったのだろうが、ホルエムヘブのほうが神官よりもひと足早くアクエンアテンの遺体を隠した。ただこれはずっとあとの話である。

6

トゥト・アンク・アメンの合意を取りつけたアイは急いで船を手配し、宮廷の者は皆船に乗り込んでアケトアテンの町を去った。死者の家の遺体処理人とミイラ職人はアクエンアテンの遺体を保存し、東の丘に掘られた墓に埋葬するために残ったが、それ以外にこの地に残る者はいなかった。こうして、天空の都の最後の住民は名残惜しむこともなくいなくなり、黄金の宮殿の食卓には食器が残され、葬式ごっこの途中だったトゥトのおもちゃも床に放置されたままとなった。

容赦ない砂漠の風が窓に吹き込み、床に描かれた葦の茂みにいるカモと、涼しげな水中を泳ぐ色鮮やかな魚の絵の上に、砂が降り積もった。魚が泳ぐ池は干からび、水路は詰まって果樹は枯れ、庭園は再び砂漠に返った。家々の壁の泥煉瓦はひび割れ、天井は崩れ落ち、アケトアテンの町は廃墟と化した。空っぽの広間ではジャッカルが吠え、豪奢な日除けの下の柔らかな寝床を巣にした。アケトアテンの町は死に絶え、アクエンアテンが何もない砂漠に忽然と町を作りあげたときと同様に、あっけなく滅んでいった。アケトアテンは永遠に呪われ、その地に踏み入ろうとする者の手足は、アメン神の呪いによって干乾びてしまうと伝えられたので、値打ちのものがあろうと盗みに戻る者はなく、遺物は風化して、呪われた土地に埋もれていった。こうして、アケトアテンの町はまるで元々なかったかのように、夢や蜃気楼のように消え去った。

ホルエムヘブの戦艦がファラオ、トゥト・アンク・アメンの船団の前を疾風のごとく進みながら、川の両岸を鎮圧していったので、略奪は収まった。テーベに秩序が戻ってきたが、ホルエムヘブは一人でも多くの戦力を必要としていたので、アテン神のために逆さ吊りにされる者はいなかった。アイは牡羊参道沿いに新しいファラオの旗をはためかせ、アメン神官は大神殿に旗を飾り、華やかに出迎えた。私は、黄金の輿に乗って牡羊参道を通るファラオと、そのうしろに続くネフェルトイティ、そしてアクエンアテンの娘たちを眺めた。

アメン神は完璧な勝利を得た。アメン神官は至聖所のアメン神像の前で新たなファラオに聖油を塗り、民が見守るなか、ファラオの頭に上下エジプトを象徴する百合とパピルスを表した赤と白の二重冠をかぶらせ、神官の手からファラオの力が授けられたことを示した。アメン神官たちの頭はきれいに剃り上げられ、顔は聖油で艶々と光っていた。ファラオはアメン神にすべての富を供物として捧げたが、この供物はアイがすっかり貧しくなった民から搾り上げたものだった。下エジプトからは再び警鐘を鳴らす知らせが届いたが、アメンの上級神官であるフリホルは、捧げられた富を戦のために神殿からホルエムヘブに貸すことをすでに約束していた。ホルエムヘブは民の間にヒッタイトに対する恐怖や不安を煽るために、知らせの内容を誇張して民に広めた。

テーベの民は、アメン神と、まだ若いとはいえ新たなファラオのことを大いに称えた。人は過ちから学ばず、常に未来を信じ、今日よりも明日に希望を持つものだ。だから民は牡羊参道の両側、神殿の前、そして前庭の至るところに花を植え、通り道に花を撒いて新たなファラオを歓迎した。深刻な面持ちで沈黙している者には、アイとホルエムヘブの兵士が槍の柄で平和とはいかなるものかを思い知らせた。

しかし、港や貧民街では、いまだに廃墟から煙が立ちのぼり、川は血と遺体のにおいでむせ返るようだった。神殿の屋根にはオオガラスとハゲワシが飛び立つ気配もなく血まみれの首を伸ばして、満足そうに鳴き声をあげ、川岸では腹を満たしたワニが尻尾を水面に打ちつけることもなく、口を半開きにして寝そべり、歯の間にはさまった忌わしい肉片の残りを小鳥についばませていた。テーベは深刻な飢餓に襲われ、あちこちの焼け落ちた家の周辺では、女や子どもが怯えながら地面を掘り返して調理道具を探し、両親を殺された奴隷や荷役人の子どもは、ファラオの戦車が通ったあとに落ちていた馬糞のなかから消化されずに残った穀物を掻き出していた。私は腐臭が漂う船着場を歩きまわり、空のかごや積荷のない船を眺め、アテン神を狂信した私のせいで命を落としたメリトとトトに想いを馳せ、気づけば「鰐の尻尾」の焼け跡へと向かっていた。

あなたの使い古した寝床でないときは、あなたの孤独を覆い隠すだけ。私は歩きながらメリトに言われたことを思い出していた。また、私の息子であったトトの小さな手足や、私の首に腕をまわして頬をくっつけてくる姿が目に浮かんだ。鼻につんとくる煙のにおいに包まれて埃っぽい港を歩きながら、槍に貫かれたメリトの姿と、血だらけになったトトの鼻と柔らかい巻き髪が、ありありと思い出された。二人に比べて、ファラオ、アクエンアテンの死はあまりにあっけなかった。ファラオの夢は血や死をもたらし、ワニを太らせただけで、この世にこれほど恐ろしく危険なものはなかった。誰もいない港を歩いていると、遠くからファラオ、トゥト・アンク・アメンを歓迎する民の叫びがかすかに聞こえてきた。民は美しい埋葬だけを夢見るこの風変わりな少年が過去の過ちを正し、ケメトの大地に平和をもたらし、健やかにしてくれると期待していたのだろう。

足の赴くままに辺りをさまよっていると、またも孤独を感じた。トトのなかに流れていた私の血は無意味に失われ、二度と蘇ることはないが、永遠の命を望んでいない私にとって、死は安息や夢、または寒い夜を静かに温めてくれるものに思われた。私の望みや喜びはすべてアクエンアテンの神に奪われた。すべての神は暗黒の館に住み、その館から戻る道はないのだ。アクエンアテンは何の償いもせずに、私の手から慈悲深い死を得たにすぎない。しかし、私は生きていて、心は苦悩に満ち、忘れることはできなかった。民がいまだに愚かで、経験から何も学ばず、ただ家畜の群れのように神殿の前に集まって騒ぐ姿を見て、苦々しい気持ちでいっぱいだった。

港は廃墟と化していたが、空になったかごの山のうしろからこちらに這い寄ってくる人影が見えた。小柄な痩せた男で、子どもの頃の栄養不足のせいか手足が曲がっていた。黒ずんだ舌で口を湿らせ、憎悪に燃える目で言った。

「お前は王の医師、シヌヘじゃないか。アテン神の名にかけて貧乏人の傷を治療していただろう？」

男は恐ろしい声で笑いながら地面から起き上がり、私を指さして言った。

「間違いない、お前はシヌヘだな。民にパンを配り、『これはアテン神のパンだ。アテン神の名のもとに食べるがいい』と言っていた。もしそうなら、すべての地獄の神の名にかけて俺にパンを一切れ恵んでくれ。番人の目を逃れるために何日も隠れていて、水を飲みに川に行く勇気すらなかったんだ。喉も乾いたし、草ばかり食って腹のなかは緑色になっちまったから、すべての地獄の神の名において、パンを一切れ恵んでくれ」

男に渡せるパンなど持っていなかったが、男も本当に恵んでもらえると思っていたわけではなく、ただ辛さを紛らわせるために私をからかっただけだった。男は言った。

「俺には小屋があったんだ。みすぼらしくて腐った魚のにおいがしたとはいえ、俺の小屋だった。それから、醜くて痩せてはいたが、妻もいた。飢えてはいたが、子どもたちだっていた。俺の小屋はどこだ、妻は、子どもたちはどこだ？　シヌヘ、すべてお前の神が、アテン神が奪ったんだ。すべてを破滅させるアテン神が俺の家族を奪い、俺には土くれしか残っていない。俺ももうすぐ死ぬだろうが、思い残すことはないさ」

男は地面に座り込み、膨れ上がった腹に拳を押し当て、怒りに燃える目で前方を見つめながら語った。

「シヌへ、俺が死んで、仲間が死んでも、俺たちの記憶が口から口に伝わるかもしれないから、俺たちのおふざけはそれだけの価値があったのかもしれんな。アテン神がすっかり忘れ去られ、呪われたファラオの名がすべての碑文から削り取られても、これから生きる荷役人や背中に鞭を打たれる奴隷たちは、きっと俺たちのことを思い出すんだ。俺たちに関するかすかな記憶がこれからも民の心に残り、これから生まれる子どもたちは母親の苦い母乳から俺たちのことを味わい、俺たちの過ちから学ぶかもしれないから、そいつらは生まれたときから俺たちが学んだことを知っているってわけだ。子どもたちや奴隷や貧乏人は、どんな身分の子どもたちでも違いはなく、金持ちや貴族の肌だって切れば簡単に裂けること、腹が満ちていようが飢えていようが、心臓に血が流れるのは同じだということを知っている。ファラオや王の医師、法律や貴族の言葉を鵜呑みにせず、拳を頼りに自ら法を定めるべきだということを知っている。ともに手を取り合わなければ敵でしかなく、そこには相手をえこひいきすることもない。シヌへ、お前はたとえアテン神についてわけの分からない話をして俺たちにパンを配ったとしても、実際のところは俺たちとともにあったわけじゃなく、俺たちの敵だったんだ。ファラオや貴族は認めないだろうが、どんな神もあいつらも、どいつもこいつも変わりやしない。これは魚捌きである俺、メティが言うんだ。俺はもうすぐ死んで、遺体は川に投げ込まれてなくなっちまうんだから、ひと言だって自分の言葉を悔やんじゃいない。しかし、俺のなかの何かが地上に残ってさまよい続け、奴隷の不穏な心や密かに燃える目のなか、それから、痩せた母親が惨めな子に飲ませる乳の苦みのなかに、俺を感じ取るだろう。俺、メティはすべてを酸っぱくしてやる。すべてを発酵させ、最後にでかいパンを焼くんだ」

　彼の口ぶりと目から、不幸な出来事と恐怖のせいで正気を失ったのだと思った。彼は傷だらけの手で私の膝をつかみ、続けた。

「シヌへ、お前は多くを学び、読み書きもできるから、俺みたいな魚を捌くだけの奴がものを考えられるなんて思いもしないだろう。たしかに難しいが、俺だって幾日も幾晩も草を食い、魚かごのしょっぱい編地を舐めながら考える時間はたっぷりあった。だから俺たちが何を間違えたのか、なぜ死なねばならんのかも分かっている。俺たちには力があり、土地だってあったのに、それらを使いこなせず、略奪し、獲物を奪い合って満足し、さんざん酔っ払って誰が一番得をするかってことしか考えていなかった。あのとき俺たちに刃向かう奴らを全員倒すまで、俺たちは殺し続けねばならなかったのに、飲んで食って満足していたんだ。だが、俺たちの惨めな人生はただ空腹で貧乏で、人の魂を敬ってきただけで、人の殺し方なんか知らなかった。あの猫野郎のペピトアメンと腹黒いアイが俺たちの仲間を皆殺しにしたときに、初めて俺たちは殺し方を知ったようなもんさ。その教えを活かすには遅すぎたよ。空っぽの葦のかごに隠れている間に俺は多くの殺しの夢を見た。未来の奴らにその夢を遺し、俺の死後はその夢が暗闇をうろつき、奴隷や貧乏人の夢のなかに忍び込み、奴らの指や足を痙攣させるのさ」

　男は私を凝視し、傷だらけの手で私の膝をつかんだ。そこで私は地面に膝をつき、手をあげて言った。

「魚捌きのメティよ、ぼろ布の下に短刀を隠し持っているんだろう。お前から見て私が有罪だと思うなら、どうか殺してくれ。もう夢なんか見たくないし、楽しみもない。ほかに償える方法はなさそうだし、もし死んで償いになるなら殺してくれ」

　彼は帯から魚を捌く刃を取り出し、傷ついた手のひらで刃先を確かめて私を見たが、その目が灰色に曇ったかと思うと、突然泣き出して刃を投げ捨てて言った。

「殺したって何かが返ってくるわけじゃないし、何にもなりはしない。刃は罪があろうがなかろうが、見境なく襲いかかる。シヌへ、どうか俺が言ったことは忘れてくれ。本当は人間が人間に刃を向けるなんて、俺たち貧乏人や奴隷にとっては兄弟を刺すようなものだからできなかったんだ。あいつらは民を殺しながら自分を見失ったんだから、俺たちに勝ってはいない。最後に勝ったのは俺たちを殺した奴らではなく、俺たちなのかもしれない。シヌへ、兄弟よ、いつか人が殺し合わずに互いを兄弟だと思う日が来るのかね。その日が来るまで、俺の嘆きは兄弟に遺していくさ。魚捌きのメティの死後、俺の嘆きが貧乏人と奴隷の夢のなかに入り込み、母親が痩せた子どもを寝かしつけんことを。石臼がごろごろと回り、心で俺の嘆きを聞く者がすすり泣かんことを。そして、近くに兄弟を見つけんことを」

　彼は傷だらけの手で私の頬に軽く触れ、彼の目から熱い涙が私の手にこぼれ落ち、魚のにおいが私の鼻に届いた。メティは言った。

「シヌへ、兄弟よ、俺のせいでお前に悪いことが起こらないように、番人に見つからないうちにもう行ってくれ。今この瞬間にも、俺のなかには昔からずっと打たれ続けてきた奴隷仲間がいて、俺はそいつらのために泣いているのだ。俺の涙は百万の、そのまた百万人分の涙だ。その涙が世界に降りそそぎ、大地は傷だらけになり、やがて川となる。川に流れる水はかつて生きていた奴らの涙なのだ。そして異国の地に降り注ぐ水は、これからこの世に生まれてくる奴らの涙なのだ。俺の見てきたことをお前がすべて目にするまで、俺の嘆きがお前の歩く道についていき、やがて俺の涙が真珠や宝石よりも価値あるものとなるだろう。このことを知った今、シヌへ、お前はもう一人じゃない」

メティは地面に崩れ落ち、鉤のように曲がった指で船着場の土を掻いた。彼の涙は地面にこぼれ落ち、砂と混じって灰色の粒となった。このとき、私は彼の手にかかって死ぬつもりでいたから、彼の言葉が理解できなかった。彼のもとを離れ、メティの涙で濡れた手を肩衣で拭いたが、メティの魚くさいにおいは私の鼻腔に残っていた。苦しみが私の心を蝕み、誰よりも大きな悲嘆と孤独を抱えていると感じながら、私は彼のことを忘れようと足の向くままに歩き、かつての銅鋳物職人の家の焼け跡にやってきた。私を見た子どもたちは驚いて隠れ、焼け跡から台所道具を掘り出そうとしていた女たちも私を見るなり顔を背けた。家は燃え尽き、泥煉瓦の壁は黒く煤け、庭の池は干上がり、シカモアの枝は黒ずんで葉もなかった。しかし、焼け跡に屋根らしきものが掛けられていて、水甕があるのをみとめた。すると、私の前に白髪頭で泥だらけのムティが、足を引きずりながら姿を現したので、最初はムティのカーを見たのかと思った。彼女はよろめきながらも私にお辞儀をし、嫌味っぽく「ご主人様がお戻りになった日に祝福を」と言った。

ムティはそれ以上何も言えず、苦しそうに声を詰まらせて地面に座り込み、私から目を背けて手で顔を覆った。痩せた体には角の者に襲われたときの傷がいくつも残っていて、足の傷は腫れあがっていた。私は嫌がるムティにかまわず診察をしたが、できることはなかった。そこで「カプタはどこだ」と尋ねた。

「カプタはペピトアメンの部下にワインを飲ませて奴隷たちの告げ口をしているところを見つかって、奴隷に殺されたと聞きました」

カプタは何が起ころうとくぐり抜けるはずだから、私はムティの言葉を信じなかった。ムティは話を信じてもらえないことに気を悪くして言った。

「自分の意志を貫いてあれだけのことをして、さんざんアテンのお祝い騒ぎを見てきたんですから、気分も爽快で、笑う元気もあるんでしょうよ。男ってのは皆同じです。ずっと子どものままで、やりたがることといえば石を投げて棒で打ち合い、お互い鼻を血だらけにして、愛する者を悲しませることばかりなのです。成長なんてしやしないし、この世で起こる悪はすべて男のせいなんですよ。私だってご主人様に善かれと思って色々してきましたが、その見返りはなんですか？　足を引きずって、手足に傷を負い、食べるものは手のひら一杯分のかびた麦の粥くらいです。私はまだしも、メリトはあんたにはもったいない女でしたよ。あんたが自らあの子の心臓を貫いて死に追いやったも同然です。トトだって自分の子どものように思い、蜂蜜菓子を焼いてやり、あの聞かん気が強い性格を優しく包み込んでやったのに、あの子のためにも泣きすぎて涙だって乾いちまいましたよ。さぞ満足だろうに、今さらそんな打ちひしがれたような顔で私のところにやってきてなんだっていうんだい。どうせ手持ちの金銀もなくて、私が苦労してこの家の焼け跡に建てた屋根の下に寝転がって、食べさせてもらえるとでも思っているに決まっていますよ。日暮れ前にはビールを持ってこいと言い始め、明日には甲斐甲斐しく世話をしろと杖で打って私を働かせて、自分は怠けようって魂胆でしょう。どうせ男なんてそんなものですし、すっかり慣れっこですから、何を言い出そうが、今さら驚きやしませんよ」

　ムティはとめどなく喋り続け、私を否定したが、その喋り方から母キパやメリトが思い出され、言いようのない懐かしさに襲われ、私の目に涙があふれた。それに気づいたムティは驚いて言った。

「私が言ったことは全部が悪口というわけではないし、学んでほしいから言っているのはお分かりでしょうね。さっき言ったように手のひら一杯分の麦を隠してありますから、すぐに美味しい粥をこしらえますし、乾いた葦で寝床も用意しますよ。診療だってすぐに再開できるでしょうし、私は金持ちの血だらけの服を洗濯して少しはお駄賃をもらっていますから、二人分の生活くらいはなんとかなるでしょう。だから心配するのはおやめなさい。兵士が寝泊まりする娼館からもビールをツケでもらえるでしょうから、それで心を慰めたらどうですかね。悲嘆にくれたって仕方がないでしょう。泣いたって罪滅ぼしにはならないし、男はどうせいたずらをせずにはいられない性分で、面倒を起こしては母親や妻の心を痛めつけるんですよ。昔からそうだったし、これからも変わりやしません。私は老いぼれで、どこにでもいる平凡な女ですし、学のある男に助言なんてできませんが、再び新しい神々をテーベに持ち込んだりしたら、石すら残らない町になってしまいますから、それだけはやめてくださいよ。私は醜くて、男を見下していましたから自分の子どもなんていませんが、メリトは自分の娘のように大事にしていました。でも、女は世界に一人だけじゃないんですから、また誰かと心を慰め合えるんじゃないですかね。もっともその前に泣き言はやめて、静かに時が経つのを待つんです。時間はどんな薬にも勝る慈悲深い薬で、これは本当のことですよ。悲しみのうえに砂のように時間が降り積もったとき、この世にはほかにも女がいて、腰布の下に隠しているその小さなものを慰めてくれるんだと気づいて、また満たされて肥えていくのです。男にとっちゃそれが一番大切なんですからね。まったくそんなに痩せて、頬もげっそりこけているもんだから、最初は誰だか分かりませんでしたよ。粥をこしらえましょう。それから若い葦の芽を煮込んで、ビールももらってきますから、もう泣くのはおやめなさい」

ムティの言葉を聞いて、泣いている自分が恥ずかしくなり、落ち着きを取り戻して言った。

「ムティ、お前の厄介になろうと思って来たわけじゃないんだよ。私は再びここを去り、長い間、もしかしたらもう二度と戻ってこないかもしれない。だから、出発する前に幸せなひとときを過ごしたこの家を見ておきたかったんだ。そして、シカモアの木のざらついた幹に触れ、メリトとトトの小さな足ですり減った敷居の石に触れたかったのだ。ムティ、私の面倒は見なくていい。テーベが深刻な物不足に陥っていることくらい知っているから、お前の麦を食べられるわけがない。私がいなくても生活できるように、お前に銀を送るよう努めるよ。お前の言葉はスズメバチみたいだが、私を諭してくれた礼に、お前を私の母と思って祝福を送ろう。私の母はいい人だったのだよ」

ムティはしゃくりあげ始め、荒れた手の甲で鼻を拭き、私を引き止めて火を熾し、なけなしの材料で食事を作ってくれたので、一口ごとに喉に詰まる思いをしながらもムティを傷つけないように食べきった。ムティは私が食べるところを見ながらうなずき、鼻を鳴らして言った。

「銀なんて持っていないでしょうから、私のことは心配しないでください。ご主人様は財産を全部パンに換えて貧乏人と奴隷に食べさせたのに、あいつらは感謝するどころかご主人様をさんざんあざ笑ったじゃありませんか。さあ、しっかりお食べ。まったく無茶をする人ですよ。麦はかびくさくて、最近は食事もうまく作れないし、今日に限ってまともに火すら熾せなくてパンも灰だらけです。まあ、お食べなさい。美味しい食事はどんな悲しみも癒してくれますし、体を強くして、心も和ませてくれます。たくさん泣いて孤独を感じるときこそ、美味しい食事に勝るものはありません。ご主人様はまたどこかに旅に出て、くだらないことにいちいち首を突っ込んでしまうんでしょうが、私にはどうすることもできないし、止めることはできませんよ。ですから、せめて力尽きないようにちゃんと食べてくださいな。ご主人様が戻ってきた日には私が祝福しますから、お戻りになると信じてお待ちしていますよ。たとえ老いて足を引きずっているとはいえ、私はしぶといんですから、心配しないでくださいな。テーベにパンがある限り、パン焼きと洗濯で日々の糧くらいは稼げますからね」

ムティが熾した小さな火が、煤けた暗闇をほのかに照らすなか、私はかつての銅鋳物職人の家の焼け跡に座っていた。ここは私にとって世界でたった一つの家だった。ざらついたシカモアの幹と、すり減った敷居の石に触れ、母のようなムティのこぶだらけの手を撫でながら、私を愛してくれる者にいつも悲しみと不幸をもたらすなら、ここに戻らないのが一番だろうと思った。私がこの世に生まれてきた日に、たった一人で葦舟に乗って川を流されてきたように、一人で生き、一人で死んだほうがいいのだ。

星がまたたき始め、廃墟と化した港の道端で、番人が槍の柄で盾を打ち、民を脅かし始めた。そこでムティに別れを告げ、テーベの貧民街にあるかつての銅鋳物職人の家を出て、もう一度ファラオの黄金の宮殿に戻ることにした。テーベは、ファラオ、トゥト・アンク・アメンの戴冠式が行われたあとの祝宴の夜だったから、夜空は赤く染まり、大通りには明かりが灯され、町の中心部からは楽器の騒々しい音が響いていた。

7

同じ夜、セクメト神殿の老いた神官たちは、床の石畳の間にはびこる草を取り除き、獅子の頭をした神像を元の場所に立て、緋色の亜麻布の服を着せ、戦と破壊の印を飾りつけていた。トゥト・アンク・アメンが百合とパピルスを模した赤と白の上下エジプトの二重冠を戴くと、アイはホルエムヘブに言った。

「隼の子よ、今こそお前の時がやってきたぞ。すべてを取り戻すためにラッパを鳴らして宣戦布告をし、ケメトの大地から敵を追い出し、血の洪水で洗い流せ。そうすれば民は偽りのファラオのことなど忘れるだろう」

次の日、ファラオ、トゥト・アンク・アメンが黄金の宮殿で妻と人形で葬式ごっこをしているなか、アメン神官は権力を取り戻したことに酔いしれながら大神殿に香を焚き、聖煙を立ちのぼらせてアクエンアテンの名を永遠に呪った。石工たちはすべての神殿、宮殿、墓地でノミを振るい、アクエンアテンの名を永遠に記憶から消し去るために、碑文に刻まれた名を削り取り、神官たちは望みのものを得ていたし、すでに王の大工がファラオ、トゥト・アンク・アメンの墓の場所を話し合っていたから、ファラオも望みのものを得ていた。アイもファラオの右に座してケメトの大地を支配し、租税、司法、貢ぎ物、褒美、そして王の耕作地を取り仕切り、望みのものを得ていたので、今度はホルエムヘブの番だった。ホルエムヘブがすべての街角でラッパを吹かせると、長い間閉じられていたセクメト神殿の銅門が開き、ホルエムヘブは精鋭部隊とともに牡羊参道を華々しく行進し、セクメト女神に生贄を捧げに行った。このときのために長い間綿密に計画し、軍備を整えてきたホルエムヘブは、ついに待ちに待った戦を始められることになり、その偉大さを私に見せたがったので、私は彼のあとについてセクメト神殿に足を踏み入れた。

ホルエムヘブの名誉のためにつけ加えておくが、彼はこの栄光の瞬間、うわべの輝きを軽蔑し、質素な面を民に印象づけようとしたので、彼が神殿に乗りつけた剛健な戦車の車輪には黄金がきらめくこともなく、馬の頭にも羽根飾りはなかった。その代わりに、戦車の両輪には鋭く研がれた銅の鎌がつけられ、槍隊と弓矢隊の兵士はまっすぐ隊列を組んでホルエムヘブのあとに続き、裸足で牡牛参道の石畳を歩く兵士の足音は、大海原が岸の岸壁にぶつかる音のように規則的に響いた。そのあとに黒人兵が続き、人の皮を張った太鼓が打ち鳴らされた。

民は、戦車の上に立つひときわ大きな長身の人物を恐ろしそうに黙って眺め、国全体が飢餓で苦しむなか、彼の軍隊が艶やかな顔をしていて満たされているのを知った。民は黙ったままホルエムヘブがセクメト神殿へ行進するのを見つめ、祝宴明けの酔いの残る頭で、自分たちの苦しみはまだ始まったばかりなのだと悟った。セクメト神殿の前につくと、ホルエムヘブは戦車から降りて神殿に入り、そのあとに隊長が続いた。セクメト神官が生贄の血にまみれた姿で彼らを迎え、セクメト神像の前へと誘《いざな》った。女神像が着ている緋色の服は生贄の血で濡れ、石像の表面に張りついていた。石でできた乳房は誇らしげに盛りあがり、服の下に血が滴《したた》っているのが見えた。薄暗い神殿の祭壇の前でホルエムヘブが生贄の温かい心臓を握り潰し、女神に勝利を願うと、女神の雄々しい獅子の頭がゆらめき、宝石でできた女神の目が生き生きとホルエムヘブを見つめた。神官は喜びで彼の周りを飛びまわり、刃で自らを傷つけ、声を合わせて叫んだ。「隼の子、ホルエムヘブよ、勝利者として戻られよ。そうすれば、生きた女神がそなたのもとに降り立ち、生まれたままの姿でそなたを抱擁するであろう」

しかし、ホルエムヘブはまったく動じることなく、作法通りに儀式をこなしたあと、平然と神殿から退出した。ホルエムヘブが生贄を捧げている間にラッパが吹かれ、多くの民が躊躇いながら神殿の前庭や神殿の外の市場に集まっていた。神殿から出てきたホルエムヘブは、血だらけの手を高く掲げ、民に語りかけた。

「すべてのケメトの民よ、俺の話を聞け。俺の声に耳を傾けよ。俺は隼の子、ホルエムヘブだ。俺の手には勝利がある。俺とともに聖戦へ行きたいという者は、永遠の名誉を手にするだろう。この瞬間もヒッタイトの戦車がシナイ砂漠に轟音を立てながら攻め込み、前線部隊が下エジプトを破壊している。ヒッタイトに比べれば、かのヒクソスなんぞ生ぬるい古代国家にすぎず、かつてケメトの大地がこれほどまでの危機にさらされたことはない。いよいよ冷酷非道なヒッタイトの大軍がやってくるぞ。奴らはお前たちの家を破壊し、目を潰し、妻を犯し、子どもを奴隷にして石臼を引かせるだろう。奴らの戦車が通ったあとには穀物は育たず、ヒッタイトの馬の蹄で土地が荒らされ、砂漠となる。俺が奴らに布告する戦は聖戦であり、お前たちの命を守るため、ケメトの大地の神のため、そして子どもとお前たちの家のためである。ヒッタイトを打ちのめしてシリアを奪い返したら、ケメトの大地に豊かさが戻るだろう。皆が健やかになり、誰もが器を満たせるようになる。長きにわたり、よそ者がケメトの大地を辱め、俺たちの弱さを嘲り、我々の武器を笑ってきたが、それはもう終わりだ。俺はケメトの大地に名誉を取り戻す。俺に志願してくる男には、器を満たす麦と戦利品を分け与えよう。戦利品はたっぷりあるから、勝利の日には想像できないほどの金持ちになっているだろう。しかし、志願しない奴は強制的に連行し、首が曲がるほど武器を担がせ、皆に恥をさらすことになり、戦利品の分け前もない。だから、我こそはエジプトの男だという奴や腕に覚えのある奴は皆、自ら俺のあとに続いてくれることを願う。今俺たちにはあらゆるものが不足しているが、どんなに空腹でも、勝ちさえすれば満たされる日々がやってくる。ケメトの大地の自由のために死ぬ者は、誰もが永遠の地に足を踏み入れることができる。遺体の保存など心配しなくても、エジプトの神々が救済してくださる。皆で力を尽くしてこそ勝てるのだ。だからエジプトの女たちよ、髪の毛を弓の弦に編み、夫や息子を喜んで聖戦に送り出してくれ。エジプトの男たちよ、溶かした装飾品を槍の穂先に鍛え直し、俺についてこい。そして、この大地で誰も見たことがない戦を繰り広げるのだ。偉大なるファラオの魂が俺たちのために起き上がり、偉大なるアメン神を筆頭に、すべてのエジプトの神々が俺たちとともに戦うだろう。洪水が藁をなぎ倒すようにヒッタイト人を黒い大地から追い出すのだ。俺たちはシリアの富を奪い返し、エジプトの恥を奴らの血で洗い流してやる。すべての民よ、話は以上だ」

ホルエムヘブは話し終わると、血だらけの手を下ろし、大声で叫んだためか、息を弾ませていた。ラッパが吹き鳴らされると、兵士が槍の柄で盾を打ち鳴らし、地面を踏み鳴らした。民の頭に血がのぼり、叫び声があがり、その声が嵐のように膨れあがると、やがて誰もが雄叫びをあげて拳を突き上げた。皆はさらに大声で叫んだが、おそらく多くの民はなぜ叫んでいるのかよく分かっていなかっただろう。ホルエムヘブは微笑んで再び戦車に乗り込んだ。兵士が通り道を作ったが、民は狂ったように牡羊参道の両側からホルエムヘブに声をかけた。このとき私は、民は何のために叫ぶのかはどうでもよく、ただ皆と一緒に叫んでいれば、自分をより強く感じ、叫んでいる言葉こそが彼らにとってたった一つの正義になるのだと知った。ホルエムヘブは満足したようで、戦車から大仰に手を振っていた。

彼はまっすぐ港へ向かい、旗艦に乗り込んだ。最新の知らせによると、すでにヒッタイト軍はタニスで馬を放牧しているというので、長引いたテーベでの滞在を取り戻すためにメンフィスへと急いだ。私は船に乗り込み、誰にも止められずに彼のもとに行った。

「ホルエムヘブ、アクエンアテンが死んだ今、私はもう王の頭蓋切開医師ではなく、どこに行くのも自由で、誰も私を止めることはできない。もはや何がどうなろうとかまわないし、何の楽しみもないから、一緒に戦へ行くことにする。お前がずっと話していたこの戦がいったいどんな祝福をもたらすのか見てみたいし、お前がアクエンアテンよりも優れているのか、それともこの世は地獄の悪霊に支配されているのかをこの目で確かめたいんだ」

ホルエムヘブは大いに喜んで言った。

「こいつは幸先がいいぞ。まさかシヌへ、お前が自らこの戦に参加を名乗り出るとはな。いや、実はな、お前が戦の過酷な環境よりも快適で柔らかい寝床を好むことは知っているから、お前にはテーベで俺の代理として動いてもらい、黄金の宮殿内で色々な人物と繋がりを深めてもらおうと思っていたのだ。だが、お前のような奴は簡単にだまされるだろうから、同行してもらったほうがいいかもしれんな。お前がいるなら、俺には腕のいい医師がついていることになるわけだし、その必要もあるだろう。まったく、ヒッタイト人を恐れないとは、どうやらお前には本当に荒くれロバの精神があるようだ。カブール人との戦で俺の兵士がお前に荒くれロバの男と名づけたのは、的を射ていたな」

ホルエムヘブが話している間に、漕ぎ手たちは船着場から船を出航させ、櫂を水に差し、船は旗をなびかせながら滑るように動き出した。テーベの船着場は集まった民で真っ白に埋めつくされ、彼らの叫び声は嵐のように私たちの耳に届いた。ホルエムヘブは深く息を吸い込み、微笑んで言った。

「俺の演説はかなり効果があっただろう。それはさておき、まずは総司令官の船室に行って、この手についた生臭い血を洗い流したい」

彼とともに船室へ行くと、ホルエムヘブは書記を追い出して手を洗い、においが取れたかを確かめて冷たく言い放った。

「セトとすべての悪魔の名にかけて、セクメト神官がいまだに人間を生贄にしているなんて信じられんな。なんせセクメト神殿の門は四十年もの間、開けられたことはなかったから、爺《じじい》どもはかなり興奮しただろう。奴らがなぜ儀式のためにヒッタイトとシリアの囚人を要求したのかが分かったよ。もっとも、奴らの願いが叶ったのは俺のせいでもあるがな」

私は驚きのあまり膝がふるえたが、ホルエムヘブは平然とした様子で言った。

「信じてくれ、もし事前に知っていたら、そんなことは許さなかった。俺は祭壇の前で温かい人間の心臓を渡されて驚いたよ。だからさっさと手を洗いたかったんだ。今の俺はありとあらゆる助けが必要で、生贄を与えたことでセクメトが俺たちに幸運を授けてくれるなら、それだけの価値はあるし、神官には神官の望むものを与えておけば邪魔されずに済む。とはいえ、俺にはセクメトのご加護よりも、よく研がれて鍛えられた槍が数本加わったほうがいいのかもしれんがな」

そしてホルエムヘブは再び、民に行った演説を自画自賛し始め、私からも褒められると思ったようだが、個人的には今回よりも、エルサレムで兵士に向けて行った演説のほうが心に響いたと伝えると、ホルエムヘブはがっかりした。

「兵士に喋るのと、民に喋るのは大違いだぞ。兵士に向けた俺の演説もすぐに聞けると思うが、俺がセクメト神殿の前で行った演説は、次の世代に向けてのものでもあった。この演説は碑文に刻まれ、末代まで残るだろうから、戦の前に兵士を鼓舞するときよりもよく考えて言葉を選ばなくてはならない。民の頭が逆上《のぼ》せあがり、目を眩ませ、白を黒だと言わせるほど、美しくて偉大な言葉を選んで話さなくてはならない。いたずらに読み書きを習ったり、昔の書物からファラオや総司令官が行った民への演説を調べたりしたわけじゃないぞ。お前は分からないだろうから説明してやるが、俺の演説には、過去の演説で話された要素を全部盛り込んであった。まず、俺はヒッタイトに対して宣戦布告をしたが、それは自国を守るための戦だと明言し、エジプトの国境を越えて破壊し続ける侵略者に対して民を立ち上がらせるように鼓舞した。これは本当のことだし、俺がシリアをすぐに取り戻すつもりであることもはっきりさせた。二つ目に、俺は自発的についてくる奴が得をし、そうではない奴らの行く末を示した。三つ目に、これが聖戦であることを説き、すべてのエジプトの神に訴えかけた。どちらの国がより神聖だとか、エジプトの神々のほうがヒッタイトの神より優れているのかといったことは俺には分からんが、昔の書物を読み、古くからの兵士の話を聞くと、戦の際は神頼みをするものだというし、有能な総司令官というのは常に演説で神の名を引き合いに出している。損得は別として、民はそういうものを好むのだろう。シヌへ、お前だって、俺の演説が民に受け入れられたことは、認めざるを得ないだろう。念のため俺の部下を民に紛れ込ませて、ここぞというときに喝采をあげるようにはしておいたがな。それに、今からむやみに民を怯えさせることもないから、これから訪れる困難を誇張せずに、勝利を約束した。しかし、この戦における勝利は、いくつもの困難を乗り越えたあとにようやく得られるものだ。槍も戦車も携えず、ほぼ訓練をしていない軍隊を率いてヒッタイトとの戦に出陣するなんて、獅子の鼻を乾いた葦でつつく子どものような気分だよ。俺は偉大なことを成し遂げるために生まれたから、勝利は約束されているが、その前に大勢の民が死ぬだろうな」

「お前に禁忌ってものはないのか」と私は尋ねた。するとホルエムヘブは少し考えて言った。

「戦における偉大な総司令官や支配者はすべての言葉と虚構をじっくり検討し、それを武器として使えなければならない。そうだ、シヌへ、若いときの俺は槍と隼を信じたが、今の俺は意志だけが頼りで、それが俺の運命だ。しかし、砥石が石をすり減らすように、俺自身の意志が俺をすり減らす。だから俺には夜も昼も、寝ても覚めても休息はなく、休みたければひどく酔っ払うしかないのだよ。若い頃、俺は友情を信じ、ある女を愛し、その女からの侮蔑は俺を駆り立てたものだったが、今ではどんな人間であろうと、それほど意味はないし、俺にとっては誰もがただの駒で、その女でさえもただの駒にすぎん。これは実際、人生を憂鬱にさせるが、意志の力で他人を支配し、彼らに偉大なことを成し遂げさせることで慰めにはなるだろう。俺こと、ホルエムヘブがすべての中心にあり、俺からすべてが始まり、すべてが俺にたどり着くのだ。俺はエジプトであり、ホルエムヘブであり、民なのだ。再びエジプトを力強く偉大な国にすることで、自らを力強く偉大な存在にするのだ。これは正しく、理にかなっている。シヌへ、お前にも分かるだろう」

ホルエムヘブの言葉は、彼をよく知らない者には効き目があったかもしれないが、私は虚勢を張っていた若い頃の彼を知っていたし、ヘラクレオポリスでチーズと家畜のにおいが染みついた彼の両親にも会っていた。両親は彼によって貴族に格上げされたにすぎない。だからホルエムヘブが私の前で自分を神々しい存在だと印象づけようとしていても、ホルエムヘブに対して必要以上にうやうやしい態度で接することはできなかった。しかし、私はその気持ちを抑え、王女バケトアメンがトゥト・アンク・アメンの祝賀行列で十分な敬意を受けなかったことに対して、かなり気分を害していることをホルエムヘブに伝えた。ホルエムヘブは熱心に話を聞き、私にワインを勧めてもっと詳しくバケトアメンについて話すよう言った。

私たちがワインを飲みながらメンフィスへと川を下っている間にも、ヒッタイトの戦車は下エジプトの地を破壊し続けていた。

第十四の書　聖戦

1

ホルエムヘブはメンフィスで兵士と軍備品を集めている最中に、エジプトの金持ちを招集して言った。

「諸君を呼んだのには理由がある。金持ちのお前らに比べ、俺は卑しい生まれのただの羊飼いの息子だ。しかし、アメン神に祝福され、ファラオから戦を率いる権限を与えられた。お前らもよく知っているように、国を脅かす敵は非常に冷酷で恐ろしい奴らだ。お前らが口をそろえて戦には犠牲がつきものだと言っているのを、俺はもっともだと思いながら聞いていたし、自分の奴隷や農民の器を小さくし、ありとあらゆる物の値段を釣りあげてきたのも見てきた。その様子からして多大な犠牲を払う覚悟はできているようだな。いいことだ。そうと知って嬉しいよ。お前らには分からないだろうが、戦を滞りなく進めるためには、従軍する兵士を雇って戦車を組み立てる必要があり、ほかにも色々と物入りだから、お前らの財産から一部を借りることにする。租税帳簿を取り寄せてお前らに関する情報も集めたから、偽りのファラオの時代に徴税人の目を盗んで隠した財産もすべて把握している。アメン神の名のもとに正しきファラオが世を治めている今、お前らはもう財産を隠す必要はないわけだから、堂々と胸を張って戦のために財産を差し出してくれ。今すぐにお前らの財産の半分を借り受ける。黄金、銀、穀物、牛、馬、荷車、何でもかまわないから、すぐに寄こすのだ」

これを聞いたエジプトの金持ちたちは服を引き裂いて嘆いた。

「偽りのファラオのせいで私たちは貧しくなり、今じゃすっからかんだ。あなた様が集めた情報は嘘っぱちだし、もし財産の半分を差し出したら、いったいどんな担保があって、利子はどれほど払ってくださるのか」

ホルエムヘブは彼らを優しく見つめて言った。

「我が友よ、協力してくれればできる限り早い勝利を約束する。俺が勝たなければヒッタイト人が襲来して、お前らの財産をすべて奪うだろうから、これだけでも十分だとは思うが、利子は個別に話し合って決めようじゃないか。この条件で満足してもらえることを願っている。さっそく泣き言を言い始めたようだが、まだ話は終わっていないぞ。今すぐに財産の半分を借り受けるが、四か月が経ったら、残りの半分を借りる。そして一年後に残っている分の半分を借りる。あくまでも借りるだけだぞ。奪うわけではないし、手元に残る分を計算すれば、お前らのスープの椀は死ぬまで満たされるはずだ」

すると金持ちたちはホルエムヘブの前に身を投げ出し、血が流れるほど床に額を打ちつけて嘆き、そんなことならヒッタイトに降伏したほうがましだと叫んだ。そこでホルエムヘブはわざとらしく言った。

「それならお望み通りにしようじゃないか。命を賭けて戦う俺の兵士たちが、金持ち連中は戦への出資を惜しんでいると聞いたら、さぞ気を悪くすると思うがな。おそらく俺の兵士はお前らをヒッタイトに引き渡すために、戸の前で縄を手にして待ちかまえるだろう。ヒッタイト人に目を潰されて石臼を引かされるとなれば、財産を持っていたって何の喜びもないだろうに。残念だが仕方ない。そういうことなら、兵士にお前らの意志を伝えよう」

これを聞いた金持ちたちは慌ててホルエムヘブの膝にすがり、不満を持ちながらも彼の要求をすべて呑んだ。するとホルエムヘブは彼らを慰めて言った。

「諸君を呼んだのは、諸君がエジプトを愛し、エジプトのために大きな犠牲も厭わないと知っているからだ。エジプトで最も裕福で、自分たちの才覚で富を蓄えてきたのだから、すぐにまた豊かになるさ。金持ちはたとえどんなに搾り取られようと、以前よりも多くの富を蓄えるものだ。諸君は俺が愛する大切な果樹園なのだ。指の間から種が噴き出すほどザクロの実を搾り取っても、いい庭師は収穫を得て満足するものだし、実をつける木を枯らすこともない。それから俺は大きな戦を与えてやるってことも覚えておくといい。想像を超えるほどの大きな戦だ。戦の間、たとえファラオから徴税されたとしても、金持ちはさらに富を得て、戦が長引くほど豊かになるだろう。それが世の常だからな。だからむしろ俺に感謝するだろうし、俺の祝福とともに家路につくといい。寄生虫殿がゆっくり着実に肥え太るのを誰も止める者はいないさ。それに、俺はシリアを奪い返すつもりだから、贈り物はいつだって歓迎するぞ。エジプトにとっても諸君にとっても、これから功績をあげる俺を味方につけておいたほうが何かと好都合だろう。泣き言を言って気が楽になるなら好きなだけ言えばいい。俺の耳には黄金がじゃらじゃらと鳴る耳障りのいい音にすぎんからな」

ホルエムヘブは金持ちたちを帰した。彼らは服を引きちぎりながら泣き言を言っていたが、外に出た途端に泣き止み、損失を計算し、熱心に回収方法を計画し始めた。ホルエムヘブは私に言った。

「俺は奴らに戦という贈り物をしてやった。これから先、奴らは民から搾り取るたびにヒッタイト人のせいにし、ファラオも飢餓や困難をヒッタイト人のせいにできるのさ。いずれにしても、すべてを負担することになるのは民だ。金持ちは民から搾り取り、俺が借り受ける分の何倍も儲けるだろう。俺は奴らから油がじゅうじゅう音を立てるほど搾り取ってやる。戦のための税を徴収するより、こっちのほうが好都合だ。民に税を課したら俺は恨まれるだろうが、金持ちから巻きあげるなら、民は俺の名を祝福し、正しい心の持ち主だと言うだろう。これから待ち受ける俺の地位のために、自分の評判には気をつけておかなければならないからな」

折しも、三角州地帯ではヒッタイト人が村々に火を放ち、芽吹いたばかりの麦を馬の餌にしていた。大勢の避難民がメンフィスに流れ込み、ヒッタイト人の恐ろしい破壊行為を伝えるものだから、私は手足がふるえるほどの恐怖に怯え、ホルエムヘブに出撃を急ぐよう伝えた。するとホルエムヘブは静かに笑った。

「エジプトはまずヒッタイト人について知り、奴らの奴隷になることほど恐ろしいものはないと思い知らなければならない。戦車もないのに、今焦って訓練もされていない素人同然の軍隊を連れ出してもどうにもならない。シヌへ、この戦の要《かなめ》となるガザは、まだ俺たちの手中にあるから心配するな。ヒッタイト人が海を制することはないし、ガザを手に入れるまでは砂漠に主力部隊を送ってくることもない。お前は焦って俺に色々言ってくるが、俺だって何も考えていないわけじゃないさ。砂漠に配置された俺の部隊は盗賊や自由部隊を焚きつけて抵抗しているし、ヒッタイトの歩兵部隊が砂漠を越えて黒い大地に攻め込んでくるまでは、エジプトが大きな危険に見舞われることはないだろう。奴らの戦闘力の要は戦車にあるが、黒い大地の灌漑水路が戦車の動きを遮って移動を妨げるだろう。それに奴らは侵攻の途中で小さな村を破壊したり、畑を荒らしたりするから、ここにたどり着くまでには時間がかかるだろうな。畑に麦がなくなればなくなるほど、エジプトの男は器一杯分の麦とビールを求めて喜んで俺の『獅子の尾』の下に集まってくるだろうよ」

エジプト全土から、飢えた者やアテン神のせいで家や家族を失い自棄《やけ》になった者、戦利品と冒険を求める者など、ありとあらゆる男たちがメンフィスに集まってきた。ホルエムヘブはアメン神官を気遣うこともなく、アテン王国の建国にかかわったすべての者を恩赦し、石切り場の囚人でさえも徴兵のために自由の身にした。メンフィスは巨大な基地の様相を呈し、娼館や酒場では毎晩のようにいざこざが絶えず、ここでの生活は騒々しいものとなり、穏やかな人々は家に閉じこもり一日じゅう怯えて過ごした。ヒッタイトに対する恐れと憎しみは増すばかりで、工房からは職人が矢尻や槍を作る音が鳴り響き、貧しい女ですら矢尻を作るために銅の装飾品を差し出していた。

海洋の島々とクレタ島からはいまだに船がエジプトに航行していたが、クレタ島の高地にある貴族の町が松明のように数週間も燃え続ける様子が遠くの沖合からも見えたので、奴隷の反乱が起こったと噂されていた。クレタの戦艦は島で何が起こったのか分からず、戻るに戻れないまま港から港へとさまよっていたので、ホルエムヘブはエジプトのために働くよう彼らを説得した。

彼はすでに戦のためにエジプトなどの船をすべて買い上げ、乗組員と船長も雇っていたが、さらにクレタ島の戦艦も接収して乗組員を徴用した。クレタの船員たちは例によって嘘つきで、誰も彼らの話を信じなかったし、クレタ島で何が起こったのか確かなことを知る者は誰もいなかった。ある者はヒッタイト人がクレタ島を襲ったと言い張ったが、海の民ではないヒッタイト人にそんなことができるのかは疑わしかった。また別の者は、戦艦がシリア沿岸の海路を守っている間に、北から帆船でやってきた未知の白い民がクレタ島を破壊して略奪し、クレタ島の船団を壊滅させたと言っていた。いずれにしてもクレタ島がこんな状態に陥ったのは、神が死んだからだという点で意見は一致した。彼らは喜んでエジプトに仕えたが、シリアに行っていた船はアジルやヒッタイトに接収された。

海は完全な混乱状態に陥り、誰もが戦艦を奪うために戦っている状態だった。テュロスで起こったアジルへの反乱で生き残った者は、船でエジプトにたどり着くとホルエムヘブの傘下に入ったので、彼にとっては大きな利があった。ホルエムヘブは戦に向けて船団を集め、経験豊富な者を船に乗せた。どれほど費用が掛かったのかは計算する気にもならないが、戦艦の建造や整備は地上の戦よりも高くつき、際限なく黄金が消えていったのは間違いない。

そんななか、ガザはシリアで抵抗を続けていた。ヒッタイトの破城槌が門に突撃する音が響き、町じゅうの建物が燃えるなか、毒蛇を入れた素焼きの壺が壁の内側に投げ入れられた。そのなかには麦とともに「ガザを守れ！　何があろうとガザを守れ」と書かれた通信文が入った壺も紛れていた。また、矢尻に「ホルエムヘブの命令だ。ガザを守れ」と書かれた通信文がついた矢も次々と射込まれた。それらはホルエムヘブがガザを包囲する敵を避けて陸路と海路から送ったもののうち、夜の闇に紛れてガザの港にたどり着いた船が届けたものだった。アジルと手を組んだヒッタイト人を相手に、どうやってガザを守り切ったのかは想像もできないが、以前かごで要塞の周壁に引き上げて私に大恥をかかせたガザの不機嫌な隊長が、エジプトのためにガザを守り抜いたことは偉大な功績に値すると思う。

作物の収穫が終わり、洪水が始まる頃に、ホルエムヘブは自軍を率いてメンフィスを出発し、すぐにタニスへと行軍を始めた。ヒッタイト人は三方向からの奇襲に備えて、曲がりくねった川のそばで馬を休ませていた。夏の乾季で乾いた水路を夜のうちにホルエムヘブの部隊がさらに深く掘り、そこに洪水で増水した川の水が流れ込んだ。ヒッタイト人は朝になってから水に囲まれたことに気づいた。もはや戦車は役に立たないので、彼らは戦車を壊し、馬を殺し始めた。戦車と馬を無傷で手に入れるつもりだったホルエムヘブは、これを見て逆上し、ラッパを吹かせてヒッタイト人に襲いかかった。エジプトの部隊は未熟だったが、戦車が使えず地上で戦うことになったヒッタイト人を簡単に打ち伏せた。最終的に百台ほどの戦車と三百頭の馬が手に入ると、ホルエムヘブは急いで戦車にエジプトの印を描かせ、馬にエジプトの軍馬の印をつけた。この勝利は、無敵だといわれていたヒッタイト人をエジプト人が恐れなくなったという点で、戦利品よりも意味があるものとなった。

この戦のあと、ホルエムヘブはすべての戦車と馬を集めて、速度の遅い歩兵部隊と兵站部隊は後方に配し、自ら先陣を切ってタニスを目指した。激しい興奮で顔を輝かせた彼は、「攻撃をするときは先手を打て。それも強くだ!」と私に言い残した。

ホルエムヘブは下エジプトで略奪しているヒッタイト人には目もくれず、疾風のように戦車を駆った。海の民ではないヒッタイト人は海路でエジプトに上陸しようとはせず、歩兵部隊のために数万個にも及ぶ水甕を砂漠に用意していたが、タニスに着いたホルエムヘブはまっすぐに砂漠を目指し、ヒッタイト人の護衛部隊を一網打尽にし、彼らの水の保管所を次々に占拠していった。

　ホルエムヘブの軍は怒涛のように前進したので、多くの馬が途中で衰弱し、死んでいった。そして、天まで届きそうなほどの砂埃を立てながら何百台もの戦車が砂漠を疾走し、竜巻のように進軍した。毎晩のようにシナイじゅうの山の尾根にかがり火が焚かれ、夜になると自由部隊がヒッタイト人の護衛部隊と倉庫を襲い、全滅させた。

　この進軍を目の当たりにしたシナイ砂漠の民によって、昼間は嵐の姿を、夜は火の姿をして襲いかかるというホルエムヘブの伝説が生まれた。この遠征のあと、ホルエムヘブの評判は高まり、民は神について語るようにホルエムヘブの武勇伝を語り、その英雄譚はエジプトにとどまらず、シリアでも語られた。

　用心深い戦い方をするヒッタイト人は、前線部隊が下エジプトを攻撃している間に、各部隊の隊長の粘土板に水飲み場や家畜を休ませる草地、攻め込む村の場所を事細かに書き込み、入念な備えをしていた。エジプトの弱点をよく調べていた彼らは、下エジプトが破壊されている最中にホルエムヘブが砂漠に進軍してくるとは想像もしていなかった。また、これまでヒッタイトに先制攻撃を仕掛けるような勇敢な者などいなかったので、戦車の数が不足しているエジプト軍が攻めてくることはないだろうと高をくくっていたのだ。そのため、ホルエムヘブと彼の戦車部隊がシリア砂漠に姿を現したことには驚いたが、それでもすぐには反撃をせず、戦車の数を把握したり、攻めてきた理由を探るために斥候を送ったりして無為に時間を費やしていた。そのうえ、ガザの降伏を待つ間、エジプトへの攻撃準備のためにヒッタイトの大部隊がガザ周辺に集めていた食糧が足りなくなり、シリアの町や村々に部隊を分散せざるを得なかったので、軍の再編成に時間がかかり、不意をついてきたホルエムヘブへの反撃は完全に出遅れ、シナイにある水の保管所は次々と奪われていった。のちに、このときホルエムヘブが攻撃した理由を聞いたところ、当時はヒッタイト人の水の保管所を破壊して彼らの攻撃を一年でも遅らせ、その間に自軍を訓練して大きな戦へ備えようと思っていたそうだ。この作戦の成功に気をよくしたホルエムヘブは高揚し、戦車の御者も勝利に目が眩んでいた。ホルエムヘブは包囲網の背後を突いてヒッタイト人を分断させ、武器や破城槌を破壊し、野営地に火を放つと、暴風のように戦車でまっすぐガザへと乗り込んだが、ガザを守る不機嫌な隊長はホルエムヘブにすら開門しなかった。その間にヒッタイト人はホルエムヘブの戦車の数がそれほど多くないことに気づき、ホルエムヘブに矛先を向けることにした。

ホルエムヘブは、怒り狂ったヒッタイト人が戦車を集めて反撃してくる前に砂漠に戻り、砂漠の境にある水の保管所を破壊した。ヒッタイト人とアジルの戦車軍が、大規模な攻撃の準備のために馬に餌を与えて休ませようと部隊を分散させていなかったら、ホルエムヘブは彼らの戦車軍に包囲され、危ないところだっただろう。ヒッタイトの戦車が百台もあれば、長旅と戦で消耗していたホルエムヘブの戦車部隊を壊滅できただろうが、用心深いヒッタイト人は小競り合いで戦車を失うことを恐れ、確実な勝利を得るために、もっと多くの戦車を呼び集めようとしたのだった。

ホルエムヘブの言う通り、彼には隼がついているに違いない。彼はシナイ山で目撃した燃え続ける木を思い出し、的確に敵の動きを推測し、早急に槍隊や弓矢隊に通信文を送り、ヒッタイト軍が残した足跡に沿って砂漠を行軍するよう命じた。

道中には数千、数万の水が入った壺があり、大人数の歩兵部隊にも十分な水が用意されていたが、すでにホルエムヘブも戦車の御者も馬も、皆疲労困憊していたため、激昂したヒッタイト人から逃げきって下エジプトに生還するのは厳しく、砂漠へ向かうしかなかった。あとに引けないホルエムヘブは、勇敢な豚っ鼻たちを置き去りにはできず、全軍を砂漠に呼び寄せ、戦車戦に適した砂漠で、戦車の扱いに長けたヒッタイト人と戦おうとしていた。

もし偉大なるファラオの時代にナハリンの地で戦うとしたら、まず秋の間に軍隊をシリアの町に移動させてから陸路で行軍をしていたので、間を開けずに全軍を召集するなど今までにない方法だった。当時のシリアはかろうじてエジプトの支配下にあったが、今やホルエムヘブに残されたのはガザだけで、海上についてもとても優勢とは言いがたかった。

ホルエムヘブのヒッタイト人に対するこの最初の攻撃については、私が直接見たわけではなく、すべてはホルエムヘブと彼の部下から聞いたこと、後日語られた彼の英雄譚によって知ったものを記してきた。ホルエムヘブは攻撃中に包帯を巻いたり治療したりする暇はないからといって私を下エジプトに残し、歩兵部隊を伴って先に行ったのだが、強くてしぶとい者しか生還できなかったから、もし私が行動をともにしていれば、今生きてこの話を記すことはできなかっただろう。

ホルエムヘブは戦車から落ちて負傷した兵士たちには、自分で喉を掻き切るか、ヒッタイト人の慈悲にすがるかをその場で選ばせた。血だらけで横たわった状態で選択を迫られれば、痛みを感じる暇も、治療をせがむ暇もないだろうと考えたようだ。聞くところによると、戦車から落ちた者の多くが短刀で命を絶ったようだが、なかにはヒッタイト人に降伏した者もいたという。手先の器用なヒッタイト人は彼らの皮を剥ぎ、休息時の手慰みにその皮で財布や模様入りの革袋を作ったといわれている。

しかし、ホルエムヘブは好んで自慢話をしたし、戦車部隊は輪をかけて自慢話が多かったから、どこまでが真実かは分からない。ここに記したのは、生き残った何人かの者から聞いた話だから、鵜呑みにしないほうがいいだろう。伝説についてはさらにくだらない内容ばかりで記す気にもなれないが、話としては隼の姿をしたホルエムヘブがいかに戦車部隊の先頭を走り抜け、どのようにヒッタイト人の馬を驚かせて蹴散らしたかというようなことだった。私も以前、嵐や火の像の話を記したが、あくまで伝説の始まりを示したにすぎない。いずれにしてもホルエムヘブは、ヒッタイト人が時間をかけ、多大な犠牲と困難を伴って集めた数万個にのぼる水の保管所を激しく攻撃して奪っていった。ガザを守っていた仲間はガザの包囲が緩和された周壁の前で声を合わせて「ガザを守れ！　エジプトのためにガザを守れ！」と叫んでいた。

以上のことを除くと、この戦での成果は乏しかった。たとえ砂漠において水は黄金に匹敵するとはいえ、中身がなければただの壺でしかなく、戦車とともにホルエムヘブと従軍した兵士がこの戦で裕福になったわけではなかった。ガザ近郊では、ホルエムヘブが禁じたにもかかわらず、興奮のあまり戦車から下りてヒッタイト人の野営地を略奪しようとした者が、一人残らず凄まじい死に方をした。杭に刺された首はガザの周壁に向けてさらしものとなり、剥がされた皮には葦を詰められてヒッタイト軍の隊長の布団や枕の代わりにされた。

医師の私には、この攻撃の意義を十分に理解できていないのかもしれない。ホルエムヘブが主張するように、この攻撃こそがエジプトを救い、兵士たちは生涯その栄光を称えられるべきなのかもしれないが、栄誉で衣服や安住できる家、のんびりと老後を過ごせる庭園を買えるわけではないから、戦利品が少ないことに不満だった兵士の多くは、栄誉を手のひらいっぱいの銀と喜んで交換しただろう。

恐ろしいほどの速度で進む行軍や戦車の轟く音、そして勝利には、兵士を陶酔させ、辛さを忘れさせる何かがあるから、もし彼らとともに行軍していたら私の考えも違っていたかもしれない。私の役割は輿に乗って、暑さと目に沁みる砂埃のなかを行軍する後方部隊の歩兵隊とともに、ホルエムヘブのあとを追うことだったから、砂漠に残された攻撃の爪痕や、戦車から落ちて首の骨を折った御者の腹を引き裂くハゲタカ、干からびた馬の亡骸、空っぽの壺を見たにすぎなかった。

ホルエムヘブが砂嵐のように通り過ぎたあと、水の保管所の周辺で、砂漠の盗賊や自由部隊に身ぐるみを剥がされて切り刻まれ、勝利の印として串刺しにされたヒッタイト人の死体を見ただけの私に、不滅の栄誉や勝利の美酒、そして辛苦や死について語ることはできない。

ヒッタイト人のおかげで水だけは十分だったとはいえ、私たちは二週間ぼろ布のように砂漠を行軍した。夜には山の尾根からかがり火が赤々と燃え、ホルエムヘブの戦車が私たちを待っているのが分かった。その日の夜、私は眠ることができず、遠い山の端で輝く火柱が煙と火の粉を吹き上げているのを見ていた。赤々と燃えるさまは星明りが霞むほどだったから、よく覚えている。照りつける太陽が沈み、夜の砂漠は冷え込んだ。何日も裸足で棘のある茂みを歩き続けた兵士たちは、悪霊に取り憑かれたかのように夢にうなされていた。民の間で、砂漠には悪霊がさまよっていると語られているのはこのためかもしれない。

明け方にはラッパが吹き鳴らされて行軍は続いたが、行軍や重荷担ぎに慣れていない男たちは動けなくなり倒れていった。私たちの遥か先を行くホルエムヘブのかがり火を目指して、黒く日焼けした薄汚い盗賊や自由部隊が砂漠の至るところから集まり、私たちを遠巻きにしながらついてきた。彼らはホルエムヘブから武器を供与されていたが、もの欲しそうに私たちの槍や牛が引く荷車などの装備を横目で見ていたから、隙あらばヒッタイト人だけでなく私たちにも襲いかかりたかったことだろう。

ホルエムヘブの野営地に近づくと、砂漠の地平線が、水の保管所を奪い返そうと砂埃を巻き上げながら押し寄せてくるヒッタイト人で埋め尽くされているのが目に入った。そして戦車を従えたヒッタイト人の斥候が小集団となって、私たちの先頭部隊に襲いかかってきた。戦車との戦に慣れていないどころか、槍や弓矢で戦ったこともないエジプト軍の新兵たちは大混乱に陥り、恐ろしさのあまり散り散りになって逃げ出そうとしたが、その多くが戦車に乗ったヒッタイト人に槍で刺された。野営地にいるホルエムヘブが私たちを助けようと、まだ使える戦車を送り込んでくると、ヒッタイト人はホルエムヘブの部隊を見るなり攻撃をやめて引きあげていった。それはおそらくホルエムヘブを恐れていたというより、様子を探って次の攻撃に備えるためだったのかもしれない。

ヒッタイト人が引きあげたことで、歩兵部隊の士気は大いに高まったので、槍部隊は槍を突きあげて叫び、弓矢隊は退いていく彼らに向けて無駄に大量の矢を射った。雲に届かんとばかりに巻き上がる砂塵を遠巻きに眺めながら、兵士たちはホルエムヘブを称え、励まし合った。

「あの剛腕な方が俺たちを守っているから大丈夫だ。あの方が隼の姿となってヒッタイト人の首根っこに襲いかかり、目ん玉をつついてくださるに違いない」

しかし、ホルエムヘブの野営地にたどり着けば休めると思っていたら間違いで、足の裏の皮が剥けるほど大急ぎで到着したことを褒めてもらえると期待していたなら、それもまた大間違いだった。疲労で目を血走らせたホルエムヘブは私たちがたどり着くや否や、怒りに任せて血と埃まみれの黄金の笏を振りまわして怒鳴った。

「このくそ野郎ども、何をぐずぐずしていたんだ！　まったく、明日にはお前らの頭蓋骨を砂に埋めてやるぞ。俺の精鋭たちが満身創痍で血を流し、気高い馬が息も絶え絶えだというのに、亀みたいにのろのろやってくるとは、恥を知れ。お前らの汗とくそのにおいは鼻つまみものだが、今こそ任務を与えよう。掘るのだ、エジプトの男たちよ、お前らの命にかけて掘りまくれ。お前らのうす汚れた指は鼻や尻をほじくるか、泥を掘るしかないのだから、これほどぴったりな任務はないぞ」

これを聞いたエジプトの新兵たちは怒るどころか大喜びし、恐ろしい砂漠からホルエムヘブのもとにたどり着けたことに安堵して、笑いながら彼の言葉を声に出して繰り返した。彼らは足の裏の皮が剥けたことも喉の渇きも忘れて、ホルエムヘブの指示通りに地面に深い対戦車壕《ごう》を掘り、石と石の間に槌で杭を打ち込み、杭の間に葦縄を張って山から峠に大岩を運んだ。

そのうちに、ホルエムヘブとともに進軍していた戦車部隊が、山の穴や天幕から疲れ切った足を引きずりながら歩兵部隊のところへやってきた。彼らは傷を見せては自分たちの手柄を自慢し、重傷者でさえ起き上がり、自分たちがどれほど力を尽くして戦ったかを得意げに語ったので、壕を掘る者や槍隊、弓矢隊の新兵たちは感嘆して、戦車部隊を羨み、大いに励まされていた。その朝、砂漠の端に竜巻のように近づいてくるヒッタイト人を見た兵士たちは、今度こそ死を覚悟したが、一人で死ぬよりも大勢で死ぬほうがましだからと、誰もが歩兵部隊の到着に気分を奮い立たせた。しかし、出発時には二千五百人いた戦車部隊のなかで戦える者は五百人にまで減っていたし、馬も疲労で足を引きずり、砂に頭がつくほどうなだれていた。

ホルエムヘブは野営地に軍隊が到着するたびに、彼らに壕を掘らせ、ヒッタイトの戦車を遮る障害物を次々と砂漠に配置していった。疲労で行軍から遅れがちな後方部隊には、夜の間に備えのある野営地に全員到着するようにと指示を出し、朝が来ても砂漠に取り残されていたら、砂漠と峠を乗り越えてきたヒッタイト人の戦車によって恐ろしい死を遂げることになるだろうと告げた。

次々と到着する自軍の数は誰も把握していなかった。数えるまでもなく、ヒッタイト軍に対してエジプト軍の数は少なく、知っても士気が下がるだけだから、ホルエムヘブも数えさせなかった。エジプト兵は砂漠のど真ん中で仲間が増えていくことに大いに勇気づけられ、ホルエムヘブがヒッタイト人を一網打尽にし、自分たちを救い出してくれると信じていた。

障害物を配置し、砂地に突き立てた杭と杭の間に葦縄を張り巡らして岩に巻いていると、ヒッタイト人の戦車が竜巻のように砂埃を立て、雄叫びをあげてやってきた。それを目にしたエジプト兵は鼻白み、辺りを見渡して、戦車とその恐ろしい鎌にすっかり萎縮してしまった。

しかし、すでに夕暮れで、ヒッタイト軍は戦を始める前に戦場の地形とホルエムヘブ軍の規模を把握したかったので、夜になっても攻撃してこなかった。彼らは馬の餌になる草や棘のある藪を集め、野営のためにかがり火を焚いたので、夜の砂漠には点が連なるように炎が並んだ。

ホルエムヘブの兵士ができる限り障害物を置いた最前線では、軽戦車に乗った斥候が見張りの兵士を殺し、一晩じゅう小競り合いが続いた。障害物のない両端では、夜の闇に紛れて砂漠の盗賊や自由部隊がヒッタイト軍を奇襲し、投げ縄で彼らを戦車から引きずりおろして戦車と馬を奪ったので、部隊から離れすぎた斥候が戻ることはほとんどなかった。

一晩じゅう、戦車の音、断末魔の悲鳴、矢の飛び交う音、武器の衝突音が鳴り響き、戦に不慣れな部隊はすっかり縮みあがって眠れずにいたので、ホルエムヘブは彼らをなだめた。

「泥ネズミども、しっかり寝ろ。俺が寝ずの番をしてお前たちを守ってやるから、傷だらけの足に油を塗ってよく休め」

私は夜通し野営地を巡回して、負傷した御者を治療し続けた。するとホルエムヘブは私に言った。

「シヌへよ、持てる力をすべて使ってこいつらを治してくれ。この豚っ鼻どもは俺のお気に入りなんだ。こいつら一人ひとりに千人分の泥掘り野郎の価値があり、これほど勇敢な兵士はこの世にいないのだ。こいつらのように馬の手綱を引くことができる奴らはほかにいないんだよ。今後は誰もが実戦で馬の扱い方と戦車の御し方を身につけなければならない。一人戦えるようにしてくれれば、その都度一デベンの黄金をやろう」

私は輿に座っていたとはいえ、砂漠を横断する大変な行軍で疲労困憊だったし、焼けるような砂埃のせいで喉が渇いて気分が悪かった。死は恐れていなかったが、心のなかで、強情なホルエムヘブのせいでヒッタイト人の手にかかって死ぬのだと思い、ばかばかしくなってこう言った。

「お前がこんな恐ろしい砂漠に連れてきたせいで、どうせ明日には全員死ぬんだから、黄金は自分で取っておくか、少しでも金持ち気分を味わえるように、気の毒な豚っ鼻どもにくれてやれ。全軍のなかでまともに戦えるのは彼らだけだろうから、私は自分のために彼らを治す。私と一緒に来た新兵たちは、きっとヒッタイト人と目が合った瞬間に理性を失い、泣きながら逃げ出すだろう。あいつらは夜中に枝が折れる音を聞いては大げさに怯え、岩の割れ目から飛び出してきた兎を見ては一斉にエジプトの神に助けを求める始末だ。たしかにテーベの路上では相手の頭蓋骨を陥没させたり、一人で歩いている者に集団で襲いかかって喉を掻き切ったり、盗みを働いたりするくらいはできただろうが、この砂漠では生贄にされる羊と同じだ。メェメェ鳴きながらおとなしくついてきたはいいが、いざとなれば一目散に逃げ出すのさ。だから自分のために勇猛な彼らを治すのだ。万に一つの幸運が訪れ、彼らのおかげで命が助かれば御の字だ。だがそれよりも、改めてもう少しまともな軍隊を編成するために、足の速い馬と軽戦車で私とともに下エジプトに退却するほうが賢明かもしれないぞ」

ホルエムヘブは手のひらで鼻をこすり、思案するように私を見ながら言った。

「シヌへ、なかなかいいことを言うな。もし俺に分別があれば、お前の言う通り、水の保管所を破壊して戦を来年に延期し、兵士を置いて一人で逃げることもできただろうが、なぜそうしなかったのかと言われてもよく分からんのだ。豚っ鼻どもの石碑を建てて名を刻み、奴らの名を永遠に残してやることもできたが、俺はこの大切な豚っ鼻どもを砂漠で死なせるわけにはいかないから、そうはしなかった。この砂漠でヒッタイト軍に勝つ以外、俺たちに道はない。シヌへ、それだけのことだ。俺たちは勝つしかないのだ。自軍を砂漠に集結させたのは我ながら賢明な判断だったと思うぞ。ここは逃げ場がなく、否が応でも、命をかけて戦うしかない。そろそろワインでも飲んで休んだほうがよさそうだな。そうすれば朝には二日酔いさ。俺は二日酔いだとかなり機嫌が悪くなるから、素面《しらふ》のときよりうまく戦えるのだ」

ホルエムヘブは戦車のほうへ行き、壺からワインを飲んだ。静かな夜にごくごくという喉を鳴らす音が響き、遠くからは障害物の辺りをやみくもに走りまわるエジプト人の叫び声と戦車の音が聞こえてきた。部下がホルエムヘブを羨ましそうに眺めていたので、彼は通りがかった兵士たちに壺を渡し、同じ壺からワインを飲ませてやると、大声で言った。

「お前らの腹は底なしの袋みたいだな。汚い口で俺の壺を汚しやがって。壺が空になったら酔えないじゃないか」

そして兵士の肩を拳で小突き、一人ひとりを名前で呼び、「お前はガザの手前で手綱に絡まったな」、「自分の馬に蹴られやがって」などと話しかけた。

やがて夜が更け、灰色の亡霊のような朝日が昇り、立ち込める死のにおいにハゲタカが集まってきた。地面に置かれた障害物の前には馬の亡骸や横倒しになった戦車があり、ハゲタカが戦車から落ちたヒッタイト人の目玉をつついていた。夜明けとともにホルエムヘブはラッパを吹かせ、山の麓《ふもと》に自軍を集めて演説をした。

2

ヒッタイト人が野営地の焚火に砂をかけ、馬に馬具を取りつけて武器を研いでいる間、ホルエムヘブは岩場に寄りかかって、乾パンと玉ねぎをかじりながら自軍に語りかけた。

「前方に偉大なる奇跡が見える。アメン神は俺たちの手にヒッタイト軍を与えてくださり、今日は俺たちが偉大な功績を残す日となる。見れば分かるように、ヒッタイトの歩兵は水が不足し、砂漠の隅に留まっている。俺が水の保管所をすべて燃やし、水の入った壺を槌ですべて叩き壊したから、奴らがエジプトに攻撃を仕掛けるには、まず戦車で道を作り、水の保管所を奪い返す必要がある。奴らの馬も水に飢え、干し草だって足りないはずだから、奴らは今日こそ戦車で道を切り開くか、戦車ごとシリアに退却するか、水の保管所を新たに建てるために野営するしかない。奴らが賢ければ、戦を諦めて退却するだろうが、奴らはシリアの金銀をすべて水の入った壺に変えて砂漠に並べるような強欲な奴らだから、戦わずして諦めることはないだろう。ヒッタイトの戦力は戦車の急襲力にあるが、奴らが攻撃してきたときは、お前らが必死に掘った壕と、転がした岩と、張り巡らした縄が先頭の列を崩し、奴らの馬は障害物に足を絡ませ、力を発揮することはできないだろう。そうなるようにアメン神に導かれ、ヒッタイト軍は俺たちの手に落ちるのだ」

ホルエムヘブは口から玉ねぎの皮を吐き出し、強靭な歯で乾パンを噛み砕いた。兵士が足を踏み鳴らし、おとぎ話をせがむ子どものように興奮して叫び始めると、ホルエムヘブは額にしわを寄せて言った。

「セトとすべての悪魔の名にかけて、兵站部隊はパンにネズミの糞を練り込んだのか。それとも二日酔いだから糞みたいな味がするのか？　泥ネズミたちよ、昨夜ヒッタイト人が愚かにも俺たちの槍の届くところにやってきたことを考えると、俺が嬉しさのあまり酔わずにはいられなかったことは分かるだろうな。だが、俺の上品な口のために、ネズミの糞みたいなパンを寄こした兵站部隊の隊長を何人か逆さ吊りにしてやらなければならないだろう。俺の前で雄牛みたいに唸ったり笑ったりするのはやめろ。俺にとっては、お前ら全員を合わせたよりも、豚っ鼻どもの馬の糞のほうがよっぽど値打ちがあるのだから、お前らの食い物は牛の糞を混ぜた小麦粉で十分だ。お前らが情けないせいで、ヒッタイト人をそのまま素通りさせてしまうんじゃないかと気が気じゃないんだ。お前らはただの泥くさいネズミで、兵士とはいえないから、お前らが手にしているのは槍だと教えておかなければならない。これは背中を掻くものではなく、ヒッタイト人の腹を突き刺すためのものだ。弓矢隊よ、お前らは弓の弦を鳴らして、空高く矢を放ち、『ほらよく見ろ、高く飛んだぞ』と子どもみたいに叫び、さぞ偉大な英雄のつもりでいるのかもしれないが、狙うのはヒッタイト人だ。お前らが真の兵士で、ちゃんと狙いを定められるなら、ヒッタイト人の目を狙え。だが、お前らでは戦車に乗っている人間を狙っても当たらないだろうから、こんな助言は無意味だと分かっている。だから馬を狙うのだ。人間よりも大きな的である馬をできるだけ近くまで引きつけて当てるのだ。一本でも矢を無駄にする奴は、この世に生まれないほうがましだったと思うくらいに俺の手で打ちのめしてやる。矢尻は女たちの胸飾りや、娼婦の足輪から作ったものだということを忘れるな。そして槍隊よ、お前らは槍を地面で支えてしっかり両手で持ち、近づいてきた馬の腹を狙え。そうすれば、馬が倒れ込んでくる前にうしろへ逃げる隙間ができるだろう。もし地面に押しつけられたら、短刀で馬の脚の腱《けん》を切るのだ。車輪に轢かれて手足を砕かれる前に助かる方法はそれしかない。以上だ。分かったか、ナイルの泥ネズミどもよ」

ホルエムヘブは苦虫を潰したような顔で手にしていたパンのにおいを嗅ぐと、そのパンを投げ捨て、壺に口をつけて二日酔いの体にたっぷりと水を流し込んで続けた。

「どうせお前らはヒッタイト人の雄叫びと迫りくる戦車の音を聞いたら、泣き出して砂に頭を突っ込んで隠れるに違いないから、こんなことをお前らに言っても無駄だろうな。だが、ここでは母親の服に隠れることはできないから念のために教えておこう。もしヒッタイト軍がお前らをすり抜けて、背後にある水の保管所にたどり着いたら俺たちはおしまいだ。日暮れ前には命はなく、周壁にお前らの皮がぶら下がり、二か月後にビブロスやシドンの女どもが小脇に抱える買い物袋になっているか、手足をめった切りにされて泣き叫んでいるか、アジルの野営地で目をつぶされて臼を引かされているだろう。包囲されたら俺たちに逃げ道はないから、ヒッタイト軍を通せば一巻の終わりだ。お前らが作った障害物が破られ、退却を余儀なくされたら、ヒッタイトの戦車が洪水のようになだれ込み、枯れた藁みたいに俺たちをなぎ倒していくだろう。言っておくが、砂漠に戻って逃げ出そうなんて夢にも思うなよ。敵がいる方向を間違えるな。お前らの戦いぶりを見て一度くらいは思いきり笑わせてやるために、後方には五百人の勇猛な豚っ鼻どもを配置してある。あいつらは暴れ牛が柔順な牛になるように、逃げ出そうとした奴や方向を間違えた奴を切るか殺すかして調教してくれるだろう。だから前方に死が迫ったように感じても、後方にはより確実な死が待ち受けていることを覚えておけ。だが、お前らの前には確かな勝利と栄誉が待っている。俺は今日ヒッタイト軍に勝利することを少しも疑っていない。いいか、我が可愛い泥ネズミどもよ、俺たちは同じ運命だから、一人ひとりが最善を尽くせ。ヒッタイト軍に勝つ以外に道はなく、奴らに勝とうと思うなら、唯一の方法はどんな装備をしていようが奴らに襲いかかり、お前らの手にある武器で切り裂くことだ。俺も笏を手にともに戦おうじゃないか。俺の笏がヒッタイト人ではなくお前らに当たったとしても俺のせいではない。勇敢な泥ネズミどもよ、勝利はひとえにお前らにかかっている」

男たちは身動き一つせず、ヒッタイト軍のことも忘れ、魅せられたようにホルエムヘブの話に聞き入った。ヒッタイトの戦車が雲のように土埃をあげてあちこちから障害物に近づいてきたので、私は気が気ではなかったが、おそらくホルエムヘブは兵士が怖気づかないように、落ち着き払った自分の姿を見せて時間を稼いだのだろう。最後にホルエムヘブは高みから砂漠に目をやり、手をあげて言った。

「我らが友、ヒッタイト軍が戦車に乗ってやってくるぞ。俺たちはすべてのエジプトの神々とともにある。アメン神は奴らを思い上がらせ、我々とともに戦ってくださる。行け、ナイルの泥ネズミどもよ。配置についたら、命令されるまで動いてはならない。可愛い豚っ鼻どもよ、お前たちはこのカタツムリと兎のあとについて奴らの面倒を見てやれ。逃げ出すようならヤギと同様、去勢してしまえ。いいか、エジプトの神々のため、黒い大地のため、妻と子どもたちのために戦うのだ。だが、生きて逃げられるなら、お前らは女房の目にだって小便をかけるだろうから、こんなことを言っても無駄だろう。だから、エジプトの泥ネズミどもよ、自分のために戦え。お前らの命のために戦うのだ。ほかに助かる道はないのだから、逃げるんじゃないぞ。息子たちよ、今こそ走れ。急がないとヒッタイトの戦車が障害物にたどり着き、戦が始まる前に終わってしまうぞ」

ホルエムヘブに鼓舞された部隊は、障害物に向かって叫びながら走った。その叫びは興奮からか恐怖からなのかは、本人たちも分かっていなかっただろう。ホルエムヘブは一呼吸おいてから、勢いよく彼らのあとを追った。私は貴重な医師の命を守るために山の斜面の安全な場所から戦を見守った。

ヒッタイト人の戦車は丘の麓《ふもと》まで走ってくると、陣形を取るために停止した。派手な小旗、戦車についている有翼日輪の紋章、馬の頭にある羽根飾りと鮮やかな色の毛織の矢避けは、堂々としていて圧倒された。

ホルエムヘブが整えた水の保管所へと続く道は急いで準備した障害物で守られていたし、後方の狭い峠には盗賊や自由部隊が待ち構えていたから、ヒッタイトが見通しのいい平地に向かって全軍で攻め込んでくるのは明らかだった。もし彼らが砂漠に散らばっていたら、水の保管所までの道のりはヒッタイト軍の馬にとっても遠すぎたことだろう。かつてどんな国にも進軍を邪魔されたことがないヒッタイト人も、今は水も馬に与える干し草もなく、自分たちの戦闘能力だけが頼りだった。彼らは明確な数を好むため、戦車は六台を一隊としていた。十隊集まると連隊となり、全部で六十もの連隊がホルエムヘブの新兵たちの相手となった。三人の兵士が操る三頭立ての重戦車を中心に、前線部隊が船のようにゆっくりと重々しく砂漠から押し寄せ、すべてを蹴散らしながら進んでくるので、いったいホルエムヘブの軍隊はどうやって対抗するつもりなのかと私は思った。

　ヒッタイト軍がラッパを吹き鳴らし、隊長が旗を掲げ、戦車がゆっくりと前進して勢いがついたとき、馬に乗った兵士たちが馬の腹を蹴って、戦車と戦車の間を全速力ですり抜けてきた。兵士たちはたてがみにつかまり、馬の背から低く身を乗り出して短刀や斧を取り出すと、エジプト軍が戦車の馬をつまずかせるために張り巡らせていた葦縄を素早く切断した。

　別の馬は障害物をものともせず、エジプト軍の槍や矢も恐れずにまっすぐ突き進み、馬上で体を起こした兵士は地面に向けて槍を投げた。地面に突き刺さった槍にはどれも鮮やかな旗がはためいていた。張り巡らされた縄を切って地面に槍を突き刺したかと思うと、彼らは全速力で引き返し、戦車の後方に戻っていった。

　あっという間の出来事に、私は彼らの目的が分からなかった。残ったのは、矢で射抜かれて馬の背から落ちた何人かの兵士と、地面に倒れ込んで激しく宙を蹴っていななく何頭かの馬だけだった。

　そのとき、私は自分の目を疑った。障害物のうしろからホルエムヘブが走り出てきて、轟音を立てて襲いかかってくるヒッタイトの戦車部隊にたった一人で立ち向かったのだ。ホルエムヘブは背の低いナイルの男たちよりも頭一つ分抜きんでているから、すぐに彼だと分かった。私は立ち上がり、拳を握りしめて思わず大声で叫んだ。ホルエムヘブはヒッタイト兵が投げた槍を地面から引き抜いて遠くに投げると、槍は振動しながら地面に突き刺さった。戦闘において鋭い勘を持っていた彼は、ヒッタイト軍が本攻撃の前に、一番突破しやすい障害物に目印をつけるために、経験豊かな兵士に槍を投げさせたことを誰よりも早く察知したのだ。

エジプト軍のなかで彼らの意図が分かったのは、ホルエムヘブだけだった。彼は冷静に槍を引き抜くと、ヒッタイト軍を惑わせるためにまったく違う場所に投げた。ホルエムヘブに倣って何人かが走り出し、槍を抜いて勝利の印に旗をむしり取った。これも少しはヒッタイト軍を混乱させたかもしれない。もし最初にヒッタイトの騎馬兵に印をつけられた場所を激しく攻撃されていれば、エジプト軍はとても防ぎきれなかっただろうから、ホルエムヘブのとっさの判断がその朝のエジプトを救ったことになる。

そのときの私は何も分からず、攻め込んでくる戦車の列に向かって走っていくホルエムヘブの行動は、部下を鼓舞するための子どもじみた行動にしか思えず、心のなかでさんざん彼をなじった。ただの兵士には、見通しのいい平地で襲ってくる戦車の列にたった一人で向かっていく勇気などないだろうが、ホルエムヘブのような経験豊富な兵士なら危険に身をさらすことなく、自分の力や能力、戦車の速度から判断して、戦車に体を砕かれる前に戻ってこられるのかもしれない。全軍がホルエムヘブの行動を見て歓声をあげ、身の危険も忘れて彼の勇猛さとその行いを称えた。

ホルエムヘブが自軍の陣地に戻った頃には、ヒッタイト軍の軽戦車も障害物付近に到着し、旗を目指して襲いかかってきた。この最初の衝突に続いて、馬の蹄と戦車の車輪の轟音とともに、巨大な粉塵が舞い上がり、私のいる山からは戦の行方が分からなくなった。わずかに見えたのは、障害物の前で射手の放った矢が何頭かの馬に当たったことと、ヒッタイト人が倒れた戦車を巧妙に避けて進軍を続けていたことだけだった。

あとになって知ったことだが、このときヒッタイト軍は大きな打撃を受けたものの、軽戦車が数か所の障害物を乗り越え、倒れた戦車から飛び出した兵士が、矢の届かない距離で待機している重戦車のために岩を移動させて通り道を作っていた。このヒッタイト人の首尾のよさを見れば、経験豊富な兵士ならもう終わりだと思っただろうが、戦に不慣れなホルエムヘブの泥ネズミたちは、障害物のそばの壕に落ちた馬が瀕死のいななきをあげてもだえ苦しむのを眺めていただけだった。彼らは、ヒッタイト軍がかなりの打撃を受け、自分たちの力と勇猛さでヒッタイト軍の攻撃を止めたと思い込み、興奮と恐怖で雄叫びをあげながら槍を手にして倒れた戦車に襲いかかり、地を這いつくばって馬の脚の腱を切り、御者を戦車から引きずり下ろし、弓矢隊は岩を転がしている男たちを狙った。数が優勢だったことが幸いし、多くの戦車を奪い取ることができたから、ホルエムヘブは彼らの思うままにさせた。泥ネズミたちは恐怖にふるえて馬の鼻先にぶら下がり、戦車の上に登れば落下を恐れ、自分たちでは操れない戦車をホルエムヘブの豚っ鼻たちに引き渡した。

ホルエムヘブは、重戦車が到着してからが後半戦の始まりだということをあえて伝えず、谷の真ん中や戦場の後方にある藪や枝で隠した対戦車壕を頼りに、運を天に任せた。

ヒッタイト軍は軽戦車がすべての障害物を超えたと思い込んでいたが、まだ大穴には気づいていなかった。生き残ったヒッタイト兵は、待機していた重戦車に乗り込むために急いで陣営に退却していったので、ホルエムヘブの軍隊は大いに喜んだ。

兵士たちは戦車から壕に落ちたヒッタイト兵や、脚を折った馬、岩の間に隠れようとするヒッタイト兵を槍で刺していたが、ホルエムヘブは急いでラッパを吹かせてやめさせ、岩を元の位置に戻させ、槍の先端を敵に向けて地面に斜めに差すよう指示した。これ以上無駄に兵士の命を失いたくなかったため、重戦車に取りつけられた大型の鎌が、まるで実った麦のように兵士を刈り取っていかないように、障害物が破壊されて守備が弱くなった場所では、部隊を障害物の脇に退かせた。

ホルエムヘブの指示は間一髪だった。水時計が落ちきる間もなく、ヒッタイト軍が華と誇る重戦車が轟音を立てて、すべての障害物を轢きつぶしながら進んでくるのが、谷に舞い散る砂埃の合間から見え隠れしていた。戦車を引いている大型の馬は、エジプトの馬に比べて体高があり、金属製の馬面《ばめん》をかぶり、胴体は毛織の分厚い布で守られていた。車輪は戦車の重量にものを言わせて軽々と岩を脇に押しのけると、砂埃のなかにまっすぐ突っ込んできた。馬は地面に突き立てられた槍を強引に押し切り、槍の柄は渇いた葦のようにぽきりと折れた。戦車が前進するにつれ、車輪に轢かれた者の悲鳴があちこちであがり、鎌で胴体を切断された男のうめき声が聞こえた。私は立ち上がって辺りを見渡したが、どちらを向いても逃げ場はないように見えた。

砂埃のなかから、谷に轟く稲妻のように再びヒッタイトの重戦車が姿を現した。馬は派手な分厚い毛織りの布に守られ、馬面から青銅の角を突き出し、この世のものとは思えない怪物のような姿で前進してきた。周囲を衝突に巻き込み、長大な列となって前進し、これを止められるものは、もはやこの世に一つもないと思えた。エジプト軍はホルエムヘブの命令で谷の脇や丘の斜面へ退いていたので、その前進を阻むものは何もなく、戦車の一団は水の保管所へと向かっていき、ヒッタイト兵は戦車の上に立って大声で叫び、前進を続けた。これらの戦車が通りすぎると、砂塵が渦を巻いて空へ立ち昇り、視界が霞んだ。私は悔しさのあまり地面に身を投げ出して、エジプトのため、無防備な下エジプトのため、そしてホルエムヘブの強情さと思いつきのせいで命を落とさなくてはならない者を思い、涙を流した。

経験豊かで慎重なヒッタイト人は、反撃されることはないと思っていても勝利にぬか喜びはせず、万全を期して軽戦車に前方の地形を調べさせるために、重戦車を停止させようと歯止めを地面に落とした。しかし、重戦車も馬も、勢いがつくとすぐには止まることができず、急に止めようとすると手綱がちぎれて戦車を損傷させてしまうため、やむを得ない場合は御者が槍で馬の足を切断し、戦車を停止させることもあった。

今回は急停止の必要はないと見なされ、御者は端から端まで隊列を組んだ馬の動きに任せた。すると突然地面が沈み、戦車ごと壕に落ちた。この壕は、ナイルの泥ネズミたちが谷の端から端まで掘り、枝や藪で隠してあったものだった。驚いた御者は壕の手前で馬を引き返そうとしたが間に合わず、数十台の戦車が真っ逆さまにひっくり返り、戦車の隊列は乱れた。ヒッタイト人の怒号が聞こえたので頭をあげて見てみると、凄まじい光景が広がっていたが、それもすぐに砂塵にかき消された。

このとき、すぐにヒッタイト軍が壕の位置や被害を把握して冷静に判断していれば、少なくとも戦車の半分を救い出し、壕に沿って馬を走らせて平地に引き返し、障害物を崩したところから再び攻め込み、エジプトに大打撃を与えることができただろう。しかし、負け戦に慣れていない彼らは、戦車もないエジプトの歩兵から退却することも、ましてや敗北を認めるわけにもいかなかったので、自分たちが被った損害を顧みず、馬を止めるために険しい丘の斜面へ進んでいった。そこで停止すると、戦車を降りて坂の上から戦場を見下ろし、地形を調べて壕を越える方法や、壕に落ちた仲間の救出方法を考え、次の攻撃に備えて砂塵が落ち着くのを待った。

しかし、ホルエムヘブがそんな暇を与えるわけがなく、ラッパを吹くよう命じると、「我々の戦術が功を奏してヒッタイトの戦車はまんまと罠にかかった。ヒッタイトはもう無力だ」と宣言した。彼はヒッタイト人を攪乱させるため、丘の斜面にいる弓矢隊に矢を射込ませ、ヒッタイト軍の視界を遮るために、兵士たちに木の枝や箒を使ってさらに砂埃を舞い上がらせたが、もう一つの目的は、自軍にヒッタイトの無傷の戦車がどれほど残っているかを見せないためでもあった。ホルエムヘブは勝利を確実にしようと、一部の部隊に丘の斜面から大きな石を転がすよう命じて、突破された障害物の代わりに置き、ヒッタイトの戦車を奪い取った。

この間、ヒッタイトの軽戦車は平地へ集まり、馬に水を飲ませ、絡まった手綱や割れた車輪を直していた。丘に砂塵が巻き起こるなか、叫び声と武器が当たる音を耳にした彼らは、重戦車がエジプト軍を追いまわしていて、ネズミを駆除するかのように破滅させているのだと思っていた。

ヒッタイト兵が壕に落ちた仲間を助けたり、壕を埋め戻したりしないように、ホルエムヘブは砂塵に紛れて最も勇敢な槍兵を穴のそばに送り込んだ。また、ほかの部隊には、石切り場で石の扱いを身につけた者が多く、昔からエジプト人は石の扱いに慣れていたため、丘の斜面から戦車を狙って巨大な石を転がしたり、石を載せた台を雄牛に引かせて戦車を包囲したりして、それぞれの戦車を孤立させた。

砂塵がなかなかおさまらず、現状を把握できないことに慌てふためいたヒッタイト兵は、様子を探ろうと戦車の上に立ち上がっては矢に当たって倒れた。彼らの隊長は訓練でもこんな事態の対処法は教えられていなかったので、かつてない事態にどう対処していいか分からず、互いをなじり合って無駄に時間を費やしていた。エジプトの状況を調べようと、数台の戦車を砂塵の真っ只中に送り込んだが、馬が石につまずいた隙にホルエムヘブの槍隊が戦車から御者を引きずり下ろして殺したため、これらの戦車が戻ることはなかった。

ヒッタイトの隊長たちは陣を立て直そうと、ラッパを吹き鳴らして戦車を集め、平地へ戻り、一丸となって突撃を開始することにした。しかし、攻撃のために来た道を戻ろうとしても、馬が縄に足を取られて転倒し、重戦車が石に当たって横倒しになったので、戦車から降りて戦わざるを得なかった。彼らは勇猛で経験豊かな兵士で、多くのエジプト兵を倒したが、慣れていたのは戦車を用いた戦い方で、歩兵戦には不慣れだった。このため、勝利を手にしたのはホルエムヘブの側だったが、戦自体は夜まで続いた。

夜になって砂漠に風が吹き、谷の砂塵が吹き飛ばされて戦場が見渡せるようになると、ヒッタイト人の馬が装備ごと無傷のままホルエムヘブの手中に落ち、多くの戦車を失ったことが明らかになった。一方で、激しい戦や怪我、血のにおいにすっかり消耗していたホルエムヘブの兵士は、谷のあちこちに転がっているヒッタイト人の何倍ものエジプト人の死体と、自軍の損失を見て衝撃を受けていた。生き残った者は怯えながら言い合った。

「なんて恐ろしい日だ。戦の最中に視界が悪くて本当によかったよ。もしヒッタイト人の数の多さと倒れた仲間を見ていたら、心臓が口まで飛び出て、獅子のように戦うなんて無理だっただろう」

戦車や馬とともに戦い抜いたヒッタイト兵は、大きな被害を目の当たりにして、涙を流して言った。

「俺たちの重戦車や軍隊は華も誇りも失い、天と母なる大地は俺たちを見捨てた。この砂漠はもはや母なる大地ではなく、すべて悪魔の地だ。戦っても無駄だから、武器を捨てよう」

そして彼らは槍や武器を手放し、両手を掲げて降参した。ホルエムヘブが捕虜としてヒッタイト兵を拘束すると、彼らを見ようとナイルの泥ネズミたちが集まり、傷に触ってみたり、兜や服から有翼日輪や二重斧の紋章を外したりした。この凄まじい混乱のなか、ホルエムヘブは各部隊のもとを訪れ、厳しい言葉で叱ったり、満足そうに黄金の笏でつついたりした。戦に貢献した者は名前で呼び、「我が息子よ」とか「可愛い泥ネズミよ」と話しかけた。ホルエムヘブは兵士に酒を配り、両軍の戦死者から好きなように略奪させ、何らかの戦利品を取らせた。一方、彼自身が手にした最も価値のある戦利品は、重戦車と気性の荒い無傷の馬だった。ホルエムヘブの兵士のなかで馬の扱いに慣れた者が、馬に干し草や水を十分に与え、優しく話しかけ、エジプトに服従させた。馬は恐ろしいが、賢い動物だから人の言葉が分かるのだろうか。ホルエムヘブの部下によると、馬は話しかけられた言葉をすべて理解すると言っていたが、ヒッタイトの言葉に馴染んでいたはずなのに、どうやってまったく聞いたことのないエジプトの言葉を理解したのか、私にはさっぱり分からなかった。しかし、この大きな荒々しい動物がおとなしくエジプトの男たちに従い、汗をかいた背中から重くて分厚い毛織の布を取り外してもらっている姿を見れば、信じるほかなかった。

その夜、ホルエムヘブは、エジプト人よりもずっと馬の扱いに慣れている盗賊と自由部隊を呼び集め、豚っ鼻の戦車部隊へ雇いあげると告げた。馬を愛する男たちは皆勇んでホルエムヘブの誘いを受け、重戦車と勇ましい馬に喜んだ。夜になってやってきた砂漠の狼やジャッカル、イヌワシの大群は、エジプト人とヒッタイト人の死体を分け隔てなく引き裂いて腹を満たした。

私は負傷者の治療に忙しかった。考える暇もなく必死に傷口を縫い合わせ、折れた手足を固定し、ヒッタイト人の槌で陥没した頭蓋骨を治療した。数多くの助手がいて、傷口の縫合や手足の切断をしてくれたが、すべての負傷者の手当てが終わるまでに三日三晩かかり、その間に重傷者は死んでいった。ヒッタイト人はシリアにいる大隊長に戦況を伝えに戻る勇気がなく、かといって敗北も認めなかったので、小競り合いの音が絶えず鳴り響き、私は落ち着いて治療できる状況ではなかった。二日目には軽戦車を従えて、失った戦車を奪還しに攻め込んできたし、三日目には障害物を壊そうとしてきた。

この日、守備に飽きたホルエムヘブが障害物を解放し、奪った戦車に豚っ鼻部隊を乗せて送り込み、ヒッタイトの軽戦車を追い返そうとしたが、軽戦車の戦いに慣れたヒッタイト軍のほうが先手を打ち、エジプト軍に打撃を与え、私の仕事はまた増えることとなった。ホルエムヘブは、豚っ鼻たちが馬と戦車の扱いを体得するには戦を経験するのが一番で、それには敵に戦闘態勢を取る余裕があるときよりも、今のように劣勢で、恐怖に支配されているときのほうがいいのだから、この打撃は避けられないものだと言った。

「戦車対戦車で対抗できなければ、次の戦に勝てるはずがない」とホルエムヘブは言った。「だから障害物に守られたこの戦は子どものお遊びであって、たとえヒッタイトの攻撃を防いだとはいえ、俺たちは本当の意味で勝ったとはいえない」

十分な飲み水がない砂漠でなら、ホルエムヘブはヒッタイトでさえも敵ではないと思っていたから、ヒッタイト軍が砂漠に歩兵を送り込んでくるのを心待ちにしていた。しかし、ヒッタイトはその手には乗らず、軍をシリアに待機させ、ホルエムヘブが勝利に目を眩ませて、部隊をシリアに送り込んでくるのを待ち構えていた。休息を取った経験豊かなヒッタイト人の部隊と戦車にとって、ホルエムヘブは格好の獲物となるはずだった。

常に小競り合いが起きていたシリアの町々では、ホルエムヘブの密偵が、砂漠でヒッタイトが受けた打撃を大げさに流布して不穏な雰囲気を煽っていたから、シリア内は混乱していた。アジルの権力欲とヒッタイト人の強欲ぶりに我慢しきれなくなったシリアの領主たちは、アジルと手を切ってエジプトにすり寄れば、勝利を手にできるのではないかと考え、複数の町がアジルに対して反乱を起こしていた。

勝利の山で自軍を休ませている間、ホルエムヘブは密偵と話し合い、新たな戦略を練り、あらゆる手段で「ガザを守れ！」と書いた通信文をガザに送り続けていた。ホルエムヘブはガザが長くはもたないと知っていたが、シリアを取り戻すにはどうしても沿岸の拠点が必要だった。ホルエムヘブは兵士たちに、シリアの豊かさや兵士を愉しませるイシュタルの神殿の巫女について色々と吹き込みながら何かを待っていたが、私には彼が何を待っているのか分からなかった。

ある夜のこと、シリア側の砂漠から障害物の周辺に、疲れ切って喉を乾かせた男がやってきた。男は降伏して捕虜となり、ホルエムヘブと話したいと訴えた。兵士はこの男の厚かましさをさんざん罵ったが、ホルエムヘブは男の要望を受け入れた。男はホルエムヘブと会うと、シリア風の格好をしているにもかかわらず、深々と手を膝まで下げてお辞儀をし、目が痛むのか手のひらを片方の目に当てた。これを見てホルエムヘブは言った。

「おい、フンコロガシに目を刺されたわけではあるまいな」

そのとき、ホルエムヘブの天幕にいた私は、無害なフンコロガシが人を刺すことはないのに、なんてばかげたことを言うのだろうと思った。すると喉を乾かせた男は言った。

「おっしゃる通り、フンコロガシに目を刺されたのでございます。シリアには十掛ける十の数のフンコロガシがおりまして、どれも有毒なのですよ」

「勇ましい者よ、毒がまわったのか。今のは挨拶代わりだ。ここにいる俺の医師は愚かな男で、何も分かりはしないから、好きに話すがいい」

それを聞いて、男は言った。

「我が主《あるじ》、ホルエムヘブ様、干し草が到着しました」

男はほかに何も言わなかったが、私はその言葉から男がホルエムヘブの密偵だと分かった。ホルエムヘブは急いで天幕の外に出ると、勝利の山の尾根にかがり火を焚かせた。次々と燃えるかがり火は尾根を経由して下エジプトまで到達した。彼はこのかがり火を通して「戦は避けられないため、船団はガザに向かい、シリアの海軍と戦え」という一報をタニスに伝えたのだった。

翌朝、ホルエムヘブはラッパを吹かせると、全軍を砂漠からシリアへと向かわせた。偵察隊の戦車が先頭に立ち、敵をなぎ倒して道をつくり、野営地を定めていったが、私はなぜホルエムヘブがわざわざ見通しのいい平地でヒッタイト人と戦おうと思ったのか理解できなかった。エジプト軍の兵士はシリアの富と多くの戦利品を手にすることを夢見て、意気揚々とホルエムヘブに付き従っていたが、私には皆の顔に死相が浮かんでいるように見えて仕方がなかった。それでも私は輿に乗り、彼らのあとをついていき、障害物で閉ざされた谷に仲よく並ぶヒッタイト人とエジプト人の骨を野ざらしにしたまま、勝利の山をあとにした。

3

シリアでの戦についても記さなければならないが、戦に詳しくない私の目にはどの戦も同じように映り、燃える町、略奪された家、泣き叫ぶ女、踏みつぶされた死体は、どこで見ても同じにしか見えなかった。シリアでの残虐で無慈悲な戦は三年間に及び、果樹は切り倒され、多くのシリア人が死に、多くの村が荒れ果て、町は無人と化した。私が目にしたことをすべて書き記すなら、その内容はかなり似たような悲惨な出来事の繰り返しになってしまうだろう。

それでも、ホルエムヘブの巧妙さについては記さなくてはならない。彼はアジルが置いた境界石を無視して、自軍にあっさり境界石を越えさせて、シリアに進軍し、兵士には好きなように村を略奪させ、シリア人の女と愉しませ、勝利の味を覚え込ませた。ヒッタイトは、ホルエムヘブがまっすぐガザに向かっていることを知ると、彼を迎撃しようと、軍隊をガザ近郊の平地に集めた。この平地は戦車に向いた地形だったので、自らの勝利を疑っていなかったのだろう。しかし、冬も半ばとなる頃の戦を前にして、シリア人から買い上げた干し草や餌を食べた馬が、血の混じった緑色の糞を出すようになり、繋がれたままよろめき、多くが死んでしまった。

ホルエムヘブはその隙をついて攻撃を開始し、ヒッタイトの戦車を追い払い、ふるえあがる歩兵を楽々と蹴散らした。戦車戦から始まった戦いだったが、ホルエムヘブの槍隊と弓矢隊がさらに追い打ちをかけ、ヒッタイト人はこれまでにない敗北を喫した。ヒッタイト人、シリア人、エジプト人の死体が平地を埋め尽くし、のちにこの地は「骨の平原」と呼ばれるようになった。ヒッタイトの野営地に到着すると、まずホルエムヘブは干し草の倉庫に火を放った。実は干し草にヒッタイト軍の馬を死に至らしめた毒が混ぜられていたのだが、なぜそんなことができたのか、そのときの私は知るよしもなかった。

シリア南部でヒッタイトとシリアがほぼ退却したので、ホルエムヘブはガザのそばまでたどり着き、ガザの包囲軍も蹴散らした。エジプトの艦隊は二日間に及ぶガザ近海での海戦のすえ、多くが元の姿を留めず、いまだ燃え続ける船体もあったものの、どうにかガザの港に到着した。何隻もの破損した船が港に座礁し、例によって用心深いガザの隊長がそれらの船を取り除くまでガザの港は塞がれてしまった。エジプトの艦隊が港へと撤退したため、シリアとヒッタイトの連合艦隊もテュロスとシドンに撤退し、この戦の決着はつかなかったが、この機にホルエムヘブはガザに兵糧と部隊を送り、負傷兵を船でエジプトに送り届けることができた。

不落を誇るガザの門がホルエムヘブ軍に開かれたのは、セクメトの日だった。エジプト全土でいまだに行われるこの冬の祝日には、少年たちが木の槌と葦の剣でガザの包囲戦を真似して戦ごっこをする。これまでガザほど勇猛に死守された町はどこにもなく、ガザの隊長は大いに称えられた。

ガザの隊長に葦縄のかごでガザの周壁へと吊り上げられたのは私の恥であるが、彼の名がロユだということは記しておこう。

ロユは部下から、「猪首《いくび》」と呼ばれていた。このあだ名は彼の外見と頑固そうな性格をよく表していると思うが、これほど頑固で疑り深い男に会ったことはない。ロユが勝利を信じて開門するまで、ホルエムヘブはガザの門前で丸一日ラッパを吹かせることになり、そのあとも、ロユはホルエムヘブしか門を通さず、さらにシリア人が扮した偽物ではないかと疑い、納得するまで本人かどうかを調べさせた。ホルエムヘブがヒッタイトを撃退し、ガザの危険は去って包囲が解かれたと知っても、ロユは不機嫌なままだった。包囲が続いた何年もの間、頂点で命令する立場にいたこの男は、自分の上官にあたるホルエムヘブがガザに来て、指示を出されることが気に入らなかったのだ。

猪首ロユは変わった男で、その頑固さゆえにガザでも何かと揉め事を引き起こしていた。おそらくあまりの頑なさは過剰なまでの防衛本能によるものだろうが、彼がそういう人物でなければ、ガザはヒッタイトとアジルの部隊に簡単に占領されていただろう。それまでガザはシリアのほかの町に比べてそれほど重きを置かれておらず、いわば左遷の地だったが、シリアのほかの町がアジルに降伏していくなか、ロユがこの地を守り抜いたことで、ガザの価値が高まり、重要な拠点となったのだ。彼はほかのどんな地位についたとしても、これほどの成功を収めることはなかっただろうから、神々のいたずら、もしくは偶然がこの男を最も適した地位に采配したのだと思う。

ここで、ガザに到着したときの町の様子を記そう。ガザを守っている周壁については、手と膝を火傷した私を揺れるかごに乗せてロユが引き上げさせたときに書いたように、落ちたら首の骨を折るのではとふるえが止まらなかったほどの高さがあった。巨大な岩石が積まれた基礎となる壁は遥か昔に作られたもので、誰が作ったのかを知る者はなく、民の間では巨人が建造したと言われていた。ヒッタイト人ですらこの周壁の攻略には難儀していたが、最終的には破城槌で周壁の一部を破壊し、盾で守りながら周壁の下の地面を掘り、見張りの塔を倒したので、彼らの戦闘力の高さがうかがえる。周壁の内側にある古い町はほとんどが燃えてしまい、まともに屋根が残っている家は一軒もなかった。

アジルの反乱が始まった当初、噂を聞きつけた猪首ロユは、すぐさま周壁の外側にある新しい町を燃やすよう命じた。宰相は口をそろえて反対し、シリアの民も大いに嘆いてロユに反発したが、彼は自分の権限を行使して強行したため、アジルの反乱軍と戦車がガザに到着する前に、自らの行為によって反乱を引き起こしてしまった。このとき、アクエンアテンは援軍を送らなかったが、ロユは援軍をあてにせずに、自軍を総動員して反乱を鎮圧した。ロユは血で血を洗う戦闘を繰り広げ、町の住人を恐怖に陥れたので、その後誰もロユに対して逆らう者はいなくなった。

ロユは、武器を所持しているかどで捕まった者が慈悲を乞うとこう言った。

「この男は慈悲を乞いながら反抗しているから、槌で殴れ」

そして、素直に降伏する者には激怒してこう言った。

「俺の前で偉そうにするとは、この頑固な反乱者の頭を槌で殴れ」

また、女が子どもを連れて夫や父親の命乞いをすると、ロユは「天が地よりも高いように、俺の意志はこいつらの意志よりも上にあるのだ。そんなことも分かっていないこのシリア人一家を処刑しろ」と言って、容赦なく彼らを殺すよう命じた。

誰にもロユを抑えることはできず、血を流すなというファラオの命令を伝えても反発し、不遜な言葉を投げつけて「ガザでは俺がファラオだ」と言い放った。彼の態度には目に余るものがあったが、彼がこうなったのは、アジル軍がガザを包囲したことがきっかけだった。

ここで、エジプトが切望した大いなる勝利の日を、なぜ私が心から喜べなかったのかを記しておこう。ヒッタイト人の無慈悲で組織的な包囲戦に比べれば、アジルの包囲戦は子どものお遊びにすぎなかった。ヒッタイト人は昼夜問わず城塞や家々を攻撃し、周壁内に向けて毒蛇を詰めた素焼き壺を投げ入れた。また、投石器を使ってエジプト人の死体や縛り上げた捕虜を次々と放り込んだので、ガザの周壁には割れた壺と壁にぶつかって潰れた死体が山のように積み重なっていった。私たちが到着したときには生存者はわずかで、見るからに痩せこけた女や老人が何人か影のように立ちつくしていただけだった。子どもはガザで死に絶え、多くの男がロユの鞭に打たれながら周壁の損傷を修繕している途中で息絶えた。生き残った者は破られた門からエジプト軍が入ってきても喜ぶどころか、女は骨ばった拳を私たちに向けて振りあげ、老人は私たちを罵った。ホルエムヘブは麦とビールを分けてやったが、飢えていた彼らは数か月分の食べ物を一気に詰め込んだために胃が耐えられず、ほとんどの者がその日の夜に死んでいった。包囲されている間に、恐ろしい恐怖と憎しみを味わった彼らは、生きる気力も残っていなかったのかもしれない。

もし私に書けるなら、勝利の日に、破られた門からガザへ行進したときの様子を書きたい。周壁からぶら下がる干乾びた人間の皮やハゲワシに突かれて黒ずんだ頭蓋骨、燃え尽きた家、それに、崩れた家の残骸が散乱する道と、そこに転がる煤けた家畜の骨のことを記したい。できることなら、包囲された町に立ち込める、ホルエムヘブの兵士が鼻をつまむほどの恐ろしい死臭と伝染病について描写して、私が勝利の日を喜べなかった理由をもっと伝えたい。

猪首ロユの生き残った部下は、痩せこけてあばら骨が浮き出し、膝はむくみ、背中は鞭で傷だらけになり、目は周壁の暗がりで野獣のように緑色に光り、もはや人間とは思えなかったことも記しておこう。彼らは力の入らない手で槍を掲げ、ホルエムヘブに「ガザを守れ、ガザを守れ！」と叫んだ。彼らが叫んだのは、ホルエムヘブを称えてなのか、それとも反射的なものだったのかは私には分からない。兵士は町の住民ほどひどい状態ではなく、食事にも困らなかった。ホルエムヘブは家畜を屠《ほふ》らせ、新鮮な肉を食わせてやり、ヒッタイトの野営地や倉庫から奪い取ってきたビールやワインも分け与えた。彼らは鍋のなかの肉に火が通るのを待ちきれず、素手で生肉を引き裂いてかぶりつき、一口目のビールで酔っ払い、下卑た歌を歌い、自分たちの手柄を自慢したが、自慢するだけのことはあった。

古参の豚っ鼻たちですら、ガザの兵士が困難に耐えながらエジプトのためにガザを守り抜いたことを知っていたから、誰も自慢話で競うようなことはしなかった。籠城戦の間、勇気づける通信文を送り、取り囲んでいる船の間を夜のうちに小舟ですり抜けて、ガザにシリアの穀物を届けさせたホルエムヘブの才覚を、彼らは大いに称えて存分に酒を飲んだ。

穀物が底を尽き、兵士がドブネズミを食料にと捕まえ始めた頃、周壁を越えて穀物が入った壺が投げ込まれ始めた。これはヒッタイトがガザに投げ入れたものだったが、すべての壺のなかにホルエムヘブの「ガザを守れ！」という通信文が入っていた。この信じられない出来事が惨めな彼らを勇気づけ、ホルエムヘブを神も同然と捉えさせた。

ホルエムヘブはガザの生き残った兵士全員に金の鎖を与えたが、まともに生き残ったのは二百人にも満たなかったから、この褒賞を与えてもたいして懐は痛まなかっただろう。この人数でガザを守り抜いたのは奇跡だといえる。ホルエムヘブは苦しみを忘れさせてやろうと、彼らにヒッタイトの野営地で捕えたシリアの女を与えたが、疲れ切っていたガザの兵士は女と寝ることもままならず、代わりにヒッタイト人のように槍で女を刺したり、短刀で切り裂いたりして、女の悲鳴を楽しんだ。包囲されている間に、兵士は生きたまま捕虜の皮を剥いで、その皮を壁に吊るすというヒッタイトの慣習も学んでしまった。彼らは、シリア人の女を刺したり切り裂いたりするのは、相手がシリア人だからだと言い張り、「シリア人を見れば躍りかかって素手で喉を締めあげてしまうから、俺たちにシリア人を見せないでくれ」と言った。

ホルエムヘブは猪首ロユに、緑の宝石と黄金でできたエナメル加工の首飾りと黄金の笏を与えた。そして兵士全員に彼の名を叫ばせた。その声でガザの周壁が振動し、誰もが心を一つにして、ガザを守り抜いたロユを称えた。その声がおさまると、ロユは疑い深そうに首にかけられた首飾りを指で撫でながら尋ねた。

「ホルエムヘブよ、黄金の手綱をかけるなんて、俺を馬だとでも思っているのか。この笏はシリアのまがいものの金ではなく、本物の金で編まれているのだろうな。以前は、破城槌が周壁に当たっても、周囲が火事で燃えていても、俺はぐっすり眠れたというのに、今はお前の部下がうるさくて眠れないし、人数が多すぎて落ち着けないから、さっさと部下を連れてこの町から出ていってくれ。ガザでは俺がファラオだから、もしこの騒々しさがおさまらず、俺の安眠を妨害し続けるなら、俺の部下に、お前の部下を殺せと命じてやる」

たしかに包囲が解けたあとの猪首ロユは、ワインを飲んでも眠ることができず、むしろ余計に眠れなくなり、睡眠を促す薬も効き目がなかった。ロユは寝床に横たわりながら、城塞の在庫目録を頭のなかで思い浮かべては数を確認し、何がどこで使われたか、どの槍がどこへ投げられたかなど、ほかにも細かいことをすべて思い出そうとしていたので、眠れないのも無理はなかった。やがてロユはばつが悪そうにホルエムヘブのところへやってきて言った。

「俺はファラオから預かったすべての物品に責任があるのに、その責務を果たせていないから、上官であるお前が俺を罰してくれ。ヒッタイト人が俺の部屋に投げ込んだ火壺のせいで多くの文書が燃えてしまったし、不眠が続いて記憶力も落ちてしまった。すべて覚えているつもりだったが、倉庫に四百あるはずのロバの尻繫《しりがい》がどこにも見当たらないのだ。座ることも歩くこともできなくなるほど倉庫記録係を毎日打ち据え、今では床を這っている状態なのに、尻繫は見つからないのだ。城塞のロバはずっと前に俺たちで食い尽くしたから、ロバの尻繫なんて必要ないはずなのに、あの四百の尻繫はどこにあるのだ。ホルエムヘブ、セトとすべての悪魔の名にかけて、尻繋を失くした俺に鞭を打ち、皆の前で罰してくれ。ファラオのお怒りを考えると、俺はロバの尻繋を見つけない限り、ファラオの御前に進み出る勇気などないのだ」

ホルエムヘブはロユをなだめようと色々試み、自分が四百のロバの尻繋を贈れば、倉庫にあるべき数と帳尻が合うだろうと言った。しかし、これを聞いたロユは興奮して言った。

「たとえお前から尻繋を受け取ったとしても、それはファラオが俺に預けた尻繋と同じものではない。俺をそそのかして、ファラオを欺くように仕向ける魂胆だな。俺の大いなる名声を羨んだお前は、しつけのなっていないお前の兵士どもにロバの尻繋を盗ませて、ファラオの前で俺を告発し、自らガザの隊長になろうというのだろう。そんなずる賢い企みにはだまされないから、お前の尻繋は受け取らない。俺はガザを維持し、俺の部下も命ある限りガザを守るのだ。すべてのガザの石を一つ一つ剥がしてガザを破壊してでも、四百のロバの尻繋を見つけ出してやる」

これを聞いたホルエムヘブはロユの精神状態を憂い、籠城中に患った病の保養にエジプトの妻子のもとへ行ってはどうかと勧めたが、ロユはホルエムヘブがガザを奪おうとしていると勘違いしたので、そんな提案はすべきではなかった。ロユはホルエムヘブに言った。

「ガザは俺にとってのエジプトだ。ガザの周壁が俺の妻で、ガザの塔が俺の子だ。だが、ロバの尻繋を見つけるためなら、妻の腹であろうが引き裂き、子の頭ですら割ってやるぞ」

ロユはホルエムヘブの知らないうちに、何年もの間、籠城の辛苦をともにしてきた倉庫記録係を処刑し、つるはしと金梃子《かなてこ》で塔の床を剥がしてロバの尻繋を探すようにと部下に命じた。それを知ったホルエムヘブは、ロユを部屋に閉じ込めて見張りをつけ、私に医師としての助言を求めてきた。私はロユに親しげに話しかけてみたが、ロユが私を友人と思うはずはなく、むしろガザの隊長の座を狙っていると疑われたので、ホルエムヘブにはこう伝えた。「あの男はお前が軍とともにガザから去り、再びガザを閉門し、ガザのファラオとして君臨しない限り、落ち着きを取り戻すことはないだろう」

するとホルエムヘブは言った。「味方の艦隊がエジプトから新たな部隊と武器と兵糧を運んでくるのを待ってから、ヨッパに進軍しようとしていたのに、セトとすべての悪魔の名にかけて、そんなことできるわけがないだろう。準備が整うまではガザの周壁が唯一の防御手段なんだ。部隊とともに周壁の外に出てみろ。これまでの勝利で得たものをすべて失うことになるぞ」

私は悩んだ末に言った。「あの男は頭蓋切開をしてやったほうが幸せかもしれない。お前がここにいる限り、あの男は苦しみ続けるだろうし、寝床に縛りつけておかないと、自分かお前のどちらかを傷つけてしまう恐れがある」

エジプトの偉大な英雄が死んだら自分の名声にも傷がつくので、ホルエムヘブはロユの頭蓋切開を望まなかった。頭蓋切開は危険な治療だから、私もロユが手術後に生き残れるかどうかは分からなかった。そこでホルエムヘブは、私と何人もの屈強な男をロユのもとへ送り込み、ロユを寝床に縛りつけ、睡眠を促す薬を飲ませた。ロユは薄暗い寝床の上で目を緑色に光らせ、体をねじって抵抗し、興奮して口から泡を吹きながら私に言った。

「ホルエムヘブのジャッカルめ、俺はガザの隊長じゃないのか！　そういえば城塞の牢屋にシリア人の密偵がいたな。ホルエムヘブが来る前に捕らえたのに、忙しさにかまけて逆さ吊りにするのを忘れていた。あの密偵はかなりずる賢い奴だから、あいつが四百のロバの尻繫を盗んだに違いない。奴を絞りあげて尻繫の在り処を吐かせてやるから、俺の前に奴を連れてこい。そうすれば俺は安心して眠れる」

ロユがあまりに何度もシリア人の密偵のことを訴えるので、私は仕方なく松明をつけて城塞の牢屋へ降りていった。牢屋には多くの死体が鎖に繫がれたままネズミにかじられて放置されていた。牢屋の老いた番人は失明していたが、一生をガザの牢屋で過ごしていたので、明かりがなくても牢屋のなかを自由に動きまわることができた。私はその番人を問い詰めて、包囲が解ける前に捕まったシリア人の密偵のことを尋ねたが、彼はすべての受刑者は過酷な尋問をされ、ロユの命令で食べ物も飲み物も与えられずに放置され、全員死んだと言い張った。しかし、番人の振る舞いには怪しいところがあり、私は相手が何を考えているかを多少は見抜くことができたので、彼を脅して問いただしたところ、彼は床に突っ伏して泣き出し、白状した。

「ご主人様、どうか命はお助けください。私は生涯をかけてエジプトに仕え、エジプトの名において囚人を拷問し、彼らの食べ物を奪ってきたのです。しかし、この密偵はただの男ではございません。話せば何とも不思議で、カナリアのようにさえずり、ホルエムヘブが到着するまで食べ物を与えて生かしてくれたら、私を大金持ちにしてまた目が見えるようにしてやると約束したのです。この密偵も失明していたのに、偉大な医師が片方の目を治してくれたそうで、その医師のところへ行けば、富に恵まれて再び町で楽に暮らせるというのです。そして、ホルエムヘブが到着後、すぐに会わせてくれれば、きっと金の鎖をくれるはずだと言い張るので、私はそれを信じたのです。奴の舌のなめらかなことといったら、誰もが従ってしまうでしょう。ですが、私はこの密偵に二百万デベン以上の黄金の貸しがあって、毎日のパンや水でさらに貸しが増え続けていますから、私は奴に包囲が解けたことやホルエムヘブの到着をまだ伝えておりません。切りがよくて覚えやすいので、貸しが三百万デベン分の黄金になったら、私は奴をホルエムヘブの前に連れていこうと思っているのです」

番人の話から誰のことを話しているのかが分かり、膝がふるえ、心臓が早鐘を打ち始めた。私は焦る気持ちを抑えて彼に言った。

「番人よ、全エジプトとシリアを合わせても、それほどの黄金は存在しない。お前の話を聞くに、この男は大嘘つきで懲らしめなければならないから、すぐにその男のところに連れていくんだ。その男に何かあればただじゃおかないから、男の無事をすべての神に祈っておけ」

老人はアメン神に助けを乞いながら悔しそうに泣き、私を地下牢の奥にある洞窟へと連れていった。この洞窟はロユの部下に見つからないように岩で塞がれていた。松明で洞窟の壁を照らすと、鎖に繋がれた男がいた。シリアの服は破れ、背中は傷だらけで、痩せて袋のようになった腹が垂れ下がり、片方の目は失明していた。松明の明かりに気づくと男は顔をあげ、何週間も続いた暗闇のなかで眩しそうに手を掲げてまばたきをすると、私を見て言った。

「ご主人様、シヌヘ様、あなたなのですか？　ご主人様が私のもとにやってきた日に祝福を。さあ、急いで鍛冶屋にこの鎖を切らせてください。この苦しみを忘れられるように、壺一杯のワインもお願いしますよ。それから奴隷に私の体を洗わせて、一番いい軟膏を塗ってくださいよ。私は贅沢な暮らしに慣れていましたのに、この硬い石の床で尻の皮がすりむけてしまいました。もう腹が夜のお愉しみを邪魔することもありませんから、柔らかい寝床にイシュタルの乙女を何人か呼んでくださってもかまいませんよ。たった数日間で私が黄金二百万デベン分のパンを食べたなんて、とても信じられないでしょうね」

「カプタ、カプタ!」と言って、私はカプタの前にひざまずき、ネズミにかじられた彼の肩を抱いた。「まったく、お前という奴は。テーベで死んだと聞かされていたが、私は信じなかったよ。神々にかけて、やっぱり生きていたんだな。お前が死ぬわけはないと思っていたよ。こうして死体だらけの洞窟で生きているお前を見つけられたんだ。鎖につながれて死んだ奴らは、きっとお前よりずっと真面目でいい奴だったに違いないが、お前に会えて本当に嬉しいよ」

「そういうご主人様は昔のままで、無駄なお喋りばかりなさっておいでだ。ご主人様、シヌへ様、私に神の話なんかおやめください。この苦しみのなかで、知る限りすべての神の名を、バビロンやヒッタイトの神の名さえも呼びましたが、欲張りな番人のせいで私はすっからかんの貧乏人になり、何の役にも立ちませんでした。この城塞の隊長はいかれていますよ。まともな話を何一つ信じやしないし、私の持ち物をすべて奪って、恐ろしい方法で私の体を引っ張るものだから、拷問にかけられている間は雄牛のように絶叫したものです。私はスカラベを体のとあるところに隠していたのですよ。たしかに神を隠すには罰当たりな場所ではありますが、スカラベだけが私を助け、こうしてご主人様をここに導いてくれたのですから、スカラベにとっては居心地がよかったのでしょう。こんな奇跡は聖なるスカラベのおかげとしか考えられませんよ」

カプタが見せたスカラベは、隠し場所のせいで汚れていた。私は鍛冶屋に鎖を切らせると、長いこと暗闇にいたせいで目がよく見えず、弱って自力で歩けないカプタの手を引いて、城塞にある私の部屋に連れていった。奴隷に体を洗わせて軟膏を塗らせ、上等な亜麻布の服と金の首飾り、腕輪や宝石を貸して、ひげを剃って髪を整えると、ようやくカプタはまともな格好になった。奴隷が世話をしている間、カプタは肉を食べ、ワインを飲み続け、嬉しそうにげっぷをした。しかし、その間も牢の番人は、部屋の外で戸に爪を立てて、足で蹴りながら、牢屋に匿ってやった分とその間の食糧代として二百三十六万五千デベン分の黄金の貸しがある、と言って泣き叫び続けた。そして、自分の命を危険にさらしてカプタを匿い、城塞の乏しい食糧から食べ物をやりくりしたのだから、この額から一デベンたりともまけるわけにはいかないとわめいた。ガザの城塞には隊長ロユ以外にも正気を失った人間がいたことを知り、やがて番人の泣き叫ぶ声に苛立った私は、カプタに言った。

「あの番人はホルエムヘブがガザに到着してから、二週間もお前をだましていたんだから、奴の貸しは帳消しだろう。多くの囚人がずる賢いあいつのせいで死んだのだから、兵士に鞭を打ってもらい、必要なら首を切らせたらいい」

しかし、カプタは私の言葉に恐れ慄き、ワインを飲んで何度もげっぷをしてから言った。

「私にとって死んだ囚人のことはどうでもいいのですが、たとえ私がこの老いた番人からエジプトじゅうでかき集めても足りないくらいの黄金を借りていたとしても、約束を果たさなくては商売人としての評判に傷がつきますし、私は公平な人間ですから誰のこともだましたくはありません。私は愚かなガザの隊長のせいで死ぬのだとばかり思っていましたから、ちょっとした遊びのつもりで老人の言い値をすべて受け入れていたのです。まさかそれを支払うことになるとは思ってもいませんでしたよ。助かると分かっていたら当然ながら値切っていたでしょうが、老人の手にあるパンの香りを嗅いだら、空腹のあまり値切ろうなんて考えもよぎりませんでした」

私は驚きのあまり、目をこすってカプタを見つめて尋ねた。

「いや、信じられないよ、お前は本当にカプタかい？　この城塞の石にはきっと呪いがかかっていて、長くいると正気を失ってしまうに違いない。だからお前もおかしくなって、昔のカプタではなくなってしまったのだろう。本当にあの老人に借金を全部返すつもりなのか。アテン王国が消滅したあとお前は財産を失い、私と同じくらい貧乏なはずだというのに、いったいどうやって支払うというんだ」

しかし、ワインに酔っ払っているカプタはこう言った。

「私は信心深い人間で、神を敬い、口にしたことは守りますから、最後の一デベンまできっちりあの老人に返すつもりですが、支払期限を設けてもらわなければなりませんな。あの単純な頭では、私の借金が実際どれほどの額なのか分かっていないでしょうし、生まれてこのかた一度もその手に柔らかい黄金を握りしめたこともないでしょうから、私が数デベンでも返してやれば満足すると思いますよ。一デベンでも得られれば、喜びのあまり卒倒するんじゃないですかね。ですが、そんなことをしても自分の約束や借金から逃げられませんし、これだけの黄金をどこからかき集めればいいのか見当もつきません。たしかにテーべの動乱で私はほとんどの財産を失いました。奴隷や召使いどもは、私が奴らをアメン神官に売ったと思い込んで私を殺そうとしたものですから、情けないことに財産をそっくり置いてテーベを去らなければならなかったのです。そのあとはメンフィスでホルエムヘブに仕えていたのですが、奴隷どもの怒りがメンフィスにまで伝わったため、私はメンフィスからも逃げ出さなくてはならず、シリア商人として生活し、ヒッタイト人に穀物や干し草を売って大いにホルエムヘブを援護しました。彼は少なくとも私に黄金五十万デベン、いえ、それ以上の借りがあるはずですよ。ヒッタイト人は、私が売った干し草を食べた馬が病気になったといって激怒していましたから、私は商売を捨てて命からがら小舟で海を渡ってガザまで逃げてきたのですが、もっと恐ろしい目に遭うなんて夢にも思いませんでした。あろうことか、ガザのいかれた隊長は私をシリア人の密偵と見なして牢にぶち込むと、体を引っ張って拷問にかけたのです。あの老いた番人が私を洞窟で死んだことにして匿ってくれなければ、私の皮はとっくに壁に吊り下げられていたでしょうから、あの老人には借りを返さなければなりません」

カプタの話を聞いて今まで分からなかった謎が解けた。カプタこそが密偵の元締めで、ホルエムヘブがシリアに忍ばせていた懐刀《ふところがたな》だったのだ。勝利の山で、ホルエムヘブの天幕にやってきて喉の渇きを訴えた男は、片方の目を手で隠していたではないか。たしかに抜け目のなさにおいてカプタにかなう者などいないし、シリアでカプタと同じことをやってのける者はほかにいないだろう。

「たとえお前にそれだけの借りがあるとしても、ホルエムヘブが借りたものを返さないことはよく知っているだろう。ホルエムヘブから取り返すよりも、石を握りつぶして黄金をひねり出すほうが手っ取り早いんじゃないか」

「おっしゃる通りです。私もホルエムヘブの石のような心と恩知らずぶりはよく知っております。ヒッタイト人が投げ込む壺に穀物を詰めてやったというのに、感謝のかけらもないガザの隊長よりもずっと恩知らずですよ。ヒッタイト人は私が売った壺には砂漠で集めた毒蛇がぎっしり詰められていると思っていて、穀物を詰めておいた壺を開けようともしませんでした。というのも、私が壺を一つ割ってみせたときに、壺のなかに入っていた蛇が三人のヒッタイト兵を噛んで水時計が落ちきる間もなく死んでしまったからです。ヒッタイト人はこの壺にもいい値をつけてくれましたよ。ホルエムヘブにとっては、ガザに送り込まれた穀物の一粒一粒に黄金一粒と同じ価値があるはずですし、ひょっとしたらそれ以上かもしれません。穀物は値段だけの価値があるものですし、ガザの隊長の私への仕打ちは恥ずべき行為ですから、これはさらに高くつくでしょうな。ホルエムヘブが素直に黄金を返してくれるとはこれっぽっちも思っていませんから、その代わり、シリアで占領したすべての港湾の権利を私に譲渡してもらい、塩の交易とそのほかの権利もいくつかもらって、借りを返してもらうつもりです」

カプタは抜け目なくこう言ったが、私は驚いて尋ねた。

「この戸の向こうでうるさく騒いでいる老人に、一生働き続けて稼いだ黄金を全部渡してやるつもりなのか？」

カプタはワインを一口飲んで口のなかでワインを転がし、よく味わってから言った。

「まったく、この数週間、腐りかけの水を飲み、真っ暗な洞窟の硬い岩の上で寝起きしていただけのことはありましたよ。おかげで柔らかい椅子と明るい光とワインのありがたみをしみじみと感じておりますからね。私はご主人様が思うほど正気を失ってはいませんし、約束したからには逃げ道はありませんから、ご主人様は約束通り、あの老人の目を見えるようにしてやらなくてはなりません。ずっと暗闇にいるはめになったあの老いた番人は、失明する前はサイコロを振るのが好きだったようですから、目が見えるようになったら私が賭け事を教えてやろうと思っています。賭けをしてあの老人が負けてしまった場合は仕方ありません。ご想像の通り、掛け金は大きく釣り上げるつもりですよ」

カプタは自分で選んだサイコロならうまく振ることができるし、それがこの状況で合法的に借金を免れる唯一の方法だということは私にも分かったから、老人の視力を賭け事ができる程度に回復させるために力を尽くすと約束した。カプタはその謝礼に、ムティが私のいない間もやっていけるようにテーベの家を建て直すのに必要な銀を送ると約束した。そこで私は老人を呼び、少し時間をくれればカプタは必ず借りを返すと話し、老人の目を診察した。失明の原因は暗闇ではなく、昔患った眼病を放置していたためだと分かったので、翌日、老人の目にミタンニ王国で学んだ針治療を施し、視力を取り戻してやった。しかし、針治療を施した目は完全に回復するわけではなく、傷がふさがると二度と見えるようになることはなかった。

カプタをホルエムヘブの前に連れていくと、彼はカプタを見るなり大喜びで抱擁して、カプタのことを勇気ある男だと言った。そして謝礼も求めずエジプトのために極秘裏に遂行したカプタの偉大な行いに全エジプトが感謝するだろうと褒めちぎった。ホルエムヘブが話し続ける間、カプタはがっかりして、しまいに涙を流して言った。

「この腹を見てください。あなた様に仕えて苦労している間にしわだらけの革袋になってしまいました。それからこの傷だらけの背中やガザの洞窟でネズミにかじられた耳を見てください。ホルエムヘブ様、全部あなた様に尽くしたためですよ。エジプトが感謝するとおっしゃいますけどね、感謝じゃ一粒の麦の分もこの腹を満たしてはくれませんし、ワインで喉を潤すこともできません。今のところ、お約束の黄金の袋を一つも目にしていませんが、あなた様がこれまで得た戦利品のうち、ほんの少しは私のために残してあるだろうと固く信じておりますよ。いやはや、ホルエムヘブ様、感謝なんかいりません。男ならちゃんと借りたものを返すのが筋ってものではありませんか。私はあなた様のために抱えきれないほどの借金を背負い、それをきちんと返さなければならないのですよ」

カプタが黄金の話をし始めた途端、ホルエムヘブは額にしわを寄せ、苛立って黄金の笏を脛にぴしゃりと当てて言った。

「カプタよ、べらべらとまくし立てられても、お前の言葉はハエの羽音にしか聞こえんな。お前だってよく知っているだろうが、俺の手に入る黄金はすべてヒッタイト人との戦に費やされるから、俺の報酬だって名誉しかないし、お前にやれるような分け前はない。俺と黄金の話をしたければ、もっと別の時期を選ぶことだな。だが、お前が借りを作った相手を牢屋にぶち込み、罪をでっちあげて壁に逆さ吊りにするくらいのことはできるぞ。そうすればお前は借金から自由になれるだろう」

しかし、カプタはそんな卑怯な方法をよしとしなかった。ホルエムヘブは黄金の笏で脛を打ち、苦々しく笑った。

「黄金を集めるためには心ないやり方で脅して、貧乏人から搾り取るのだから、金持ちは皆、罪人も同然だ。山ほど黄金を持っている奴には、あらゆる罪を挙げ連ねることができるし、告発された者はそれが真実だと心の底で分かっているから、俺が間違った審判を下したと言ってくる奴はいないさ。カプタよ、お前に尋ねるが、なぜガザの隊長ロユがお前のことをシリアの密偵だといって洞窟の牢屋に放り込み、お前を拷問したのだ？　たしかに奴はおかしくなっているが、優れた兵士ではあるから、何か理由があるはずだ」

　するとカプタは無実を示すために、私が貸した高価な服をためらうことなくびりびりと破ると、胸を叩いて甲高い声で言った。

「ホルエムヘブ様、さきほど謝意を伝えてくださったその口で、今度は偽りの告発をするというのですか。ヒッタイトの馬に毒を飲ませたのは私ではありませんか。封をした壺に麦を詰めてガザに送り込んだのも、勇ましい男どもを雇って砂漠にいるあなた様にヒッタイト軍のさまざまな情報を届けたのも、砂漠であなた様に向かっていくヒッタイトの戦車に吊り下げられている水袋を奴隷に短刀で切り裂かせたのも私ではありませんか。これはすべてあなた様のために、ひいてはエジプトのために自分の利益を顧みずにやったのですよ。あなた様にとってはたいした損害にはなっていないのですから、ヒッタイト人とアジルに対して少しばかり仕えるふりをしたっていいではありませんか。私がアジルからの粘土板を持っていたのは、馬の病気や骨の平原での敗北で怒り狂って責めてくるヒッタイト人から安全にガザへ逃げるためです。賢い人間は何があっても大丈夫なように一本の矢だけに頼らず、何本もの矢を矢筒に入れておくものですよ。もし私がこんなに優秀でなかったら、私の皮は壁に吊るされ、あなた様やエジプトにとって何の利用価値もなかったことでしょう。あなた様が到着する前にガザは陥落していたかもしれませんから、ガザを明け渡さなければならなくなった場合に備えて、私はアジルの念書を持っていたのです。そうはいっても結局はアジルではなく、ヒッタイト人がガザを支配したでしょうから、アジルの粘土板は念入りに服の下に隠しておきました。しかし、ロユの疑い深いことといったらありません。あなた様と申し合わせた通り、見えない日を覆ってフンコロガシの合図を送ったのですが、ロユの部下が私の服を剥いで粘土板を見つけてしまったのですよ。アジルの粘土板を見つけたロユは合言葉を信じるどころか私を拷問にかけたので、手足を引きちぎられる前に雄牛みたいに唸りながらアジルの密偵だということを白状したわけです。手足がなければあなた様のお役にも立てませんからね。そうでしょう、ホルエムヘブ様、私は間違っていますか」

するとホルエムヘブは笑ってカプタに言った。

「可愛いカプタよ、その苦労を褒美だと思っておくんだな。俺たちはお互いのことをよく知っている。だからこれ以上黄金の話を蒸し返すな。その話には興ざめする」

しかし、カプタは粘り強く話を続け、最終的にシリアの戦で得た戦利品の独占販売権を獲得した。つまり、骨の平原にあったヒッタイトの野営地やガザ近郊にあった包囲網の野営地で兵士に分け与えられた戦利品を買い取り、それをビールやワイン、サイコロや女に交換する権利はカプタただ一人のものになったのだ。さらにファラオやホルエムヘブの管轄のうち、カプタは軍隊が必要とする装備品の売買と交換の権利も得たのだった。ガザにはエジプトから多数の商人が船で乗り込み、シリアの町からも商いのにおいを嗅ぎつけた商人が、ヒッタイト人だろうがアジルだろうがかまうことなく、戦利品の売買や捕虜を買い上げようと集まっていた。今後彼らがガザで商売をするにはカプタに分け前を支払わなければならないから、この権利だけでもカプタは十分大金持ちになれるだろう。しかし、カプタはこれに飽き足らず、ホルエムヘブの軍隊が今後シリアで得るすべての戦利品に関しても売買の権利を要求した。ホルエムヘブはさんざん渋ったが、商人でもないホルエムヘブが損をすることなどないし、カプタはこの権利を得たらたっぷり返礼すると約束したので、最終的にその権利を認めた。ホルエムヘブの言葉に深く傷ついていたカプタはそれでも満足できず、彼の前から引き下がると、私の部屋で一緒にワインを飲みながら、暗い顔をしてこの世の中がどれほど不条理かとさんざん愚痴をこぼした。

「何が起こっても知恵のある者が勝者になる運命なのですから、いつも商人が勝者の側につくのは当然です。それに、シリアにいてアジルやヒッタイトを通さずに商売をするなんて無茶な話ですよ。もしホルエムヘブが負けていれば、どれほど心が痛んだとしても私はガザをヒッタイトに引き渡さなければならなかったのですからね。ですが、ありがたいことにそうはならなかった。それに商売に関して熟知しているヒッタイト人と交渉することになっていたら、ホルエムヘブよりも儲けが少なかったと思いますから、スカラベに感謝しなくてはなりませんね。それにしても、私がアメン神官から危険人物だと見なされてしまったのは、テーベの荷役人や奴隷にさんざんただでワインを飲ませ、ご主人様の資金で武器を与えたからだというのに、あいつらときたら私を恨んでいて恩知らずもいいところですよ。ペピトアメンの部下を奴隷たちの秘密の武器庫へ案内して荷役人のかしらを引き渡していなかったら、アメン神官は決して私を赦さなかったでしょう。その頃には奴隷たちが負けるのは分かっていましたから、誰にも害はなかったどころか、かえって人助けになったと思うのですよ。いずれ時が経てば奴隷と荷役人のかしらたちはアメン神官の手に落ちたでしょうし、アイとペピトアメンがテーベの船着場に設けた裁きの場で彼らの死体をワニの餌にしたのだって、私のせいではありませんよ。私だって『鰐の尻尾』が燃えてしまい、かなりの損害を被ったのです。あそこの穴倉や隠し部屋には、盗みを働く奴隷や荷役人がワインと引き換えに置いていった品が隠してあったのですから。さらに大きな損害は、奴隷たちが私の所有物であるテーベの粉挽き場や建物を燃やし、私を追いまわしたことですよ。テーベの動乱が収まったあとに奴らは穀物の倉庫まで燃やしたのです。ああ、シヌへ様、この情け容赦ない奴隷たちは、自分たちが負けたことを私のせいにして、私を赦さないのです。私は番人がいてもテーベを安心して歩けませんでしたし、船員伝いにメンフィスにまでそのことが伝えられたため、ホルエムヘブに護衛をつけてもらってもメンフィスにすらいられなくなったので、シリアに逃げたのですよ。ですが、この逃亡のおかげで私にも運が向いてきて、私はまたも豊かになり、この戦が終わればエジプトの誰よりも金持ちになれるかもしれません。もちろんホルエムヘブが勝利することが前提ですがね。スカラベにきちんと祈り、香油を塗り、毎日白い牛の新鮮な糞を供えてホルエムヘブの勝利を祈るつもりですから、勝利は約束されたも同然でしょうな。ヒッタイト人はけちで、すべての商いについて実に細かく記録していて、ちっともごまかせないので、私はもうこりごりですよ。

シヌヘ様、テーベの恩知らずな奴隷の話に戻ると、テーベで彼らが力を持って甘い汁を吸っている間、私が彼らの全面的な味方だったことをご主人様もご存じのはずです。奴隷たちが勝っていたら、私がアメン神官に奴らの行いや指導者の名前や外見の特徴を伝えたとしても何も困らないわけですから、私に落ち度はありませんよ。しかし、奴隷は勝てなかったのですから、テーベに残るならせめて自分の命を守り、アメン神官のご機嫌を取っておくのは重要なことです。これが褒められたやり方ではないことはよく分かっていますが、ご主人様だってそう思いませんか。ご主人様は相変わらず世間知らずで単純な方ですが、泥煉瓦の小屋で生まれた私はただの元奴隷で、私がつまずいても誰も助けてはくれないのですよ。だからこそ、自分で自分の面倒を見て、自分の利益も守らなければなりません。喉を掻っ切られて倒れているときに、名誉が何の役に立つというのですか。シヌヘ様、知恵がある者は常に勝者の側につくのであって、その機敏さは称えられこそすれ、恥でもなんでもありません。なんといっても機転を利かせることで物事を理解し、どうやって得をするかと頭をひねり、生きやすくなるのですからね」

カプタはそう語ったが、カプタのいう知恵とやらのせいでワインが苦くなった。その言葉の意味を考えると、それはいわば生きていくうえで欠かせない知恵で、その現実的な知恵以外はただの空想にすぎないのだということを認めるしかなかった。ガザの城塞に座って壁にもたれていると、腐りかけた人間のにおいがして、陽光の下で起こることはすべて無意味に思えた。善行も悪行と大差なく、英雄になって栄誉を得ることも、賢さも、人の行いもすべて無意味なのだと空しくなった。しかし、カプタは外から聞こえてくる煤けた町の路地にいる酔っ払った兵士の会話や、商人の天幕から聞こえてくる女の嬌声を聞いて、満足そうに手をすり合わせて言った。

「シヌヘ様、私の知恵は真に正しいものではありませんか。ご主人様も、ご自分の富をアテン神のパンに換えて貧乏人や飢えた者たちに配る前は、私に命令し、エジプトで有数の金持ちとなり、人が望むすべてのものを手にしていたというのに、ご自分の愚かさと弱さのせいで今では貧乏人として私の前に座っているではありませんか。人前で壺を割ってはいませんが、妻や息子だっていたというのに、逆上していたせいで彼らをも喪《うしな》ってしまうなんて。なんともはや、シヌヘ様、私の目の前にいる貧乏人のご主人様は苦しみでしわだらけですし、始終酸っぱい果物を口にしているようなお顔をしておられる。一方、私は元気で、再び肥えて肌に高価な香油の香りを漂わせ、ワインがこの体を温め、階下で兵士がビールをちょいと飲むたびに私の財布に銅が転がり込んでくるのですよ。商人の天幕から聞こえてくる娼婦の嬌声は、すべてちりんちりんと音を立てて私の財布に納まる銅なのです。シヌヘ様、いい加減正気に戻られてはどうですか。人々とともに生き、人としての生活を送るのです。ただし、人生の理《ことわり》は誰にも変えることはできませんから、自分の理想通りに人生を変えようなんて思わないことです。人は変わらないのですよ」

私はカプタに返事をせず、彼のもとを離れ、自分の寝床に入って眠ろうとしたが、隊長ロユの奴隷が、まだガザの包囲は解かれていないとばかりにロユの部屋の前で盾を振りかざし、銅で補強された丸太を壁に打ちつけていたので、私は眠れなかった。ようやく眠りについたかと思うと、メリトと遊んでいるトトの姿が夢に現れ、朝目覚めたときには心は重苦しく、口のなかは胆汁を味わったように苦かった。

4

ここで記さなければならないのは、部隊の演習を終えたホルエムヘブがエジプトの援軍を得て戦車の装備を整え、シリア南部にいた馬をガザに集め、占領者ではなく解放者としてシリアに進軍すると宣言したことだ。これまでシリアの各都市にはそれぞれ領主がいて、エジプトの緩やかな庇護のもとで自由な交易と独立を享受してきたが、アジルの野心によって、シリアの都市はすべてアジルの支配下となり、伝統的な領主の冠は叩き落とされ、各都市に重税が課されていた。貪欲なアジルによって、シリアは冷酷で恐ろしい民として知られるヒッタイト人に売り渡されたも同然だった。先にエジプトを打ち負かすつもりでいたヒッタイトが、シリアの民に真の姿を見せていなかったとしても、シリアの民は毎日恐怖に怯え、不安定な状態に陥っていた。無敵の男である隼の子、ホルエムヘブは、シリアが再びエジプトの庇護のもとで富を貯え、栄えるように、シリアに向かい、すべての都市を解放し、交易の再開と、領主の権利回復を目指すと言った。そして、ホルエムヘブはシリアの各都市に、ヒッタイト人を領内から追い出してアジルと手を切るなら、略奪から保護して自由にすると約束した。しかし、抵抗をするなら、町を燃やして破壊し、住民を奴隷として売り飛ばし、周壁を完全に破壊し、町を滅ぼすと宣言した。

ホルエムヘブは進軍を前にしてこのような宣言をし、ヨッパの港を閉鎖するために沿岸に沿って艦隊を送り、戦車とともに陸路でヨッパを目指した。また密偵を使って、この宣言をシリアじゅうの町に広めたため、それぞれの町に不穏な空気が生じて領主同士が分裂したが、それこそがこの宣言の真の目的だった。

ヒッタイトとアジルはシリア内にかなりの戦力を集中させていたので、用心深いカプタは、万が一ホルエムヘブが敗れたときのことも考え、牢獄にいたときの痛みが回復していないから遠征は無理だと訴え、ガザに留まった。そして治療を理由に私のこともガザに引き留めた。

またカプタは、包囲されている間に飢えた兵士たちが柔らかい皮でできた四百本のロバの尻繋を蔵から出してこっそり食べていたことを猪首ロユに教えたので、彼はカプタに強い友情を感じていた。ロユは怒りが鎮まり、病も治ったので、彼を縛りつけていた縄をほどくことができた。ロユは兵士たちを厳しく叱責したものの部下の罪を許し、ガザを守りぬいた勇猛さを褒めた。彼は兵士たちに言った。

「ロバの尻繋の行方が知れたおかげで、ファラオに報告する在庫目録も完成し、まったくもって今の俺は清々しい気持ちだ。本来なら処罰を与えるべきだが、今回は目をつぶろう。嬉しいことにお前たちはホルエムヘブのくそネズミどもにガザでの礼儀を教え、町の路地で何人も打ちのめし、頭をぶん殴って傷だらけにしたと聞いたから、この忌々《いまいま》しい尻繋の件でお前たちを処罰するのはやめておこう。尻繋は俺の懐からファラオにお返ししよう。まだホルエムヘブのくそネズミどもが威張り散らすようなら、そいつらを全員ぶちのめしてこい。奴らをこん棒で殴り、尖った杖で刺し、奴らの女を奪い、羊の糞をビールに混ぜてやれ。そうすれば俺の気分も晴れて、またぐっすり寝られるだろう」

その後ロユは完治し、安眠できるようになったが、今度はホルエムヘブがロユの部下に悩まされることになった。ホルエムヘブとしては、たとえ自分の兵士にとってガザでの生活がどれほど苦痛であろうとも、ガザの英雄の行為を罰することをよしとしなかった。ホルエムヘブがヨッパへ向かって進軍すると、ロユはガザの門を閉じ、今後一切どこの部隊も中に入れないと誓った。私が牢屋の番人の目を治すと、番人はサイコロの目が見えるようになり、ロユはワインを飲みながら、カプタと番人の賭け事を見物した。ホルエムヘブが出発したとき、カプタは老いた番人からようやく百五十万デベンを取り戻したところだった。

彼らはワインを飲みながら日がな一日サイコロを振り続け、言い争ったり、ときに相手の目にサイコロを投げつけたり、手に唾を吐いたりしてはまたサイコロを振った。この老人はかなりけちで、一度に小さな額しか賭けず、負けるたびにまるで黄金が目の前から消え去ったかのように嘆いていた。しかし、ホルエムヘブがヨッパを包囲する頃にはカプタも勢いづき、掛け金は大きくなっていった。突撃を開始したホルエムヘブがヨッパの周壁内に侵入したという知らせが届いた頃には、カプタは数回の賭けで老人を完全に打ち負かしていて、老人はカプタに対して十万デベン分の黄金の借りができてしまった。しかし、寛大なカプタは、ガザの牢獄で飢え死にしないように命を救ってくれたからと、老いた番人の借金を帳消しにしてやり、さらに新しい服と手のひら二、三杯分の銀を与えたので、老いた番人は喜びのあまり涙を流してカプタに恩人だと言って感謝した。

カプタがサイコロに細工をしていたかどうかは定かではない。私に分かったのは、カプタは賭け事の巧者であり、サイコロの賭けにおいては素晴らしく運に恵まれているということだ。数百万デベンを賭けた数週間に及ぶこの勝負の評判は、シリアじゅうに広まった。その後再び失明した老いた番人は、老後をガザの周壁付近にある小さな小屋で過ごした。彼の姿を見ようとほかの町から旅人がやってくると、彼らに勝負の思い出話を語った。目が見えない者は記憶力がいいのか、何年経っても振った目の数をすべて記憶していた。

老人が最も誇りにしていたのは、最後のひと振りで十五万デベン分の黄金を失ったことだった。これほど高い掛け金は前代未聞で、老人は今後もこんな高額が賭けられることはないだろうと信じていた。こういった体験談というものは人々の好奇心を誘うもので、老人に思い出話を語らせようと次々に旅人が貢ぎ物を持ってくるので、カプタの仕送りがなくても、老人は何一つ不自由なく、ガザの門のそばの小屋で幸せに暮らした。

ホルエムヘブがヨッパを制圧したと聞くと、カプタと私は急いでヨッパに向かった。このとき私は、豊かな町が征服者の手に落ちるとどうなるのかを初めて目の当たりにした。ホルエムヘブがヨッパの周壁に穴を開けて侵入したとき、アジルやヒッタイトの略奪から町を守ろうと、ヨッパの民は勇敢にも反乱を起こしていた。しかし、ホルエムヘブにとって彼らの反乱は何の得にもならなかったので、無慈悲にも二週間ほど兵士たちに好きなようにヨッパの町を略奪させた。兵士は高価な絨毯や家具、神像などの持ち運びできないものを銀やワインに交換したので、カプタは莫大な財産を築いた。またヨッパでは、銅の腕輪数個分の値段で美しく成熟したシリア人の女を買うことができた。

酔っ払った兵士が略奪し、町に火をつけ、ありとあらゆる恐ろしいことを行っていたので、私は人が人に対してどれほど獣のように振る舞えるのかを見せつけられた。兵士たちは、憂さ晴らしに家を燃やし、その明かりを頼りに盗みを働き、女を犯し、ヨッパの商人を拷問して宝物の隠し場所を白状させた。気晴らしに街角に立ち、歩いているシリア人を老若男女問わずこん棒で殴り殺し、槍で刺す者もいた。ヨッパで人間の邪悪さを目にした私は心が石のように硬くなった。ホルエムヘブがヨッパにもたらしたことは、アテンの名のもとにテーベに起こったことの比ではなかった。ホルエムヘブはわざとヨッパで兵士の好きにさせて、さらに自分に強く繋ぎとめた。ヨッパでの略奪は誰も忘れられない出来事となり、もはや略奪がもたらす興奮の味を覚えた兵士は戦で怯むどころか、勝てばまたヨッパと同じような楽しみがあると思い、死すら恐れなくなった。ヨッパでのあまりにひどい略奪を耳にしたシリア人は、ホルエムヘブの兵士を決して赦すことはなかったが、アジルの部下に捕まったホルエムヘブの兵士は生きたまま皮を剥がれたので、彼らの結びつきはいっそう強いものとなった。多くの沿岸部の小さな都市はヨッパのような運命を避けようとして反乱を起こし、ヒッタイト人を追い出してホルエムヘブに開門した。

ヨッパの話をすると心は石と化し、手も冷えきってしまうから、これ以上この地の略奪の日々については記したくない。だから最後に、ホルエムヘブが攻撃を開始したとき、アジルやヒッタイト人の野営地を含めて、ヨッパの町には民が二万人はいたのに、ホルエムヘブがヨッパを去ったときには生存者は三百人にも満たなかったことだけを記して、この話を終わりにしよう。

ホルエムヘブがシリアで戦っている間、私は彼の軍に付き従い、兵士を治しながら、人が人に対して行うあらゆる悪行を目にした。戦は三年間続き、ホルエムヘブはヒッタイト人とアジル軍を何度も打ちのめした。もっとも、ヒッタイトの戦車がシリアで二度ホルエムヘブを奇襲して大打撃を与えたときには、ホルエムヘブ軍が支配下にある町に撤退を余儀なくされたこともあった。しかし、このときもシリアの船団は戦に慣れたホルエムヘブの船団には敵わず、ホルエムヘブはエジプトへの海路を維持した。撤退したあともホルエムヘブはエジプトから援軍を得るとすぐに反撃を再開し、部隊は一つの地方を通過するたびに、人が生きられないほど畑も果樹もすべてを破壊したので、シリアの都市は廃墟と化し、民は野生動物のように山の洞窟に隠れ住むことになった。これらの戦において、上下エジプト全土の村や町、川岸から小屋に至るまで、偉大なるエジプトを守るために男手の犠牲を出さずに済んだ場所などどこにもなかった。エジプトの地は我が子の死を目にして服を引き裂き、頭に灰をかぶる母親のようだった。このようにエジプト人の男たちと豊かさはシリアの地で無為に失われていった。

ホルエムヘブがシリアで戦をしていた三年の間に、私は髪が抜け、背中は曲がり、顔は干した果物のようにしわだらけになり、見ざるを得なかった光景のせいで目の下はむくみ、これまでの人生で最も老け込んだ。私は自分の殻に閉じこもり、常に苛立ち、人に悪態をつくようになった。私は多くの国で知識や知恵を蓄え、患者によくあろうとしてきたのに、多くの医師と同じように、老いてからは病人に辛く当たるようになった。

三年目にはシリアでペストが広がった。ペストは、腐りかけた死体が一か所に集まると、すぐに蔓延してしまうものだから、戦のあとは常にペストが猛威を振るう。シリアは戦から三年目にして、腐敗した死体の墓場と化し、この戦のせいで絶滅した民族や部族もいて、彼らの言語や慣習は永遠に失われてしまった。ペストは戦で生き残った者の命も奪い、ホルエムヘブの軍隊もヒッタイト人も多くの人間が命を落とした。やむなく休戦状態になり、部隊はペストから逃れるように山間部や砂漠へと逃げ込んだ。ペストは人間の貴賤や貧富に関係なく襲いかかった、治療薬はなく、感染した者は服を毛布代わりにかぶって寝床に横たわり、三日目には死んでいった。運よくペストから回復したとしても、脇や関節から膿が噴き出し、恐ろしい痕が残った。

ペストは人の生死を気まぐれに操った。屈強で体力のある者が命を落とし、虚弱体質の者が回復することが多々あったので、ペストは弱った病人からは十分な栄養が得られずに患者の体内で死滅したのではないかと思った。そのため、ペストに感染した患者を治療していた私は、死なない程度に患者の血を抜いて衰弱させ、一切栄養を取らせないようにした。この治療法でかなりの数の患者を救ったが、同じくらいの数の患者が命を落としたので、治療法が適切だったのかはいまだに分からない。しかし、治るという希望を持てず医師を信じない者は、医師を信じる者よりも死に至る確率が高かったことから、私としてはこの治療法を信じてもらえるように努めなくてはならなかった。いずれにしてもこの治療法は、安上がりで、ほかの方法よりはましだった。

船の往来とともにペストはエジプトにも広がったが、その頃には威力が弱まり、回復した患者も多く、死者はシリアほどではなかった。同じ年の洪水の季節になると、ペストはエジプトから、そして冬にはシリアからも去ったので、ホルエムヘブは再び部隊を召集して戦を続け、春には山を越えてメギド近郊の平地まで到達した。一方、ホルエムヘブの成功を見て勇気を得たバビロンのブルナブリアシュ王は、エジプトと同盟を結んでいたことを思い出し、自軍を旧ミタンニ王国へ進軍させて、容赦なくヒッタイト人をナハリンの地から追い払った。ホルエムヘブとの激しい戦で痛手を負ったヒッタイト人は、とうとうホルエムヘブに和平を申し入れた。賢明なヒッタイト人は次なる敵となるバビロンとの戦に備えるために戦車の喪失を恐れ、すでに敗北を喫しているシリアで、名誉欲しさに戦い続けるのは無駄だと判断したのだ。

ホルエムヘブは、この戦によって失った自軍と困窮しているエジプトのために、そろそろ再建に向けて交易を再開し、シリアから恩恵を得たいと考えていた矢先だったので、和平を手中にして大いに喜んだ。

ホルエムヘブは和平の条件としてヒッタイトに、アジルが首都と定めていた強堅な周壁と塔を備えたメギドを要求した。そこでヒッタイトは誠意の証として、アジルと二人の息子、妻のケフティウを枷で拘束してホルエムヘブに引き渡した。ヒッタイト人は和平のための人質をホルエムヘブの野営地に送りつつ、町の引き渡しは先延ばしにして、アジルがメギドに貯えていたシリア全土の大量の富をすべて持ち去った。そして、和平条件ではエジプトの管理下になったはずのアムルの羊や牛の群れも北へと追いやった。それでもホルエムヘブはヒッタイト人に文句を言おうとはせず、戦の終結を知らせるラッパを吹かせ、ヒッタイトの王子や隊長と祝宴を開き、一晩じゅう彼らとワインを酌み交わし、互いに戦時の手柄を自慢し合った。そしてエジプトとハッティの地の間に永遠の和平を築くために、両軍の前で、明日の朝アジルと家族全員を処刑すると宣言した。私はアジルが人生をこよなく愛していたことを知っていたから、医師として彼に、これまでの経験から人生にはそこまでの価値はなく、生きる痛みや悲しみ、苦痛に比べたら死のほうがよほど楽だと伝えたかった。明日の朝に死ぬ運命にあるアジルは眠れずにいるだろうから、生きることは身を焦がす熱い炎も同然で、死はすべてを忘れさせる涼しい水なのだと伝えたかった。もし私の言葉に耳を貸さなくても、アジルを一人にしないように、黙って横に座っていたいと思った。人は友がいなくても生きていけるが、人の上に立って命令し、王冠を戴いた者にとって、死の間際に誰もいないのは辛いものだ。そこで私は祝宴には加わらず、夜中にアジルが拘束されている天幕に忍び込むことにした。番人は私がホルエムヘブの医師で、その気になればホルエムヘブに対しても平気でひどい言葉を投げつける偏屈な男だと知っていたから、私を止めようとはしなかった。そこで私は、囚われの身となり、富を失い、不名誉な死を宣告され、シリア全土で孤立してしまったアジルのところへ向かった。

昼間にホルエムヘブの野営地に連れてこられたとき、アジルと家族は兵士にさんざんはやし立てられ、泥や馬糞を投げつけられていた。権力の絶頂にあったアジルを知る私には見られたくないだろうから、私は服で顔を隠し、彼が通る道から離れていた。誇り高いアジルを思い、暗くなってから彼が鎖に繋がれている天幕に出向きたかった。番人は槍を掲げて私を通して言い合った。

「あいつはシヌへだ、通してやれ。医師だし、きっと許可を得ているんだろう。今通してやらないと、きっと俺たちをうるさく叱り、俺たちの精を枯らそうと呪いをかけるかもしれん。なにせ口の悪い男だし、あいつの舌はサソリよりも性質《たち》が悪いからな」

私は天幕の暗闇に向かって言った。

「アムルの王アジルよ、死の前の晩に客人を受け入れるか？」

鎖の音が鳴り、アジルは暗闇で重いため息をついて答えた。

「俺はもう王ではないし、友もいない。おまえは本当にシヌへなのか。暗くても声は分かるぞ」

私は彼に「シヌへだ」と答えた。するとアジルは言った。

「マルドゥクとすべての地獄の悪魔の名にかけて、もしおまえが本当にシヌへなら、明かりを頼む。もうすぐ永遠の暗闇に横たわることになるというのに、今から暗闇にいるなんて真っ平だ。あの呪われたヒッタイト人どもが俺の服を引き裂き、拷問で手足を折りやがったから、ひどい有り様だがな。だが、医師ならもっとひどいものを見てきただろうし、死を前にして惨めな姿を見られようが、恥じることはない。シヌへ、おまえの顔が見えるように、おまえの手を握れるように、明かりを持ってきてくれ。俺の肝は冷え、妻と息子たちを思うと涙が流れる。もし俺のために強いビールを持ってきてくれれば、喉の渇きを癒せるし、明日地獄へ行ったら、地獄の神々におまえの善行を伝えようではないか。ヒッタイト人が最後の銅片まで奪っていきやがったから、俺はもうビールの返礼すらできないがな」

松明の煙は目に沁みて痛く、鼻水も出てきたので、私は番人にオイルランプを持ってこさせた。番人がランプを持ってくると、私はそれを受け取って火を灯した。それから私が来たときに、番人が暗闇のなかで監視の目を盗んで飲んでいた祝宴のおこぼれのシリアのビールを、慌てて服の下に隠したのを見ていたので、そのビールを取り上げた。アジルは咳き込みながら起き上がり、痛みに耐えながら地面に座った。私はビールの管《くだ》を彼の口にくわえさせ、シリアの大麦と麦芽で濁ったビールを飲ませてやった。アジルが夢中でビールを飲んでいる間、オイルランプの炎に照らされている彼の姿を眺めた。髪は乱れ、白髪が増え、見事なあごひげはヒッタイト人の拷問によって、あごの皮膚ごと剝がれていた。アジルの指は腫れあがり、爪は血で真っ黒になり、肋骨が折れて息をするのも辛そうで、ビールを飲んでは血を吐き出していた。十分に飲むと、アジルはランプの炎を眺めながら言った。

「ああ、暗闇に転がされて疲れた目に、ランプの炎は慈悲深く明るいものだな。人の命もランプの炎のように揺れて消えていくのだ。シヌへ、明かりとビールを持ってきてくれたことに礼を言うぞ。返礼を用意したいところだが、見ての通り、我が友人であるヒッタイト人が強欲ぶりを発揮して、おまえが黄金をかぶせてくれた歯も引っこ抜いていきやがったから、俺には何もないのだ」

あとになってから、知ったような顔でたしなめるのは簡単だが、私は以前ヒッタイト人には気をつけろと警告したことに触れたくなかった。両手でアジルの痛めつけられた手を包み込むと、彼は私の両手に誇り高い頭を垂れた。腫れあがって青あざになったアジルの目から、熱い涙が私の手の甲にこぼれ落ち、ひとしきり泣くと彼は言った。

「俺は人生の絶頂のときに、おまえの前で恥じることなく高笑いをして喜んでいたのだから、惨めな今も涙を見せることを恥じたりはしない。だがシヌへ、分かってくれ。俺は自分のために泣いているのではないのだ。失った富のためでも、王冠のためでもない。常に権力を握り、地上の栄光を得ようとがむしゃらに走ってきたが、俺が泣いているのは明日には俺とともに死ななければならない妻ケフティウと勇ましい長男、そして優しい次男のためなのだ」

「アムルの王アジルよ、お前のせいで数えきれないほどの民が命を奪われ、お前の権力欲のためにシリア全土が腐敗した死体の墓場となったことを忘れたわけではないだろう。だから明日、敗北したお前が処刑されるのは当然だし、お前の家族も運命をともにするのは理に適っていることだろう。私はホルエムヘブにお前の妻と息子たちの命を救ってくれたら、礼をはずむと言ったが、彼は首を縦に振らなかった。ホルエムヘブは、お前の血筋と名前、記憶さえもシリアから消し去り、シリアの男たちがお前の墓に集まり、お前の名にかけて復讐を誓うことがないように、お前の墓すら用意せず、野獣が荒らすままにしようとしているのだ」

これを聞いたアジルは仰天して言った。

「バアルにかけて、シヌヘ、俺のために酒と肉をアムルのバアルの祭壇に捧げてくれ。さもないと俺は永遠に飢餓と喉の渇きに苛まれ、地獄の暗闇をさまようことになる。ケフティウのためにも同じことをしてくれないか。おまえは俺たちの友情のためにあの女を贈ってくれたが、一度は愛した女だろう。それに息子たちにも同じようにしてやってくれ。そうすれば穏やかに、あとを憂えずに死を迎えられる。俺がホルエムヘブを捕らえていたら、まったく同じことをしただろうから、奴の決断を責めようとは思わんよ。シヌヘ、俺は泣いてはいるが、正直なところ、ほっとしてもいるんだ。誰かがケフティウを腕に抱き、あの素晴らしい肉体に触れるなら、俺は地獄に行っても我が身を呪うだろうが、家族が俺とともに死を迎えれば、俺たちの血は一つになる。ケフティウに懸想する奴は多く、詩人は妻のことを大いに称えたものだ。それに王冠を戴くべくして生まれた息子がエジプトの奴隷となって苦しむくらいなら、一緒に死ぬほうがましだ」

アジルは再びビールをすすり始め、体にこびりついた泥や糞を痛む指で掻き落とした。少し酔いが回ってくると、痛みへの感覚も鈍くなってきたようだった。

「我が友、シヌヘよ。戦に負け、ヒッタイト人に裏切られた原因は俺にあるだろうが、シリアが腐った死体の墓場になったことを俺のせいにするのはお門違いだぞ。もし俺が勝っていたら、諸悪の根源はエジプトということになり、俺の名は称えられていたはずだ。だが、俺は負け、すべての過ちは俺のせいとなり、今ではシリア全土が俺の名を呪っているというわけだ」

アジルは強いビールでだんだん酔いが回り、鎖につながれた手で白髪交じりの頭を掻きむしって叫んだ。

「ああ、シリア、シリアよ、俺の苦しみよ、俺の希望よ、俺の愛よ。偉大なるお前のために俺はすべてを捧げ、お前の自由のために俺は立ち上がったというのに、俺の最期の日にお前は俺を見捨て、俺の名を呪うのか。素晴らしきビブロスよ、花のスミュルナよ、老獪なシドンよ、強きヨッパよ、ああ、すべての町よ、なんということだ。俺の王冠に光り輝いていた真珠のようなお前たちが俺を見捨てるとは。だが、たとえお前たちに見捨てられようとも、俺はお前たちを愛するあまり憎むことはできないのだ。ずる賢く、冷酷で、その気になればいつだって裏切ってみせる移り気なシリアだからこそ、俺はお前を愛しているのだ。民は拳を振りあげては負け、民族が消え去り、王国は移り変わり、栄光と名誉は影が引くように逃げていくが、どうかお前たちこそ永遠であれ。堂々たる数々の町よ、赤い山々の麓で輝く海辺の白い周壁よ、時を超えて輝き続けよ。俺は塵となって砂漠の風に乗り、お前たちを抱擁しに行くだろう」

アジルの話を聞いていると、懐かしさで胸がいっぱいになり、死の前夜に彼が思い出に浸って、慰められているのを止めようとは思わなかった。そこでアジルの腫れあがった手を握ると、アジルはうめきながら私の手を握り返してきた。

「シヌヘ、俺は死を後悔しないし、負けを悔やんでもいない。俺の勝利とシリアの広大な領土はあと少しで手に入るところだったし、すべてを賭けられる者だけが多くを手にすることができるのだからな。これまでの人生を全力で愛し、憎んできたが、それ以外の生き方なんか想像もつかないし、過去を変えたいとも思わない。たとえ俺の振る舞いが途中でねじれ、太い縄となって俺に巻きつき、恥ずべき死を迎えることになって、この体がジャッカルの餌になったとしても、これまでやってきたことを少しも後悔はしていない。だが、シヌへ、俺は常に好奇心旺盛で、すべてのシリア人と同様に、俺のなかには商人の血が流れている。明日、俺は死ななければならないが、死は俺の好奇心を掻き立てている。だから聞くが、もし『死』の代償を差し出せば、神を裏切ることができるのか。永遠に暗いところを影となってさまよい続けるなんて、向こう側の世界はどうも陰鬱な感じがする。シヌへ、おまえは多くの国で知識を集めてきたのだから、俺に教えてくれ。どうすれば死をごまかし、死から逃れられるのだ」

私は首を横に振って答えた。

「だめだ、アジル。人は『死』以外なら、愛であれ権力であれ、善悪や頭脳であれ、心でさえも欺き、だましてでも手に入れることができる。だが、生と死だけはごまかせない。ランプの炎が揺れている間に伝えておこう。アジルよ、死は善きもので、恐れることはない。この世で起こり得るすべての悪を思えば、死は人間にとって最も素晴らしい友となる。医師の私は地獄を信じていないし、エジプト人であっても西方の地や遺体保存を信じていない。私にとって死は長い夢のようなもので、焼けるような暑い日中のあとに訪れる涼しい夜のようなものだ。本当だ、アジル、人生は熱い土埃のようだが、死は涼しい水のようなものなのだ。死はお前の目を閉じ、もう何も見せることはない。お前の心臓の鼓動が止まったら、不平を言う必要もなく、疲れた手で何かをすることも、ちぎれそうな足で終わりのない道を歩くこともない。我が友、アジルよ、死とはそういうものだ。私たちの友情に免じて、お前とお前の家族のために、アムルのバアルに喜んで酒と肉を捧げよう。供物だってたいして信じてはいないが、それで心が慰められるなら、万全を期して王にふさわしい供物をきちんと捧げよう。私は地獄も信じていないが、たとえお前が地獄に落ちたとしても飢えと喉の渇きに苛まれなくて済むようにしよう」

アジルは私の言葉に喜び、色々と付け加えた。

「供物はアムルの羊肉にしてくれ。アムルの羊は一番脂がのっていて口のなかでとろけるのだ。羊の腎臓も俺の大好物だから忘れるんじゃないぞ。それから、俺の血は脂ののった料理に加えて重厚で味わい深いワインが好みだから、できれば没薬入りのシドンのワインも添えてくれ。心地よくて飛び跳ねてもびくともしない頑丈な寝床も供えてほしい。大抵の寝床はケフティウの体重が乗ると軋《きし》んでしまうし、王たるもの羊飼いみたいに草の上で寝るわけにいかないからな」

アジルはそのあとも色々と供えてほしい品を挙げて、あの世に持っていく品々を思って子どものようにはしゃいだ。しかし、ふと考え深げになってため息をつき、頭を抱えて言った。

「シヌへ、俺に代わってこうしたことをすべて引き受けてくれるとは、おまえは真の友だ。俺はおまえにも、ほかのすべてのエジプト人に対してもひどいことをしたというのに、なぜそこまでしてくれるのか分からんよ。死についても美しく語ってくれた。おまえの言う通り、死はただの長い夢のようなもので、涼しい水なのかもしれないな。だがそれでも、アムルの地で枝に花をつけるリンゴ、羊の鳴き声、山の斜面で飛び跳ねる子羊を思うと心が乱れるのだ。特にアムルの春を思うと心が痛む。百合が花開くと、甘い蜜と香油の香りがするのだ。百合は高貴な花だから俺にふさわしい。もう二度とアムルの地を見ることがなく、春も秋も、暑い夏も厳しい冬も見ることがないのだと思うと、心が痛い。だが、アムルを思う心の痛みは愛おしいものだ」

私たちは一晩じゅうアジルが捕らえられている天幕のなかで話をし、スミュルナで出会ったときのこと、二人とも若く力強かったときのことを語り合った。アジルは子ども時代のことも話してくれたが、子ども時代というのは皆似たりよったりで、本人だけに価値があるものだから、ここに記すことはしない。夜明けが近づくと、私の奴隷が熱々の脂ぎった羊肉と油で煮込んだ麦、没薬入りの強いシドンのワインを注いだ杯を運んできた。番人もおこぼれに預かったので、それらを没収されることはなかった。私は奴隷に命じて、アジルにこびりついていた汚れをすべて落として髪を梳かし、残っていたあごひげを金糸で編んだ網で覆ってやった。ヒッタイト人が打ちつけた銅の手枷は外すことができず、新しい服を着せられなかったので、高価な布で破れた服と手枷を覆ってやった。奴隷に頼んでケフティウと二人の息子にも同じようにしてやったが、ホルエムヘブはアジルが妻子に会うことを許さず、処刑所で顔を合わせることになった。いよいよそのときがやってくると、ホルエムヘブが酔ったヒッタイトの王子たちとともに、彼らと肩を組んで笑いながら天幕から出てきたので、私は彼のところへ行ってこう伝えた。

「ホルエムヘブ、お願いだ。私はお前のために色々なことをしてきたし、テュロスでは太ももに刺さった毒矢を抜いて治療して命を救った。だからどうか、アジルを辱めることなく死なせてくれないか。アジルはお前の新しいご友人によって財産の隠し場所を吐くまで痛めつけられ、手足の骨も折られたんだぞ。彼は勇敢に戦ったシリアの王なのだから、アジルを辱めることなく処刑すれば、お前の名声はさらに高まるだろう」

　ホルエムヘブはアジルの死を長引かせるためにさまざまな方法を編み出し、そのための準備もすべて整えていた。両軍の兵士は、処刑を見物するために一番よく見える場所を陣取ろうと早朝から処刑場のそばで競い合うほどこの日を楽しみにしていたものだから、彼は私の言葉に顔をしかめた。ホルエムヘブがアジルの死を長引かせようとしていたのは、苦しむ姿を見て楽しむためではなく、兵士の余興のためと、アジルの恐ろしい死のあとにシリアがこれ以上反乱を起こさないようにするためだった。

　ホルエムヘブの名誉のために言っておくと、総司令官である彼にとって処刑は武器の一つでしかなく、元々は冷酷な男ではない。しかし、ホルエムヘブは優しい支配者よりも冷酷な支配者が民に尊敬されることを知っていたし、支配者が見せる優しさは弱さだと考えていたから、自分の冷酷さについて誇張された話が広がって、敵が恐れをなし、民の間に尊敬の念が育まれるようにと、噂話を広まるままにしていた。

　ホルエムヘブはヒッタイトのシュバットゥ王子の肩から腕を離し、ふらつきながら私の前に立ち、黄金の笏で脛を打ち始めた。

「シヌヘ、いい加減にしてくれ。お前は俺にとって永遠に腰に突き刺さる棘なのか。お前はものごとの理《ことわり》を知る人間とは違い、成功して富を築き、名誉を得た人間に対して苛立ち、毒づくくせに、誰かが転んで負けようものなら真っ先に駆けつけて慰めるのだな。お前だってよく分かっているだろうが、俺はかなりの手間と費用をかけてアジルのために地上で最も名の知れた処刑人を呼び、八つ裂きにするための道具や大釜を用意し、軍の奴らがよく見えるように整えたのだ。泥ネズミどもはアジルのせいでこれまで大変な苦労をして体じゅうから血を流してきたというのに、こんな間際になってあいつらの楽しみを奪えるものか」

そこへヒッタイトのシュバットゥ王子がホルエムヘブの背中を手のひらで叩き、笑いながら大声で言った。

「まったくだ、ホルエムヘブ。お前にも楽しんでもらおうと、私たちは鉗子と木槌で少し締め上げただけで、奴の手足は削がずに取っておいたんだ。それなのに私たちの楽しみを奪おうっていうんじゃないだろうな」

王子に軽々しく触れられたホルエムヘブは、王子の高慢な態度に眉をしかめて言った。

「シュバットゥ王子よ、飲み過ぎたようだな。アジルに関しては、ヒッタイト人を信用するとどんな運命が待ち受けているかを世界中に知らしめたいだけだ。だが、昨夜、俺たちは友情を築き、兄弟の盃を何度も酌み交わした仲だから、そちらの同盟相手であったアジルに敬意を表し、安らかな死を与えてやろう」

それを聞いたシュバットゥ王子はかっとなり、顔を歪めて青筋を立てたので、それを見た仲間がシュバットゥ王子を押さえてホルエムヘブのそばから引き離した。王子はワインを飲んで吐き出すと、ようやく落ち着きを取り戻した。少しでも賢い支配者なら似たようなことをするものだが、王子が怒ったのは、面子を失うことを極端に恐れていたからだった。冷酷非道なヒッタイト人は利用価値がないと判断するなり、言い訳やごまかしもせず、同盟相手だろうがあっさりと売り飛ばすのだ。

ホルエムヘブがアジルを囚人の天幕から引きずり出させると、アジルは肩に高価な布を巻き、昂然と頭をあげて現れたので、ホルエムヘブはひどく驚いた。脂っこい肉を食べ、強いワインを飲んだアジルは、頭を軽く左右に振ると、大声で笑いながら処刑場に進み、ホルエムヘブの隊長や番人をからかった。梳かれた髪は波打ち、油で艶々とした顔をホルエムヘブのほうへ向けて話しかけた。

「やあ、汚らしいエジプト人、ホルエムヘブよ。俺は枷に繋がれているから、俺を恐れて兵士と槍のうしろに隠れる必要はないぞ。こっちに来てみろ。こんな野営地は今まで見たことがない。清潔な足でバアルのもとに逝きたいから、俺の足についたくそをお前の肩衣で拭いてやろう」

ホルエムヘブはアジルの言葉に喜び、高笑いして言った。

「くすねた布でくそまみれの体を覆っていようと、シリア人のにおいは胸が悪くなるから遠慮しておこう。だが、アジルよ、死をも笑い飛ばすとはさすが勇猛な男だ。お前に敬意を表し、安らかに死ねるよう計らおう」

ホルエムヘブは自らの警護兵をアジルのそばにつけると、泥を投げつけている兵士を止めさせた。ホルエムヘブの豚っ鼻たちはアジルを取り囲むように立ち、下卑た言葉を投げた兵士の口を槍の柄で殴った。兵士たちはアジルによって苦しめられたが、彼らもまたアジルの勇ましさに感心し、アジルに対する憎しみは消えていたのだ。彼らは王妃ケフティウとアジルの二人の息子を処刑所へと引き出した。ケフティウは化粧をしていて口に紅を差していた。息子たちは王の息子らしく誇り高い様子で処刑所まで歩き、長男は弟の手を引いていた。彼らを目にしたアジルは気弱になって言った。

「ケフティウ、ケフティウ、俺の白い牝馬、大切な妻、愛する女《ひと》よ。まだ楽しい人生が残っていただろうに、俺のためにこんなことになってしまい、本当にすまない」

ケフティウは答えた。

「我が王よ、私は喜んであなたにお供いたしますから、私のために悔やむことはありません。あなたは雄牛のように強い私の夫。あなたの死後、あなたほど私を満たしてくれる方がいるとは思えません。あなたが生きている間、ほかの女を遠ざけて私との絆を強めてきたのですから、黄泉の国にあなた一人で行ってはなりません。きっと黄泉の国でも私より先に生まれた美しい女たちが今か今かとあなたを待ち構えていることでしょうから、ほかの女からしっかりとあなたを守りましょう。我が王よ、あなたは、ただの奴隷だった私を王妃にしてくださり、二人の雄々しい息子を恵んでくださいました。たとえ私が生かされたとしても、ためらうことなく自分の髪で首を絞め、あとを追うつもりです」

アジルはケフティウの言葉に心を打たれ、自尊心を取り戻して息子たちに言った。

「美しい息子たちよ！　お前たちは王の息子としてこの世に生を受けた。だから恥じることのないよう、死ぬときも王の息子らしくあれ。俺を信じろ。死の痛みは歯を抜くときの痛みとさほど変わらない。だから、俺の雄々しい息子たちよ、気丈に振る舞うのだ」

そう言い終わると、アジルは死刑執行人の前にひざまずいて言った。

「くさいエジプト人に囲まれて死ぬなんてごめんだし、奴らの血だらけの槍も見られたものではない。だからケフティウよ、お前の美しい乳房を見せておくれ。お前の美しさを目に、ともに生きた幸せを思いながら逝きたい」

ケフティウはアジルのために見事な乳房をあらわにした。死刑執行人は重い剣を振り上げ、一振りでアジルの首を切り落とした。アジルの頭はケフティウの足元に飛び、最期の心臓の鼓動とともに大きく力強い体から血が噴き出し、息子たちの服にかかった。息子たちは怖気づき、下の息子はふるえ出した。するとケフティウがアジルの首を拾い、膨れ上がった唇に口づけをし、痛めつけられた頬を愛撫し、柔らかな胸に抱き寄せて、息子たちに言った。

「勇敢な息子たちよ、急ぎましょう。恐れずにお父様のあとを追うのです。小さな息子たちよ、母はあなたたちのお父様に早く逢いたい」

息子たちは二人とも素直に膝をつき、兄は弟の手を握りしめた。死刑執行人は軽々と少年たちの細い首を切り落とし、足で二人の体を横に押しやると、ケフティウのむっちりとした白い首を一太刀で切り落とした。彼らの死はあっけなかった。ホルエムヘブは彼らを死体捨て場の穴に放り込み、野獣が食い散らかすに任せた。

5

こうして、私の友アジルは自らの運命を受け入れてこの世を去り、ホルエムヘブはヒッタイトと和平を結んだ。シドン、スミュルナ、ビブロス、カデシュはいまだヒッタイトの手中にあり、ヒッタイトはシリア北部の拠点としてカデシュに巨大な城壁を建造していたから、この和平は一時的なものにすぎなかったが、今は双方ともに戦に疲弊しきっていたため、喜んで和平を結んだのだ。

遠征している間に、クシュの地では反乱が起こり、エジプトへの租税を渋るようになっていたので、クシュの地にいる黒人も抑え込まなければならず、ホルエムヘブは自らの足元を固めるために色々とやることがあったのでテーベに戻った。

当時テーベを治めていたのは、まだ若く、自分の墓の建造にしか関心がないファラオ、トゥト・アンク・アメンだった。民は戦による苦難や喪失をすべてファラオのせいにして、「呪われたファラオの血を引く女を妻に娶ったファラオに、何が期待できるっていうんだ」と言い合っていた。アイは民の言葉を抑えようともせず、それどころか自分に有利にことを運ぼうと、ファラオは自分の墓にエジプトの宝物をすべて納めようとしている欲深い者だという噂を流していた。また、民の怒りを買うと分かっていながら、ファラオに遺体保存のための税金を民から徴収するといいと吹き込み、民に遺体保存の税を課した。

軍に同行して治療に悪戦苦闘していた私は、シリアでの戦の間、一度もテーベを訪れていなかったが、テーベからやってきた男たちからファラオ、トゥト・アンク・アメンが病気がちで、なにやら怪しい病がファラオの体を蝕んでいるようだと聞いていた。彼らの話によると、ホルエムヘブから勝利の知らせが届くたびにファラオは病み、敗北の知らせを聞くと元気になって床から起き上がるらしく、シリアでの戦そのものがファラオの体を消耗させているのではないかということだった。これはすべて何かの呪いかもしれないが、冷静に判断しても、ファラオの健康がシリアでの戦に左右されているのは疑いようもなかった。

時が経つにつれ、アイは焦りを募らせ、何度もホルエムヘブに連絡をしてくるようになった。
「わしはもう老いて待ちくたびれたから、いい加減、戦はやめてエジプトに平和をもたらせ。ホルエムヘブ、勝利を手にエジプトに帰ってこい。そしてわしがお前と取り決めた取り分を手に入れたら、お前にも取り分を与えよう」

戦が終わりを告げ、私たちの乗った戦艦が帆船とともに祝勝の行列となって旗をなびかせながら川を上っている最中に、ファラオ、トゥト・アンク・アメンが父なるアメン神の黄金の船に乗って西方の地へ旅立ったという知らせが届いた。しかし、それまでの経緯を知っていた私はまったく驚かなかった。私たちは旗を下ろして顔を煤と灰で汚すことになった。ファラオはメギドの降伏と和平の知らせがテーベに届いた日に、ひどい発作に見舞われたということだったが、生命の家の医師たちは死因について言い争っていた。ファラオの胃は真っ黒になっていたが、確かなことは分からない、という噂を耳にした民は、ファラオは戦が終わり、エジプトが苦しめば苦しむほど喜んでいたようだったから、自らの悪意に蝕まれて死んだに違いないと話していた。ホルエムヘブが和平条約の粘土板に印を押したのは、自らファラオの心臓に刃を突き立てたも同然だっただろうし、おそらく和平を象徴する王として玉座にのぼることを待ち望んでいたアイが、トゥト・アンク・アメンを退けたのだろうと私は思った。

哀悼の意を示すために顔を汚した私たちは、色鮮やかな勝利の旗を船から下ろした。ホルエムヘブは、かつて偉大なるファラオが行ってきたように、勝利の印にシリア人やヒッタイト人の隊長の死体を船首に吊っていたが、残念なことにそれも川に落とさざるを得なくなった。長く続いた戦を経てシリアを平定したあと、泥ネズミたちはシリアに残してきたが、テーベでともに勝利を楽しもうと連れてきた豚っ鼻たちは、生前も彼らを苦しめ、死後においても彼らの楽しみを邪魔だてするトゥト・アンク・アメンに毒づいた。

ふてくされた彼らは船上でシリアの戦利品を賭けてサイコロを振り、シリアから連れてきた娘をめぐって争った。まずは自分たちでたっぷり愉しんでからテーベで売り払うつもりだったのだ。彼らは互いに殴り合って怪我をするわ、悲しみの歌の代わりに下卑た歌を歌うわで、川岸に船を見に集まった信心深い民は彼らの振る舞いに恐れ慄いた。それに戦のためにシリアに長くいたため、ホルエムヘブの兵士たちは戦利品として奪ったシリアやヒッタイトの素晴らしい服を着込み、シリアやヒッタイトの罵り言葉を使っていた。多くの兵士は、シリアの地でバアルを信仰するようになり、エジプトにもバアルを持ち込んだので、とてもエジプト人には見えなかった。そのため、民はシリアでのエジプトの勝利を誇りに思いながらも、兵士たちを忌み嫌い、異国の者のように恐れた。私もシリアを出発する前にアムルのバアルにたくさんの供物をアジルのために供えてきたから、兵士たちのことをとやかく言えないだろう。

何年も目にしていなかった母国エジプトは、ホルエムヘブの兵士にも私にも、戦に出発したときと同じ国とは思えず、見知らぬ異国のように感じられた。どこの岸に上陸しても、惨状と貧困しかなかった。民の服は継ぎだらけで、繰り返し洗濯したために灰色になっていたし、その顔は乾ききって荒れ、目はくぼみ、疑心暗鬼になっていて、貧乏人の背中には徴税人の鞭打ちの痕があった。王立の建物は崩れかけ、ファラオの裁きの家の天井には鳥が巣をかけ、王宮の壁から剥がれ落ちた泥煉瓦が道端に転がっていた。労働力となる男たちはシリアでの戦に召集されていたから、道は何年も修理されないままで、灌漑水路は側面が崩れていて、草が生え放題だった。

神殿の壁だけが新しい黄金と緋色に輝き、立ち並ぶ像や碑文はアメン神を称え、アメン神官は丸々と太り、剃り上げた頭を聖油で艶々させていた。彼らが供物の肉を堪能している一方で、貧乏人は干からびたパンと粥でしのぎ、ナイル川の水を飲んでいた。かつては飾りのついた杯でワインが飲めるような金持ちだった男は、月に一度でも壺一杯分の薄いビールが手に入れば十分だった。岸からは女や子どもの笑い声も話し声も聞こえなかった。女は痩せ細った腕で洗濯棒を振るい、子どもは殴られて怯えた動物のように道端に隠れ、空腹のために泥のなかから水草の根っこを掘り出して食べていた。戦によってエジプトに惨状がもたらされ、人々は和平を喜ぶ気力もなく、川を上るホルエムヘブの戦艦をただおそるおそる眺めていた。アテンの厄災をかろうじて免れた者もすべて戦のためにいなくなっていた。

それでも燕は水面の上を矢のように飛び、ひと気のない岸の葦の茂みではカバが鳴き、浅瀬ではワニが口を開けて、小鳥に歯を掃除させていた。私たちは船上でナイル川の水を飲んだ。世界中を探しても、ナイル川の水ほど喉の渇きを癒してくれるものはない。ナイル川の泥の香りを胸いっぱいに吸い込み、パピルスや葦が風に揺れる音、そしてカモの鳴き声を聞き、輝く青空を黄金の船に乗ってアメン神が渡るのを見て、母国に帰ってきたことを感じた。

やがて川の向こうからテーベの守護神である三つの丘が姿を現した。神殿の大きな屋根を見下ろす黄金色に輝くオベリスクの先端は、稲妻を空に打ち上げているように見えた。そして、西の丘に連なって果てしなく続く死者の町、テーベの石造りの船着場と港、貧民街、泥煉瓦の路地、そして富裕層の町にある花と芝生に囲まれた貴族の宮殿が見えてきた。深く息を吸い込み、漕ぎ手はさらに力強く櫂を水に差し込み、ホルエムヘブの兵士はファラオの死で喪に服していることを忘れ、大声で叫び、けたたましい音を立てた。

再びテーベに戻ってきた私は、もう二度とここを去るまいと心に決めた。人間の悪行を十分すぎるほど目にしてきたし、これ以上見るに値するものはこの世にないだろうと思えたのだ。今後はテーベで暮らし、貧民街にあるかつての銅鋳物職人の私の家で慎ましく生きようと決心した。シリアの戦で得た戦利品や治療の報酬は血のにおいがし、自分のためには使う気になれず、すべてアジルへの供物として使い果たしてきたので、私はまたも貧しくなってテーベに戻った。

しかし、私の器はまだ満たされず、望まぬ仕事が残されていた。それは私の心を脅かすものだったが、避けることもできず、数日後にはもう一度テーベを離れることになった。計画を実現するために密かに準備を進めていたアイとホルエムヘブは、権力を手中にできると確信し、あの計画を実行したのだろう。

しかし、実際には、権力は彼らの手をすり抜け、エジプトの運命は二人の女、王妃ネフェルトイティと王女バケトアメンによって、大きく傾きつつあった。私はそのことを記すために、新たな書を始めなくてはならない。そして、なぜ人を癒すはずの私が人を殺《あや》めることになったのかを記し、次の書を安らぎにたどり着く前の最後の書としよう。

第十五の書　ホルエムヘブ

1

ホルエムヘブとの密約通り、采配を振るっていたアイは、ファラオ、トゥト・アンク・アメンの葬儀が終わり次第、王冠をかぶる気でいたので、ファラオの遺体処理と葬儀を急がせ、墓の建設を中止し、ほかの偉大なるファラオの墓に比べて、小さく地味な墓に彼を埋葬し、埋葬品である財宝のほとんどを我が物にするつもりだった。また、バケトアメン王女から卑しい生まれのホルエムヘブの妻になる同意を得て、自分の後継者となるホルエムヘブが正当にエジプトの王冠を継承できるようにしなければならなかった。そこでアイと神官たちは、ファラオの喪が明けてホルエムヘブの勝利の祝賀を執り行う際に、セクメト神殿でセクメトの姿となったバケトアメン王女がホルエムヘブの前に現れ、彼に身を任せて神々の前で二人の聖なる婚姻が祝福され、ホルエムヘブが神々に連なるという筋書きを考えた。

しかし、この企ての裏で、バケトアメンは周到に計略を練っていた。私が思うに、バケトアメンを焚きつけたのは、ホルエムヘブに恥をかかされたネフェルトイティで、彼女がバケトアメンと並んでエジプトの頂点に立とうと手をまわしたのだろう。

この計略はよほど深い憎しみがなければ思いつかないような神をも畏れぬものだった。たとえ思い浮かんだとしても実現は不可能だと思うほどあり得ないことだったから、逆にその不意をついてあと一歩で成功するところだった。この計略が露見して、なぜヒッタイト人が和平交渉の場で、素直にメギドとアムルの地を差し出したのかがようやく分かった。賢明なヒッタイト人はホルエムヘブやアイが思いもしなかった矢を矢筒に隠し持っていて、和平を結んで譲歩しても失うものは何もないと確信していたのだ。ホルエムヘブはヒッタイト人が快諾したことに疑念を持つべきだった。しかし、長年バケトアメンに懸想していた彼は、戦での功績を楯にエジプトでの地位を固めて王の血族に連なるためにも、早く王女を手に入れたいと急ぐあまり、ヒッタイト人の思惑に何の疑念も抱かなかったのだ。

夫を亡くしてアメン神を崇めることになったネフェルトイティは、自分を蔑ろにしてエジプトが支配されることや、誰であろうと自分以外の女が黄金の宮殿に君臨することが許せなかった。年齢のせいで美しさに翳りが見え始めたとはいえ、念入りに手入れをし、美しさにものを言わせて、年少のファラオの取り巻きとして過ごすだけの多くのエジプト貴族を味方につけていった。また、優れた頭脳と抜け目のなさで、バケトアメン王女にも近づき、王女の王族らしい気位の高さをおだてあげたので、バケトアメンは生来の自尊心の域を超えて高貴な自分を過度に誇るようになり、しまいには狂気に近いものとなった。王女は自らの聖なる血筋を誇るあまり、普通の人間には体に触れることはおろか、影を踏むことすら許さず、使用人にも手を触れさせなかった。自ら念入りに手入れをした肌や、凛とした姿は、時が止まっているかのように美しかったが、エジプトには偉大なるファラオの血筋にふさわしい男などいないと言って純潔を保ち続けたので、結婚の適齢期はとうに過ぎていた。よい伴侶に恵まれていれば王女は癒されただろうが、純潔ゆえにますます頑なになり、心も病んでしまったのかもしれない。

ネフェルトイティはバケトアメンの気位の高さをうまく利用し、偉大なことを為すために生まれたのだから、権力を我が物にしようとする卑しい生まれの者からエジプトを守らなくてはならない、と吹き込んだ。そして、王のあごひげをつけて獅子の尾を垂らし、ファラオの玉座からエジプトを支配した偉大なる女王ハトシェプストについて話して聞かせた。二人はハトシェプストの白亜の列柱が輝く岩場の神殿から、ギンバイカが咲く小高い堤へと歩き、ネフェルトイティは偉大なる女王の像を眺めながら、王女の美しさは偉大なる女王を彷彿とさせると誉めちぎった。

さらにネフェルトイティはホルエムヘブについて、あることないことを吹き込んだ。潔癖な王女は、エジプトの貴族より頭一つ背が高く、がっしりとした卑しい生まれのホルエムヘブを毛嫌いし、ホルエムヘブが兵士らしい荒々しさで王女の聖なる血を穢すことなど許されないと思うようになった。しかし、人の心というのは自分でも分からないもので、バケトアメンがホルエムヘブを憎んだ本当の理由は、まだ青年だった彼が黄金の宮殿にやってきたときに、彼の視線に体を熱くし、彼の力強さと荒々しさに密かに惹かれていたからだということを、王女は決して認めないだろう。

シリアでの戦が終わりに近づくにつれ、ファラオ、トゥト・アンク・アメンが次第に弱っていき、アイとホルエムヘブの計画が明らかになってくると、ネフェルトイティにとって王女を従わせるのはわけもないことだった。それにアイが自分の娘であるネフェルトイティに隠し事をするとは考えにくいし、彼らがどれほど大きな陰謀を企てていたのかを彼女が知るのは難しくなかっただろう。ネフェルトイティは、さんざん自分を利用したあげく、呪われたファラオの妻だからといって黄金の宮殿の奥深くに追いやり、王宮の祝宴にも自分を参加させなかった父を憎んでいた。ネフェルトイティが父を憎む理由はほかにもあったのかもしれないが、それについて確かなことは分からない。ファラオの黄金の宮殿は暗黒の館と同じく多くの恐ろしい秘密が隠されていることも知っていたが、その噂をすべて信じているわけではないので、それについて記すのは控えておく。ただ、美貌と頭脳を兼ね備え、長年心を石にしてきた女というのは、ある意味むき出しの刃《やいば》よりも恐ろしく、戦車の銅の鎌よりも鋭利だということは記しておこう。バケトアメンを焚きつけたネフェルトイティの計略は、才色兼備で冷酷な女ほどこの世で恐ろしいものはないということをよく示している。

彼女の計略が発覚したのは、ホルエムヘブがようやくテーベに帰ってきたというのに、いっこうに会おうとしないバケトアメンに我慢ならなくなったホルエムヘブが、王女の姿を一目見て少しでも言葉を交わそうと王女の部屋の近くをうろついていたときのことだった。ヒッタイトの特使が王女との面会にやってきたのを見かけたホルエムヘブは、なぜヒッタイトの特使がバケトアメンと面会し、王女の部屋で長居しているのかを不審に思い、強引に特使を捕らえて尋問したところ、彼は激しく抵抗し、自分の身の安全が確保されている者でなければ言えないような無礼な言葉をホルエムヘブに浴びせた。

ホルエムヘブがこのことをアイに伝えると、二人は深夜にもかかわらずバケトアメンの部屋に侵入し、王女を守ろうとした奴隷を殺害し、王女が火鉢の灰のなかに隠していた書簡を見つけた。彼らはこの書簡を読んでふるえあがり、バケトアメンを部屋に監禁して番人をつけ、ネフェルトイティの部屋も見張らせることにした。

その夜、彼らは素性が分からないように顔を隠して質素な輿に乗り、カプタがムティに送った銀で火災後に再建したかつて銅鋳物職人が住んでいた私の家にやってきた。ムティは最初誰が来たのか分からず、私を叩き起こせとわめく彼らに、不機嫌に当たり散らしながら部屋に通した。私は帰郷したあともシリアで見た出来事のせいで眠れなかったから、ムティの不平をよそに寝床から起き上がり、治療が必要な患者が来たのだろうと思い、ランプを灯して来客を迎え入れた。そして、来客の正体を知った私は驚き、ムティにワインを持ってこさせた。ホルエムヘブは正体がばれて話を聞かれるかもしれないと恐れるあまりムティを始末したがったので、私はムティを追いやった。ホルエムヘブがこれほど怯えている姿は見たことがなかった。

「ムティを殺すなんて許さないぞ。そんなおかしなことを口走るとは、頭でも痛いのか。ムティは年老いて耳も悪く、夜はカバのようにいびきをかく。耳を澄ませば、すぐにいびきが聞こえてくるさ。だから婆さんなんか気にせずにワインを飲め」

しかし、ホルエムヘブは苛立ちながら言った。

「シヌヘ、今さら一人や二人の命を奪ったってたかが知れているし、いびきの話をしに来たわけではない。実はエジプトに死が迫っているのだ。お前の力でエジプトを救わなければならない」

するとアイもうなずいて言った。

「その通りだ、シヌヘ。エジプトは死の淵にあり、わしらの命も危ないのだ。かつてエジプトがこれほどの危険に見舞われたことはない。シヌヘ、ここにやってきたのはお前にこの危機を救ってもらうためなのだ」

私は高笑いをして、空っぽの手を広げた。すると、ホルエムヘブがシュッピルリウマ王の粘土板を取り出し、戦が終わる前にバケトアメンがハットゥシャのヒッタイト王に送った書簡の写しも見せた。その内容は笑い事ではなく、ワインの味も失せた。こともあろうにバケトアメンは、ヒッタイト王に次のように書き送っていたのだ。

「聖なる血筋を引くファラオの娘からハットゥシャの偉大な王シュッピルリウマへ送る。エジプトには私にふさわしい相手がおりません。あなた様には王子が何人もいらっしゃると聞いております。あなた様のご子息を私のもとに寄こしてくだされば、私は彼と壺を割り、あなた様のご子息が私とともにケメトの大地を治めることになりましょう」

あまりに信じがたい内容に、用心深いシュッピルリウマ王は初め本気にせず、バケトアメンの真意を探るために、条件を尋ねる粘土板を持たせて特使を送っていた。王女は新たな書簡にこの提案が本気であること、エジプト貴族もアメン神官も自分の味方であることを記していた。この書簡を見て王女の提案を受け入れたシュッピルリウマ王は、ホルエムヘブとの和平を急ぎ、息子のシュバットゥをエジプトに送る準備を始めていた。シュバットゥ王子は吉日にバケトアメンへの贈り物を山ほど携えてカデシュを出発することになっていたので、最後の粘土板を受け取った日にちからすると、すでにエジプトに向かっていると思われた。私がこれらの書簡を読んでいる間に、アイとホルエムヘブは言い争いを始め、ホルエムヘブはアイにこう言った。

「お前のために尽くしてやった感謝の印がこれか。これが多くの苦難を乗り越えてヒッタイト人に勝利したことへの見返りだとしたら、せいぜい礼を言わなければな。こんなことならエジプトを留守にしている間、目が見えない犬でも置いておくほうがまだましだったぞ。王女の尻すら拝めないとは、お前は客引きほどの役にも立たないではないか。まったく、アイよ、俺が知る限りお前は最低のくそ野郎だ。お前の黒く穢れた手を握った日をどれほど後悔していることか。今の俺には、部下にテーベを占拠させて、俺が二重冠をかぶることくらいしか思いつかんな」

「そんなこと神官が許すわけがないし、わしらはこの計略の規模も、バケトアメンがどれほど神官や貴族の支持を得ているのかもまだ分かっておらん。民については雄牛のように首に縄をつけられ、縄を引く者に連れていかれるだけだから気にしなくてよいだろう。だが、ホルエムヘブよ、シュバットゥ王子がテーベに到着し、バケトアメンと壺を割ってしまったら、わしらが権力を握る機会は失われたも同然だから、必ず阻止せねばならん。ただし、力づくで王子を止めたら新たな戦が始まってしまう。今のエジプトには戦をする余力はなく、新たな戦はわしらの権力を破滅させ、これまで築き上げてきたものがすべて水の泡と化してしまうから、戦は絶対に避けねばならん。たしかにわしは目が見えぬ犬も同然だったが、エジプトの王女が他国の王子と壺を割るなんて聞いたことがあるか。想像すらできないことだ。だからシヌヘに救ってもらうほかに道はない」

「すべてのエジプトの神々の名にかけて」私は驚いて言った。「私に何ができるというんだ。私はただの医師で、心を決めた女の気持ちをホルエムヘブに向けさせることなんてできるものか」

ホルエムヘブは言った。「お前はかつて俺たちを助けてくれたではないか。その気があろうとなかろうと、一度櫂を手にした者は船を漕がなければならない。お前はシュバットゥ王子を迎えに行き、王子がエジプトにたどり着かないようにするのだ。どんな方法でもかまわないし、その方法を俺たちに報告する必要もない。しかし、旅の途中であからさまに殺害することはできないだろう。それはヒッタイトとの新たな戦を意味するし、次の戦を始める時期は自分で決めたいからな」

ホルエムヘブの言葉に私の膝はがくがくとふるえ、心臓は鼓動を早め、舌をもつれさせながら答えた。

「たしかに一度はお前たちを助けたが、それはエジプトのためというより自分のためだったし、私はこの王子をアジルの処刑の日に見かけただけで、何かされたわけではない。ホルエムヘブ、私を暗殺者に仕立てあげるようなことはしないでくれ。暗殺ほどの恥ずべき罪を犯すくらいなら死んだほうがましだ。ファラオ、アクエンアテンに死を飲ませたのは、友人である病んだあの方を思ってのことだった」

ホルエムヘブは眉をしかめ、笏で脛を打ち始めた。アイは言った。

「シヌへ、冷静に考えれば、わしらが女の気まぐれのために一国を失うわけにいかないことは分かるはずだ。王子はエジプトにたどり着く前に死んでもらわなければならない。分かってくれ、ほかに方法はないのだ。死に至るなら、事故だろうが病だろうが、どちらでもかまわない。バケトアメンの侍医として、王子が夫としてふさわしいかを調べるという口実で、シナイ砂漠まで王子を出迎えに行くのだ。王子もただの人の子だ。エジプトがどんな女と縁組みさせる気なのかとバケトアメンのことを色々と聞きたいだろうから、喜んでお前に会うだろう。さあ、シヌへ、お前のやるべきことはたいして難しくないし、これを成し遂げたら莫大な褒美を受け取って富める者になれるぞ」

ホルエムヘブは言った。「シヌヘ、そろそろ覚悟を決めて、生か死を選べ。分かっているだろうが、お前が断れば、いくら友であろうと、この話を聞いたお前を生かしておくわけにはいかない。これはファラオにかかわる秘密であり、知っている者がいてはならないのだ。お前の母がつけたシヌヘという名は縁起が悪かったな。お前はファラオの秘密を知りすぎてしまった。だから断るというならその喉元を切り裂くしかない。お前は最も優れた臣下だから、できればやりたくないし、こんなことを頼める人間はほかにいないのだ。すでにお前は過去の罪で俺たちと縛られているし、暗殺によってエジプトがヒッタイトの支配から救われるなら、喜んでその罪も分かち合おうではないか」

私はかつての自分の行いによって強固な網に絡めとられ、一本の縄すら切ることができなかった。この縄は自ら撚《よ》ったもので、ことの発端は遥か昔に、偉大なるファラオの死の夜に、プタホルが父の家を訪問した日に、そしてさらには私が生まれた晩にひと気のない川を葦舟で流されてきた日に遡るのだ。悲しみと苦悩に打ちひしがれていた当時の私は知るよしもなかったが、ファラオ、アクエンアテンが死を飲み干した瞬間、自分の運命をホルエムヘブとアイの運命に縛りつけてしまっていた。

「ホルエムヘブ、私が死を恐れていないことぐらい知っているだろう」

私は自分を守ろうとして言った。しかし、これまで何度も死について語り、死を身近に感じてはいても、実際に死が迫ってくると、真っ暗な夜に冷酷な客が訪れたかのように気分が悪くなり、切れ味の悪い刃で喉を切られたくないと思った。

その夜、何の前触れもなく私の前に死が現れたのだが、死を受け入れる心の準備などできていなかったから、死を思うとただ恐ろしくて仕方がなかった。そのことを、自分のために真実のみを記すこの書に、恥を忍んで正直に記しておこう。もし心の準備ができていたら、そこまで恐怖を感じなかったのかもしれないが、このとき突然、川面を矢のように早く飛ぶ燕や港のワイン、ムティが焼いたテーベ風のガチョウが、これまでにないほど愛おしく感じられた。

そして、エジプトの存続という大義名分のもと、ホルエムヘブが武器を取ってヒッタイトを撃退するためにも、アクエンアテンは、私の友だったとしても、やはり死ななければならなかったのだと思った。それを思えば、ヒッタイトの王子はまったくの他人にすぎず、千度殺しても足りないほどのことをしてきたのだろうから、エジプトを救うことになるなら、この異国の王子を殺したって大したことではないだろう。すでに私はエジプトを救うために、アクエンアテンが毒を飲み干すよう仕向けたではないか。私は急に眠気に襲われ、あくびを噛み殺して言った。

「ホルエムヘブ、分かったよ、言う通りにするから刃を下ろしてくれ。切れ味の悪い刃を見るのはたまらない。ヒッタイトからエジプトを救うにしても、その方法はまだ分からないし、王子が死んだらヒッタイト人は私を殺すに違いないから、おそらく私はその場で死ぬことになるだろう。エジプトがヒッタイトに支配されるなんてまっぴらだし、私の命なんてたかが知れている。褒美のためでも、密約を実現するためでもない。これはきっと私が生まれる前から星に記されていて、避けることはできない運命なのだ。ホルエムヘブ、アイ、私の手から王冠を受け取り、私の名を祝福してくれ。一介の医師、シヌヘがお前たちにファラオの二重冠をかぶらせるのだからな」

こう言いながら、私には聖なる血が流れ、ファラオの唯一の正当な後継者なのかもしれないことを思った。もとはといえばアイは名もない太陽神の神官で、ホルエムヘブは牛とチーズのにおいがする両親から生まれたのだから、おかしくてたまらず、女がよくするように口元に手を当てて一人笑ってしまった。もし私にホルエムヘブのような鋼の強さ、あるいはアイのような冷徹な悪賢さがあれば、出自を明らかにしてこの身を玉座に上らせるために策を講じたかもしれない。この激動の時代においては何が起ころうと不思議ではないが、この体に流れる太陽の血筋にミタンニ王国の薄い夕闇の血が混じっているとすれば、私にとって権力やファラオの血まみれの王冠はただ恐ろしいだけだった。だから結局は手のひらを口元に当てて笑うだけだった。私は衝撃を受けると笑いを堪えきれず、恐怖を感じると眠気に襲われるところがほかの者とは違っていた。

そんな私の態度にホルエムヘブは苛立って眉をしかめ、黄金の笏で脛を打ち始めた。一方で、老いて疲れ果てたアイは自分のことしか頭になく、人が笑おうが泣こうがかまわず、私の態度に苛立つこともなかった。この瞬間、うわべだけの派手な羽毛の服を身に着けようとしている彼らの素の姿を思い浮かべた。私が思い描く彼らは、瀕死のエジプトを略奪する盗人であり、王冠や権力の象徴で遊ぶ子どもだった。彼らは野望と権力欲によってがんじがらめになり、決して幸せになることはないだろう。だから私は少し黙り込み、遠い未来を思いながらホルエムヘブに言った。

「ホルエムヘブ、暑い日の夜、牛が水を飲みに川に来る頃、お前は王冠の重みを感じるだろう。そして、お前の周りには沈黙が広がるだろう」

ホルエムヘブは言った。「もう船が待っているから、さっさと出発しろ。お前は一行がタニスに到着する前にシナイ砂漠でシュバットゥ王子を出迎えなければならない」

こうして私は夜中に再びテーベを発った。ホルエムヘブは速い船を用意し、私は医療箱と、ムティが出してくれた夕飯の残りのテーベ風のガチョウを持ち込んだ。もはや何が起ころうと動じることもなかったので、旅の道連れにワインも持ち込んだ。

2

船に乗った私はたっぷりと考える時間があったので、色々と思いを巡らせた。考えれば考えるほどエジプトに大きな危機が迫っていることを実感したので、漕ぎ手を杖で脅し、たくさんの褒美を約束して、できる限り先を急がせた。この危機はまるで砂漠から押し寄せる真っ黒な砂嵐の雲のように思われた。すべてはエジプトのためなのだと自分に言い聞かせてみても、人は純粋な気持ちで行動するわけではなく、ワインに例えるとしたら何かしらの混ぜ物が入っているものなのだ。この書は自分のために記しているから正直に記すと、もしあの夜、目の前に死が迫っていなければ、実行する気にはならなかったかもしれない。しかし、一度自分でやると決めた以上、さまざまな言い訳を挙げ連ね、羽毛の服を身に着けた自分を夢想し、自分の行いはエジプトを救うのだと言い聞かせた。歳を取った今となっては自分がエジプトを救ったとは思っていない。眠らずにこれからのことを考え続けているうちに、私のまぶたはむくみ、焦燥感にかられて、さらに船を急がせた。

この任務は口外できず、誰かの手を借りることもできなかったので、またも強く孤独を感じた。ファラオにかかわるこの秘密が明るみに出れば、死者の数は数千人どころでは済まないだろう。だから誰にも知られてはならなかったし、もし露見したらヒッタイト人の手で残酷な死を迎えることになると思うと、蛇よりも狡猾に立ちまわらなければならなかった。

物語のシヌへと同じようにファラオの秘密を知った私は、すべてを投げ出してどこか遠くへ逃げ出したいという誘惑に駆られた。逃げ出して、押し寄せる運命にエジプトを任せてしまいたいと思ったし、もし逃げていれば、運命の行方が変わり、まったく違う世界が待っていたかもしれない。だからといってその世界がよいものになっていたかは分からないが、年を取って分かったのは、結局のところ誰が支配しようが、支配者というのは皆似たようなもので、どこの国でも辛い目に遭うのはいつも貧乏人で、どこかの民がほかの民を踏みにじろうが、たいした違いはないということだ。だから任務を放り出して逃げ出したとしても何も変わらなかったかもしれないが、もし逃げていれば、私は後悔に苛まれ、心の安寧も失っていたことだろう。とはいえ、幸福な日々はとうに過ぎ去ってしまったから、今の私が幸せだということではない。

人間は弱ければ弱いほど自分で道を選ぶよりも他者の意志に身を委ね、悪いことだと分かっていても従ってしまいがちだから、本当に弱い人間は、繋がれている縄を自分で断ち切るよりも、縄に引かれるまま死に向かっていくのだろう。だから、弱い私は逃げなかった。思うに、それは私だけではなく、人間という生き物が基本的に弱いのだ。

シュバットゥ王子は死ななければならない。私は黄金の船の日除けの陰に座ってそばにワインの壺を置き、エジプトが責任を問われず、私の仕業だと分からないように王子を暗殺する方法を、持ちうる限りの知識と知恵を駆使して考えたが、なかなか思いつかなかった。当然のことながら、ヒッタイトの王子は王族にふさわしい一団と旅をしているし、元々疑り深いヒッタイト人は王子の安全を抜かりなく見張っているに違いないから、たとえ砂漠で王子と二人きりになり、私が矢や槍を使いこなせたとしても、それでは痕跡が残り、私の仕業だと発覚してしまうだろう。一緒に緑色の目をしたイグアナを見に行こうと王子を誘い出して谷に突き落とし、王子がつまずいて転落し、首を折ったといえるだろうか、とも考えてみた。しかし、この計画は幼稚だし、偉大な父、シュッピルリウマ王から王子の護衛を任されたお付きの者が、王子を目の届かないところに行かせるはずがない。そもそも王子と二人きりで話をするのは難しいだろうし、ヒッタイトの貴族なら毒殺を警戒し、食事や飲み物はすべて毒見役が確認するはずだから、一般的な毒殺で王子を殺害することもできない。

そこで、神官の秘儀の毒や黄金の宮殿の毒を使った物語を思いつく限り反芻してみた。まだ熟していない青い果実に毒を仕込み、実が熟してから食べさせるという方法や、巻物を広げた者をじわじわと死に追いやる方法、花の香りで殺害するという方法を思い出したが、これらはすべて神官の秘儀で、私にそんな知識はなかったし、これらの多くは作り話だろう。たとえ本当だとして、私にその知識があったとしても、これから砂漠で果実のなる木を育てることはできないし、王子は巻物を書記に広げさせるだろうし、ヒッタイト人が花の香りを嗅ぐとも思えず、きっと花を折って足で踏みにじるのが落ちだろう。

このように考えを巡らせていると、この任務はますます困難に思え、カプタのように機転が利けばどれほどよかったかと思った。しかし、カプタはシリアで儲けている最中だし、エジプトよりもシリアの気候のほうが合うと言ってエジプトへの帰国を急いでいる様子もなく、アテンと関係があったことからも、彼を巻き込むわけにはいかなかった。

そこで私は、医師の誇りにかけて、真剣に知恵を絞ることにした。医師にとって死は身近なもので、薬の力を借りて患者に死をもたらすのは、治療するのと同じくらい簡単なことだった。シュバットゥ王子が病気になれば、私は彼の治療を任され、同行の医師からも疑われることなく、確実に王子を死に至らしめることができるだろう。昔から医師は同業者とともに患者を葬ってきたのだ。しかし、シュバットゥ王子は病気ではないし、もし病気になったとしても、ヒッタイト人の医師がいるのだから、わざわざエジプト人の医師を呼ぶことはないだろう。

ホルエムヘブに与えられた任務がどれほど難しいかを示すために、私が考えてきたことを書き連ねてきたが、そろそろこのあとのことを記していこう。

量を間違えれば毒になるような薬でも、医師は治療薬として使うことが多いから、私がメンフィスの生命の家で薬を補充したときも、怪しむ者はいなかった。その後、急いでタニスに向かった。そして、タニスから先はゆっくり旅をしているように装い、念には念を入れて医師の地位に見合うように居心地のよさを重視していると思わせるために、輿を使うことにした。シリアの地では行軍のために作られた大きな街道を通り、砂漠に着くまで数台の戦車が護衛についてくれた。

ホルエムヘブはシュバットゥ王子の旅の行程について正確な情報を得ていて、私はタニスから三日目の地点にある周壁に囲まれたオアシスの辺りで、王子の一行に遭遇した。シュバットゥ王子も輿で旅をしていて、数えきれないほど多くのロバがバケトアメン王女への高価な贈り物や重い荷物を運び、重戦車が王子の旅路を守り、前方は軽戦車が斥候として見張っていた。おそらく王子の旅がホルエムヘブにとって疎ましいものであることを十分承知していたシュッピルリウマ王が、道中は十分用心するようにと命じていたのだろう。ホルエムヘブが盗賊の一団を王子の暗殺に送り込んだとしても、失敗したに違いない。王子の一行に勝つには、戦車を備えた組織的な部隊を送り込むしかなく、それはすなわち戦を意味した。

ヒッタイト人は武力で征服できないものを手に入れようとするときの常で、私と質素な護衛団の将校に対して、とても礼儀正しく愛想よく振る舞った。夜営のために準備された場所に迎え入れ、エジプト兵のための天幕の設営も手伝ってくれた。そして表向きは盗賊や砂漠の獅子に襲われずにぐっすり眠れるようにと言いながら、私たちを多くの番人で囲んだ。私がバケトアメン王女の使いで来たことを伝えると、シュバットゥ王子は好奇心を抑えられず、早々に私を呼んで話を聞きたがった。

私は王子と天幕のなかで会った。彼は若くて雄々しく、大きな目は水のように澄んでいた。メギドでアジルが処刑された日の朝、最初にホルエムヘブの天幕の前で見かけたときとは違って、この日は素面《しらふ》だった。王子の浅黒い顔は喜びと好奇心に染まり、大きな鼻は誇らしげな猛禽類のようで、歯は野獣のように白く輝いていた。私はアイが偽造したバケトアメンの書簡を見せ、できる限り敬意を示すために、王子が私の新たな支配者であるかのように深々とお辞儀をした。面白いことに、私を迎え入れた王子は、エジプト風の着慣れない服をぎこちなく身に着けていた。王子は言った。

「私の未来の妻が王家の医師であるおまえを遣いに寄こしたというなら、何も隠しだてをすることはない。私がエジプトの王女と婚姻を結べば、我が妻の国は我が国となり、エジプトの風習は我が風習となる。テーベに到着しても異国の者と見られないように、すでにできる限りエジプトの風習を身につけようと努めている。これまで噂で耳にした数々のエジプトの素晴らしさを早くこの目で見たい。我が神となるエジプトの偉大な神々をこの目で見るのも待ちきれない。だが、最も待ちわびているのは、私の妻となる王女だ。王女との子をもうけ、エジプトに新たな一族をつくるために行くのだから、できるだけ王女のことを知りたい。背丈はどれくらいか、体つきや腰回りはどんなものなのか、私をエジプト人だと思って教えてくれ。言いにくいことでも隠す必要はない。おまえを兄弟のように信頼するのだから、どうかおまえも私のことを信じてほしい」

王子のいう信用は、王子のうしろに立つ隊長が持つむき出しの武器と、天幕の入り口を護衛するヒッタイト兵が持つ槍の穂先が私の背に向けられているという形で示された。しかし、私は目に入らないふりをして、王子の前で地面につくほど深くお辞儀をして言った。

「我らが王女、バケトアメンはエジプトで最も美しい女性で、聖なる血のために純潔を守ってこられました。あなた様より何歳か年上ではありますが、王女の美しさは永遠のもので、お顔は月のように輝き、目は蓮の花びらのような楕円形をしています。エジプトの女性らしく細腰ではありますが、医師として子どもを産むのには問題ないといえるでしょう。これをあなた様にお伝えするために、王女は私を遣いに出したのです。あなた様の王族の血は王女の聖なる血にふさわしいものですし、お体も王女の夫としてすべての条件を満たしておいでですから、王女が困ることはないでしょう。純潔を保ってこられた王女は、あなた様のことを心待ちにしておられます」

シュバットゥ王子は胸を膨らませ、肘を上げて腕の筋肉を見せて言った。

「この腕の筋肉は強い弓を引くことができるし、ふくらはぎでロバをはさんで窒息させることもできる。見ての通り、顔に欠点はないし、いつ病気になったかも思い出せないほど健康だ」

「そういうことではないのです。エジプトの王女を弓に例えたり、ふくらはぎで締めつけるロバに例えたりするとは、どうやらあなた様はまだお若いために、エジプトの作法をご存じないようですね。王女の前で恥をかかずに済むように、エジプトの閨房《けいぼう》での所作についてある程度お伝えしたほうがよさそうです。我が王女が医師の私をあなた様のもとに送り込んだのは、正しいご判断だったようですね」

誇り高き若い王子はヒッタイト人らしく自分の強さや男らしさを自負していたから、私の言葉に傷ついたようだった。王子のうしろに立っていた隊長が思わず噴き出したので、王子はさらに傷つき、いきり立って歯を食いしばったが、エジプトの流儀に倣って穏やかに対応しようと、できる限り平静を保って言った。

「我が槍はいくつもの革袋を貫通してきたのだから、おまえが思うほど未熟ではないぞ。ハッティ国の技を王女が不満に思うはずがない」

「我が主よ、あなた様が健康なのはもちろん信じましょう。ですが、いつ病気をしたのか覚えておられないというのは疑わしく思います。あなた様の目と頬を拝見する限り、何かの病を患っていることは明らかですし、少々腹を下しているようにも見受けられます」

人は時間をかけて言い続けられると、誰もがその話を信じ込んでしまうものだ。人には自分を甘やかし、身を委ねたいという欲望が潜んでいて、医師は昔からそれを利用して富を蓄えてきた。私の強みは、砂漠の水に慣れていない者は下痢を引き起こすということを知っていたことだった。シュバットゥ王子は私の言葉に驚いて大声で言った。

「エジプト人、シヌヘよ、それは間違いだろう。私は病気などではないぞ。たしかにここに来るまでに腹が緩んでしばらくしゃがみ込んでいたことは認めるが、なぜおまえにそんなことが分かるのだ。どうやら私の異変に気づかなかった侍医よりも優れているようだな」

王子はふと考え込み、目と額に手を当てて言った。

「たしかに一日じゅう砂漠の赤い砂を眺めていたから、目がしばしばするし、額も熱くて、体調は万全ではないようだ」

「砂漠の病は厄介ですから、お腹の調子がよくなるように、侍医に薬を処方してもらったほうがよいでしょう。エジプト兵はシリアへの行軍中に砂漠の病で大勢死んでいきました。砂漠の風に毒があるとか、水のせいだとか、バッタのせいだといわれていますが、原因は不明です。いずれにせよ、今晩、王子の侍医に薬を調合してもらえば、明日にはきっと回復して旅を続けられるでしょう」

これを聞いて王子は考え込み、目を細めて隊長のほうを見ると、少年のようにいたずらっぽく私を見て言った。

「シヌヘ、おまえが薬を調合してくれ。おまえは私の侍医よりも砂漠の病に詳しそうだ」

私は王子の思惑に気づかないほど愚かではなかったから、両手をあげて申し出を断った。

「とんでもありません。もしあなた様の具合が悪くなれば、私が責任を負うことになり、私はエジプト人ですから、何か悪いことを企んだと疑われるでしょう。ですから王子の侍医に薬を調合してもらってください。あなた様の体質やこれまでの病も把握しているのですから、私よりもうまく調合できるでしょう。腹の調子を整える薬は簡単に調合できるのですから」

王子は微笑んで言った。「その通りだな。おまえと食事をしようと思っていたから、薬を飲んでおけば、何度も天幕のうしろにしゃがみ込みに行かずに済み、我が王家の妻やエジプトの作法に関する話を中断せずに済む」

そこで王子は侍医を呼び、私たちは医師同士で話し合った。私が相手の立場を尊重していることが分かると、侍医は目に見えて私に気を許した。私の話に驚いた彼は、私のことを自分より優れた医師だと思い、私がかなり効き目の強い薬を調合するように勧めると、私の助言の通りに薬を調合した。私にはあえてそう仕向ける理由があったのだ。薬の原料の選択や調合の手際のよさから、彼が有能な医師であることが見て取れた。薬ができるとまず自分で毒見をし、危険ではないことを示してから王子に杯を渡した。

当然、王子は病気ではなかったし、薬がなくても回復しただろう。しかし、一行に王子が病気だと信じ込ませ、のちほど私が飲ませるつもりの薬がすぐに王子の体内から排出されないように王子の腹の調子を整えておきたかったのだ。食事が用意される間、自分の天幕に戻り、自分の命を守るために吐き気を抑えながら食物油を腹いっぱいに飲んだ。そして、小さなワインの壺に毒を仕込み、封をして持っていった。その壺は非常に小さく、二杯分の量しかなかった。王子の天幕に戻って王子の絨毯に座ると、私は吐き気をもよおしながらも、奴隷が供する食事を食べ、飲み物係が注ぐワインを飲み、王子や隊長を笑わせるためにエジプトの面白おかしい話を色々と語り聞かせた。シュバットゥ王子は白い歯をきらめかせながら大笑いし、私の背中を叩いてこう言った。

「おまえはエジプト人だが、いい奴だ。エジプトに落ち着いたらおまえを侍医に引き立ててやろう。まったく、笑いすぎて息が詰まりそうだ。おまえがエジプトの婚姻の嗜みを話している間、腹が痛いのも忘れていたぞ。それにしてもエジプトの閨の作法は遊び心はあるが、まどろっこしいな。エジプト人は子ができないようにそんな技を編み出したのか。エジプトにヒッタイトのやり方を教えてやろう。そして王女に与えるものを与えたあとは、我が軍の隊長にエジプト地方の統括を任せようと思う。そのほうがエジプトのためになるだろう」

ワインで酔っ払った王子は膝をぴしゃりと叩き、笑いながら言った。

「おまえの話を聞いて昂ってきたな。今、王女が私の寝床で横たわっていればと思うぞ。シヌヘよ、私はすぐにでも王女を喜びで喘がせてやるつもりだ。聖なる天と偉大な母なる大地の名にかけて、エジプト全土を喜びで喘がせようじゃないか。ハッティの地とエジプトが交わることで、この世界で我々の勢力に勝る者はいなくなるのだからな。我々は国から国、海から海へと勢力を伸ばし、世界の四方の大地を支配下に収めるのだ。だが、エジプトはまず手足に鉄を、心臓に炎を宿さねばならん。すべてのエジプト人が死のほうがましだと思うだろう。もうすぐそうなるし、そのときが待ちきれない」

王子は杯を掲げてワインを飲むと、母なる大地へワインを捧げ、天にもワインのしぶきを撒いたので、杯は空になった。ヒッタイト人は皆それなりに酔っ払っていたし、私の面白おかしい話で彼らの警戒心は緩んでいた。そこでこの機に乗じて言った。

「シュバットゥ王子、あなた様やこのワインを貶《けな》すつもりはないのですが、まだエジプトのワインを召し上がったことがないようですな。一度でもエジプトのワインを味わうと、ほかのワインは水っぽくて、飲めたものではありません。ですからお許しくださるなら、持参したこのワインを頂くことにします。これがないと私は酔った気がしないので、異国の方々との宴にはワインを持参することにしているのです」

私はワインの壺を振り、王子に見えるように封を開けた。酔ったふりをして少し地面にこぼしながらワインを自分の杯に注ぎ、口に含んでから言った。

「ああ、これだ、メンフィスのワインよ。これこそが黄金で取引されるピラミッドのワインというものだ。強くて、甘い酔いをもたらすエジプトのワインよ、世界中を探してもこんなワインはほかにないだろう」

それはたしかに強くていいワインだった。没薬も混ぜておいたので、封を開けた途端、天幕のなかに没薬の香りが立ちこめたが、私の舌は死の味を感じ取っていた。ワインがあごから滴り落ちたのを見て、ヒッタイト人は私が酔っていると思ったようだ。シュバットゥ王子は好奇心をそそられ、杯を差し出して言った。

「私は明日にもおまえの主人となり、ファラオとなるのだから、おまえにとって私はもはや異国の者ではないだろう。だからそのワインを私にも飲ませてくれ。言葉だけでは本当にそんなに素晴らしいのか信じられないじゃないか」

しかし、私はワインの壺を胸に抱き、激しく断った。

「このワインは二人分もなく、これしか残っていません。今宵は、エジプトとハッティの地が永遠の同盟を結ぶという、全エジプトにとって大いに喜ばしい日ですから、この素晴らしいワインを一人で堪能したいのです」

「ヒーホー！」私はロバのように叫び、ワインの壺を胸に抱きしめて言った。

「我が妹よ、我が花嫁よ、我が愛する人、小さな可愛い人よ、我が喉はお前の家、我が胃はお前の柔らかな巣だ。ほかの誰にも触れさせるものか」

ヒッタイト人は膝を叩き、腹を抱えて笑った。シュバットゥ王子は欲しいものはすべて手に入れてきた人間だったから、私に杯を差し出し、ワインを味見させろとしつこくせがんできた。そこで私は泣きながら小さな壺が空になるまで王子の杯に並々とワインを注いだ。その瞬間は、恐怖のあまり泣くことは造作なかった。

ワインを手にすると、シュバットゥ王子は胸騒ぎがしたのかふと辺りを見回し、ヒッタイトの慣習に従って私に杯を手渡して言った。

「おまえは我が友だ。我が杯を聖なるものとし、我が杯を受けよ」

不安がよぎったことを知られたくなかった王子は、毒見係にワインの味見をさせなかった。私は王子の杯からワインをごくりと飲んだ。私が飲み終わると、王子は杯を受け取って飲み干し、首を傾け、ワインを十分に味わってから言った。

「シヌヘ、たしかにこのワインは強いな。頭に煙がのぼるようだし、胃が焼けるようだ。苦味が舌に残るから、山間部のワインで口直しをしたい」

王子は自分のワインを杯に満たして飲んだので、杯には何の痕跡も残らなかった。これ以上腹を下すことはないだろうし、食事もたっぷり取っているので、王子に毒が回り始めるのは明け方だろう。

私は普段よりもたっぷりとワインを飲み、酔ったふりをした。ヒッタイト人に調べられないように空になった小さなワインの壺をずっと胸に握りしめ、疑われないように、水時計が半分落ちた頃に彼らに抱えられて自分の天幕に向かった。彼らは私をからかい、粗野な言葉を投げかけながらも、私を寝かせてくれた。一人になるとすぐに起き上がり、喉に指を突っ込んで胃のなかの油と毒をすべて吐き出した。恐怖のあまり手足は汗びっしょりだった。膝がふるえていたので、毒が残っているかもしれないと思い、胃の洗浄薬を飲んでは何度も胃を空にした。恐ろしくてしまいには薬がなくても吐き続けられるほどだった。

濡れ雑巾のようになった私は、ワインの壺を洗って砕き、粉々になった破片を砂のなかに埋めて隠した。その後、毒がまだ残っていたのかふるえながら横になったが、暗闇のなかでシュバットゥ王子が水のように透き通った目で微笑みを浮かべて私を見つめ続け、一晩じゅう恐怖に苛まれて眠れなかった。暗闇で横たわりながら、若く美しい王子の顔を振り払うことができず、誇り高く天真爛漫な笑い声や王子の真っ白な歯が脳裏から離れなかった。

3

翌朝、シュバットゥ王子は体の不調を認めようとせず、腹の具合が悪くても旅を中止にしなかったので、ヒッタイト人の誇り高さが私に都合よく働いた。かなり無理をしたはずだが、大丈夫だと言い張って輿に乗り、一日じゅう旅を続けた。私の輿が横に並んだときは、王子は私に手を振り、何か言葉を投げかけ、笑みを浮かべすらした。日中、侍医が二度、腹を下さないように調子を整える薬と痛み止めの薬を飲ませたので、毒の回りが早まり、王子の容態は悪化した。もし朝のうちに腹を下していれば、毒が排出されて、王子は助かったかもしれない。

午後になると、王子は輿に乗ったまま昏睡《こんすい》状態に陥った。白目を剥き、頬がくぼみ、顔は青ざめ、侍医がうろたえて私に助けを求めてきた。私も王子のひどい様子を見て慌てたが、毒のせいで気分が悪く、日中の気温で寒気もしていたから、青ざめるふりをするまでもなかった。私はこの症状を知っていると伝え、昨夜シュバットゥ王子の顔色を診て警告したにもかかわらず、王子は信じようとしなかったが、例の砂漠の病に罹ったのだろうと言った。ヒッタイトの一行はその場にとどまり、私たちは輿に座っていた王子の手当てをし、気つけの水や洗浄薬を飲ませ、胃の上に温石《おんじゃく》を置いた。しかし、薬の調合は私ではなくヒッタイトの医師がすべて行い、食いしばった歯の隙間から王子に薬を飲ませるのもヒッタイトの医師に任せた。王子が助からないことは分かっていたが、少しでも苦しみが和らぐように助言をした。私が王子のためにできることはそれくらいしかなかったのだ。

夜になると王子は天幕に運ばれた。もし王子が死ぬようなことがあれば、シュッピルリウマ王に殺されると分かっていたヒッタイト人は、天幕の周りで声をあげてすすり泣き、服を引き裂いて頭に砂をかぶり、刃で自分たちの体を傷つけていた。私はシュバットゥ王子の寝床のそばで侍医と寝ずの番をした。松明の煙が目に沁みて鼻水が垂れた。昨日は力がみなぎり、健やかで幸せだった美しい若者が、目の前でじわじわと衰え、醜くなり、青ざめて死相が現れ始めていた。

真珠のようにきらめいていた輝きは失われて目も血走り、瞳孔はもはや針の先端ほどの小さな黒い点にすぎず、王子の歯は泡と唾液で黄色くなり、肌からは健康的な色が消えて頬が落ちくぼみ、痛みのあまり拳を握りしめ手のひらに爪を食い込ませていた。ヒッタイトの医師は困り果て、疑心暗鬼になって王子の容態を何度も調べたが、腹部以外に目立った症状はなく、重症の砂漠の病と診断された。毒を疑う者は誰一人いなかったし、たとえそう考える者がいたとしても、彼らは王子と同じ杯から私がワインを飲むのを見ていたから、私を疑うことはないだろう。こうして私はエジプトのために巧みに任務を遂行した。自分の功績を誇ってもいいはずだが、死にかけているシュバットゥ王子を前に、誇りなど湧いてくるはずがなかった。

翌朝、死を目前にした王子は意識を取り戻した。死期が迫るなか、王子は病を患ったただの子どもと化し、不安そうに小声で母を呼んだ。「母上、母上、美しい母上」力のない手で私の指を握り、その目に死が訪れようとしていたが、死の直前に痛みが和らぐと、王子は小さな少年のように無邪気に微笑み、自分が王族であることに思い出した。そこで隊長を呼び集めて言った。

「私は死を受け入れる。私の死は砂漠の病によるもので、ヒッタイトとエジプトの最高の医師たちが持てる力を尽くして治療したが、私を救うことは叶わなかった。私の死は天と母なる大地のお導きによるものだ。砂漠は母なる大地の支配下にあらず、エジプトの神々のもとにあるため、ヒッタイトは砂漠に出てはならないのだ。砂漠での戦車戦の敗北がその証だったのに、私たちはそれを信じず、今私の死で再び示された。私の死後、医師たちにふさわしい褒美を与えるように。そしてシヌへ、バケトアメン王女に私の言葉を伝えてくれ。我が妻として婚儀の夜の褥《しとね》へお連れできないことをお詫びする、あなた様は自由の身である、とな。分かったか。死を前にして、この言葉を伝えているときも王女の姿がおとぎ話の姫のように現れる。生きてお目にかかることは叶わなかったが、永久《とわ》に褪せることのない王女の美しさを思い浮かべ、私は逝こう」

死の瞬間、王子は微笑んだ。苦痛の時間《とき》を経て、祝福するかのように死が訪れた証だった。王子の閉じかけた目は、不思議な幻を見ているようだった。ふるえながら、王子を私と同じ人間として眺めた。国や言葉や皮膚の色など関係なく、兄弟であり、同じ人間だったというのに、私の手が、私の邪悪さが王子の命を奪ったのだ。これまで数々の死を見てきて、私の心は完全に麻痺していたはずなのに、シュバットゥ王子の死を見て私の心はふるえていた。涙が頬を伝い、手にこぼれ落ち、私は服を引き裂いて叫んだ。

「兄弟よ、人よ、どうか死なないでくれ」

だが、いまさら王子の死をどうすることもできなかった。ヒッタイト人はハットゥシャの山にあるワシと狼が永遠の眠りを守る王家の墓へ運ぶために、王子の亡骸を強い酒と蜂蜜に漬け込んだ。私の激情と心から流した涙に感動した彼らは、私の望み通り、シュバットゥ王子の死因は砂漠の病によるもので、私があらん限りの力を尽くして王子を救おうとしたことを粘土板に記してくれた。ヒッタイト人は、私がエジプトに戻ってシュバットゥ王子の死を報告したら、バケトアメン王女が私を処刑するだろうと考えたのか、ヒッタイトの文字で王子の死に際の言葉を記し、彼らの印章とシュバットゥ王子の王家の印章を押し、エジプトでいかなる暗雲も私の頭上にかからないよう計らってくれたのだ。

こうして、エジプトはヒッタイトの領土にならずに済んだ。私は任務を全うしたが、心は満たされず、これからどこへ行こうとも死にまとわりつかれる予感がした。人を救うために医術を学び、医師になったはずが、父と母は私の堕落のため、ミネアは私の弱さのため、メリトとトトは私が血迷ったため、ファラオ、アクエンアテンは私の憎悪と友情、そしてエジプトのために命を落としていった。私が愛した人々は皆、私のために暴力的な死を迎え、死の間際になって死んでほしくないと願ったシュバットゥ王子も、私のせいで命を落とした。タニスに戻ってからも、自分の目や手が恐ろしく、どこへ行こうと呪いがつきまとうのではないかと思った。それでもタニスに戻り、そこからメンフィスへ、メンフィスからテーベへと戻った。テーベで黄金の宮殿の船着場に船を停泊させると、アイとホルエムヘブの前に進み出た。彼らは私を迎え入れて、私の報告を聞いた。

「シュバットゥ王子はシナイ砂漠で息を引き取り、お前たちの願いは達成された。王子の死がエジプトに影を落とすことはない」

それを聞いた彼らはたいそう喜び、アイが王笏を持つ者の首飾りを外して私の首にかけると、ホルエムヘブは言った。

「俺たちが話しても信じないだろうから、王女バケトアメンにはお前からも伝えてくれ。王女は俺が嫉妬のあまりヒッタイトの王子を殺したと思い込んでいるのだ」

そこで私は王女のもとへ行った。私を迎え入れた王女は、頬と唇に煉瓦色の化粧を施していたが、楕円形の瞳は暗く沈んでいた。私は王女に伝えた。

「求婚者、シュバットゥ王子はシナイ砂漠で砂漠の病に罹って亡くなりました。私もヒッタイトの医師も力を尽くしましたが、王子を救うことはできませんでした。王子はお亡くなりになる前にあなた様をお約束から解放されました」

王女は黄金の腕輪を外して私の手首にはめて言った。

「シヌヘ、もうよい。報告には礼を言う。私はすでにセクメトの巫女として聖別され、勝利の儀式のために緋色の衣も縫い上がった。愛する弟、ファラオ、アクエンアテンも同じ病で死んだのだから、エジプトの砂漠の病のことはよく知っている。シヌヘ、おまえはファラオの玉座を盗人どもの戯れの場に変え、私に流れるファラオの聖なる血を永遠に辱めたのだから、呪われるがいい。未来永劫呪われ、おまえの墓も呪われよ。そしておまえの名は永遠に忘れ去られるがよい」

私は手を膝まで下げて深々とお辞儀をし、「仰せのままに」と言って王女のもとを去った。王女は私が歩いたあとを黄金の宮殿の外に至るまで奴隷に掃き清めさせた。

4

私がシナイ砂漠に行っている間に、ファラオ、トゥト・アンク・アメンの遺体が死後の世界で永遠に残るよう処理され、アイは神官たちを急かせて、西の丘にある王家の谷に用意された墓に遺体を運ばせた。埋葬品は膨大ではあったが、ほとんどアイが横取りしてしまったし、墓自体もかつての偉大なるファラオの墓に比べるとちっぽけなものだった。トゥト・アンク・アメンは生前、黄金の宮殿でおもちゃに囲まれていたときと同様、取るに足らない存在として葬られた。ファラオの墓を封印すると、アイは服喪の期間を終わらせ、喜びの旗を牡羊参道にはためかせ、ホルエムヘブはすべての広場と街角に戦車を送り込んだ。民は、終わりのない長い道のりを槍で追い立てられる動物のように疲れ切っていて、もはや誰もアイに戴冠の権利があるのかすら問わず、反発する者もいなかった。そもそも誰もアイに期待などしていなかったのだろう。

こうしてアイは、法外な賄賂で買収された神官たちに大神殿で聖油を塗らせ、ファラオの象徴である上下エジプトの二重冠を戴いた。神官たちはアイをアメン神の黄金の船に乗せて民にお披露目し、アイの名のもとに民にパンとビールを配った。それは貧しいテーベの民にとって大きな贈り物で、彼らはアイを大いに称えた。だが、アイの支配は形ばかりで、今後の実権は背後に控えているホルエムヘブが握ることになるだろうと、私を含め多くの者が気づいていたから、なぜホルエムヘブが玉座につかず、憎悪の対象となっている老いたアイをファラオの玉座に座らせたのか、不思議に思う者は多かった。

ホルエムヘブは自分の立ち位置をよく理解していた。民の憎しみの杯はまだ空になっておらず、クシュの地からは不穏な知らせが届き、ホルエムヘブを黒人たちとの新たな戦へと誘《いざな》っていた。エジプトの苦難は終わりを告げたわけではなかったし、エジプト南部にある滝の向こう側の境界石を守りきり、南部における力を強固にしたあとは、シリアの権益のためにもヒッタイトとの新たな戦が待っていることを、ホルエムヘブは予測していた。だから彼は、民の不満の矛先をアイに向けさせ、自分は平和を取り返した勝利の為政者として登場したかったのだ。

一方、アイはホルエムヘブの思惑にまで考えが及ばず、ただ権力と王冠の輝きに目が眩み、アクエンアテンに永遠の眠りを捧げた日にホルエムヘブと交わした密約を実現することしか頭になかった。セクメト神官たちはバケトアメンを伴って祝賀の行列をつくり、セクメト神殿に王女を迎えると、王女に女神の緋色の衣を着せ、女神の宝石で飾り、セクメト女神の祭壇に祀《まつ》った。ヒッタイトに勝利したホルエムヘブの一行が、シリアが解放されたことを祝うために神殿に到着すると、テーベじゅうがホルエムヘブの名誉を大声で称えた。神殿のそばでホルエムヘブは部下に金の首飾りや勲章を与え、彼らを任務から解放した。そしてホルエムヘブが神殿のなかに入ると、神官は銅門を閉めた。セクメト女神がバケトアメンの姿でホルエムヘブの前に現れ、兵士であるホルエムヘブは長く待ち続けた自分の取り分をようやく手にした。

その夜、テーベではセクメトの祝祭が行われ、空は松明やランプの明かりで輝き、ホルエムヘブの部下は酒蔵をすべて空にし、娼館の戸を壊し、路上の至るところで娘たちの悲鳴が聞こえた。浮かれた兵士は何軒かの家に放火し、多くの負傷者が出たが、大事には至らなかった。夜明けになると、兵士は再びセクメト神殿の前に集まり、ホルエムヘブが神殿から出てくるのを待った。銅門が開いてホルエムヘブが姿を現すと、兵士は驚いてさまざまな言葉でからかった。ホルエムヘブの顔と腕、そして肩は獅子に引っかかれたように傷だらけで血がにじんでいたのだ。やはりセクメト女神は雌獅子の姿に忠実だったようだ。これを見た兵士たちは大いに喜び、ますますホルエムヘブを慕った。バケトアメンは覆いで隠された輿に乗って神官たちの手で岸まで運ばれ、民に姿を見せることなく黄金の宮殿へと戻っていった。

王女が去ると、兵士は神殿に侵入し、王女が身に着けていた緋色の衣の布きれを集め、嫌がる女を口説くときの護符として分け合った。これが私の友、ホルエムヘブの婚姻の初夜であったが、この直後に再び部隊を招集して、南部にある「最初の滝」の周辺でクシュと戦を始めるために出発したので、彼がどれほどの悦びを得たのかは定かではない。ホルエムヘブが戦をしている間、神殿は供物に事欠かなかったので、セクメトの神官はあふれんばかりの肉とワインによって見る間に肥えていった。

権力に目が眩んでいるファラオ、アイは小躍りしながら言った。

「ケメトの大地でわしは最高位となった。ファラオは決して死ぬことはないのだから、今後一切死を心配することはなく、わしは永遠に生きるのだ。仮に死んだとしてもわしは死から甦《よみがえ》り、父アメン神の黄金の船に乗り、空を駆けて西方の地へと赴くのだ。オシリスの秤で心臓を量られ、陪審であるヒヒがわしの罪を糾弾し、わしのバーがアメミットの口に投げ込まれないのは、なんと素晴らしいことか。夜になると過去に犯した罪がわしの目の前に現れていたが、ファラオとなった今、老いても死を恐れずに済むのはなんともありがたいことだ」

アイは、私が自分の罪を棚にあげてアイのことを罵ることはできない人間だと分かっていて、あけすけに話したのだろう。たしかに老いて疲れ切り、歩けば膝がふるえ、顔はやつれてしわだらけで、髪は灰色がかっていた。孤独なアイは、互いの罪によって固く結びついている私に何一つ隠そうとしなかった。しかし、私は辛辣にアイの言葉を笑い飛ばした。

「もっと知恵があると思っていたが、お前はただの老いぼれだ。まさか神官どもの腐った油で永遠の存在になれると信じているわけじゃないだろうな。まったく、王冠をかぶっていようがいまいが、お前と私は同じ人間だ。じきに死が迎えに来て、お前の存在は消えるのだ」

するとアイは唇をふるわせ、怯えるように涙をこぼし、すすり泣きながら言った。

「わしはずっと無駄に悪事を重ねてきたというのか。これまでただ無為に死を積みあげて生きてきたというのか。いや、間違っているのはシヌへ、お前だ。神官はわしを地獄の淵から救い出し、わしの遺体に永遠の命を与えてくれるはずだ。なんといってもわしはファラオなのだから、わしの遺体は神に等しい。それにわしが為したことも神同然のはずだ。わしはファラオなのだから、誰であろうとわしの行為を責めることはできん」

アイは徐々に正気を失い、せっかく手に入れた権力に満たされることはなかった。何に対しても喜びを見いだせず、ひたすら死を恐れ、健康を気にするあまりワインも口にしなくなり、食べるものは乾いたパンと温めたミルクだけになった。また、若い頃から、ティイを虜《とりこ》にするためにさまざまな薬を服用していたから、今や体は疲弊し、女と愉しむこともできなくなっていた。時が経つにつれ、アイは暗殺者をますます恐れ、食べ物に手をつけない日々が続いた。黄金の宮殿の庭園の果物も、まだ熟さぬ頃に毒が仕込まれているのではないかと恐れ、手に取らなくなった。老いたアイは、今までの自分の行いにゆっくりと確実に首を絞められ、恐怖のあまりすべてのものに猜疑心を抱くようになっていた。宮殿の人々はアイを遠巻きにし、奴隷はアイの周囲から逃げ出し、アイがファラオになってからの黄金の宮殿は、次第に寂れていった。

そんななか、バケトアメン妃に大麦が芽吹いた。神官はホルエムヘブに都合がいいようにその時期を計算していたのだ。抗うことができなかった妃は憎しみのあまり、美しさを損なうこともかまわず、自分の命すら顧みずに、自分の体を痛めつけて腹にいる胎児を殺めようとしたが、体内の生命力は強かった。時が満ち、細腰の妃は大きな胎児にかなり苦しんだが、とうとうホルエムヘブの息子を産み落とした。しかし、妃が赤ん坊に手をかけないように、医師と奴隷はその子を隠さなければならなかった。この子の誕生については民の間でさまざまな噂がささやかれ、獅子の頭をした子どもが生まれたとか、兜をかぶって生まれてきたといわれた。実際は、普通の赤ん坊と違うところは何一つなく、健やかで力強い子どもだった。ホルエムヘブはクシュの地から短い手紙を送り、息子にラムセスと名づけ、生命の家の黄金の書にその名を記させた。

クシュの地ではいまだに戦が続いていた。ホルエムヘブの戦車はクシュの牧草地を端から端まで駆け抜け、戦車との戦に慣れていない黒人に多大な損害をもたらした。ホルエムヘブは黒人の村と藁づくりの家に火をつけ、妻や子どもを奴隷としてエジプトへ送り、家と妻子を失った男を軍に引き入れて訓練し、彼らを立派な兵士に育てた。彼はクシュの地で戦をしながら、ヒッタイトに対抗するための新たな軍を集めていた。黒人たちは聖なる太鼓の音を聞くと、太鼓の周りに長い列を作って飛び跳ね、気持ちが昂ると死すら恐れない強い兵士となった。

ホルエムヘブはエジプトに大勢の奴隷を送り、畑を耕作させ、家畜の大群をクシュから連れてきたので、再びケメトの大地に穀物が豊かに育ち、子どもへの乳が不足することも、神官への生贄や肉が途切れることもなくなった。クシュの民は自分たちの地を見捨て、エジプトの領地を出て、ゾウやキリンのいる密林に逃げ込んだため、クシュの地は何年も無人となった。たしかに偉大なるファラオの時代には、クシュはシリアよりも豊かな地で、エジプトの豊かさの源だったが、アクエンアテンの時代になるとクシュからの租税は届かなくなっていたので、エジプトにとってはたいした痛手ではなかった。

クシュの地で二年間の戦を終えると、ホルエムヘブはテーベに戦利品をたっぷりと持ち帰り、テーベの民に分配し、十日間、昼も夜も勝利の宴に明け暮れた。そのためテーベではすべてが滞り、酔っ払った兵士が道で四つん這いになってヤギのように鳴き、女はやがて月が満ちると、肌の色の濃い子を産み落とした。ホルエムヘブは息子を抱き、歩き方を教え、誇らしげに言った。

「見ろ、シヌへ、俺の血を引く新たな王族が生まれたんだ。俺は卑しい生まれだが、俺の息子の体には聖なる血が流れている」

ホルエムヘブがアイのもとを訪れると、アイは恐怖にふるえて戸を閉め、戸の前に椅子や寝床を積みあげ、甲高いしわがれた声で叫んだ。

「こっちに来るな、ホルエムヘブ。わしはファラオだ。王冠を奪おうとわしを殺しに来たのは分かっているぞ」

ホルエムヘブは高らかに笑い、戸を蹴り飛ばすとアイの寝床を横に倒し、両手でアイを揺さぶった。

「お前なんか殺すもんか、この老いぼれギツネめ。客引きのお前を殺しはしないさ。俺にとってお前は舅《しゅうと》以上の存在だから、お前の命は大事なのだ。だが、お前は息切れし、口からも涎《よだれ》を垂らし、膝だってふるえているじゃないか。アイよ、まだまだ粘ってもらわないと困る。次の戦が終わるまで耐えるのだ。俺が留守の間エジプトには怒りをぶつけられるファラオが、つまりはお前が必要なのだ」

アイにはホルエムヘブの言葉が信じられず、さめざめと泣きながらふるえる手でホルエムヘブの膝を抱き、命乞いをした。その姿を見たホルエムヘブはアイを哀れみ、その場を去った。そして自分に忠実な者を高官に任命し、アイがホルエムヘブの留守中に愚かな真似をしないように監視させた。正気を失い、ただの白髪頭の老人となり果てたアイは、祝賀の際には民の前で恐怖にふるえ、王冠をかぶっているのがやっとという有り様で、アイの時代はすでに過ぎ去っていた。

ホルエムヘブは妻であるバケトアメンに、かごいっぱいの砂金、矢で射た獅子の毛皮、ダチョウの羽根、生きた猿など、数えきれないほどの贈り物を持ち帰ったが、彼女は見向きもせずに、ホルエムヘブに言った。

「人前では私の夫で、息子だって産んでやったのだから、それで満足することね。もし指一本でも私に触れようものなら、おまえの寝床に唾を吐き、これまでどんな妻もやったことのないほどひどいやり方で仕返しするわ。一度でも手を触れてごらんなさい。おまえを辱めるために、私は奴隷や荷役人と愉しみ、テーベの市場でロバ追いと寝てやりましょう。おまえを辱めるためなら、どんなに身分が低い男とでも寝てやるわ。今まで目にした男のなかで、おまえほど卑しい男はいない。おまえの手や体は血にまみれ、近寄られるだけで吐き気がする」

そんな妃の抵抗がますますホルエムヘブの情熱を狂おしく掻き立てた。妃のこけた頬と細い腰、嘲るような口を目にして、ホルエムヘブは息苦しくなり、必死に落ち着きを取り戻した。そして、私のところに来て、苦しげに不満を漏らした。

「シヌヘ、どうしてこんなことになるのだ。自分の妻が俺の寝床を避けるとは。俺が何をしたっていうのだ。俺が妻を手に入れるためにどれほどのことをしてきたか。名声を高め、王女にふさわしい地位を手に入れ、天幕に連れてこられた美しい女にもほとんど手をつけずに部下どもにくれてやったことはお前も知っているだろう。なんてことだ。これまで寝床をともにした女は手足の指で数えられるほどしかいないし、たいして愉しめもしなかった。妻は俺にとって月のように魅惑的で、ほかの女を抱いても妻のことばかり考えていたというのに、これはいったい何の呪いだ？　俺の体は苦しみにのたうちまわり、蛇の毒がまわるように心が蝕まれていく」

「おかしな女にかまうな。お前の苦しみよりもバケトアメン妃の誇りのほうが傷ついているのだろう。テーベには美しい女はいくらでもいるし、その辺の奴隷娘だって同じものを与えてくれるぞ」

「シヌへ、心にもないことを言うじゃないか。お前だって愛を無理強いできないことくらい知っているだろう」

「それならなおのこと、妻の愛を無理やり手に入れようとするな。悪いようにしかならない」

しかしホルエムヘブは私の言葉に耳を貸さずに言った。

「シヌへ、せめて妻が寝ている間に愉しめるように眠り薬をくれ。妻は俺に大きな借りがあるのだ」

もちろんその話は断ったが、ホルエムヘブはほかの医師から危険な薬を受け取った。それは女を狂わせ、体が燃えるように感じる薬だった。ホルエムヘブはこの薬をこっそり妻に飲ませて望みを遂げたが、ホルエムヘブの腕から起きあがったバケトアメンは以前にも増してホルエムヘブを憎み、「私が警告したことを忘れないで」と言った。

しかし、ホルエムヘブは尽きることのない欲望に目が眩んでいたから、再び妻にワインと眠り薬を飲ませた。眠り込んでいる妃は抵抗しなかったとはいえ、そんな状態でどれほどの悦びを得られたのかは分からない。おそらくその悦楽はほろ苦く、苦い愛しか残らなかったことだろう。

まもなくホルエムヘブは「偉大なるファラオはその昔カデシュをエジプトの領地にした。燃えるカデシュを戦車で駆け抜けたとき、俺の心はようやく満たされるだろう」と言って、ヒッタイトと戦を始めるためにシリアに出発した。

再び大麦が芽吹いたことに気づいたバケトアメンは、部屋に閉じこもり、誰にも会わずに一人で屈辱を抱え込んだ。召使いや奴隷が部屋の前に食事を運んだが、ほんの少ししか口にせず、王の医師は妃が自ら命を絶つのではないかと恐れた。そして、恥ずべき子を身ごもった母がよくやるように、月が満ちて妃が一人で出産したら、生まれた子を葦舟で川に流すのではないかと思い、こっそり妃を監視した。しかし、時が満ちると妃は医師を呼び、生みの苦しみのなかで微笑を浮かべた。そしてホルエムヘブの息子を産むと、ホルエムヘブの意見も聞かずにセトスという名をつけた。妃はセトが産んだ子と呼ぶほどその子を憎んだ。

産後、体が回復するのを待って、妃は体に香油を塗り、顔に化粧をし、最高級の亜麻布を身に着けて奴隷女に船を漕がせた。向こう岸へ着くと、一人でテーベの魚市場へと向かった。そこでロバ追いや水運びや魚捌きにこう話しかけた。

「私はバケトアメン、エジプトの偉大な総司令官ホルエムヘブの妻よ。ホルエムヘブのために二人の息子を産んだというのに、夫はつまらない男で怠惰で血生臭く、私は愉しめないの。おまえたちの傷だらけの手や、健やかな肌に沁みついたにおい、魚のにおいは好ましいものだから愉しめそうだわ」

妃の言葉に仰天した魚市場の男たちは、妃を恐れてあとずさりしたが、妃は彼らのあとを追い、巧みに誘った。

「私の美しさでは十分ではないというのかしら？　もう年を重ねて醜いかもしれないけれど、御礼に欲しいのは石一つよ。どんな石でもかまわない。私とどれだけ愉しめたかは、石の大きさで量るといいわ」

魚市場の男たちにとってこんなことは初めてだったし、エジプトじゅうを探しても前代未聞のことだろう。もの欲しげに妃を眺めているうちに、妃の美しさ、最高級の素晴らしい亜麻布の服、脳天に突き抜けるような香油の香りに、男たちの欲望の火がついた。彼らは互いに言い合った。

「こんなこと、今までにあったたか。こりゃ俺たちのために現れた女神に違いない。あの目に俺たちが好ましく映るだと。女神様のご意志に逆らうわけにはいかないだろう。見慣れた土臭い女とは違って、女神が与えてくれる悦びはきっと素晴らしいもんに違いない」別の者はこう言った。「少なくともこの愉しみは安くつくってもんだ。黒人女だって銅一片は要求するだろうよ。この女は巫女なんじゃないか。石を集めて、バステトに新たな神殿を作るんだろう。願いを叶えてやれば神のご利益もあるだろうさ」

魚市場の男たちはためらいながらも妃のあとを追って川岸に着くと、妃は民に見られないように葦の茂みに彼らを導いた。そこで魚捌きの男はこう言った。

「やめたほうがいいぞ。きっと水中から出てきて、俺たちを水に引き込むつもりだろう。もし体に触れたら猫頭の女神が現れて、俺たちの精力を後ろ脚の爪で引っ掻き出すかもしれないぞ」

それでもロバ追いたちは妃の美しさと香りに魅せられてあとを追い、魚捌きを鼻で笑った。

「あの女の頭が魚になったっていいさ。愉しませてもらえるんなら後ろ脚なんかかまうものか」

その日、バケトアメンは川岸の葦の茂みで魚市場の男たちを愉しませ、その対価として石切り場でいい値段がつくような大きな石を手に入れた。男たちは言われた通りに、得られた悦びを石の大きさで示したのだ。彼らは互いに言い合った。

「まったく、こんな女は今まで会ったことがない。唇はとろける蜂蜜、乳房は熟したリンゴ、その抱擁は魚を焼く炭火のような熱さときたもんだ」

男たちは妃にすぐにまた魚市場に来るよう勧め、そのときにはたくさんの大きな石を用意しておくと約束した。すると妃は恥じらいながらも微笑み、彼らの優しさに礼を言った。夜になって黄金の宮殿に戻るとき、妃は集めた石をすべて持ち帰るために、頑丈な船を借りなくてはならなかった。

翌日、妃はもっと大きな船に乗り、女奴隷にテーべまで漕がせると、奴隷たちを船着場に残し、一人で野菜市場へと向かった。野菜市場では農民に声をかけた。彼らは日が昇るとともに牛やロバに作物を乗せてテーべまで運んできたので、手は土だらけで、肌は日に焼けてざらついていた。それから道端の掃除夫、肥溜めの汲み出し、木製の槍で市場の売り場を指し示す番人にも声をかけた。

「私はバケトアメン、エジプトの偉大な将軍ホルエムヘブの妻よ。夫は怠惰なつまらない男で、私に悦びの一つも与えられないの。そのうえ、冷酷にも私から愛する子どもたちを取りあげ、私を部屋から追い出したから、私は屋根の下にいられないのよ。そんな私を愉しませてくれるかしら。愉しんだ分を小さな石で返してくれればいいわ。テーべの黒人女でもこれほど安くはないはずよ」

これを聞いた農民や掃除夫、黒人の番人は非常に驚き、興奮してささやき合った。

「偉大なるファラオの王女のはずがないぞ。かつて本物の王女がこんな振る舞いをしたことがあるか」

しかし、妃が美しい体を見せ、言葉巧みに彼らを誘い込むので、男たちは作物の積荷や、牛やロバ、道端の掃除のことを忘れて、川岸の葦の茂みへと導かれていった。岸に着いた彼らは再び言い合った。

「こんなこと、貧乏人にはめったにないぞ。あの女の肌は女房の黒ずんだ肌とは大違いだ。服は貴族のものだし、肌もにおいも高貴ときてる。こんな機会を逃すなんてよほどの愚か者だ。夫に放っておかれてきっとご不満なんだから、俺たちで慰めて差し上げようじゃないか」

その後、男たちは石を運んできた。妃のために、農民たちは酒場の敷居の石を、番人はファラオの建物から石を盗んできた。しかし、彼らは妃と過ごしたあとで我に返り、恐ろしくなって口々に言い合った。「もし本当にホルエムヘブの奥方なら、ホルエムヘブにばれたら俺たちは殺されるぞ。あいつは獅子よりも恐ろしく、うぬぼれの強い奴だし、妻を悦ばすこともできないくせに、面子を潰されるのを嫌がる。だが、妻のためにテーベの民を皆殺しにするわけにはいかないから、俺たちが大勢いれば手を出すのは無理だろう。つまり、妃が多くの石を手に入れれば入れるほど、俺たちは安心だってことだ」

野菜市場に戻った彼らは友人知人に自分の体験を伝え、川岸の葦の茂みに連れていった。その日、葦の茂みは踏みつぶされ、夜にはカバが寝転がった跡かと思うほど広い道ができた。野菜市場は混乱状態となり、数え切れないほどの荷が盗まれ、辻ではロバや牛が喉を乾かせて鳴き、高価な敷居の石が盗まれた酒場の店主は髪を掻きむしり、涙を流した。

日が暮れてきた頃、バケトアメンが微笑を浮かべて野菜市場の男たちに礼を言うと、男たちは石を転がして船に積むのを手伝った。石でいっぱいになった船は沈みそうになりながら、女奴隷が苦労して川を渡り、黄金の宮殿の船着場へと向かった。

その夜にはテーベじゅうに猫頭の女神が民の前に姿を現し、民と愉しんだことが知れ渡ったが、神の存在を信じない人々がこの話に尾ひれをつけるものだから、さまざまな噂が広がった。たとえば、「ピラミッドの時代には神が人々の前に姿を現したかもしれないが、それは古《いにしえ》の話であって、今は神が人々の前に姿を現すことはない。そんなことをするのはかなり位が高い貴族の女に違いない」という話だ。

翌日、バケトアメンは炭市場に出かけていき、夕暮れになると、ナイル川の岸の葦の茂みは煤だらけになった。神をも畏れぬ炭市場の男たちは、謝礼のために神殿の石を取り外してきたので、多くの小さな神殿の神官たちは嘆き悲しんだ。男たちは盗みを恥じるどころか、唇を舐めまわし、「こんなことは初めてだ。あの女の唇はとろけるようで、乳房は熱い炭火みたいだ。この世にこんな愉しみがあるなんてな」と言い合った。

しかし、女神が三度目に民の前に姿を現したことがテーベに知れ渡ると、誠実な夫でさえも妻を放置し、酒場やファラオの建物から次々に石が消えていき、テーベは不穏な空気に包まれた。翌日にはテーベじゅうの男が石を抱えてそわそわと市場から市場へと歩きまわり、猫頭の女神が現れるのを待った。神官たちはこれを見過ごすわけにはいかず、混乱の元になっている噂の女を捕らえようと番人を送り込んだ。

しかしその日、バケトアメンはテーベに出かけなかった。黄金の宮殿で体を休め、話しかけてくる者全員に微笑み返し、愛らしく振る舞っては恥じらうように体を伸ばしてみせ、口元に手のひらを当ててあくびを噛み殺した。テーベの町で、炭焼きや魚捌きと愉しんでいる謎の女が妃だとは誰も思っていなかったが、宮殿では妃のそんな振る舞いを不思議に思っていた。

バケトアメンは色も大きさもさまざまな石を眺め、ファラオの家畜小屋の大工を庭に呼び、優しく話しかけた。

「これは全部岸から集めてきた石だけれど、私にとっては聖なる石よ。それぞれに思い出があって、大きいものほど悦びも大きかったの。この石を使って東屋を建ててほしい。おまえも知っているように、夫は私を部屋から追い出したのだから、私には屋根がある東屋が必要なのよ。せっかくだから広くて天井も高いほうがいい。すぐに取り掛かってちょうだい。必要な石はまた集めてくるから、足りなくなる心配はしなくていいのよ」

　家畜小屋の大工は、切り出した石の埃で灰色になった腰布を巻き、石を運んでいるせいで肩はこぶだらけだった。貴族と話すことに慣れていない純朴なこの男は、バケトアメンを前にして怖気づき、爪先で地面を掘り返しながら視線を落としておそるおそる言った。

「貴いバケトアメン様、わしにはあなた様にふさわしい東屋を建てる腕はございません。石はそれぞれ大きさが違いますし、色も違います。これを一つにまとめるのはとても大変な作業で、芸術の心得も必要となるでしょう。ですからこの仕事は神殿の大工や王立の芸術家にご依頼くださいませ。わしの不手際で石を無駄にしてしまい、あなた様の素晴らしいお考えを台無しにしてしまうのではないかと恐ろしいのです」

　するとバケトアメンはこぶだらけの大工の肩にそっと手を触れて言った。

「ああ、家畜小屋の石運びよ。私はただの貧しい女で、夫は私を蔑ろにするので、王立の大工に依頼する余裕がないの。おまえにだってこの仕事にふさわしい報酬を払えないのだけれど、東屋が完成したら一緒に眺めましょう。そして私が東屋を気に入ったら、愉しい報酬を約束しましょう。私にはほかに何もできないけれど、そこまで老いても醜くもないし、少しは悦んでもらえるでしょう。おまえはたくましいし、腕も立派だから、私を愉しませてくれそうね。おまえもよく知っているように、夫は私を放置するものだから、私は悦びを求めているのよ」

家畜小屋の大工は妃の言葉に舞い上がり、妃の美しさを眺め、高貴な身分の妃が何のとりえもない男と恋に落ちるさまざまな物語を思い出した。当然、ホルエムヘブのことは恐ろしかったが、欲望は恐怖に勝り、大工は奮い立って、大急ぎで黄金の宮殿の庭園にバケトアメンの集めた石で東屋を建て始めた。これまで培ったすべての技術を注ぎ込み、夢想しながら、石とともに自らの夢を東屋の壁に積みあげていった。情欲と愛情が大工を大いなる芸術家にした。毎日バケトアメンと顔を合わせ、妃の楕円型の瞳を前にすると、大工の心臓は燃えあがった。狂ったように仕事に打ち込むものだから、痩せ細りはしたが、色も大きさもさまざまな石でこれまで見たことがないような東屋を完成させようとしていた。

しかし、大工が東屋を建てている途中でバケトアメンが集めてきた石がなくなってしまい、新たな石を集めることになった。そこで妃は再び船に乗ってテーベに向かい、すべての市場に加えて牡羊参道や神殿の庭園からも石を集めたので、ついに妃はテーベのあらゆる場所から石を集めることになった。妃に石を与えた男たちは番人に見つからないように妃を匿ったが、ある日、とうとう神官とファラオの番人が妃を捕らえ、人の心を惑わした罪で裁判にかけるために牢屋に入れようとしたが、妃は誇り高く頭を上げて番人に言い放った。

「私はバケトアメン。ファラオの聖なる血を引く者よ。私を裁く勇気がある裁判官がいるなら見てみたいものだわ。愚かな振る舞いを許し、たくましくて立派なおまえたちと悦びを分かち合いましょう。どれだけ愉しめたかは石の大きさで量り、私に持ってきてちょうだい。裁きの家か神殿から持ってくるといいわ。大きな石であればあるほどおまえたちに大きな悦びを与えると約束しましょう。私はこうしたことにかなり長けているのよ」

番人は妃を眺めた。ほかのテーベの男たちの熱狂が彼らにも伝染し、裁きの家の門やアメン神殿の前庭から槍で大きな石を切り出して妃のところに持ってきたので、妃は彼らともきちんと約束を果たした。妃の名誉のために記しておくと、妃は石を集めるときには決して傲慢な振る舞いはせず、男たちと悦びを分かち合ったあとは、慎み深く服に身を包み、視線を落とし、それ以上誰にも触れさせようとはしなかった。

これ以降は石を集めるために屋内へ行かなければならなかったので、妃は密かに貧民街の娼館へ行き、妃と愉しみたいという男に石を願った。妃のおかげで娼館の主人はかなり儲けたので、誰もが妃を歓迎したが、妃は大勢の民が集まらないように、毎日別の娼館へ行くことにした。

この頃になると、妃の行いは広く知れ渡っていた。庭園には宮廷に仕える多くの者が集まり、家畜小屋の大工が妃の持ってくる石で建てている東屋を眺めていた。その壁の高さと石の数を見た宮廷の女たちは、驚いて口元に手を当てて悲鳴をあげた。それでも妃本人に諫《いさ》める者は誰もいなかった。ファラオの地位にあったアイは、妃の行いを聞いて、どれほどホルエムヘブが傷つくことかとほくそ笑んだ。老いておかしくなった今でも、アイにとっては、ホルエムヘブが苦しむなら何であれ喜ばしいことだったのだ。

当のホルエムヘブはシリアで戦の最中だった。ヒッタイトからシドン、スミュルナ、そしてビブロスを奪い返し、多くの戦利品や奴隷をエジプトに送り、妻に立派な贈り物を届けた。テーベでは誰もが黄金の宮殿で何が起こっているかを知っていたが、妻の行いをホルエムヘブに伝える勇気がある者は誰もいなかった。ホルエムヘブによって高官になった者は、バケトアメンの振る舞いに目をつぶり、こう言い合った。

「これは身内の争いだし、夫婦喧嘩に首を突っ込むなんて双方に噛みつかれるのがおちだから、石臼の間に手を挟んだほうがましだ」

そういうわけでホルエムヘブがシリアで戦をしている間、テーベで起こっていることは本人に知らされなかった。もしバケトアメンの所業を知ったら、ホルエムヘブの心は掻き乱されたに違いないから、エジプトにとってはそのほうがよかったのだろう。

5

アイがエジプトを治めている間に、ほかの者に何が起こったかを記してきたが、自分のことは記していなかった。というのも、私についてはもう語ることがほとんどないのだ。私の命の流れはゆっくりと穏やかになり、水面は低いまま落ち着き、波立つこともなかった。私は火事のあとに建て直した家でムティの世話になっていた。足は埃だらけの道を歩いて疲れ、目は怒涛のように変化する世界を眺めて疲れ、心はこの世での出来事がすべて無為であることに疲れ果てていたから、家に閉じこもり、病人もほとんど診察せず、近所の人々やほかの医師に報酬を支払えないような貧乏人が来たときに、しぶしぶ治してやるくらいだった。庭に新たな池を掘らせて色鮮やかな魚を放ち、一日じゅう庭のシカモアの木の下に座り、家の前の通りでいななくロバの鳴き声を聞き、水中をゆっくりと涼しげに泳ぐ魚や、埃だらけになって遊ぶ子どもを眺めて過ごした。火事で煤だらけになったシカモアの木は再び緑の葉をつけた。ムティは私のために美味しい食事を作り、ほどほどにワインを出し、私が体を酷使しないようにたっぷり睡眠を取らせ、よく世話をしてくれた。

しかし、食事をしても味気なく、ワインを飲んでも心は弾まず、むしろ肌寒い夜にワインを飲むと過去の悪事が甦り、アクエンアテンの死にゆく顔やシュバットゥ王子の若々しい顔が私の目に浮かんだ。善き手であってほしかったのに、私の手は呪われ、死を招く手となってしまったから、この手で人を治療したくなかった。ひたすら庭の池の魚を眺め、地上の熱い空気を吸い込むことなく一生を水中で生きていられる欲のない涼しげな魚を羨んだ。庭に座り込み、魚を眺めて自分の心に語りかけた。

「愚かな心よ、落ち着くのだ。この世で起こることはすべて愚かなことで、善も悪もなく、強欲、憎悪、欲情に支配されているのは、お前のせいではない。シヌへ、人が変わらないのは、お前のせいではない。人は生まれて死んでゆくが、人生は熱い吐息のように生きている間は決して幸せとはいえず、年月が過ぎ、死してようやく幸せになる。だから人の生ほど無意味なものはなく、人はずっと変わらずにあり続けるのだ。お前が時の流れに人を沈めても、人の心は変わらず、再び水面に浮かびあがる。人は戦や危機、ペストや火事、神々や槍で試され、そのたびに心が麻痺していき、しまいにはワニよりも始末が悪くなるのだ。

善き人とは、すなわち死人なのだ」

　これに対し、私の心は抗った。

「シヌヘ、お前は魚を眺めていればいいが、お前が生きている限り、私はすべての原因はお前にあると言い続け、安らぎを与えはしない。そして毎晩お前の夢に現れよう。シヌヘ、お前の心臓である私はワニよりも貪欲で、いまだに自分の器が満たされることを望んでいるのだ。諸悪の根源はお前なのだ」

　私は心の声に激昂して言った。

「私はこれまでろくなことをせず、悲しみと面倒ばかりを引き起こしてきた、ただの老いぼれじゃないか。もう勘弁してくれ。自分の手が真っ黒に呪われた人殺しの手だということはよく分かっているが、ほかの人殺しに比べれば、私の罪は軽いものだ。誰も私を責めているわけではないのに、なぜ私に安らぎを与えず、おのれの罪に苛まれ続けなければならないのか理解不能だ。今さら世をよくしようとか、人の性質を変えようとしたところでどうなる」

　だが、私の心は続けた。

「昼夜問わず私は脈打ち、常にお前が有罪だと告げているが、人を殺めたことを責めているのではない。シヌヘ、お前のせいで何千人もの人が死んでいったのだ。彼らは飢えとペストで命を奪われ、武器に倒れ、傷を負い、戦車に轢かれ、砂漠の行軍で消耗していった。お前のせいで母の胎内にいる赤子が死に、曲がった背に杖が食い込み、悪が正義を駆逐し、強欲が善意を凌駕し、盗人が世界を支配するようになったのだ。まったく、なんということをしたのだ。さまざまな色の肌をした者や違う言葉を話す者たちは、たと

え お前が持つ知識を知らなくても無実の人間だ。そんな彼らを、シヌへ、お前が死に追いやったのだ。これまでに死んだ者もこれから死んでいく者もお前の兄弟なのに、お前のせいで命を奪われたのだ。罪深いのはシヌへ、お前だけだから、彼らの泣き声がお前の夢に現れるのだ。彼らの泣き声はお前の味覚を奪い、お前の生きる喜びをすべて麻痺させるのだ」

私は心を鬼にして言った。

「無駄なお喋りをしない魚たち、砂漠の狼、そして獰猛な獅子は我が兄弟だ。しかし、自分の行いを自覚している人間は、兄弟ではない」

私の心はからかうように言った。

「人は本当に自分の行いを理解しているのか？　知識があるお前はその答えを知っているが、ほかの者はそんなこと考えもしない。だから私は知識があるお前を死ぬまで苦しませてやる。シヌへ、お前こそが諸悪の根源なのだ」

そのとき私は声に出して叫び、服を引きちぎって言った。

「私の知識など呪われるがいい。私の手も、私の目も呪われるがいい。だが最も呪われるべきは老いた我が心だ。生きている間、私にひとときも平穏を与えず、偽りで私を責め続けるとは。嘘つきの心を量ってやるから、今すぐオシリスの秤を持ってこい。四十四もの正しきヒヒにかけて、判決を言い渡すがいい。惨めな我が心よりヒヒのほうがよほど信頼できる」

ムティが慌てて台所からやってきて、池の水で濡らした布を私の頭に巻き、冷たい壺を額に当ててくれた。私が激しく抵抗したにもかかわらず、私を寝床に寝かせ、苦い薬を飲ませてくれたので私は落ち着きを取り戻した。私はしばらく病み、その間にムティにオシリスの秤のことを話し、粉秤を持ってきてくれと頼み、メリトやトトのことを話した。ムティは寝たきりの私を献身的に看病してくれたが、そうすることで自分も満たされていたのだと思う。このとき私の髪はすべて抜け落ちていたから、ムティは私の頭では直射日光に耐えられないといって庭に座ることを厳しく禁じた。私は太陽の下ではなく、シカモアの涼しい木陰に座って、喋ることのできない私の兄弟である魚を見ているだけだったというのに。

しばらくして回復したが、これまで以上に口数は減り、自分の心の声と折り合いをつけ、思い悩むことも、ムティにメリトやトトについて話すこともなくなった。彼らは死ぬ運命《さだめ》だったのだと思い込み、二人のことは心のなかにしまった。もし彼らとともにいたら私は幸せに満ち足りて、私の心は何も語らないまま、孤独になることも、器が満たされることもなかっただろう。生まれ落ちたその夜に、一人タールで目張りされた小さな葦舟で川を下ってきたのだから、私は私のために作られた器に従って、常に孤独な人間であるべきなのだ。

回復した私は貧乏人が着るごわついた布を身に着け、サンダルを脱ぎ捨て、こっそり家から抜け出した。船着場に行き、荷役人と荷を運んだが、背中を痛めて肩が歪んでしまった。野菜市場へ行き、腐った野菜を集めて食べ、炭市場へ行き、炭焼きや鍛冶屋のふいごを踏んだ。奴隷や荷役人の仕事をし、彼らと同じパンを食べ、同じビールを飲んで彼らに言った。

「人は皆同じだ。誰もが裸でこの世に生まれ落ち、心だけがそれぞれ異なるのだ。肌の色や言葉で人を量ることはできず、服装や宝石で量ることも、金持ちか貧乏かで量ることもできない。ただその人の心によって量るべきなのだ。善人は悪人よりも多少はよくて、正義は過ちよりもましだが、ほかのことは分からない。これが私の持てる知識のすべてだ」

貧民街に魚を焼く煙が漂う日暮れ頃、泥煉瓦の小屋の前で彼らにこう説いたが、彼らは私のことを笑って言った。

「シヌヘ、お前は読み書きができるのに奴隷の仕事をするなんて、おかしな男だな。俺たちに紛れて暮らすなんて、何か罪を犯したに違いない。それにお前の話はアテン神を思い出させる。その名はもう口にしてはならんものだ。だが、お前を番人に突き出したりはしないし、ここにいていいから、お前のおかしな話で楽しませてくれ。ただし、俺たちを薄汚れたシリア人や惨めな黒人と比べるようなことはしないでくれよ。俺たちはただの奴隷や荷役人だが、エジプト人だ。エジプト人の肌の色や言葉、過去と未来には誇りがある」

私は彼らに言った。

「それではだめなんだ。自分にうぬぼれ、他人を見下しているようでは、足枷と杖に苦しみ続け、槍とワタリガラスに狙われる。だから人は心によってのみ量られるべきなんだ。涙がしょっぱいのは皆同じじゃないか。肌の色が黒かろうが茶色かろうが、シリア人だろうが黒人だろうが、貧乏人だろうが貴族だろうが涙は同じなのだ」

しかし、彼らは膝を叩いて笑いながら、こう言った。

「お前はなんておかしな奴なんだ。普通の生活を知らず、これまで袋のなかで育ってきたに違いない。人は他人よりも優れていると思えなければ生きていけない。誰かと比べて自分がましだと思えなければ、惨めになるんだ。ある者は素早いことを自慢し、別の者は頑健な肩を自慢し、盗人はずるさを、裁判官は賢明さを、欲張りな者は欲深さを、ごく潰しは放蕩ぶりを、女は身持ちの固さを、娼婦は気さくな性格を自慢に思うのだ。人にとって自分がほかの人より優れている点があると思えることほど喜ばしいことはない。だから俺たちだって、たとえ貧乏で奴隷であっても、読み書きができるお前より賢くて抜け目がないってことに気づいて喜んでいるんだ」

「善人は悪人よりも優れているし、正義は不公平よりも優れている」

するとと彼らはだんだん辛辣になって尋ねてきた。

「何が善で何が悪なんだ？　もしいつも俺たちを杖で打ち、俺たちの食べ物をくすねて、妻子を飢えさせる悪い主人を殺したら、それは善行のはずだ。だが、番人は俺たちをファラオの裁判官のもとへ連れていき、俺たちの耳と鼻を切り落とし、壁に逆さ吊りにする。これが正義とされているが、正義は天秤に乗せる分銅《ふんどう》によって変わるのさ。多くの場合、正義ってのは俺たちにとって不利なんだ。俺たちは自分の分銅を正義の秤に乗せられやしない。ファラオの裁判官の分銅は俺たちのとはまったく別物なんだよ」

彼らは妻が焼いた魚を勧めてくれ、私は薄いビールを飲んで言った。

「たとえ正義のためであっても、人を殺してはならないんだから、人殺しが忌むべき行為であることに変わりない。人殺しは人が犯す罪のなかで最も悪いことだから、人殺しという悪を正さなければならないんだ」

彼らは驚いて手で口を押さえ、周囲を見回して大声で言った。

「俺たちは誰かを殺したいわけじゃない。鞭や杖で俺たちは十分おとなしくなった。皆どれだけ蹴られようと傷つけられようとばかにされようと、誰も殺そうとは思っていない。だが、もし人の悪を正し、不公平をなくして正義をもたらしたいなら、貴族や金持ち、ファラオの裁判官のところに行って、そいつらにこの話をするんだな。俺たちからすれば、あいつらのほうがずっと悪と不公平に満ちていると思うぞ」

そう言って互いを肘でつつきながら、笑い合った。しかし、私はこう言った。

「できればお前たちと話したいんだ。民であるお前たちは砂や星の数ほど仲間がいて、行けと言われれば行き、やれと言われたことはやるじゃないか。すべての善がお前たちにある一方で、諸悪の根源でもあるから、お前たちだって無実ではないぞ。ファラオの軍人に召集されると、銅と布切れを与えられ、手に槍を持たされ、戦へ連れていかれる。ついていかない者は鞭を打たれ、手枷をはめられて結局戦に連れていかれる。戦では槍で人を刺し殺すじゃないか。相手は同じ人間だというのに、兄弟の腹を突き刺して手柄を自慢する。だが、なんであろうと人殺しは人殺しだ。血が流れ、お前たちの頭上に降りかかる。だからお前たちも無実ではない」

何人かは私の言葉に考え込み、ため息をついた。

「たしかに俺たちは無実ではないが、母親の腹からこの世に生まれ、初めて立ち上がったときから、ずっと泣きながら人生に立ち向かって生きてきたんだ。どんな道を歩もうと、俺たちの人生は支配されるように定められているから、俺たちには涙がつきまとう。神官は俺たちが死んだあとも主人のために身を粉にして働くようにと、墓に埋葬するウシャブティに俺たちの名を彫りつけるんだ。お前は金持ちや貴族のところに行って、今俺たちにした話をしたらいいさ。俺たちが思うに、悪や不公平は権力を持っている奴らが発端だ。お前の話を聞いて、奴らがお前の耳をそぎ落として鉱山へ送り込んだり、壁に逆さ吊りにしたりしても俺たちを責めないでくれよ。なんといってもお前の話は危険だからな。俺たちはお前がただのまぬけで、何が危険なのか分からない奴だと知っているからお前の話を聞いているが、ほかの奴がそんな話をすれば、聞いただけで俺たちは身が縮む思いがするだろう。お前の話で一番危険なのは戦のことだ。なぜって、戦で人を殺すのは男の名誉だからな。お前がこんなことを民に触れまわっていることを我らが偉大な将軍ホルエムヘブが知ったら、たちどころにお前の息の根を止めるだろうよ。もっとも戦以外じゃ妻も満足させられないほど弱腰らしいがな」

私は彼らの助言に耳を傾け、泥煉瓦の小屋を離れた。貧乏人の灰色の腰巻きを身に着け、テーベの道をひたすら裸足で歩いた。商人は小麦粉に砂を混ぜてごまかしていたし、粉挽き場の主人は奴隷が挽いた麦の粉を食べないように奴隷に猿ぐつわをはめていた。出会った裁判官は孤児《みなしご》の財産を着服し、賄賂を受け取り、偽りの判決を出していた。私は彼らに話しかけ、彼らの悪質な点を咎めたので、彼らは私の言葉を聞いて大いに驚き、互いに言い合った。

「医師シヌヘとは、いったい何者なんだ。奴隷の身なりをしているくせに、なんとも勇ましいことを言うじゃないか。ファラオの密偵かもしれないから、気をつけたほうがいいぞ。でなければ、我々にこんな無礼な話し方はしないだろう」

　そして彼らは私の言葉にじっと耳を傾けた。商人は館に私を招いて贈り物をし、粉挽き場の主人は私にワインを飲ませ、裁判官は判決の助言を求めてきた。裁判官は金持ちから多大な贈り物を受け取っておきながら、貧乏人に都合がよい判決を言い渡したので、金持ちは不満をもらし、テーベでは「裁かれるはずの盗人よりもファラオの裁判官のほうがよほど油断ならない」と言われた。

　貴族のところへ行くと、彼らは私をあざ笑い、犬をけしかけ、使用人に杖を持たせ、私を庭から追い出した。私は服を引き裂かれて恥をかき、犬に追われ、足から血を流しながらテーベの道をひたすら走った。人々は私を見るなり膝を叩いて笑い、商人やファラオの裁判官は私の醜態を目にしてからというもの、もはや私の言葉を信じず、私を追い払い、番人を呼んで槍の柄で打たせせた。彼らは私に言った。

「これ以上我々にお門違いの追及をしようものなら、誹謗中傷を広め、民を扇動したかどで罰してやる。ワタリガラスが壁でお前の死体をつつくことになるぞ」

　おのれを深く恥じた私は、貧民街にあるかつて銅鋳物職人の家だった私の家に戻った。私が死んでもせいぜいワタリガラスが喜ぶくらいで誰の得にもならず、これまでやってきたことはすべて無駄だったと思った。ムティは私のひどい有り様を見て嘆き悲しみ、頭の上で手を叩くと、私の体を洗い、憤りながら傷に軟膏を塗って言った。

「どうして男ってのはこんなにどうしようもないんでしょう。こんなに禿げてしわだらけの年寄りのくせに、自分の家から逃げ出すなんて何事ですか。恥を知りなさい。そのうえ、酒場で高い服をワインに換え、娼館で喧嘩をするなんて。頭にはこぶがあるし、足も傷だらけじゃないですか。ワインを飲みたいなら、わざわざ家から逃げ出す必要なんてありませんよ。これからは家で好きなだけワインを召し上がればいいですし、相手が欲しいなら飲んだくれのお仲間を家に連れてきたってかまいません。これだけ長い間留守にされて、私は途方に暮れていたんですよ。カプタもテーベに戻ってきて、ご主人様がどこにいるのか心配していたのですから、もうご主人様は一人きりではありません」

ムティは私の傷に軟膏を塗り終わると、清潔な服を着せ、やかましく小言を続けた。

「まったく、男から前布に隠れた小さなものを取っちまったほうがよっぽどましでしょうよ。年寄りですらそれのせいで泥酔したり大恥をかいたり、言い争いや、喧嘩の種になるんですから。ですがご主人様、我慢が嫌だっていうんなら、妻を娶るか若い奴隷娘を買えば、満たされて落ち着くでしょう。日中はその娘が私を手伝ってくれると助かるんですけどね。私も年を取って手がふるえるもんですから、料理をしている間に肉を焦がすようになりました。ご主人様、ご自分でも分かっているんでしょうが、不名誉な女のために娼館で喧嘩をするなんてご主人様らしくありませんよ。まったく何をしているんだか」

たとえ禿げていようと自分ではそれほど老いを感じていなかったから、ムティの言葉にひどく傷ついた。だが、なぜ自分の家から逃げ出したかは言い出せなかった。もしも私が貧乏人や貴族のもとで、善悪や、正義や不公平について語ったことをムティが知ったら、きっと私を暗い部屋に閉じ込め、濡れた布で体を包み、医師を呼んで膝にヒルを吸いつかせただろう。ただの飲んだくれの欲深い男だと思わせるため、ムティには好きなだけ私への文句を言わせた。奴隷のパンや腐った油で揚げた魚、貧乏人のビールを口にしていた私には、ムティの焼いたガチョウは口のなかでとろけ、ムティがくれたワインはなんとも甘く感じられた。心は落ち着きを取り戻し、自分のしたことを振り返って、医師としての自分の行いを吟味した。医師の立場からすると、世の中の有り様に満足できず、自分のことを諸悪の根源だと責めて思い詰めるのは病に違いなく、頭蓋切開をするべきなのかもしれないと思った。

再びシカモアの木の下に座りこみ、何も言わない池の魚、家の前の通りで鳴くロバ、戦ごっこをしたりロバの糞を投げつけ合ったりする子どもを眺めていると、心が落ち着き、穏やかな気持ちになった。奴隷や荷役人の抗議が収まった頃に、ようやくカプタもテーベに戻ってきた。私のもとへやってきたカプタはかなり立派になっていた。鮮やかに飾り立てられた輿を十八人もの黒人奴隷に運ばせ、柔らかい枕にふんぞり返り、額には貧民街のにおいを感じなくて済むようにと高価な香油が垂れていた。カプタはまたも太り、シリアの彫金士に作らせたという黄金と宝石のついた義眼を見えないほうの目に入れて自慢していたが、眼窩《がんか》がごろごろすると言って、シカモアの木の下で誰にも見られていないことを確認すると、義眼を外した。

カプタは私を抱きしめ、私との再会を泣きながら喜び、大きな手を私の肩にまわした。ムティが持ってきた椅子に腰かけると、体重がどっしりとかかって椅子がばらばらに壊れたので、裾をたくしあげて地面に座り込んだ。そして、シリアでの戦が終わりそうなこと、ホルエムヘブの戦車はカデシュまで攻め込んだもののカデシュを占領できなかったことを教えてくれた。カプタは築きあげた富とシリアでの商売を大いに自慢した。カプタほどになると、港の酒場を住まいにするのはふさわしくないので、貴族の住む町で古い宮殿を買い、大工を百人雇って、身の丈に合うように建て直しているという。

「テーベでご主人様の悪い噂を耳にしましたよ。民を扇動してホルエムヘブに楯突こうとしているとか。裁判官や貴族は不正だの何だのと責めたてられてかなり腹を立てているようですが、そんなことを続けていたら、鉱山に送られてしまうでしょうから、どうか自重してください。ご主人様はホルエムヘブのお気に入りですから、彼らに罰する勇気はないかもしれませんが、それでもご主人様の家は一度燃やされたことがありますし、貧乏人を煽り続けるなら、ある夜突然誰かがやってきてご主人様の命を奪い、家が放火されることもないとはいえませんよ。ですから、よき使用人としてご主人様を救うために、何をそこまで悩んでいるのか教えてください。いったい何がご主人様の頭にアリを忍び込ませたのですか」

私はカプタの前で深く頭を垂れ、しばらく考えた末に、自分の行いをすべて話した。カプタはずっとうなずきながら話を聞いてくれ、うなずくたびに分厚い頬の肉が揺れていた。私が話し終えるとカプタは言った。

「ご主人様が単純でおかしな方なのは承知していましたが、アテンのせいで起こった邪悪をすべて目の当たりにし、ご自分の幸せもアテンのせいで失ったのですから、ご主人様は年とともに落ち着かれると思っていました。ですが、これでは悪くなる一方ですよ。アケトアテンでアクエンアテンの病がうつったのかもしれませんね。思い悩むのは暇を持て余しているせいではありませんか。きっと時間があるから余計なことを考えてしまうのです。また診療を始めてはどうでしょう。せっかくの腕を診察や治療に活かすのです。自分や周りの人に害になるような話をするよりも、一人の病人を治すほうがよっぽどいいではありませんか。診療をしないなら、暇な金持ちのようにその時間を何か役立つことに使ったほうがいいでしょう。私が見たところ、ご主人様はカバの猟師には向いておられませんし、ペピトアメンのように純血種の猫の繁殖をすればもてはやされますが、猫のにおいにも耐えられないでしょう。ですが、古文書を集めたり、その目録を作ったり、ピラミッド時代の彫刻や彫金、宝石を収集するのはいいかもしれません。シリアの楽器や、クシュの戦から戻った兵が売りさばいている黒人の神像を集めるのもいいかもしれませんね。シヌヘ様、余計な考えに悩まないように暇をつぶす方法はこの世にいくらでもあるのですよ。女やワインだって悪くないですし、ご主人様のように気の弱い方には向きませんが、サイコロを振るのも気が晴れるものです。ご主人様、私が申し上げるのは差し出がましいですが、サイコロを振ろうが、女に貢ごうが、酔っ払おうが、なんでもかまいません。アメン神にかけて、どうか無駄なお喋りで自分を破滅させるようなことはおやめください。ご主人様、シヌヘ様、私はあなたをお慕いしていて、悪いことが起きてほしくないのです」カプタはさらに言った。

「この世に完璧なものなんてありません。どんなパンだって端っこは焦げているものですし、どんな果物も虫食いがありますし、ワインを飲んだら二日酔いに苦しむと決まっています。ですから完全な正義というものもなく、すべての正義はどこかしら不公平なものなのです。アクエンアテンの例で分かるように、善行だって悪い結果に繋がることもありますし、よかれと思ってやったことが死をもたらすこともあります。ですがご主人様、私をご覧ください。私は少ない取り分に満足し、神や人々と折り合いをつけて肥え太り、ファラオの裁判官は私に頭を垂れ、民は私の名を称えています。ところがご主人様は犬に小便をひっかけられる始末です。ご主人様、この世がこんな状態なのはご主人様のせいではありませんから、どうか落ち着いてください。これまでもそうでしたし、これからも変わらないのです」

私はカプタのでっぷりとした肉づきや豊かさを眺め、カプタの穏やかな心が羨ましくなった。

「カプタ、分かったよ、お前の言う通りだ。気持ちを落ち着けて、また診療を始めよう。ところで、民はまだアテン神を覚えていて、今もアテン神を呪っているのか。お前はアテン神の名を口にしたが、その名は口にしてはいけないはずだ。口に出せば鉱山に送られ、壁に逆さ吊りにされるんじゃないのか」

「アケトアテンの柱が倒れ、壁が崩れ、家の床が砂だらけになったように、アテン神はすっかり忘れ去られました。ですが芸術家のなかにはまだアテン風の絵を描く者もいますし、語り部が危険な物語を語ることも、市場の砂地や町の便所の壁にアテン神の生命の十字が描かれることもありますから、まだ完全に朽ち果てたわけではないのかもしれません」

それを聞いた私は「お前の言う通りにしてみよう」とカプタに言った。

「地に足をつけてまた働こう。お前が勧めてくれた収集もやってみるとしよう。だが人の真似はしたくないから、誰も集めないようなものを収集しよう。アテン神を覚えている人々を探すのだ」

カプタは、アテン神がエジプトと私にどれほど大きな厄災をもたらしたかを知っているから、私が冗談や悪ふざけを言っているのだと思って笑い飛ばし、その後も和やかに色々な話をした。ムティが出してくれたワインを一緒に飲んでいると、やがてカプタの奴隷が迎えに来た。あまりに太りすぎたカプタは一人で立ち上がれず、手を借りて輿に乗せられ、帰っていった。翌日カプタはどっさりと私に贈り物をよこしたので、生活は快適で豪奢なものとなった。もしこのような贈り物を喜ぶことができれば、私に不足しているものは何もないはずだった。

6

私は再び医師の看板を戸口に掲げ、診察を再開した。私の知識が役立つことはそれほどなかったが、朝から晩まで家の庭に患者がつめかけた。貧乏人からは何も受け取らず、患者が払えるだけの報酬を受け取った。すでに地に落ちたとはいえ、これ以上自分の評判を下げたくなかったし、変な噂もたてられたくなかったので、アテン神については治療の合間に慎重に尋ねることにした。時が経った今、ほとんどの民はアテン神のことを覚えていなかった。覚えていたのは狂信者と痛い目に遭った者だけで、彼らは自分のなかでそれぞれのアテン神を作り上げているようで、アテン神の十字は呪いの印に用いられていた。

洪水が去った頃、アイが死んだ。毒を恐れるあまり、黄金の宮殿で自ら挽いた小麦で焼いたパンですら、畑で栽培するときに毒が仕込まれていると信じ込み、口にしなくなっていたので、餓えて死んだのだと噂された。ヒッタイトが堅持するカデシュを征服できないまま、シリアでの戦を終えたホルエムヘブは、勝利を祝う行列を引き連れ、川を上ってテーベに凱旋《がいせん》した。ホルエムヘブは、アイを正統なファラオと認めず、喪に服すどころか、アイは戦のために過剰な徴税を課してエジプトを苦しませた偽りのファラオだと宣言した。そして、セクメト神殿をすぐに閉門し、ホルエムヘブは戦を望んでいたわけではなく、悪しきファラオに従わなければならなかったのだと民に信じ込ませた。民はホルエムヘブの帰還に大喜びして、彼と兵士たちを褒め称えた。テーベに着いたホルエムヘブは、まず私を呼び寄せて話した。

「我が友、シヌヘよ、俺はお前と別れたときよりも年を取った。以前お前に、俺がエジプトに厄災をもたらす血にまみれた人間だと言われたことがずっと心に引っかかっていた。今や俺は欲しいものを手にし、ヒッタイトの槍を折って、偉大なエジプトを取り戻した。もうエジプトを脅かすものはないし、カデシュの征服は息子のラムセスに任せるつもりだ。もう十分戦ったから、息子にしっかりとした王国を築いてやりたい。今のエジプトはまだ貧乏人の馬小屋みたいに汚れてはいるが、俺がいかにエジプトから汚物を掃き出し、不公平の代わりに正義を取り戻すかをもうすぐ目にするだろう。勤勉な者には勤勉さに応じて、怠け者には怠けぶりに応じて、盗人には盗みに応じて、悪事を働く者にはその悪事に応じて、それぞれの民の器を満たしてやる。我が友、シヌヘよ、俺とともにかつてのエジプトが戻り、すべてが元通りになる。すでに消し去られたアクエンアテンと同様、トゥト・アンク・アメンとアイの名も、彼らの治世がまったく存在しなかったかのように支配者の記録から消し去るつもりだ。そして俺の為政が偉大なるファラオの死の晩から始まったことにする。まさにその日に俺は槍を手に、隼に導かれてテーベにやってきたのだからな」

ホルエムヘブは何かを懐かしむように頭のうしろで手を組んだ。戦を経て顔にはしわが刻まれ、目はもはや楽しそうには見えなかった。ホルエムヘブは言った。

「ああ、俺たちが少年だった頃、世の中は今とまったく違ったな。貧乏人も器が満たされ、たとえ泥煉瓦小屋でも油が不足することはなかった。シヌヘ、俺とともにあの頃が戻ってくるぞ。エジプトで穀物が豊かに実り、船をプント国に送り込み、石切り場も、放置された鉱山も再開するぞ。金銀銅をファラオの蔵に集めるためにさらに大きな神殿を建造しよう。十年後のエジプトは、まったくもって見違えるようになるぞ。十年後のケメトの大地には物乞いも足を引きずる奴もいなくなるのだ。不平等や盗みをなくすために、健やかな奴の前から弱い奴らを消し去り、弱い奴や病気の家系の者をエジプトから一掃する。そうすればエジプトの民はまた力にあふれた民となるはずだ。そして俺の息子は戦を率いて、すべての地を支配することになるだろう」

それを聞いた私は嬉しくなるどころか、胃が重くなり、心が凍りつき、微笑みもせず、黙ったままホルエムヘブの前に立ち尽くした。それを見たホルエムヘブは憤慨して、以前のように額にしわをよせ、黄金の笏で脛を打ちながら言った。

「シヌヘ、お前はいまだに苦虫でもかみつぶしたような顔をしているな。俺の目に映るお前は実をつけることのない茨《いばら》そのものだ。我が息子や妻バケトアメンを抱き寄せるよりも先にお前を呼んだが、お前と旧交を温められると思ったのは間違いだったようだな。戦や権力のせいで俺は孤独になり、シリアでは喜びや悲しみを分かち合う奴もいなくなった。誰と話すにしても自分が発する言葉の重みを考え、相手が何を欲しているのかを吟味しなくてはならない。お前にはただ友情を求めているだけだ。しかし、お前は俺に会ってもたいして嬉しくなさそうだから、どうやら俺たちの友情は燃え尽きたようだな」

私はホルエムヘブの前で深く頭を下げた。私の孤独な心がホルエムヘブに向かって叫ぶように言った。

「ホルエムヘブ、若い頃をともに過ごした友のなかで、生きているのはお前だけだ。だからいつでもお前のことを気にかけている。今や権力はお前のもので、もうすぐ上下エジプトの王冠を頭に戴くだろうし、誰もお前を妨げはしないだろう。だから頼む。アテン神を戻してくれ。私たちの犯した恐ろしい罪に免じて、アクエンアテンに免じて、アテン神を復活させてくれ。そうすればすべての民が兄弟となり、人と人の間に差別は生まれず、戦もなくなる」

これを聞いたホルエムヘブは哀れむように首を横に振って言った。

「シヌへ、お前は以前と変わらずおかしなままだな。アクエンアテンが水面に投げ入れた石によって起きた水しぶきは、大きすぎたのだということがまだ分からないのか。俺はその波紋を静め、アクエンアテンが存在しなかったかのようにするのだ。神々はエジプトが失われることを望んでいないから、アクエンアテンが死んだあともエジプトが崩壊しないように、偉大なるファラオが死んだ夜に、隼が俺を黄金の宮殿へ、そしてアクエンアテンのもとへと導いたのだ。だから俺がすべてを元通りにするのだよ、分かるか。人々は決して今の状態に満足せず、古きよき過去と未来だけに思いを馳せている。俺は過去と未来を一つにするのだ。金持ちになりすぎた奴らから搾り取り、肥え太った神殿からも搾り取り、金持ちが不相応に富を蓄えることがないように、貧乏人があまりに貧することのないように、誰であろうと俺と争わないようにするのだ。だが、お前の考えは無力な奴らと同じだから、俺の考えが分かるはずがないし、お前に話したのは無駄だったな。弱者にこの世の中で生きていく権利はない。強者に蹴散らされるために生まれたのだから、足蹴にされるのは当然だ。弱い民は強い民に踏みにじられ、大が小を呑み込むのだ。これまでもそうだったし、これからも変わらない」

　私はホルエムヘブと別れたが、もはや友人としての別れではなかった。私がホルエムヘブのもとを去ると、彼は息子たちのもとへ行き、嬉しそうに力強い腕で宙に抱きあげた。そして妻バケトアメンのもとを訪れて言った。

「我が妻よ、あなたは月のように長年私の心を照らしてくれた。どれほど俺が寂しかったことか。だが、俺の任務も終わった。もうすぐあなたは、その体に流れる聖なる血筋の正統な権利のままに、俺の横で偉大なる王妃となる。バケトアメンよ、あなたのために多くの血が流れた。町は燃え、俺の軍隊が通り過ぎたあとは、至るところで人々は怨《うら》み言を言ったものだが、すべてはあなたのためだ。俺はそろそろ褒美をもらってもよいのではないか」

　バケトアメンは愛らしくホルエムヘブに微笑み、慎ましくホルエムヘブの肩に触れて言った。

「エジプトの偉大な将軍、我が夫ホルエムヘブよ、もちろん褒美を受け取るに値するでしょう。あなたを出迎えるために、庭に誰も見たことがないような東屋を建てました。壁の石はあなたがいない寂しさを思い、一つひとつ私が集めたもの。褒美は私の腕のなかからふさわしい形で受け取ってもらうために、東屋へ行きましょう」

　ホルエムヘブはバケトアメンの言葉に逆上《のぼ》せあがった。妃が慎ましくホルエムヘブの手を取って庭に連れ出したので、宮廷人は逃げ出して姿を隠し、恐怖に身をひそめながら、成り行きを見守った。奴隷や厩の男たちも逃げ出し、黄金の宮殿はもぬけの殻になった。バケトアメンとホルエムヘブが東屋に入ると、ホルエムヘブははやる気持ちを抑えきれずバケトアメンを抱き寄せようとしたが、妃は優しくその手を押し留めて言った。

「ホルエムヘブよ、焦る必要はないわ。この東屋を造るためにどれほど私が手間をかけたか話しましょう。最後にあなたが私を無理やり抱いたときに私が言ったことを覚えているかしら。壁と床を埋める石の一つひとつをよく見てごらんなさい。数えきれないほどのこの石は、私がほかの男に抱かれた対価なの。ホルエムヘブ、あなたのために、私が得た悦びの数だけ石を集めてこの東屋を建てたのよ。あの大きな白い石は魚捌きの男が持ってきた石で、あそこにある緑色の石は炭焼き市場の厠の汲み取りの男から受け取ったものよ。あの八個並んだ茶色い石は野菜売りが繰り返し私を慰めてくれたときのもの。彼は私をとても気に入ってくれたわ。一つひとつの石にそれぞれ聞かせたい話があるのよ。ホルエムヘブ、時間はたっぷりあるわ。これからともに年月を過ごし、ともに老いていくのよ。あなたが私を抱きたいと思ったときは、いつでもこの石の思い出話を聞かせてあげましょう。老いても話が尽きることはないわ」

ホルエムヘブは妃の言葉を信じられず、妃の慎み深い態度を見て、悪い冗談だと思った。しかし、バケトアメンの楕円形の目に浮かぶ、死のように恐ろしい憎悪を認めると、妃の言葉を信じざるを得なかった。すべてを知ったホルエムヘブは思いもよらぬ卑劣な方法で自尊心を傷つけられ、憎しみのあまり逆上してヒッタイトの短刀を抜き、バケトアメンを殺そうとした。するとバケトアメンは、ホルエムヘブの前で胸をあらわにし、勝ち誇ったように言い放った。

「刺しなさい、ホルエムヘブ。その短刀で王冠を頭から叩き落とすといいわ。私は聖なる血を受け継ぐセクメトの巫女。私を殺せば、あなたはファラオの玉座に座る正当な権利を失うのよ」

バケトアメンの言葉にホルエムヘブは動きを止めた。ホルエムヘブはバケトアメンとの婚姻によってのみ、ファラオの王冠を合法に戴くことができるのだから、妃との関係を何がなんでも維持しなくてはならなかった。ホルエムヘブはバケトアメンの呪縛に縛られ、為す術はなく、この復讐は完璧だった。ホルエムヘブが部屋から外を眺めるたびに東屋が目に入ったが、もし東屋を取り壊したらバケトアメンに侮辱されたことがテーベの民に知られてしまうため、取り壊すことはできなかった。テーベの民が自分の寝床に唾を吐いたことを認めて恥をかくよりも、素知らぬ顔をして影であざ笑われるほうが、まだましだった。ホルエムヘブは考え抜いたあげく、バケトアメンの所業を黙認するほかなかった。これ以降、ホルエムヘブは一切バケトアメンに触れず、妃を煩わせることもなく、一人で過ごした。バケトアメンの名誉のためにつけ加えるとすれば、美しい東屋に満足した妃は、新たに何かを建てようとはしなかった。

私が思うに、神官に聖油を塗られ、頭に上下エジプトの二重冠を授かったときには、もはやホルエムヘブに何の喜びもなかっただろう。ホルエムヘブはバケトアメンのことで誰もが自分のことを影であざ笑っているのだと思い込み、疑心暗鬼になり、誰かを心から信頼することもなくなった。ホルエムヘブの傷は深く、抜けることのない棘が腰に刺さったまま、心が安らぐこともなく、ほかの女と愉しむこともできなかった。そこでホルエムヘブは、悲哀と苦渋を仕事で紛らわせ、すべてを昔のように戻し、悪に代わって正義が執り行われるようにエジプトから膿を出すことに精を出した。

7

ホルエムヘブの名誉のために公平を期して、彼が行ったよい政治についても記そうと思う。民はホルエムヘブがファラオになった直後から、よい為政者として彼の名を大いに称え、彼が偉大なるファラオと肩を並べると見なしていた。ホルエムヘブは誰も自分を脅かすことのないように、金持ちが富を蓄えすぎず、貴族が偉くなりすぎないように締めつけていたので、それが民を喜ばせていたのだ。また、悪い裁判官を罰し、貧乏人の権利を回復させ、税制度を改め、ファラオの蔵から徴税人に定期的に給与を支払ったため、徴税人が私腹を肥やすために民に横暴を振るうこともなくなった。

ホルエムヘブは一か所に落ち着くことができず、絶えず都市から都市、村から村へと旅をしては悪事を調べまわった。ホルエムヘブの通り過ぎたあとには、あくどい徴税人の血だらけの耳や鼻がそぎ落とされ、裁きを行う場所からは遠くまで杖で打つ音や悲鳴が響き渡った。貧乏人もホルエムヘブに直訴することができたから、役人は貧乏人を止めるのもためらったし、ホルエムヘブは公正な司法を行った。また船団をプント国に送り、船員の妻子が船着場で泣き、慣習に従って石で顔を傷つけ、毎年、十隻のうち三隻はさまざまな宝を持ち帰ってきたので、エジプトは再び豊かになっていった。ホルエムヘブは新たな神殿も建造させた。なかでもヘラクレオポリスの神殿は別格で、ホルス神とホルエムヘブの像が祀られて神と崇められ、牛を屠って供え、それ以外では特定の神や神殿を贔屓《ひいき》することなく、それぞれの神にふさわしい供物を捧げた。民はホルエムヘブの名を祝福し、その存在を大いに崇め、ホルエムヘブの存命中にさまざまな伝説を語り伝えた。

カプタは素晴らしい成功を収め、年々富を蓄え、エジプトでカプタと競う者はいないほどだった。妻子がいないので、ホルエムヘブを相続人と決め、余生をゆったり過ごせるように計らい、さらなる富を蓄えていた。そのため、ホルエムヘブはカプタをほかのエジプトの金持ちほど締め上げることはせず、徴税人にカプタを厳しく追及しないよう計らった。

カプタの家は貴族の住む地域にあった。庭も含め、一つの通りを角から角まで所有していたので、うるさい隣近所がいない家にしばしば私を呼んでくれた。カプタは黄金の器で食事をし、家のなかにはクレタ島のように銀の蛇口から水が流れ、湯船は銀製で、便器の座面は黒檀でできており、壁は高価な石がぎっしりとはめ込まれ、華やかな絵をなしていた。カプタは私にさまざまな珍しい料理やピラミッドのワインを振る舞ってくれた。食事の間、楽器が奏でられ、歌が歌われ、テーベで最も美しく巧みな踊り子たちがカプタのために素晴らしい踊りを披露したが、カプタは腹が邪魔をして女と愉しむことはできず、女よりも胃袋の楽しみに重きを置いていた。

カプタはしばしば大がかりな祝宴を開いた。元々奴隷の生まれだったので、彼の振る舞いは奴隷と変わらず、鼻をすするときに手で拭いたり、食事をしながら大きなげっぷをしたりするというのに、エジプトの貴族や金持ちは喜んで宴にやってきた。カプタは気前のいい主人で、客人に高価な贈り物をし、商売に関する適切な助言もしていたので、カプタとの付き合いで誰もが何かしら得をしていた。カプタの話は面白く、客人を楽しませようと奴隷の格好をすることもあったし、その頃の癖でさまざまなほら話をすることもあった。もはや裕福なあまり、過去を蔑まれても気にするどころか、貴族の前で奴隷だったことをひけらかすほどだった。カプタは私に言った。

「ご主人様、シヌヘ様、ひとたび十分過ぎるほどの金持ちになれば、もう貧しくなることはなく、これ以上金持ちになりたくないと思っても、さらに金持ちになっていくだけなのですよ。世の中の理《ことわり》なんておかしなものです。私の富の始まりはご主人様ですから、ご主人様のことはいつでも主人だと思っていますし、ご主人様が生きている間は苦労をさせませんよ。実際のところ、ご主人様は富を得てもうまく使いこなすどころか、動乱をたきつけて多くの損害をもたらすのがおちですから、金持ちになんてならないほうがいいんでしょうけどね。偽りのファラオの時代にすべての富を失ってよかったのですよ。ご主人様の利益は私がちゃんと守っていますから、お望みのものが手に入らないということはまずありません」

カプタは芸術家を好み、自分の石像を彫らせたが、それがまた素晴らしく高貴な姿で、カプタの手足はほっそりと小さく、頬骨は高く、両目とも見えていた。カプタは一度も読み書きを習おうとせず、書記にすべてを読み上げさせ、書き取りや桁の大きな数字の計算も任せていたくせに、石像のカプタは考え深げに脚を組んで座り、膝に巻物を置き、手にペンを持っていたものだから、カプタやアメン神官はこの像をたいそう面白がっていた。シリアから戻ったカプタは、神々と良好な関係を保つべく神官に莫大な贈り物をしていたので、カプタの像を大神殿に建てることになり、カプタはこの像を自ら寄贈したのだ。

さらにカプタは自分のために死者の町に豪勢な墓を建造していた。ここでも芸術家は、目も見えて腹もすっきりとしたカプタの日常生活の様子をさまざまな壁画に描いた。カプタは貴族のさまざまな習慣や身なりは面倒だからと、生きている間はありのままの姿を好んだが、西方の地へは本来の姿ではなく、神の目をごまかして理想の姿で行きたいと願っていた。カプタは死者の書も作らせたが、これほど手の込んだ死者の書は見たことがなかった。巻物は十二巻から成り、さまざまな絵と文字に加え、地獄の霊を慰め、オシリスの秤に乗せる偽の分銅とともに正義の陪審であるヒヒを丸め込むための呪文まで書き込まれていた。カプタは普段、死など気にせず、ほかのどんな神よりもスカラベを敬っていたくせに、念には念を入れていた。

私はカプタの幸せを願っていたし、同じようにほかの人も幸せと満足が得られるようにと願っていた。人の人生にはさまざまな夢や希望があり、夢を見て幸せを感じられるなら、わざわざそれを奪おうとは思わなかった。真実は苦くて邪悪だから、多くの人にとって思い描いた夢を壊されるくらいなら死んだほうがましだろう。夢を見ている間は幸せに浸ることができ、それで悪事を働かずに済むなら、あえて人の夢を壊す必要はない。

しかし、私は何かを思い描いても頭がすっきりすることはなく、心は落ち着かず、働いても穏やかにはなれなかった。忙しく動きまわり、多くの病人を治療し、何回か頭蓋切開もした。三人を除き、ほとんどが回復したので、頭蓋切開医師としても大いに名をあげた。ずっと不満を抱えていた私は、ムティの辛辣な話し方がうつったのか、誰かに会うたびに小言を言うようになった。カプタには食べ過ぎを責め、貧乏人には怠惰を、金持ちには身勝手を、裁判官には無関心を責めた。私は相手が誰であろうと不満を持ち、辛辣に彼らをあざ笑った。しかし、病人や子どもに対しては、なるべく痛みがないように治療してやったし、道端にいる小さな子どもたちは、きらきらと輝く息子のトトの瞳を彷彿とさせたので、ムティに蜂蜜菓子を配らせた。そんな私のことを民はこう噂した。

「あのシヌヘという男は面倒で辛辣な奴だ。あいつの肝臓は腫れ、口を開くと胆汁の泡が吹き出しそうだ。早々に老け込んでしまい、人生を楽しめないのさ。昔の悪事に追い立てられ、夜もおちおち眠れないのだろうし、あの毒舌は俺たちよりあいつ自身を深く傷つけているんだから、見逃してやるのが情けというものだろう」

まったくその通りだったので、私は誰かに小言を言うだけ言ったあと、自分の辛辣さに苦しみ、涙を流した。怠け者に穀物を与え、酔っ払いに脱いだ服を着せてやり、金持ちには小言の詫びを入れ、裁判官の誠実さを信じた。そう、私はいまだに弱いままで、自分を変えることはできなかったのだ。

私はホルエムヘブのことも悪しざまに言った。ホルエムヘブのやること為すことが悪事に思えたし、最も気に障ったのはホルエムヘブがファラオの財産で養っている豚っ鼻たちだった。彼らは自分の手柄を自慢ばかりして酒場や娼館で怠惰な生活を送り、喧嘩をしては相手の頭を殴りつけ、手足を骨折させていた。また、貧乏人の娘を襲うので、女にとってテーベの道を歩くのは危険になってしまった。部下が何をしようとホルエムヘブは咎めるどころか、彼らがさもいい行いをしているかのように取り繕った。貧乏人が娘のために訴えに来ると、ホルエムヘブは、兵士のおかげで強い血筋の子どもがエジプトにもたらされるのだから誇りにしろと言い放った。ホルエムヘブは女を憎み、ただ子を宿すだけの存在と見なし、ほかに価値を見いだそうとしなかった。

私が公の場でホルエムヘブの悪口を声高に言うと、人々は私のため、そして自分たちのために、手のひらで私の口を押さえ、ホルエムヘブを悪く言うのはやめたほうがいいと忠告してくれた。そんな彼らもやがて私のそばを離れ、私を一人残して去っていった。時が経つにつれ、ホルエムヘブは誰に対しても猜疑心を強め、自分が民にどう思われているかを気にするあまり、公の場や酒場に耳を忍ばせていた。このためホルエムヘブは自分の耳に入ってこなかった不正行為も知ることになり、不正を行った者を厳しく罰した。しかしそれ以上に、勇気を出してホルエムヘブに関する苦言を呈した者は杖で背が血だらけになるまで打たれて苦しんだ。口を滑らせたせいで鉱山や石切り場に送られ、なかには呪術者と見なされてワニの餌になった者もいた。ホルエムヘブの耳はファラオの蔵の黄金で養われていたから、誰かを告発したからといって何か得があるわけでもなく、破滅に追い込んだ相手の財産が手に入るわけでもなかった。そこで告発されそうになった者はホルエムヘブの耳に賄賂を渡し、ワインを飲ませて告発を免れた。貧乏人は妻や娘を差し出したので、ホルエムヘブの耳たちは遊び呆けて楽しい生活を送り、熱心に主人に仕えた。

　ホルエムヘブは言った。

「俺はそれぞれの器にふさわしい分量を与え、貧乏人も再び器を満たされ、泥煉瓦の小屋で油が不足することもない。エジプトに再び丸々とした子どもたちがあふれているのを目にすることができて俺は嬉しい。子どもはエジプトの豊かさであり、健やかな男児がいい兵士に育ち、ふくよかな娘は痩せっぽちよりも多くの子を産む。だが、怠惰な生活は怠惰を生み、贅沢は不穏な空気や悪い噂を生む。エジプトの民は俺のヘカの庇護のもとであまりに恵まれすぎているから、俺は我が権力を駆使して民を監視しなければならない」

そしてホルエムヘブは民をありとあらゆる土木事業に駆り出した。特に何もないときでも、民が暇をもてあましてホルエムヘブの悪口を言ったり刃向かったりしないように、石畳の道路を建設させ、大きな水路を掘らせた。

そんな調子だったから、ホルエムヘブの支配下にいる民は、たしかに器は満たされたが、常に雄牛のように脇腹を槍でつつかれ、休む暇もなかった。建造した神殿にはホルエムヘブが自分の勝利を褒め称える石像や碑文を彫らせたので、民はいかにホルエムヘブがエジプトに正義を取り戻し、誰もが器を満たされるようになったかを毎日のように目にすることになった。門前や街角で絨毯の上に座っている語り部がホルエムヘブの偉大な功績を褒め称え、その神がかった出生について語れば、ホルエムヘブは彼らに褒美として、小麦や油、ビールを与えた。しかし、語り部というのは本来どこまでもふざけた輩で、禁忌など気にかけずに、物語をさまざまに膨らませては人々を笑わせ、感心させるのが常だった。うぬぼれの強いホルエムヘブは、自分が雇った語り部にこっそり揶揄されるとは夢にも思わなかったし、聞いているほうも皆がその意味を理解していたわけではなかった。ホルス神が旅の途中でヘラクレオポリスに立ち寄り、道端で用を足したときにホルエムヘブが生まれたのだと、さもそれらしく話すのを聞いて、民は両手をあげながら、ぽかんと口を開けていた。

時が経ち、ホルエムヘブはさらに疑い深くなっていった。洪水が去って春になり、黄土色の泥水の上を、燕が鳴きながら矢のように早く飛びまわっていたある日のことだった。ホルエムヘブの番人が私の家にやってきて、槍の柄で病人を庭から追い出し、私にサンダルを履かせて服を着せると、私をホルエムヘブの御前に連れていった。ホルエムヘブはここ数年で老いて首が曲がり、顔色はくすみ、筋肉は痩せた長身にこぶのように盛りあがっていた。ホルエムヘブは喜びのかけらもない目で私を眺めると言った。

「シヌヘ、俺は何度も警告したはずだが、お前はそれを無視し、相変わらず兵士があらゆる職業のなかで最も恥ずべき仕事で、兵士として生まれる子どもは母親の胎内で死んだほうがましだとか、女は九人も十人も子どもを生み育てて貧乏で苦労するよりも、二、三人の子どもをゆったりと育てるほうが幸せだと言い触らしているそうじゃないか。さらに、どの神々も大した違いはなく、すべての神殿は暗黒の館にほかならず、偽りのファラオの神はほかのどの神よりも偉大だとか、人を奴隷として売買してはならないと言っているようだし、たとえその土地がファラオや神の土地であっても、土地を耕し、種を蒔き、刈り取り、収穫を蔵に保管する者がその土地の所有者だと言っているそうだな。さらに俺の権力はヒッタイトの権力とたいして変わらないとか、ほかにも色々とおかしなことを吹聴しているそうじゃないか。これがもしほかの奴ならとっくに杖で痛めつけ、石切り場に送り込んでいただろう。相手がお前だからずっと我慢していた。シヌヘ、お前はかつて俺の友だったし、アイが生きていた頃はお前が唯一の証人でアイの重石《おもし》となっていたから、お前が必要だった。だが、お前はもう用なしどころか、知りすぎているから、お前が生きている限り、俺にとっては不都合な存在でしかない。お前は何一つ不自由していないのだから、もう少し賢ければ、口を閉じて静かな生活を送り、持てるものに満足していただろう。だがそうはせず、俺にくそ忌々しい言葉を投げつけてくる。もうそれに我慢ならない」

ホルエムヘブは話している間にも激昂し、黄金の笏を痩せ細った脛に打ちつけ、眉をしかめて続けた。

「まったくお前ときたら、俺の爪先に住みつく砂蚤や肩にまとわりつくアブのようだ。実もつけずにただ毒のある棘が突き刺さるだけの藪が俺の庭園にあるなんて耐えがたい。ケメトの大地に春がやってきた。燕は水面が下がる頃には泥に潜り、鳩が鳴き、アカシアが花咲く季節だ。春というのは、常に不穏な空気をもたらす季節と決まっている。ついこの前は、周りに煽られた若い奴らが、番人に石を投げつけただけでなく、神殿の俺の像までが牛の糞で汚されたのだぞ。シヌヘ、お前が二度とケメトの大地を見られないように、俺はお前をエジプトから追放しなくてはならない。もしお前がこの地にとどまるなら、いつの日かお前を殺さなくてはならないが、友だった相手にそんなことはしたくない。お前の偽りの言葉が火種になって、乾いた葦に火がつくかもしれない。一度でも葦に火がつけば、燃え広がって灰になる。だから邪悪な言葉は槍よりも危険なのだ。いい庭師が畑から雑草を引っこ抜くように、俺はケメトの大地から邪悪な言葉を一掃しなくてはならん。ヒッタイト人が呪術師を串刺しにして参道沿いに吊るすのも、今ならやむを得ないことだと分かる。これ以上ケメトの大地で炎が燃え広がるのは、誰のためでも、神のためであっても許されない。よってお前をケメトの大地から追放する。シヌヘ、お前はエジプト人ではなかったのだろう。エジプト人ではないどこかの血が混じった変わり種だったから、お前の脳内にはおかしな考えが巣食っているのだ」

ホルエムヘブの言う通り、私の苦悩は、ファラオの聖なる血と滅亡したミタンニ王国の、落日の陽光を浴びて青ざめた血が混じっているせいなのかもしれない。テーベは私が生まれ育った町で、ほかのどこでもなくテーベで生活したかったから、ホルエムヘブの命令にふるえあがったが、私はホルエムヘブの言葉に笑いを堪えられず、礼を逸しないように手で口を覆って顔を隠そうとした。ホルエムヘブは私が床に顔を擦りつけ、慈悲を乞うだろうと思っていたから、私が笑ったのを見てかなり機嫌を損ね、ファラオの笏を振って大声で言った。

「そうだ、お前を永遠にエジプトから追放する。お前が死んだら、遺体は慣習に従って保存してやるが、エジプトに埋葬してはならない。お前の遺体は、お前を追放する場所、プント国へ船が出発する東の海岸に埋めることにする。今も山のような炭が燻っているシリアに追放したら、わざわざふいごを送り込むようなものだし、これ以上燃えては困る。肌の色に意味はなく、黒人とエジプト人は平等だと言い出して、黒人どもにおかしな考えを植えつけかねないから、クシュ国に送り込むのもだめだ。だが海のそばなら誰もいないから、赤い波、砂漠の黒い風、岩場に向かっていくらでも喋るがいい。ジャッカルやワタリガラス、蛇に説教するがいいさ。番人はお前が動きまわれる区画を決め、その境界線を越えれば槍で殺すだろう。だが、それ以外は何不自由なくしてやるし、心地よい寝床、食事もふんだんに与えよう。欲しいものも非常識なものでなければ送り届けてやる。孤独な場所への追放は、お前にとって十分重い罰だから、それ以上苦しめようとは思わない。かつては友だった仲だから、俺の望みは、お前の放言から解放されることだけだ」

私は生まれたときからずっと一人だったから、孤独こそ恐れていなかったが、二度とテーベを見られず、二度とケメトの大地の柔らかな土を踏むことができず、二度とナイル川の水を飲むこともできないのかと思うと、私の心は悲しみにふるえた。そこでホルエムヘブに言った。

「口の悪さのせいで私は人々に避けられてきたから、友は少ないとはいえ、せめて彼らに別れを告げることは許してくれないか。テーベにも別れを告げたい。もう一度牡羊参道を歩き、大神殿の鮮やかな列柱のあたりで香を焚く煙のにおいを感じたい。夕方、男たちが疲れて仕事から戻る頃に、貧民街の泥煉瓦の小屋の前で女たちが火を熾し、魚を焼くにおいを感じたいんだ」

私が地面に額をこすりつけて泣いて頼めば、ホルエムヘブは私の願いを聞き入れてくれただろう。彼は虚栄心が強い男だから、私が心のなかで彼を正当なファラオだと認めず、敬っていなかったことに我慢ならなかったに違いない。だが、たとえ私が弱く、羊の心臓を持っていたとしても、知識が権力に屈してはならないと思っていたから、自分をホルエムヘブの前で貶めたくなかった。恐怖心からあくびが出たので、慌てて口元を手で隠した。私は恐怖を感じると眠気をもよおすのだが、それはほかの人にはない特徴だろう。するとホルエムヘブが言った。

「無駄な別れで出発を遅らせるわけにはいかないな。俺は兵士で実直な男だから、感傷的なことは嫌いだ。別れを簡単にしてやろう。今すぐに発つのだ。テーベではお前は自分で思う以上に知られているから、騒ぎや抗議活動をされてはかなわん。だからお前は人々に見られないように覆いのついた輿で出発するが、もし誰かがお前の追放先についていきたいというなら、それは許してやろう。そいつも一生そこで過ごし、お前が死んだあともその地に残り、そこで死ぬのだ。危険な思想というものはペスト同様、簡単に人から人に伝染するものだ。だからお前の考えに影響され、言葉を弄ぶ奴がエジプトに戻ってくるのは困る。お前がいう友ってのが、指の骨がくっついてしまった粉挽き場の奴隷や、神が道端にしゃがんで用を足している絵を描くような飲んだくれの画家や、お前の家にいる何人かの黒人のことなら、別れを言おうとしても無駄だぞ。そいつらには二度と戻ってこないように長い旅に出てもらったからな」

それを聞いた瞬間、私はホルエムヘブを憎んだが、それ以上に自分の存在がいまだに友を苦しめ、死をもたらしていることを憎んだ。アテン神を覚えていた何人かの友は、ホルエムヘブに殺されたか、シナイの鉱山に送り込まれたことは疑う余地がなかった。私はホルエムヘブに何も言わず、手を膝まで下げて頭を垂れ、番人とともにその場を去った。ホルエムヘブは私のあとを追って一歩踏み出し、二度何かを言おうとしたが、その場に立ち止まり、笏で脚を打って言った。

「話は以上だ、下がれ」

番人は私を輿に閉じ込めると、テーベを出発し、テーベの三つの丘を通り過ぎ、ホルエムヘブが作らせた長い石畳の道を通って東の砂漠へと進んでいった。彼らは二十日間私を運び、たどり着いたのは年に一度出航するプント国行きの船が積み荷を下ろす船着場だった。船はまず川を下って港に向かい、運河を通って東の海に出るのが常だった。ここには小さな集落があったので、番人たちはさらに三日かけて港から岸沿いに進み、かつて漁師が住んでいた廃村にたどり着いた。その地に彼らは私が歩きまわってもいい範囲を測り、私が老いて死ぬまで暮らす家を建てた。ここには筆記具があり、最高級の紙があり、黒檀の箱には書き記した書物と医療道具が保管されていて、何一つ不自由なく、裕福に暮らすことができている。

これが私の記す十五番目の最後の書である。これ以上記すことはなく、私は書くことに疲れ、手も疲れ、目もくたびれて、もはや紙に書いた文字もよく見えない。

たとえ私の人生に語るに値する話がなかったとしても、書きながらもう一度自分の人生を生きることができた。もしこの書を書いていなければ、生きることも面倒になっていただろう。私はただ自分が生き続けるため、なぜ生きてきたのかを探るためにこの書を記してきた。だが、最後の書を書き終えるに至っても、なぜ生きてきたのかは分からないままだし、私の知識は書き始めた頃よりも乏しい。だが、書き続けた年月の間は大いに慰められた。目の前には海が広がり、海の色はさまざまに変化し、ときに赤く、ときに黒く、昼間は緑色で、夜は白く、太陽が照りつける日は青石よりも青いというのに、その光景は一生眺め続けるにはあまりにも広すぎて恐ろしく、広大な海を見ていると頭が痛くなり、夕暮れどきの海を見ると、心臓が井戸の底に落ちてしまうかのように思えた。

この年月の間、赤い山々を眺め続け、砂蚤を調べ、サソリや蛇と親しんだ。サソリや蛇は私を見ても逃げ出さず、話しかけると私の言葉に耳を傾けるようになった。だが、人間にとってサソリや蛇はいい友とはいえないだろう。やがて、絶えず押し寄せる丘のような海の波と同様に、それらにも飽きたのだった。

打ち捨てられた頭蓋骨と倒壊した小屋が並ぶこの村に住み始めた最初の年のことだった。船が再びプント国に向けて出発する頃、ファラオの隊商とともにテーベからムティがやってきたことを追記しておこう。私のもとにやってきたムティは、私の前で手を膝まで下げてお辞儀をし、私のひどい有り様を見てさめざめと泣いた。たしかに私の頬は落ちくぼみ、たるんでいた腹はへこんでいた。すべてに投げやりになっていた私は、ただ海を眺めて時間をつぶし、しまいには頭が痛くなっていた。ムティはすぐに泣き止むと私を叱り、立て続けに小言を言った。

「ご主人様、シヌヘ様、ほどけない結び目に頭を突っ込んではだめだと、もう千回は言いましたよ。どうせ男なんて石よりも分からずやで、子どもと一緒で、壁がびくともしなくたって頭を打ちつけてみないことには気が済まないんでしょう。ご主人様、シヌヘ様、これまでもう十分壁に頭をぶつけてきたというのに、なんてことでしょう。いい加減落ち着いて思慮深い生活をなさってはどうですか。だいたいこの世で起こる悪いことはすべて前布の下に隠している小さなもののせいとはいえ、それだってもう邪魔することはないんですから、頭が逆上《のぼ》せることもないでしょうに」

　ここに来たら追放された私に縛られることになり、二度とテーベに戻れないのに、なぜ私のもとにやってきたのか、分かっていたらそんなことはさせなかったと言うと、ムティは長々と小言を言った。

「まったく逆ですよ。ここに流されたのは、ご主人様に今まで起こったことのなかで一番いいことです。ご主人様がこんなに平和な場所で老後を過ごせるように計らうなんて、ファラオ、ホルエムヘブは真のご友人ですよ。実はテーベの騒々しさや喧嘩ばかりの近所の人たちを鬱陶《うっとう》しく感じておりましてね。貸した台所道具が返ってこなかったり、うちの庭にごみをぶちまけられたり。よくよく考えてみたら、かつて銅鋳物職人の家だったあの家も、火事のあとはかまどで肉を焼こうとすると焦げてしまうし、油は鍋から煙を出すし、家のなかは隙間風が吹いて寒いし、窓枠はがたついてばかりで、以前と同じではなかったんですよ。それに比べてここは一から始められてすべて思い通りにできます。野菜を育てる菜園やクレソンを栽培するのにちょうどいい場所も見つけたんですよ。ご主人様はクレソンで味付けした料理がお好きでしょう。さあ、ファラオが盗人や悪人からご主人様を護衛するために置いていったこの怠け者たちをしっかり働かせましょうかね。毎日、ご主人様のために新鮮な肉を狩り、海で釣りをし、浜から貝などを獲ってきてもらいましょう。川で育ったものほど美味しくはないでしょうけどね。そうそう、ここに来たからには戻るつもりはありませんから、お許しくださるなら、早いうちに私のお墓の場所も決めさせてもらいますよ。旅なんて恐ろしくて、これまでテーベから一歩も外に出たことがなかったんですから、ご主人様を探しにあちこち歩きまわるのはもうごめんです」

こうしてムティは小言を言いながらも私を慰めて元気づけてくれたので、私はムティのおかげで気を取り直して生活し、何かを書こうと思えたのだ。高齢のムティを置いて私が先に死んでしまったら、追放された地に一人で残され、心細いことだろう。私が何かを書いたとしても、文字が読めないムティにとっては何の役にも立たないと思っていただろうが、ムティは追放されたこの地で生きていくのに何かやるべきことがあるといいと思ったのか、私に書くことを勧め、私はペンを取り、ここまで一心に綴ってきたのだ。ムティは私が夜遅くまで書き続けたり、目が悪くなったりしないように気を配ってくれ、私は適度に休息を取り、ムティが作ってくれるさまざまな料理を楽しみながらこの書を記してきた。最初に宣言したように、ムティはファラオの番人をこき使ったので、哀れな彼らはムティの聞こえないところで、ムティのことを魔女だの人食い女だのとさんざん罵ったが、容赦なくムティから罵詈雑言が浴びせられた。ムティの言葉は鋭く、牛に荷車を引かせるときに使う鋤のように突き刺さった。ムティは番人たちが前布の下に隠している小さなものについても説教するものだから、番人はいたたまれなくなって視線を泳がせ、爪先で地面を掘る有り様で、どうにも逆らいようがなかった。

　番人は私の見張りだけでなく、常にムティに何かしらの用事を言いつけられていたから、退屈することも、テーベに戻るために私を殺そうなどと考える暇もなかった。ムティは番人が働いてくれた褒美に美味しいパンを焼き、大きな壺いっぱいに強いビールを作って飲ませたので、彼らは休息のひとときをありがたがった。また、ムティは畑から新鮮な野菜を取って食べさせ、色々な料理を教えたので、彼らは健康状態もよく、番人に支給される栄養の偏った食べ物のせいで病気になることもなかった。番人たちは、ムティから有益なことを学び、私からの褒美で裕福になり、テーベに戻りたがることもなくなった。カプタは毎年、テーベからプント国に向けて船が出航する頃に、ロバに色々な品を運ばせて送ってくれた。さらに書記に手紙を書かせてテーベでの消息を知らせてくれたので、ここにいても町の様子を知ることができた。

　ここまで書き続けてきた私は、書くことに疲れ、目もくたびれた。ムティの猫たちが私の膝に飛び乗ってペンを持つ手に頭を押しつけてくるので、書くこともままならない。この書を記すためにすべての出来事を思い出すことになり、心も疲れ、手足も衰えて永遠の安息を求めている。私は幸せではないかもしれないが、孤独だからといって不幸だというわけでもなく、人から離れていればいるほど、人の営みや、人が生きている間の行いはすべてが無為なことだということが、よりはっきりと分かるようになった。そもそも人の行いにはあまり意味はないのだ。

　だが、紙を称え、ペンを称えよう。これらのおかげで私は人生の悲しみや知恵のもたらす苦しみを忘れ去り、無垢な赤ん坊としてタールで目張りされた葦舟に乗って川に流され、再び少年となって、父センムトの家で過ごし、魚捌きのメティの涙が私の手にこぼれ落ちた。ミネアとともにバビロンの道を旅し、メリトの美しい腕に抱かれた。私は苦しむ者とともに涙し、貧乏人に小麦を分け与えた。すべてを覚えていたいが、私が犯した罪、儚く失ったものは思い出さないでおこう。

この書はエジプト人である私、シヌヘが自分のために記した。神々のためでも、人々のためでも、私の名を永遠に残すためでもなく、ただ心貧しく悲嘆に暮れている自分のために、ついに器を満たされた我が心のために記した。これまでの人生を振り返り、私の名が残るとは思えず、それを望んでもいない。私の死後は、番人がホルエムヘブの命令に従って家を取り壊し、書もすべて処分するだろうが、それが残念なことなのかどうかも分からない。

それでも私は、書き上げた十五巻の書を細心の注意を払って保管しよう。ムティがヤシの木の繊維で覆いを編んでくれたので、長持ちするように書ごとに巻いて銀の箱に納めよう。銀の箱はさらに硬い木箱に、そしてさらにその木箱を銅製の箱に入れ、かつて川底に沈められたトト神の神聖な書を納めた箱のように保管することにしよう。私の書が番人の目を逃れるか、ムティが私の墓に書を入れることができるかは私には分からないし、もはや関心もない。

なぜなら、私、シヌヘは、人であり、人として私より前に生きた人々のなかに生き、私のあとに生まれてくる人々のなかに生きるからだ。私は人の涙、喜び、悲しみ、恐れのなかに生き、善と悪、正義と不義、弱さと強さのなかに生きる。私は人として人のなかに永遠に生きるのだから、墓に供物などいらないし、私の名が永遠に残ってほしいわけでもない。

エジプト人、シヌへ、その生涯を孤独に生きた者が、この書を記した。

本作品中には、今日の人権意識からすると不適切と思われる表現がありますが、時代背景と作品価値に鑑み、原書にできる限り忠実な翻訳としました。

訳者あとがき

まずは、ここまで読んで下さった読者の方に心の底からお礼申し上げる。

そして、物語の中に何度も出て来るこの問いを立てたいと思う。

「器は満たされたか」


答えを探る前に、作者とこの物語について触れ、この二年半を振り返ってみたい。

ミカ・ヴァルタリ（一九〇八年―一九七九年）については、日本ではそれほど知られていないように思う。フィンランドを代表する作家の一人であり、幼い頃に父を亡くし、母に育てられ、亡父と伯父の影響で神学を学ぶも、希望していた志を貫いて文学へ転じた。十代のうちから各所に執筆・投稿し、欧州へ目を向け人間性と自由を掲げた文学運動に身を投じ、デビューは十八歳、二作目で話題沸騰となった未邦訳の『大いなる幻想（仮）』では、青年の感じるもどかしさとフィンランド版ロスト・ジェネレーションを巧みに描写して見せた。それ以降、自在にジャンルを越え、短編から児童文学、戯曲、エッセイ、旅行記、詩、ミステリ、そして代表作である本作に加え、七つの歴史長編を五十年に渡るキャリアの間に書き上げている。当時、文芸というよりエンタテイメント寄りと批判されたことなどを受け、変名で文学賞に応募してちゃっかりヴァルタリの作品が一、二位を占め、実力を証明してみせたこともある。作家業以外にも、国営放送での記者として批評などこなし、第二次世界大戦中は才能を買われて国家情報局に籍を置いている。

そして、終戦後の一九四五年、田舎にこもって何かにとりつかれたように三か月あまりで書き上げたのが原書で九〇〇ページを超えるこの壮大な物語である。第二次大戦の寓意も含み、たとえばヒッタイトはナチスドイツを彷彿とさせるところが当時の読者の心にも深く響いたことだろう。しかもヴァルタリは、生涯一度もエジプトを訪れていない。彼が少年時代、トゥト・アンク・アメン（通称ツタンカーメン）王墓がハワード・カーターらの手によって発見され、全世界が湧いた。ヴァルタリ少年は胸躍らせて関連の報道を読み漁っただろうし、その後欧州各地を訪れた際、古代エジプトの展示に足しげく通ったことは知られているが、本作品を書く間も、殆ど文献を参照せず、だからこそ、流れの滞ることのない大河のような物語が生まれたのかもしれない。

発売後、国内で大きな話題となり、各国語に訳され、日本では一九五〇年に最初に岡倉書房から出た飯島淳秀氏による名訳が存在するが、おしむらくは、スウェーデン語、英語という二度の重訳を経て原文の量にして五分の一強が省略されてしまった。スウェーデン語翻訳者、オーレ・トーバルズ氏（余談だが、リナックス開発者のリーナス・トーバルズ氏の祖父にあたる）が当時ヴァルタリの許可を得て完訳とはしなかった経緯がある。翻訳中、表現で迷った際、旧訳や英訳を参考にしようとすると、軒並み削除された部分であったことも今では懐かしい。全米を始め各国で長期にわたりベストセラーを記録し、その後フィンランドの作品としては初のハリウッド映画化（一九五四年公開）に至っている。

この物語は古代エジプト、今から三千四百年近く前の新王国時代、第十八王朝のトゥト・アンク・アメンの頃を舞台とし、架空の主人公、医師シヌへを取り巻く登場人物にはアクエンアテン（アメンヘテプ四世）ら実在の人物を配し、大まかな流れは史実に沿いながらも、おどけた奴隷のカプタが要所を盛り上げ、ミイラづくりを含む当時の風俗が随所に生き生きと描かれている。エジプトに留まらず、バビロン、クレタ島、シリアなど当時の古代オリエントの国々がオールスターで登場し、冒険小説の体をなしながら、ロマンスや陰謀、戦争、権力闘争や復讐劇まで小説の醍醐味をこれでもかと味わえる。中でも大きなテーマとして、理想と現実の乖離、たとえば人類の平等をかかげる一神教への宗教改革とそれに対する腐敗した旧体制勢力の反発、物質主義、地政学的な観点や国家間の政治かけひきなど今でも十二分に通じる普遍性がある。

なぜ今、本書を初の原語からの完全訳として出すに至ったかについても触れておきたい。きっかけは、翻訳者仲間の上山美保子さんから二〇二一年九月にフィンランドの作品を中心とする出版社みずいろブックスの岡村茉利奈さんをご紹介いただいたことだった。最初の打ち合わせで意気投合し、やりたい作品を問われ、深く考えずにこの作品を挙げてしまったのが二年半に渡る二人三脚の始まりだった。岡村さんも英語版を読んでおられた偶然、紙版の版権が空いていた幸運、これほど面白い名作が一九九〇年代以降、日本で絶版のまま埋もれていたのは惜しいと語り合った。付け加えると、みずいろブックスさんから復刊された『若く逝きしもの』は、フィンランド唯一のノーベル文学賞受賞者、フランス・エーミル・シッランパーの作品だが、ヴァルタリとシッランパーはお酒やストレスにやられて同じ病院に同時期に入院していたことがある。シッランパーがヴァルタリの入院している部屋にお越しになり、「お前にはノーベル賞は取れんぞ」と吐いたところ、ヴァルタリ先生、「そこのドア、外から閉めて下さいね（出て行ってくれ）」とやり返したという。文豪二人に親近感が湧いてしまうエピソードである。

翻訳にあたり、岡村さんが手厚く伴走して下さらなかったら、そもそもここまでたどり付けなかった。二人で共有したあれこれの体験は一生の思い出である。力不足を顧みもせず、飛び込んでしまった自分が本当に恥ずかしい。しかし、辛くはあったが、二度とない作品、学びを得て（得たと思いたい）幸せな旅だった。人は一人では生きられず、常にだれかの助けを借りている。感謝の気持ちに満たされた期間でもあった。まず、古代エジプト、オリエントの知識がないので突貫工事で本を読み漁り、監修者に何度もお伺いし、編集者とも相談を重ねた。例えば、実在の人物であるホルエムヘブがホルスを守護神とし、「隼の子」という呼び名が付くが、監修者よりすべてのファラオがホルスの子であるため違和感があるとご指摘をいただいた上で、フィクションとしての原作を尊重し、残す対応としたり、他にも、本筋に影響しないものはそのままとした。また文芸の長編であるために原語に関し上山さんのお力も借りた部分も多く、表現に関しても編集担当の皆様に何度も修正案を頂いた。

現代の作家と違い、ヴァルタリのスタイルは勢いがありつつも音読するとしょっちゅう息切れするぐらい一文が長い。翻訳の深さと恐ろしさを身に沁みて感じ、どうすればスムーズな日本語になるのか悩み苦しんだ。

また、小説が書かれたのが一九四五年であり、人種やマイノリティに関する記述も現在とは異なる点、七〇年以上を経た作品であるとどうかご了承頂ければと思う。

ここで最初に立てた問い「器は満たされたか」に立ち返りたい。この問いの意味は、与えられた人生を苦楽に関わらず体験し味わっているか、ではないかと解釈している。

物語としての本書に関しては、読んで下さった一人ひとりの皆さんのご判断を仰ぐことになる。一冊の本が完成するまでには、大きく書き手、（翻訳書には訳者）、編集者、さらに装丁、印刷、書店へたどり着くまで連綿とした流れがあり、最後に読者がおられる。だるまに目を入れるように、本は読まれなくては完成しない。稚拙な翻訳の責任はひとえに訳者にあり、伏してお詫びしたいが、どうか、ヴァルタリが書き上げたこのナイル川のようにとうとうと流れる破天荒に面白い「器」を楽しんで頂けたらと切に願う。

はじめて本作品を読んだのは二十年ほど前だが、今にして思えば表面しか読み取れていなかったのだ。初回は冒険小説として、読むたび別の気づきや面白みがあるのはやはり作品の持つ底力であると思う。翻訳中、作中のシヌヘにやきもきし、しんみりし、人間の愚かな行いに憤りを感じ、しかし私の中にも弱くて情けないシヌヘがいることに気付いた。そして、古代と変わらず、誰もが日々働き、学び、恋をしたり傷ついたり、それぞれの一喜一憂がなんと愛おしいことだろう。そこにヴァルタリのまなざしを感じるように思う。

この仕事について相談したとき、夫は最初に「止めはしないけれど、よく考えた方がいい」とアドバイスをくれたのに、私は前半しか聞いていなかった。そんな私が毎晩のようにぶつける疑問に、夫は信じられないほどの忍耐で付き合ってくれた。私の「肝」も「心臓」も何度ふるえたか分からない。家族に加え、多くの優しい友人にも励まされ、本友《ほんとも》は日々飴と鞭（笏）で激励してくれた。都合よく考えると、この仕事に縁を得たことは、生まれる前から星に記されていたのかもしれない。ひょっとすると、本書を読んで下さった方がこの本を手に取ることも、頭上の星たちは知っていたのだろうか。

次の方々には厚くお礼申し上げる。

古代エジプトに関し、古代エジプト美術館ファウンダー菊川匡博士に監修頂いたことで、致命的な間違いは避けられたのではと願っている。ご多忙な合間をぬって我々の疑問に回答下さった。

フィンランド語に関し、内容確認を上山美保子さんにお願いし、折に触れ詳細かつ丁寧なご指摘を頂戴した。

フィンランドセンターには、アンナ＝マリア・ヴィルヤネン所長始め皆さんにお世話になった。文学サロン登壇や、翻訳中にもかかわらずヨーロッパ文芸フェスティバルへ招致下さり、登壇に加え同業者や各国機関の方々との出会いの場も頂いた。

フィンランド情報ポータルサイトを運営するＭｏｉ（モイ）さんは登壇の記事を書いて下さったり、しばしばＳＮＳで進捗に関し言及して頂いた。

東海大学の山花京子教授にご助言頂く際、友人である同大講師の柴山由理子さんを通じ、また助成金に関しても柴山さんのお力を借りた。

上下巻それぞれにテーマを反映した素敵な装丁及び原書にはない素晴らしい地図は、岡村恵美子さんが物語の内容を汲んで仕上げて下さり、初見時は思わず歓声を上げた。内容に関しても改善ご提案を多く頂いている。

また、訳者向けに翻訳助成金を受け、期間中の数か月を翻訳に専念する事ができたのはWSOY Literary Foundation（WSOY文学財団）のおかげであるし、そもそも、ヴァルタリのご遺族が経験の浅い私が訳すことを了承して下さらなければ着手できなかったことも申し添える。

そしてここに書ききれない、手を差し伸べて下さったすべての方々と、改めて長い物語を読んで下さった皆様に。

このあとがきは、北の果てに暮らし、未だ満たされぬ器を持つ一人の翻訳者が記した。

二〇二四年三月四日

セルボ貴子

ミカ・ヴァルタリ（Mika Waltari）

1908年－1979年。ヘルシンキ出身。フィンランドを代表する作家の一人。18歳でデビュー作を上梓。1920年代は欧州を範とした文学運動に加わり、珠玉の歴史小説長編をはじめ、短編、戯曲、エッセイ、旅行記や童話と多くの作品を残した。本書は古代エジプトや諸外国を舞台とし、冒険、愛、権力、戦争が描かれた壮大な物語で世界的なベストセラーとなり、ハリウッド映画化につながった代表作である。

セルボ貴子（せるぼ たかこ）

2001年からフィンランド在住。通訳・翻訳等提供するWa Connectionを夫と経営。本とコーヒーとチョコレートがあれば幸せ。訳書に『世界からコーヒーがなくなるまえに』（青土社）、『寄生生物の果てしなき進化』（草思社）、『ムーミンの生みの親、トーベ・ヤンソン』（河出書房新社）他、共著あり。北欧語書籍翻訳者の会所属。広島県出身。

菊川匡（きくがわ ただし）

古代エジプト美術館ファウンダー。1965年生。2009年ドイツ・ベルリン自由大学のシリア調査隊に参加する。同年に日本初の古代エジプト専門美術館である古代エジプト美術館を渋谷に設立し初代館長に就任する。2014年古代エジプトガラスの先端的化学的分析で博士号を取得。2016年よりエジプトの発掘調査隊に参加し、2022年よりメイドゥム・ピラミッド遺跡における発掘調査隊の隊長を務めている。

エジプト人《じん》 シヌヘ　下巻《げかん》

2024年5月10日　第1刷発行

著者　ミカ・ヴァルタリ

訳者　セルボ貴子

監修　菊川匡

編集協力　上山美保子

発行者　岡村茉利奈

発行所　みずいろブックス
〒101-0061
東京都千代田区神田三崎町2丁目20-7-904
TEL　03-3237-8337　FAX　03-6261-2660
https://sites.google.com/mizuirobooks.com/home

販売　株式会社静風社
〒101-0061
東京都千代田区神田三崎町2丁目20-7-904
TEL　03-6261-2661　FAX　03-6261-2660
http://www.seifusha.co.jp

カバー・本文デザイン　岡村恵美子

印刷／製本　モリモト印刷株式会社

ISBN978-4-910731-03-2
Printed in Japan

落丁、乱丁本はお取り替えいたします。